海外中国
研究丛书

刘　东　主编

[美] 艾梅兰 著

罗　琳　译

竞争的话语

COMPETING DISCOURSES

Orthodoxy, Authenticity, and Engendered Meanings
in Late Imperial Chinese Fiction

明清小说中的正统性、本真性及所生成之意义

江苏人民出版社

图书在版编目（CIP）数据

竞争的话语：明清小说中的正统性、本真性及所生
成之意义 /（美）艾梅兰著：罗琳译 . — 南京：江苏人
民出版社，2005.1（2020.12 重印）
（海外中国研究丛书 / 刘东主编）
书名原文：Competing Discourses：Orthodoxy，Authenticity，
and Engendered Meanings in Late Imperial Chinese Fiction
ISBN 978–7–214–03880–7

Ⅰ.①竞 …　Ⅱ.①艾 …　②罗 …　Ⅲ.①古典小说 –
文学研究 – 中国 – 明清时代　Ⅳ.① I207.41
中国版本图书館 CIP 数据核字（2004）第 097611 号

Competing Discourses：Orthodoxy，Authenticity，and Engendered Meanings in
Late Imperial Chinese Fiction，by Maram Epstein，was first published by the
Harvard University Asia Center，Cambridge，Massachusetts，USA，in 2001.
Copyright © 2001 by the President and Fellows of Harvard College.
Translated and distributed by permission of the Harvard University Asia
Center.
Chinese translation rights © 2004 by Jiangsu People's Publishing House
All right reserved

江苏省版权局著作权合同登记号：图字 10-2002-050 号

书　　名　竞争的话语：明清小说中的正统性、本真性及所生成之意义
著　　者　［美］艾梅兰
译　　者　罗　琳
责任编辑　李晓爽
特约编辑　刘沁秋
装帧设计　陈　契
出版发行　江苏人民出版社
地　　址　南京市湖南路 1 号 A 楼，邮编：210009
网　　址　http://www.jspph.com
照　　排　南京紫藤制版印务中心
印　　刷　江苏凤凰新华印务集团有限公司
开　　本　652 毫米 ×960 毫米　1/16
印　　张　24.75　插页 4
字　　数　300 千字
版　　次　2005 年 1 月第 1 版
印　　次　2020 年 12 月第 3 次印刷
标准书号　ISBN 978-7-214-03880-7
定　　价　78.00 元
（江苏人民出版社图书凡印装错误可向本社调换）

序 "海外中国研究丛书"

中国曾经遗忘过世界，但世界却并未因此而遗忘中国。令人嗟讶的是，20 世纪 60 年代以后，就在中国越来越闭锁的同时，世界各国的中国研究却得到了越来越富于成果的发展。而到了中国门户重开的今天，这种发展就把国内学界逼到了如此的窘境：我们不仅必须放眼海外去认识世界，还必须放眼海外来重新认识中国；不仅必须向国内读者迻译海外的西学，还必须向他们系统地介绍海外的中学。

这个系列不可避免地会加深我们 150 年以来一直怀有的危机感和失落感，因为单是它的学术水准也足以提醒我们，中国文明在现时代所面对的绝不再是某个粗蛮不文的、很快就将被自己同化的、马背上的战胜者，而是一个高度发展了的、必将对自己的根本价值取向大大触动的文明。可正因为这样，借别人的眼光去获得自知之明，又正是摆在我们面前的紧迫历史使命，因为只要不跳出自家的文化圈子去透过强烈的反差反观自身，中华文明就找不到进入其现代形态的入口。

当然，既是本着这样的目的，我们就不能只从各家学说中筛选那些我们可以或者乐于接受的东西，否则我们的"筛子"本身就可能使读者失去选择、挑剔和批判的广阔天地。我们的译介毕竟还只是初步的尝试，而我们所努力去做的，毕竟也只是和读者一起去反复思索这些奉献给大家的东西。

刘　东

谨献给伴我辞别旧岁月、步入新

千年的芭芭拉、利奥和埃马斯

目　录

鸣　谢

　　本书的研究始于 14 年前,是试图把我的研究生学习的成果展示出来。我们在研讨会上阅读的小说中有那么多奇怪的、有时甚至不可理解的细节,以至于我们 —— 包括我自己 —— 在讨论那么明显地展陈在我们面前的含义时都感到很不轻松。幸运的是,在我继续与这些又长又难以驾驭的小说较劲之时,对于中国的社会性别[1]和晚期帝国之小说的研究都已经走向成熟了,这两个领域的新近的学术成果为我提供了语汇,使我能够对我相信社会性别(在那之前我曾天真地把它称作"妇女")在中国小说的研究中如此重要的原因做出解释。

　　我所借鉴的知识和学术成果远不只于注释中提到的那些。我还要感谢我的论文委员会:浦安迪(Andrew H. Plaks)、高友工(Yu-Kung Kao)和威拉德·彼得森(Willard Peterson),他们强调文本的首要性,坚持学术上的高标准。我希望能够用同样的人文主义目标要求我自己的学生。没有萨马拉·费舍尔(Thamora Fishel)的支持和富于洞见的批评,我也不可能完成论文;她帮助我懂得,人与文在讲述其真理时会发出许多不同的声音,因此,一个好的倾听者或读者,需要倾听矛盾,倾听相互冲突之点。

　　我还要对许多阅读了全部或部分手稿的人们表示感激,他们是:芭芭拉·阿尔塔曼(Barbara Altmann)、卡特·卡里茨(Katy Carlitz)、艾利斯·汉森(Elise Hansen)、伊维德(Wilt Idema)、安德列·戈德曼(Andrea

Goldman)、温迪·拉森（Wendy Larson）、卢鸿微、凯茜·西尔伯（Cathy Silber）、沈睿、魏艾莲（Ellen Widmer），以及余石屹。我特别要感谢李恩仪（Waiyee Li）和陆大伟（David Rolston），他们给予我超出友谊之上的慷慨批评和指正；还要感谢出版社的两位匿名读者，他们超出学院的职责要求，为我指出了大量需要修正的错误。与哈佛大学亚洲中心的约翰·R. 齐尔莫（John R. Ziemer）共事是令人愉快的；在整个过程中，他对于手稿给予了任何一个作者所能期待的最深切的关注。这些读者的奉献使得本书更加坚实和丰满。至于我自己的阅读，我要感谢俄勒冈大学骑士图书馆的鲍勃·费尔辛（Bob Felsing）——在这个经费紧缩的时期，他总是能够把不可能的事变为可能；以及普林斯顿大学盖斯特图书馆的工作人员，特别是马丁·海乔（Martin Heijdra）。那些教会我阅读中国小说的人应得到我最衷心的感激，因为我还记得作为大学本科生的我在第一次试图接触中国小说时所感到的困惑。安德鲁·普莱克斯和陆大伟向我显示了评点的重要性；丁乃非和帕特·西伯（Pat Sieber）向我示范了依照惯例进行阅读的必要性；凯瑟琳·卡莱兹（Katherine Carlitz）和基思·麦克马汉（Keith McMahon）的著作则似乎总是在我注意到某个文本问题时出现，为我展示了许多新的文本和方法论。

许多年来，我一直幸运地得到普林斯顿大学、普林斯顿大学盖斯特图书馆、俄勒冈大学，以及美国学术团体委员会（American Council of Learned Societies）的支持。我还要感谢我们俄勒冈大学东亚语言文学系系主任：温迪·拉森和麦克·菲什伦（Mike Fishlen），他们允许我安排一些学期专门从事写作。最珍贵的支持来自一个家庭。我最深挚地感谢芭芭拉·阿尔塔曼和她的儿子们：利奥和埃马斯，她们向我敞开家门和心扉；感谢苏珊·西格尔（Susan Sygall）和汤姆·布鲁克尔（Tom Broeker），他们把整个生命当作庆典，将那富于感染力的欢乐带给我。

艾梅兰

缩写词

下列缩写词被用于正文和注释之中。至于完整的名称,请见书后参考文献。

A History   冯友兰, *A History of Chinese Philosophy* (《中国哲学史》)

Cambridge History   Frederick W. Mote and Denis Twitchett, eds. (牟复礼、崔瑞德编), *The Cambridge History of China* (《剑桥中国史》), Vol. 7, pt. 1, *The Ming Dynasty, 1368—1644* (《剑桥中国明代史, 1368—1644》)

CQFL   董仲舒,《春秋繁露逐字索引》

DMB   L. Carrington Goodrich and Chao-ying Fang, eds. (富路德、房兆楹编), *Dictionary of Ming Biography* (《明代名人传》)

ECCP   Arthur W. Hummel, ed. (胡迈尔编), *Eminent Chinese of the Ch'ing Period* (《清代名流》)

EN   文康,《还读我书室主人评〈儿女英雄传〉》

HLM   曹雪芹、高鹗,《〈红楼梦〉八十回校本》

HLMJ   一粟,《〈红楼梦〉卷》

JHY	李汝珍,《绘图〈镜花缘〉》
JPM	王汝梅等,《张竹坡批评〈金瓶梅〉》
JSL	朱熹、吕祖谦,《〈近思录〉集注》
MDT	汤显祖,《牡丹亭》
MRXA	黄宗羲,《明儒学案》
Orthodexy	Kwang–Ching Liu, ed.(刘广京编), *Orthodoxy in Late Imperial China*(《晚期中华帝国的正统》)
Records	Julia Ching, trans.(秦家懿译), *Records of Ming Scholars*(《明儒学案》)
Reflections	Wing–tsit Chan, trans.(陈荣捷译), *Reflections on Things at Hand*, by Chu Hsi and Lü Tsu-ch'ien(《近思录》)
SG	陈曦锺等,《〈三国演义〉会评本》
SHZ	陈曦锺等,《〈水浒传〉会评本》
SJPB	《〈红楼梦〉三家评本》
Source Book	陈荣捷, *A Source Book in Chinese Philosophy*(《中国哲学资料手册》)
XS	《醒世姻缘传》(1993)
YSPY	夏敬渠,《野叟曝言》(1881,一百五十二回本)
ZYZ	陈庆浩,《新编〈石头记〉脂砚斋评语辑校增订本》

xii

导　言

　　在中国传统的象征语汇中,对于性别角色的解释从未远离哲学上关于仪礼、人欲,甚至宇宙和谐的思考。本书通过研究 17 世纪中叶到 19 世纪中叶的五部小说,试图描绘明清小说对于社会性别的处理方式中所隐含的意识形态和美学的意义。近年来,西方学术界在描述明清小说的诗学方面作出了很大贡献,他们详细说明了这些叙述产生的源流,并从一些象征性结构 —— 包括五行相生、阴阳对立、因果报应,以及特别是佛家、道家和调和主义的新儒家(程朱理学)的启蒙叙述 —— 中引申出意义。[1]然而,由于性别并没有作为一个实质性的分析范畴被传统评点所包括,因此,现代学者很容易忽视它的重要性。我的有关性别诗学的讨论意味着将通过添加社会性别这一分析手段来为理解中国传统小说补充一些其他的结构方法。除了显示性别互补 —— 作为形式上的两极 —— 是如何被小说和戏曲作者当作构件而采用之外,本书还考察性别隐喻中所暗示的文化意义,对于此,传统的作家可能并没有意识到。

　　在过去的十年里,有关晚期中华帝国妇女生活和地位的研究出版物激增。起初我也曾希望我对小说的解读能阐明社会历史的发展,但是当我发现几乎没有人去注意文学的规约造成了对性别的虚构性描述这种情况的时候,我的计划就改变了。对于缺少家庭生活资料的中国社会史家来说,小说包含了大量珍贵的与妇女有关的信息。小说确实开启了眺望过去的宝贵的窗户,但这是一扇以某些我们还知之甚少的方式歪曲了我们视线的窗户。在我们能把小说当成可靠的史料来阅读之前,我们需要学会把它当成一种虚拟的建构,它更多地阐明历史的想象,而不是历史的实践。一些读者可能会对本书感到失望,因为我几乎没有注意到最近那些有关妇女的真实生活的学术成果,而且我似乎拒绝把对妇女的虚构性描述的变化与社会的变化相连系。不过,现在,我觉得把此书限定在确认、分析有关社会性别的小说传统这一中间层面是很重要的。有时进入一部传统小说就像走进地方狂欢节上的开心屋,哈哈镜把现实扭曲成可笑的样子,而且通常是些俗套子。传统小说中对于妇女 —— 特别是泼妇 —— 的许多描绘,读起来就像是对儒家理想的一种怪异而扭曲的折射。即使是最极端的虚构套路也源自于社会现实,但它们可以获得自己的生命,而且,可以反过来影响社会实践。折射于中国传统小说中的虚构世界与社会现实的关系问题相当复杂,超出了本书的探讨范围。然而也正是这个问题激发了我对于小说诗学的兴趣。

尽管对于结构和意义来说性别术语显然很重要,但是在小说中几乎不可能把它们的确切意义加以限定。不过,由于掌控性别术语对于本书要讨论的文本所制造的意义来说至关重要,所以我试图描述它们每一个所暗示的意义范围。这一阐释的步骤很复杂,不仅是因为中国小说中使用的许多象征术语富于歧义,而且因为传统中国小说比起它们的欧洲表亲来更不具有整一性,故常常与整一性的阅读发生顶撞。中国小说结构松散的特点一直被当作这一体裁的弱点而为欧洲美学理论所诟病,但是它也能够被看成是增加了一种异样的宽频,让不同的声音以同等的权力说话。从解构主义者的角度看,这些文本的全部意义刚好可以在其各部分之间的不可化解的张力中被发掘。传统小说的评点者、编者和作者意识到了在许多较长篇的叙事中的重复和叙事发展的散漫,他们花了很大气力来辨析叙事的意图,甚至对那些以口头故事集成为基础和明显拼凑起来的文本也要找出其叙事意图。这些小说的护卫者——其中最有影响的是伟大的评点家金圣叹（1608—1661）——发明了一套以结构和修辞模式为基础的美学和解释学系统，这些结构和修辞模式赋予那些枝蔓丛生的文本以统一的意味。不过尽管他们尽了最大努力来向读者证明那些伟大小说的叙事完整性，但是矛盾依然存在。在本研究中，我指出了性别术语是如何被用作一种组合工具而赋予小说以结构的一致性；我还论证了，这些精巧的结构模式常常与自文本中生成的其他有关性别的意义不一致。

本研究并非严格按时间顺序组织起来，我的兴趣和论说是专题性的而非历史性的。知识与美学倾向并不是线性发展的，因为文化品位是在与以前的东西混合相抵的过程中发生变化的。按年代顺序解读文本，不啻一种冒险，它将暗示这些文本之间有一条前后影响的线索，而实际上这条线索并不存在。这样一来，尽管《野叟曝言》读起来确实像是在呼应《红楼梦》（也称《石头记》），但没有证据表明夏敬渠（1705—1787，《野叟曝言》的作者）知道有一部《红楼梦》。更有可能的是，他写小说是在回应当时的美学潮流，而同一种美学潮流也曾激发了曹雪芹（1715—1763）的创作。而且，尽管我认为性别的建构与源自正统修辞学的有关本真性的话语相关联，但这两种话语是以辩证的，而非承继的关系存在着。的确，我解读的第一部正统小说《醒世姻缘传》，在《牡丹亭》——一部影响巨大的、集中体现了本真性的审美观的戏剧——问世半个世纪后才被刊印出来。再者，我并不是研究所有的作品，而是把焦点聚集在五部小说上；选择它们的首要标准是它们那饶有趣味的性别描写。由于我对明清小说有更广泛的阅读，所以我确信我在这些著作中看到的性别的意义模式是有代表性的。

尽管我不愿意把我的小说解读套入历史的框架，但是不可否认，17世纪的小说美学确实发生了深刻的变化。两部伟大的传统风俗小说《金瓶梅》和《红楼梦》手稿流传的最早时间相距不过 150 年，但是两部小

4

说对情欲的描写却截然不同。《金瓶梅》描写了一个冷酷的社会,它里面的主要人物,特别是男主人公西门庆,为赤裸裸的原始冲动所驱使,这冲动以极端的形式刺激着他们的感官,这是一种伴随着攫取财富和社会身份、支配他人而来的权力欲。这些人物之间的关系都是剑拔弩张的,以至于可以使心灵平静的唯一途径就是不要再读这部百回本小说当中那些对腐朽的性、经济和政治经济的描写了。尽管《红楼梦》的结构和选题都借鉴了《金瓶梅》,但是男主人公贾宝玉和他周围众多女孩子的关系与西门庆同他的六个妻妾的关系却显示了不同的规则。《红楼梦》中的大观园为微妙的官能享乐提供了场所;这个乌托邦的微型女儿国似乎在预示着精神的救赎。《金瓶梅》把人简化成一系列残忍的而且常常是虐待狂似的欲望;它的描写如此成功,以至于西门庆的第四个妻子、杀人犯潘金莲竟变成中国文化的一个偶像 —— 她告诫人们:女色危险。《红楼梦》中的两个重要女子林黛玉和薛宝钗则很快代表了女性的两种诉求模式。尽管这两位美人的拥戴者们会发生争执:究竟是林黛玉的多愁善感、聪慧和伶牙俐齿还是宝钗的持重然而可靠的含蓄代表了完美的女性,但是双方都同意《红楼梦》中的女性比《金瓶梅》中的女性具有更多的积极意义。本书试图理清在小说美学发展的这个关键时期,这种对妇女和女子气的态度的根本性改变。

　　妇女的身份地位变成讨论的主题这一现象并不仅仅出现于小说中。17 世纪直至整个清代,尽管,或许是,由于正在重组之城市社会的巨大社会经济变化,儒家格言 —— 男女授受不亲和男尊女卑是维护社会秩序之必需 —— 被到处宣讲:家族长老编写的家训,《小学》《女孝经》这样的童蒙读物,以及由佛教团体为世俗大众印发的通俗的《宝卷》这类非儒家的材料都复述着相同的有关妇女社会地位的讯息。[2]然而,尽管有关妇女的保守性著作增多了,但是这个时期的小说却遐想和赞美着一些女子的形象,她们以其作为情人、才女和侠女的角色超越了礼仪的限制。在一些场所中,妇女的身份地位显然一直备受争议。

然而,正如我所论述的,小说中的性别构建与在其他读物中所发现的不一样。在文学语境中,女子气与男子气,作为文化想象的符号,具有超出社会上有关妇女身份地位之争的意义。

本研究没有把变化着的性别描写,特别是那些对妇女的描写,解释成某种社会实践的反映——那是留给社会历史学家的任务;[3]也没有解释成一种政治寓言形式,即把许多清代小说中同情妇女的描写解读为表现了一种异族统治下对于汉族皇室的忠诚。[4]本研究是在 17 世纪就欲和情在人性中的位置所进行之论争的语境中,解读多种多样的、通常是相互冲突的、妇女与女子气的形象。许多有影响的人物,包括颇具争议的李贽(1527—1602)——一位与早期白话小说评点的产生有密切关系的思想家,攻击被制度化的理学的形式主义,认为其敌视每一个体的真性情之表达,并且把道德的自我修养转变成一种精神上空洞的——即使不是虚伪的——表演。这些修正主义者对理学家所秉持的基本的形而上前提的道德完美性和运思正确性提出质疑,而且开始设想一种更人道更具行动主义意味的道德秩序的可能性。他们对于理学家的哲学和实践的批评——为了达到雄辩的效果,这种批评常常很夸张——为 16 世纪后半叶尚情思潮的兴起添加了燃料。正如在第二章所讨论的,尽管他们人数不多,但是这些偶像破坏者对于文化和文学美学的发展所产生的影响却不容低估。

本书分成两部分:前两章提供了 16 世纪"文化论战"的背景,对于晚明将女子气用作一种积极的力量,来与被制度化的理学家的令人感到过分的行为相制衡,这是至关重要的。在这一部分中,我详细说明了两个主导性的话语性系统,我把此视为形成了晚期帝国小说中的性别诗学的系统。构成我阅读的意识形态的连续体之两极的是广义的理学正统与晚明对于情的礼拜。第一章论说许多常见的性别隐喻(tropes)源自于正统话语。在我的定义中,"正"——一个宽泛的概念,历来被那些希望给他们的主张以政治、道德和知识合法性的人们所援引,其字面上的意思是"正直""正确"——最好在它的动词性形容词的意义上理解为调整或带来规范的过程,即"使成为正"或"校正",而不是理解为一种对于信仰的强硬而不可变化的规定。理学家文人用一些文化工具来调控他们的世界:首先和最重要的是仪礼表演,它是内省的修身和外向的齐家治国的补充实践;第二个相关的但不那么明显的工具是凭借对秩序(文)模式的再生产来传布儒家价值观,而此一再生产是通过文化(也是文)——特别是文学——的生产来进行的。尽管晚期帝国时期就仪礼表演的细节和仪礼掌控的过程曾有过激烈的争论,但是有证据表明人们几乎普遍认可儒家的仪礼作为维持社会秩序的方式这一基本原则的必要性。

7 　　在第一章中,我根据文化人类学者的工作,提出等级分化的社会性别角色是儒家仪礼理论的基本成分,因为它对抽象的阴阳和合系统——此系统提供了自然、社会和形而上的认识论知识——起到了自然化和固定化的作用。尽管二元性别角色的儒家系统并非植根于一种被本质化了的生物学——就像在西欧那样,但是在晚期帝国时代,坚持男女有别被广泛地当作维护社会秩序的基础。依照对于相关思想加以联想[5]的象征性逻辑,损害这一自然化的社会秩序被认为是破坏了宇宙论的平衡。等级化的性别区分——男性是支配者而女性是被支配者——的重要性也许能够解释为什么这么多向男人说教自修之必要性的正统叙事都把两性关系构想为战争关系。[6]作为女性越界之象征的泼妇,特别是淫妇形象,对这些有关社会和道德秩序倒置的描述至关重要。

　　构成正统话语之整体的另一成分,我认为是形式主义。当小说评点者开始把文本的形式美(文)与作者的伦理观相提并论时,高度模式化和规范化的结构很快就被当成了小说美学的重要因素。正如我希望说明的那样,小说文本中对阴阳象征主义的处理是一个中心情节,形式主义和正统价值观在这里交叉:正统叙事利用可以产生广泛联想的阴阳象征主义,构建了关于标准儒家秩序的失而复得的元叙事。在这些叙事中,阴与失序关联,阳与秩序关联,虽然这关联是松散的。

第二章以晚明对理学灭人欲之偏见的批评为语境,讨论16世纪晚期小说中对女子气的理想化和对性别流动性的迷恋。这种把欲和情当作自我的积极而本真之表达的哲学再阐释掀起了一场美学运动,此运动利用了派生于正统规范的反霸权词汇。对于情的图释法(iconography)[7]的发展是这一美学运动的中心,这是一套与阴相关联的价值体系,它促成女子气和自然天性作为道德和精神上的真的标志与机械的甚至是虚假的仪式主义相对立。

固然,我不能肯定本研究所讨论的思想家或作者们是否认可我用来指称两个构成意识形态立场的术语:正统性和本真性。然而这些英语术语——它们在混乱而拥挤的意识形态、美学思想和价值观之网中谋求一种人为的明晰和区分——却意味着一个实实在在的、在16世纪后半期达致巅峰的知识思想的分裂。读过李贽的人都会感到他的愤怒;黄宗羲也不示弱,他决定把李贽排斥在他的《明儒学案》之外。正统的立场比较容易界定,它把程朱理学的教导和实践及其对受个人感情支配的自我的偏见当作根基。

本真性却缺乏更固定的形态;它是制度化的理学实践和教导的强硬性和规定性受挫后的结果,它谋求对自我表达的较大的宽容度。由于情的捍卫者是在与惯常的"正"相对的意义上界定"真",所以本真性的标记就变成反传统的,甚至古怪的。尽管常常采用雄辩的论理方式,但是,许多倡导情的人的目的与那些更具正统性的思想者的目的没有什么不同,也是寻求使仪式主义更关注个人的重要性。小说戏曲中两个最可爱的秉真而行的例子是《牡丹亭》中的杜丽娘和《红楼梦》中的贾宝玉,他们创造了截然不同的——尽管是暂时的——表达自我激情的世界,以之与正统的标准相对抗。大多数作家都没有创作出在本真性与正统性之间如此截然对立的形象;事实上,在多数作者手中,非传统的行为,作为本真性的标记,变成了一个必要的步骤,以使正统的忠孝价值观成为发自内心的真性情,而不是机械地生搬硬套。多愁善感的女性气质正是一种对于本真性的非常规表达。以情的主观能动性和驱动力来重振文人文化的想象使大部分晚明和清代的小说戏曲充满活力;但是,即使在小说中,正统的、以团体为中心的利益欲求与个人主义的真性情之间的张力也从未消失过。两套价值系统之间内含的矛盾产生了对于性别的相互竞争和充满分歧的构建,本研究也正是在这一意义上得名。我把这两种修辞策略称作话语是想用一种有助于探索的方法来辨别小说著作中的某种叙事特点,而不是给它们的内容分类。所用术语是描述性的而非说明性的,所以我使它们适用于所分析的每一个文本。尽管这个办法可能损害这些术语的稳定性,但我的着重点在于寻找语言,以便理解这些小说文本中某种动态的张力。

本书第二部分是解读五部小说,在这五部小说中,性别扮演了重要的语义学和美学的角色。在这些细致的解读中,我分析了性别模式如何赋予文本以结构的连贯性 —— 不然的话,它们似乎只是些松散的片段。我的形式主义解读的重心是在这些小说的第"六"或第"九"章出现的八卦学双关语,主要是阴数六和在较小范围内出现的阳数九。然而,性别的结构性用法 —— 依此用法,在第六或六十六章中,阴的术语与混乱相关联 —— 常常与小说中更大量的对于妇女或女子气的同情不一致。

第三章考察晚明清初小说《醒世姻缘传》,把它当成正统叙事的范本。这部百回本小说的很多内容都将使读者想到《金瓶梅》;它讲述了一个修身失败的故事,故事中的男主人公和他的家庭险些被他的泼妇妻子毁了。尽管序言中曾指出问题的根本在于丈夫无力自制,但是他的罪责很快就被素姐那令人不能容忍的行为遮盖了,她成了与儒家所旌表的那种隐忍、服从的妻子截然相反的母夜叉。虽然《醒世姻缘传》中对于过度性欲的处理比之《金瓶梅》要隐晦得多,但是其中仍充满了对于它的威胁的间接提示。泼妇形象与其他一些与阴有关的主题相关联：包括洪水和政治剧变，这些都威胁到规范的儒家秩序。《醒世姻缘传》中占主导地位的关于阴的否定性说法继续召唤着儒家正统的严苛的道德逻辑，甚至当它们以简略的形式出现在更言情的文本——这种文本一般都对妇女持更为积极的观点——中时也会有这样的效果。

　　没有一部白话小说在表达本真性的价值观和审美观上比 18 世纪中叶的《红楼梦》更充分了。然而，在它对与情相关联的非正统价值观的礼赞中还穿插着一条叙事线索，这条线索与小说中抒情的主导性价值相对立。本书第四章即探讨《红楼梦》的这两个面向，19 世纪的评点者张新之把它称作诱人的"正面"与真实的"反面"。[8]在《红楼梦》中，大观园的构建就像是远离传统社会要求的"自然的"空间，加诸宝玉身上的女子气、其他戏谑性的性别易位，以及重情轻礼，都是本真性的象征。与错综复杂、变动不居的"正面"审美模式相对的是"风月宝鉴"那几章中的生硬说教。大多数批评者都不把它当回事，认为那是一部早期版本中留下的赘笔，我认为，那几章构成了一个以阴阳八卦学为基础的前后相关联的序列。"风月宝鉴"的叙事虚构了一个送给贾瑞的双面镜，其中的一面是骷髅相；这条正统的叙事线索——它与贾瑞不幸忽略的那一镜面相平行——被整合进小说，构成小说的全部意义。两种话语的交织导致小说中两种——如果不是更多的话——性别符号的效用：一种积极地将女子气与本真性的自我表达相关联，另一种则是一系列的悍妇几乎成功地把贾家给毁了。

　　第五章研究《野叟曝言》，一部杂乱无章的小说，它与《红楼梦》几乎同时。尽管无法知道它的作者是否读过《红楼梦》，但毫无疑问，他反对居于宝玉世界之中心的"好色"。这部小说成功地刻画了一位充满阳刚之气、热情洋溢的英雄，他根除了这个既成世界上的异端，就地建立起一个恢复了儒家正统的世界。《野叟曝言》没有赋予女子气以文化救赎之场（site）的特权，而是发展了一种膨胀了的儒家帝国主义的男权

10

主义想象。尽管男主人公文素臣被描写成多情郎,但是他那有悖于传统的本真性是通过与众不同的"行权"来表现的,这与他的母亲循规蹈矩的"正"形成对比。本真性的诗学在小说的男权主义儒家观念中的恢复导致了这样的结果:花园这一传统主题(topos)被重新配置于这样的场景中,在那里家庭妇女参加比武,而不是更经常地参加诗赛。《野叟曝言》运用阴阳图释法(iconography)的最不同寻常之处就是,在主人公游历中国西南地区时,它十分难得地发展了被扩大了的阳的象征主义。

第六章返回《红楼梦》的遗产,讨论李汝珍(1763—1830)写于19世纪前期的《镜花缘》和文康(活跃期1821—1850)写于19世纪下半叶的《儿女英雄传》。将《镜花缘》和《儿女英雄传》与《红楼梦》对应着读,能够使我们更深入地理解这两个作家如何回应曹雪芹著作的某些视点,特别是它对于性别的使用。尽管《红楼梦》中的耽于声色似乎使后来的这两位作家感到有点过于自我放纵,但那部小说中的性别倒置法却被他们扩展了,这说明,在19世纪,性别倒置的描写更多的是一种美学姿态,而不是对于标准化儒教的过度挑战。这两部小说都以对理想化的女性主人公的描写而著名,这些女主人公将男人从其作为统治者、士大夫和武士的主"外"的传统位置上替换下来,两部小说都以恢复新生的男性主导的正统秩序而告结束。然而,与女主人公和她们年轻的丈夫 —— 他们轻轻松松地就可以金榜高中并获得职位 —— 不同,年纪稍长者,更成熟的男性则不能把他们麻烦重重问题重重的关系化解在这些传统文人的理想中。尽管在某一层面上,这两部小说中性别角色的倒置为高度传统化的情节和人物塑造增添了叙事的情趣,但是,许多被最正面描写的男性人物对让他们适应这些制度化的角色表现出无能为力或不情愿,这指向了一种潜藏在对晚清文人文化表面的赞赏之下的悲观主义。

尽管每部小说中与特定的性别术语相关的意思都不太一样,但是对性别符号的成对使用,却是每个文本的共同特点。这些性别术语是从同一源头衍生出来的,尽管它们所反映的并不是一种本质的生物学现象。本研究试图描绘出一些与这些性别模式相连系的美学和语义学意义。我的大多数小说分析都将集中在更抽象的"阴"、"阳"这对概念上。奇怪的是,尽管对阴阳形而上学的哲学兴趣在晚期帝国时期有所下降,但是小说写作和诠释中的阴阳象征主义却变得越来越重要。虽然在某些情况下阴与阳可以和女性与男性同义,但是却不能简单地等同于女性或男性 —— 对此,我们在一开始还不能充分加以说明。我对本书的希望是它能够成功地克服简单化的性别二元论 —— 我们总是以这种二元论来阅读传统中国小说,并且增进我们对被投射到性别上的一系列意义(即使是相互矛盾的意义)的理解。

第一章　正统性的叙事结构

在本书对于晚明和清代小说叙事的讨论中,我用了相当含糊的术语"正统话语"和"正统修辞"来描述一种特殊的说教式写作。英语中orthodoxy(正统)一词指有明确界定的、被认可的文本和行为准则。但是,正如我们将要看到的,在晚期帝国时期,正统的概念更多地与权威性、合法性和权力的诉求相关,而不是与一种普遍准则的发展相关。中文词"正"主要是被作为名词主格而译成"orthodox"或"orthodoxy"("正统"或"正统性"),并且与同某种哲学学说相关的一个文本或人物的道德完美性相关联。不过,这个词还可以被用作动词,意为"使之有序"或"校正",如儒家的一个中心观念就是"正名"(我稍后要讨论这个概念)。[1]儒家教育的核心就是相信圣人的职责是给世界带来秩序;到了晚期帝国时期,人们相信,不仅每一个人都可以成为圣人,而且更重要的是,每一个人都应以适合于他/她的任何方式努力成圣。在这个意义上,行为的正统性主要应被理解为一种积极的通过特定的儒家方式创造秩序的过程,而不是一种固定的、有明确限定的存在状态。

"正"所具有的动词作用是构成我所使用的术语"正统叙事"的关键,我用此术语意指一个文本中的那些因素,它们暗示着——尽管有些隐晦——主流理学的信念,即礼仪行为积极地影响了社会、政治和自然秩序的同一性的结构(parallel structures)。正统叙事形象地描绘了走向一种适宜的儒家生活会得到什么样的报偿,或者,与此相反,不能那样生活将会失去什么,并且积极地激励着读者去企盼那对于德行的回报。在此意义上,我使用的"正统"一词,与理学实践所规定的目标大致相同,但是必须把它与恪守经典原文的那种文本的正统性(textual orthodoxy)相区别。那种正统性是指一种保守的纯化论的概念,它意味着对文本的演绎有这样的苛求,即尽管是重构的,但要求其要么是其原初形态的经典原文的最精确的翻版,要么就是对某种特定意识形态的最完整、最淋漓尽致的表达。正如我们将要看到的那样,传统小说中的正统话语几乎都不那么直接或那么纯粹。

中国的小说文本(传统上被译为"fiction",但是实际上包括了更为多样化的写作)本就不在经典之列,本就是个另类;[2]尽管如此,它们却常常通过一系列我称之为"正统修辞"的策略来宣扬儒家的价值观。小说中用来宣扬儒家行为的修辞和图释法(iconography)都取自理学的象征符号与道德逻辑。请注意,这些符号和道德逻辑又受到佛家善恶报应故事中那种严密的叙事逻辑、象征主义和主题的深刻影响。除了某些惩戒性的或歌功颂德的作品外,正统儒家修辞很少是纯粹抽象的;为了显得新颖并吸引读者,它必须让混乱造成的恐惧持续出现在读者心中,它得描述社会和道德秩序的崩溃,并且表现儒家的实践如何靠重建秩序而解决了危机。明显的淫秽色情小说,如《如意君传》和《金瓶梅》,也利用正统修辞,尽管它们显然并不"正统"(Orthodox)。我所使用的"正统"(我所强调的是小写的 orthodox)一词指小说叙事的这些方面,即吸收并宣扬理学的象征主义和价值观,并且整合了小说——作为一种体裁它在16 世纪末到 18 世纪末达致其发展之黄金期——美学的诸方面。而且,正统修辞常常只是通过一些能够引出理学的道德逻辑的孤立的比喻来得到倡导,可是却被小说中其他方面更精彩、更出格的叙事描写所遮蔽。

小说中的正统话语与晚期帝国的理学意识形态密切相关,这种意识形态作为一种信仰和实践系统,在明清时期得到广泛深入的传播,就像空气一样,无处不在。与基督教在当代美国的语境中的情况相似,中国晚期帝国时期的语境中对理学也有许多不同的解释,而且各自都在宣称自己的合法性。当代学者对晚期帝国时期是否存在真正的正统的质疑是正确的:因为当时君和臣都曾以同样的方式赞赏非儒家的信仰和实践;但是,尽管如此,正统的观念,无论怎样界定、被谁界定,仍然起着让人们在既定的政治社会秩序中奉公守法的作用。[3]在国家层面,正统理学是被理学教条的价值观、实践和哲学阐释体系所界定的,而此一理学教条是由明清政府授意并支持的。这些教导和实践相互间并不是统一协调的,但却由帝国通过国家支持的既针对民众也针对精英的教育课程进行传布,这些课程与仪式和法律制度相呼应,维护着等级制的、独裁的儒家社会秩序那被自然化了的逻辑。

与这种制度化的、严格的理学正统概念相对照的是一种生动的知识思想传统,为了使自己对官方说法的挑战获得权威性,它也求助于理学,并且,在清代复古之风兴起时,更多地求助于汉儒经典。[4]尽管他们的认识论预期是追求原文的纯粹性,但是这些知识分子中的许多人都参与制造了一种混合的儒家文化。清代的考据学者虽然摒弃理学的某种文本的和形而上的基础,但是他们仍然遵照理学的社会理想,参加个人、家族和团体的仪式;而且,更多的是,参加保守的科举考试,通过参与这一考试制度,他们再生产了国家认可的对于哲学和政治问题的解释,无论他们自己的知识信仰是什么。[5]无论如何,不管知识分子怎样看待自己与国家或更具独立性的知识思想传统间的关系,所有宣称自己在为正统性代言的人都相信,儒家的礼仪和礼教是维持社会稳定的关键。

我的关于晚期帝国理学正统性的不正统的定义,是包含着这些参差不齐然而富有活力的哲学信仰、权宜性表达、个人与公共的仪礼实践的混合物,所有这些都与儒家传统有关。甚至在那些例子 —— 人物或文本本身说出了一些对理学正统性的某些方面表示反对的话 —— 中,仍可发现正统的倾向,因为它们也是期待着通过恢复(新)儒家的价值观和仪礼实践来使社会有序。这样看来,对于理学的定义可能太过宽泛了,以至于使这个概念失去了任何实质意义;但是,我的定义却真实地反映了正统性概念的用法的不稳定和模糊性,它被不同的人群使用,这些人或者靠宣扬正统来为自身寻求合法性;或者将其漫画化,以攻击在他们看来是理学实践的过分之处。我的关注点并不在于给晚期帝国时期的理学下定义,而在于通过本书的讨论勾勒出正统性的观念是如何被不同的人群所使用的,他们如此使用它是为了使自己在道德上、政治上,以及美学上获得合法性。而最急于确定自己的正统性的则莫过于国家了。

朱元璋(在位期 1368—1399,明太祖),明朝的建立者,是第一个将理学奉为国家之正统的皇帝;不仅如此,他还企图把这个信条直接传布给大众。他的《御制大诰》就是要达到此目的,《大诰》中包括了有关司法和仪礼事项的法典化的政策。[6]1391 年,他表彰了首都的 19 万平民,因为他们能够背诵《大诰》中的 75 项条令。[7]这些道德律令 —— 明太祖令每个村庄两个月将其诵读一次,并在每一所学校张贴 —— 后来被清朝朝廷沿用并发展了,作为使满族统治的道德权威获得合法性的一种努力。

1313 年,这一理学正统作为官僚考试制度的基础课程被制度化之后,由于官方的认可、确定和倡导,成了主导的通行的话语,但是,尽管如此,国家支持的理学意识形态也并非像人们想象的那样是铁板一块。大礼之争 —— 围绕嘉靖(在位期,1522—1567)继位的权力之争,它导致了 1524 年 17 位大臣的死亡 —— 就是一个最好的事例,它显示出,用 B. 艾尔曼的话说,在廷议中,正统性是如何受"君臣之间相互交叠但并不均等的利益"的摆布的。[8]正德皇帝(在位期,1506—1522)无嗣而终时,他那 13 岁的堂弟被作为其已死的伯父弘治皇帝(在位期,1488—1506)的后嗣,登基成为嘉靖皇帝。[9]然而,嘉靖皇帝并没有把弘治认作他的皇考,把他的亲生父母 —— 作为政治上的权宜之计 —— 认作他的皇叔皇婶,而是想提升他生身父亲死后的地位。1538 年,他成功地把他生父的灵位放入了皇家太庙 —— 这是只有登基过的皇帝才能享有的荣

17

誉。这种把政治上孤单的孩子立为皇帝,而不是让更有能力的热衷于皇位的成年人继位的聪明抉择,导致了一场礼的危机。[10]反对小皇帝追崇生身父母的一派引史实为据,争辩说,他的责任是保持王朝世系承绪的完整。[11]张璁(1475—1539)和那些为孩子的孝顺辩护的人则认为历史事例不足为凭,并且反驳说,礼须植根于人情,这样才不致于虚假;张璁他们这么做的时候,实际上是把感情当作了道德正统性的源,而这与正统的程朱理学教条是相悖的。[12]

尽管"大礼"之争可以被看成是一场派系争斗:争斗的一方是官位显赫的大学士杨廷和(1459—1529)及其周围的翰林,另一方是一些想要奉承皇帝的低级官员,但是嘉靖皇帝的支持者在争论中借用了16世纪对于人性的再定义。这一定义,对程朱理学反对将情感作为道德行为之基础的偏见提出了质疑。这场政治斗争 —— 参与的双方都声称自己的合法性 —— 为后面章节要讨论的对于理学的理性主义偏见的尖锐攻击提供了语境。虽然大多数对于理学正统的批评都雄辩而激烈,但它们仍是在明代理学思想的范畴内,追求一种对仪礼行为的更为灵活的解释。[13]

虽然,在关于晚期帝国时期儒教正统的范围和一致性的问题上,学者们可能有些含糊其辞,但是儒家礼仪毫无疑问仍是中国精英们恒久不变的主导性话语,这种状况一直延续到20世纪。在明清的经济膨胀时期,月渐增多的印刷品和较高的读写水平意味着在社会的各个层面正统价值观都被更大程度地吸纳了。礼的行为规范也被广泛复制在家法门规中,对于礼的名义上的认可 —— 纵令不是真正的实践 —— 变成达官贵胄家族身份的重要部分,成为文人身份的标志。[14]尽管清代占主导地位的思想文化倾向是回归儒家的经典学说,不过,对于经典的考据冲动并不限于去除被宋儒添加进去的佛道内容,研究和比较哪个版本更"可信"。考据研究还旨在复苏礼的古典形式。越来越多的文人积极地倡扬并传布儒家的礼仪知识,把它当成巩固社会道德基础的方法。地方志上

记载着各种道德典范,包括贤才、节妇和孝子,他们支撑着地方的骄傲和 *19*
荣誉。[15]文人,以及那些试图使他们的社会或政治地位合法化的人,把
注释和传播礼仪文本当作其作为尚古的儒学家的一部分责任,同时也
是出于更功利的原因,即强化家族身份并向当代和后世夸示他们的美
德。[16]而且,在清代,相当多忠于汉族皇室的人,以周启荣(Chow Kai-
wing)所谓的"礼仪纯粹主义"(ritual purism)的方式,求助于礼仪实践,
以此解决关系中国国家之兴盛的内忧外患。[17]这种礼仪纯粹主义另有
一种吸引力:它可以显示汉族传统在道德和知识上优于满族从大草原上
带来的那种习俗。

印刷技术的蓬勃发展和读写能力的普及,把真经带给越来越多的团
体和家庭,它们证实了伟大的道统的权力、吸引力和长久的生命力,尽管
社会在发生深刻的变化。常识和逐渐增多的历史证据都表明,虽然有关
礼仪的文本描述理想,但真实的实践通常更富于弹性,而且人们 —— 即
使是精英 —— 在履行其礼仪职责时,其激情和虔敬的程度也是各不相
同的。[18]在这个语境中,礼仪的表演和正统修辞的表达可以被解读成一
种获得社会合法性和权力的策略,它被社会各个层面所利用,上至朝廷,
下至最贫穷的想要保有丈夫财产的寡妇。不过,正如大礼之争所表明的,
甚至皇帝在正统的要求下都感到恼火,在就他的礼仪责任所进行的廷议
中他只享有有限的权力。

自我的正统建构 *20*

如果说儒家正统为这个社会提供了意识形态结构,那么礼和仪式就
是建筑这 —— 结构的砖石。[19]礼的实践处于正统话语的核心,它的狭
义的指令包括:规定人与人之间的社会行为方式,规定适当的仪式;它的
广义的原则就是:维持宇宙的社会政治秩序。礼通常被英译成 ritual,它
的意思既包括宗教祭祀也包括社会礼节。礼源自于王室对图腾祖先的

祭祀;这些仪式显然再造了天 — 地 — 人的三合一组合体,其本义是祈求年成安稳无灾,后来则被引申,主要起着使统治王朝的权威合法化的作用。[20]《仪礼》和《礼记》将礼的意思法典化了,礼的这些引申义始终与超自然的神秘感相关联。在安吉洛·齐托的著作中,"礼概括了作为人类与宇宙相通所必需的方式:一些法则和实践,靠着它们,宇宙和人类世界的相互渗透由于人类的主动参与而得以维持"。[21]联系着人类和宇宙的形而上逻辑 —— 它在汉儒的相关的宇宙论中已有所表达 —— 赐予人类行动以权力和责任:不仅要建立社会和谐,而且要建立宇宙和谐。按照这一思路,礼的实践将包括作为整体的个人、社会和自然存在。

尽管孔子自谦地声称,他只是传授文化而已,但他实际上却是在改造礼的实践。虽然许多被当作是他首创的东西,在别的文本 —— 比如《左传》中一些较早的关于礼的记载 —— 中已经露出端倪,但是孔子对于道德的强调,将个人和伦理的维度嵌入了周朝贵族的礼之中,此前的周礼只局限于祝祷岁时交替和生命循环的仪式。[22]他把礼改变成仁的具体行为表达。[23]因此,大多数儒学思想家都追随他,相信对原始人性需要进行严格训练,以获致它那完满的道德潜能;这一道德自我净化过程是通过遵循并最终精通全部行为规则和适当的礼来完成的。随着理学在宋代及以后历代的传播,对这种日常实践的关注越发加强了。

礼的核心是儒学对正名的要求,也就是使现实遵从于礼的理想。孔子有一句阐释统治原则的名言:"君君、臣臣、父父、子子。"[24]每一个角色,在每一种情境下,都有一种适宜的行为方式。通过研习礼仪、历史、五经,以及理学所规定的四书,个人能够学着在任何场合下都言行得体、合乎礼仪,并且,在这么做的同时,将理想内化成自己的血肉。儒家的自我是通过五常("五常"是"三纲"的延伸)而得以表现的社会的存在,那些相互间的责任和义务的纽带把君臣、父子、夫妻、长幼,以及朋友联结在一起。除了朋友之外,这些法典化的纽带是等级制的,也是视具体情境而变的;每一个人(他或她),即便是皇上,至少在一种关系中,根据礼

21

将处于从属地位。礼的实践的核心就是确信：上下有别、尊卑有序对于维护家庭和社会的秩序是十分必要的。[25]

　　传统上，儒教所关注的自我塑造是一种外在的过程，是通过适当地扮演社会角色，如孝子、忠臣或贞节的寡妇等而实现的。历史和小说传记倾向于从外部描写其主人公，把他／她当作某种被规定的"致性"的样板。[26]直到16世纪中叶和17世纪——吴百益（Peiyi Wu）认为此时是"中国自传文学的黄金期"，某些文人才尖锐地指出，内在的、主体性的自我与客体性的、礼所规定的标准正统自我之间存在着断裂。[27]晚明对于情的崇尚——我将在下面的章节讨论这个问题——攻击过分的正统性，认为它制造了一个缺乏激情和怜悯之心的伪善者的社会。他们用自我表达的本真性取代正统性，把它作为真正的道德的基础。对于情的崇尚支持内在的、深刻的感情体验；与此同时，正统话语却把人欲妖魔化，主张自我要合乎由外部所规定的礼，并把此当作理想的自我。

　　与较早时候就前现代中国的身份认同（identity）所形成的理论概念——这种概念化的分析是按照儒家的定义把礼的角色实体化——不同，近年来的分析强调为礼所限定的自我的可变通性，特别是在社会性别方面。[28]比如，安吉洛·齐托就曾用空间的术语来形容男性与女性的关系：外在的阳面（通常并不一定专指生物学意义上的男性）包含着阴面；因为阴阳之分界是相对的，它根据人们的性别、年龄和地位而变动：一位妇女，作为母亲或家长，相对于她的孩子和仆人，可以处于支配性的阳的位置。[29]这种分析开辟了一个理论空间，使我们能够看到，妇女，这个在儒家所规定的"五常"中被划归为受支配者的群体，也能被看成是权力的主动者。的确，我们不能再假设所有的妇女都是受压迫和无权的了。

　　然而，尽管研究传统中国的学者不应再天真地夸大一些本质主义的假设，即在人的生物学身份与他／她的社会角色之间存在着直接的关系，或者甚至假定个体将他们自己想象为具有某种一贯的、心理学意义上的本质身份;但我们同样也不应缩小令个体遵从于正统理想的法定的和伦理的命令的力量。各种年龄、各个阶层的人都随时可能用各种方式利用和操控其自身的社会地位,以谋取个人利益,但是那些偏离公认的
23 行为规范过远的人则会遭受严厉惩罚。不仅如此,流芳百世的报偿还激励着许多殉道者通过某种程度的自我牺牲来达到"致性",这使 21 世纪的西方人百思不得其解。按照理学的思想,正如正统话语所反映的那样,人类的行为要为宇宙进程带来秩序,而这一进程是通过礼的正确表演而得以完成的。[30]

礼在运作时是与某种程度的灵活性结合在一起的,意识到这一点很重要;但尽管如此,正统文本的传统[31]却强调绝对界限的必要性。汉代将秦汉以前的礼仪文本编到一起,集成《礼记》,其中说道:"夫礼者,所以定亲疏,决嫌疑,别同异,明是非也。"[32]小说中所述及的礼的行为的统一的正统标准的来源之一,就是那种礼仪手册,这种手册把一些话语性的(discursive)[33]范畴具体化,并对其不加质疑。一个有力的例证就是关于家庭中的内、外界限的讨论。[34]朱熹(1130—1200)的《家礼》——它是为理学时代建立的礼仪标准 —— 依照《礼记》的"内则"部分,把男女有别的训令具体化为建筑上的内外空间,而男女则被分别固定在相应的建筑空间中:"凡为宫室,必辨内外,深宫固门,内外不共井,不共浴室,不共厕,男治外事,女治内事。"[35]这段话遮掩了一种让渡转化的过程,通过这一过程,根据内外有别而建立的真实的社会界限,不再被当成是语言文化构建的结果,而被当成了固态的建筑结构。在实践中,达官
24 显贵家中的内外有别规定由于后花园的出现而变得复杂了;花园是建筑上的灰色地带,它有时被当作妇女闺房的一种封闭的延伸,有时则是向外敞开的。值得注意的是,这个不固定的空间部分并没有反映在礼仪文本中。但是,正如明清作品的读者所了解的,这一模糊不清的建筑边界地带成为小说和戏曲中最爱使用的一种隐喻(trope),花园和庭院常被当作有违礼法的罗曼史的发生地。[36]男女授受不亲的礼训还生产出更

多的象征性的内外边界结构。例如,《礼记》中说,满 7 岁的男孩女孩将不再能同席;满 10 岁的女孩就要被锁在深闺了(从而建立了区分内外的界限);到了 10 岁,男孩被送到学校,作为确定他们在"外"的身份的一个程序。[37]我们将在某个程序中反复地看到,男女有别(不是生物学意义上的区别)被用来使一些理论推导出来的界限自然化和具体化。需要注意的是,礼仪原文对于建立和保持严格的性别界限的关注,被转录到了大多数明清小说和戏曲中,甚至被转录进那些因不那么强调男女之大防而展示出真正魅力的作品中。在诸如《红楼梦》这样的小说中 —— 这部小说似乎除了正统以外,对什么都称颂 —— 一个人的表演与他的社会角色相适应仍然是被当作秩序的基础,即如果父不父,子不子,妻不妻,混乱就会接踵而至,不论作者(们)和读者(们)多么不希望这样的事情发生。

为了理解晚期帝国的小说 —— 在这些小说中,小小的过失可以激发一种可怕的因果报应轮回 —— 中常常显得晦涩的说教逻辑,有必要叙述一下宋代理学体系是如何将礼的重点从掌握外在形式转向内在的修身过程的。理学模仿佛教,以承诺向几乎每位愿意遵守道德原则的个体提供启示的方式来普及它的普遍救赎的训言。佛教徒的静修是一个使个人摆脱欲望和情感依恋的过程,他们相信,任何一种对于虚幻的现象世界的依恋都将阻碍人的彻悟。尽管理学没有走到否定现象世界的地步,但它追随着佛教,鼓吹超脱于现象世界。朱熹发展出一套条理清晰的、纲领性的课程,作为自修训练的基础;按照这个程序,个体可以摆脱他们对现象世界的主观的、潜在的偏见,开掘他们那完满的道德潜能。

较之经典的礼法 —— 它从外部限定自我,强调得体的行为,理学更多地关注道德意志的内在生长。[38]道德意志的建立有赖于训练心性,使之具有充分的客观性,这样它就不会被外在的刺激所动。即便最粗糙的理学文本读物也显示出对于获得内在的"静""敬""公""中"状态的巨大关注,这四者是克服自私的一条途径。经典儒学的教义集中在情感的

25

恰当表达上,而理学则强调静心,好让心变得像一面镜子,它可以映照事件和各种刺激,但却不会对它们做出回应或被它们所扭曲;这就是静坐的目的。[39]因而,欲也就被看作是彻悟状态的对立面。尽管,当我们从现代个人主义的价值观来看时,理学的修养似乎常常是对人性的压抑,但我们不应忽视,它的知识和精神诉求是那么有力,以至于支配了中国和韩国的思想文化传统,而且还深刻地影响了日本的思想文化传统,直到20世纪。到了晚期帝国时期的中国,尊奉理学的礼法成为保持一种受尊重的社会身份的基本要素。[40]

26   朱熹宇宙观体系的核心概念是"理",一般被英译为"principle"或"reason"。[41]朱熹把理当成普遍的标准,"一种宇宙的模式",它既建构了自然秩序也建构了道德秩序。[42]尽管每一事物和事件都有它自己的理,但它们都不过是那唯一的、普遍的、超验的理的体现。不仅如此,尽管理是每一事物中固有的,从一棵草到一种思想,但是人类还需要努力去实现并完善它那普遍的潜能。与理相应的是物质(matter)或"气",这是一种给理赋形的动态的能量。[43]由于其本身的不完美性,气 —— 它在纯度上各不相同 —— 常常会阻碍义理的完满实现,使人性褊狭而主观。[44]修身的训练 —— 它的基础是儒家的乐观信念,即认为教育和礼仪是对人从精神到肉体的改造 —— 是用来减少不纯的物质(气)的负面影响,使之最小化,并且让自我成为一个完全客观的、澄明的、乘载义理的容器。根据朱熹所推崇的思想家之一张载(1020—1077)的说法,"使动作皆中礼,则气质自然全好"。[45]尽管董仲舒(公元前179—104)已经为道德化的宇宙论奠定了基础,但是理学却进一步引入了对于个体意志的考查,并把它当成实现道德完美的宇宙秩序的一个基本步骤。正如《大学》—— 理学所规定的《四书》之一 —— 中所说的,诚意和正心是协调整个世界的必不可少的步骤。

    礼是对理学的义理的实施;在实施的同时它使个体获致他们那完满的道德潜质,并规范他们身边的环境。正如《近思录》—— 这是朱熹与吕祖谦(1137—1181)合编的一部广泛流传的有关修身的理学文选——卷一中所说:"礼曰理"。[46]这种把礼与超验的理视为同一的说法背离了经典儒家的观点——经典儒家把礼理解为一组被构建的实践,它们在周朝达到了极致;结果导致理学对于正统观念(orthodoxy)和正统行为(orthopraxy)的愈发刻板的解说。程颐(1033—1107)关于饿死事小失节事大的说法就体现了程朱理学的这种强硬观点。[47]这种关于得体行为的解说比孟子的还要严苛,孟子把便宜行事(权)当作一种偏离礼法的正当理由而予以宽宥,特别是当它意味着要拯救人性命时。[48]

《大学》将内在化的修身过程与规范社会环境天衣无缝地整合在一起,清楚地说明,一个个体规范他的主观意识的过程可以扩展到整个宏观社会,并产生更大范围的影响。[49]

> 物格而后知至,知至而后意诚,意诚而后心正,心正而后身修,身修而后家齐,家齐而后国治,国治而后天下平。自天子以至于庶人,一是皆以修身为本。其本乱而末治者否矣……[50]

《大学》中的这段话在个体心性与经国大业之间建立了类比的关系,它揭示了晚期帝国正统话语的象征性逻辑,即,个体的行动(和思想)对社会和宇宙的秩序负有直接的责任。

浦安迪在对四大明代小说——他认为这四部小说是一种理学寓言——的研究中提出,《大学》中详述的那种因果关系链是明代文学的一个中心主题。《金瓶梅》,这部描写家庭关系的明代写实小说,形象地说明了放弃理想的修身过程是如何给个人及其家庭带来灾难的。[51]基思·麦克马汉也论证了,在17世纪小说中,用叙述性隐喻来表达理学的自制和节制概念的重要性。正如他很敏锐地观察到的那样,理学对于欲望和骄纵的疑忌是通过大张的嘴和贪婪的眼睛的形象而表述的,而后,又进一步投射到像墙上的裂缝和洞口这样的房屋建筑上。

[52]小说与礼仪经典的这种系谱的联系在丁耀亢（1599—1671）的《续金瓶梅》——这本书更像是对通俗道德读本《太上感应篇》的注释，而不像是一部小说的续篇[53]——和18世纪的小说《歧路灯》中十分明显。作者李绿园（1707—1790）把自己写的家训《家训谆言》抄到他的部分小说手稿中。[54]正统话语的叙述逻辑与《大学》一样，都认为个体是一个与更大的秩序体系同质的微观世界；正如我们将要看到的那样，这种在个体与社会和自然环境之间的类比关系是小说的一个重要结构特点，而且对小说的性别描写的意蕴产生重要影响。

29　礼、阴阳宇宙论和性别建构

在当代西方话语中，男女两性的差别首先是生物学上的差别，因此这差别具有必然性，这是从理性上承认社会性别差异是必要的、是合乎逻辑的，而且这种话语只承认两种性别；与当代西方的性别话语相对，儒家中国却重在论证有关相互均衡的（symmetrical）性别角色的自然和社会的逻辑。[55]这两种概括生物学性别（sex）与社会性别（gender）的方式之间有一个根本的不同，即在前现代中国，适当地扮演某种社会角色被认为比确保生物学身份和社会身份的协调对于维护社会秩序更重要。比如，如果有必要，在家中没有合适的男人的情况下，女子能够充当儿子的角色。正如夏洛特·福斯（Charlotte Furth）对于前现代中国自然发生的性别（sex）变异的研究所表明的，生物学的性别被概括为在一个连续统的两极之间滑动的偶然状态。关于自然性别变化的法律和医学方面的讨论都承认生物学意义上的流动性是与阴阳的转换相一致的。这些生物学意义上的转换并没有威胁到自然秩序：它本身就是以阴阳恒常转换的知识为基础的一种文化建构，只要被讨论的那个人在社会秩序中被摆到了合适的位置。[56]不仅如此，尽管有对于适宜的社会性别角色的详细描述，正统文本却显示出对于偏离了所预期的社会性别角色的个体的某种宽容,作为权宜之计,这种偏离是为了达到更高的礼或家族的目标。[57]著名的花木兰就被表彰为忠孝两全的偶像,尽管她背离了适当的社会性别角色,女扮男装,替年迈的父亲去服艰苦的兵役。[58]

意味深长的是,在身份的认同上,对社会基础而不是生物学基础的依赖似乎有所增加,这可以从朱熹《家礼》—— 这是晚期帝国时期有关家庭礼仪的规范读本 —— 所规定的礼的实践的某种变化上觉察到。[59]汉代的标准礼仪读本《礼记》是既强调社会身份又强调生物学身份的。例如,在新生儿的首次露面和命名的仪式规定上,《礼记》说:必须在孩子出生后三个月给孩子剪发。这一仪式既包括男孩也包括女孩,但是头发被剃成相反的形状("男角女羁,否则男左女右")却提示了男女两性间的互补性。[60]按照礼法,所有的孩子,包括那些妾生的孩子,都行首次露面和命名之礼,而这些礼仪形式则根据孩子的地位[61]分成好几等。与此相对,朱熹却违反了时人的习俗,只讲嫡系世子 —— 这是一种由社会而不是由生物学所确定的身份 —— 的首次露面之礼;而且,朱熹的礼仪解说还把孩子身体上的物理标记全部省掉了。[62]《家礼》在强调女孩子的礼仪待遇上有一些小小的变化,主要表现在其对及笄仪式的关注上。《礼记》把及笄与女孩子的身体成熟联系起来,它标志着从童年向成年的转变。这里,《礼记》为及笄提供了一种语境:它是从姑娘转变到妻子角色的准备阶段之一,但尽管如此,这一事件是与女孩子的岁数 ——15岁 —— 相连,而不是与她的婚嫁情况(身份)相连的。[63]《家礼》则把这个仪式与女孩的社会身份的变化相连,并且规定,"女子许嫁笄"(在女孩子订婚时,她应该已经是行过及笄礼的了),但是他又注释说,"年十五虽未许嫁亦笄"(女孩子应该在 15 岁时行及笄礼,即使她还没有订婚)。[64]

欧洲人强调个人身体的生物学和物质性本质,把它当作性别身份的推论的基础,与此相对,中国人所看重的却是演示和维持男女两性间的均衡关系,这种均衡既是自然秩序也是社会秩序的特征的清晰体现。这种对于秩序的均衡模式而不是对于个体的独特性的强调,赋予生物学一种不同于西欧生物学的意义。它的功能与其说在于确定性别身份的本质基础，不如说在于给性别均衡的基本原理提供一种认识论的支撑。在这个意义上，安吉洛·齐托的说法——物质肉体被当作一个可以向其投射意义的符号或容器——是正确的；但是，正如小说中所证明的那样，她过于看轻了男女两性的肉体本身的重要性。[65] 在对《醒世姻缘传》的讨论中（本书第三章），我们将会看到，把男女维持在恰当的位置上的需要引起了很多焦虑；这种焦虑被频繁地以肉体描写的方式表达出来，在此，妇女那有漏隙的（leaking）、挑逗性的身体对内外边界的完整性构成了威胁。虽然在传统中国生物学身份的文化含义与西方的不同，但是这种身份对于道德和自然秩序却很重要。

礼仪文本把性别当作其他成对出现的身份范畴——比如君臣或父子——的相似物和转喻。尽管"孝"和"忠"在经典儒家文本中比"节"获得更多的直接关注，但是儒家的解释学传统一贯看重夫妻的性别关系，把它当作其他等级关系的一种隐喻，特别是在政治领域。这也许是因为，与其他的等级化社会角色相比，男女之间社会角色的差别能够更容易地被自然化。正统话语并不是把性别角色的本质概括为与生物学相关的东西，而是把它们当作抽象的阴阳价值观的天人感应式的显现。这种概括强调，礼仪文本中的阴阳价值观讨论与《易经》中更偏重于阴阳变化的、形而上的解释完全不同。在形而上的话语中，阴与阳被假定为互补的、流动性的、互相依存的力量：太阳、男性、光明、火、热、原创性行为等等，代表阳；月亮、女性、黑暗、水、冷、被动的接受等等，代表阴。生产、再生产、变化的过程，以及全部的经验和现象都依赖于这两种相对等的能量的自由自在、无休无止的混合；在岁月和生命周期的不同的点上，其中的一种力量会逐渐强大，终至于取得支配地位，但是在它达到顶峰之后，很快就会开始衰退，直到另一种力量取得支配地位。这两者可以被看作是一个连续统的两极；在《易经》中，纯"阳"由"乾"卦☰来表示；纯"阴"由"坤"卦☷来表示。在六十四卦中，只有"乾"和"坤"不表

32

示"阳"中有"阴"或"阴"中有"阳";绝大多数的现象都是两者混合而形成的。自然世界就是这些不停流动着的交互作用状态的一种显现。

夸张地说,无论如何,阴阳成了被专门用来区分相互对立的情形的二义组合(binomes)。正如在林理彰(Richard John Lynn)的《易经》翻译中所形容的,乾的功能是调节:

> ［乾］通过使万物的欲望遵从它们的本性来显现乾的适度性和稳定性。乾里面蕴藏的始生万物的力量是如此之大,以至于它可以凭着自身完美的适度性使天下万物美满合宜。它不说自己是如何授之以完美适度的;这正是它的伟大! 多么伟大的乾呵! 它刚强、健壮、适中、正当,而且它不掺杂质,不受污损,是绝对纯粹的。[66]

类似的对于纯粹的阴 ——"坤"—— 的描述则揭示出,它那生殖的潜力被认为是很不稳定的,以至于能导致无序,除非受到适当的控制:

> 坤的本性是多么伟大呵! 万事万物都由它而获得生命,在赋予万物生命的时候,它顺从地贯彻了上天的意愿 …… 作为一个柔顺者,坤宜于行事稳定,一个想要有所作为的君子,假如他抢先,将有违于"道",而如果他随顺,他就会找到自己的正确位置。[67]

乾卦趋于恒久稳定的秩序,与之相对,坤卦中固有的易变性是产生／再产生违规行为的隐患,如果它不能遵守由乾所建立的适当的规范的话。绝对的阴被认为是一个不成熟的、易变的空间,根本性的变化 —— 比如与生和死相关联的那种变化 —— 会在此间发生。[68]儒家的伦理学者们把阳的调整功能和与阴相关的易变的生殖力固定在一个等级分明的社会矩阵(matrix)中,在那里,阳的位置(作为统治者、家长、长者、男性)凌驾于次等的阴的位置(作为统治对象、孩子、幼者、女性)之上。在

33

这一二元对立体中,阳作为实体,相当于正统的、因袭的常规,而阴呢,在被控制得当的时候,则支持并重建着元秩序。然而,当阴不能被妥当地容纳时,它仍会变成一种违反常规的力量,将那元秩序颠覆。[69]尽管阴阳象征主义的这两种构建 —— 在社会层面,将阴阳安排进一种固定的、等级的关系中;而在形而上的层面,则强调二者互动的流动性 —— 显然是相互矛盾的,但两者之间的裂隙被那些寻求把儒家的社会秩序建立在一种理论的、被结构化的自然秩序基础上的哲学家们给抹平了。

34 在汉代,相互竞争的各派哲学家们把阴阳的范式扩大,将其与许多联想混合在一起,这些联想是从那个四五种元素循环的宇宙论推衍出来的。尽管他们会把不同的象征性价值分派到同一概念上,但是这些哲学家都有一个信念,即抽象的形而上的术语能够具体化为真实的物体、人或品格。[70]影响最大的宇宙论者是董仲舒,他把五行生克的思想并入以阴阳为基础的道德秩序。董仲舒努力概括出一种系列化的宇宙论结构,在这一过程中,他使诸种二义组合(binomic)概念中的每一元素与一种抽象的阴或阳相等值,从而在相互分离的诸现象之间创造了一个相互联系的等值系统。然后,通过把阳这个词评定为与生俱来的善,把阴定为恶,他又将这一认识论图式落实于道德框架之中。[71]在这一系统中,每一个阳都与所有其他的阳类比、挂钩,尽管它们之间可能并没有其他的逻辑联系。

这种孳乳繁衍的修辞逻辑对于后来中国象征性语言的发展有着无法估量的影响;它将抽象的术语与其他术语置于一种相对立或相连续的关系中,以此办法对该术语推论性地加以界定。这种修辞逻辑的普遍性和弹性产生了绝对丰富 —— 尽管变化不定 —— 的象征性词汇,在这些词汇中,任何术语都能引起多样的、并常常相互矛盾的相关联的意义。由于这些符号好像是经验性地而不是推论性地产生的,这就掩盖了这一象征系统的某种武断性。例如,在一大段比较阴阳之对立性的叙述中,董仲舒强调说:"天之阴阳当男女,人之男女当阴阳。阴阳亦可以谓男女,

男女亦可以谓阴阳。"[72]董仲舒就是这样用这种修辞的策略,把合乎伦理的人类行为与天的正常运行连在了一起:

> 天两有阴阳之施,身亦两有贪仁之性;天有阴阳禁,身有情欲袟,与天道一也。是以阴之行不得干春夏,而月之魄常厌于日光。乍全乍伤,天之禁阴如此。安得不损其欲而辍其情以应天。[73]

35

在董仲舒著作的这一段和其他段落中,阴是需要被调整和控制的,因为,"恶之属尽为阴,善之属尽为阳。"[74]

董仲舒道德宇宙论对于后世有关治国之术的著述的持久影响可以从刘基(1311—1375)的一则评注中看出来,在这里,刘基描述了14世纪的政治混乱。

> 尽管天道是这样地爱善憎恶,尽管它天生地就偏爱秩序,但它的自然物质"气"却不停地在阴阳的正负两极间振荡。当气移向阴极时,它就失掉了平衡,它的循环被阻塞了,它使季节失序,星座失位,它喘息恶心,于是雷鸣、电闪、疾病、洪水、干旱,以及叛乱就会在大地上出现。人们无法逃避这宇宙的疾病,他们像疯子似的反对规范,他们变得疯疯癫癫无所适从,因为他们感染了天的病"气",不知道他们在干什么。[75]

正如我们将要看到的那样,同样的联想性的象征主义(associative symbolism)的丰富词汇——它把阴与各种否定性事件相连——形成了明清小说中正统修辞的核心。

礼仪文本总是通过结婚的仪式清楚地说明自然的阴阳与社会制度之间的相似关系。《礼记》将这种仪式描述为社会秩序的基础,因为它勾画出基本的男女之别,并确立了夫妻间相对称的责任义务;忠孝双全就是由这最初的结构中产生的。正如《礼记》所说："婚礼者礼之本也。"[76]

36 《礼记·昏义》描述了宇宙的阴阳能量是如何密切关注天子和王后——这是阴阳在人间的最有权力的代表——实行内治（女）和外治（男）的道德努力，并对之做出反应的。"是故男教不修，阳事不得，适见于天，日为之食；妇顺不修，阴事不得，适见于天，月为之食"。[77]《礼记》中还说："昏姻之礼所以明男女之别也。"[78]

礼仪文本中有些经常被重复的专门针对妇女的话，比如班昭（约40—约120）《女诫》中的"妇地夫天"，把男女的等级差别进一步自然化了。稍后的《女孝经》也是不断地在宇宙的阴阳模式与礼仪之间建立联系，进而为男女的社会差别提供一个"自然的"语境。[79]"妇地夫天，废一不可。然则丈夫百行，妇人一志；男有重婚之义，女无再醮之文"。[80]所有这些礼仪文本均不把男女的生物学差别视作男女之别的根据。而且，与理学兴起后出现的大多数指导女孩子和妇女的文本相一致，虽然《女孝经》这一书名提示出它显然是专论女子与其父母关系的文集，但它的焦点仍集中在婚姻关系上，关注的是妇女与她的丈夫及丈夫家庭的关系；正如其序言中所说："夫妇之道，人伦之始。"[81]

37 晚期帝国时期夫妻关系的重要性得到了广泛的表达，这时，指导或有关妇女的礼仪文本激增。吕坤（1536—1618）《闺范图说》曰："一阴一阳之谓道，夫妇一小天地，天地一大夫妇。故万化之原始于闺门。"[82]冯梦龙（1574—1646）的小说中也表达了与此相同的概念：

> 自混沌初辟，乾道成男，坤道成女，虽则造化无私，却也阴阳分位。阳动阴静，阳施阴受，阳外阴内。所以男子主四方之事，女子主一室之事。[83]

与此相对，那些没能被婚姻加以规范的性别关系却是文学文本的主要焦虑所在。在许多例子中，性别差异都即刻引发出性欲之魔，很少见到中庸的状态。[84]正如我们可以看到的,在《诗经》毛传对情诗之美刺的解释中,在屈原(前340—前278)的《离骚》——诗人在此以"美人"称呼其所寻求的理想中的诚信君王——和宋玉(前290—前223)的《高唐赋》——诗人借此赞美王权——中,性别关系被性欲化了,并成为一个承载场,在这里,对权力、秩序、忠诚和德行的界定被检验、商定,并重建。还有什么方式能比道德责任与最极端的欲望表达之间所构成的对立更有力地说明在等级制关系中所产生的自我与责任间的张力呢?正如我在下一章所讨论的,到了理学时代,对欲的质疑(the problematic of desire)竟成了努力修身的标志,以至于一个人只要瞥见异性,或听到她/他的存在,就必须立即启动一套在阴阳象征语汇中已经被用滥了的关于欲、礼和违规的叙述。

　　晚明清初的小说《醒世姻缘传》——本书第三章的讨论对象,对于性欲表现了彻底的不信任。正如以上所论,保持适当的社会性别划分和性别等级是理学社会秩序的一个基本方面;《醒世姻缘传》中对女主角的描写是对所有可能发生之事的一种噩梦般的想象,当一个男人疏于"修身"并无法"齐家"时就会发生这些事,就会抹掉所有那些界线。这是一则描写欲的危险性的正统寓言,集中描写了一个泼妇形象,她行为乖张,为所欲为,几乎毁掉她丈夫的家族。尽管泼妇形象——《醒世姻缘传》把这种形象放大了——在公然说教的叙事中并不少见,但令人惊讶的是,在很多情况下,这种妇女也以一种速写的方式出现在更具言情意味的作品中,这些作品曾以其对理想化女性的描写而与众不同。虽然这些作品中的泼妇常被她们那些优雅的姐妹给遮蔽了,并通常作为附带的形象被忽略,但她们在引发正统话语的道德逻辑上却起着非常重要的叙事作用。正如《醒世姻缘传》中所表明的,个人的礼仪表演是一种手段,靠着它,一种稳固的道德的社会和宇宙秩序被创造并被维持下来;性别就是这一伦理系统的基础。损毁礼所规定的性别角色,就会有动摇社会和宇宙秩序的危险。

"文"与正统美学

毫不奇怪,社会和自然秩序中的性别均衡的基本要点也反映在小说美学中。形式结构对于晚期帝国白话小说的接受和意义的形成至关重要,因为加诸某些小说的道德倾向往往是以该文本的文学质量为基础的。对于阴阳这一主题的结构处理就成为制造文本的文学性(文)的一个重要方面。男女不只是阴阳的自然化的显现,他们还承载着明确的道德结合能力(valence)。因此,除了简单的叙事功能外,小说中的性别描写还承担了一种实实在在的意识形态和伦理的重任。

正如礼的表演(performance)给世界带来秩序一样,与"文"相连的文化实践也被认为能够完美地表达"道",即所谓"文以载道"。在晚期帝国的语境中,"文"通常被简单地译为"文章"或"文学"。然而,在清代,正如安吉洛·齐托所说,由文人实践着的文学活动,像礼的实践一样,也被赋予了同样的道德权威和力量。[85]在对清代皇家仪式的研究中,齐托使用了一个古旧的概念——"naturally occurring text-pattern"(自然出现的文本模式)——来翻译"文"这个词。她的注释让人想到《易经·系辞传》所表达的信念,即卦象(文)能够而且应该反映宇宙的结构(文)。"物相杂故曰文"。[86]按照事物相互关联的宇宙论逻辑,文本模式(文)延展扩张开来,就具有了影响现实的力量,于是,某些种类的文化产品,特别是音乐、文章和建筑,就同礼一样拥有一种神圣的力量去规范,或协调,不同层次的存在。用王安石(1021—1086)的话说就是:"文"等同于"礼教"与"治政"。[87]或者,如齐托所写的那样,"被现代性当作'美学'产品的'文'实际上使它们的作者具有了一种道德上的权威"。[88]

"文"既指文化产品,也指文化的教化力量。人们对于"文"所具有的双重作用——既能反映宇宙真理又能引发变化——深信不疑,这些信念在刘勰(大约465—522)的文学论集《文心雕龙》中得到优雅

的阐说。《文心雕龙》开篇伊始就宣称艺文的道德效用："文之为德也　*40*
大矣。"[89]人类的行为派生于宇宙模式："人文之元肇自太极"（第2页）。
而且,文化产品与宇宙和社会的变化是相互生成的:

> 易曰:鼓天下之动者存乎辞;辞之所以能鼓天下者,道之文也。
（第3页）

上段引文的一个英译者解释说,刘勰此处利用"辞"这个词的模糊
性,它既特指《易经》所附的"传",也更广义地指语言学的形
式,似乎是在申明修辞具有引起变化的力量。[90]宇文所安（Stephen
Owen）把这段中的"文"译作"aesthetic pattern"（美学模式）,他指出,修
辞学和这些文学文本的形式具有神圣的力量,它可以显现宇宙的"美学
模式"。[91]

虽然"文"与宇宙模式长期地相互关联,但是,在儒学思想家眼中,
并非所有的"美学模式"（文）都是正面的。孔子本人就曾指出,写作时
要在内容与修辞之间寻找平衡并不太容易:"质胜文则野,文胜质则史"
（《论语·雍也》）。他还攻击郑国的音乐,谓之"淫",谓之"乱雅乐也"
（《论语·卫灵公》《论语·阳货》）。在此后为争夺政治文化霸权所进行
的意识形态斗争中,自诩为儒家阵营者总是攻击其对手具有"放纵（淫）"
的美学倾向,并把它当作道德败坏的征兆。例如,汉明帝（在位期:58—
76）统治时期,儒家复苏,儒家学者选择素朴简洁的墓碑,以此把自己与
贵族精英区别开来。与贵族偏爱装饰华丽的葬器不同,士人阶层避免这
些传统的表示奢华的物事,用强调孝顺、节俭和牺牲的常见的标记取而　*41*
代之。[92]一个著名的表明儒家学者偏好俭朴之美而不是精致繁复的辞
藻的事例就是:中唐时的政治家韩愈（786—824）倡导以更质朴的"古文"
取代时人所偏爱的辞藻华丽的骈文。宋代的理学家们——他们将韩愈
誉为与孟子相同的儒教捍卫者——追随韩愈反对骈丽的辞藻,并采取

一种几乎是直白的散文形式来传达他们的儒学教义。[93]在上面所引的《上人书》中,王安石写道,文是能够"有补于世"的,相对来说,"辞"则像器皿上的"镂刻绘画",表面"华""巧",却并"不适用"。[94]

晚明时期,对正统的纯粹性的要求与表达自由之间进行了另一场美学和意识形态论战。为数不多的几位有影响的文人,其中最重要的是李贽和公安派的袁氏兄弟,反对有关诗歌的主流标准,认为每一个时代都应创造自己的文学形式。明代的诗风受拟古派支配,此派或多或少地受到严羽(1180—1235)的诗论《沧浪诗话》的启发。[95]《沧浪诗话》把唐诗当作诗歌的正统之源,并宣称,只有吸收并掌握这一正统传统,一个人才有希望成为有悟性的诗人。具有讽刺意味的是,严羽也强调妙悟,并把以禅说诗当作其复兴正统的一部分,这表明"正统"这个词在美学－文学语汇中具有多么大的伸缩性。对于拟古派来说,诗歌写作实践的价值在于它是一种修身的方式,而不在于它是抒发性情或美学风格的探索形式。[96]

不幸的是,拟古派把复古当作一种精神和美学的修炼形式的保守要求导致了大部分明清诗歌的笨拙模仿和俗套。作为对这种大量的缺少性灵的诗作的回应,晚明的改革者们呼吁向诗歌的表现功能回归。公安派的袁宗道(1560—1600)写了一份宣言,大胆地提出,对于诗歌创作来说,抒写性灵的"真",比囿于正统更重要。正如下面章节要讨论的,这种在文风上(stylistic)对于更为学院化的拟古派的反对,提高了常被贬低的晚明对性灵 —— 也即情 —— 的崇尚,这种尚情促进了以感情、幻象、吊诡,以及外在形式为基础的美学理论。李恩仪对晚明时期进行了杰出的研究,她指出,一场自发的晚间戏剧表演的价值正在于它的无意义;[97]假如诗歌创作的主导理论在于强调其道德说教功能的话,那么毫不奇怪,改革者们则会赞同一种游戏式的"为艺术而艺术"的心态,它珍视以巧妙的成双(doublings)[98]、倒置和不拘格套为基础的修辞。这种修辞在美学上具有创造性,但在伦理上则是含糊的。

尽管儒家保守派对于过分的藻饰表示怀疑,但是"美学模式"(文)总是与正统的表达相连,或者体现在内容上或者体现在风格上。传统中国的正统修辞学是被高度结构化和规范化的;文言,包括哲学、历史、官方文件、诗的语言,以及更典雅的因此也更受尊重的文学形式,是以简明扼要的描述、对偶句和章法为标志的。[99]虽然把形式主义与正统(某一派别的形式主义会很容易地被另一派别攻击为文风颓靡)相提并论有点夸大其词,但是似乎确有一种潜在的文化倾向,要把规范的文与道德的严格性相连系,这一倾向构成小说批评的重要特点。文与礼在对付自发性表达 —— 这种表达是无法预料的、凌乱的 —— 的过程中,在将后者组织进一种普遍、明晰和文雅的形式的过程中,具有相似的功能。对于韩愈来说,抒情诗的最高成就是律诗("律"这个字也意味着"法律"和"约束"),在这里,每个字的声调、句法和语义功能都依据每一句每一联中的确定模式被规定好了;写律诗,就是在实行自律。

毫不夸张地说,明清两代,当整个帝国都在为准备科举考试的年轻人办学校的时候,八股文(也称"时文")成了官方正统声音的主要表达,但却有着谨慎的变调。[100]虽然考官和应试者都有可能利用对儒家经典的解释来推进政治和意识形态结构的变化,但是作这些解释的文章必须采用八股文所要求的那种简洁典雅的句式和语言。[101]把经典当成论说资源的要求和形式的异常刻板就像一件保守的紧身衣,它的功用是使考生和主考官们不至于过于偏离正统思想的边界。[102]显然,尽管晚期帝国时期对科举考试的弊病有着广泛的批评:比如对考试成功的表面性和随意性、对科举取士的商业化的嘲讽、对考试拘泥于八股文的技巧而非道德或实践知识的批评,以及对这种考试制度会使社会控制的形式固定化的忧虑;但是,仍有人称赞八股文是一种文学创造。[103]比如,对官僚体制现状进行激烈抨击的李贽,以及袁宏道,都赞扬八股文是明代的文学革新。[104]

八股文的文学形式主义所产生的文化重要性也体现在下面的事实

中,即在明初和清初,八股文与汉族的身份认同之间发生了紧密联系。在世俗层面,由于科举考试成功是男人们提升自身社会地位的最合法的途径,因此,考试的学问就变成了一个神话的重要方面:意味着汉人在文化上的优越。八股文作为明代的革新成果,似乎曾被看作是对于野蛮的蒙古人所有的那种低级文化的炫耀式回应 —— 蒙古人曾取消科举考试长达40年之久。清初曾有改革八股文的意图,那些需要死记硬背的考试科目也遭到激烈反对;正如本杰明·艾尔曼所说,某些文人把清初的这些改变视为"满族入侵者对于儒家正统的背叛"。[105]这样看来,八股文那种僵化的形式似乎曾被某些人当作了中国汉文化的象征。

把形式主义与正统相连的倾向构成了小说批评的一个核心成分。小说评点通常是指点读者,使其忽视那些非正统的内容,而把注意力集中在"美学模式" —— 所谓"文" —— 上。在这方面最明显最大胆的例子就是金圣叹对《水浒传》—— 一部似乎是宽宥叛乱的、不守规矩的、反官府的小说 —— 的回护。金圣叹忽略了贯穿小说始终的有关强盗叛乱的政治寓意,尽管他面临着这样的事实,即他评点此书的时间也正是明朝走向崩溃的时候。在《水浒传》"序三"中,他愈发推重这部小说,认为它不仅适合于,而且有益于学童。因为,如他所说,他对小说中的那些结构技巧的批注使其变成了对写八股文很适用的初级教本。尽管在将白话小说誉为"文",以使其合法化的过程中,他要故意地误读和改写《水浒传》,但是,金圣叹对于小说美学的涉入是有力的,其影响是深远的。20世纪初的知识分子周作人(1884—1969)还能回忆起他的祖父曾指导自己的学生研读诸如《西游记》《儒林外史》和《镜花缘》之类的小说,并将其作为学生们学作八股文的一种准备。[106]

白话小说的编者、点评者和作者们为使小说能被擢升为严肃体裁而奋力抗争着。小说总是被排除在受尊敬者之外;尽管目录学家们努力地给文本分类,给文本编序,但他们仍不能确知如何处置小说 —— 历史的一个小小分枝,它所处理的事件外在于正统的界域,要么太过琐屑,要么太过异端。[107]在英语中，"fiction（虚构）"（它来自拉丁文 *fingere*，含有"形构"、"塑造"、"发明创造"的意思）一词所有的"创作"和"塑造"的含义具有显要的地位，而在中国这种历史编撰高居支配地位的文化语境中，它只能被蔑称为"小说"。中国有一种与众不同的认识论冲动，那就是要给所有的现象分类，这也应被看作是另一种文人行为，即企图通过将世界分成松散的类别的办法来规范世界，在这一点上，它与礼相类似。小说勉强待在规范体裁的边缘。班固（32—92）把"小说"排在哲学家们（"子"）之下，是诸子十家 —— 这是一种分类，包括儒家、道家、墨家和法家 —— 中的最末一家。刘知几（661—721）把小说归入历史目下。胡应麟（1551—1602）虽然认可了这种形式的主观性，但他还是把小说划分成了 6 类（志怪、传奇、杂录、丛谈、辨订、箴规）。[108]显然，尽管胡应麟对当时的传奇剧感兴趣，但他仍把传奇剧和长篇小说 —— 最异端的体裁 —— 排除在他的分类之外。也许是为了补偿白话小说在主题和分类学上的缺陷，点评者和编者采取了从形式上评点小说的办法，这是一种注重形式的诗学，它把美学处理与道德取向等同起来。

46

形式主义与小说的黄金时代

研究晚期中华帝国的当代学者们在把修文与通过诸如静坐和礼仪制定这样的实践而进行的修身相类比时，他们指的是经、史、子、集这种规范文献的编纂。[109]然而，晚期帝国时期，加诸于"文"的价值是如此之高，以至于与此有关的几乎一切精英文本活动都具有了某种文化合法性。[110]18 世纪的那些努力 —— 它们被现代学术分别划归艺术、哲学和政治学，作为对规范、调整自我和世界之神圣活动的参与行为，是与礼相傍而生的一个连续统。[111]在这一时期，美学模式（文）获得了新一层级的文化权威性。

有明一代，对于文本（文）—— 甚至历史 —— 的兴趣发生了转移：从把它当成历史事实的宝库向着把它当作写作技巧的范例转移；这一转移有助于小说美学的发展。[112]明代拟古派复古运动的一个核心信念就是,掌握了盛唐的作诗法,就自然会有所"彻悟"。[113]这种把技法和结构当作修身之道来强调的做法掀起了把经典、历史和诗都当作"文"(literature)的范本来加以评点的热潮。[114]

47　小说评点开始声称,在某些方面,小说与经典等肩,并且胜过规范的史书。金圣叹 —— 在小说和评点传统的形成上他比任何人的作用都大 —— 编了一套奇书:《才子书》。他大胆地把白话《水浒传》《西厢记》与《庄子》、屈原的《离骚》、司马迁的《史记》,以及杜甫(712—770)——最受拟古运动尊敬的唐代诗人 —— 的诗并列。金圣叹为了表达对小说的尊敬,甚至大胆地声称,《水浒》的某些技巧源自孔子的《论语》,并且提出,由于小说并不拘系于事实,因此它在文章的质量上胜过历史。[115]

毛纶(1605?—1700?)、毛宗纲(1632—1709?)父子深受金圣叹编修《水浒传》和《西厢记》的影响,在其所编修的1680年版的《三国演义》中走得更远,他们提出可以把文学技法理解为宇宙秩序的清晰显现。他们认为这部篇幅浩繁的历史著作的样式来自"造物者"的巧妙与奇幻。

　　　　是造物者之巧也。幻既出人意外,巧复在人意中,造物者可谓善于作文矣。今人下笔必不能如此之幻,如此之巧,然则读造物者自然之文,而又何必读今人臆造之文乎哉。[116]

在有关如何阅读《三国演义》的"读法"中,毛氏父子称《三国》是孔子《春秋》当之无愧的继承者,它胜似《左传》《国语》和《列国志》,因为它能设法把复杂的历史事件组织成前后统一的叙事。[117]明清之际,美48　学模式(文)日渐增加的重要性,还可以从许多序中看出来,这些序都提出,小说不再需要以史实为据来传达宇宙的真理。[118]正如刘廷玑(盛时:1676)在他的《女仙外史》序中所写的那样:"皆撤去屏蔽直指本原……此为至奇而归于至正者。"[119]小说的美学模式(文)使它可以比历史更有力地传布真理。

　　小说评点开始提出,评价这些虚构作品,要以规范文章为标准,把它们当成可从中捕捉到作者的道德和艺术观的历史文献。直至晚明,由于白话小说受人轻视,所以它们的作者都是匿名的,缺少可靠的资料来判断大多数文本的出处。但这并没能阻止评点者们把他们所喜爱的作品当作作者的自传来解读。到了1600年代,对个人具名——无论是作为作者,还是出版者,抑或评点者——的许可,逐渐地提升了一些特定文本的文化和商业的价值档次。李贽,在他的《水浒传》评点中,为这部匿名者小说的敏感的政治内容辩护,认为在抒发作者胸臆上它可与《史记》媲美;两者都可被看成是作者的发愤之作(《〈水浒传〉会评本》第28页)。金圣叹比李贽更有过之,为他删改的古本《水浒传》杜撰了一个作者:施耐庵——此人不见于以前的任何资料。[120]毛氏父子则将其所编订的《三国演义》——它有着漫长的文本形成史——的作者归于"造物者"。为了支持其把《西游记》解释为道家之寓言,汪象旭(盛期:1605—1678)和黄周星(1611—1680)把它归为元代道教真人邱长春(1148—1227)之作。他们甚至伪造了一封来自邱长春的一个年轻同辈人的信作为证据,还在他们评刻的小说中加了一个作者传记。[121]虽然张竹坡(1670—1698)并没有给《金瓶梅》——其作者以笔名"笑笑生"名世——的作者杜撰一个名字,但他的确声称,他已洞见到作者的曲衷在于"苦孝",并以此作为他为这部小说辩解的理由。[122]

49

　　这些杜撰出来的作者不仅提升了白话小说的价值:把它作为一种表现(expressive)而不只是一种讲史的体裁,更重要的是,它使评点者得以坚信,这些枝蔓丛生、通常漏洞百出的文本的每一处细枝末节都是作者有意为之的。评点者将孔子的春秋笔法在解经实践中发扬光大,并将其运用到他们对小说的说教式评点中。特别是对《春秋》的那种解读,即把每一种措辞、每一种叙述的失误都当作有意为之的信号,好让人们特别留意这一点。明清时好为那些迄今为止作者不详的小说杜撰作者及作者的微言大义,这种杜撰是如此成功,以至于评点者可以借助于文本表面的"破绽"来证明作者的技巧远不止于这种直白的叙事层面。[123]

论证这些枝蔓、杂芜,而且通常是拼凑起来的作品的结构完整性成了金圣叹之后的小说批评的首要关注点。[124]为了揭示所杜撰的作者或超凡的"造物者"的系统观点,评点者们给文本的编排寻找一些美学或主题上的理论依据。这一过程同时也在证明作者是有个一以贯之的观点的,并使读者得以把小说当作严格的、符合儒家讽喻要求的道学读物来阅读。与李贽的评点 —— 他赞扬《水浒传》的文体,但是以维护这部小说的生气勃勃的政治热情为基础 —— 不同,金圣叹称小说具有规范性地位是由于把它当成了堪与《史记》相提并论的写作范本,尽管他对它那颇成问题的政治内容也是认可的。他的小说诗学 —— 这是在他评点《水浒传》的过程中发展起来的 —— 就是把一种将结构模式与道德观相提并论的解释学典范化。

在金圣叹的时代,形式统一与结构对称已经作为文人小说的明确特征被建立起来了。价格比较便宜的简本《水浒传》出版了,各种版本的卷数和章回数不一,[125]它与更奢华的繁本形成对比,后者要么一百回要么一百二十回,大概是面对更精英的读者的。这种不同在金圣叹的七十回删节本面世后就终止了。《西游记》的出版史中也出现过类似的模式。世德堂本和朱鼎臣本都出现于万历年间,但是较好的世德堂本被分为二十卷,一百回;而较便宜的朱鼎臣本福建版则只有十卷,六十七或六十八回。[126]在六部公认的规范小说中,只有《儒林外史》的章回数是固定的。虽然金圣叹没能用结构对称和八卦学来作为《水浒传》结构完整性的说明,但他的确指出它"真是奇绝":其始有"天下太平"四字,临了又以"天下太平"作结;并且归纳出 15 种文法来阐明小说构思的良苦用心。毛宗纲效法金圣叹,也谈到《三国》这部以枝节的杂芜和繁复而出名的小说的结构,说它就像是"常山蛇陈(阵)"——一种严谨的军事阵形,无论何处受敌都可引起整体反应。[127]遵守着文人小说一百

回 —— 或一百二十回 —— 模式（或同样齐整的二十回 —— 或四十　　*51*
回 —— 的较短的才子佳人言情小说）的数量标准暗示出，这些数字结构
的稳定性和规则性已逐渐受到小说编订者和作者的青睐。

　　如果说中国和欧洲的传统美学都认为艺术作品的价值在于结构的
完整与对称的话，那么，这么多有关中国传统小说的学术研究 —— 我自
己的也包括在内 —— 都采用结构主义的方法去判定版本优劣的做法就
不是一种巧合了。按中国的传统，结构对称是"文"—— 一种对宇宙模
式的顿悟的反映 —— 的标记。而在西欧，对称满足了古典美学对理性
（通常通过数学的严密性表现出来）的要求，同时也符合浪漫主义的观
念，即一部杰作应该映照出天才思维缜密的头脑中那富于智性和创造性
的洞察力。模式越复杂，天才就越伟大。在《明朝四大奇书》—— 在无
论何种语言的中国传统小说美学研究中，它都是最好的著作之一 ——
中，浦安迪用打乱历史顺序的方式组织章节，以突出高度对称和被结构
的小说形式 —— 这在复杂而工巧的《金瓶梅》中达到顶峰 —— 的目的
论的发展。[128]

　　这种对形式的关注 —— 它既受中国传统的影响，也受到欧洲对文
本形式的偏好的影响 —— 掩盖了评点者们曾经并继续用美学问题来将
读者从颇成问题的作品主旨引开的做法。[129]金圣叹比中国传统小说史
上的任何人对此种倾向都负有更大的责任，他认为，《水浒传》的价值在
于它具有一种文法手册的魅力。[130]他在字里行间所作的某些点评使读
者能与一些道德上有问题的段落拉开距离。比如，金圣叹对武松弑杀嫂
嫂潘金莲一段几乎是一句一评，这就打断了句子的连贯性，把读者的注　　*52*
意力拉向了文法而不是内容问题（《〈水浒传〉会评本》二十五回，第 503
页）。虽然很多读者都觉得武松用潘金莲血祭的行为可因其替兄复仇而
被宽恕，但是金圣叹还是用了许多相同的技法把读者从武松在鸳鸯楼
血腥地滥杀无辜的场景中 —— 他在那里屠杀了一家人，包括仆人和孩
子 —— 拉开。金圣叹持续不断地分别点评每次出现的"腰刀""灯"和

"月",以此把读者的视线从大屠杀中引开。在乱纷纷的有关武松需要换刀——因为第一把刀已经太钝,没法干净立落地"割头"了——的描写之后,金圣叹评道:

> 十九写腰刀。半日可谓忙杀腰刀,闲杀朴刀矣。得此一变,令人叫绝。真正才子。(《〈水浒传〉会评本》三十回,第574页)

于是金又开始沉着地点评使用"朴刀"的次数。在李逵发现因自己粗心而害死老娘的场景中(《〈水浒传〉会评本》四十二回,第801—802页),在他毫无必要地残忍杀害朱仝的6岁爱子,以逼朱仝落草的场景中(《〈水浒传〉会评本》五十回,第944—945页),[131]金圣叹的评点继续引导着读者,使其专注于文法特点,从而使作品在写作技巧的指导功能上,而不是道德的教化功能上更具重要性。[132]

53 张竹坡对《金瓶梅》的回护是一个更为突出的事例,可使人看到评点者如何使一部主题上有违礼法的作品具有了规范性。张竹坡的小说导读仿照金圣叹评批《水浒传》,也是专在章法上下功夫,并把读者的注意力导向美学问题。[133]据张竹坡的说法,读者若能理解这部百回本小说的章法,就能透过其中的色情描写,看到小说的真正价值。

> 《金瓶梅》不可零星看,如零星便只看其淫处也。故必尽数日之间,一气看完,方知作者起伏层次,贯通气脉,为一线穿下来也。[134]

紧随这段话之后,张竹坡又坦言,他用以抵挡那些淫秽段落的方法就是把它纯当"是一部史公文字",就好像在读文章范本。张竹坡以金圣叹解读《水浒传》为据,声称,一部像《金瓶梅》这样结构完美的作品,必定含有严肃的道德意图。最能说明张竹坡爱把文与德混为一谈的例子之一是,他巧妙地把作者与菩萨相比,因为他具有一种"百千解脱,色色

皆到"的叙述能力。[135]在称赞作者为文章才子之后,张又将其称为道德的善才:

> 做书者,是诚才子矣。然到底是菩萨学问,不是圣贤学问,盖其专教人空也。若再进一步,到不空的所在,其书便不是这样做也。

> 《金瓶》以空结,看来亦不是空到地的。看他以孝哥结便知。然则所云幻化,乃是以孝化百恶耳。[136]

在指出了结尾所具有的章法和哲学上的才分(许多现代读者认为它十分可笑,因而对它不屑一顾)之后,张竹坡故意用有高度倾向性的双关语来曲解一个人物的名字,以此作为他的论据,即小说是有道德说教意义的。

> 《金瓶梅》是部改过的书,观其以爱姐结便知,盖欲以三年之艾,治七年之病也。(就是说,也许有能治你病的东西,但当你需要时,你却不能找到它,除非你已事先有所准备了。)[137]

正如我们在第4章会看到的,类似的从章法的完整性来推断道德观点的逻辑也被《〈红楼梦〉三家评本》中三位持儒家观点的论者采用了;每一位都在耐心地说明曹雪芹那充满分歧的杰作的章法和年代的连贯性,以此来印证他们对作品的那种僵化的道德解说。

参与对精英文化(文)的制造和保护显然能够引发一种道德归宿感,但是,尽管如此,那些为明显不具正统性的小说著作的道德性作回护的人是否真诚仍是个问题。正如下面章节要讨论的,晚期帝国时期的文人对于儒家正统有着很宽泛的理解。张竹坡似乎很真诚地相信,他对淫书《金瓶梅》的解读可以导向一种彻悟,从而摆脱性欲;与此相对应,多产的作家、编修者和付梓者冯梦龙也没能有所超脱,他把宣称某些作品的道德严肃性,当作了一种促销的手段(详见下章)。李渔(1611—1680)试图用道德性的编修批点来总结涵盖他的那些异端故事,这造成了讽刺的中断,以至于读者弄不清他是在取笑正统价值观,还是试图以将其置于荒谬情境之中的办法来激活它们,或者,是对这些严肃的意识形态讨论进行颠覆性的反讽,而后者才是李渔的文风特征。无论这些个体的作者、评点者和编订者的意图和信仰是什么,创立秩序模式的正统愿望与小说的非正统内容之间的冲突造成了主题的张力,这种张力具有符号的生成性。我只能假定传统读者,与现代读者一样,喜欢那些含混的、异端的叙事所留下的自由解释空间。不过,从多数评点的说教式解说中还是可以清楚地看出,为了宣称小说的正统意图,以此来面对将小说视为鄙琐甚或危险之物的指责,评点者们不愿正视他们对国家控制的意识形态 —— 以及更直接地,对他们所倡扬的文本的正统纯洁性 —— 所可能有的任何一种保留和犬儒主义的态度。为达此目的,他们发展了一套文学赏析法,在这里,美学取代了伦理学。

小说中的形式主义与阴阳象征主义

小说评点中形式主义的重要地位也许可以对整个 19 世纪前期阴阳八卦学和象征主义在小说中的持续甚至扩张性的应用做出解释。阴阳象征主义在清代小说中日臻成熟的应用,与晚期帝国哲学话语中由于考据学的兴起而明显衰落的对于阴阳宇宙思想的兴趣正相反。[138]虽然明代小说《西游记》充满了阴阳、五行和变幻的暗示,但它却使评点者们开始为各种各样的讽喻情节添加血肉丰满的意义。小说中零星提及的卦象[139]被汪象旭(活跃期:1605—1668)、陈士斌(他所作的序文的日期是 1696 年)、张书绅(活跃于 18 世纪)和刘一明(1734—1820 之后)的评点所补充,他们用《易经》的卦象来解说小说中特定场景的意义。[140]在 19 世纪上半叶,张新之(活跃期 1828—1850)在他对一百二十回本《红楼梦》的评点中沿用了这种用神秘的《易经》来讽喻的解释学实践,他指认某些小说人物为卦象的具体体现。[141]

尽管人们常常不大理会这些评点者出于解释学热情而进行的过分牵强的解释,但是,从晚明和清代小说中可以看到在对以《易经》为基础的阴阳图释法的混合使用中有一种倾向。董说(1620—1686)的《西游补》包含了一些最早的使卦象的衍生发展进一步与叙述目标相比附的例子。[142]这部十六回本的小说讲述的是一个梦的故事,它本应插在《西游记》的六十一回和六十二回之间;断断续续的梦中历险为孙悟空也为读者提供了一种老套的经验之谈:情具有多方面的危险性。[143]在《西游补》第十回中,孙悟空进入了64卦楼,掉进一个实实在在的与纯阴的"坤"卦谐音的楼中。他想要穿过冰纹阑干,却立即被一张红线编织的大网给捆住了,无论怎样变化都不得脱身。一位老人对行者解释说他这是被困在困之困葛藟宫了。冰纹阑干的景象源自坤卦初六的爻辞:"履霜坚冰至";[144]动词"坤"意即"被束缚"或"被捆",它显然与卦名"坤"是同音字。在下一章中,孙猴进入了节卦宫,它也是根据《易经》爻辞而来的想象。[145]节卦说的是自我节制和把握节制的限度的必要性;在这一场景中,孙猴子适当地节制了自己直接闯进宫门的冲动,相反却想出了一个计策,这使他节省了自身的能量。

晚明小说《警世阴阳梦》在其结构安排中创造性地使用了阴阳的意象。小说分成两部分 —— 正对应着标题"阴阳梦";最奇特的是小说的两个部分截然不同,以至于两部分的章回都是分开计数的。[146]正如我在后面章节所要论证的,《易经》的意象直接应用于清代小说《红楼梦》《野叟曝言》和《镜花缘》中,比之以前的小说文本,它们在发展一种以阴数六和阳数九为基础的美学和符号学(semiotics)方面走得更远。在《易经》的八卦学中,六和九这两个数值是阴与阳在达到权力顶点时的极端表现形式;在爻辞中,分别用六和九代表阴爻和阳爻。[147]这些八卦学模式使我们搞清了这些小说文本中性别的用处。

　　这些清代小说中的阴阳八卦学的纯熟运用发展了对于四大明代小说十分重要的结构模式。正如人们早已认识到的那样,"九九"作为阳的表达式是《西游记》里的一个重要主题,第九十九回那似乎很突兀的开篇就表明了这个意思,那里面说,唐僧还需经最后一难才能完成八十一难这个数,因为"九乘以九"是"归真"的必由之路。[148]虽然阴阳八卦学的结构并不是《水浒传》的重要特征,但是其"楔子"中对历史年代的误记却象征性地暗示着一些数字,这一点被金圣叹开掘出来了。在宋代理学家邵雍(1011—1077)的诗之后,金圣叹评道,邵雍乃是"一个算数先生",一个依据八卦学进行预言的占卜者。小说原文错误地把五代说成"都来十五帝,播乱五十秋",而历史上的确切数字应是,十二帝统治了五十三载,但金圣叹没有理会这个错误,而是指出十五和五十这两个数的"颠倒巧合",让人想到《河图》—— 一部以数字五为基础的宇宙论图示(《〈水浒传〉会评本》第 39 页)。邵雍认定《河图》和《洛书》—— 它以数字九为基础 —— 描述的是宇宙万物的重要原理。[149]

　　当小说作者复述宋仁宗(在位期:1022—1063)在位四十二年,如何改了九个年号的故事时,金圣叹更侧重于八卦学的象征主义而不是历史事实对此进行了评点。小说中描述了这个"天下太平、五谷丰登"之世是如何被划分成"三登"的 —— 每九年为一登,共二十七年。事实上,第二登[150]的年数是二十年,而第三登[151]则仅为七年。尽管金圣叹在前一句的点评中还指出这些数字是没有历史根据的,但他还是机械地重复着"三登之世","一连三九二十七年"的说法,并说,这种"笔意"来自宇宙哲学思想家邵雍及其知识思想上的前辈陈抟(906—989)。接下来,小说写道,瘟疫奏闻天子的日期是"嘉祐三年三月三日(1058)"—— 这是历史上并无瘟疫流行记载的一个年份,在这句之后,金圣叹评道:"(这些数字)合成九数,阳极于九,数之穷也。易穷则变,变出一部水浒传来。"(《〈水浒传〉会评本》第 41 页)

　　金圣叹拐弯抹角地暗示,阳已经走到了它的极点,并开始了向衰落期的运动,而这可以解释他对前面一段写到陈抟处士的正文的隐晦的评点,他说陈抟和邵雍是两位"算数先生","两位先生胸中,算定有六六三十六员,重之七十二座矣"(同上书,第40页)。金圣叹插入的这个对阴数三十六的直截了当的评论比他对其他任何数字的评点都早,这就提醒了读者,在解读小说文本中那似有似无、含含糊糊的八卦学时,要把它当成对于《易经》的八卦学模式的一种明确而有意识的引用。尽管无法考查插入这种有违史实的数字背后的初衷是什么,但是金圣叹对这些数字的解释挑明了原文只是含糊其辞地暗示的意义。也许这些评注对于引导小说作者直接把八卦学处理成正在形成的小说诗学的一部分负有一定的责任。[152]

　　浦安迪关于传统小说诗学的讨论已经表明,小说的这种高度规整的标准长度 —— 一百回,使小说作者和编订者得以依据章回数目发展出复杂的结构模式。[153]把那些从章回的正序和逆序中得来的对称数目相比照(比如,百回本中的第十回对第九十回,二十五回对七十五回),发展出一些静态的结构模式;把那些在一个数字中处于同一数位的章回数字相并列(比如,第九、十九、二十九回),创制出一种叙述的节奏序列。我的小说美学研究的重点之一,就是考察以阴阳八卦学为基础的阴阳图释法的发展和应用,这种阴阳图释法是正统修辞学的一个显著特征。我所能发现的这方面的最早的例子是上述《西游记》第九十九回中对九的使用,以及《金瓶梅》第三十三回中的六。在张竹坡对这一回所作的序评和行间的评点中,三次强调了六与"阴"的联系(他在此处所用的算数法似乎是:三十三中的两个三相加等于六;见《张竹坡批评金瓶梅》第三十三回,第492—493、第503页)。本回中对淫荡的、令人厌恶的王六儿的描写,暗示出作者是在有意使用与阴有关的素材。正如我们将要看到的,让名字为六 —— 暗指阴数"六"—— 的人物恰好出现在与阴有关的章回中,这也是曹雪芹在《红楼梦》中开发的一种意象。

　　虽然对《水浒传》《金瓶梅》和《西游记》的评点中就阴阳象征主义

与八卦学所进行的讨论只是把已暗存于小说中的模式加以挑明而已,但它们还是对清代小说诗学的发展产生了有力的影响。以阴数六为基础的八卦学双关语是《红楼梦》和18世纪早期的《镜花缘》中的重要结构要素;尽管篇幅较少,但两部小说中带"九"的章回数也为阐述"阳"的主题提供了场所。18世纪晚期的小说《野叟曝言》的第六十六回包含着对于阴的一种以《易经》的卦象为基础的进一步复杂化的解说;该小说的九十至九十九回则包含着更难得的对阳的细致图解。虽然这些结构模式对于阐明著作者还有另一层面的构思也起了不小的作用,但是更让人感兴趣的还是它们的那种方式,以这种方式,它们使我们对小说 —— 这些小说曾由于其对于妇女的肯定性描述而与众不同 —— 中有关社会性别内容的阅读复杂化了。

正如我在对《红楼梦》的解读中所说的,曹雪芹对妇女和女孩子们的同情无疑是十分真诚的,但又并非像通常所说的那样,是直截了当地表达出来的。比如,在关键性的写"阴"的章回中,对妇女的理想描写和对不守规矩的泼妇的描写相对照,烘托出曹雪芹出于美学和主题的考虑来处理社会性别的那种方式。我希望,通过向读者展示《红楼梦》——这部书被公认为是最具现实主义特点的传统小说,并常被当作研究18世纪妇女与社会性别的历史资料加以引用 —— 中对性别的利用已超越了模仿性的描写,能够深化当下对附着于晚期中华帝国小说中的社会性别意义的理解。[154]以下章节中对几部小说的详细解读将把性别的结构和意识形态用法与相互竞争着的美学和道德真理 —— 而这又是由正统修辞学和对情的崇尚共同促成的 —— 连接起来。

本章中被我鉴定为正统修辞学代表的叙述的每个方面 —— 包括对儒家礼仪作为社会秩序基础的强调、对小说中结构模式的关注,以及对《易经》八卦学和阴阳图释法的使用 —— 都是通过性别语汇来表达的。下一章中我们要讨论晚明时期对于程朱灭人欲的偏见的反拨,我们将会看到,一种关于社会性别意义的新的、相互竞争的矩阵在以尚情著称的反理学霸权运动的写作中浮现出来。与正统话语 —— 它把重建稳固的儒家秩序当作最高价值 —— 相对,尚情珍视个人表达的本真性。在正统话语中,对性别角色的恰当得体的表演被当作社会稳定的基础;与此相对,那些推重"本真"的文本则对性别采取了一种更具游戏性的态度,而且似乎确实以性别角色的流动为乐。虽然这两种话语性的模式常常同时在一个文本中出现,甚至相互交织,但是二者的意识形态动机是对立的。正统性以被礼限定的自我为基础,它把社会稳定当成一种比追求个人欲望更有价值的天然目标;本真性则赞赏个体的欲望和情感的表达,把它当作自身的真正的基础。

第二章 晚明对人性和欲之生成的再解释

晚明出现了向正统话语的许多前提进行挑战的哲学和美学运动，这里，哲学与美学运动是相互关联的。明代中国的后王阳明（1472—1529）时期被认为是一个日益对主体自我感兴趣的时期，这是一种对自我认同的内在结构的兴趣，与经典儒家基于外在的、可见的行为模式而设立的典型不一样。[1]甚至当明代文人及有儒家抱负的精英继续按照《大学》中的格言修炼自己的意志和实践，使之符合礼的正统文本所阐释的那种理想的外在行为模式时，王阳明"心学"的追随者们就已开始重视自主性的自我的独特潜能了。争论的中心是人性与情、欲之间的关系。多义词"情"变成晚明再塑自我之身份认同的一个话语性的中心点。按照程朱理学的主流观念，尽管"情"也被认为是心灵的自然表达，但它们是与性欲紧密相关的东西，具有自我放纵和自私的危险性，因此需要加以监控和管制。与此相反的思想家们则把情，甚至欲，当作人性的一个积极构成方面。少数极有影响的思想家、作家走得更远，他们崇尚情，并论争说，情是儒家所倡导的"忠""孝"之道德义务的基础。尽管这种本体论的争论给晚明时期各种理学学派之间制造了尖锐的对立，但是关于情与欲的更为完整的观念还是变成了18世纪的主流。正如我们将看到的，争论中一些最极端的声音，尽管在哲学界只是短暂地占了上风，但是却对小说美学的发展具有深远影响。

我的论点是，这一时期小说中对于性别运用的许多变化，都可以追溯到由上述那些少数激进的知识名流所孕育的美学运动。正是在这一语境——对人性中的情和欲的位置进行再界定——中,也正是通过这一语境,本章试着剖析这种反正统的话语(我称之为"本真性美学")中那些机智的、游戏式的、通常是多情的和越轨的价值观。晚明小说中最值得注意的倾向之一就是,当传统小说从它所植根的严格的正统道德话语移向对更具主体性的价值观的探讨时,性别的类型学发生了变化。与那些正统叙事——它们把欲妖魔化,并旨在通过故事来阐明理学所倡导的修身的必要性——相对,本真性的言情叙事则把欲的表达看作是使个人、文化,乃至政治得到救赎的一种催化剂。由于下面将要讨论到的理由,女子气,以及一连串类似的相互关联的主题,成了体现这种"真"的象征。尽管小说戏曲中对妇女描写的改变影响到精英妇女地位的变化,我还是认为,晚明和清代小说对于女子气的空前理想化,而不是对社会实践的直接反映,从理论上说,正是源于晚明关于作为自然本性之"欲"的哲学与意识形态的论争。

情的自相矛盾的含义

为了正确理解宋代理学家对"情"这个词的特殊解释,我们首先要考查它的全部经典用法;正如中国哲学文章中的许多词汇那样,"情"是个多义词,这些意思之间相互关联,织成一张意义的大网,覆盖着很宽泛但又常常是相互矛盾的意思,有时即使是同一个人,他所使用的"情"字含义也不同。在把孟子以前的"情"字用法进行分类时,葛瑞汉(A. C. Graham)把"情"与它的一些反义词一一相对,以便确立一个固定的词义范围。他总结说,"情"常被用来指"实",与"名"(及"明"、"闻"或"声")相对,作为一个修饰语,它意指真实,或名副其实,与伪相对。[2]王叔岷曾指出,在许多早期文本中,"情"与"精"(实质)二字可互换。[3]到公元 1 世纪,《毛诗大序》把孔子的解释学实践——把个人(或"民")

63

的感情表达解释成国家的道德政治风气的微观反映 —— 制度化了："治世之音安以乐,其政和;乱世之音怨以怒,其政乖;亡国之音哀以思,其民困。"[4]情感,特别是抒情诗和音乐所表达的情感,反映了一种道德实质（精）。汉儒兴盛起来的时候,"情"这个词的用法发生了根本变化。中国的第一部字典《说文解字》（作者许慎,约公元 58—147）对较早时期的定义进行补充说,"情"是"人之阴气有欲者"[5]。对"情"字的这个定义反映了伟大的儒家宇宙论者董仲舒的深刻影响。董仲舒在解释儒学经典《春秋》时,把"情"划归为阴的具体显现[6]："身之有性情也,若天之有阴阳也。言人之质而无其情,犹言天之阳而无其阴也。"[7]董氏的说法预期了程朱理学的二元论思想,即把人性分成两个组成部分:与阳相连的无私的仁,以及与阴相连的贪欲。[8]这种概念化的"情"使我们搞清了宋代的正统理学对这个术语的用法:首先,"情"被归结为一种主观的私欲,并与无私的仁爱相对;其次,"情"被认为是从自我的阴的方面发散出来的。[9]

64

"情"字很难翻译,因为它的用法是历史地演变的,它在哲学讨论中被置于一个二义组合的广阔领域中。甚至在古典时期,选择了它的意义的一个范畴都会使与其相关的另一范畴湮没不闻。到了晚期帝国时代,这个词获得了更多的含义。在翻阅了从《易经》到袁枚（1716—1798）的所有写作文本之后,黄兆杰（Wong Siu-kit）搜集了对"情"字的 13 种定义,我推论性地把它们压缩至主要的四组。[10]

65

生理学的:指情感本身,个体凭此回应他或她周围的环境,其用法有如现代的"感情",它常被简化为单一的男女爱情。

精神的:指真正实存的内在精神,它总是积极的,与外在的虚伪相对。

现象学的:一种道德上的中性的用法,用以描述与普遍而恒定的理相对立的离散而独特的现象,有如口语所说的"事情"或"情况"。

美学的:它总是积极的,一种真正的美感、性情或知识兴趣,就像口语中所说的"情趣"。

这样,情就不无悖谬地既指客观实在,又指主观对外部刺激的反应,同时也是指二者的超越的融合,有如抒情时达到的物我合一的境界。[11] 要依靠上下文才能确定"情"的这些内涵,因此它的字义特别含糊;在有关"情"的讨论中,这是很真实的:"情"横跨了一个连续统的两极,从性欲的主观而自私的表达,直跨到一个人对于其家庭成员的无私的爱和义务。"情"在同一时刻,既是理想的社会互动的基础,也是强烈的私欲,具有摧毁社会秩序的危险性。正如我们将要看到的,晚明和清代的作家逐渐地把这个字的最大众化同时也是最可疑的意思:男女爱情,当作了一种转喻,使一些本不相干的意思连接起来。由于这个字的用法常有歧义,所以我在本书中直接用"情"这个汉字,而不把它译成英文,除非在某处能有一个确切的英文对应词。

正统理学中的主观之"情"与客观之理想

不难论证,宋代理学思想家对于主流儒学思想的最重要的革新就是把人性加以划分:一种是它的理想状态,即天之性,一种是它的物质形式,即气质之性。[12]作为知识思想,这种二元性的概念很有力,它吸收了传统中孟子的人性善的观念,为的是反驳当时占统治地位的人性恶的佛家信念,尽管它还是要对人类行为所表现出来的恶做出解释。理学家们认为气质之性是很成问题的,因为由它而产生的气可能是浊的,这种浊气与天之性相对立,天之性才是一种道德完满的理的具体体现。理学教化中所倡导的修身过程就是用来使气质之性的负面影响最小化,以实现天之性。尽管朱熹 —— 他是对理学教义加以综合演绎的集大成者 —— 在构建道统时直接承袭的是孟子的衣钵,但是佛教对于理学教义和实践也有着[13]深刻影响。佛教宣扬:对于虚幻的现象世界的依附妨碍了人的彻悟;因此,佛教的静修是指使自我逃离所有的欲望和对感情的依恋

66

的过程。尽管理学并没有走到否认现象世界的真实性的地步,但是他们追随佛教,也主张同现象世界分离,以便对于理想的道能获致一种更明晰的领悟。

理学家对情感的态度是有些矛盾的。在某些情况下,情感是用中性的词来描述的,它被当成自我的一种功能,当成人类心灵的一个组成部分。用程颢(1032—1085)的话说就是:"圣人之喜以物之当喜,圣人之怒以物之当怒,是圣人之喜怒不系于心而系于物也。是则圣人岂不应于物哉。"[14]情感从概念上被概括为两个方面;当处于静止状态时,在一种未分化的均衡状态下,"情"指一种感情反应能力,与那些感情的实际表达相对立。这种对"未发"和"已发"之情的区分得自《中庸》—— 这是朱熹从《礼记》中摘录的一些文字,被尊为最基础的"四书"之一。

67　　　不过,情感仍被理解为处于气质之性中,在它们的"已发"状态,由于可能导致主观性和偏颇,它们变得很可疑。宋代理学家中,在把"情"与人性相互对立这一点上走得最极端的就是邵雍。对邵雍来说,虽然情感反应能力是善的,但是已发之情本身却需要被控制、被规范,因为:"以物观物,性也;以我观物,情也;性公而明,情偏而暗"。[15]

无论是程氏兄弟还是朱熹都没有仔细讨论过"情",因为他们更关注"欲"的问题。程颐 —— 他的二元论比朱熹的要极端得多 —— 把气质之性与欲相等同。[16]朱熹对"情"的界定很直白,并显示出他并不认为情感是天生的善或恶:在比较了两者之后,他描述说,"性是人之所受",而"情是性之用"。[17]无论如何,正如在《近思录》中所显示的,朱熹对于潜藏的和已发的情感的差异感到很困惑。

> 性即理也。天下之理原其所自来未有不善。喜、怒、哀、乐未发,何尝不善。发而中节则无往而不善;发不中节,然后为不善。[18]

让理学家真正感到焦虑的是欲,在与完满的理性和公正的天之性相对时,它总被当成自私而不合理的。的确,学者成中英(Chung-ying Cheng)甚至暗示,这种普遍的善的理与私欲之间的对立是第一位的,就是它激发了理学关于理与气的二元论构想。[19]而这两者也确实构成了一种稳定的修辞上的对仗:"上达反天理,下达徇人欲。"[20]由于"趣"(pleasure)很容易导致欲和过分行为,所以它也是可疑的。"大率以说而动安有不失正者。"[21]从生理上讲,情感也是有问题的,因为蒙昧者的气质之性对每一个刺激的反应具有不可靠性。人的气质之性中的任何一种浊气都会损害他/她做出不偏不倚的反应的能力,并可能激发出危险的欲。程颢曰:"人之情各有所蔽,故不能适道,大率患在于自私而用智。自私则不能以有为为应迹,用智则不能以明觉为自然。"[22]由于这种二元的构成,人性不能被当作一个可靠的、客观的判断标准;因此,理学家们认为,必须建立一种规范的、客观的行为准则。礼作为"正统行为"(orthopraxy)就提供了这种标准。

如果把主流理学理解为压制,或某种程度地反对个人主义的话,那么,有必要指出,与晚明批评家所指责的相反,无论是朱熹还是程氏兄弟都不曾主张否定"情"的表达。他们意识到情感表达是人类生活的一个必需的方面;不过他们的确是把情感表达,及所连带的个人表达,置于礼仪化的行为之下。他们的目的不在于遏制或泯灭"情",而在于规约情感反应,使之符合于一种普遍的理想。事实上,宋代理学大师对于个人化的差异和需求似乎比他们所宣称的要宽容得多;比如,《近思录》中选了程颢的一段话,他不赞成对于义理"持之太甚"。[23]但是当大师们的教义被转录并制度化后,其随口而发的一些议论就变成了教条,这或许是他们所始料不及的。上文所引的程颐关于饿死事小失节事大的议论就常被用来证明寡妇自杀行为的正当性;可是,朱熹却曾亲自安排他的侄女改嫁。

为了理解潜藏在激烈反对宋代唯心论之背后的动机,我们有必要通过其晚明和清代批评者的眼光来考查正统理学。尽管这些后起的哲学家攻击程朱理学,但很明显,他们正在反抗的是当时的儒教实践。由于理学意识形态已经被法典化、制度化,并逐渐游离于曾经滋养过它的知识和政治潮流,因此,它那种严格自省的教义的魅力不可避免地消失了。16 和 17 世纪的作家们经常斥责程颐和其他一些理学家那种顽固地把礼置于性情之上的立场。有个著名的故事,讲的是在前去祭奠司马光的时候,程颐如何引用《论语》中孔子关于"是日哭,则不歌"的话,反对一位朋友"贺赦才了"即前去吊丧。但那个朋友却指出,孔子并没说过"歌则不哭"的话。[24] 袁枚写了吕希哲的一件事,吕沉迷于静坐,以致当他的一个轿夫失足落水淹死时,他仍坐在那里"安然不问",袁枚以此讥讽刻板的理学追随者,说他们的"入定"如此之不合于情理,以至于与现实完全隔绝。[25] 正如我们将要看到的,甚至一些严肃的儒学思想家 —— 他们起初曾是虔诚的程朱理学的追随者 —— 也转而反对那种极端做法。正是在这种对制度化的理学实践和思想感到失望的语境中,晚明的一些思想家试图激活传统儒家的方式。这一过程的核心就是重新思考人性的问题,这导致了一种对情的价值和功能的彻底再评估。

晚明对人性的再解释

下面对于晚明知识思想的讨论以曾经影响过李贽(1527—1602)—— 其文章和名声曾对晚明小说产生过巨大影响 —— 的那些思潮为背景。李贽是相对主义价值观的最激烈的倡导人,这种价值观与泰州学派有关;尽管由于他的立场通常过于极端,因此他不能成为晚明的思想代表,但是他的观点并不是反常的,而且,事实上,它们成为清代许多有代表性的思想发展的先声。西方的中国小说史家曾讨论过小说是如何既反映晚明持异见者的声音,又延续了一种史家的解释学传统的。为了使我能集中讨论思想文化史中的那些思想趋势 —— 它曾经极大地影响到文学中社会性别构建的变化,我只简单地提一下精英社会的语境,并请读者去参阅那些相关的著作。[26]

16 世纪末和 17 世纪,文人们对于官方的制度化的理学越来越采取一种犬儒主义的态度,其中李贽的文章要算是这种态度的最突出的代表。正如我们较早时所讨论的,国家控制的最重要的体现就是科举考试制度(一种获得身份和官位的最体面的途径),以及支撑着它的全国范围的学校和书院制度。考试的要求使学生和考生必须牢记理学教义,必须精通高度程式化的八股文写作。许多文人都谴责用死记硬背的课程来取代对于道德的活学活用。[27]

万历(1573—1620)年间,对明代奠基者所建立的官僚机构进行制度改革的迫切性已经十分明显了。那些靠近权力中心的人对帝国机能瘫痪和官僚机构腐败的蔓延感到十分沮丧,正逐渐警醒到,目前的制度是不能对国家施行有效领导的。军队的积弱尤其令人不安,因为中国的边境正不断地受到侵扰。这些正当的忧虑推动了一场运动,这场运动背离了理学的修身所导致的那种内省的寂静主义(quietism)的理想,向着一种具有行动主义兴趣的实学靠拢,这些学问包括:经世治国的知识、科技知识及经典研究。[28]16 世纪,三教合一在知识界迅速传播开来,并排斥了宋代理学在文本解读和修身方法上的霸权控制,从这一现象本身也可看到知识分子的那种普遍的焦虑。这种三教合一的方法基于两个与正统理学全然不同的前提:修身的结果比修身的方式重要得多;通向彻悟的道路因每个人的性情不同而呈现出多样性。[29]本着这种精神,一些文人开始转向佛老寻求对其自身精神问题的答案,随后又把这些新见解吸收到他们的形而上和道德的讨论中。[30]两种趋势,即儒学向着功利主义的经世致用和经典学问的转向,以及向着三教合一的转向,挑战了制度化的理学的寂静主义和唯心主义的倾向,展现了新的机会,并使人们对自主的行动和个性化的精神历程发生了兴趣。[31]

最能说明这些趋势的例子莫过于王阳明了;他的"知行合一"主张概括了他作为官员、军事将领和哲学家的贡献。[32]尽管王阳明是个有声望的政治家和将军,但是他作为哲学家的地位却一直悬而未决,事实是,直到他去世40年之后的1584年,他才被接纳进入儒圣的系谱。[33]王阳明的心学对于程朱的核心学说提出了深刻的挑战。王阳明曾于竹林中冥想七日,但却悟道失败,这是一个有名的故事,在这之后,他表示了对于正统修身那种过分的寂静主义和内省的忧虑。[34]王阳明发展了一种内在的、个人中心的道德理解概念:"良知"。根据朱熹的观点,尽管宇宙的理被包含在每一个人的人性之中,但它是一种外在的标准,必须通过仔细的考查和研究才能被体会到。王阳明把朱熹的"格物"—— 一种求诸外在之物以发现客观真理的要求 —— 颠倒过来,变成内在化的、主观的对于道德知识的探求,即所谓"致良知"。在这么做的时候,王阳明翻新了修身的含义,把它变成向内地"致良知"的过程,而不是为使自我遵守一种由外部界定的理想而设计的教义。[35]根据王阳明的哲学,"良知"是与朱熹思想中那种先验的、客观的理相匹敌的核心概念。

虽然是王阳明把以个人标准为基础的"致良知"引入理学主流的,但是,尚情的真正的知识思想源头却应该追溯到王畿(1498—1583),他是王阳明的弟子,他对人性的结构二元论明确表示反对。[36]王畿与泰州学派的创始人王艮(1496—1541)—— 他在王阳明去世后建立了一个泰州书院 —— 同是泰州学派的领袖人物。王畿和钱德洪(1496—1574)—— 王阳明的另一位弟子 —— 对于他们的师门教法有不同的意见:钱德洪追随正统的解释,认为尽管心是善的,但它很快就会受制于习俗,从而丢掉其原初的纯净。从这一观点看,保持善的这种原初状态的唯一办法就是在道德上下大"工夫"。王畿则反驳说某些有天赋的心灵("上根之人")可以不通过艰苦的努力而自发地顿悟。[37]尽管钱德洪的解释更接近于王阳明的本意,但王畿为良知所设的主观标准却变成了与泰州学派有关的王学左派的一个起点,他们中有许多人都把良知与文本的研习分割开来了。[38]现在一些人不再把本能的刺激反应看作是由于主观偏见而产生的缺陷,而是看成了道德的基础。[39]

其他人,例如李贽,开始争论说,情感之于人性正如理一样,都是不可或缺的。这种向着主观的非文本标准的良知的转移,明显地牵涉到晚明对自我和价值观传播的哲学理解。有关陶匠韩真(1516—1585)各处周游、聚徒千人讲学的描述证明了这些不同凡响、不合流俗的师长们的魅力。[40]颜钧是一位热情的然而没受过多少教育的老师,他到处游历,宣讲他的关于情的理论,并无所顾忌地率性任侠,但却吸引了天赋极高的、成功的学者何心隐(1517—1579)和罗汝芳(1515—1588)投师门下。[41]正如下面所要讨论的,罗汝芳对于文学史有特殊的重要性,因为他的关于情具有超自然力量的理论深深影响了剧作家汤显祖(1550—1616)。黄宗羲是研究明代知识思想史的清代史学家,他把后来对于儒学的拒斥归因于颜钧的"凡儒先见闻,道理格式,皆足以障道"。[42]颜钧和何心隐鼓吹率性而为的"意气",并以此取代传统礼教。上述运动偏离了把规范文本当作道德理解的唯一源泉的观点,并为小说维护者提供了一个理由,使他们得以为小说的说教价值而辩解。

16世纪这种从真理的外在标准的转向,是与知识分子对于静态的、普遍的宇宙模式 —— 它是12世纪朱熹的理学体系的基础 —— 逐渐失去兴趣相一致的。[43]晚明和清代经历了从探索宇宙真理到强调个人和独特的现象才是动态宇宙之代表的渐变过程。[44]"情"和"欲"是这种个人主义力本论的关键。尽管清代的历史家和思想家对泰州学派不屑一顾,但到了18世纪,像王夫之(1619—1692)和戴震(1722—1780)这样的哲学家们却充分肯定了泰州学派强调"情"与"欲"是宇宙的创造性动力的合法性。

李贽、欲和本真性

王阳明和王畿著作中许多对程朱理学的批评都可在李贽的书中找到翻版,而且是最激烈的翻版。李贽是王艮的学生。尽管他的绝顶聪慧和论辩风格使他被孤立于主流知识生产之外,但他仍是晚明最著名的文人之一。[45]李贽的作品在明清均被数次重印,尽管在他死后的 1625 年及乾隆当政期间,它们被列为禁书。[46]李贽遭到清代史家黄宗羲的诋毁,75 黄宗羲把明亡的原因部分地归咎于这种过分的"狂禅",尽管如此,李贽却并不能被理解为一个试图瓦解整个儒家道德体系的鼓动者。[47]他确曾激烈攻击宋代理学,但其一部分动机是在于热切地呼吁有效的道德行动主义。[48]也许是由于了解到中国军事和政治的羸弱,所以才使得李贽注重行动,不重内省:在他的一篇颇为偏激的文章中,李贽称赞盗贼林道乾(活跃期 1566—1580)有胆有才有识,在官府的数年搜捕中竟能安然无恙,并指责那些朝廷命官在意外发生时只能束手无策、面面相觑。[49]与这种重世功的考虑相一致,李贽写道,由于人们的身体和智识能力不同,所以教化的目的也不应是使所有的人都一样。[50]李贽在许多意义上都是一个相对主义者;对于他来说,善并非为一种不变的道德律令所界定的,而是被一些有足够的灵活性、可以应时而变的制度和实践所界定的。他的观点 —— 每个时代都应有自己的文学风格和标准 —— 为白话文学的兴起和公安派的反古立场提供了养料。

76　　李贽的特殊重要性在于他是思想文化史世界与小说戏曲世界的连接者。退一步说,尽管不能把对小说、戏剧的本真性评点全部归因于李贽,但他的确与白话小说所尊奉的价值有密切的关系。[51]人们曾以为他评点了《三国志演义》《西游记》《水浒传》,以及戏剧《西厢记》和《琵琶记》;但这其中,只有《水浒传》的序言被确定为他亲笔所写。李贽的名字频繁地出现在各种白话小说版本上,这清楚地说明,那些出版者,包括冯梦龙在内,都相信,与李贽联袂能增加小说的商业吸引力。众所周知的李贽与剧作家汤显祖和文学理论家袁宏道之间的友谊,使他处于把晚明的知识思想潮流与文学价值观和美学之产物连接起来的至关重要的位置。[52]

　　由于李贽对个人自主性的强调,他成了 20 世纪晚明史研究中的重要人物,但即使在这时,也有一些思想文化史学家认为他的重要性是被夸大了的,因为他对17世纪的思想影响不大,或者说没有直接的影响。然而,无论如何,他的关于欲的概念的确深刻地影响了白话小说,他的著作中所表达的许多价值观都在继续形构着有清一代的小说。不仅如此,虽然李贽可能并没有对后来的思想家产生直接影响,但是他的很多批评在清代都得到了呼应。他攻击现状时的那种尖酸刻薄也许是有些出格,但是他对导致精神枯竭的制度化的理学正统实践的批评则无论在他本人还是在晚明来说,都不是特例。我在此并不打算讨论李贽的著作是否构成了完整一致的哲学思考(也不打算讨论,他是真的赞成他那些夸张的论断,还是仅把它们当作一种论辩的策略)。我所感兴趣的是他的观念,即认为"真"是自我的一种有机构成,并与欲紧紧相连;与此相对,则是他对那种被礼所构建的自我的抨击,他认为那是一种虚假的自我呈现。

　　与这种被礼所规定的自我相反,李贽赞赏一种"当下"的能力,即一种对环境的本能而有效的反应能力,而不是经过训练后的反应。他的道德体系的前提是:社会实践应根据每个时代的需要而有所变化。李贽不把礼当成一种形而上的或历史地达致完美的真理,而是把它解释成一种"人所同者"的实践,与"一己之定见"相对。[53]他论道,礼应该以"俗"为基础,而学者们所界定的礼其实都是"非礼",是一种导致伪善行为的虚伪的建构。修身实践使当代的官吏毫无用处,因为他们"只解打恭作揖,终日匡坐,同于泥塑"。[54]最糟的是,礼能变成一种伪善的表演,因为它是基于一种外在的标准,这标准掩饰了真实的自我,所以就有了"本为富贵,而外矫词以为不愿 …… 又兼采道德仁义之事以自盖"的情况。[55]李贽用了与150年后的小说人物贾宝玉相似的轻蔑口吻,把死记硬背地读经与普遍的精神堕落联系起来:

　　　　盖其人既假,则无所不假矣。由是而以假言与假人言,则假人喜;以假事与假人道,则假人喜;以假文与假人谈,则假人喜。无所不假,则无所不喜。[56]

李贽此处的口气有点过于苛刻,但孔子本人也曾警告说不能把礼当成一种机械的表演。[57]本书第一章中所讨论的"大礼之争"已清楚地表明,在礼仪化的形式和真挚的情感之间寻找平衡,对于比李贽保守得多的人们来说,是真正的二难境地。

李贽以天然的"童心"——这一概念是他对于"真"的核心定义——取代了他所谓的"假"的、外部引入的道德标准。李贽的"童心"源自王畿有关恶外在于人性的学说。根据李贽的观点,"童心"对于善有一种自然的、本能的理解,它可以被当作本真的道德的真正源泉。李贽最极端的议论之一就是"真"——它也可被英译为"true"(真正的)——是在主体中被决定的,并以一种启迪性的"私"(enlightened selfishness)为基础。与教导人们灭绝主观偏好的理学相对,李贽认为这种启迪性的"私"可以促成人们的自我改进。

> 又安有无心之为乎? 农无心则田必芜,工无心则器必窳,学者无心则业必废。无心安可得也? 解者又曰:"所谓无心者,无私心耳,非真无心也。"人必有私而后其心乃见,若无私则无心矣。[58]

欲,在正统理学那里是与理相对立的,但在这里,却变成了建设性的力量,它可以驱使人们去获取财富、去研究学问,甚至促使人们走向彻悟。李贽哲学中最极端的辩驳之一就是,他把善——通过启迪性的欲(enlightened desires)而表达的"真"——的概念植根于物质性的自我之中。"如好货、如好色、如勤学、如进取、如多积金宝、如多买田宅为子孙谋,博求风水为儿孙福荫,凡世间一切治生产业等事,皆其所共好而共习、共知而共言者,是真迩言也。"[59]欲是李贽所界定的"真"的基础;那些由一个共同体所"共好"的"欲"界定了普遍的善。

　　李贽最爱用的修辞手段之一是赋予一些为正统所深恶痛绝的概念以正面的含义;他把私和欲——据理学看来,它们是人类"气质之性"中最可怕的成分——转化成道德行为的基础。类似于李贽所用的这种对立的修辞方式在晚明和清代被大多数小说所采用,这似乎支撑了一种普遍的吊诡的想法,即认为本真的道德是通过对过分僵化的儒学实践的一种违背而被最有力地表达出来的。在转入对晚明一些受到李贽直接影响的小说家所写小说的分析之前,我们将首先看一看,晚明某些对程朱正统理学的批评是如何被融入清代知识思想的主流的。正如在小说中一样,晚明那些曾经浸濡着反霸权倾向的观念,随着其被用来尝试着复兴儒家实践和价值观而逐渐失去了其叛逆的锋芒。

礼与欲在清代思想中的和解

　　历史学家一直就明代的灭亡对处身于这一改朝换代的政治动荡中的一代文人的影响争论不休。[60]等到了清代史家评价褒贬过去的时候,狂禅——泰州学派那些最极端的成员,比如李贽——由于其过分的主观主义而不可避免地成为了攻击对象。直到20世纪的最后20年,大多数思想文化史学家仍承袭梁启超的说法,认为明代的灭亡为中国传统思想打造了一道分水岭;这是对于明清政治社会变迁的一种表面化的理解,它把似乎突然处于支配地位的清代考证学(也叫"汉学")解释成一种有意识的努力:要从晚明的"虚学"中解脱出来。

　　实际上,正如清代小说美学是建立在明代的基础上一样,清代知识思想的各种潮流也已经在明代奠定了基础。[61]在哲学和小说中,那些在16世纪曾被用来激烈挑战理学霸权的观念开始表现出一种新的状况。的确,正如考据学和礼仪纯粹主义所反映的那样,清代的古典主义提供了一个继续批评理学的平台。[62]而且,正如伍安祖(On-cho Ng)所指出的,虽然其哲学思想各不相同,但是像高攀龙(1562—1626)、刘宗周(1578—

79

80

1645）和最后"一位热忱的程朱理学信徒"陆世仪（1611—1720）这样的主流思想家，也同意人性天生并始终是善的，恶是在行为中产生的，不是人性的本质。[63]显然，人们对于理学修正主义者的观点——情与欲是德性的组成部分，而不是它的对立物——有着广泛的认同。

清初实学运动中一位最知名和最具代表性的人物颜元（1635—1704）的经历说明了理学正统实践仍在继续遭受挫折。[64]颜元是一位保守的儒学家，他反对泰州学派领袖人物的自我放纵的过分行为。颜元真心实意地在修身上下工夫；年轻的时候，他给自己建了一座供奉儒圣的祠堂，并天天到那里礼拜。按照当时的惯例，他也备有一个详细的记事簿，在上面记录下自己的行动和思想；他承认自己的缺点是发脾气或精神不集中，而这两者都被认为是尚未顿悟的标志。[65]他也曾试着遵照朱熹《家礼》中所设定的礼仪实践去做，然而，后来当他为自己的祖母服丧时，他却开始反叛它们了。《家礼》中有关服丧时严格限制衣食的禁令超过了人的承受力的底线，这使他十分虚弱，几乎病饿致死，再不能专心致志地哀悼祖母。这时，他断定，严守礼仪的每一个细节不仅妨碍他适当地表达哀伤，而且对生命本身造成伤害。这里面所暗含的意思是，他相信，真正合于儒家思想的情感表达应该能允许个人有一定程度的自主性。[66]颜元后来批评理学教育方法造就了一些内向的、被动的、无能的学者，他们对于真实世界没有任何经验。他把理学的教育法比作靠讲读琴谱来学习演奏乐器，而不是靠亲手去弹奏真乐器来学习。[67]

坚定的明朝忠臣王夫之表明他想在正统的程朱理论——基本的人性二元论——与17世纪思想家们对情和欲的宽容之间作一些弥合。尽管王夫之把自己算作宋代理学的追随者，并反对王阳明的唯心论，但他把启迪性的欲当作人性的一个核心成分。他承认程朱对于"人心"（王夫之语，相当于朱熹所谓的"气质之性"）与"道心"（王夫之语，相当于朱熹的"天之性"）的区分，但是认为它们是统一的，而不是相互对立的。[68]"今夫情，则迥有人心道心之别也。喜、怒、哀、乐，人心也。恻隐、羞恶、恭敬,是非,道心也"。[69]王夫之认为人欲先于礼的表达,并谴责那些把欲当成自私地毁灭人性之物而试图加以根除的佛教徒。[70]"是礼虽纯为天理之节文,而必寓于人欲以见;虽居静,而为感通之则。然因乎变合以章其用。唯然故终不离人而别有天,终不离欲而别有理也"。[71]正如一位学者指出的,"由于理是'寓于'人欲之中的,所以如果一个人想通过灭人欲来'战胜自我',那他将无由达至于理。"[72]虽然王夫之指责李贽和其他泰州学派人士,但他却与他们一样,都认为欲对于道德之实现是必要的。王夫之甚至强调,欲是刻苦修身的首要环节。

> 经(大学)云欲修其声者先正其心云云。必欲先之而后有……则不以欲修、欲正、欲诚之学为本,而格非所格,致非所致也。[73]

82

王夫之承认某些人欲是很成问题的,但他只是把他的阐说限定在它们那些积极的、对生命有益的方面。正如他所说:"嗜杀人,自在人欲之外。"[74]

王夫之的基本哲学灵感来自张载及其对于"气"——张把气当作宇宙万物之原质——的唯物主义的兴趣。王夫之没有采纳程朱那种理在气先的思想,而是把注意力集中于"道"——他用这个术语取代"理"。他写道,取代一种先验的"理"——它先于现实而存在,并预先决定了现实——的,是每个时代,每一种"器"都必须发展出一些满足其自身需要的形式。[75]每一种"器",由于它的物质形式(气)的多样性,都必然是独一无二的。"道"依赖于"器"而显现。

> 天下惟器而已矣。道者器之道……未有弓矢而无射道,未有车马而无御道,未有牢醴璧币、钟磬管弦而无礼乐之道,则未有子而无父道,未有弟而无兄道,道之可有而且无者多矣。故无其器则无其道。[76]

再者,尽管王夫之与李贽在政治和哲学上存在深刻分歧,但人们却无法否认在王夫之的唯物主义相对论与李贽的为变化时期的新文学形式辩护之间有着惊人的相似性。与正统理学家的形而上学的另一个重要区别在于,王夫之把长期以来附着于阴阳概念上的道德意味去掉了,对它们的功能给予了一种纯粹唯物主义的理解。"阳合于阴而有仁礼,则礼虽为纯阳而寓于阴。"[77]王夫之的阴阳唯物主义解释与理学家对这两个术语的道德评价之间的差异,可以从下面所引述的张载(王的导师)的话中看出来:"阳明胜则德性用;阴浊胜则物欲行。"[78]由于强烈的反满情绪,王夫之的著作直到1842年才被刊印出来,也正因此,不能说他对于清中叶的思想文化史有什么直接的影响。值得特别注意的是,尽管巨大的意识形态鸿沟将他与李贽分开,但是这两个人都质疑理学家的"理"所具有的那种普遍的、先验的权威,两人都同意人欲是人性中积极的,甚至道德的一个方面。而且,两人都肯定个体的道德完满性,把它当作对于更大进程的完满性的一种独特表达。尽管王夫之从没有放弃过人需要追求并遵循严格道德标准的观念,但是他证明了,在多大程度上,某些在16世纪时颇有争议的观念已经汇入了清代思想的主流。

如果没有读过富有影响的哲学家戴震——一位在生前受到广泛尊敬的学者——的文章,人们就无法充分理解从王阳明至清代全盛期这两个世纪间对于人欲的态度发生了多大程度的改变。凭借着声望,戴震对制度化的理学进行了最严厉的口诛笔伐:

> 呜呼!今之人其亦弗思矣!圣人之道,使天下无不达之情,求遂其欲,而天下治。后儒不知情之至于纤微无憾是谓"理";而其所谓"理"者,同于酷吏之所谓"法"。酷吏以法杀人,后儒以理杀人,浸浸乎舍法而论理。死矣!更无可救矣![79]

戴震指责程朱理学制定了一种危险的、压迫情与欲的制度。为了找到一种文本根据来取消理作为基本道德概念的合法性,戴震求助于对于理的最早的定义:作为"物之质"的"文理"与作为区别事物个性的"分理"。[80]他把理界定为情感表达的一个方面:"在己与人皆谓之情,无过情,无不及情,之谓理。"[81]意味深长的是,戴震用儒家的术语"仁"取代"情"字,来形容把个体与宇宙共同体联系起来的力量。他还论争说,物欲和情感是人性的自然而积极的组成部分,因为物欲使个体投身于对宇宙万物的创造性活动,而通过情感反应,人们与周围的环境产生互动。

> 声色臭味之欲,资以养其生。喜怒哀乐之情,感而接于物。美丑是非之知,极而通于天地鬼神……惟有欲有情而又有知,然后欲得遂也,情得达也。天下之事,使欲之得遂,情之得达,斯已矣。[82]

戴震把情绪界定为能使人们与其周围的世界互动的东西,把欲望界定为一种内在于生命的力量,它是延续肉体存在的必需:"生养之道存乎欲者也"。[83]在其对人性的讨论中,戴震指出,宋代的理性主义者错误地把私与欲混淆起来;与王夫之相似,戴震区分了"以生以养"的正当的欲与"蔽"和"私"之间的差别,深化了关于欲的讨论。[84]既然最本真的欲就是"怀生畏死",所以戴震也抨击理学家走到了人性的对立面,他们把更高的价值赋予依照被限制得很窄的正统实践来进行的修身,而不是赋予生命本身。[85]当然,戴震并不主张以个体为判断道德良知的标准,因为,他强调,存在着让被"蔽"的情绪搅乱个体判断的可能性,人们必须避免这种潜在的危险。

戴震提倡把经典中提到的特定的制度、法律和仪礼当作一种知识学科来进行严谨的研习;对他而言,道德顿悟是"问学"的直接结果,而不是内省的修身的结果。[86]戴震所倡导的这种修身与程朱正统学说中的那种修身一样艰难;二者最重要的不同在于戴震的知性主义和他的理解,即在这一道德进程中,每个人都有可能形成一种个人的方法论。尽

85

管戴震的考据学有很大影响,但是他重塑哲学研究,把它当成一种道德学习工具的努力却"不大具有代表性价值"。[87]使我们感兴趣的是李贽和泰州学派中的其他人对程朱正统理学的雄辩的批评借助于他而获得了尊敬。

对于是否相信在道德修身过程中,需要下功夫、需要一个外在标准这点上存在的巨大差异,使清代那些主流哲学家与大多数激进的王阳明的追随者分离。使他们相连的是他们都把情和欲当作一种推论的基点,由此出发来批评程朱理学。在其他一些相关领域中,颜元、王夫之和戴震的作品也与李贽和其他一些曾直接影响文学作品的人有着一定联系。他们有着共同的焦虑:对于内省和静修的强调已把学者的注意力从与社会更积极更实际的接触中、从对知识和经验的追求中转移开去;他们也共同面对着信仰的缺失:不再相信理学家的"理"是一种宇宙的、先验的道德标准和知识对象。而对于本研究来说,最重要的是,他们每一个人都反对理学的二元论,并寻找一种更唯物主义、更注重有机整体和更具个人主义色彩的对自我的界定。这些思想家把"情"与"欲"重新概括为一种积极的力量,经过适当的约束和引导,它可使人们拥有道德的、充实的生命。除了颜元之外,他们都把情的表达当成道德的基础。事实上,正在形成一种共识:在礼的表演中需要一些个体的自主性;在遵守礼的训诫时不可太拘泥,要给情感的参与留下空间,否则的话,将会破坏表演的完整性。[88]

但是我们一定不要忘记,16 世纪中叶到 18 世纪晚期之间这种逐渐的变化,即把"情"理解为一种更积极的概念,是发生在程朱理学仍居统治地位的知识和道德环境中的。所有受过教育的人都被要求精通 —— 即使不是完全沉湎 —— 于正统的写作;甚至文盲也要背诵礼法。规范的理学文本仍是官方科举考试的基本内容,直到清末这种考试制度才被废除;而且,尽管人们抱怨科举制,但是它那种保守的形式和内容仍是满族统治下标志着汉文化成就的骄傲的象征物。家族礼法继续以朱熹的

《家礼》为据,尽管考据学已对这个文本是否具有规范权威性提出了质疑。显然,在这两个世纪期间,同时流行着有关"情"的多种建构,根据一个人所处的语境,他也许,并很可能,会同时援引这一术语的一些相互矛盾的用法。正如我们将要看到的,欲的各种用语之间这些互相抵牾的推论性的用法 —— 既用它指自我戕害,又用它指解放情感,在这一时期的白话小说中得到广泛的反映,而且在同一部小说中也频繁地出现。

虽然迄今为止由于所知甚少,我们尚无法判断关于情和自我表达的这种更自由主义的态度对于实际的家庭实践(而不是那些最例外的情形)究竟发生了什么影响,[89]但是晚明和清代对人性的再评价对于文学作品却的确产生了深刻影响。由于尚情思潮的滋养,小说从正统话语的教条中挣脱出来,走向了一种更具抒情性、更有反身向内意味的(self-reflexive)唯美主义。虚构的诗人和情人作为一种新的文化理想创造物的一部分,开始取代表现自我牺牲的贞洁或忠孝之德的传统传记模式。性欲的小说化表现不再需要被伪装成政治或道德寓言,[90]因为各种形式的情感都变成了道德原理的一种补充 —— 甚至是道德的基础。[91]在许多情况下,"情"的表达已成为本真性的道德表演的标志。

从哲学到小说:清代的美学

晚明时期的强大思潮把哲学理论的文本世界与文学实践联系了起来。把"情"重新解释成重要而基本的德性的哲学努力为小说文本的刊行提供了一种道德保护,这些小说,如果换一个角度看,会被怀疑在道德上有问题。具有正统倾向的小说叙事,例如《金瓶梅》和《醒世姻缘传》,把性欲当作固有的威胁,与此同时,受尚情思潮影响的小说戏剧却把性欲描写成一种积极的本能,它可以导向道德的重建。

然而,为了把"情"重新定义为救赎性的,小说作者们采用了一些技巧,凭借这些技巧,他们在儒学那牢不可破的框架内重写了"情"所具有的解放的力量。在这些戏剧小说中，主人公都深陷于情欲，这在一开始对权威的道德法规构成挑战，但最终又都表达了儒家有关忠、孝、节、义的最高价值；真情化解了本真性的自我表达与正统行为之间的张力。在许多情况下，会产生一种意识形态的不和谐：作者试图在叙事中，特别是在色情享乐的场景叙述中，赞美个性之表达，声称它具有道德的纯洁性，而这种道德纯洁性却历来是用以赞美正统的自我克制行为的。那些受到有关情的新的哲学定义之启发的文本还促成了一种新的美学。本章余下的篇幅将简要地概述明代的一些重要文本，以勾勒出随着小说戏剧的作者和刊行者对"情"的占用(appropriated)和提倡，而逐渐显现的尚"情"的审美观。

88　情、文化救赎和对女子气的意识形态占用

　　到了晚期帝国时期，人们已普遍地意识到参加科举考试之所得与为此而必须付出的牺牲不相称了。即使一个人有足够的才分并幸而得中，官僚机构的瘫痪也妨碍了他，使他不能报效于国家。这些挫折催生了一种怀旧情绪：渴望用一种更简单的、更不受约束的、更少被扭曲的自我身份认同来取代仕途。由于在前现代时期，妇女是没有政治名分和地位的，所以她们很容易被变成一种文化纯洁性的偶像。的确，在有明一代，女子气开始作为本真性的主体身份(position)—— 没有被由于参与官僚体制而不可避免地遭受的挫折、牺牲和道德沦丧所玷污 —— 被理想化。[92]在小说中，特别是在才子佳人题材的小说中，描写年轻美貌的才女的多愁善感性格变成了一种程式。晚明日益动荡的社会气氛，使许多文人都开始关注如何区别真实与模仿和矫饰的问题；在小说中，通过让妇女来扮演传统上属于男性的角色的办法，使得有关文人的地位身份的诸多焦虑得以化解。阅读明清白话小说会使人感到，妇女，凭借她们的非政治身份，可以恢复正统价值观和帝国官僚机构 —— 由于与男人的职业野心混杂在一起，这二者早已贬值了 —— 的道德权威。

不仅如此,借助于妇女参与文化这一新事物,一些陈腐的概念又鲜活起来,而这种鲜活原本是不为这些概念所赞许的。把美丽年轻的女子想象为政治上的纯洁善良者并不是明代的发明;它早就出现在孔子的解释学实践之中了:孔子把一位妇女对情人的期盼解读成一则寓言,它暗喻一位可敬的学者渴望在政治上得到赏识。这种比喻的用法在晚明和清代突然大增,甚至官娼和下等妓女都被誉为完美的象征,与此相对,学者们倒越来越被形容成软弱或堕落的。[93]妇女主体身份的理想化被如此广泛地接受,甚至持保守社会观的学者章学诚(1738—1801),他也是对袁枚接收女子入学提出批评的一位道德学家,似乎也感到闺房中妇女的生活能为培养经典学问所倡导的无私理想提供最好的场(site)。[94]

晚期帝国时期对女子气的理想化是与两种吊诡地缠绕在一起的价值系统分不开的:一种是反理学霸权的尚情,另一种是理学对女子节烈的崇尚。凭着用最后的牺牲来证明她们的贞操 —— 这是"从夫"的同义词,节妇们变成了正统的象征。正如一位学者所指出的,节妇们开始取代男性才子,成为地方上正统教化之政绩的象征。[95]在小说和戏剧中,娼妓和大家闺秀之间的界线变得模糊不清,创造出了作为纯洁之象征的混合的人物性格。这种叙述甚至在证明女主人公的贞操时也要坚持表明她们的性魅力和潜在的激情,于是,有时就会导致一些不大可信的离奇曲折的情节。[93]在戏剧《牡丹亭》(我将在下面细致讨论它)中,汤显祖改进了唐代故事《莺莺传》,使其更具道德完美性,他让女主人公在梦中对她的情人以身相许;这种叙述策略使她保住了肉体的贞洁。冯梦龙二十四卷的《情史类略》以"情贞类"为其第一卷的标题,其实,这一事实本身即说明,与文学上的尚情相关的色欲主义总是在支持,而不是在挑战,社会上对于女性的贞节问题的广泛关注。

女性人物形象,由于其能够超脱于功名利禄而变成了合适的古典传统捍卫者,除此以外,妇女的声音开始作为本真性的,甚至是精英文化的制造者而被赋予特别的地位。这当然与在明代广泛流行的一句格

90 言——"女子无才便是德"——相反。训练有素的饱学之士的文学表达往往是间接的,要借助于一种藻饰的文风,这种文风是由于多年模仿古典样本而习得的;与他们不同,妇女和文盲则被称许为更能掌握一种自然而有力的表达形式,因为她们能更直接地进入情感。甚至那些偏爱古文那种引经据典、辞藻华美的典雅的审美观的文人,也承认妇女的声音具有一种使其男性对手相形见绌的特殊的情感力量和纯洁性。正如魏艾莲(Ellen Widmer)所评论的,年轻的妓女小青(死于 1612 年)——尽管她身后留存下来的作品少得可怜——所获得的那种近乎传奇性的文学地位,正象征着 17 世纪初以后人们对女性作家和艺术家的特殊关注。[97]

到了 18 世纪,把非政治的女子气建构成与官僚中心的衰朽相对的本真性表达的泉源已变成了一种规范。两个最突出的例子就是《红楼梦》和《镜花缘》,《红楼梦》中,宝玉的表姐妹们都确实比他有才并文雅,尽管他也放弃了正统学问;在《镜花缘》中,体现清代文人文化的诸多庆典是由科考成功的才女举办的。甚至 18 世纪的小说《野叟曝言》——它反对才子佳人题材所具有的那种美学观,并具有明显的男权主义和正统的价值观——也描写说,作为道学先生的主人公:

> 见一个小女孩有四五岁光景,两手拍着唱那没腔的歌儿;本是小孩,又是苗语,吉伶古鲁的,一字也听不出;却纯是童音,居然天籁;兼以颠头播脑,姿趣横生。觉比着名优演唱更是袅袅可观,飒飒可听。(《野叟曝言》第八十七回)

91 既是女性,又是个目不识丁的苗蛮,这不仅增加了小女孩那种毫不造作的"天然"魅力,同时也增强了她表达的纯洁性;这个年轻的表演者——其在性别、年龄、种族和教育上都处于边缘——就成为艺术本身的澄明的载体。

伴随着把女子气理想化为"情"的潜在、纯净的化身,妇女作为男人的情感和知识伴侣的重要性也日渐显著起来。伴侣式的婚姻概念产自于"知己"——它指那种难得的、可以有真诚的智性和精神交流的友谊关系——的理想。这些关系暗示着一种意愿:否定社会习俗、把感情的结合置于功名之上或置于对家与国的更正统的那种忠之上。很可能是出于这些理由,理想的知己之交是为汉魏六朝的《世说新语》和游侠传统所称道的、行为怪诞的竹林七贤的传记中的主要内容。虽然明代以前就有许多浪漫的"知己"关系的范例,比如汉代的司马相如与卓文君,或《莺莺传》中的张生与莺莺,但这些早期的才子佳人爱情故事都蒙有一个污点:不适当的性关系。

但是,在晚明时期,伴侣式的婚姻关系的观念已失去了其颠覆性的锋芒,变成了一种对无私的知己理想的主流表达方式。伴侣式婚姻在通俗文学中的兴盛是与晚明的哲学倾向相并行的,这种哲学将友谊看得比以义务而非真情为基础的家庭关系更重。[98]尽管青楼文化对于文人的伴侣式婚姻的理想有深刻影响,但是才子佳人姻缘的文本再创作却蔑视这些关系中的性的成分,为的是把更值得尊重的政治上的忠和性方面的贞置于显要位置。[99]甚至《牡丹亭》——更大胆的情欲宣言之一——也否认并推迟了情人间肉体关系的实现,直到他们结为夫妻。让妓女充当"尚情观的隐喻性的对等物"[100]这一反讽正符合历史上关于把"知己"当作非正统、边缘的联想,尽管它也建立在雄辩的晚明哲学理论的基础之上,这种哲学曾促使社会的低贱者变成了道德的高尚者。

尽管伴侣式婚姻出自某种颠覆性的系谱,但是这个隐喻(trope)在才子佳人爱情故事中却变得高度美学化了,以至于情人们在知识上、精神上,有时甚至是身体上都能够互通互换。男性的才子们具有了许多本属于佳人的正面品性,而佳人们则好像是男性自身的更纯洁更完美的投影,甚至达到一时取代了男性的公共角色的程度。虽然,表面上看,这些对妇女和女子气的理想化似乎赋予了妇女以权利,甚至使她们有机会去

92

成功地充当公共角色,但是,正如最近的研究所显示的,这些被理想化了的情侣(couples)在根本上却是男性主人公自恋的投影,在这自身的投影中,男性占用(appropriates)了其恋人的积极的品格。[101]从这个意义说,聪慧的佳人(或她的被女性化了的同性恋般的伙伴),如同任何心爱的鉴赏对象一样,被制作成一个场(site),通过共享的情爱或者通过凝视(把男性主体的能力集中在欣赏一个物体的独特性和非正统性上),男性主人公(以及作者和读者)的潜在的情就在这场上被投射并展现出来。[102]

牡丹亭和情的图释

理解晚明时期对于"情"的文学处理中那种富于联想的象征主义的最好文本,当莫过于汤显祖的名剧《牡丹亭》(写于 1588 年)。这部戏剧之得名,在于其中大量的优美词曲,在于其打破时间概念的梦幻的爱情场景 —— 幻想与真实的边界在这里被打破,也在于其成功地为青春激情所做的辩护 —— 认为它远胜于枯燥乏味的正统理性主义。《牡丹亭》大量借鉴了《西厢记》,但是其主题冲突却与《西厢记》不同,从这种转换中可以看出 16 世纪尚情思潮的影响。这部戏不再像早期的《西厢记》那样,把注意力集中在书生在感情与功名之间的抉择,而是集中在感情与生命之间的抉择。正统的自我界定 —— 表现为获取功名并缔结为社会所认可的婚姻 —— 让位于自我的爱情表达。《牡丹亭》中杜丽娘的优美表演是全剧的主导。杜丽娘是一位纤弱的美丽少女,其父母是一对严厉的儒学信奉者。正如人们所指出的,她的情人,怀才不遇的书生柳梦梅,相比较而言却平平淡淡不大起眼。[103]尽管是柳梦梅在第二出中的梦把我们带进了情欲的幻想世界,而且表面上看也是通过他的视角才使我们关注于这个爱情故事的,但是,把鲜活的生命注入这出有关"欲"的戏剧,则是通过杜丽娘的形象而实现的。事实上,杜丽娘的出现马上就使作为叙述焦点的柳梦梅黯然失色。

这个剧,在结构与主题上,把这对年轻恋人的情的世界与杜丽娘父母的僵化正统进行了对比。丽娘是尚情之美学的具体体现：她年轻、娇美、多情、敏感。她的精神本质超越了身体外形的限制：梦梅和读者们都为她的肉体存在、她的自画像，以及她那脱离肉身的灵魂所打动。她的性灵与大自然的动态过程有机地相适，同那些植物一样，她的美丽和力量都是短暂的。而且，她的身份认同并不是通过礼仪化的儒家的角色训练而形成的，而是更多地通过她对世界的主观反应能力而形成的。她的艺术表达受着一种反身向内的（self-reflexive）表现自己感情的欲望的驱使，而不是受着儒家那种要规范世界的欲望的驱使。当丽娘第一次发现父母官衙那秘密的后花园时，正是春色绝佳的时节：鸟儿在配对，所有的鲜花 —— 除了与性成熟相关联的牡丹花 —— 都在盛开。她的丫头春香的迅速而直接的反应是"一片青"，这显然是"一片情"的谐音（《牡丹亭》第十出）；丽娘自己的情也因此而萌动了，她躺下来，进入了与柳梦梅发生性爱的梦乡。使梦梅欣喜的是，丽娘的爱是无条件的；她本能地迷恋于他，而且最初，一点都没有顾虑到这是否合于礼教。她在灵魂上完全把情当作一种正面力量来认同，但她的身体在这点上却比她的灵魂软弱，因为它对道德的逾矩还有所顾虑。在她那有缺陷的肉身被柳梦梅（他使她起死回生）救活之前，她允许自己沉湎于极度的激情之中（《牡丹亭》第三十出）。[104] 但是，丽娘的激情只是在脱离肉体的状态下发生，直到两个情侣正式结婚。她对此的解释是："鬼可虚情，人须实礼"（《牡丹亭》第三十六出）。

与丽娘对周围环境的这种细腻的感受相对，她的父亲杜太守和她的老师陈最良 —— 一位滑稽的腐儒，却似乎与其周围的世界没有感情上的或主观的联系。礼和职责决定了杜太守的生命状态。当春天来到时，他的反应和儒学家一样：聘请一位夸夸其谈的秀才来教他的爱女读经，然后又去主持公共的春耕仪式（"劝农"）。杜太守的私情是从属于公职的，剧中对此有令人心酸的刻画，丽娘死时也正是他被任命为安抚使的时候，为此，他放弃了自己和妻子哀悼他们的唯一的孩子的机会，受命而

94

去。他对于环境的情感反应能力十分有限,这在结尾大团圆一出中得到更充分的揭示:他顽固地坚持褊狭的理性主义观念,拒绝使自己对妻子和女儿的生还抱有希望,即使她们正站在他的眼前。

　　作者还以一种更幽默的态度处理情与正统意识形态之间的差异,这表现在第七出陈师父与丽娘和丽娘的丫鬟 —— 活泼的春香之间的互动中。正当教室内外的世界都洋溢着春天的生命活力的时候,陈师父却毫无情趣地评说着花儿和昆虫 —— 它们是两性情爱的传统象征,而且依然无视丽娘那闭月羞花的美丽容貌。授课时,他因循着儒学惯例,硬是把《诗经》开篇的那首简单的爱情诗解读成道德讽寓诗;朴实的春香在接下茬时却有意暗中捣乱,把陈师父的这种充满道学气的解释变成了性的双关语。她把化妆用的画眉细笔、"螺子黛"和别致的"薛涛笺"拿来取代适宜的书写工具:文房四宝,使得书写实践具有了色情意味。春香"教鹦哥唤茶"的举动,以开玩笑的方式突出了这种经典学习的空虚苍白:她的女主人像鹦鹉学舌一样学着这些经传释辞(《牡丹亭》第七出)。

　　尽管杜丽娘的世界与她父母的世界之间存在尖锐的对立,但是《牡丹亭》中源自理学和源自情的两种相反的价值观在结构与美学层面的重要性要大于其在意识形态层面的重要性。剧的结尾,柳梦梅(此时已是金榜高中,得了状元)与杜丽娘的婚姻终于得到皇帝的恩准和父母的认可,这一情节强烈地暗示出理学的教义应该被充满活力的、有起死回生之力的情来加以补充,而不是被情取而代之。[105]虽然这两种哲学观在前半部剧中表现出相互对立的形态,但是通过显示情所具有的激活正统、使之更能适应不同个体的具体情况的能力,汤显祖很巧妙地利用结尾的喜剧结构把情与正统的哲学观调和到了一起。把杜柳两人的越轨的性关系限制在梦中的技巧,使汤显祖把不可能变成了可能:丽娘在投身于性爱时仍保持了她的贞操;因此,她把她那越轨的大胆的真情表白转化成了一种对自己的德性的炫耀。她那出于本能的爱情既是为情欲所支配的,同时又是道德的。汤显祖在本剧开篇的题词中清楚地表明了情所具有的那种先验的形而上的力量：

> 情不知所起，一往而深，生者可以死，死者可以生。生而不可与
> 死，死而不可复生者，皆非情之至也 …… 人世之事，非人世所可尽。
> 自非通人，恒以理相格耳。第云理之所必无，安知情之所必有邪？
> （《牡丹亭》题词）

这里，情不能被简单地翻译成"爱情"，因为，虽然在剧中情也被最狭义地表示男女之爱情，但它的含义更类似于那种能使丽娘奇迹般地复活的动态的生命力。汤显祖在《牡丹亭》中所用之"情"深受晚明对于欲的概念的再评价的影响；他仰慕李贽，曾是罗汝芳（罗投师没受过多少教育的颜钧门下，是个不守常规的进士）的学生。[106] 按罗汝芳的归纳，情被认为是给宇宙带来生机的能量；对他来说，至善不是像理学家所说的那样，是一种形而上的安排有序的理，而是呈现为各种形态的生命的生生不息。情，以其更为世俗、更为私人化的爱情和情欲的形式，成为一个轴心，通过它，人类参与到天地之大德的生生不息的动态过程之中。[107] 柳梦梅和杜丽娘的恋爱故事转喻性（metonymically）地蕴含了这种对于情的形而上的引申之义；尽管汤显祖是把情置于更有限的爱情观中，把它当作一种使剧情围绕杜丽娘与其双亲的对立而展开的结构方式。

《牡丹亭》把花园奉为晚期帝国的情的图释系列（iconography of qing）的一个基本构成部分。《牡丹亭》中的花园（《红楼梦》的大观园即本于此）赋予文学作品中的花园以一种新的结构和意识形态含义。《牡丹亭》中的花园是情的一个实实在在的舞台，是主人公的情感性自我的一种建筑上的翻版：其墙内的一切都具有一种寓指情的修辞能力。在这一美学的构建中，花园与它的主人产生了一种共生的关系。尽管《牡丹亭》的读者首先是通过柳梦梅的梦看到这个花园的，但是这个空间的生命则是通过优雅的杜丽娘和质朴的春香所共有的那种性灵而获得的。

正如我们在剧中常能见到的那样,汤显祖用春香这个人物把丽娘的形象一分为二了:一方面是越轨的性暗示——是丫鬟来做的,最终为丽娘所否认;一方面是超验的性享乐。春香出去小便,才使两个少女发现了春色撩人的花园(《牡丹亭》第七出)。正如我在别处曾经论述的那样,在传统中国小说中,妇女小便的意象是一种比喻,它总是引出或代表了某种性行为的逾矩。[108]在这种情况下,春香到花园小便的行动促成了丽娘走进花园。如果说春香是在欣赏花园的美丽,那么丽娘则在进入花园的瞬间感到了一阵由衷的狂喜,她很快就沉入了一场"春梦"——性交之梦的比喻说法。剧中那些岁数大的人对于情的反应也借花园而得到表现。尽管杜太守也曾拐弯抹角地提到要请陈师父到后花园饮酒,但他似乎并未进入丽娘梦中的花园。至于陈师父,则从来不晓得伤春也不晓得游园。与丽娘在花园中发现的那种艳丽、鲜活、清新的气氛形成鲜明对比的是,她的母亲则把花园形容成一片废墟,衰败、荒凉,出没着一些不怀好意的鬼神(《牡丹亭》第十一出)。

晚明以前,中国文学作品中的花园更可能引发一种伦理学的修辞而不是欲望的修辞。正如浦安迪曾说过的,文学作品中的花园存在于一个连续统上,在这个连续统的一端,花园几乎是神秘的百科全书般丰富多彩的地方,正如"赋"(这是一种把帝王领土的富庶分门别类——加以铺陈的诗)中所赞颂的那样;在它的另一端,花园是躲避是非颠倒而又腐败的官场的地方,典型的例子是陶渊明的《桃花源记》。[109]这两种理想都意味着一种道德的修辞;前者的华丽既是对于统治者统一和统治"天下"的回报,也是对这种统一和统治的一种证明;后者则是隐士之完美品格的一种更为个人化的反应,他故意选择贫穷但清白的生活,认为它优于贪婪的野心。即使文人的花园美学并不是自然主义的,但是花园被当作了形而上的自然力的一种微观形态或概括(由于它们那种把阴阳两极互补和五行相生相克的动态过程放在重要位置的方式),并因此而被欣赏。[110]文人的花园常作为道德符码被置于一种道德框架之内,这一

框架把四季的适时转换（或一种永恒的泉源），与道德行为或那些被建构
为不屈不挠的道德精神之象征的特定的季节标志 —— 如秋菊或岁寒四
友 —— 相连。无论其感慨在原初的意义上合于道家还是合于儒家，这
些文学作品中的花园都是理想化的地方，在花园里，不受约束的个体可
以展示他们人格上和政治上的完美性。

　　甚至那些在花园里发生的不期而遇的性行为，也被并入一种道德框
架，这一框架所赖以成立的基础便是与巫山神女邂逅的幻想。[111]与《楚
辞》中的传统一样，性爱行为 —— 在此，女神自愿地向她的爱人以身相
许 —— 是男人之德性的证明。不管怎样，由于柳梦梅几乎是偶然地在
牡丹亭中做了爱，因此杜柳在花园中的性结合要被解读成丽娘情欲的
反映，而不是梦梅的德行的反映。可以说，他与所有那些年轻浪漫的书
生还是一样的；使他区别于其他年轻男人的唯一特点是丽娘自愿地委
身于他。

　　除了引出了永恒的道德和形而上的真理之外，文人的花园还是书
生们可以展陈他们的文化成就的场所。主人的品位可以通过假山、花
草、建筑、曲径、绘画和古董的艺术安排 —— 以某种方式把它们从单纯
的物件或收藏品的层面转换到一种美学价值观的表达层面 —— 显示出
来。与物品本身同样重要的是书生的能力：聚集一伙志趣相投的鉴赏
家，这些人专事展陈其可与文化传统产生深深共鸣的诗歌和艺术方面的
才华与知识，把花园变成一个充满生机的文化绿洲。文人花园的这一文
化面向是明清时期描写花园的文本所偏爱的主题。文化知识和美学鉴
赏力 —— 有这种能力就能把可能会被当成粗俗的夸富而加以摒弃的行
为，转化成一种对优雅品位的展示 —— 把真正的才子与暴发户区别开
来，而这正是晚明和清代的社会经济膨胀所带来的一个令人关注的问
题。[112]尽管一位商人贵族，比如《金瓶梅》中的西门庆，也许有能力购
买中国最好的物质文化产品，但是他却不能合法地进入文化，除非他把
他的购得之物用一层表示文化之高雅的铜锈包装起来。

根据儒家的观点,才,即属文(这种"文"业已定型,并紧系于文化传统和道德目标)的能力,反映了一个人的道德价值。在晚明尚情风气的影响下,具有感受能力、能够品鉴文化价值的鉴赏家,变成了一种文人身份的标记,其重要性正如文化产品本身(这点我将在下文作详细考查)。不仅仅是《牡丹亭》,《红楼梦》《镜花缘》和沈复(1763—1809以后)的《浮生六记》中那些田园诗般的花园,都是赛诗和展示文人知识的场所。每一处都形象地描绘了花园作为一个聚会地的重要性,在此,人们避开了政治野心的污染,展示着个人的文化感受力和成就。

虽然《牡丹亭》中在花园中展示才华的情节比较少,除了杜丽娘的自画像以外;但它仍为柳梦梅提供了一个场地,在那里,他可以表达他对于以前从未谋面的杜丽娘的那种美丽和激情的欣赏及热情。与其他的爱情故事——在那些故事中,才子和佳人的恋爱总伴随着相互题诗或丝竹雅乐——不同,杜丽娘和柳梦梅之间没有诗歌的唱和。不过,从读者和观众的角度看,汤显祖创作的那些优雅的、穿插于剧中的丰富唱词远远抵消了由于剧中人物没有题诗所带来的缺憾。杜丽娘的自画像捕捉到了她的"真色",是一幅言"情"的完美肖像;通过这幅自我反观的影像,丽娘超越了有缺陷的肉身,变成了一种无法企及的美和色的永恒代表。[113]魂不守舍、遗失、多病、薄命,所有这些与美丽相连系的特质都加强了情的感染力。[114]

《牡丹亭》中的花园既是躲避压抑的社会环境、被理想化的"自然"之地,也是远离政治、抒一己之性情的场所,尽管如此,它的首要功能仍在于给丽娘提供一个舞台,让她充分地表达自己的感情。[115]像欧洲浪漫主义作品中那些情感的关联物一样,这里的花园也是她感情状态的一种象征性延伸。比如,那些有关季节的段落,通过描绘花园中各种植物的盛衰,与丽娘涌动着的感情及其身体状况相匹配:春天,她情窦初开;夏天,她痛惜她的未曾满足的情感就像是纷纷坠落的花瓣;由于忧伤,她逐渐消瘦,并于秋冬之际死去;柳梦梅使她再生,两个人终于在春天重聚。接下来的秋天,当梦梅离家求取功名之时,这对恋人又一次分开。意味深长的是,如果说对情感起着重要作用的季节描写细节贯穿于整部《牡丹亭》的话,那么,喜剧性的结尾——在结尾中,这对恋人的越轨的情欲被一个正统的框架所收编——却奇怪地没有受时间的限制。尽管紧挨结尾的那几出戏充满了深秋的阴郁景象,但是,最后一出(在这一出戏中,皇帝亲自把他们这种不合于传统的爱情归并到帝国的秩序中)却的确因皇恩浩荡而日月生辉,就像是"日月光天德"(《牡丹亭》第五十五出)。正统的胜利表现为它具有一种力量,凭借这个力量,它可以把时间和情感的那种不可预知的易变性固定进一种乌托邦式的永恒春天之中。

汤显祖《牡丹亭》中许多对情的描绘在吴人的《吴吴山三妇合评〈牡丹亭〉还魂记》(刊行于 1694 年)中被提到了一个更高尚的美学层面,这部书由吴的三位美貌惊人的妻子共同完成,留下了她们三人的声音和行迹。[116]吴人仿照《牡丹亭》,在他为评点所写的序言中,用打乱文本和生命之间的界线的办法来解释他的第一位妻子陈同(已许配,尚未完婚),是如何迷恋《牡丹亭》并给它作评点的(陈同的评点只有第一卷被保留下来了)。她的早逝似乎是由于她太热爱这部戏了。[117]虽然陈同去世时,他们尚未完婚,但是吴人仍设法保留了她所写的这一残篇,并被它深深打动了,和柳梦梅发现丽娘的自画像一样,他也开始追悼她。接下来,吴人的第二位妻子也为陈同的评点所打动,她按照陈同的写作风格,加写了自己对这个剧的第二卷评注。吴人非常喜欢这个"和评",他把它抄下来,署上自己的名字传布出去,为的是保护两位妇女的名声。不幸的是,他的第二位妻子也在青春花季时死去,但是她的文学名声却借助吴人的第三任妻子而传扬开去,她无私地自愿变卖了自己的首饰,为的是亲眼看着这珍贵的评点以这两位女子的名字被刊印出来。这最后的定版上,也收录了吴人第三任聪慧的妻子所做的评注。

正如朱迪思·齐特林(Judith Zeitlin)曾指出的,吴人三任妻子的生生死死所处的情境酷似小青(一位美丽的妾,她似乎曾模仿杜丽娘)的生死情境。在小青过早地因为心情凄苦而离世后,她的事情变成了一件轰动一时的诉讼案。小青去世的情境是《牡丹亭》所描写的激情的现实化。她的死,部分地是由于大太太的忌恨和欺负,部分地是由于她在读过《牡丹亭》之后,日渐衰弱的身体状况。[118]这是双重的殉情:对于《牡丹亭》的移情和对于大太太的义愤,使得小青追随丽娘为情而献身。只有在她死后,这个无名的妾才成为一种承载着文化意义的存在,因为她的死和丽娘的死一样,证明了她的感情是深挚、无私和纯洁的。关于小青(这个名字即暗示着"情"字)的真实性从 17 世纪到今天一直有争论,但是正如魏艾莲所言,她的吸引力正是得自这个形象那种横跨在人们所习见的小说和历史写作之间的方式。[119]晚明言情叙事的鲜明特点之一就是它们那种挑战现实与幻想、历史与虚构间的界线的方式。[120]《三妇合评》与小青作品中那种历史与艺术的融合构成了一个关于这些女子悲剧生活的文本,这个文本优于小说。

特别是,吴人在其三位夫人的合传中使用了这么多与情相关的巧妙构思,使人们不禁要把他的文章当成《牡丹亭》的续篇来读,这个续篇超过了《牡丹亭》,因为它把虚构的梦中情进一步拉入了现实世界,让真实的女子重演了剧中许多最重要的隐喻。鉴于杜丽娘关于其道德纯洁性的宣称由于她与柳梦梅梦中的性关系而被削弱了,因此,这三任妻子所共享的感情是去性欲化的,彻底无私的,并被归入了艺术作品的范围。吴人的每一任妻子都变成了其前任(们)在知识和感情上的知己,她们的结合所产生的情感力量随着每一位的悲剧性夭亡而被放大了。这三任妻子在传统文学方面比丽娘更有才华;但是与丽娘一样,她们为爱情的理想而牺牲了自己,只留下一些文字作为纪念。像对待丽娘那样,这些才女也被小心地呵护起来,以免被野心或虚荣心所玷污;同样,吴人为使自己免受利用她们的才华的指责,也把刊印她们作品的动议完全归于他的第三任妻子对于她姐姐们的崇敬。当真情仍然为女子所专属时,吴人,与柳梦梅一样,对于这三位女子的精美的性灵所酿成的激情来说,既是保护者又是窥淫癖者。而且,这些妻子在体弱多病与才华出众相结合(一种老套的多情的标志)方面比丽娘更突出;与此同时,《牡丹亭》的那种尖锐也必须被喜剧性的结尾所限制。吴人的前两个妻子都不可挽回地死去了,只能通过她们的崇拜者的同情的追忆而继续存在。

尽管短命与赢弱是尚情之美学的重要特点,它预示了明清爱情故事中许多年轻美丽的才女的悲剧性死亡,但是另一点也很值得注意,即情的短暂性被它的那种超越死亡和现实之界限的能力抵消了。明清言情的传奇故事中一个备受偏爱的主题就是画像或想象中的美人复活了。[121]虽然是感情使得杜丽娘日渐衰弱并最终死去,但也正是感情使得她以各种形象变形 —— 女儿、画像、鬼魂和妻子 —— 出现时都光彩照人。而最非同寻常的变形却发生在吴人的三位妻子身上,她们其实是丽娘的一系列变形形象的投影。陈同在吴人尚未见到她之前就死去了,但她的模样却连续三个晚上出现在吴人的梦中。丽娘的自画像成了她的肉身的替代物,与此过程相似,在陈同那唯一幸存下来的手稿中也可见到她那充满热情的灵魂的印迹,那手稿在莹莹闪光,就像她刚刚在上面洒下眼泪和墨迹。[122]一个丽娘衍生出三位妻子,这暗示出情是如此有力的一种想象,它不会失去强度,因为它是被成指数地再生产的;事实上,所增加的每一个损失都只能使悲情更为强烈。尽管没有证据表明曹雪芹知道《三妇合评》,但是,《红楼梦》那自传体的框架、众多的人物形象(她们具体体现着情的一种或多种面向),以及幻想与现实之边界的多层次的重合,表明他已经熟稔了这些写作技巧。这些成功的言情叙事创造了被高度美学化的幻想,它们给抒情的欲望裹上了有血有肉的躯壳,这些躯壳是如此之吸引人,以至于读者们愿意将其信以为真。

《牡丹亭》中与情相连的许多图释标记(iconographic markers)再造了董仲舒文章中十分突出的那种传统的阴的象征主义。情的想象是以女子气、感官、个人、易变与动摇、疾病与死亡、幻影与错觉为基础的,与阳的那种固态的、正统的稳定性相对,它也许给那些通常是幻象的叙事增添了某种意义的可信度,但这种增添只不过是由于人们熟悉阴阳的象征逻辑。尽管情的修辞学颠倒了某些理学的价值观,特别是理学那种把个体欲望置于僵化的道德规则之下的要求,但它的象征性逻辑是以正统叙事的范式 —— 它一直把情欲归结为与越轨相连的一种阴和女性的特性 —— 为根据的。情与阴之间这种深深的文化关联深刻地影响着尚情美学中投射到女子气之上的各种意义。

性别、机巧、表演性与抒情身份的建构

晚期帝国时期,情这一概念的一个吊诡的方面在于它与一种提倡明心见性的"真"的哲学派别和一种珍视机巧、幻想和痴迷的美学运动同时联手。正如李恩仪有力地论证的那样,作者和读者对于文本的外形美(aesthetic surface)的认可和着迷,是与情感投入强度 —— 这对于尚情来说十分重要 —— 并行的。[123] 虚构的文本(比如《牡丹亭》、17 世纪董说的《西游补》,特别是《红楼梦》,每一种都是对于尚情主题的详细阐发)热衷于发展复杂的、结构化的叙事模式。与倡导一种单一和普遍的真理的正统写作相对,晚明的小说戏剧以挑战理学话语的道德垄断的姿态运用着吊诡和机巧。[124] 在情的叙述中,外观的美学表现(特别是通过成双、倒置和吊诡等技巧而构成的外观的美学表现)是写作中被优先考虑的,这就在清晰的说教情节发展之外,创造出五花八门的模式化文本,这种文本破坏了小说与历史、正统与非正统之间的认识论和本体论的界线。我将在讨论《红楼梦》时再对这一论题进行充分论述(第四章);现在,我将集中论述在情的叙述中性别界线的解体。

正当小说戏剧的作者们越来越远离小说的讲史传统,更喜欢探索和使用虚构技巧之时,他们也开始把演员、面具和戏中戏的想象并入他们精心结构的叙事之中。在情的叙事中大量引入戏剧和表演因素并不是偶然的,因为在尚情之风形成的晚明时期,越来越多的文人对戏剧和小

说的写作、刊印和作品感兴趣，并投身其中。由于舞台表演中所使用的被精心构建的性别系统，所以戏剧的影响力对小说中的社会性别刻画来说可谓意味深长。由于演员专事扮演某种角色类型，不用考虑剧中人物的自然性别、社会性别或年龄，所以舞台身份并不是由演员的身体特征来体现，而是通过表演程式来传达。正如伊丽莎白时代的戏剧一样，剧作家游戏式地处理着演员与角色之间的这种分裂。胡应麟（1551—1602）把传奇剧形容为"戏文"，就是由于它充满吊诡和让熟悉的东西倒置。[125]

　　性别转换——用 21 世纪初的眼光来看，它是晚期帝国时期小说戏剧的最突出的特点之一，也是本书探讨的中心问题——变成了倒置的一种普遍形式。[126]在重说教的《醒世姻缘传》中，悍妇素姐对权力的占用被描绘成一种根本性的僭越，因为它威胁到了社会秩序。与此相对，在言情小说之前的那些小说中，性别扭曲更多的是一种噱头，它给传统情节增添了一些新的曲折离奇，而不是对于权力的注脚。正如我将要指出的，在清中叶的小说中，《红楼梦》《野叟曝言》《镜花缘》和《儿女英雄传》那种将性别角色的颠倒，尽管从未完全失去其反霸权的锋芒，但是已逐渐作为一种无可争议的美学变调融入了小说之中。徐渭（1522—1594）的著名杂剧《女状元》（写的是一位女子女扮男装参加科举考试，中了状元的故事）就是一则给传统主题加上一个简单的离奇情节的戏剧方面的例子。王骥德（死于 1623 年）的杂剧《男王后》则是明代戏剧中那些利用社会性别，将其当成一种美学方法，来造成阴错阳差的喜剧效果的一个例子。[127]织卖草鞋的年轻人陈子高由一位旦角来扮演。专扮旦角的演员们类型化地扮演一些年轻的女主角，并从而界定了关于女子气的精英理想。被临川王俘虏后，美貌的子高被命令改扮女装。临川王被他迷住了，封他做了正宫娘娘。临川王的妹妹也深深地爱上了新王后，但是在发现子高是个男子后，她强迫他秘密地与她成婚，但依然假扮成女子。临川王为了使自己仍能接近子高，终于恩准了他们的婚姻，子高又恢复了男子的身份。剧的结尾,尽管子高的社会性别已经被固定为男性了,但是他的自然性别身份 —— 作为兄妹两人的情人 —— 仍然是不稳定的。而且,由一位女子气的旦角饰演男性所造成的不协调也依然存在。性别倒置的自我反身层面与情侣的变换,使得演员的自然性别与子高那流动着的社会性别之间的联结完全松动了。在《男王后》中,王骥德把性别当作子高这个人物的一种表演性的示像(performative aspect),就像是面具,为了丰富美学肌质,它能够被戴上或拿下。[128]

106　　　　与其他小说作者相比,李渔更为突出,他是 17 世纪最富创造力、最聪明的讲故事能手和戏曲家,在他那些结构精巧的著作中,他热衷于把社会性别和自然性别的倒置当成一种创造多重曲折离奇情节的方式。[129]他笔下的女性人物通常比她们的男性同伴更聪敏,有些情节包含了一些人物,他 / 她们或是置换了性别,或是有同性恋的暧昧关系,然而叙事者却机智地辩解说,这些颠倒的实践对于道德和社会来说是恰当的,甚至是高尚的。[130]李渔在其叙事小说中对待社会性别的那种游戏态度也许部分地由于他的叙事和戏曲之间有着紧密的联系;他的故事充分借鉴了戏曲的结构和传统,而且,李渔还是唯一一个同时以短篇小说和戏曲的形式刊行他的著作的人。[131]有一些环节把李渔与传统长篇小说联系了起来。虽然尚无证据表明张竹坡知道李渔的写作(不过,李渔是张竹坡父亲的熟人),但是李渔的名字却出现在《金瓶梅》张竹坡评本的扉页上。[132]李渔与曹雪芹的祖父和曾祖也有联系,脂砚斋评《红楼梦》中提到了他的名字。[133]曹雪芹起初把《红楼梦》构思成传奇剧而不是小说这一事例也许可以部分地解释他何以在小说中使用了多种层次的性别倒置。晚明杂剧和传奇剧中那种游戏式的、被精心建构的性别美学的

107　意识形态含义,与那些小说叙事中的性别倒置完全不同,后者在系谱学和阐释学意义上都更接近于历史和礼仪这类更正统的题材。

　　　　才子佳人小说中可以互换的佳人与才子人物形象似乎特别地受到了戏曲美学的影响。正如我们将在下面章节中所看到的,戏曲中颠倒的、

易变的性别角色在清代的言情小说中已变成了规范性的,甚至在那些似乎提倡保守的儒家行为的作品中也是这样。然而,尚情美学中性别角色的女性化主要地并不是挑战了规范的性别角色,而是把将女子气作为表现情的最适宜的场(site)的观念自然化了。的确,女子气的文化标志变成了情的如此重要的属性,以至于在这些爱情故事中,作为理想化的男性才子之商标的女性美,应该被看成为情的一种身体展示形式。情的这种导致女性化的力量为17—18世纪小说中男性理想的转变(这转变既体现在情感上也体现在身体上)做了铺垫,理想男性从强壮的首领转向了温文尔雅的、内向的唯美主义者,他与他想娶的女子一样美丽,他通过爱情和诗,而不是通过作为士大夫或政治家的公共职位,来追求个人和感情的满足。[134]这一女性化的渐变过程的结果,便是才子佳人故事中那些在长相和才情上可以互换的程式化的情侣形象。[135]

尽管晚明和清代叙事中性别的易变性可以被解释成一种美学选择,但是由此而发生的性别倒置 —— 在此,受社会歧视的妇女,更干脆地说,妓女,突然被赋予了对真实和纯洁的比较高尚的诉求 —— 却常常享有某种挑战和破坏公认的伦理结构的意识形态力量。这种对于性别的论辩性使用,在袁氏三兄弟的公安派(也以性灵派著称)的作品中特别突出,三袁分别是袁宏道(1568—1610)(他是三人中最重要的)、袁宗道(1560—1600)和袁中道(1570—1624)。与晚明其他的纯文学作者相比,袁氏兄弟也许是最积极地宣传与情相关联的反霸权的价值观的人。在他们的许多文章中,他们仿照李贽的论辩风格,把社会的卑贱者提升为道德的高尚者。三袁是李贽的朋友和崇敬者,他们的作品在哲学和纯文学(belles lettres)这两个文本世界之间构筑了一道桥梁。[136]性别不过是词汇构成的联合矩阵之一,他们以此来破坏和动摇传统的价值观;与戏曲中游戏地将性别倒置所用的方式一样,他们所提及的妇女和女子气也是抽象的 —— 在这种抽象中,女子气象征着所有与正统相对立的东西,他们从未谈及女性的一些本质特性。

虽然公安派活跃的时间不长——从 1595 年到 1600 年宗道去世，但它在晚明那些尝试新式散文（包括小品文）、白话小说和短篇小说集的创作的作家和刊印者的圈子里很有影响。[137]三袁在 1593 年见到了李贽，发现他们之间有许多共同的兴趣；随后，他们把李贽的许多观点引入了文学评论领域。李贽所谓的"当下"，在三袁这里变成了诗的表达的率真任性。袁宗道在一篇名为"论文"的文章（A. 列维曾称此文为公安派的"宣言"）中反对盲目地模拟古人之名篇，提倡一种更不拘格套的自我表达。[138]他把拘泥于形式和文体看作是对于真性灵的潜在伤害。袁宏道追随李贽和徐渭（《女状元》的作者），提出公安派的不拘格套、独抒性灵的口号。他也是徐渭的理论——情是文的根本、诗是情的精美表达——的热烈崇敬者和鼓吹者。[139]袁中道尤其珍视本色直白的语言，这意味着他更多地采用俚俗之语，而更少地强调含蓄暗示和外在形式。直抒性灵既更具本真性，因而也就比模仿和拘于格套更能感染读者。[140]宏道下面的一段话揭示了本真性写作的一个生理基础：

> 要以情真而语直，故劳人思妇，有时愈于学士大夫，而呻吟之所得，往往快于平时。夫非病之能为文，而病之情足以文；亦非病之情皆文，而病之文不暇饰也，是故通人贵之。[141]

这段话在某种意义上是李贽式文风的翻版，它一反常规，得出了一个不同凡响的论断——生病有益。不仅如此，与《牡丹亭》相似，它也把本真性建立在感受能力上，并且把体虚或羸弱（此处专与女性的体弱多病相连）与情感的强度相关联。[142]

通过一种率真的文风来独抒性灵是不够的；最好将独抒性灵渗透到趣味和风格的表演之中。公安派的个人主义哲学，正如詹姆士·卡希尔（James Cahill）所描述的那样，是晚明时期一股偏离正统的浪潮，在此浪潮中，奇人异事变成了表达本真性的符号。[143]尽管狂狷行为在历史上一直被认可和预期为情的一种外现,但是这一隐喻在晚明时期似乎达到了自我反身之表演(self-reflexive performativity)的新高度。[144]欣赏他人偏执行为的能力与展示个人自身的独特品质同样重要。袁宏道描写一个老酒鬼(他只吃蝎子、蜈蚣和虫蚁)的小品文清楚地表示了他对于体现"至性"的行为的激赏。[145]

这种对真的欣赏程度常常通过对物质对象的激赏程度以及收藏它们的愿望的强度展现出来;激赏之情越独特、越出格、越成癖,就越好。[146]妇女是一种公众的痴迷对象;正如在吴人对其三个不同寻常的妻子的收藏(collection)中所清楚展示的,一个男人能够轻易地把他对于一位女子的感情转换成他的趣味和社会价值观的表述,尽管有时是谨慎的暗示性表述。[147]用袁宏道的精辟的语言来说,女子只是体现鉴赏能力的一个方面。[148]"趣如山上之色,水中之味,花中之光,女中之态"。[149]同样的感官品位的表达也可见于贾宝玉对女孩子们的癖好上(这种表达甚至可见于现代《红楼梦》迷的谈论中,他们仍不断地为在这些姐妹中他们最喜欢谁争论不休)。这种对"癖"的欣赏并没随着明代的灭亡而消失;多情的收藏家形象成为贯穿李渔和蒲松龄作品的一个基本意象(motif[150])。[151]在《野叟曝言》中,对于偏执的嗜好的追求有一处绝妙的戏仿,用此来表达一个人的精神实质:一个男人嗜食狗粪成癖,以至于能通过品尝狗的粪便去识别它们(《野叟曝言》第七十二回)。似乎越是有癖好,不论其多么出格(也许越出格越好),就越能表达本真的、自然的自我。正如我们将在对《野叟曝言》和《儿女英雄传》的讨论中所看到的,与情相连的具有表演性质的全部网络——变得与道德本真性相等同,而且,具有反讽意义的是,甚至在那些并不赞同尚情的诸多理论前提的文本中,它也被当作了暗示人物性格完美的缩写方式。[152]

大众文化与情的商业魅力

到目前为止,我已经讨论了尚情的理论上的根基及其与性别美学的

111

关系;然而,更唯物主义的研究显示,富有而博学的念书人和晚明江南地区逐渐兴盛的商业性都市文化,在重塑社会价值观和审美趣味上也起到了举足轻重的作用。泰州学派的两位最重要的知识分子王艮和李贽所具有的商业背景,更能让我们看出变化着的经济与社会条件在偏好唯物主义、实用主义、个人主义和直抒性情的晚明哲学的传布中所具有的重要性。[153] 随着明末中央集权的弱化,一种自我放任和颓废的文化在江南地区的富裕城市中兴盛起来。[154] 尽管多数人的向上流动仍延续着传统模式,即通过培养正统行为和学习经典来使经济特权合法化,但是正在兴起的消闲读物市场却加速了正统与大众文本之间那条泾渭分明的界线的瓦解。

　　人们现在刚刚开始注意到江南地区印刷文化的迅速普及对于晚明道德和美学价值观的形成所产生的影响。[155] 江南和福建的城市 —— 多数商业性印书坊都坐落于此地 —— 远离更保守更规范的政治控制中心北京。尽管我们还不大清楚在前现代中国,读者的接受或消费具有什么样的地域或历史方面的细节特点,但很有可能的是,江南城市中心那些精明老道的观众 —— 他们对于大众娱乐品的口味主要是被这个时期创作的诙谐戏曲(witty dramas)打造而成 —— 在感官性、新奇性,甚至也许是反讽等方面,比之帝国其他地区的观众,要求一种更高级的刺激。商业性印书的兴盛和作品样式的发展对于模糊曾经很明晰的题材类型之间的界线起了很大作用。这方面的一个例子就是晚明的《绿窗女士》那种用取自妓女生活的讽刺故事随意地解释《女四书》—— 一部主要用于妇女的道德教育的书 —— 的方式。[156] 正如凯瑟琳·卡里兹所写的,同一处坊肆会同时刊印作为榜样的节妇故事和浪漫的爱情故事,这一事实完全改变了贞德的面貌。女性的贞节,正如妇女生活的许多其他真实面向一样,变成了鉴赏家的一种审美对象,这就给爱情故事涂上了一层博得人们尊敬的装饰,从而提高了它们的商业价值;与此一过程同时,专事说教的作品集也吸收了一些曾经被视为伤风败俗的材料。[157] 在这种驳杂的印刷文化中,产生了一部短篇小说集 —— 冯梦龙的《情史类略》。[158]为这部内容庞杂的集子所作的序和评点把它包装成了一个情的博览会,并且强化了一种哲学观点,即情可以导致道德的复兴,尽管其中的许多奇闻佚事本身更多地体现出一种窥淫癖,而不是惩戒规劝。

　　作为一位苏州的作家、评点家和刊印者,冯梦龙非常活跃并具有商业头脑。与汤显祖和袁氏兄弟 —— 他们为文人的精英读者圈子而写作 —— 不同,冯梦龙有意识地努力吸引更广泛的观众。[159]不仅如此,冯梦龙与李贽、三袁一样,也是倡导白话的先锋,他们都把白话当成更本真、更富于情感的写作方式;冯梦龙还把白话与情的表现力联系起来。虽然在为他编印的集子所作的序中,插入了一些对所撰内容的哲学和道德上的辩护,但是冯梦龙的刊印热忱似乎不仅是出于其对艺术或意识形态的关注,有时似乎也受盈利和趣味的驱使。[160]这些取悦观众 —— 其品位是由大众文化那更具弹性的标准,而不是被规范作品那更严格的话语性的标准打造出来的 —— 的意图使得冯梦龙所编撰的著作反映出多样的、驳杂的都市价值观。在其他一些作品中,真正的情痴是不会被任何功利的东西,比如金钱所打动的,甚至还会对之带几分鄙夷,然而冯梦龙却在尚情中吸收了商业文化。在《情史类略》的序一中,他用钱来隐喻情:

　　　　万物如散钱,一情为线索。散钱就索穿,天涯成眷属。[161]

"情",在别处都被当成一种精神的、超然的力量,在此却变成联结商业关系的物品。

　　冯梦龙将现有材料粗略地排入情的几种类别中,这种排列暗示出情这一多义性的概念可以充分满足人的好奇心和具有商业性,从而证明这部长篇文集的出版是有理由的。尽管许多条目并未直接反映晚明的尚情美学,但是,序言和多数评点都大胆地阐述了情所具有的哲学中心位置和正统性。例如,序二一开头就断言:"六经皆以情教也"。这部小说集仿照规范的形式将这些传记材料联系起来:《情史类略》含有用文言文写就的 850 篇小传和奇闻逸事,编者将其按主题分为二十四卷。[162] 耐人寻味的是,第一部分名为"情贞",好像要打消人们的疑虑 —— 以为这部小说集会把情与不洁的性欲混淆在一起。较少教训意味的材料被放在稍后一些题为"情爱""情痴""情秽""情妖"的卷章之中。毋庸赘言,故事中所描绘的浪漫爱情并非如两篇序言中所说的那样具有社会或道德救赎的意味。小说模仿史传的体例,许多小传之后往往有一个短评,每卷之后还要以一个较长的评点作结。这些总结性的评语常署名为"情主人"或"情史氏";虽然许多署名的评点都同序言一样把情当成一贯正面的概念,但是其他地方则小心地将情和那些可能导致自欺的爱区分开来。"情史氏曰:情生爱,爱复生情。情爱相生而不已,则必有死亡灭绝之事。其无事者,幸也。"(卷六,第 506 页)

　　无论编辑和刊印这部小说集的动机是什么,《情史类略》的序言表达了一种对于理想之情的大胆捍卫,而这种理想之情常常与这部集子的内容相抵牾。例如:序一的作者:詹詹外史 —— 冯梦龙的笔名之一,在对自己是无私的"情痴"的介绍中开掘出情的积极内涵:

> 情史,余志也。余少负情痴,遇朋侪必倾赤相与,吉凶同患。
> 闻人有奇穷奇枉,虽不相识,求为之。地或力所不及,则嗟叹累日,
> 中夜展转不寐。见一有情人,辄欲下拜 ……(序,第 1—2 页)

115

　　序言中这种对情的大胆鼓吹,被小说集中随处可见的、占主导地位的关于情爱危险的保守观点冲淡了。例如,尽管詹詹外史在序言中进行了不无骄傲的自我介绍,但"情痴"卷中有 20 篇传记,每篇都在阐述儒家的教义:沉溺于情将导致自我毁灭。此卷的卷末评点第一句话就说:"人生烦恼思虑种种,因有情而起"(卷七,第 542 页)。在其他地方,序

和评的语言则利用了与晚明对于理学的批评有关的那种论辩性修辞："情主人曰：自来忠孝节烈之事，从道理上做者必勉强，从至情上出者必真切"（卷一，第82页）。

尽管评点的语气充满热情，但是这个集子却在复制着传统儒家的"孝""节"价值观，并且强化着这样的疑虑：情并不总是积极性的。序言明确表示了这部小说集的教化目的："又尝欲择取古今情事之美者，各著小传，使人知情之可久，于是乎无情化有，私情化公……"（序，第4页）。

我在此详细引用序一中的一段话，以表明冯梦龙在多大程度上用情取代如今已名声扫地的理，作为核心的道德真理，并把情再造成一种客观标准。

> 天地若无情，不生一切物。一切物无情，不能环相生。生生而不灭，繇情不灭故。四大皆幻设，惟情不虚假。有情疏者亲，无情亲者疏。无情与有情，相去不可量。 *116*

> 我欲立情教，教诲诸众生。子有情于父，臣有情于君。（序，第7—8页）

除了可以使生命"环相生"以外，情还变成了理和礼的基础，而不是它们的对立面。

我在讨论内容驳杂的小说《野叟曝言》和《儿女英雄传》——它们把常见的才子佳人故事与侠客故事混合在一起——中遇到的现象，在《情史类略》中也存在着：《情史类略》的各部分中情显示出可以激发英雄行为的功用，这一点特别有意思。德高望重的英雄所具有的那种武德，通常是一种"义"的表征，而题为"情侠"的部分则把它转换成根基于"情"的行动。[163]这种对于侠士的兴趣也许部分地反映了王阳明和那些泰州学派的主要人物如王艮、颜钧和何心隐——他们都鼓吹一种更具行动主义的伦理学 —— 的生活和教义的影响。[164]《情史类略》中所表彰的侠义人物呈现出两个与晚明对情的再定义有关的特性:对需要救助者的本能反应能力,和对于下述问题的理解,即:本真的道德必须源自一种个体标准,而这种标准常常要打破既定的规则,为的是恢复一种更适宜的秩序。"情侠"中的大部分传记都特别写到了女侠,这反映了一种强有力的文化联想,即把情与女子气和非常规相连。正如我们将在对《野叟曝言》《镜花缘》和《儿女英雄传》的讨论中所看到的,18 世纪和 19 世纪的作者们将侠客和才子佳人小说糅合在一起,创造出一种新的本真之德性的模式。

《情史类略》中谈到的情是如此之有力,以至于它能激发人们为了他人而牺牲自己(卷四和卷五),并能激发动物和植物做出忠诚和同情的无私行为(卷二十三)。情的这种超越自然与文化边界的能力在名为"情迹"的最后部分中得到更进一步的强调,在这里,各种形式的抒情诗被比喻成鸟儿和昆虫的鸣唱与哀号。尽管无论是《情史类略》的序言还是其内容都没有为情的哲学和美学发展开辟新的场域,但是,这部小说集证实了情的广泛魅力 —— 这魅力存在于它所具有的全部变动不居的意义和表现形式之中。这部小说集的魅力似乎还部分地源自情的那种吊诡的能力:既摧毁又救赎,既冒渎之又复苏之。序言和评点中对《情史类略》中所写之情的小心翼翼的辩解,说明冯梦龙和其他参与小说集的编辑和刊印工作的人完全了解情所具有的颠覆和创造潜能,而这种动态的矛盾使情的话语浸透了一种商业性魔力。

16 世纪末到 17 世纪初,在意识形态和美学之争中,情的倡导者和正统理学的追随者之间的界线最为明显。这个时期以物质财富的快速增长和印刷文本、印刷条件的发展为标志,它们削弱了明初那种社会和意识形态的凝聚力。这种对处于霸权地位的传统晋升道路的广泛挑战,给予尚情相关联的个人主义、反既成体制和享乐主义价值观,营造出一种更大的宽容度。颓唐和腐败竟成为万历皇帝漫长的统治期（1573—1619）的一个标志，致使帝国统治摇摇欲坠；而这也毫无疑问进一步促生了发展独立于国家控制的体制之外的个体道德和社会价值的兴趣。不过，从东林党人基于保守的儒家立场对现状提出的批评，从正在增长的对于经世致用的学问和行动主义的兴趣，从远离程朱理学、偏好古典主义和考据学的思想文化运动中，不难看出，尚情只是复兴晚明精英价值观的诸多改良主义的努力之一。尽管对经世致用和考据学的兴趣一直持续到清代，但是明朝亡于文化落后的满族的耻辱迫使人们进行集体反思，而这反思意味着对情的哲学兴趣的终止 —— 人们把晚明自我放纵的颓风归咎于这一尚情的思想文化运动。许多晚明知识分子都对理学基本前提的道德完美性和知识有效性提出质疑，并开始想象一种更人道、更重视行动主义的偏离于理学的社会秩序的可能性。对于感情 —— 甚至那些公认为自私的感情 —— 的哲学辩护，即把它们当成人性的正面的和基础的部分，导致了一种对于非正统、私密性、个人性和怪诞性的热情传布。

对于正统理学的各种批评启迪了晚明时期的笔记小说，使它极大地兴盛起来，新的小说主人公之获得成功，更多的是通过非传统的，然而本真的，作为情人、审美家和英雄的直抒性情，而不是通过传统的经济或官僚仕途而获得的权力。一种新的混合型小说把个人主义和行动主义的侠客小说模型与言情的才子佳人浪漫故事杂糅。[165] 这些书中的主人公都被描写为具有一种本真的道德；他们的反叛行为和情感代表着一种对于那些精神空虚、因循守旧、企图从日益严重的低效和腐败状况获利的官僚士大夫的矫正。

尽管情的倡导者受到了中伤，但是他们的遗产却被清代继承下来。他们对于唯心主义的程朱形而上学的某些挑战被并入了清代唯物主义哲学的主流。对本研究来说更重要的是，情的修辞学被直接引入了各种类型的小说；正如我们将要看到的，一种与尚情有关的词汇的广泛连结变成了小说的标准图释元素（standard iconographic elements of fiction）。

清代许多抒发性灵的叙事都是在想象一种基于情的主体性和动态性的道德秩序和自我感受力的复苏。在这一抵抗和改良的美学中,女子气享有特权位置;小说人物(男与女)都可自由地选取女子气的人物角色作为体现其本真性的不合于传统规范的表演的一部分。在《红楼梦》《镜花缘》和《儿女英雄传》中,是女性人物为文化和政治救赎提供了保证。尚情并不是直接赞美妇女的生活和智慧,而是把文人对于女子气和女性主体身份的占用符号化地表现出来。情,或一个人物对情的感受能力,通过肉体、情感和智力的禀赋 —— 包括美貌、才分、纯情、痴情和激情,以及身体的羸弱 —— 得到表现。在这个语境中,女子气变成情的本质属性。然而,尽管下面章节中所讨论的小说的情节设置均得益于情具有再生潜能这一观念,但是每一部小说都仍然是以回归规范的儒家社会秩序和传统家族制社会结构作为结尾。

第三章　《醒世姻缘传》：正统与泼妇的塑造

盖中有主则实，实则外患不能入。——程颢

男女有尊卑之序；夫妇有倡随之理。此常理也。若徇情肆欲，惟说是动，男牵欲而失其刚，妇狃说而忘其顺，则凶而非所利矣。——程颐

这两段题词引自理学指南《近思录》[1]，它们清楚地表达了理学的话语逻辑，即不适当的欲将开启灾难之门。在正统叙事中，维持家中秩序的最高责任是由男性家庭成员承担的；妇女很少被当成道德修身的主体，而是被当成其父亲或丈夫有无德行的反射体。这种观点在 17 世纪的一些作家笔下得到了印证，他们把夫妻之间的对抗解释成男人无德的结果。比如，吕坤就提出，男人对妻子放纵就是在害她们。[2]

泼妇的形象，由于其在某种程度上具有威胁规范的儒家社会结构的力量，在正统话语中变成了社会政治秩序崩溃的象征。中国的泼妇多是年轻美貌的女子，她们凭借性魅力来支配男人；在闭月羞花的容貌之下，隐藏着的是渴望权力、残忍、嫉妒和堕落的本性。不过，也有些泼妇，撒着大脚、相貌粗悍、邋里邋遢，其外形和她们的性格一样丑陋、不端。这些处于家庭或朝廷中心位置的年轻的妻妾，完全颠倒甚至打碎了家庭或国家关系的正常运作。shrew 这个词在中文中可译为：淫妇、悍妇和泼妇，

它们正好把英文用法中所暗含的、容易被忽视的差别给挑明了。淫妇这个词着重指其不知厌足的性欲;悍妇指其为凶狠、残忍的恶妇。最不好界定的就是泼妇的特性;基思·麦克马汉对之有一个描述:她是一个在"泼"或"溅"的女人,她的行为,就像她泼溅出来的各种液体一样,是不受拘束的、越轨的,而且通常是有污染性的。[3]这些区分并不是绝对的;泼妇的描写常常综合了这几种类型,或通过含蓄的描写,让人联想到这些类型。

明末清初的小说《醒世姻缘传》十分引人注目,它通过描写泼妇形象,直接而浅露地表示了对于修身和社会稳定的焦虑。《醒世姻缘传》是一个因果报应的说教故事,它的情节和结构,就它对正统修辞的使用来说,完全落于俗套,尽管与大多数文本相比,它进一步完善了泼妇的形象。头二十回写的是一个放荡的、意志薄弱的年轻男子晁源如何由于杀死了一只狐狸精而陷入果报的轮回之中。晁源的名字可以被解释成"源由"[4]。在第十九回,他反过来被与他通奸者的丈夫杀死了。晁源再世为人,成了狄希陈,而狐狸精则成了他的妻子薛素姐。在整个婚姻过程中,素姐一直折磨希陈:打他、烧他,一连捆他好几天,并最终把他的父母气死。希陈又娶了寄姐 —— 一位曾对他很友善的女子,试图藉此来逃脱厄运;但是由于寄姐是他前世妻子(她是被晁源逼迫自杀身亡的)的转世再生,因此,她对他也变得凶恶起来。小说的最后一回,希陈终于诵完了《金刚经》,结束了轮回业报:素姐死了,希陈和寄姐和睦相处、白头到老,儿孙满堂。

虽然许多人试图搞清化名西周生的《醒世姻缘传》作者的身份,但是对于作者和小说的成书年代仍知之甚少。基于小说中使用了与蒲松龄的白话作品(《聊斋白话韵文》)相似的山东方言,基于小说中一些关键的叙事部分是以蒲松龄生活过的山东为背景,以及小说在主题上与《聊斋志异》中的"江城"故事相似,胡适假定这部小说为蒲松龄所作。[5]无论如何,关于蒲松龄是作者的说法总的来说还是一种推断,它遭到了很多质疑。王守义根据书中在用词上的避讳，以及对一些制度变化的反映，认为它的初版年代当在崇祯年间（1628—1644）。[6]最近，根据语言学、传记和主题方面的考证，张清吉认为《醒世姻缘传》是丁耀亢——《续金瓶梅》的作者——所作。[7]直到一部早期书目学资料的出现，作者的问题才有了些进展。人们发现，最早提到这部小说的是记载着1728年中国传入日本的书籍之目录的《舶载书目》。[8]

　　所有人都认为《醒世姻缘传》的成书年代当在17世纪初《金瓶梅词话》刊行之后，很可能在1695年张竹坡评点的百回本《金瓶梅》刊行之后，因为无论从小说的风格还是主题上看，都有迹象表明《醒世姻缘传》的作者对《金瓶梅》很熟悉。浦安迪注意到尽管《醒世姻缘传》结构散漫，但这部百回本小说仍能被粗略地划分，以十章为一个部分，与《金瓶梅》类似，而每部分都是在尾数为九的章回中达到高潮。[9]尽管其结构不如《金瓶梅》紧凑，但《醒世姻缘传》的确在模仿《金瓶梅》中对于起照应作用的章回的安排，所以，我们可能看到，比如，晁源在第一回射杀狐狸精，与第一百回素姐（素姐当然就是狐狸精转世）企图射杀希陈相互呼应。[10]我们随着第二十回西门庆花园的敞开而进入《金瓶梅》的虚构世界；晁源在二十回的死亡则巧妙地把《醒世姻缘传》的序幕与主要的叙事区分开来。浦安迪提到的另外的风格相似处是反讽的应用，某些主题或传统主题的反复，人物形象的循环，以及以枯燥乏味的诗词为提要引出每一回，而不是习见的那种用意味深长的诗来作结。[11]从主题上看，《醒世姻缘传》也模仿《金瓶梅》，用一个泼妇形象描绘出男主人公的自毁行为使他无力整肃家庭或控制自己的贪欲。不过，《醒世姻缘传》在描写夫妻间的暴力、妻子的无情和虐待狂般的残酷方面超过了《金瓶梅》；潘金莲至少还能表现出对丈夫的关爱。尽管《醒世姻缘传》描写的面比较窄：侧重于狄家内部的特殊事件，但是它也将男主人公描述为一个更大的政治环境的缩影。

　　虽然《醒世姻缘传》比那些公认的小说名著在写作技巧上要略逊一

123

124

筹,但承认它与《金瓶梅》之间在结构、风格和主题上具有相似性,使得对《醒世姻缘传》的解读——认为它与《金瓶梅》一样,也卷入了晚明文人有关自然本性与个人责任问题的争论——更合理,这一点具有方法论上的重要性。[12]和《金瓶梅》一样,《醒世姻缘传》也是晚明和清代那些可以被解读成用小说来诠释修身过程的作品之一。《金瓶梅》中的西门庆提供了一个极端的范例,告诉世人,假如一个男人不想着通过修身来控制自己的欲望的话,等待着他的将是什么。另一个极端的例子是17世纪的《肉蒲团》中由才子落发为僧的未央生,他求助于自我阉割,以之作为控制肉体欲望的捷径。《醒世姻缘传》中的狄希陈处于这两个极端之间;尽管希陈几乎被素姐害死,但当他最终获得彻悟后,还是想办法战胜了她。而且,正如在《金瓶梅》中一样,对妇女和性欲的想象处于这部调和性的理学道德寓言中有关自制的象征词汇的中心。

《醒世姻缘传》的特点在于它塑造了中国文学中最凶恶的泼妇形象之一;从结婚的那一刻起,薛素姐就被锁定在与希陈的生死较量中。两人之间的战争直到小说的第一百回,也是最后一回,当希陈终于通过诵读《金刚经》学会控制自己的欲望后,才告结束。与《金瓶梅》不同——在《金》中,西门庆家中的权力争斗是与寻求性快感交织在一起的,素姐与希陈的战争并没有同性满足搅在一起。尽管对他们之间的冲突的叙述具有性欲化的特征,但是性显然是其他问题的一种隐喻。正如小说叙述人明确指出的那样,素姐和小说中一系列的几乎致希陈于死地的果报事件,不过是男主人公有罪之心灵的展示:"晁源(狄希陈的前世为人)见的这许多鬼怪,这是他自己亏心生出来的,原不是当真有什么鬼去打他"(《醒世姻缘传》第十七回)。素姐的全部恶能,也是希陈那无法克制的欲望造出来的。

泼妇作为一种无法控制的破坏力的典型,是《醒世姻缘传》中所讲述的修身主题的核心。素姐的身体(它不断地被剥裸、被展陈),通过以其自然本能与社会化的礼仪规则相对抗的方式,揭示出人类存在的不可

125

回避的肉体性。有一个情节是这样的,赶庙会时,素姐招摇过市,结果被一伙当地恶少打了一顿,衣服剥得精光,连裹脚布也剥走了(第七十三回)。不久,她甚至被剥夺了所有体面的外表。过生日时,素姐给一只猴子穿戴上希陈的衣服,并开始毒打它(第七十六回)。猴子被打急了,转而攻击素姐,挝烂了她的脸,抠瞎了她的一只眼,咬落了她的鼻子,在鲜红的嘴唇上留下意味深长的两个洞,而这副嘴唇又把脸从左耳根到右耳根撕裂成两截。在毁了素姐的容貌之后,那猴子继续着它的疯狂攻击 —— 这攻击掺杂着具有性的意味的潜台词。猴子错把素姐的生母龙氏当成了素姐,"从房上跳在龙氏肩上,挝脸采发,又钻在腿底下,把裤子都扯的粉碎"(第七十六回)。与在庙会上剥光素姐衣服的恶少那种颇具性的意味的攻击形成对照的是,这只猴子似乎是要剥去素姐的这层人类的表皮。袁枚专记怪力乱神的《子不语》中所记载的可怕故事堪与这种暗示性的攻击相比。在《子不语》中,一个奇怪的半猿半人的动物,绑架并杀害了一位妇女,她的嘴唇上有一个大疤,而且"阴处溃裂"。[13] 在袁枚的故事中,妇女脸上的伤疤明确地与她的性器官相连,而这种联系在《醒世姻缘传》中只是一种暗示。稍后有一个词提及素姐的"屄眼"(第八十七回),这个"屄"字指的是阴道,而早些时候,素姐曾用这个字来骂希陈念经(第六十四回)。

　　尽管不屈不挠的素姐在这次事件后丢了脸,但她的力量和举止并没有一点收敛。她继续在这部小说的世界中作为一个越轨的符码而四处游荡。希陈央求家中妇女荡秋千时不可过高,不要让隔壁衙门里的人看见,但她却偏要荡得高高的,荡在半空,这一行为逗引得隔壁送来一些诗,而最后两首嘲笑了她的容貌(第九十七回)。与节妇的身体 —— 那是不能让家外的人看见的 —— 相对,素姐的身体就像是一处不能闭合的伤口,反复地被暴露,被投入众目睽睽之中。在这个意义上,对素姐容貌变化的描写与《金瓶梅》第四十九和五十回中对梵僧(他卖给西门庆壮阳药)的荒诞描写相似;[14] 素姐变成了女性性欲的化身。

正统的颠倒:《醒世姻缘传》与失败的修身

《醒世姻缘传》形象地说明,当那些本应行使控制权的人放弃了他们的职责时,人类的关系会发生什么变化。在前二十回的序幕中,晁源的没有能力（或者不情愿）克制性欲引出了一部长篇寓言,它对自我失控的危险性进行了细致描述。尽管狄希陈的越轨不像晁源那样公然地体现为性行为,但是越轨的性欲却是贯穿小说的一个主题。正如我们将要看到的那样,希陈与素姐之间的冲突,在间接的意义上,是有性意味的。这方面的一个例子就是希陈与猴子之间的形象关联 —— 这种关联在素姐打骂穿戴着希陈衣服的猴子的场景中已有所暗示。[15]猴子是 17 世纪小说的常见意象,它常被用来象征充沛的精力（通常指性方面的）,蒙昧的心智,正如谚语所说:心猿意马。[16]心猿指的是必须在修身过程中加以固定或稳定的本我（ego）部分。希陈在面对自己那不安分的天性时的无能还反映在稍后的一个场景中,在此场景中,"野猴"一般精力旺盛的素姐和家里其他的妇人一道无视家法。新上任的县官李为政（这个名字可被解释成"礼为政"）走马上任后,狄希陈带全家老小又回到本司衙门,与成都府的刑厅为邻,妇人们顾及"面子",怕隔壁刑厅听到家中打闹之声,所以还维持着表面的秩序。然而这种和平并不持久。

127

> 这般野猴的泼性怎生受得这般闷气,立逼住狄希陈叫他在外面借了几根杉木条,寻得粗绳,括得画板,扎起大高的一架秋千,素姐为首,寄姐为从,家人、媳妇、丫头、养娘终日猴在那秋千架上,你上我下,我下你上,循环无端打那秋千玩耍。（第九十七回）

这妇女们终日"猴在那秋千架上"的场景,正呼应了《金瓶梅》中打秋千场景所暗含的那种性的弦外音,在《金瓶梅》中,潘金莲、酷似潘的宋蕙莲，以及家里的其他妇人，在她们的女婿陈敬济面前，打着秋千，一争高下（《金瓶梅》第二十五回）。[17]尽管妇人们荡秋千的后面没有明显的性动机，但这一传统主题所包含的性的弦外音却由她们的邻居吴推事的诗给挑明了——吴的诗写在看到素姐荡秋千之后。[18]《醒世姻缘传》的关注重心并不在于过分的性行为，而是在于怪诞的暴力，但是这样一个可从多层面解说的模式，这种对于传统上一贯与性相连的主题的多处引用，却把性欲的问题摆到了这部小说的意义的核心位置。

虽然《醒世姻缘传》并不像《金瓶梅》那样对自我约束的失败所拥有的政治内涵做较多的展开，但是两部书都显示：在国与家层面设立的制度都会由于缺乏适宜的领导而陷于混乱。《醒世姻缘传》前二十回的序幕中穿插着有关土木之变——明代最惨重的军事失败之一——的各种细节，在土木之变中，明英宗（在位期，1436—1450；1457—1464）被力量小得多的蒙古军队俘虏，并被勒索大量赎金。[19]这场战役的主战者是太监王振——一位权倾内朝的炙手可热的人物，他毫无必要地让皇帝御驾亲征，致使国中失去了统治者。[20]与此一历史事件相谐的主题也出现在晁源和狄希陈的生活中，他们同样因无力领导他人或无力自我控制而烦恼。希陈在家中缺乏领导权的政治含义在小说临近结尾的章回中有所表现，那时希陈被革职回家，其过错在于"不能齐家"（第九十九回）。[21]导致希陈被解职的许多事件（其中包括秋千事件）中，素姐那蛮横的"龙性"（第九十六回）都嘲弄了希陈的权威。[22]在衙门外吃了素姐的一顿暴打之后，希陈试图给吴推事解释谁在他家中当政："贱妾为王的时节，也是经历的妻还不曾到。昨日叫经历吃亏的，是经历的妻，不是前日那为王的妾"（第九十七回）。这次谈话后不久，素姐又把烧红的炭火倒进希陈的衣领，烧得他不能出来料理官事（第九十七回）。正是家中的这种不太平才导致了希陈的被革职。

第九十九回中讲了一件事，两个"土官"知府，原系儿女亲家，因儿女夫妇不和而竟至于干戈相向，这件事强调了保持和睦的婚姻关系的政治意义。土官的争执又引发成国家的紧急事件,朝廷不得不派三千兵马前去剿抚"反民"。微观世界和宏观世界的这种相似关系在《大学》中有

129 着很清楚的阐述,齐家是治国平天下的必要条件。

希陈在家中的日益被动和软弱正与其妻妾们的日益霸道相对,后者使这个家转向了儒家理想的反面。正如我在第一章中所说,晚明和清代的许多儒学思想家都提到,夫妻关系是等级制的阴阳二元性的具体体现。由于妇女是阴的显现,所以自然应该从属于她们的丈夫。素姐,由于其拒绝履行婚姻职责,变成了理想的妻子和儿媳的古怪的对立面。不孝有三,无后为大。[23]素姐不仅自己不能生育 —— 这是泼妇的特征,而且还企图伤害家中其他女人的孩子。当做饭的侍女调羹被希陈的父亲收为妾时,素姐骂街说希陈父子都与她有通奸关系。[24]素姐胡乱怀疑调羹可能怀上的孩子,说没有办法证明他是狄员外的,还是希陈的,或者,甚至是下人狄周的(第五十六回)。[25]为了阻止新生出个家产竞争者,素姐打算阉割她的公公(第五十六回)。等到调羹真的怀了孕,素姐的行为则与潘金莲在官哥出生后的行为一样。她故意在调羹的窗外放炮仗,在院子里"打狗拿鸡","要惊死那个孩子",还与调羹"合气",说那孩子"不是他公公的骨血"(第七十六回)。甚至在小说结尾,素姐还算计着要把寄姐的孩子推到江里淹死(第九十九回)。[26]

然而,素姐最大的越轨还是缺乏孝道 —— 无论对自己的父母还是对希陈的父母。她执意违反他们的意愿,终于导致了四位父母的死亡。她的婆婆和公公对她三番五次地上庙看会感到十分恼火,结果都中了风(第五十六回),她的婆婆由于无法阻止素姐用铁箍折磨希陈而活活气死(第五十九回)。素姐不仅对她的父亲和婆婆的死负有直接责任,而且她

130 还阻止希陈,不许他到灵前尽孝子之礼。在狄母葬仪期间,她把希陈"监"了起来,直到亲友们吊孝完毕,他才被放出来(第六十回)。

素姐对内外边界的无视也同样很过分。她频繁地离开深闺出游,同她没完没了地殴打希陈一样,这也引起了叙述者和书中的旁观者的厌恶

和愤怒。从图释象征的角度看，对素姐出游的描述中，最耐人寻味的是第六十八至六十九回对她泰山进香过程的完整叙述。[27]根据阴阳八卦学，把这段叙述放置在第六十几回的做法，暗示着作者在巧妙地处理与阴有关的主题，而作者的这种意图与《金瓶梅》在第六十七至六十九回描写严寒——这种严寒构成了李瓶儿死亡的背景——的意图是一样的。[28]有迹象表明，《醒世姻缘传》的作者在此处可能是有意地利用阴的图释法（iconography），这一迹象即素姐的伙伴刘嫂子的出场。刘嫂子，与其他那些性堕落的刘姓妇女不一样，是这一节中唯一体现了女德的声音，正如她儿子的名字"尚仁"所暗示的那样。正是她提醒素姐，"丈夫就是天哩，痴男惧妇，贤女敬夫"（第六十九回）。第六十八回的开头是一首诗，警告说不要让"六婆"进家，第六十九回的开篇词则对"男女混杂"进行了贬斥。[29]赴泰山进香的那伙妇女出发时的情景简直就是一团乌烟瘴气：这些婆娘前后乱窜，"豺狗阵一般"，有肚子疼的，有屙屎的、有来月经的，有奶孩子的，吆前喝后（第六十八回）。[30]正如下面将要讨论的，在这一场景中，难以管束的、有漏隙的（leaking）女性身体，作为社会越轨的象征而被自然化、被突现出来。

这次进香在素姐是得意之举，而与此同时，在希陈则是备感羞辱和丢脸的事。素姐本应为母亲服丧，但她还是得意扬扬地穿着漂亮衣裳，骑着驴子抛头露面。她待希陈像奴仆，即使他"戴着顶方巾"，还是强迫他为自己牵驴。与素姐的招摇过市相对照，希陈则试图用袖子遮脸，为的是不被道旁的一位朋友认出来。在蒿里山——这是死者灵魂进入泰山地下冥界的最后一站[31]，素姐不仅阻止希陈为母亲哭祷，而且还大声地污辱亡灵。

素姐第三次上庙是在西王母的诞辰日，也就是三月三日，这个日子由于其所具有的阴阳象征意味而常在小说中出现。这一回把三件越轨的因素交织在一起：素姐拒绝参加狄员外为庆贺寿圹建成而举办的庆宴；程大姐的故事，这是一位很快就成为素姐朋友的妓女；以及素姐逛玉皇庙会。[32]耐人寻味的是,素姐所参加的是西王母诞辰的庆典,在中国,这个日子是与妇女相关的传统节日,在日本这个日子也是女孩子的节日。[33]根据《礼记·月令》,三月三日是阴历的一个标志点,在这一点上,宇宙中阴的能量达到顶端;这是历法循环的一个临界线,在这一天,如果阴不能让位于阳,那么,宇宙的秩序就会陷于混乱。[34]在明清小说中,这个日子常常与政治剧变或女性权力过大相连。《女仙外史》和《镜花缘》两部小说都描写了妇女篡夺男性权力的事,两部小说都以庆祝西王母的生日开头。[35]第七十二回一开始,叙述者解释说狄员外的"庆贺寿圹"日选在了三月初三。素姐没有去参加庆宴,而是决定与程大姐(小说中性堕落最严重的女人之一)结伴去玉皇庙会。这一叙述把庆宴的准备与对程大姐佚事的冗长的介绍并置。正是在这次远行中,一伙恶少认出了程大姐,并开始辱骂、调戏她和素姐;最终殴打她们,还剥光了她们的衣裳(第七十三回)。虽然这一叙述并没有宽宥这伙恶少的行径,但是,他们的暴行就像那只撕掉素姐"面具"的猴子的行为一样,是替正统来对素姐进行必要的处罚,而且揭露素姐的失礼行为。[36]

除了破坏内外有别的礼,泼妇还颠倒社会性别角色,向等级制的家庭秩序提出挑战。男主人公失去"统治的意志",被女人或其他破坏规范秩序的阴性行动者所取代 —— 这样一种叙述模式在本研究所讨论的几部小说中反复出现。在《醒世姻缘传》中,这些倒置既有搞笑式的也有深具破坏性的。搞笑的例子是素姐惩罚希陈和他的一个朋友的场景,他们喝得烂醉,睡着了,素姐从房里拿出墨和胭脂,在他们的脸上乱涂,还把他们的头发梳成两个髻子,像小姑娘似的(第五十八回)。当希陈被解除了权力并被他的妻妾呼来唤去时,这一主题就变得严肃了。明清时代,一位贤妻应像追随君王一样追随她的丈夫;她受到双重的禁锢:缠足和幽闭于深闺。可是素姐却把希陈捆起来,监禁在她的房里,而她自己则四处游逛,找机会向他复仇。一位行为得体的女人应当慎言,而素姐却当众骂街,大喊大叫,希陈反而噤若寒蝉,大气不出。[37]虽然希陈的身体比他的妻妾要强壮，但他却无力保护自己免受她们的虐待。她们篡夺了他在家中的特权地位，这使他十分被动并且"惧内"。

儒家社会秩序在宏观和微观世界层面的崩塌所造成的这些丑恶意象之中，嵌着晁源的母亲——一位合乎儒学理想的女家长——的传记，她是素姐的对立面。素姐拒绝被关在闺房中与世隔绝，并且干尽了败坏希陈家族的事：从企图阉割公公，到气死婆婆、到花光狄家的积蓄、再到干扰丈夫衙门里的官事。与此相对，晁夫人则是理学所倡导的善于理家的典范。晁夫人冷静地处理了晁源的丧事（晁源是被他情妇的丈夫杀死的），并在闹饥荒和洪水的时候，把家里聚敛的不义之财散出去接济穷人。在亲生儿子不可救药之后，她把丈夫的妾所生的儿子当作自己亲生的一般扶持，并把这个新家操持得井井有条，成了理想的儒家等级秩序的典范，在家中，晚辈服从长辈，妻子追随丈夫。她对丈夫的妾没有丝毫的嫉妒和怨恨；她唯一关注的是丈夫的遗腹子晁梁的安危。反过来，这个儿子也完全忠实于她，对他的生母却没有半点依恋。晁梁睡在晁夫人的脚下，刚结婚时，甚至不肯离开她身边而去与妻子同睡（第四十九回）。晁梁粘着母亲，不爱和妻子睡的举动似乎是表现孝子之至情的老套路；这种意象也出现在《野叟曝言》之中。小说还通过其他方式描写了他们之间这种理想的母子关系：晁夫人生病时，晁梁想割股疗亲（第三十六回）。虽然官方试图禁止这种食人肉的习俗，但是割股疗亲仍被普遍当作儿女能向父母所尽的最大孝道，因为人肉汤被认为有神奇的疗救力量。[38] 耐人寻味的是，与《二十四孝》所宣传的传统孝行相反，素姐让希陈睡在蚊帐外面吸引蚊子（第七十五回）。[39] 与素姐不同，晁梁那谦和的妻子是模范儿媳；她十分敬畏内外之界线，以至于我们根本就不知道她叫什么名字。在所有的事情上，她都默默地顺从婆婆和丈夫，婚后一年就生了一个胖小子。[40] 至于品德高尚的晁夫人（她的事迹穿插在对素姐越轨行为的冗长的叙述之中）则被赐予了104岁高龄，死后成仙，被封为峰山女神（第九十回）。晁夫人虽然没有来得及挽救儿子晁源的厄运,但是她后来采纳的儒家家规却保护了她的家庭,使之免于彻底崩溃。第九十回,她的成仙得道也预示了狄希陈的结局,他学着把握自己的生命,背诵《金刚经》,将不安宁的"心猿"稳定下来。在他这么做的时候,素姐的越轨行为也被遏制了。

狐狸精与修身的伤痛

　　尽管《醒世姻缘传》对性欲保持了某种沉默,但是性欲仍是驱动着这部正统叙事之逻辑的主旋律。正如我在这部分将要阐述的,对于泼妇的这种非自然化的建构被当作了一个平面,而文人则把他们对于因需要压抑和控制性欲而产生的焦虑投射在这一平面上。欲和性所造成的问题都突出表现在对素姐的描绘之中,她的这个名字本身就显示了她的基本特征中的性的意味。正如小说中所叙述的,素姐的名字得自一位穿素衣的仙女,她的母亲梦见这位素衣仙女后就生下了素姐(第二十五回)。虽然把白色与素姐相连是为了把她与被晁源杀死的白狐狸相连,但是这个名字很可能也暗指素女 —— 道教那玄奥的性教义的中心人物。[41]素女与黄帝的谈话在明代被重印,题为《素女妙论》。[42]也许素姐的名字并不直接暗指素女,但素女是道教传统中如此著名的人物,因此这两个名字之间的呼应便将小说中素姐所暗含的性的意味和作用给点明了。

　　素姐与希陈的敌对关系里潜藏着一种老生常谈,即以战争来比喻性交。战争的比喻在流行于晚明和清初的色情小说(《金瓶梅》和《肉蒲团》只是今天所知道的最著名的两部)中被大量使用。[43]这源自于道教的房中术,即通过某种性交技巧,可以保证长寿或至少可以更健康。性交的目的不在于享受,而在于从对方获取基本的阴或阳的能量。性伙伴有时被形容为"敌人",性行为本身则被形容为一场轮番进行的战争,每一方都使用不同的武器,以期获得胜利。[44]道教的医家相信过多地损失精液(男人的阳的精髓)就是在损毁男人的健康,这一信念无疑是把妇女

当作性攻击者 —— 这种意象继续出现在清中叶和清末抒写性情的小说之中（见本书下面有关《红楼梦》《野叟曝言》和《镜花缘》的讨论）——的小说套路的源头之一。虽然以战争来形容性关系的隐喻常常具有戏谑意味，但是当它们被用在诸如潘金莲、薛素姐和王熙凤这样的悍妇身上时却绝没有开玩笑的意思。

素姐的性特征所具有的破坏性方面是从她作为狐狸精的身份中清楚地表现出来的。[45]狐狸精一直与性欲所造成的危险相连。在早期的文本中，狐狸精既可变成男人也可变成女人，但是到了宋代，它们越来越多地与美丽的，而且通常是淫荡的年轻女子相关联了。[46]与阴相关联的品质 —— 包括美丽、性欲、失控的性情（与井然有序的社会相对）、死亡、超自然，以及易变性 —— 组成的一个矩阵被分布在这些女狐仙形象中。素姐作为狐狸精的形象发展最有可能模仿的是《金瓶梅》中的潘金莲。在那部小说中，狐狸精主题通过金莲与猫和狗 —— 它们是其野蛮的表亲：狐狸、老虎和狮子的文雅化身 —— 的关联而引发出来。张竹坡评点说，把狮子街作为西门庆进行他的诸多事宜 —— "西门庆几死其处。曾不数日，而（花）子虚又受其害 …… 金莲两遍身历其处" —— 的地方是意味深长的。[47]而狗和猫则经常作为看似无谓的细节出现在金莲的性幽会背景中。《金瓶梅词话》的第一回还把武松富有英雄气概的打虎与他碰到嫂子潘金莲的尴尬并置。而最触目惊心的是金莲训练她的猫 —— 雪狮 —— 去抓伤对头李瓶儿的儿子。[48]对素姐作为狐狸精的描写所具有的暴力性潜台词正与恶毒悍妇的精神贴近。

《醒世姻缘传》第一回，晁源带领家人雪后冬猎时狐狸精的主题就出现了。冬猎的景象让人联想到皇家狩猎：作者用一首长诗 —— 可使人联想到一首汉赋 —— 描绘了这伙人的奢华装束。晁源决定带着自己的妾与大队人马一起去打猎，而这一举动显然导致了狐狸精的出现。"（那狐狸精）今见晁大舍是个好色的邪徒，（因他）带领了妓妾打围，不分男女，若不在此处入手，更待何时？"（《醒世姻缘传》第一回）于是狐狸精

137

变成人形；晁源一见打猎的队伍旁边走着一个绝美娇娃，马上魂不守舍起来，梦想着把她弄到家里做妾，好"风流一世"。可是他的猎狗却能够看破狐狸精的伪装，立即奔过来扑咬。狐狸精又变回本相——一只白狐狸，仓皇逃跑，而晁源则残忍地用箭射杀了她。[49]（如上所述，白色预示着素姐由之得名的素女形象）从那天晚上开始，晁源备受高烧和梦魇的折磨，而这又是典型的因失恋引起的病症。一位医生被叫来了，在给晁源把脉并在其枕边发现了明代的色情小说《如意君传》后，他下结论说，高烧是由"内伤"引起的（第二回）。后来晁源不理会他祖父的劝诫，即把诵读《金刚经》当成自我疗救的唯一方法，而在余下的九十八回中，他的"内伤"逐渐转换、外现为一种痴迷不悟的状态。只有在希陈诚心诚意地诵读《金刚经》（这事发生在第一百回，素姐企图射死希陈之后）时，素姐病重，因果报应的轮回方告结束。作为对本章开篇摘引的二程的格言的回应，狄希陈的自主性终于根除了这种显而易见的堕落行为。

素姐作为残暴的狐狸精化身的身份贯穿于整部小说。在婚礼前夕，素姐梦见她的"好"心被剜出，换了另一颗心（第四十四回）。[50]从此，素姐——她曾是一位纯粹的普通女子——在胃口上、在行为上逐渐变得凶蛮起来。薛家的一位仆人对希陈说，结婚之前，素姐的胃口很小，而且不胜酒力，但婚礼后，第一次回门时，她却狼吞虎咽地吃了六七个煮鸡蛋，喝了两碗烧酒（第四十五回）。就在同一天晚上，她以为希陈已经睡着了，又吃了一大顿"鸡子"（第四十五回）。[51]素姐的这种凶猛的胃口在为她婆婆服丧期间也被提到了；希陈瞥见她，而她正"通似饿虎扑食一般，（把希陈）抓到怀里，口咬牙撕了一顿"（第六十回）。后来，素姐又被写得像只野兽，她凶暴地几乎咬掉希陈手臂上的一块肉，致使他流血过多（第七十三回）。[52]

阉割的比喻是《醒世姻缘传》中狐狸精主题的一个重要组成部分。阉割指阳物的生理性缺失，也指阳物的象征性缺失，即男性权威所具有的特权——其合法性是被历史地赋予的——缺失。我们已经看到，希陈是如何通过被监禁、被捆绑，以及被迫沉默而被女性化的；而素姐则承担了公众的和支配的——这些传统上为男人所专属的——身份特征。不过，他们两人之间的权力斗争，仍是用直截了当的性词汇表达的。希陈好几次被称为"鸡巴"（第五十九、八十九回），这是一个常见的双关语，指俚语中的"髡髡"，即阴茎（正如在五十六回的用法一样）。[53]素姐和希陈同房之后，家里的仆人发现裤子上有一摊血（第四十五回）。第九十七回的开篇词形容希陈伤口的血和脓流在床上，尽管那伤是素姐用烧红的煤倒在希陈背上烫的（第九十七回），但却让人回想起婚床裤子上的那摊血。第五十九回的回首诗（这一回写素姐用铁箴暴打希陈）用双关语说："守什么豺虎凶蛇，赌气割鸡巴"。同一个"割"字，在第十九回，也被用于描写晁源和他的情妇被割掉首级，在五十六回被用于描写素姐想阉割了她的公公。[54]

第六十六回发生的事件也暗示了阉割。素姐派人探看希陈的行迹，发现他正在与一妓女饮宴，她命他立即回家。可是假意与希陈友好的张茂实却死扯住他不放，想要看希陈的笑话。希陈死命挣扎着要走，用镰刀"割"伤了自己的胳膊（第六十六回）。虽然把希陈的行为解读为自我阉割的象征似乎并不妥当，但是后面的事件证明这种心理学的解释是有道理的。在希陈脱身之前，素姐就赶到了，并怒打张茂实。她用手紧扯住张的裤腰，"像拿鸡似的的"，一阵乱打（第六十六回）。只有当张的妻子把他的裤子撕扯下来，"露出那根……软丢珰一根大屌"，他才得以逃脱。[55]

其他一些有关狐狸精的研究还把狐皮的红色与血和火的红色相连，而血与火都是欲望的最常见的转喻。[56]这些可怕的联想在晁源被杀的场景中十分突出。第十九回一开篇出现了一个新人物：小鸦儿，他和妻子在晁源的庄园里租了间房住，他们自己的房子被洪水冲毁了（下面我还会论述有关洪水的想象）。晁源一见到小鸦儿的美丽妻子就被迷住了，他们趁小鸦儿出门，偷偷地在晚上幽会。晁源还带去了自己的一个女仆，三个人锁在屋里寻欢作乐。女仆"狂了一会",发现来了月经,就回到了自己房中。剩下两个情人继续作乐,不幸的是,那天晚上,小鸦儿出人意料地回家了。他越墙进屋后首先看到的是那个睡得像"死狗"一样的女仆,她全身赤裸,只在腿缝间夹着一块布。然后他走进卧室,发现他的妻子和晃源也脱得精光,睡得烂熟。他首先想到,不要错杀了人,于是,点起灯来拿到跟前仔细查看,只见他妻子手中正攥着晃源的"那件物事"。他什么都不想了,从腰中取出刀,"割"下他们的头。随着小鸦儿的出走,本回结束。

接下来的章回从第二天早晨写起,女仆醒来,担心有人会看到她流在地上的经血。她赶紧穿上裤子,赤着上身,弄些灰来掩盖地上的血。让她惊恐的是,那血流的满地都是。另一位仆人"进来看见两个男女的死尸,赤条条的还一头躺在床上,两个人头,寻不着放在何处,床头上流了一大堆血"(第二十回)。上述这一段中"头"字的反复出现,说明斩首与阉割之间的象征性关联并不仅存在于西方人的想象之中。尽管这一段落中,两种血之间的联系(它把性越轨与暴力死亡联在一起)和狐狸精的主题都相当迂曲,但是,在这里反复出现的大量血迹,希陈和素姐婚床上的血,以及素姐在希陈身上反复制造的伤口所流的血,使这种象征性的关联更紧密了。

把暴力的、具有性意味的狐狸精想象明显地搅和在一起的是第九十二回中插叙的另外一件看似无意义的故事。一个需要大笔钱去赌博的男人披了一张狐皮,趁他母亲睡觉的时候去偷她的钱。第一晚,他没能解下母亲的钱袋。第二晚,他穿着狐皮又去试,"又是使尾巴扫脸,冷嘴侵唇,压在身上,伸进手去在被里乱摸,摸得那钱在他母亲腰里围着"(第九十二回)。母亲先是向儿子呼救,随后即摸出藏在床头的一把剪刀,戳死了这个"皮狐"。鲜血流了一床。这个额外的插叙把小说中与狐精相关的许多意象交织在了一起,包括对违禁的性行为、暴力死亡,以及大量的鲜血的一种无言的表达。在这一事例中,儿子这种偷母亲钱的不孝的欲望被奇怪地赋予了性意味。如果说小说的前面曾把晁源的头与阴茎加以类比的话，那么，母亲把剪刀正插在儿子脖颈上的这种安排则暗示着一种象征性的阉割，与他"爬"在她腰间的行为相对应。

　　素姐作为狐狸精的形象塑造是基于这样一个事实：她几乎不是人类；她是晁源的欲望之原罪的转世造物。在第八十七回，猴子将她毁容之后，素姐的真实身份被揭示出来，作为压抑不住的性欲的凶蛮的标志，她进入了一种象征的领域。此刻，小说中，重要的并不是素姐已不再能吸引人了；正如在某些把死亡当作欲望和性故事的必然结局的佛教寓言中一样，性，当被作为极端事物时，也就不再能吸引人了。它是危险的、令人厌恶的，同时又是难以抗拒的。当素姐裹挟着希陈进入一场凶暴的权力之争 —— 它最终关乎的是宰制，而不是欲求 —— 时，她成了性欲的这些危险的破坏性方面的具体体现。

泼妇与阴阳象征主义

　　对儒家正统思想的最有力的表述之一，就是阴阳象征主义的运用。《醒世姻缘传》中一些与阴阳象征主义类比、相连的因袭陈腐的意象回应并扩大了正统叙事的中心主题：规范秩序的缺失。性放荡的"淫妇"的出场直接引发了阴阳象征主义。传统小说中常把妇女形容为"水性"，意思是"轻浮"或"放荡"，这种形容利用了妇女（她被确认为遵循着阴的法则）与水（一种阴的元素）之间的类比性关联。[57]在阴的法则与阴所具有"过分"的含义 —— 比如"淫水"或"淫性"这样的词的含义，它们通常都具有性的意义 —— 之间所建立的这种警示性的联想，是在董仲舒时代被完全固定下来的。《汉书·五行志》明确地把内宫的妇女与洪水相连系，这些妇女利用色相来增加自己的权力。[58]似乎正是这种女性的淫乱与淫水之间的类比性关联激发了那场发生在晁源和狐狸精因果轮回转世之后的大洪灾。

洪水发生在一个叫作明水的世外桃源般的小镇,希陈和素姐在这里第一次相见。明水镇的名字与"清河"这个名字不期而合,东平县的清河,也是《金瓶梅》中西门庆与潘金莲第一次相见的地方。正如芮效卫(David Roy)注意到的,《水浒传》中最初叙述这个故事时,这个地方叫作"阳谷",名字的改变也许是要暗示荀子的这段话:"君子者,治之原也。官人守数,君子养原;原清则流清,原浊则流浊。"[59]《金瓶梅》的编写者设置了这个名实不符的东平县清水镇,就是要进一步暗示道德的堕落。[60]东平这个名字让人想起著名诗人阮籍(210—263)所写的一篇"赋",他当时正在那里做官。这篇"赋"列数了东平发生的挥霍无度和荒淫堕落的事,而且,用芮效卫的话说,把东平这个地方描述为"一个极端邪恶的深渊"。[61]《醒世姻缘传》中明水镇的道德堕落可以被解读成为对阮籍所做之"赋"的一个详细说明。对明水镇的最初描写紧随晁源被杀事件之后,好像故意要冲淡那个事件所带来的恶浊与寡廉鲜耻之气。第二十三回的开头是一段对于明水所在之地地理风光的长长的、从容的,近乎抒情诗一般的描述,此地以"会仙山"闻名,明水就建在此;这个地区山山水水的名字都被充满感情地一一列举出来。一年四季风调雨顺,男男女女都按儒家理想行事。[62]

> 摸量着读得书的,便教他习举业;读不得的,或是务农,或是习甚么手艺,再没有一个游手好闲的人,也再没有人是一字不识的。就是挑葱卖菜的,他也会演个之乎者也。从来要个偷鸡吊狗的,也是没有。监里从来没有死罪犯人。凭你甚么小人家的妇女,从不曾有出头露面,游街串市的。惧内怕老婆,这倒是古今来的常事;惟独这绣江,夫是夫,妇是妇,那样阴阳倒置,刚柔失宜,雌鸡报晓的事绝少。(第二十三回)

靠着铺陈地点和物事,赋创造了自己的描写秩序,与此相似,第二十四回中枚举式的描写也把明水转化成一种宇宙秩序的象征。[63]这 *144* 个小镇由之得名的水,是对这个镇道德水平的一种自然的评估(physical gauge);明水镇作为一个稳定的共同体 —— 其中的每个人都明了并接 受自己的位置,决不做非分之想,其教化民情之淳厚,可以从水的纯净与 驯顺上反映出来。

然而,正是在明水,晁源转世而为希陈,这一事件扰乱了镇上那种理 想的阴阳和合状态,致使社会与宇宙秩序都偏离了常轨。在狄薛两家第 一次见面的那天,只见天气"渐渐阴来","这一日阴阳却是不准";而这又 导致了一场罕见的大雨(第二十五回)。与困扰明水镇的宇宙阴阳失衡 发生的同时,一些贪婪无耻之徒乘虚而入,开始搅扰镇上的社会环境(第 二十六回)。几乎每一种令人震惊的肮脏龌龊行径都被写到了,其中包 括父母被不孝之子气死、乱伦,以及其他一些性堕落行为、背叛行为和人 食人行为。作为明水镇这一共同体之特点的最初的和谐,被自私与暴虐 的不良行为模式所取代了。

小说的这一部分总是或明或暗地提及阴阳失序。危险的"混乱阴阳" (第二十七回),抹杀了阳世与阴世的界限;这使得鬼与神同时出现,并杀 死一些罪大恶极的冒犯者。[64]小说写了一系列怪异现象:斉蒿鬼严列星 生了三儿子,两个没有肛门,第三个全身都是血孔,流血而死(第二十七 回);[65]一位戏子的老婆项中生出一鹅蛋样的瘿,从里面孵出了一只猴 子(第二十七回)。正如本书第一章所引刘基的那段话所清楚表述的那 样,天气异常说明了宇宙的失序。在逐渐形成的恶性循环中,明水镇的 四季转换变得混乱无常了(第二十七回),严重的干旱导致了大饥荒和瘟 疫。明水居民的"奢纵淫泆"最终在一场几乎将镇子全部冲毁的特大"淫 *145* 水"中达到了顶点(第二十八回)。《醒世姻缘传》第十九回,在晁源与小 鸦媳妇的那件可怕事件之前曾暴发了一场规模较小的洪水,与此类似, 这场特大洪灾 —— 它显然与镇上的道德堕落相连 —— 也为希陈与素 姐的关系提供了叙述背景。素姐正是在这个节骨眼上在小说中出场,将她的出场与女善人晁夫人临终前的行为相比较是颇具启发性的:晁夫人升仙以前,在一场由"淫雨"造成的洪水暴发之后,把粮食和药物分发给众人(第九十回)。与重建阴阳和谐的晁夫人不同,素姐正产自于过盛的阴。

　　洪水在明清小说中是一个常见的意象,意味着正统秩序的缺失,伴随洪水出现的是一些阴的符号,比如政治混乱、性淫乱和女性颠覆男性的支配权。[66]在中国洪水总是秩序崩溃的一种强烈信号;[67]彼得·波狄(Peter Perdue)写道,清代国家的合法性是与水利工程的成功联系在一起的。[68]在晚期帝国时期,小说中的洪水景象取材于现实中由于过度开发涝原而逐年增多的洪灾,同时也使用了一种具有道德承载力的阴阳象征词汇,而在描写其他自然灾害时是不这么使用词汇的。[69]洪水所包含的意义,包括:淫肆、变易、僭越和失控,都与儒家建立稳定和谐之秩序的目标相抵牾。正如我们将在《野叟曝言》与《镜花缘》中看到的,洪水的景象也能获得一种力量,它能让人想起古代圣王禹的榜样,他的伟大德性使他能够驯服洪水。[70]抵挡洪水是一种常见的对道德整合的隐喻;例如在下面这段引自王夫之的话中,王夫之形容东林书院成员是"见道明,执德固,卓然特立,不浸淫于佛老者"。[71]《醒世姻缘传》中毁灭性的洪水标志着过度的阴所构成的攻势,这种进攻很快就击败了软弱的希陈。

　　素姐还有一个方面的行为能让人联想到具有越轨之趋势的阴与水在语义上的关联,那就是:她故意拒绝控制她的排泄物。素姐,与其他泼妇相同的是,她总是把她的尿壶倾倒在她对头的脑袋上(第五十八、九十七回)。尽管"泼妇"这个词的语源并不确定,但是"泼"字字面上的意思是"泼溅";因此泼妇这一绰号似乎特指这种老一套的刻薄凶悍行为。讲故事能手李渔在一则故事中突出了这一意象,故事说的是一个无儿无女意志薄弱的丈夫请来一位当地有名的专治泼妇的人帮忙,强迫他的妻子让他把两个妾带回家。妒忌成性的妻子把他关在门外,并在门口设置了障碍,丈夫指挥着村里的男人,分成两拨全力攻门。在第二次进攻时,妻子把自己和所有的女仆都锁在了楼上。然后她用最甜美的嗓音叫那些男人过来谈条件；当他们走近前来听她说话时，她把一桶大粪泼到他们脸上。[72]《红楼梦》第十二回也有一个附带的细节：王熙凤给贾瑞设了个圈套，趁他没来得及逃跑之前，把一桶大粪泼在他头上。

正如我在别处曾经说过的，明清小说中，人们把某些力量归因于妇女的体液，这就将泼妇所固有的越轨的身份自然化了。[73]妇女身体的排泄物意指经血，它被认为具有很强的污染力。[74]妇女体液被认为很有力，这一点可在下述企图用妇女的体液来摧毁叛乱者的攻击力的事例中得到证明，这事发生在1774年王伦起义期间。守城者让妓女站在城墙上；这些妇女披头散发（头发是一种阴性物质），在墙头上便溺，流经血。"以增强阴的力量……鸡和黑狗被杀掉，它们的血被泼在侧墙上，模仿妇女那脏污的经血，狗的粪便也被扔向敌人"。[75]《醒世姻缘传》的作者的确是把妇女、经血与灾异联系在一起的，这可以从这段奇怪的叙述中得到证明：在导致晁源被杀的事件中，女仆的经血被置于很显眼的位置。妇女的体液所具有的禁忌和越轨的含义也可以解释叙述者在第六十八回对妇女上泰山朝圣的描写中所流露的义愤。垫经血的碎布、便溺、露出乳房喂奶，这种场景让人想到泼妇那声名狼藉的社会形象，她们不愿意遵从孔子为妇女制定的深居闺中的规矩。妇女的生理功能所造成的污秽，加重了第六十回和第六十三回中希陈被素姐"监"在粪桶旁边这件事所引起的恐惧。

素姐的形象塑造特点——这种特点直接指向其作为一个阴的符码所具有的象征性价值——还进一步体现在她的姓氏"薛"上。这一在姓名"薛"与阴的物质"雪"之间建立联系的双关语在曹雪芹对《红楼梦》中丰满、白净又异常冷静的薛宝钗的描述中得到了充分的发挥。[76]薛，还有王（亡的双关语，亡具有"死亡"或"使死亡"的意思）和刘或柳（我在上文曾经论述过，这两个字与典型的阴数六双关），是媒婆常用的姓名，这些媒人非常乐意为了大把的金钱而去腐蚀正派有德的妇女。最有名的一个媒婆叫薛婆，她是西门庆与孟玉楼家的牵线人，还有一个王婆，她安排西门庆去勾引潘金莲。[77]无独有偶,第四回末尾,郓哥发现西门庆与潘金莲的奸情时,正好拿着一筐"雪梨",而潘金莲宠爱的那只凶残的猫也叫"雪狮"。薛素姐这个姓名正与上述种种阴的符码相呼应。

尽管我必须要等到讨论过《红楼梦》和《镜花缘》后才能更肯定地说:与泼妇描写相关的图释系列(iconography)和结构模式是无法解脱地植根于阴阳象征主义之中的,但是现在就指出《醒世姻缘传》在多大程度上利用了一种阴阳象征词汇也是很重要的。这一粒表达宇宙真理的种子在小说刚开始时就以晁源的一个朋友的名义播种下地了,这位朋友在晁源因伤狐而害病时来看他,他的名字叫作尹平阳,很明显,是"阴平阳"的双关语(第二回)。整部小说都在描述当阴胜阳,并威胁到个人、家庭与自然世界的整合时所发生的混乱。晚期帝国强调婚姻是社会秩序之基础,因此本书中对阴阳和合缺失的叙述主要是通过希陈与素姐的家庭关系来展开的。婚姻作为大的阴阳进程的一个微观层面,其所具有的象征价值在希陈与素姐的婚礼(第四十四回)上被表述出来,并且在小说渐近结束的过程中被反复申说。正如书中的一个人物所言:"阳消阴长的世道,君子怕小人,活人怕死鬼,丈夫怎得不怕老婆?"(第九十一回)只有到了小说的最后,在希陈用了药"定了心"之后,他才明白了整肃闺房的必要和"驯协阴阳之则"(第一百回)。

素姐的形象塑造使用了一些与泼妇相连的图释元素(iconographic elements)。素姐 —— 作为狐狸精转世 —— 始终在小说中上蹿下跳,时刻提请人们回想起晁源那无法控制的邪恶欲望。作为狐狸精、泼溅的"泼妇"、性欲过盛的"淫妇",以及满口污言秽语、动辄拳脚相加的"悍妇",素姐是一种混合物,佛、道、儒关于男人丧失自我控制能力就会造成危险的话语都可在她身上体现出来。素姐在性别上是女性,但她并不完全是人类;她是一种邪恶的化身:体现着阴对处于阳位的正统的威胁。尽管素姐是最极端的泼妇形象之一,但是,她所体现的由阴的过度所造成的危险，也反映在被认为是对妇女充满同情的抒写性灵的小说中。尽管这些文本具体体现着作为尚情观之中心的肯定妇女和女子气的观念，但是通过使用一些特定的、通常是单个的意象，例如过度的性欲、支配权的倒置、泼洒大粪、狐狸精或鬼魂、洪水、猫或狗的出场等，它们也援用了关于泼妇的正统说法。

　　《醒世姻缘传》故事所提供的如此清晰的教训就是，如果没有晁源最初对自我的失控，素姐就根本不可能存在。虽然素姐不过是男主人公欲望的一种果报的投影，但是她很快就取代了他的位置，成了叙述的兴奋点。这种叙事模式——在此模式中，对于越轨状况的详细描述淹没了说教的意味——在许多明清小说中都司空见惯。素姐对希陈的支配是对儒家上阳必须管控着下阴的"自然"法则的明显倒置。整部《醒世姻缘传》都在显示，女子气和与之类比的相关的阴的概念具有强大的破坏力；在对《红楼梦》《野叟曝言》《镜花缘》的讨论中，我将回过头来论述，规范的儒家秩序的缺失常被在性别上划归为女性。在这些晚清小说中，尽管女子气的某些方面被理想化了，但是中心男主人公仍然是懦弱、消极、边缘的，就像希陈那样。对于我们解读这些长篇的文本来说，更重要的是要注意到，在《醒世姻缘传》中被当作叙事元素来使用的阴阳意象也被编织进了这些小说，以此使诸情节片段得以统一，否则的话，这些情节似乎会显得突兀、不协调。正如我将要论述的，在这些以抒写性灵为主的小说中使用正统的结构框架，常常会与关于女子气的理想化的核心内容发生冲突。正如我们将会在对《红楼梦》《镜花缘》——这是两部最常被解读为同情妇女的小说——的分析中所见到的，这些关于女子气的矛盾的建构是被同时使用的。

第四章　《红楼梦》对欲的思考

任何关于晚期帝国那种相互矛盾的诉求——既追求本真的独抒性灵，又要维护正统影响力的持久稳定——的讨论，若无视 18 世纪的伟大经典《红楼梦》（也以《石头记》名世）[1]的话，都将无法进行。《红楼梦》中那些脍炙人口的人物和事件表达了对于情的游移不定的意义的终极探索。尽管从没有人对这部小说的文学价值提出过质疑，但是自它问世之日起，喜爱它和诋毁它的人就一直在争论：《红楼梦》所描绘的世界是表现了创造精神的纯净呢，还是表现了放荡和淫乱。《红楼梦》爱好者传抄并刻印这部小说，印行了数十种评点本、大量的续篇和模仿之作。清政府曾屡次试图查禁这部著作，甚至在晚近的 1844 和 1868 年还在查禁。前现代的评点者们怀着同样的热情，既把这部小说断言为伟大的抒性灵的著作，又把它当作颇具吸引力的，并且有点拐弯抹角地解说深奥的理学真谛的著作。许多当代学者也继续把作品所描述的大观园的生活理想化。

余英时关于小说中有两个世界的富有创意的分析把小说形容为一则道德寓言，其论据在于大观园内纯净的乌托邦与院墙外恶浊势力之间形成的张力。[2]路易斯·爱德华兹（Louise Edwards）和余珍珠（Anglina Yee）曾用这种二分法讨论《红楼梦》中的性别问题，指出，妇女具体体现着大观园世界的正面价值，与宝玉的男性亲戚所处的污浊世界形成对照。[3]特别是，余珍珠（Yee）还曾经把曹雪芹对大观园的使用与小说的结构模式联系起来。在关于均衡的讨论中,余珍珠(Yee)曾展示在曹雪芹对令人眼花缭乱的人物、事件(它们看上去相互对立、相互重叠又相互补充)的安排中,性别是如何成为其所陈述的主题和价值观的中心的。正如她所注意到的,这部小说采用两极对立法(bipolarity)的真正的美学复杂性以这样的一种方式产生出来:成对成组的人物(其中最重要的一对是多情而脆弱的贾宝玉与他冷酷的堂嫂王熙凤)形成动态的互补轴心。[4]在余珍珠看来,熙凤站在"男性和女性世界的十字路口",她在那里"支撑、形塑并规定(qualifies)着(宝玉的)诗的世界"(第648页)。

我自己对《红楼梦》的分析也以这些二分法为基础;不过,我并没有把小说的二元性定位在小说世界的建筑学结构中,也没有定位在性别的运用中,我把曹雪芹对二者的使用当作他对与晚期帝国文化想象中的欲相关联的多重意义进行探究的一部分。尽管性别在《红楼梦》中的确具有象征和结构主义的效用,但是与此同时,曹雪芹又动摇和颠覆了把男子气与女子气分开的社会和自然的边界,甚至当他利用它们来作为意义范畴时也是这样。正如我将指出的,在探究这些主题时,曹雪芹利用了性别的多重建构,而这是不能被化简为简单的二元对立的。把男子气与女子气的使用化简为符码,让它们分别对应于"愚蠢、堕落和充满邪欲的世界"和"美丽、智慧、富于才能的世界"[5],这种做法将看不到小说是如何运用性别对佛教和儒学主题进行探讨的。大观园共同体并不是用来与一套堕落的价值观相对抗的平衡之力,它只是诸多相互竞争的社会和意识形态体系 —— 其中包括儒家的礼、热衷仕途,以及佛家的超脱俗世 —— 之一。这些价值系统中的每一种都在发生着堕落,以漫画式的图景出现在大观园外,从贾珍与儿媳的乱伦关系[6],到贾政(颇具讽刺意味的是,贾政的名字意指"政府")那种徒然无效的儒家强硬姿态,再到贾敬企图以道家修仙成道的不负责任的态度面对熙凤厚颜无耻地利用贾府名誉捞油水的行为。尽管反差鲜明,但是大观园里的事件也常常附和着发生在外面的更为严重的失礼行为。不过,理想化的支撑生命的德

152

行仍可以在大观园中见到。沉静的年轻寡妇李纨 —— 她的名字意为"素丝",让人想到纺织这种为遵从儒教的女子所追求的得体工作 —— 与她那勤勉的儿子贾兰的关系,树立了一种孝道的榜样。惜春和黛玉的丫头紫鹃(赫克斯[Hawkes]的译本把她译作夜莺)立誓皈依佛门(还有宝玉的丫头,如果认可一百二十回本的结尾的话)。探春节省理财,这是想要缓解由家族挥霍资源而造成的危机的屈指可数的努力之一。尽管下面的讨论涉及了所有这些主题,但是我的焦点仍集中在那些把性别作为其意义建构的一部分而置于显要位置的内容。

宝玉世界的女性化

也许没有任何一部明清小说会像《红楼梦》那样,把情与女子气紧紧地缠绕、联系在一起。事实上,这部小说一直被理解为是一部赋予女子以特殊地位的文本。《红楼梦》中对于女子气的肯定性描述是如此突出,以至于从五四时期到今天的许多读者都认为它包含了女性主义的萌芽。然而,正如我下面将要论述的,《红楼梦》中所称道的那种多愁善感的女性特质实奠基于晚明那种把女子气当作"真"情的替身的观念,因此,它对于女子气的正面描述应被解读成一种对"情"的独衷,而不应被解读成对于妇女地位的直接诉求。那些人物,那些把与情相连的价值观人格化的男人和女人,也由于"情"而被女性化了。宝玉,作为一种理想化的抒情主体,超越了历史上的文人,那些文人只能在他们的抒情诗中借闺中女子的声音说话;宝玉则变成了一个女孩子。[7]小说中被多数读者看作是女性视角的东西,正是宝玉对于女孩子的多愁善感的高度理想化:在他眼中,女子的情与智都比男人更纯、更真。不过,《红楼梦》中对妇女的大量的不无炫耀性的同情,都基于一种对女子气 —— 它不仅为女人所有也为男人所有 —— 的概念化。而且,这部小说混合了关于妇女和女子气的多种视域。在本讨论中,我所使用的"女子气"一词指那

153

些在宝玉看来只属于女孩子的理想品质。

在才子佳人故事的语境中,女性美是年轻才子的理想禀赋,因此,宝玉长得和女孩子一样美并不算特例。[8]然而,宝玉的女性特质并非流于表面。按传统惯例,小孩子周岁时要"抓周":小宝玉面前摆放着一大堆物品,这孩子所选中的物品被认为预示着他将来的志向。宝玉挑中的是脂粉钗环,这使他将自己认同于女子气(第二回)。[9]他和他的翻版(double)甄宝玉都珍视女子而轻视男子;尽管他们并不是中国文化中首先颠倒规范的性别等级并将年轻女子理想化的人,但却是宣扬男人的劣等地位的最坚定的代言人。[10]按他们的话说,女子是万物之灵,而男子则不过是些糟粕。[11]贾宝玉相信:"女儿是水做的骨肉,男人是泥做的骨肉";而甄宝玉则坚持说,她们的在场会使他耳聪目明:"必得两个女儿伴着我读书,我方能认得字,心里也明白,不然我自己心里糊涂"(第二回)。"女儿"这个概念有一种神秘的力量。挨父亲打时,甄宝玉只要连喊"姐姐妹妹",就感觉不到疼痛了。他那种对女儿的"痴态"非常极端,他总是教导他的小厮们:"这女儿两个字,极尊贵,极清净的,比那阿弥陀佛,元始天尊的两个宝号还更尊荣无对的呢! 你们这浊口臭舌,万不可唐突了这两个字,要紧,但凡要说时,必须先用清水香茶漱了口才可"(第二回)。

尽管宝玉热情地为女儿辩护,但对他来说,"女儿"并不是一个可靠的意义范畴。小说八十回本快结束时,贾宝玉恨恨地把未婚的女儿和已婚的妇人做了区别:"怎么这些人,只一嫁了汉子,染了男人的气味,就这样混账起来,比男人更可杀了! "(第七十七回)实际上,年岁和婚否都不构成宝玉是否欣赏或亲近某位女子的可靠的先决条件,正如他亲近秦可卿(其侄儿贾蓉的媳妇)和王熙凤(其堂兄贾琏的媳妇)的行为所显示的那样。年轻也不是这一意义范畴所必须包含的前提条件,这一点从年迈的贾母与理想的女儿世界的亲密关系中便可看出。正如史湘云所说:

你除了在老太太跟前,就在园里:来这两处,只管玩笑吃喝。到了太太屋里,若太太在屋里,只管和太太说笑,多坐一回无妨;若太太不在屋里,你别进去,那屋里人多心坏,都是要咱们的。(第四十九回)

当然,贾母是大观园这一微观社会的首要资助人和回护者。所有那些奉承她的人都跟她一起纵容宝玉,让他任性而为。尽管在情感的感受力和诗的创作力之间有紧密的文化联系,但是宝玉并没有把艺术才能当作他是否欣赏一个女孩子的条件。在第十五回中,他遇见了贾府佃户家一位质朴的乡下姑娘,他对她的迷恋并不亚于他对身边那些优雅的美人的迷恋。吊诡的是,如果说宝玉认为自己所倾慕的那种纯洁、多情、优雅只集中于女孩儿的话,可是他又奇怪地能够容忍一些与这个家族有关的妇人,包括在形象上有所勾连的熙凤、尤氏姐妹,以及薛蟠的泼妇妻子夏金桂——她的行为越来越乖张,表现出由"阴"的堕落而招致的全部最具破坏性的品质。正如我们将要看到的,宝玉对尤氏姐妹的关注与他对大观园中其他美丽女孩儿的关注是一样的,尽管尤氏姐妹名声欠佳(第六十六回)。只有当听说了夏金桂撒泼害人的情况时,宝玉才对自己的假想,即鲜花嫩柳般的容貌是心灵纯洁的证明产生了疑问(第八十回)。显然,尽管《红楼梦》中情是与女子气紧紧相连的,但是在女性自然性别与理想的抒情诗之间并没有直接相关性。

并不是所有与女子气相关的正面品质都被划归于生物学意义上的女孩儿;一系列青年男子——他们有一些相同的特质:女性般的姣好容貌和痴情——形成了另一张感情的网,它与大观园中的世界相协调。这一组模糊了男性与女性边界的美丽男子,包括两个宝玉、秦钟、北静王、第九回出现在学堂中的几个漂亮的男性族亲,以及戏子蒋玉函和柳湘莲。宝玉与秦钟和蒋玉函之间暧昧的性关系进一步表明,一位生物学意义上的男性也能够像女子一样,进入宝玉的情感世界。[12]将宝玉世界的不同面向联结起来的线索,并不是他对女孩儿的爱,而是情的吸引力;那些人物,那些把与情相连的价值观人格化了的男人女人,也均被"情"女性化了。

大观园与情的登场

汤显祖在对《牡丹亭》后花园的创作中所描绘的情的图释系列,为曹雪芹描写大观园奠定了良好的基础。与杜丽娘在她父亲的衙门中梦想着与后花园发生某种关系一样,《红楼梦》第五回中宝玉的梦,随着他家中花园的建成,也有了结果。在第一次与父亲巡游大观园时,各种各样的景致把宝玉带回到了他那诱人的梦中世界。[13]大观园是为迎接皇妃元春而建造的,正式开园的日子是元宵节 —— 与宝玉的梦相似,它是按照一个超乎现世的、绚丽的、瞬息即逝的幻境而建造的,可是一旦宝玉和他的姐妹们搬了进来,大观园就变成了他的领地。大观园中建筑的设计、形状和位置都从建筑学意义上体现着宝玉与姐姐妹妹之间的情感联系。[14]大观园中的人物关系是由情感的纽带和作诗的才分所决定的,而不是由等级地位决定的。这是一个让宝玉得以表达"真"性情的空间。当宝玉缩进封闭的大观园世界时,他就构建出一种以天然的、无拘无束的感情互动为基础的身份,而不是一种以既定的礼仪为基础的身份。

大观园的微观世界是一个错综复杂的舞台场景,在这里,正统的社会结构逐渐被解构了。躲进大观园,宝玉就躲避了外界强加给他的角色和责任,并创造出一种身份,这身份是他的"本真"和不受拘束的自我的投影。宝玉拒绝按照正统的期待来约束自己的异常和怪癖,向传统文人演示了何为"本真性"。除了义务性地给祖母和父母请安外,宝玉设法把他与所有人的关系都简化为友谊关系,按照某些晚明哲学家的观点,这是一种最不正规然而最本真的关系。[15]大观园中这些表亲们之间的互动是自然的、无拘无束的,是从情感的呼应而不是礼的规定中自然发生

156

的。除了举止高雅、彬彬有礼的薛宝钗——她那种冷静的含蓄态度常常招致评点者的指责[16],那些姐妹,甚至丫鬟们,都不顾及常规的礼数和称呼而随心所欲地表达自己的意愿。由于脱离了强调行为得体的传统观念的约束,女孩儿们也不再控制她们的情感,宝玉与他的表姐妹和丫鬟们的互动时而表现为过分亲昵,时而又因脾气乖戾而相互疏远。

这种情感的自由王国与大观园外遵循礼的传统而组织的世界形成对照。那些生活在公共世界的人,比如贾政、他的清客和皇妃元春,必须压抑个人情感,使其处于从属地位,为的是维护更大的社会秩序。公共世界中的互动是等级制的,以身份地位和常规惯例而不是以情感为基础。在正式的迎亲仪式上,元妃不能够表达与家人分离的悲伤;只有在私下里、在闺房中的非正式场合,她才敢流露自己的真情。正如在合家团聚时贾政的古板僵化所显示的那样,他的世界看不惯那种自发的感情冲动。贾政的清客们当着他的面也不敢表达自己的意见,生怕冒犯了他。公共世界似乎没有为个体的自发行为或自我表达——这些最为宝玉所敬重的价值——留下空间。

与正统社会不同——正统社会是根据"五常"关系的等级制原理而构建的,大观园里的生活则似乎反映了一种自然的、有机的秩序,这种秩序以(金、木、水、火、土)"五行"的图释象征系列为基础。与此相适应,除了认同于儒学的李纨,大观园的居民都拥有花、鸟或石的名字。大观园中的景致反映着每一位人物的内在的、"自然的"身份认同。每位姐妹都单独住在一处绿荫环绕的院落里。林黛玉那素朴的院落名为潇湘馆,四周环以竹林。竹林暗示着她的姓:"林",以及她与春天的联系;它也让人联想起潇湘地区有关滴泪斑竹的诗歌意象,很显然,这是在暗指林黛玉的好哭行为。薛宝钗的住处叫蘅芜院,这里更规整、更结实,园中四面群绕山石,而这正适合于她的身份,即具有一种金属的、冬季的特征。

大观园的有机性也展示在季节模式中,这种季节模式根据岁时和生日来驱动日常生活的节奏。这些岁时和生日的聚会为各种表达传统主题的诗和灯谜的制作提供了一种自然的动机。更为新颖的是三位姐妹的形象塑造方式,她们都根源于一种季节想象。[17]林黛玉,一位花神,是与春天相连的,她看到暮春的落花时,身体上会感到痛楚,她的优美诗篇总是在痛苦地陈说自然生命之短暂。厉害的、急脾气的王熙凤,一只凤凰,在第二十九和三十回的夏季暑热中盛气凌人,但是在随后而来的秋季,当她发现丈夫和仆人的老婆上床时,她却奇怪地变得易受伤害了(第四十四回)。薛宝钗的秋/冬的身份认同是由她名字中的"雪"和"金"(钗是用贵重金属打制的发簪)所确立的,这种身份反映在她一贯冷静的举止、雪白的皮肤和清凉的香气之中。她们命运的潮起潮落都紧随着季节的节奏而来。[18]不过,正如宝玉在评论造园技巧时所说的,大观园中对自然的表现是被高度美化了的,并不是纯天然的(第十七、十八回)。[19]

　　伴随着诗社的创立 —— 贾政刚被点了学差到外省上任,诗社就成立了,与情相连的本真的价值观走上了前台。从这时起,姐妹们赛诗、描画风景、抚琴弄乐。林黛玉 —— 她是将与情相连的价值观最充分地人格化的人物形象 —— 也被描写为在艺术上最有天分、最富于表现力。[20]《镜花缘》中反复出现并详加申说的一个隐喻就是,美貌而高雅的女子对文人文化的复制,会赋予诗作和绘画一种鲜活的魅力,而这在男人的作品中是不可能获致的。

　　众姐妹本身就构成艺术景观的重要部分,小说中有一些最著名的场景:暮春时节,家族中所有的女子都到园中做"饯花会",独有林黛玉在伤春,"把些残花落瓣去掩埋"(第二十七回)。秋天,她们做菊花诗、吃螃蟹(第三十七、三十八回);冬天,她们披着色泽艳丽的羽毛缎斗篷出现在琉璃般的白雪世界中(第四十九回);像是对《牡丹亭》的回应,阳春三月,史湘云醉卧芍药茵,醒来时红色的芍药花瓣飞落一身(第六十二回)。

　　当贾母要求惜春把宝琴当作粉妆银砌的雪景的一部分收入画中时(第五十回),曹雪芹也就把读者的注意力引向了那些传统的绘画意境之中。这种"情"与"文"之间的联系是"情"最具合法性的一面,因为一位

158

159

127

天才艺术家可以把天然的、常常会越轨的激情转化成为文化所能接受的艺术品形式。[21]许多读者对晴雯的欣赏和同情似乎都离不开她的那种热情泼辣,其中最受称道的就是她的撕扇子行为(第三十一回)。一位评论者在赞美晴雯时,把她的名字释为"情文"。[22]从历史上看,这种因与文化作品相连而罩上的可敬光环是最重要的防范设施之一,防范可能出现的对于情的不正当叙述。[23]这种把自发的"情"精致化,让它变成一种对于激情的感受,与高友工和李恩仪所谓的"抒情自觉"实为一个意思。[24]毫无疑问,小说中水平异常之高的诗词,及其对于抒情美学的称赞,已经把读者从宝玉那过度"意淫"的情节中拉开;我们都乐于相信,如此之美的文本,连同宝玉一起,肯定是纯洁的。

《红楼梦》中对于自然主题的表演性示像是随着一群女伶进入大观园而显现出来的。她们"就如那倦鸟出笼,每日园中游戏"(第五十八回),把那无处释放的精力都用来梳理羽毛、捡拾食物,以及叽叽喳喳地争吵。害相思病的小旦 —— 宝玉曾见她在蔷薇花下画"蔷"字 —— 则生气地把自己与笼中的雀儿相比,一个是被关在园子里,一个是被关在笼中衔着旗帜表演杂技(第三十六回)。主子与伶人之间在这一点上竟是同病相怜的。[25]

虽然主子中只有王熙凤的名字与鸟有关,但是宝玉和黛玉却与鸟的主题关系最紧密。黛玉带到贾府的唯一一个随身丫鬟叫雪雁;黛玉来到贾府时,贾母又给了她另一个丫头:鹦哥。黛玉进入荣国府时留下的深刻印象之一,就是在贾母迎接她的上房外面,两边"穿山游廊厢房"中挂着的各色鸟雀;宝玉的住处也养了许多鸟(第三、三十六回)。和那些女伶一样,宝玉和黛玉也总是相互争吵怄气。[26]宝玉的丫鬟晴雯是黛玉的影子,作者也总是把她与鸟的意象连在一起。和黛玉一样,她的脾气也反复无常,甚至在与王夫人说话时都显出桀骜不驯。她体现出鸟儿一般的急躁、激烈和不顾一切的劲头,正如我们在她疯狂地用长簪扎一个小丫头的手的情节中所看到的。"要这爪子做什么?拈不动针,拿不动线,只会偷嘴吃! 眼皮子又浅,爪子又轻,打嘴现世的,不如戳烂了"(第五十二回)! 宝玉宝琴曾穿着贾母送给他们的"金翠辉煌,碧彩炳灼"的孔雀裘和凫靥裘在众人面前显耀(第四十九、五十二回)。[27]耐人寻味的是,晴雯那致命的病就是在她强打精神为宝玉补孔雀裘的那一晚落下的,这个活儿只有她才能做(第五十二回)。鸟的想象也与太虚幻境的主题相连,这可以从刘姥姥误把鸊鹉当成黑老鸹子的情节中显示出来:"谁知道城里不但人尊贵,连雀儿也是尊贵的。—— 偏这雀儿到了你们这里,他也变俊了,也会说话了"(第四十一回)。然而,当黛玉所养的鹦哥重复着最令它的女主人心碎的诗句时,表演与真实的界线也就模糊起来:

> 侬今葬花人笑痴,他年葬侬知是谁? (第三十五回)

　　贾府内对于性别身份的某种武断的指派体现了另一番精心构思,它也是由女伶们的表演而显现出来的。正当大观园的社会世界达致鼎盛时,宝玉命令芳官 —— 一位总是扮演男性角色的女伶 —— 取个男子的名字,并永远穿男装。湘云、李纨和探春也很快效法,并给成为她们丫鬟的女伶改名字(第六十三回)。在同一场景中,宝玉接到了他的好友尼姑妙玉的帖子,岫烟说妙玉拜帖上的身份不明:"僧不僧,俗不俗,男不男,女不女"(第六十三回)。显然,在大观园的被美化的世界里,正如众姐妹扮演着诗人、画师、渔翁和老农的角色一样,她们也扮演着某种性别角色。宝玉的女子气,黛玉的过度的女子气,史湘云和王熙凤所显示出的不同的男子气[28],尤其是女伶们性别扮演的易变性,这些都表明,曹雪芹的性别描写发掘利用了一种表演和审美的冲动,而这种冲动并不以生物学为基础。[29]

　　曹雪芹最初以《红楼梦》作为小说中的一出传奇剧的剧名,而不是小说本身的名字,这也许能部分地解释小说中何以存在性别倒置的流动性和对称性。宝玉,还有小说中其他一些美貌的青年男子,似乎是仿照

161

着传奇剧中柔弱的小生角色——他们一般与一位旦角配戏——而来的。所以宝玉本能地喜欢着的两位年轻男子蒋玉函（他擅长于旦角）和柳湘莲（他是位业余戏剧爱好者，言情戏中的生、旦角均能演唱）都是优伶。不仅如此，史湘云那种优雅的顽皮（第三十一、四十九回），似乎也可以在女伶们中间找到源头，她们中不少人都擅长扮演吵吵嚷嚷的男性角色。《红楼梦》中所有这些性别表演都向着女子气移动，这表明了这样一种情形，即这些身份认同都源自于美学价值与尚情观念之间的联结。

除了作为情的一种表演性示象外，《红楼梦》中性别的流动性也变成了这部小说审美外观的一部分。性别互补作为一种美学手段可以与对冷热的使用——正如张竹坡在他那影响深远的《金瓶梅》评点中所指出的，这是那部小说的核心美学特点之一——相比。冷热的互补交替作用形成了被用于《红楼梦》批评的两极性范畴的基础，这些范畴包括动与静、雅与俗、喜与悲、合与分、协调与冲突，以及兴盛与衰落等。[30]正如在性别描写的实际情况中那样，在冷热意象的利用上最具艺术魅力的是那些热中有冷，冷中有热的场景。[31]传统评点者把性别互补看成对阴阳概念范畴（这些范畴结构了小说）的特殊表现形式之一，但他们不成功，不过他们的失败不应该妨碍现代读者认识它在结构和主题上的重要性。从纯粹审美的层次看，性别互补扩大了构成小说审美外观的谐振范围。《红楼梦》中的性别，正如在王骥德的杂剧《男王后》中一样，其意义并不在于它是根据生物学确立于个体之中的，而在于它是通过一系列互补性的配对（pairings）随情境而产生的。宝玉，一种浸透了女子气的男性的性情化表现，与看起来无穷尽的各式各样的互补物都可能构成配对：从王熙凤那种粗俗的浸透了男子气的女性，到史湘云那种文雅的男子气的女性，再到彻底女子气的林黛玉，更不用说秦可卿（在宝玉梦中，她的名字是兼美，"一中有二"，指她兼有黛玉与宝钗这一对的美）那种二重组合的女子气了，还有像她一样迷人的她的兄弟秦钟，他和宝玉一样，交替着与其他女性化的男人和女人构成配对（包括名义上无性别的尼姑智能)。《红楼梦》中的性别并不是一种排他性的、非男即女的二元分割，而是沿着一个连续统出现的、在位置和样式上似乎有无限的可能性；然而，出于上述的意识形态和美学的原因，整个的连续统都偏爱女子气并向着女子气移动。与大观园中女性化的进程相对的是遵奉道学的《野叟曝言》中的花园，那里的人物都朝着男子气偏移（见下一章）。

欲望和礼仪认同的消解

对《红楼梦》中情的意义的理解，不能与宝玉与秦可卿及其兄弟秦钟之间的亲密关系分开。一些传统的评点注意到秦氏姐弟二人的名字明显的是"情"的双关语，有人曾把秦钟的名字解释为"情种"。[32]秦可卿与宝玉和王熙凤之间气脉相通的强度可见于这一场景中：秦可卿咽气的那一瞬间，她同时出现在他们的梦中。宝玉吐血而醒。他们第一次相见时，宝玉就象征性地娶了可卿；他被引至她的卧房——那里面布置着一些与性爱有关的物件，并被安置在她的床上。[33]正是在她的卧房里，叫着她的乳名，宝玉初试云雨情，并被引入太虚幻境，在那里，他发现了情与淫之间那种缠绕在一起的价值观。

可卿不只对宝玉一人重要，从叙述学的层面上说，对她的死的描写超过小说中所有其他与礼有关的场合——包括皇妃省亲，宝玉结婚和上辈人贾敬和贾母的死——的描写，贾府中所有的男性成员都被惊动了，小说中还开列出最完整的男性成员的名单（第十三回）。在可卿去世时摆出这么完整的家谱是很让人吃惊的，因为一般只有在重大的礼仪场合才会开列这种正式名单。除了强调贾府对可卿的厚待有些不正当以外，这种写法还暗示出可卿作为一种核心符码的重要性，这一符码把关于熙凤的野心、宝玉的情、贾珍的好色下流，以及贾政的恪守礼教等诸种连锁性叙事连在一起。正如第五回中宝玉所查看的金陵十二钗簿册，以及脂砚斋对这一回的较早版本所感到的不安，所暗示的：可卿的早逝起

164 因于她与公公贾珍的乱伦关系。[34]秦可卿是一个至关重要的角色,她把宝玉引入太虚幻境,见到薄命司中的金陵十二钗簿,同时向他传授性经验,这样一个人物表明了《红楼梦》中所探究的情的二重性:既可体现为有救赎作用的美学黏合剂,又可体现为自我毁灭的性欲。在第十六回,秦可罗即那美丽的弟弟秦钟("情种")—— 通过他,宝玉继续着他与可卿之间的联系 —— 也死于情欲,这使得纯情与纵欲之间、宝玉的主张与许多持相反意见的读者的主张之间的区别更模糊了。[35]

小说主要探究了两种抵御欲的危险诱惑的方式 —— 佛教与儒教。尽管这些哲学理论往往只是以一种漫画的方式出现,比如对行为怪诞的癞头和尚、文人贾雨村和甄士隐的描写,但是这些纠葛在一起的哲学思想均匀地分布于百二十回本的小说之中。余国藩(Anthony Yu)最近曾就小说中与佛教的顿悟[36]主题相关的玉、镜子和梦进行过讨论。宝玉的通灵宝"玉"—— 据王国维解释,与"欲"双关 —— 正处于这则表达顿悟的寓言的核心。[37]与佛教教义 —— 可以通过沉浸于幻境而达致顿悟 —— 相符,宝玉的通灵宝玉,颇具吊诡意味地既代表了欲望本身,又代表了对于痴迷不悟者的点化。这样,宝玉遇见黛玉 —— 她的名字可以被释为"带欲"的双关语 —— 时要摔掉通灵宝玉的强烈冲动,就可以

165 被理解为是想摆脱这个点化之镜。[38]余国藩细致地梳理了百二十回本中对这些象征的使用,指出,宝玉从极端固执地沉溺于欲到顿悟的这一变化轨迹,正符合经典的佛家涅槃故事的结构。在讨论风月宝鉴的章回里,我将回过头来考查这些与佛教之点化顿悟有关的重要的象征符号。

《红楼梦》中对于儒学主题的处理则很少被人讨论。小说一开始,后来成为暴发户的贾雨村曾说"玉在椟中求善价",当他这么说时,他实际上把通灵宝玉的主题与孔子在等待为有德之君效力时所说的待价而沽联结了起来(第一回)。[39]当宝玉的翻版 —— 甄宝玉 —— 说"自谓尚可琢磨",把"琢""磨"作为其教育训练的一部分的时候,也引用了孔子《论语》中美玉的说法(第一百十五回)。[40]尽管在小说中,用玉来指代

儒家所倡导的修身的结果这样一种隐喻与用玉来指代"欲"相比,并不是很明显,但是这两种联想都产生于理学对自我失控的焦虑。正如我们在《醒世姻缘传》中所看到的那样,男主人公对自己欲望的失控会使家中等级秩序颠倒,并最终导致家庭的解体。贾府同样困扰于缺少一位愿意"齐家"的男性人物(甚至贾政也没有对家政予以充分的重视,直到第一百十六回,他才意识到这一问题,但为时已晚)。小说中暗示,为贾政所偏爱、但是早逝的长子贾珠的名字"珠",似乎是"主"(主子)的双关语。[41]贾珠的遗孀李纨和儿子贾兰是贾府中唯一维护儒家理想的人物。尽管丧失和短命是与尚情相连的美学观,但是这位重要的青年主子的去世太像一种凶兆了,因此不能不被解读成一个家庭崩溃的信号,在这个家庭中,按冷子兴(意谓:冷静而清醒的声音)的话说就是:"如今的儿孙竟一代不如一代了"(第二回)。对这样一种衰落的氛围有所了解之后,我们不禁要看看与贾家联姻的几个家庭的姓氏:史和王,它们分别和"失"和"亡"谐音。而"珠"——主人,已经死了。

虽然晚期帝国的历史记载强调,到了18世纪,知识分子自我修身的当务之急,已经被更为学究式的关注所替代了,但是,如果以为文人们不再感到履行齐家治国的道德责任的压力,那就大错特错了。这种对于有意义的功业的向往在清代的其他小说如《野叟曝言》《儒林外史》和《镜花缘》中得到有力的表达。戴震,他与曹雪芹几乎是同时代的人,就是18世纪的那些儒学思想家之一,这些思想家强调在一种道德宇宙的建构中个人心知的重要。他的道德体系以"自然"与道德"必然"的区分为基础;道德"必然"指人类行动必然会指导成全"自然"的运作,正如《孟子》中著名的孺子将入井的故事所讲的那样。[42]尽管儒家行动主义的积极进取的主旋律在《红楼梦》中几乎听不到,但是警幻仙姑在小说的开头就曾告诫宝玉:"留意于孔孟之间;委身于经济之道"(第五回)。宝玉没有留意她所传达的儒学教诲,宝玉的这种忽视所强调的正是贾家所有男性对于他们的责任的忽视。贾赦,和贾琏那一辈的年轻男人一样,忙着纵情于声色犬马,无暇顾及家政;贾敬则沉迷于道教的成仙之术,从不为世事操心;贾政倒是真诚地关心家族的未来,但他过分重视书本而轻视实用。[43]

同在《金瓶梅》和《醒世姻缘传》中一样,贾府的道德堕落也是用具有性别意味的阴阳术语来表现的。与贾家男性的愈益卑劣相对,妇女的优越性受到广泛地公认。正像贾雨村说甄宝玉那样:"这等子弟,必不能守祖父的根基,从师长之规谏的,只可惜他家几个姊妹都是少有的"(第二回)。甚至丫头袭人也被称赞为比宝玉"强十倍"(第三十六回)。[44]

按照贾雨村所谓整个时代都被宇宙论意义上的元气失衡所困扰的理论,贾府中男性血脉的疲弱与女性的繁盛被赋予了一种形而上的基础。[45]贾雨村把对阴阳之力的泛泛而论应用于关于正气与邪气的道德讨论。雨村解释说,那些生来就秉于正气的,是大仁,而那些生来就秉于邪气的,则是大恶(第二回)。尽管此处并没有用明显的阴阳术语,但是这两种"气"却符合理学对于清明灵秀的清气(与阳相等)与暗淡湿重的浊气(与阴相关)的区分。

雨村对宝玉的乖张痴顽又进一步加以形而上的解释,他的结论是,那些秉承了乖僻之邪气的人,"其聪俊灵秀之气""在万万人之上";如果他们生于公侯富贵之家,那就会成为"情痴情种"(第二回)。宝玉显然是一个正气与邪气混合不当的例子。尽管较重的阴气在宝玉身上体现为"情"这样一种较为良性的、美学化的形式,但是它更体现为形形色色的泼妇行为(这才是它通常所显现的样态),这些人的破坏性行为就像是贯穿于小说的一股暗流,甚至冲击到大观园这个想象中的纯净世界。与《醒世姻缘传》—— 在这里,更大环境的崩溃,是以男主人公的道德沦丧为契机的 —— 的叙事结构相呼应,宝玉对于自己作为继承人和主人的角色的拒斥所导致的后果就是大观园随着阴的征候的迅速聚积而土崩瓦解,这些阴的征候包括纵欲、疾病、死亡,以及鬼魂的出现,直到大观园又变成了可怕的荒园。[46]读到最后就可以发现,即使在才貌双全的女子

们的聚会中贾府中女子的优越性是被理想化了的,但是,这种阴气的支 168
配优势从小说的一开始就预言了贾府最终的衰崩。在对风月宝鉴的讨
论中,我们将回到一种阴阳元结构的问题。

等级制的社会秩序被大观园共同体所松动,在这种松动中,尚情价
值观与儒教价值观之间产生了激烈的冲突。这种礼的松动尽管起初很
有吸引力,特别是在与贾政所恪守的死板的互动关系相比时,但却最终
导致了身份的丧失。恰当的命名是礼所规定的身份的一个重要构成成
分,因为它立刻会使人想到孔子关于通过正名来推行一种道德秩序的训
谕;不仅如此,差异与区别,而不是情的粘合,才是等级制的礼的身份的
基础。正如上面所讨论的,在儒家思想中,语言是具有规约性的;圣人的
工作就是使社会现实符合于语言所表述的理想。在《红楼梦》中,命名
的权力与宝玉和黛玉最相关,这两个人物是最充分地体现与情相连的价
值观的人。宝玉给大观园中的大部分建筑命名,黛玉则帮助他写下描写
其景致的诗。宝玉作为这一人间幻境的魔头,也给一些进入他的世界的
女孩儿重新取名。让他父亲最反感的是,他将他的丫头"花珍珠"改名
为"花袭人",预示着大观园那迷人的自然。[47]宝玉见到林黛玉后的第
一个冲动,就是给她取了个别号叫"颦颦"(第三回)。他那种按照自己
的审美观给人改名和重造现实的权力在他故意命令女伶芳官起个男子
名字,并永远身着男装时达到了顶峰。从这时起,技巧与奇思,这些情的
美学的主要面向,替代了儒学那种要建立一种固定的真理的训谕。[48]

第三十七回,随着诗社的成立,大观园共同体进入了一个新阶段。[49]
在诗社的首次聚会中,黛玉提议姐妹们都起个别号,以避免按亲戚辈分 169
称呼的"俗"。中国的亲戚间的称谓暗含着以岁数和性别来标志的不同
地位;废弃这种正式的称呼就是废弃等级制的社会标记 —— 在中国的
语境中,它们是社会秩序的同义词。众姐妹的别号作为对受尊敬的文人
起笔名的一种模仿,并无伤大雅,但是诗社的建立却似乎开始了一个败
坏(entropic)的过程,由此,把辈分、性别和社会地位区别开来的重要的

社会边界也被废弃了。这一过程在第四十九回大观园中的人口爆满时达到了顶点。随着所有新的"姑娘奶奶们"的到来,这里变得很拥挤,以至于常规的礼数也被废掉了,而由此所有的秩序感也都被丢弃了。

> 叙起年庚,除李纨年纪最长,凤姐次之,余者皆不过十五六岁,大半同年异月,连他们自己也不能记清谁长谁幼;并贾母王夫人及家中婆子丫头也不能细细分清,不过是"姐""妹""兄""弟"四个字,随便乱叫。(第四十九回)

如果把《红楼梦》的结构与百回本的《金瓶梅》的结构作一比较的话,那么,这种把礼所规定的身份的瓦解放在第四十九回的做法是很耐人寻味的,因为,恰恰是在《金瓶梅》的第四十九回,随着蕃僧送来促成死亡的春药,西门庆开始走背运。[50]

170   这种混乱在第六十二和六十三回,当大观园忙着为所有在春天过生日的人举办庆祝活动时,变得更为明朗了。当探春说出一串同一天生日的人的名单时,个人的身份开始消失了(第六十二回)。在第六十三回,众姐妹为宝玉生日而举办的夜宴上,社会与建筑上的边界同时消解了。这一回的开头,一位年老的妇人曾责备宝玉,说他直呼丫头的名字是对母亲和祖母的不敬,因为这些丫头"到底是老太太、太太的人"(第六十三回)。宝玉也不把其他一些类似的禁令放在眼里,该睡觉时不睡觉,而是把怡红院的门打开,邀请姐妹们来这里聚会。那天晚上,在宝玉的坚持下,他、他的丫头和女伶们全将正装卸去,身着贴身小袄,亲密地围坐在他的炕上,和姐妹们一起,占花名、搳拳唱小曲儿,这种游戏与妓女招待嫖客的游戏几乎没有什么区别。个人的身份在继续丧失:宴饮游戏之间,发现了更多的丫头和小姐们年龄、姓名上的巧合,正是在这一时刻,宝玉命令女伶芳官 —— 她和他在相貌上十分相像以至于可以被看成双生弟兄 —— 要永远充当男性。也是在这个时刻,尼姑妙玉送来那张指明了她那种"僧不僧,俗不俗,男不男,女不女"的暧昧身份的帖子。由于突然传来家中长辈贾敬的死讯,这个季节的欢宴意外而不祥地结束了。

一般来说,尽管大观园中的部分居民对名字和头衔马马虎虎,但是他们仍然看重命名的意义。例如,宝玉以一种嘲笑的态度对待贾芸——一位远房亲戚,投机分子,因为贾芸称他为"父亲大人"(第三十七回)。晴雯早因直呼宝玉姓名被指责为行为不当,这也是在警告宝玉:忽视礼的形式会带来危险(五十二回)。探春坚持按礼的刻板规定行事,在自己与生母——她是个妾——之间画了一道可怕的界线,她恼怒地拒绝把生母的兄弟称作舅舅(第五十五回)。最后,贾府失去皇上恩宠的原因之一是品行不端的贾雨村——这部小说就是随着这个人的出现而展开的,他因蒙受贾政的庇护而官运亨通——私运武器的事件被披露,而在干此勾当时,他用的是他的真名:贾化(第一百四回)。[51]

由于不遵守礼的等级区分而导致了社会秩序的崩溃,与此相似,曹雪芹对于互补的二元性词语的使用,也使这些词的意义被瓦解了。尽管互补性是晚期帝国小说的一个标准美学特征,但是《红楼梦》与其他小说作品不同,因为它里面的那些被配成对的词语是相互交织在一起的;每一个词语都暗含于与它对立的词语之中,以至于它们都失去了各自所独有的意义。我并不是要强调二元对立的美学如何使处于两极的意义之间的区别更加清晰(像浦安迪所做的那样)[52],而是发现,考察曹雪芹的审美学更有裨益,他用瓦解边界——这边界将相互连接的词语分开——的方式,来打乱认识论和本体论意义上的范畴。也许最能说明这一点的例子是他对"真"与"假"的故意混淆,他的概括是:"假作真时真亦假,无为有处有还无"(第一回)。对这一悖论的呼应可以在甄士隐和贾雨村(第一回)、甄宝玉和贾宝玉这两对人物中听到。靠着把甄宝玉与贾宝玉、真与假设计成对方的镜中之像,曹雪芹颠覆了这两个词各自所固有的诉求,把它们推向一种更高意义上的真理。[53]小说中,类似的

171

符号重复和美学模式的密度（density of aesthetic patterning），进一步促成了意义的不确定性。"玉"这个字的反复出现 —— 既出现在贾宝玉、甄宝玉、林黛玉、林红玉、妙玉和女伶玉官的名字中，也作为音素用在贾雨村的名字中 —— 织就了一张提示性的但若隐若现地联结着的网。[54]这些模糊的重复抹杀了在字与字间或意义的范畴间划一条绝对界线的可能。曹雪芹并没有构建一种清晰的道德框架，他用一条在美学上富于生产性，却没有伦理内涵的词语关系链取代了它。

这种从本体论上被限定的现实层面之间界线的混淆是情的叙事的修辞特色之一。体现这种美学的颇具戏谑性的例子表现在这样一些场景中，在这些场景中，宝玉故意拒绝将虚幻与现实区分开来。当他来到东府贾珍院中的一个小书房，想象着房间里那幅画中的美人可能很寂寞时，他发现自己的小厮正在那房里和一个女孩子"干那警幻所训之事"（第十九回）。后来，在听了刘姥姥信口编造的关于一位年轻姑娘的故事后，宝玉又打发同一个小厮去探查为那姑娘修建的庙的下落（第三十九回）。不过，对这种美学的更严肃的表达则是，宝玉像杜丽娘一样，不愿意区别梦与现实，他拒绝从第五回中的梦中醒转回来。他甚至更深地进入了梦境：把警幻仙子教授的性知识付诸实践，与丫头袭人初试云雨。[55]直到第一百十六回，宝玉才从这种痴迷不悟的情色之梦中清醒过来。《牡丹亭》中梦幻的"现实"由于被柳梦梅、杜丽娘和春香共享这一事实而得到了证实，与此相同，甄宝玉和贾宝玉也都做了进入太虚幻境，为警幻仙姑训以男女之事的梦，但是结果却很不相同。[56]当宝玉梦见他的翻版（double）甄宝玉，醒来后发现那不过是自己在房间的大镜子中的镜像时；当宝玉与黛玉做了同样的梦 —— 宝玉打开胸腔，发现自己没有心 —— 时（第八十二、八十三回），现实与梦境、自我与他人之间的界线继续被抹煞着（第五十六回）。[57]

李恩仪最近曾提出一个观点，位于轴线两端的词"情"与"不情" —— 她时而把它们翻译成"多情"和"无情"，时而把它们翻译成"痴迷"和"清醒"——不应被解读成相互对立的两个词,而应被当作一个词义单位。她这样解释对宝玉所作的"情不情"[58]的断语:"多情无情,多情等于有情或无情",认为这一评判"擦抹掉了自我与他者之间的界线"。[59]短句"情不情"所具有的认识论意义上的对立物的混合是一个有力的例子,说明了尚情的美学倾向在于消解相互分立的词语之间的边界。与把"情"与"不情"合成一个词义单位相似,曹雪芹在使用通常被视作是势不两立的"情"与"淫"时,也混淆了它们之间的界线。正如第五回中警幻仙姑所说,恰恰是宝玉的意淫才导致他如此痴情于女子;他对于女子的爱慕和同情,似乎吊诡地源自于他的淫。而且,的确,小说的大部分都在对人们所假设的"淫"与"情"之间的区别提出质疑。然而,尽管两种相互对立的词语的混合与情的美学特别一致(正如在男性与女性或梦境与现实的混合中所看到的),但是它却并不见容于礼的话语。五花八门的人物形象密度(kaleidoscopic figural density)——那是小说文本的美学之核心——似乎与贾府那由于辈分与血亲关系的崩溃而产生的乱伦的性纠缠相匹配。[60]吊诡的是,"情"作为真我的基础,最终会导致自我身份的消解,除非它被礼的实践所控制和规范。

阴阳八卦学与风月宝鉴诸章回

与情相连的本真性的修辞和图释法——多数读者对《红楼梦》的体验都是由它们设定的——同时又受着正统话语的牵制。正如在《醒世姻缘传》中一样,这种正统修辞把性欲建构成危险的东西,并且把惩罚(通常是死亡)当作性越轨的一个合乎逻辑的结果。在《红楼梦》中,与风月宝鉴等内容有关的章回形成一条正统的叙事线索,它截断并抵消着小说中对于情的那种充满诱惑的表达。"风月宝鉴"是这部小说的另一个名字,出现于第一回的开卷中,它指第十二回中一位神秘的跛足道人送给贾瑞的双面镜。在贾瑞的故事中有许多细节,比如暴力、寒冷的天气,以及性别角色的倒置,这些细节把这段故事纳入了老套陈腐的泼妇故事的系谱。当贾瑞向熙凤献殷勤时,她勾引他,致使他走向死亡。他偷偷地摸到她住处来的两个晚上,天气都异常寒冷。熙凤和她的牺牲品调换了位置,她象征性地把贾瑞"关"在上了锁的荣府大门内;贾瑞"饿虎一般"(十二回)扑向一位看不清面目的人 —— 他把他当成了熙凤。他被锁在寒冷的室外,还被浇了一头粪便。就像《醒世姻缘传》中的晁源一样,贾瑞被性欲折磨着,生了重病。当道人送来风月宝鉴帮他治病时,贾瑞没有听从道人的警告 —— 只看镜子正面所显示的骷髅相,结果自取死路。贾瑞把镜子翻过来,发现美丽的熙凤正在向他招手。于是他跟随她走入镜内的梦中世界,纵欲而亡。查看他尸体的家人发现了冰凉渍湿的一大摊精液(第十二回)。

关于《红楼梦》版本历史的悬而未决的问题之一就是风月宝鉴的章回与曹雪芹最后定稿的八十回本《石头记》的关系性质是怎样的。这些章回中的人物描写风格与曹在描写大观园时的风格迥异;一位学者曾经把这些章回形容为通俗闹剧,与小说中其他大部分章回所具有的抒情诗性质形成对比。[61]显然,风月宝鉴的章回不同于小说的其他部分,大多数学者都同意,这些章回是一部更早的版本的残留,与曹雪芹最终的艺术观不相符合。然而,我却要指出,它们的内涵还是与小说的全部意义相整合的。与贾瑞的双面镜 —— 这面镜子能同时反射出欲的两个相互矛盾的图像 —— 相似,小说的全部意义恰巧就在于它把欲的那种多重的、相互对抗的建构给交织在一起了。

被著名"红学家"俞平伯认定为属于《风月宝鉴》旧稿的章回 —— 贾瑞、秦可卿、秦钟和尤氏姐妹的故事(第九回至第十六回,第六十三回的下半截至第六十九回)—— 包含着对于淫的危险性的生涩描写,这些描写更像典型的正统叙事,而不像小说其他部分那样体现出一种精致细腻的美感。[62]关于这些章回的来源,有各种各样的理论,一种被广泛采纳的观点是:它们是一部较早稿本的遗留,这个稿本是曹雪芹本人写的;

还有一种双作者的理论,认为它们是从一部旧有的文本中摘录下来的,
这个文本出自另一个人的手笔。[63]一则被认为是脂砚斋 —— 他是曹   *175*
雪芹的密友,与这部小说的写作有密切关系 —— 写的评点提示说,这些
材料形成了另外一本书:"雪芹旧有《风月宝鉴》之书,乃其弟棠村序也。
今棠村已逝,余睹新怀旧,故仍因之。"[64]旗人裕瑞也确认《风月宝鉴》
为另一本书,裕瑞与曹雪芹家有联姻关系,而且声称曾读过这部小说的
早期手稿,尽管他在曹雪芹死后才出生。[65]近年来,戴不凡又提出,宝玉
身上时而出现的矛盾行为是由于两个作者持有相互对立的观点。[66]无
论把风月宝鉴的章回看作是较早版本的残留,还是看作是另外一本书,
都使得学者们可以贬低这些内容的重要性,以便成全这样的认识,即曹
雪芹努力在大观园中构写出一种完美的田园诗般的生活。尽管这种看
法可能会强化这样一种印象,即《红楼梦》符合于欧洲古典小说(人们历
来认为,这种小说反映了某位作者的一贯观点)的美学观,但是它却剥蚀
了《红楼梦》中的某种多重的丰富性。

把风月宝鉴的叙事内容概括为某种观点甚或文本的一部分 —— 这
个部分早于并异于八十回本的《石头记》的写作,这种做法迫使我们面
对这样的问题:曹雪芹在后来修订小说时,为什么没有将这些内容删除
或改写。不管怎样,他确实重写了小说中的某些细节,最有名的就是围
绕秦可卿的死所发生的事件。脂砚斋在评点中强调了有关风月宝鉴的
内容在立意上的重要性:"这是作书者之立意,要写情种故于此试一深写
之"(《新编〈石头记〉脂砚斋评语辑校增订本》[ZYZ],第237页)。不过,
正如人们常常责难的那样,文本中确实还有上下不能衔接的明显漏洞,
在有关尤氏姐妹的段落中,行文风格和时间顺序上都出现了矛盾。[67]在
同一段落中写作的完整性也需要被质疑,因为,正如俞平伯指出的,写尤   *176*
二姐的第六十四回和第六十七回在1759年的己卯本和1760年的庚辰
本中均付阙如。[68]尽管风月宝鉴的内容确实独特,而且甚至于 —— 借
俞平伯的话说 —— 形成了另一支叙事序列,但是我在下面还要论到,它

们与小说的整合和贯通程度比人们通常所认为的要深入得多,而且它们在小说中起着一种重要的结构作用。事实上,我认为,也许它们的结构作用才是我们首先要考虑的,其后才是段落之间的细针密线的缝合问题。

结构风月宝鉴诸章回的是一种以阴数六为基础的八卦学框架。正如我在早些时候曾解释的那样,阴阳八卦学的使用是充满说教意味的正统修辞的一种重要表达;虽然《红楼梦》中对阴的八卦学的使用与《醒世姻缘传》和《野叟曝言》相比并不明显,但是与阴数六相关的章回仍然形成了一条人物链,在这个链条上,体现风月宝鉴旨义的章回,特别是第六十三至六十九回有关尤氏姐妹的段落,提供了重要的环节。那些姓氏与数字六谐音的小人物突然间变成了第六、六十回至六十二回以及第六十六回的叙述焦点,这诱使着我把这些章回解读成一种有意为之的序列。[69]的确,第六十五和六十六回所细致描述的乱伦的关系网,形成了一种对欲的主旋律(这一主题是由第五回和第六回引导出来的)的梦魇般的变奏。[70]

宝玉在第五回的梦幻,引导出风月宝鉴段落中的立意和构思。虽然遭到老仆人的反对,宝玉还是被引入了他的侄媳秦可卿的卧室。秦氏的名字显然是"情"的双关语,不仅如此,她的卧室也摆满了颇具审美雅趣的色情的古玩器物,它们抹煞了性与情、现实与幻想之间的界线。在这些陈设中,有武则天用过的宝镜,也有安禄山"掷过伤了太真乳的木瓜",还有《西厢记》中莺莺用过的鸳枕。待宝玉沉沉入睡后,秦可卿的幻影引领他走进"朱栏白石,绿树清溪"——红红绿绿正是"色"的代表颜色——的风景之中,正是在这里,他遇见了警幻仙姑,并象征性地与秦可卿的幻影"兼美"成婚。警幻仙姑警告宝玉"淫"与"情"的相关性,对他说:"好色即淫,知情更淫"(第五回)。第五回中宝玉在孽海情天的梦游,到第六回达至了顶峰:他醒来后发现的大腿间那冰凉凉、湿漉漉的精液,就是他梦中经历的明证。第十二回,贾瑞进入风月宝鉴所映照的欲的微观世界后,也是以遗精为其结果的。虽然多数读者都将第五回和

第十二回的两个梦境相对立,但也不妨认为在宝玉的怡红院门内矗立的那面让人迷惑的大镜子就是以第十二回有关风月宝鉴的想象为基础的。风月宝鉴分享了宝玉名字中的"宝"字,而把它送给贾瑞的道人,也正是照看宝玉的通灵宝玉的那位跛足道人;两个事实都说明在这两个有关梦境的想象间有着主题的相似性。[71]

第六十五回描写了一些事件,它们是宝玉之梦幻的错位与扭曲,它发生在尤氏姐妹的居处那狭小的世界里:这一回描述了在贾府外的一处宅子里,尤氏姐妹与贾琏、琏的堂兄贾珍,以及贾珍的儿子贾蓉之间那种公开的三角乱伦关系的丑恶细节。这一节故事内容正好与第五回相类似,它包括了另一位"二爷"贾琏与尤三姐的婚事,并在最后再度提到警幻仙姑。[72]在这些章回中,主子们明目张胆的不端和放荡行为使得通常很宽容的仆人都感到了厌恶。

然而,第六十六回的叙述还是有了一个转折,它讲的是堕落的尤三姐和与她订婚的伶人柳湘莲的救赎。促成他们顿悟的动因是一对"鸳鸯剑",柳湘莲曾把它当作定亲礼送给尤三姐(鸳鸯是婚姻幸福的参照物)。这把剑被不无讽刺意味地形容为像秋水一样"冷飕飕、明亮亮",这些修饰语通常用来形容镜子,但是也与一摊冰凉的精液的描写(遗精描写构成宝玉和贾瑞的梦的序列的结局)相呼应(第六、十二回)。[73]与宝玉 —— 他在第六回进入到更深一层的情幻之中 —— 相对,尤三姐 —— 她的大部分生活都曾构成一幅堕落的讽刺漫画 —— 的觉醒是由于这两面象征性的镜子,她用其中的一面自刎,标志着与她从前的生活一刀两断。柳湘莲也紧步其后,截发出家,跟随疯道人飘然而去。第六十六回中尤三姐和柳湘莲的这种似乎与宝玉并不相干的顿悟,更突现了在第六回中宝玉的痴迷之深,他根本就没有领悟警幻仙子的训诫。宝玉与柳湘莲两个人物的相似性进一步暗示了这两处场景之间的联系。宝玉和湘莲 —— 他们之间有一种富于暗示性的亲密友谊,而且两个人都是年轻美貌的男子 —— 与贾琏都被称作"二爷"。宝玉供认"我在那

178

里（宁国府）和他（尤三姐）混了一个月"[74]，这就把他也牵连进这些章回中所细致描写的越轨的性行为当中去了（第六十六回）。本回最后出现的尤三姐的幽灵形象——一手捧着鸳鸯剑，一手捧着名册，前往太虚幻境，"修注案中所有一干情鬼"——仍是宝玉最初所作之梦的最后的余波（第六十六回）。

　　人物形象的重复和八卦模式——它们把第五、六回与第六十五、六十六回连在一起——或许也能解释为什么风月宝鉴的叙事被安排在第十二回：宝玉梦游太虚幻境并初试云雨是在第五、六回，宝玉的梦境在大观园的建筑上成为现实是在第十七、十八回，而十二回正好处在它们的中间，与两边都相隔整六回。对风月宝鉴故事的如此完满的位置安排就是在告诫读者——以及宝玉本人，不要被大观园世界这种虚幻的繁荣所迷惑。贾瑞对欲望的参不透，正是在强调宝玉同样意识不到他的通灵宝玉（与风月宝鉴一样）也是使他顿悟的赠品。[75]第十二回的风月宝鉴为警幻仙姑所制，而同一个警幻曾在第五回向宝玉训以云雨之事，这一事实使得宝玉和贾瑞——尤三姐就更不用说了——的经历更明显地相似了。

　　第三十三、三十六回使阴的章回序列更完整了。尽管三十三并不是六的倍数，但是张竹坡还是把《金瓶梅》的第三十三回确定为表现阴的关键位置，也许是因为三十三是六十六的一半，从八卦学上说，这两个三相加等于六。让人感兴趣的是，三十三回的事件先于六十六回，给了宝玉一个教训，告诉他无法控制自己的欲望会有什么样的危险。在第三十三回，全家人都惊恐地看着贾政暴打宝玉，因为他母亲的丫头金钏的自杀与他有关；因为他公然撒谎否认他与演旦角的男伶蒋玉函有关系。尽管张新之（活跃期，1828—1850）——正如我们将要看到的，他是典型地对八卦学模式感兴趣的评点者——并没有对三十三回的含义加以评点，但是他的确注意到，这一回中的父不慈、子不孝、兄不友、弟不悌正象征着"失教"，他对第九回也提出了同样的严厉指责（《红楼梦三家评本》[SJPB],第三十三回)。

　　尽管第三十三回发出了严重警告,但是,第三十六回(它被传统评点者张新之确定为关键的写阴的章回)却把宝玉更深一步地带入了太虚幻境。[76]第三十六回开头,宝玉的母亲王夫人宣布了将丫头袭人(在第六回,宝玉与她初试云雨)非正式地收房的决定。当天下午,宝玉睡着了,又做了一个梦;虽然这次读者不能跟随宝玉走入他的梦境,但是却无意中听到了他与和尚道士的争辩,说他命中注定的是木石姻缘,而不是金玉姻缘,这就暗示着他再次进入了幻境,不是第一回开篇中的幻境,就是太虚幻境(第三十六回)。他睡着的时候,几个女孩儿 —— 她们要么象征性地与他婚配成对,要么在肉体上与他婚配成对 —— 陆续出现在他的卧室:第一个是袭人,然后是宝钗 —— 她占据了袭人在宝玉身边的位置,最后是黛玉和史湘云,她们透过窗户向里窥视。尽管评点者张新之执意把宝玉床边放着的白犀尘说成"阳物"(SJPB,第二十六回)的解释似乎很有些过分(这类拂尘常与顿悟相连),但是宝钗的在场(她紧挨着宝玉那熟睡的、只穿着内衣的身体)却很让人不安,特别是由于这次他对太虚幻境的重游,与金钏的自杀(对此宝玉有着不可推卸的责任)(第三十二回)和袭人的建议(让宝玉搬出大观园,免得做出不才之事)接得又这么紧(第三十四回)。[77]这以后,大观园世界的生活马上复原了,而贾政则颇具讽刺意味地离家赴任当学差,他一走,在第三十七回,诗社就成立了。正如俞平伯所注意到的,作为结束尤氏姐妹身世后的一种过渡,第三十五回到第三十六回之间的叙事针脚过于粗大。第三十六回和第六十九回结束后明显的叙事漏洞暗示出,曹雪芹在这些回采用了一种结构模式,即优先考虑把这些在主题上相关的场景放在关键的阴的章回,其次才是叙事的起承转合、首尾衔接问题。[78]

　　虽然第三十和第三十一回并不属于风月宝鉴的内容序列,但是一些与《醒世姻缘传》中的内容相类似的传统意象,包括一场小洪水,却进一步提示:这种结构布局熟练地运用了阴阳的主题。第二十九和三十回的

热是很烦人的;时值盛夏,大观园中的所有居民都在想办法避暑(《镜花
缘》的第二十九回也同样充满阳的意象)。端阳节,更常被称作龙舟节,
出现在第三十回。尽管是个阴历的节日——阴历的五月五日,端阳却
一直承载着夏至所具有的那种宇宙论的意义。夏至标志着历法上的一
个重要时刻——阴与阳此刻正在争夺支配权。《礼记·月令》对这一时
期象征性地保存阴的能量的重要性进行了描述:

181

> 是月也,日长至,阴阳争,死生分。君子斋戒,处必掩身,毋躁。
> 止声色,毋或进,薄滋味,毋致和,节者欲,定心气。百官静,事毋刑。
> 以定晏阴之所成。[79]

宝玉在第三十回中的行为是对这一正统告诫的公然违抗。

　　第三十回的主要事件是宝玉挑逗他母亲王夫人的丫头金钏,当时
天气闷热,她正在给王夫人捶腿。他的行为或许完全是天真无邪的,如
果它们并没有直接导致金钏的被解雇和自杀,如果它们并不是如此明显
地预示着另一件事:色鬼贾赦极其邪恶地企图占有他母亲的丫头金鸳鸯
(第四十六回)(这两个事件间的相似性还可从两个丫头都与"金"相关
上看出来)。在这一回的后半部分,宝玉溜进大观园,避开他母亲的盛怒。
在大观园中,宝玉躲在蔷薇花架后面,隔着篱笆洞看到一位女伶正在土
地上划拉着她心上人的名字。叙述者解说道:"伏中阴晴不定,片云可以
致雨,忽一阵凉风过了,刷刷的落下一阵雨来"(第三十回)。[80]张新之
评道:"云乃阴其凝矣"(*SJPB*,第三十回)。由于那女伶完全没有注意到
下雨,宝玉就喊起来,让她避雨。

> 那女孩子听说倒唬了一跳,抬头一看,只见花外一个人叫他不
> 要写了,下大雨了。一则宝玉脸面俊秀,二则花叶繁茂,上下俱被
> 枝叶隐住,则露着半边脸,那女孩子只当是个丫头,再不想是宝玉,

因笑道:多谢姐姐提醒了我,难道姐姐在外头有什么遮雨的?(第
三十回)

宝玉的女性相貌、植物枝叶的遮挡,以及他身份的含混,与大雨一起合成为表达阴的细节。阴的意象继续着:宝玉跑回住处避雨,并再次被误认为小丫头。怡红院的大门锁着,院子里面,丫头们和一些女伶借着大雨,把沟堵了,让水流积在院内,把一些绿头鸭、彩鸳鸯及其他水禽,放在这个新池塘里玩耍。[81]丫头们听见敲门声后,没有马上跑去开门,她们把他当成了另一位仆人。当袭人——她很快就要被升为宝玉的非正式的妾了——终于把门打开时,宝玉抬起腿,一脚踢在她肋上。虽然这一回以一种轻松的口吻来写宝玉的无目的的游荡,但是,他的不能自我约束,不能做到如《月令》所说的"毋躁",最终却招致了一个丫头的死亡,他自己也枉遭一顿暴打。如果承认《醒世姻缘传》和本书所论及的其他作品中的洪水寓意的话,那么本书中女孩子们在大观园的象征性中心造出来的微型洪水,则强化了一种混乱感,这种混乱正发生在阳准备让位于阴的季节。[82]端阳节那天,男孩子一样的史湘云那一番复杂的对阴阳的讲解,也许正是作者在用一种玩笑的方式来将阴阳模式突显出来。

风月宝鉴诸章回的特点之一是它们在某种程度上用泼妇置换了那种更典型的敏感细腻的女子形象——《红楼梦》就因这些形象而得名。小说中其他地方王熙凤这个人物还不乏温和——由于她与宝玉的亲近以及她偶尔表现出的对他人的关心;但是在风月宝鉴诸章回中,对她的描写却十分浅露,入了刻毒善妒的淫妇和悍妇的陈规旧套。正如上面所
说,她对贾瑞的诱骗充分体现了传统的泼妇意象。描写尤氏姐妹的段落中所体现的越轨的性欲、泼妇和死亡之间的联系更为生硬。在那些描写四个泼妇争风吃醋的章回中则用十分夸张的手法表现这种阴的隐喻:尤二姐,曾经是贾珍的情人,现在是贾琏的妾;她的妹妹尤三姐,她的行为——直到她决定嫁给柳湘莲——一直不受缚于任何羞恶之心或礼

仪;贾琏的新妾秋桐,公然刻薄她的对手尤二姐;王熙凤则只求除掉尤二姐和秋桐而后快。凤姐的阴险狠毒在这些章回又达到了新高峰,她借秋桐之手杀死了尤二姐,却又假惺惺地对贾琏失去新欢深表悲哀。正如前文所述,性堕落在这些写阴的章回中达到了顶峰,与小说中其他地方的那种婉转曲折的描述相对,这些章回里的露骨的性描述让人感到吃惊。

以数字九为基础的阳的八卦学虽然不那么发达,但是似乎也在八十回本的手稿中发挥着作用。这些章回中所援用的阳的想象与男性在"外"部空间的活动相连,以此与女性主"内"的身份认同相对。第九回就例外地把通常设在贾府内的学堂设在了外面,并且描写了男性的教育世界的混乱。也许可以把宝玉到贾府外袭人家探望她的事发生在第十九回看作偶然的巧合,但是全家外出到虚清观打醮的事发生在第二十九回似乎就是有意为之的了。从春到夏的转换已被标在了第二十七(九乘以三)回的回数上(正如我们将看到的,《镜花缘》也利用二十七回来探讨阳的主题)。到了第二十九回,夏天的暑热已变得令人难以忍受,正是在这个阴阳交接点上,辣凤姐开始成为叙事的主导。在第五十九回荣宁二府再次倾巢出动,为老太妃请灵送灵。

无论人们对百二十回本中后四十回的作者问题持何见解,都可以为后四十回中的那些内容做些辩解,因为它们也以阴阳八卦学和象征主义为基础。例如,在第八十一(九乘以九)回中,宝玉又进了家塾念书;第九十回,病中的黛玉恢复了些气力,这被说成是"阴极阳生"(第九十回);第九十九回,事件突然都集中在了贾政身上,他外放了江西粮道,离家赴任。在第一百十九回,贾兰和宝玉离家参加科举考试。而第一百十五回和一百十六回又使我们返回第五和第六回的事件,为的是重达宝玉初次梦游太虚幻境时没能领会的机缘,这些事实使我相信后四十回中的这种八卦学结构是有意为之的。尽管第一百一和一百二回中这种沉重的阴的象征主义(寒冷的夜晚、熙凤看到一只黑狗和秦可卿的幽魂、尤氏突然病倒、衰朽萧疏之感,甚至大观园的鬼魅)写得很有些过分,但是这种证据还是清晰地暗示出,在小说编撰的某些阶段是做过阴阳模式的处理的。我们可以在小说《野叟曝言》和《镜花缘》中看到类似的阴阳结构。尽管《红楼梦》的后四十回继续着《石头记》稿本中的阴阳八卦学结构,但是它们却没有继续探讨情的多重意义,及各种意义之间的那种不确定性和流动性。与此相反的是,它们设定了一种把欲当作破坏性力量的更为保守的解释,并且宣扬儒家的入世(通过甄宝玉和贾兰)和佛家的出世(通过惜春和贾宝玉)道路。

对话语性模糊含义的解答:脂砚斋和张新之的评点

正统与本真两种话语之间丰富多样的交错影响,具体体现在《红楼梦》的写作历史中,也具体体现在一系列试图给小说中显示的诸问题找到答案的评点和小说续作中。《红楼梦》主要写了两种相互对立的关于欲的观念:把欲(和贪婪)看作对自我的损害的正统观念;把欲与情相合的观念,认为它是一种可以导向"真"的明心见性和具有审美意味的抒情冲动。协调这两种欲的建构的是儒家的自我约束与佛家的超脱尘缘。多数读者都会对小说中故意制造的通常是玩笑式的模棱两可的意义感到困惑。但是,阅读《红楼梦》的快感之一就是批评语境的丰富;就是构成这种直觉的解释学语境的评点的多层次性。这些评点出自一些道德保守者,也出自一些怀旧的美学家;两种人均发现小说有力表达了他们 *185* 各自的期望 —— 或是正统的稳固,或是真性情的表露。

在《红楼梦》的诸多评点者中脂砚斋享有很高的声誉。作为《石头记》的第一位重要读者和批评者,脂砚斋曾是曹雪芹创作和修改过程中的一位顾问;的确,曹雪芹的写作可能曾吸收过脂砚斋的一些意见。[83](为方便起见,我在指称脂砚斋时采用人称的单数形式,虽然这些被归于"他"的评语很可能是诸种声音的汇集。)这些评语强烈地认同于小说的抒情观。尽管这些评点有时也会落入讽寓或道德解读的窠臼,而且常常关注于《石头记》那高超的写作技法,但是它们最经常呼应的还是小说所引发的情感,脂砚斋与作者和书中人物一起分享眼泪、叹息、思乡、钦慕和义愤,每当提及它们都十分动感情。[84]他自始至终溶于小说,为自己戴上了一个痴情人的文学面具,与作者或任何一位书中人物相等同。

脂砚斋对于作品的情感投入遮盖了他作为文学批评者的角色,我们会在下面的例子中看到这一点。在对第一回的评点中,脂砚斋一反常态对那些明显双关的人名进行了注释:甄士隐,即"真事隐";贾化,即"假话"(这个人物以其别号"雨村"为正名,随意出没于整部小说);葫芦庙 —— 正是在此地,"真"(甄)士隐遇见了来自开卷中虚幻之境的一僧一道,即"糊涂",这是道家所寻求的齐物我、一生死的妙悟境界;而"假"(贾)雨村的祖籍胡州,即为"胡诌"。[85]不过尽管脂砚斋并不喜欢贾雨村那种不择手段地追逐名利的秉性,但是却不由自主地同情于雨村对甄士隐的丫头娇杏突然产生的迷恋。[86]在这个例子中,正如在别的例子中一样,评语模仿小说,把美学(此处是感情主义的美学 [aesthetics of sentimentalism])置于道德符码的统一之上。

脂砚斋如此彻底地让自己沉溺于情的传统之中,以至于他有意将对小说情境的感动与他对曹雪芹的早逝感到的哀伤混淆在了一起;好像他也是被粘在一张虚构的梦幻之网上来写作的。[87]他对小说的鉴赏建基在与晚明的尚情相关的一些文学的奇思妙想上,在此,幻想与事实是相混淆的,文本比现实更真,做梦比醒来更真。因此,尽管由于脂砚斋与曹雪芹的亲密关系而保留下来的传记和文稿材料堪称无价之宝,但是,我们应该认识到,在相当程度上,"他的"文学角色是源自情的符号学(semiotics of qing)的,而且,我们或许应该重新思考他的评点所享有的特殊的解释学地位。

脂砚斋的文学面具与小说对情、梦、幻的着迷是共生共容相互缠绕在一起的,与脂砚斋相对,张新之和另外两位评点者(他们的评点已被辑成"三家评本")却竭力把百二十回本的小说固定在儒家的场域之内;正如我们将要看到的,他们的正统解读常常倚赖于结构主义的迹象。[88]
张新之明确采取理学的解释学立场,总是把《红楼梦》中所描写的虚构
世界与《大学》《中庸》相对比,对前者不太以为然。[89]虽然王希廉并没
有像张新之那样明确地引用儒学经典,但是,他也是对人物和特别事件
进行道德解说,把一些较长的段落牵强地附会在一起,或把它们割裂成
不具有主题连续性的单元,以此来进行一种绝对而琐细的结构分析。王
希廉还就文本内人物事件等彼此照应的类型 —— 浦安迪称此种对应为
"人物形象密度" —— 进行了细致入微的评点。[90]至于姚燮(1805—
1864),第三位评点人,则把注意力完全集中在年代学上;他评点小说就
像是评点历史:每一回中的事件都被指定为发生在某年和某季节,把众
所周知的模糊(通常还是矛盾的)陈述纳入时间的节次,是一项吃力的
任务。[91]例如,在对第十二回的总评中,姚燮将风月宝鉴内容的杂乱的
时间顺序参照周围的叙事加以编排,不知道这种叙事本身也是没有严格
的时间进程的。

> 前第三回黛玉入荣府,为入书正传之第一年己酉;至第九回闹
> 书房,入第二年庚戌;至此回(第十二回)末则第二年又尽矣。下自
> 治秦氏丧起,为第三年之春辛亥,至第十八回元妃归省,乃入第四
> 年壬子之春。节次分明,不得草草读过。(《〈红楼梦〉三家评本》
> [SJPB],第十二回,第190页)

三位评点人坚持认为这部小说结构是有意为之的,他们总是能琢磨
出某一特定章回是如何对应于某些不同的叙事结构的,他们的这种做法
为我们上面曾说过的观点,即儒学有一种要把文学的形式主义("文")
与道德相提并论的冲动提供了例证。在捕捉文本的表层与永恒的道德
原理(他们认为它们已被作为密码编入文本)之间的任何细微的错位时,
三人运用传统的讽寓法 —— 这是从《左传》对《春秋》的注释中发展而

来的 —— 来让人们注意那些意味深长的省略、重复、双关和并列。对于儒家史学传统的关注使得这三个人都把注意力集中在年表、姓名的使用，以及相互关联的结构模式的逻辑中出现的矛盾上，为的是从文本的这种复杂的审美外观开掘出道德意义。下面这段引自张新之的话表明，一个评点者是如何利用形式主义去建构一种正统的解读的。在这一则评语中，张新之指出，第九回大闹学堂一节，与它之前具有神话色彩的第一回的开卷部分在结构上相平行，而且与它以后的诸章回在主题上一致。

> 前两大段共计八回，钗、黛文字，俱铺叙一过；曰《石头记》、曰《红楼梦》，命名之意，亦已演出。此四回一大段，则叙《风月宝鉴》之旨，而演左氏一言曰"讥失教也"。[92]故以宝玉入学始，而以贾瑞照鉴终。(《〈红楼梦〉三家评本》[*SJPB*]，第九回，第 151 页)

在这段引文中，我们可以看见张新之是如何使用一种结构主义的论据来为他的牵强附会 —— 他硬是用一种道德说教来解释为许多读者所喜欢的轻松愉快的趣事 —— 辩护的。[93]与礼的实践相似，文学的道德完美性也被等同于形式的完美性。三位评点人努力把小说安排进一种稳定的、正统的意义领域的结果之一就是，他们那种儒家读法完全忽视并障蔽了意义的不确定感和余韵，这种模糊感和余韵产生于文本那复杂而流动的美学模式。这些由多种因素决定的形式主义的解读和仍在流行的把《红楼梦》当作自传或历史影射小说的解读之间是一脉相承的。两种解释学路径都产自儒家的讽寓传统和它的那种要把具有颠覆可能的模糊不确定性纳入一个规范而稳定的道德框架的倾向。[94]

由于张新之对小说中的阴阳结构模式很感兴趣，所以他的评点对于我进行这方面的研究特别重要。虽然我们可以批评他的评语，认为那不过是一介腐儒的机械的、公式化的意见，但它却比所有传统评点都更清晰地解说了结构《红楼梦》和其他清代小说的阴阳八卦学模式。他的全部评点（不过最多的还是集中在他的"读法"中）都是在论说:《红楼梦》应被解读成对儒家经典 —— 特别是《易经》《大学》《中庸》和《左传》—— 所确立的概念的详细阐述。[95]现代读者也许不能发现他用特殊的《易经》卦象 —— 要么说服要么说明 —— 来给某些人物定位的用意是什么,但是,正如上面所论述的,一种对于阴阳八卦学结构的考虑会有助于我们进一步解开风月宝鉴章回的内容和位置安排背后的谜。不仅如此,妙伏轩（张新之的书斋名）评本中收录的其他人所写的序 —— 这些序言提示说阴阳象征主义对于解释小说十分重要 —— 表明,张新之的解说并不是个特例。[96]

张新之评点中最不寻常的一点就是他对小人物刘姥姥的重视,刘姥姥是贾府的一个乡下远亲,第一次出现是在第六回。正如下述引文所说,她对于张新之评点的价值在于,正是她的出场,才使他开始以阴阳来解说、批评《石头记》:

> 闲人幼读《石头记》,见写一刘姥姥,以为插科打诨如戏中之丑角,使全书不寂寞设也。继思作者既设科诨,则当时与燕笑。乃百二十回书中,仅记其六至荣府,末后三至,乃足完前三至,则但谓之三至也可 …… 而且第三至在丧乱中,更无所用科诨。因而疑。再详读《留余庆》曲文,乃见其为救巧姐重收怜贫之报也。似得之矣。但书方第六回,要紧人物未见者甚多,且于宝玉初试云雨之次,恰该放口谈情,而乃重顿特提,必在此人,又源源本本叙亲叙族,历及数代。因而疑转甚 …… 及三年乃得之,曰:是《易》道也。是全书无非《易》道也。太平闲人《石头记》批评实始于此。[97]

190

虽然张新之并没有说明刘姥姥的名字与数字六有双关性 —— 也许他认为这是显而易见的事实,不值一提,但是他用以证明《易经》对解释这部小说十分重要的主要依据就是小说中反复出现的数字六,这种反复是与刘姥姥的进入故事情节相连系的:她姓名中的六[98]、她出现在第六回,以及据张新之统计,她总共六进荣国府,每次之间的间隔都与阴阳相平衡。在张新之的宇宙论的解读中,刘姥姥如此重要,以至于她被解释成一种宽泛(其中不乏牵强)的与宿命抗争的个体的象征;正是出于这一认识,他在夹批中反复提到她,把她当成《易经》所描述的变易之道的一个缩影。[99]尽管张新之始终对阴持否定态度,但是他对刘姥姥却完全肯定。这无疑因为她是他的一个无可辩驳的证据,证明《红楼梦》中所写的事件依凭的是《易经》的变易之道,而她同样也是这些宇宙之力的旁证。张新之也非常重视柳家媳妇在第六十和六十一回所具有的重要性,这两回正处在一百二十回本小说的中央,他认为,这是林黛玉命运的转折点。[100]

　　张新之评点中最不具说服力的一点就是他给某些人物或事件配备了特定的卦象。正如他在"读法"中所言,刘姥姥 —— 由于她与阴数六所含之价值相连 —— 是坤卦,这是全部由阴爻组成的卦象。宝玉是乾 —— 纯阳卦象的化身。由于阴在小说世界中的逐渐聚积,卦的序列也从"乾"演变到"遯"(䷠)、"否"(䷋)、"观"(䷓),并最终到"剥"(䷖)——它标志着贾府从内部开始崩溃了。这一周期最终在纯阴的"坤"卦出现时达到顶点。以元春生于元月元日为基点,加上一些解释的技巧,张新之把爻的排列顺序颠倒过来,他把元春释为"否"卦的体现,老二迎春为"观"卦,探春为"剥"卦,最小的惜春,与刘姥姥一起,都体现为"坤"卦。[101]张新之的评语意在向读者指出,小说的叙事周期是如何根据这种不可避免的阴的能量的蓄积而展开的。他给四"春"—— 元春、迎春、探春和惜春 —— 分派的卦象就标志着从小说开篇与宝玉相连的纯阳状态向着阴的能量逐渐聚积的进程。张新之在"读法"中说明了这一进程:

　　　　　然阴不遽阴,从一阴始。一阴起于下,在卦为"姤"(䷫),以宝玉纯阳之体而初试云雨,则进初爻一阴而为"姤"矣,故紧接曰"刘

姥姥一进荣国府"。一阴既进,驯至于"剥"……[102]

根据这种"从一阴始"的逻辑,张新之认为全书的第一支(张把全书分为三大支)是从第六回至第三十六回,并以刘姥姥 —— 阴的符号 —— 为主宰。[103]他对第六回和第三十六回的评点表明,他之所以这么划分,是要显示这样一个过程:从第六回中的"初爻一阴"(以刘姥姥一进荣国府和宝玉初试云雨情为标志),走到被他形容为"财色淫妒"的第三十六回中的"阴极之数"。不过,根据张新之的观点,尽管整部小说中阴的能量都占了上风,但是,《红楼梦》的结尾还是给了人一线希望:刘姥姥救了巧姐,而巧姐,由于生在七月初七,被赋予了数字七所示的价值,即"少阳"之数。[104]一百十九回巧姐的获救及回家,正是"复"(䷗)卦 —— 从文字上讲即"来复"—— 出现的标志。[105]正如我们将会看到的,《野叟曝言》中,这一卦象也标志着阴的主宰的结束,阳的优势的恢复。

与卦爻同时使用的是被张新之过分简化了的八卦学,即把数字解读成一些宇宙论的符号。张新之最精彩的 —— 然而也是牵强的 —— 八卦学解读是他写在第一百十九回的评语,他从宝玉中了第七名举人的报单推算出"复"卦;张新之做如此联系的根据是《易经》对"复"卦的解说:"七日来复"。宝玉的侄儿贾兰中了第一百三十名,张新之在这一描写后评道:

> 百十成数,一三阳数;此兰之为真孝廉也[106],故必提报单,见之真也;必用家人接进,见之阳也。若第七名只是小丫头传进之,空言而已。丫头为阴,小为阴……(SJPB,第一百十九回,第1958页)

张新之把卦象中有限的数字机械地投射到人物和事件上的做法,也许可以解释为什么他不愿意追问后四十回的作者问题。尽管张新之在"读法"中提到了这个有关原稿的热门问题,但是他很快就将它丢开了,

193

他的理由是这一百二十回本的文稿有着结构的完整性,他还不无夸张地宣称,即使是他的父亲命令他增补,他也是"增半回不能也"。[107]对于张新之来说,第六十和六十一回柳家媳妇含沙射影的一席话表明"老阴"恰好在一百二十回本小说的正中再次进入叙事,而他的评语则确定柳家媳妇和她的女儿"五儿"的姓名具有宇宙论的深意。第一百一和一百二回中真正的占卦更加强了他的论断 —— 一种有利于他的解释学艺术的论断,结果,张新之以《易经》为本做解释的范围在最后二十回 —— 这二十回包含大量有关卦象的内容 —— 戏剧性地膨胀起来。[108]的确,小说后四十回中频繁使用超自然意象,包括幽魂、设坛作法、反常的天气、突发的神秘疾病、丢失和死亡,来表现大观园世界的颓败,这一写法意味着:后四十回所用的陈腐的阴阳象征词汇要比前八十回多,而张新之的评点似乎正理所当然地反映了这种情况。

张新之这种儒家式的小说解读所隐含的前提是,阳生成正统和秩序,而阴则是异端和毁灭之源。他在评点中反复陈说的是:"故《易》道贵阳而贱阴,圣人抑阴而扶阳。"[109]他的道德立场在下面的话中表达得很明确:"正即为善,善即是阳;反善为恶,恶即是阴,阴阳之论,至此而住,所谓'在止于至善'"(*SJPB*,第三十一回,第497页)。意味深长的是,张新之阴阳价值观的道德框架却把他对于变易之必然性的形而上学理解与他那以阳为基础的伦理体系分裂开来。正如我们将在下文中见到的,《镜花缘》形式上的阴阳结构所诉求的道德价值体系也与小说中对女子气的理想化不一致。

张新之的评点对于识别某些结构原则很有效,与此同时,那种描绘清晰严格的阴阳模式的需要也限制了他的评点范围。例如,有人可能以为根据张新之对于阴阳能量那变动不居的互动关系的理解,他对宝玉的女子气特质会有更细腻的解释,但是在他的结构中,宝玉是作为正面的纯阳符号出现的。[110]可以说,阳的身份为宝玉遮挡了张新之的批评之箭,张新之焦急地指出的道德堕落针对的是他人,而不是宝玉。在第

194

三十三回中,有人可能会期待着张新之有这样的评点 —— 承认宝玉太过分了,应该从父亲的鞭笞中得些教训,但是,他仍然对宝玉的过错保持沉默,反而坚持责备贾政齐家无方(SJPB,第三十三回,第 526 页)。

张新之将阴阳与道德价值相提并论的评点方式使他对小说的解释偏离了正统的方向,这一点在他对林黛玉和薛宝钗的讨论中表现得最明显。张新之把这两个女孩子解释成天人感应论的五行说的代表,以此为根据,坚持儒家立场的张新之坚持认为黛玉才是宝玉的天赐良缘,但是他似乎不喜欢宝钗,他把黛玉的悲剧性死亡归咎于宝钗。因此,他把黛玉当作阳的符号编入结构,并在她与宝钗 —— 他把她定为阴 —— 之间建立了一种互补的平衡关系。[111]尽管他告诫读者钗黛这两种人都做不得,但是他发现宝钗作为阴的象征极有城府、极圆熟,因此,在丫头宝蟾叙说泼妇夏金桂如何想毒死别人却毒死了自己的经过时,他不禁插入了下面几句评语:"钗杀黛,一法不行更有一法,其法多多,具在书中"(SJPB,第一百三回,第 1699 页)。[112]虽然矜持稳重的宝钗总是规劝宝玉和黛玉多约束自己,多留意于儒学经典 —— 这都是些应能博得保守的张新之喜爱的品质,但是张新之却执意赞扬被定位于阳的黛玉和她的影子们。[113]还有一些更极端的例子,其中之一是:张新之把丫头晴雯(黛玉的影子,俨然一个脾气峻急的黛玉)的"撕扇子作千金一笑"解释成要表达一种隐蔽的善和孝:"扇,善也;撕扇,思善也"。更牵强的是,他把她的"笑"等同于"孝"(SJPB,第五十一回,第 500 页)。[114]显然,支撑他那种生硬的宇宙论的解读的解释学需要,使张新之做出的一些评判与人们预期中的一位古板的儒家文人可能会有的观点发生了矛盾。[115]

张新之的评点演示了正统的讽寓是如何用形式主义的论据将一部复杂而众说纷纭的小说文本的意义固定下来的。尽管张新之的评点存在着解释牵强的错误,但是它却不无价值,它使我们发现 19 世纪初的人们热衷于把阴阳八卦学当作结构小说的一种手段。虽然我们不必相信张新之所说的:《红楼梦》一百二十回本的作者(们)是按照头脑中预先

195

196

排定的卦爻进行写作的,或,这部小说是在诠释理学家的理,但是他的评点却为我们解释18世纪末19世纪初的其他小说中存在的阴阳象征主义提供了语境。

《红楼梦》中所使用的复杂的美学符码为晚期帝国小说的解释示例了一种向心趋势(centrality),我称之为关于欲的相互竞争的话语性层面上的多重建构。大观园那种正面的、摆脱束缚的承诺通过一种精心编排的符号学符码 —— 这种符码把我在上一章中所讨论的与情相关的诸多意义混合在一起 —— 而传达给读者。20世纪的读者和评论曾一度关注小说中有关情的反专制主义的描述,因为这一点正与主张自由的五四运动所持的个人主义意识形态,以及社会主义政体下对封建主义的批判相适应。对于大多数读者而言,小说的抒情想象所具有的美学和意识形态吸引力使风月宝鉴诸章回中所描述的儒家保守道德黯然失色。不过,基于数字六的主题和数字的呼应(这些内容充斥于第五至六回、第十二回、第十七至十八回,第三十三、三十六回,以及第六十五至六十六回的情节之中)还是强烈地暗示出:风月宝鉴的内容是被精心整合进小说之中的,其精心的程度比通常所意识到的要高得多。当我们从一种八卦学的视角来解读时,这些章回 —— 它们共有着一个非常紧凑的阴的传统主题群集 —— 形成了一个连贯统一的叙事结构,它形塑并构建着大观园的表述。风月宝鉴的内容并不是一些出现较早、较粗糙的叙事要点 —— 要想写出杰作的话,曹雪芹必须在文体和智识上对它有所超越;相反地,它应当被解读成小说那宽阔的美学视域的一个组成部分 —— 在这里,有关欲的相互对立的观点面对面地共存。

小说的这些叙事脉络运用了关于性别和欲望的不同建构,这是正统性与本真性那些相互背离的象征图释所导致的一个结果。关于王熙凤和尤氏姐妹的异常单一化的描绘,以及风月宝鉴诸章回中把男女间的性关系当作赤裸裸的生死之争的描写,都是正统修辞演示欲望之危险性的

197

典型说法。正如张新之的评点所论证的,这种正统的道德观植根于一种阴阳相生的结构形式,这一结构形式给宝玉大观园世界中的情的叙述场景提供了一种风格和意识形态的旋律配合。也许由于读者对簇拥在宝玉周围的人物的抒情性描写太过赞赏了,所以他们几乎无法意识到混融于他们的人物特性中的象征图释是多么的保守和因循,与风月宝鉴章回中那种漫画式的色欲和残忍所用的象征图释没有什么不同。就像贾瑞的宝镜能映射出双重世界一样,要想全面透视情的那种飘移不定、相互抵牾的多重意义,就必须认识到,情所具有的道德和美学的再生力量与它所具有的威胁礼仪秩序的能量是同时发生、不可分割的。

《红楼梦》中所使用的多重性别符码与同欲相关联的变动不居的意识形态和美学意义有着不可分割的联系。晚期帝国时期理想化的女子气的多种标志,包括容貌美丽、多愁善感、身体孱弱、端庄纯洁,都被当作情的禀赋,并导致了所有居住在大观园中的人物的女性化。与晚明珍视幻象、成双和倒置的尚情美学相一致,男性与女性之间的差别也不断地被颠倒、被抹煞。与那些可随意给自己编排个新性别的女伶们相似,主子们也戴上了性别面具,这使他们得以表演对情的亲和力。流动的性别角色与亲和关系的迅速演替 —— 这在大观园世界那令人眼花缭乱的类似物和对应物的排列中达到顶点,与风月宝鉴诸章回 —— 在这些章回里,男人就是男人,而女人则是危险的欲的符码 —— 中两性之间那种残酷的、你死我活的关系形成尖锐对比。

正如在下面几章将要看到的,《红楼梦》并不是一个使性别的多重建构在同一个文本中同时运行的特例。从这一时期起,许多小说作品都显露出类似的摇摆不定的向往:既追求儒学正统所一贯追求的社会稳定,同时也虑及有无可能实现与情相连的反儒学正统霸权的价值观所诉求的情感和道德的本真性。虽然曹雪芹对性别互补的运用可能比18世纪的其他作家要复杂得多,但是他的杰作却向我们提示,"解读"晚期帝国小说中的性别并不是只有一种方法。正如对《红楼梦》的细读所提示的,

198

微妙的性别身份配置是使作者得以形塑其小说文本的结构和主题内容的诸多技巧之一。这种把多种意义交织在一起的文本，以及使人无法用简单的分析来对待的结构，暴露出我们自己对性别在文化和学术理解上的局限。《红楼梦》对较晚近的中国文学产生了如此重大的影响，其余波处处可以感觉得到。下面几章中，我要从《红楼梦》所显现的各种主题语境出发，分析三部晚清小说，以期理清它们那相互矛盾着的美学和意识形态视域。

第五章　扩展正统性：《野叟曝言》的叙述过度与行权所体现的真

本章中所要讨论的最没有名气的一个文本——夏敬渠（1705—1787）的《野叟曝言》——为《红楼梦》和下一章要论及的两部晚清小说中对女子气的理想化提供了一则饶有趣味的反例。尽管《野叟曝言》大量利用了才子佳人故事的美学传统，但是，在对一种正统儒家观点的倡导中，它将它所构建的乌托邦世界移向了这一光谱的"阳"端。尽管这部小说几乎与《红楼梦》写于同一时代，但是它却没有引起世人的关注，直到1880年代，夏敬渠死后约一个世纪，它才被至少三家不同的书坊刊印。19世纪末人们对这部小说突然产生了兴趣，这也许是由于它描写了一种强有力的、可以复兴中国文化和政治的至尊地位的儒家学说——这样的主题显然使目睹着中华帝国统治迅速瓦解的读者深感兴趣。因此，尽管《野叟曝言》颇合19世纪末20世纪初出版者和读者的口味，但是我们却不能说它对清代小说有过多少影响。

《野叟曝言》向它的解读者提出的挑战之一就是它违反了诸多的通用惯例——学者们通常都是凭借这些惯例来对小说进行分类和解读的。这部小说以篇幅浩繁著称，至少有一百五十回，它是篇幅较多——假如不是最多的话——的传统中国小说。目前存有清代的两个版本。一百五十二回本和一百五十四回本的内容相近，尚不足以构成两种各异的修订本，但尽管如此，基于一百五十二回本中对于阴阳八卦学双关语的应用,我还是认为这个版本更具美学价值,即使它存在着一些漏洞,即使所有现代版本都以一百五十四回本为准了。值得注意的是,至少有一位 20 世纪的编辑者想到了,如果把小说删节至一百回本的标准篇幅,它会有所改进;这个蹩脚的删节本显然是出于商业的考虑,但是它的出版者,相对于夏敬渠,却认可这种一百回的格局那可被感知的文化价值。[1]

尽管《野叟曝言》以复兴儒家的社会政治秩序为己任,但是它却不仅在篇幅上而且在其他方面都超越了正统的界限。这部小说中有一些极其色情的段落。的确,《野叟曝言》最不同凡响的诸方面之一,也是为许多读者所困惑之处,就是它对性事的处理:贪婪的性行为常用来描绘反儒学的追随者的道德堕落本性,但是小说中的英雄,以及 —— 更令人惊讶的是 —— 一些以赞赏的口吻描写的女性人物(其中包括男主人公未来的妾)也出现在一些充满性事描写的场景中。大多数其他的晚期帝国文本,哪怕是有一点不正当的性事的暗示,都会立刻让人对人物 —— 特别是妇女 —— 所自况的道德身份认同提出疑义。《野叟曝言》的独特之处在于,它表明自己是这样一部正统文本,即把非婚男女间自愿的性接触处理成无可厚非的,而且通常还是有益的事。尽管有些批评曾提出,小说中这种性事内容使它外在于清代中期小说的主流,但是正如我所希望指出的那样,它有资格在清代小说史中占据一个更为中心的位置,因为它所涉入的主题和美学问题与我们从《红楼梦》和《镜花缘》中所看到的似曾相识。

由于下面对小说美学模式的分析大都以它对阴阳八卦学的运用为基础,因此,较之上面所论及的几部作品,我必须对《野叟曝言》的版本问题进行更多的讨论。目前留存下来的《野叟曝言》有两种不同的版本:1881 年,一百五十二回的木活字版"毘陵汇珍楼"本,正如我下面所形容的那样,这个版本似乎是一部已损佚的手稿的精确副本;[2]一百五十四回的版本有两种:1882 年刊印的上海申报馆的铅字版,以及上面标有西岷山樵 1882 年所作之序的平版印刷版本。后者的出版信息不详。一百五十二回和一百五十四回本非常接近,含有为一位(或几位)匿名评点者所写的相同的章后总评。两个版本最首要的区别是,在较长的版本中包含一些为一百五十二回本所缺佚的叙事材料;这些材料构成一百五十四回本第二回的一部分、第三回和第四回的全部内容(这样一来,一百五十四回本中的第五回就相当于一百五十二回本的第三回,第六回相当于第四回,并以此类推)。

　　关于这些材料的出处,长久以来一直众说纷纭:一百五十二回本的凡例阐明了自己的编辑原则,讲述了木活字版所据之稿本的缺佚情况,并且注明这个木活字版完全忠实于那个稿本,"不敢妄增一字"。人们可能会说,类似的忠于原稿的声明可见于任何一部内容无法确定的文本;但是,一百五十四回本的凡例中却没有此类声明。这就暗示出,一百五十二回木活字本的编辑者还知道其他一些材料,出于他们没有言明的原因,他们把这些材料当作伪作而否弃了。一百五十二回本注明了原文缺失之处,并且在第二回末和第三回开头之间加了个所缺内容的梗概:

202

　　　下有发水,覆舟,救妹,挖龙,擒怪,宿庙,结妹,逢凶,截僧,烧寺,破墙,放女等事。世无全稿,祇仍原缺。

一百五十四回本包括了两个额外的章回,一五一十地叙述了这些事件;它还补足了一百五十二回本所缺的一百三十二至一百三十六回。[3]我同意其他一些研究者的意见,即一百五十四回本中第三、四回的材料似乎与小说的其余部分在风格上完全一致,但是,我仍要提出这样的质疑:这些材料是否应被看作是新添入的两个章回,而不应被看作是从原稿的第二、三回散佚的内容。王琼玲曾提出这会使这些章回不成比例地冗长、繁杂,但是,依我之见,不把这额外的两回当作原稿构思的一部分是有理由的。[4]新近发现的一种一百五十四回本 —— 1878 年的手抄稿 —— 已使学术界的观点趋向于把这额外的材料接受为文本的一部。

163

203 王琼玲曾把这个手抄稿与现存的刊印本进行了细致的比较,并得出结论说,1878年的手抄稿代表了现存文本的最具权威性的版本。[5]根据她的描述,这个手抄稿是在对至少两种版本进行校勘和订正的基础上形成的。与一百五十二回本一样,这部手抄稿含有行间注和章后总评(两种刊行的一百五十四回本都只有章后总评)。手抄稿还包含有一个直到第一百五回的完整文本,只是第三回和第四回缺少行间评注;从第一百六回开始,手稿本的评点和正文都出现了脱漏。[6]一百五十二回本中的内容均可见于这部较长的文本。这部手抄稿订正了其他版本中的许多错字,重新安排了一些章回的划分,并且改动或扩充了四个回目。[7]

我并不怀疑1878年手抄稿本在编辑上的优势,但是我相信文本问题可能比王琼玲的分析所提到的要复杂得多。首先需要提出的问题就是1878年手抄稿中的目录表漏掉了第三、四回的回目;王琼玲把这种遗漏解释成誊抄者的一时疏忽:他在誊抄时肯定一直在部分地参照着一百五十二的本子,结果忘记了返回头来把这个空给填上了。[8]但是,仍值得注意的是,第三回和第四回是第一百六回之前仅有的不含行间注的章回。遗憾的是,与特定章回相对应的章后总评并没有为任何一种说法提供清晰的依据。王琼玲把这部手抄一百五十四回稿本的第九回末总评当作证据,说这一评点是根据某部一百五十四回本而来的。[9]然而,文本内另外一些她没有提及的说法却是只对一百五十二回本而

204 言的。[10]一些方法论的问题限制了这一确定小说原初篇幅的方法的效用;因为我们不知道这些评语是谁或何时写就的,它也许是为两种版本而写,也许是始于一种,终于另一种。通常是含含糊糊的文中提法不能同时适用于两种版本,但它们既出现在一百五十二回本中又出现在一百五十四回本中,这一事实暗示出,所有既存的《野叟曝言》版本都是不同程度的残本。不过,大部分文内提及的事件、回数都是就一百五十二回本而言的,的确,四十七回的一则评论就说:"放之,则一百五十二回而其势方隆隆未已"。这些评论显然最初是为一个一百五十二回的本子而

写的。为那两个额外的章回提供依据的一则说法被安排在了小说文本的开头（一百五十二回本的第七回也即一百五十四回本的第九回[11]），也许是被哪个校订者（再）插入的材料。

令人遗憾的是，两种观点所用之论据均缺乏说服力，并且也提不出更多的理由了，除非发现了更为可靠的文本。不过，现有证据仍提示出，篇幅较长之版本的第三、四回中的那些额外的材料确有些反常；无论是木活字版还是手抄稿，其目录中均没有这两回的回目。从某一点来说，一百五十二回本的目录是曾经存在于世的一部完整文本的可靠记录，因为它列出了所有的回目，甚至那些为它所缺，但却出现在一百五十四回本中的内容的回目。不仅如此，由于两种版本的凡例都说小说的长度是"一百五十余回"而不是个精确的数字，因此，这似乎说明即使是最早的校订者也不愿意说出小说的精确回目数。这些编辑上的矛盾之处，加上下面要介绍的阴阳八卦学模式所提供的证据，足以使人再一次就这个小说文本原计划写多长的问题进行追问。

性别，作为阴阳二元论的表现形式，是《野叟曝言》的一个中心主题和结构配置。然而，尽管指派给阴与阳的道德价值是绝对的，但是小说对于作为象征性词汇的男子气、女子气的运用却令人惊讶地易于变动。在《野叟曝言》中，阳毫不含糊地与正统秩序相一致，而阴则与威胁这一秩序的异端相一致。人格化的阴的过度并非像人们所想象的那样指向泼妇，而是指向一种松散的小集团，它由佛教徒、道教徒、宦官、游手好闲的僧人道士、叛逆不忠的藩王，以及形形色色的妖怪 —— 它们用性放荡和阴阳妖术来攻击、瓦解帝国 —— 组成。妇女们则或被充满同情地描写为贞德的典范和才艺超群者，或被描写为受害者 —— 成为帝国道德崩溃的象征。不遗余力地与挑战儒学至尊位置的异端进行战斗的是文素臣，枝枝蔓蔓的叙述就以他为中心展开；还有他的母亲水夫人，她是笃信儒学的出色的女家长。素臣是纯阳的化身，他被赋予了积极的儒家理想，小说中的大部分内容都是写他在与异端势力进行战斗。

205

　　《红楼梦》与《野叟曝言》代表了 18 世纪关于正统尚有无生机与魅力的两种截然不同的声音。与女子气的宝玉 —— 他反对家庭强加于他的士大夫角色，却热衷于一种为情所左右的生活 —— 不同，文素臣对他的儒者使命满怀热忱，以至于变成了一种才子－行动主义者理想（scholar-activist ideal）的滑稽模仿。"素臣"这个名字暗指孔子的称号"素王"，由此可见其欲为儒圣之端倪。[12] 在小说的第一回，素臣宣称自己的雄心是除灭中国的佛老两害；在家中辞别了母亲和兄长之后，他开始周游中国，他朝着五个方向游历，以剪除异端（第五个方向是中，在这部小说中代表皇帝的朝廷）。在重振秩序的过程中，他或他的某个追随者镇压了中国边境地区的叛乱，并且把远至包括今天的欧洲和中东地区的欧罗巴洲的所有已知世界收归于儒家的统治之下。这种对正统权威的恢复是多方面的，它包括了对儒家所倡导之家庭的捍卫，恢复帝王的身心健康，肃清叛乱的大臣和宦官，以及在中国的边境地区展开全面的军事行动。小说结尾，孝子素臣和他的母亲被安置在儒家秩序的象征性中心：文家举家迁入京城的宅邸，素臣的儿孙们与皇室通婚，外国使节前来为水夫人祝寿，素臣和他的母亲作为儒家的圣人为全世界所敬仰。

　　与这种儒家必胜信念的叙述交织在一起的是一系列这样的段落，它们形象地描写了佛老所引致的道德堕落，以及儒家官僚体制对这些异端行为的蔓延无能为力。叛乱集团企图推翻成化帝（1465—1488），他们在宦官靳仁的指使下，源源不断地给皇帝进献掳自全国各地的美妇少女，让皇帝不再关注于朝政。许许多多成为素臣之盟友的女子，其中包括他的五个妾，都来自这些不幸的妇人。构成这部小说的虚幻景观的忽隐忽现的大批僧道和宦官，让人想起被孔飞力（Philip Kuhn）形容为 1768 年占据了中国之想象力的"叫魂"。[13]

　　叫魂妖术事件可能影响了夏敬渠小说中对危险的由叛乱的巫师组成的黑社会的叙述，但是与孔飞力的叙述不同，这部小说的人物形象均与性缠绕在一起。例如，小说开头，素臣之所以下决心灭除佛道异端就与当地县官的所为不无关系：一个和尚闯入秀才家要强奸秀才的妻子，被邻居们捉到后报了官，结果县官非但不处罚和尚，还把报官的人打得死去活来（第一回）。素臣怒杀黑壮头陀是小说中最骇人听闻的场景之一，这个头陀专以取人胎儿来养其妖术。素臣发现他赤裸着身体在强迫一个年轻妇人 —— 这个头陀看出这个妇人有身孕 —— 在浴盆中洗澡，并要引下她的胎儿（第十二回）[14]。小说中，是和尚道士就绝对与肆无忌惮的未婚性行为有关，因此每次忠臣义士们搜查庙宇或叛乱者的城堡时都会解救出要么几十、要么数百名被关押在秘密地牢的赤身裸体的妇女。[15] 淫荡的阴的性行为成为叛乱者的不言而喻的特征；这一点，与他们作为流民、和尚道士和宦官这些将其外在于儒家的家、国结构的社会身份相连，使他们成为危险的阴的符码，尽管绝大多数叛乱者都是生物学意义上的男性。

夏敬渠与《野叟曝言》

从夏敬渠的生活中找不到什么线索来解释他何以要撰写这样一部长篇的或者说颇有争议的小说。他出生在江南的江阴县 —— 一个知识上颇为保守的地方 —— 一个受人尊重的士绅家庭。[16] 他的一位叔父因博学而被收入地方志，他的母亲则因孝敬婆母而闻名。[17] 但对夏敬渠我们知之甚少，只是得知某些生活片段：他曾广泛游历，他连最低一级的科举考试都没有通过，他所获得的文书这一低级幕僚职位还是他的儿子转让给他的。夏敬渠曾为杨名时（1661—1736）的幕僚，后者是正统程朱理学的强力倡导者。正如罗狄（Stephen Roddy）所指出的，夏敬渠在小说中对心学的激烈攻击也许部分地受到他与杨名时关系的影响。杨名时曾推荐夏敬渠参加李绂（1675—1750）所主持的修史工作，李是王阳明心学的支持者。夏敬渠没有得到这个位置，这也许给他那反唯心论的情绪起到了火上浇油的作用。[18] 尽管夏敬渠仕途不顺，但是家乡的地方志还是充满尊敬地提到他有关历史、医学、经学和诗歌方面的论著。1750 年，一位著名的官员曾请他讲解理学的性理之说。[19]据夏敬渠的曾孙侄（1890）给夏的一部文集《浣玉轩集》所写的序言所说，这个集子只收入了夏敬渠 1/10 的论著。虽然这一说法不免夸张，但是它却点明了夏敬渠写作中所具有的振兴之意，而此时正值 19 世纪末。[20]

夏敬渠也和其他清代文人一样，靠着在《野叟曝言》中插入有关诗、史、算学和医学的议论而把才学融入小说。[21]小说用了足足一个章回来辩白《三国志》的作者陈寿（233—297）"帝蜀""不帝魏"的立场（第七十八回[22]），这是比较能体现这种逞才的章回之一。[23]夏敬渠这种以刘备和蜀汉为正宗帝嗣的观点在有清一代并非反常之举；《三国演义》的毛宗纲评本就追随朱熹，将政治合法性授予蜀汉政权。[24]不过，素臣关于诗歌形式的许多宣讲却出奇的陈腐，与书中听众的热烈反响不相称。从夏敬渠的传记来看，他显然很看好自己的作品；1786 年，乾隆皇上巡幸江南时，夏敬渠曾想把自己的一部史书直接呈给皇上。而《野叟曝言》这部小说的名字源自《列子》中的一则故事"野人献曝"，说一位头脑简单的农夫想给国王进一忠言，以博取重赏。[25]这暗示着夏敬渠把这部小说当成了将会使他受到赏识的贡品。[26]

但是，有一点可能妨碍了夏敬渠，使《野叟曝言》在他生前始终得不到赏识，这就是：他在写作上显然缺乏技巧和驾驭篇章的能力，而当我们评价这部小说的文学质量时，这是必须被考虑的因素。每回结束时的笨拙是夏敬渠的明显特征，而这使他无法获得很高的文学声誉。白话小说的特点之一就是模仿口头说书人的技巧，在每段结尾时卖个关子，留下悬念，把"听众"的胃口吊起来，但是，夏敬渠对这种文体技巧的使用却十分生涩，使读者很快就不再把出现在每回最后一行的这些离奇古怪或牵强附会的事件当回事了。[27]也许，与文本中其他方面的问题相比，这些生硬而笨拙的叙事转折更能揭示出作为小说作者的夏敬渠在创作技巧上的局限。[28]小说叙事——甚至到最后几回——中对事件人物的插入总让人有一种随随便便的感觉,不经任何铺垫就会冒出一位新的重要人物。比如,第一百四十二回,此前从未提及的水夫人的弟弟和已故皇太后的弟弟突然出现在皇宫,前来庆祝水夫人的百年寿辰。罗狄曾指出,这些"意外相逢"和"个人的遭遇承担着一种宿命的意义,它既决定着个体的生命历程,又决定着作为整体的文人的更宽广的道德和政治目标"。[29]吴清原(音 Joanna Kuriyama)提出,这些枝枝蔓蔓的内容表明了真实世界的复杂性和知识思想来源的广泛性,而这都是需要面对的。[30]尽管我并不倾向于宽宥这种枝蔓的写法,但是我也承认,夏敬渠显然曾下了很大功夫来编辑小说,以使其内容协调一致。正如吴清原曾经表明的那样,小说中许多看似枝蔓的插曲,却引出了一些后来变得很重要的主题和人物。正如她论证的那样,一些次要人物,当他们再次出现于后面章回的一些互不相关的段落中时,起到了将松散地交织在一起的叙述缝缀起来的作用。[31]

　　凑成整数的人物——这些人物在小说的许多主要情节和次要情节中不止一次地出现——数量暗示出夏敬渠的创作是经过深思熟虑的。这样一来,我们就得问问自己了:夏敬渠为什么不按照已成的"规范"格式来编写他的小说呢? 在他生活的时代,存在着许多范本,它们都展示出一部小说文本的美学复杂性与作者或编者欲将其纳入正统的意义领域的意图之间的因果关系。与其同时代的五十五或五十六回本的《儒林外史》(据版本而定)一样,《野叟曝言》也没能遵守大多数文人小说的常规,即将篇幅限定在四十、一百或一百二十回左右。可以意料的是,《儒林外史》的读者也同样曾困惑于书中结构的散乱——尽管它在对"功、名、利、禄"主题的探讨,以及对人物形象密度的高度讽刺化的运用上是统一的。

　　不过其他一些特点还是使《野叟曝言》稳稳地跻身于精英之作当中了。所有的早期版本,包括1878年的手抄稿本,均被分成二十卷,每卷都冠以一个字。按顺序读来,这些字组成下列对联:[32]

奋武揆文天下无双正士
熔经铸史人间第一奇书

不仅如此,数字一百像主旋律贯穿于结尾诸章回,好像是为了补偿这个文本在形式上的笨拙。这一主旋律首次出现于第一百三十六回,当素臣的第一百个孙儿的出生被当作恢复了圣贤之治的吉兆而被宣布之时。[33]在第一百三十七回,文家又喜生第三代成员,紧接着,各省和各外国所采集之赞美皇帝的圣明之治的歌谣也到齐了,素臣将这一百二十首诗"录成副本"晋献于皇上。临近小说结尾,又提及一件事:素臣与他的朋友共十人各选自家孙儿中优异者为日后之友,所选中之诸孙岁数相加整好是一百岁。(第一百五十回)

　　数字一百的恒定的力量在一百四十四至一百四十九回对水夫人百岁诞辰庆典的冗长描写中显示出来。结构完整的数字一百由水夫人具体体现出来是很合适的,因为正是她为程朱正统学说的复兴奠定了基础。[34]生日庆典的中心是由百名男女优伶 —— 50 名童男、50 名童女 —— 演出的百出戏剧,这百名戏子均来自中国西南边陲的被鉴定为*211* "阳"的苗番(我在下面会对此进行讨论)。水夫人禁止演出有伤风化的两出戏,使这一完整的"书中戏"成为将小说中主要事件加以缩写的洁本(第一百四十四回)。[35]不仅如此,水夫人还以剧中不可有男女拥抱之事、一旦演出结束即让伶童择正业谋生为条件,允许其登台演出。回后总评反映了这部小说对于戏剧 —— 它们能给观众施加影响 —— 的矛盾态度:

　　水夫人家教岂有演剧之事? 而非此百出重题,无以钩锁全书,而动荡血脉,流通精神。故必玉儿等百倍小心,情理俱至极处,然后得水夫人之一允也。是谓良工心苦。(第一百四十四回)

　　只有在这一戏剧梗概中，经由水夫人的努力改写和修订，《野叟曝言》中那些不合规矩的情节才能在形式和内容上合于正统性。

　　面对这部小说冗长而杂芜的情节，评点者把说服读者，让他们看到本书是个紧凑的叙事整体当作了评说的重点。尽管大多数评语都不过是将该回的情节摘要叙述一下，然后加以感叹："妙""妙"，或"奇""奇"，但是，有些评语还是阐明了一些可能会被粗心的读者疏忽的结构模式，还有一些评语则把某些段落与《金瓶梅》《水浒传》中的特定场景相比较。[36]评点者用这样的评语强调夏敬渠对篇章的驾驭能力，比如，第一百十五回的总评就提示说第八十一回中两个小人物（奢么他和精夫）的出场是"全为此处埋根也"。总评的权威性部分的是由于它是用精炼的古文写就的，这会对读者有暗示性的影响，使他们把某些场景理解为是作者有意安排，使其相互照应的。比如，下面这则评语就将围绕素臣离京发生的同一事件的两次讲述联系起来，认为它们之间有文体上的关联，并提出作者对这件小事的重述是有意安排的："崇文门口老苍头，不叙于前三十三回素臣出京之时，而补叙于此，叙前则呆板，叙此则灵活也"（第四十一回）。尽管这位读者愿意承认对这部感觉上像是永远读不完的小说所产生的厌烦情绪，但是，作为评点者他能够指出在相隔如此远的场景间的精致缝缀，这一事实告诉我们，至少有一位传统的读者或编者（也许就是夏敬渠本人？）认为这部小说是合于传统小说之美学观的。

　　总而言之，无论如何，对《野叟曝言》的文学评价一直不高。像鲁迅就说它："意既夸诞，文复无味，殊不足以称艺文，但欲知当时所谓'理学家'之心理，则于中颇可考见。"[37]近年来学界的一个主要工作就是重新论证这小说是18世纪文学主流的一部分。尽管夏敬渠不大可能知道《石头记》的手稿——它在夏创作《野叟曝言》时正在流传，但是却不妨把《野叟曝言》看成是对于同样激发了曹雪芹之《红楼梦》创作的思想文化和审美力量的一种回应。[38]但是，夏敬渠对18世纪文化的萎靡不

213 振状态的反应,与曹雪芹的逃避现实的态度正构成一个镜子的两面。在结构、人物描写和主题上,《野叟曝言》都摒弃《红楼梦》中所赞美的情的伦理观;尽管文素臣被描写成一个"多情人",他和他的朋友们对情的表达是为了滋养他们的儒者之志,而不是为了助长其逃避现实的欲望(见第七回和对第七回的总评)。素臣热情而义无反顾地承担了实现儒家所倡导的道统的义务。与宝玉 —— 他宁可待在女性化的、反礼仪的大观园世界中 —— 不同,素臣四方游历、冒险,为的是重建正统的政治和道德秩序,他的这种做法与圣王大禹相似。不仅如此,素臣每次与美丽女子的邂逅,无论有多么露骨的性描写,都变成了他展示其道德决心的一次机会:总是以礼仪所认可的关系替代了感情的结合。即使《野叟曝言》认可情作为本真性的一种标志 —— 在这种情况下,它与道德整合具有同等价值 —— 所具有的正面意义,并将其吸收到文本之中,但它还是要展示礼才具有超越一切的孕育新生命的力量;在小说结尾,文素臣和他的六位妻妾共生育了 500 个儿孙。

正如我在下面要加以详细讨论的,《野叟曝言》中对于阴阳图释的结构主义用法,为夏敬渠的艺术观提供了最强有力的庇护。第六、六十六和一百三十六回都突出了阴的图释,而围绕九十回的一些章回却对阳的主题进行了相当广泛的阐释。在此,只要看一下《野叟曝言》第六回中对于欲的处理就足以说明问题了。一对为素臣搭救的刘姓夫妇想把他们美丽的妹妹璇姑送给素臣做妾,以答谢他的救命之恩;因怕素臣会以不合礼数为由拒绝这门亲事,他们用酒把他灌醉,并把璇姑送进他的卧房。素臣发现这一计谋后,就用被单把自己裹起来,以保护他自己和璇姑的名节。只有当她迫使他认识到她的名节已然受污后,他才答应收她为妾;但是为了遵守礼法,他要等获得母亲和正妻的允许后,才能与璇姑合卺,而这事直到第五十八回方得实现。除了田氏 —— 素臣的结发妻子,她的角色是操持家事(齐家)而不是素臣知识或精神上的知己 ——

214 以外,素臣的五个妾各自分享了他的诸项专长之一。璇姑的才份在算学,

第六回对此做了充分而温情的描写：他们二人纯洁地相拥躺在床上，互在对方的躯干和腹部画着几何图形，计算着圆周和弧度。

虽然并没有外部证据说明夏敬渠知道《石头记》的手稿，但我还是情不自禁地要把这一回当成是对《石头记》第五、六回宝玉初试云雨情的有意重写。这一回中对刘家酷爱算法的璇姑和她那位着迷于射弩之术的哥哥的突出描写，并没有强调阴与数字六之间的关联。在获得母亲和正妻的认可之前，文素臣一直拒绝与美貌的璇姑发生性关系，这体现了他的自制，而他们之间那种以才学为基础的结合关系又与宝玉与“兼美”之间那种纯粹的感官吸引形成鲜明对比。本回回目对句的上联进一步表明，夏敬渠有意识地，既想向人们提示数字“六”所具有的性内涵，又想要解构数字“六”的这种内涵。这一联是这样说的：“非雨非云绝胜巫山好梦”。[39]第六回的事件并没有导致道德衰落，相反，却以璇姑的哥哥成功掌握了素臣所授之孔子的射艺、以素臣回家获得母亲对亲事的认可为终结。

尽管《野叟曝言》中有许多离奇古怪的矛盾和枝枝蔓蔓的情节，但是它却正好与18世纪的文学语境相合，在这一语境中，产生了不少冗长的、结构松散的描写读书人形象的才学小说。在对经、史、子、集内容的广泛包罗方面，《野叟曝言》与其他才学小说不相上下，与《儒林外史》相似，它也吸收了才子佳人和侠客故事的内容，把二者在结构和主题上的诸因素融合在一起。而在扩展阴阳图释系列的主题和结构发展上，夏敬渠小说所显露出的圆熟老道超过了我所知道的任何一部清代小说。

《野叟曝言》中的阴阳图释　*215*

《野叟曝言》中最重要的结构手段就是对阴阳图释的充分拓展。小说一开始，阴阳象征主义就被植根于一种道德体系之中，即以正统之阳抗拮异端之阴。素臣在小说开头的一次讲话中将截然相反的价值观赋予了这两个词：

> 孟子曰："天下之生久矣，一治一乱。"故洪水横流于尧舜之世，猛兽充塞于武周之时。天地之道，阴阳倚伏，不能有明而无晦，有春而无秋，有生而无杀，有君子而无小人。圣人之道，在象为明，在时为春，在德为生，在行为君子。佛则晦也，秋也，杀也，小人也。（第二回）

这种类比的关系 —— 正面为阳反面为阴 —— 框定了素臣此后的所有反异端行动。在稍后的一次对佛老的斥责中，素臣用了"阴杀气"这样的词（第六十回）。[40] 在第一百三十六回，水夫人也提醒读者阴阳所含的道德价值，她说："易于乾坤二卦，明阴阳之体，九六之用，君子小人之道……"（一百五十四回本的第一百三十八回）。小说中那些威胁到社会政治稳定的异端人物形象的标志是程式化的，即他们对于性淫乐和权力有强烈欲望，而这种欲望是属阴的。而且，似乎只有水夫人和文素臣才知晓大的阴阳模式对于皇朝的命运会产生什么影响。评点者把这归因于他们在道德上的卓识："水夫人何等卓识，何等正性，乃犹信阴阳"（第九十九回）。[41]

同其他小说文本一样，与阴相连的三月三日也常被用来标志正常秩序的丧失。《野叟曝言》中提到的第一个日子是"成化三年三月初二"，这不仅让人回想起《水浒传》，就在这一天，素臣离家远游途经杭州，为日后完成根除宦寺奸僧的使命做准备（第一回）。素臣抵达杭州时，正赶上一场宦官靳仁用妖术制造的特大暴雨。暴雨引发的西湖洪水彻底冲毁了这个城市的儒家社会结构，使成千上万的人无家可归。在小说余下的部分中，素臣一直在努力清理这场洪水所造成的混乱。虽然小说中没有写明发洪水的确切日期，但是后面的章回提到，它发生在"三月初头"（一百五十四回本的第十三回）。[42]洪水造成的灾民 —— 妇女和男童 —— 被拐卖，成为企图篡夺皇位的僧人和宦寺集团的性奴隶。洪水中幸存下来的漂亮男孩被阉割，并被强迫为宦官做性服务。对洪水的描述充分利用了阴的象征词汇，不过把阴区分成了破坏性的罪犯与值得同情的受害者。在这些受害者中，有船上的六个乘客，包括素娥 —— 她后来嫁给了素臣 —— 和两姐妹：鸾吹 —— 她成了素臣的义妹 —— 和金羽 —— 她在小说结尾时嫁给了素臣。[43]

洪水造成的无序还在后来的两个事件中复现：由叛乱者操控的军队威胁着要在三月初三将素臣的妻妾从家中赶出，押解进京。在第一个事件中，素娥和湘灵 —— 素臣那位精于诗作的妾 —— 差点被押解进京作秀女"学天魔之舞"以供养活佛（第四十、五十四回）。第二个事件发生在若干年之后，也出现了三月初三这个日子，叛乱者指使县衙官役查抄了文家的财产，逮捕了水夫人和家中所有妇女。为了羞辱她们，兵役们威胁着把妇女的裹脚布剥去，在大庭广众之下赤足过堂（第九十八回）。在以上三个事例中，三月初三起着一种分割场（a site of rupture）的作用，在这个场中，妇女或男孩子 —— 她们通常都是安全地待在家中的 —— 显得特别容易受到伤害。这些颠覆正常的社会政治秩序战争中的牺牲品，特别是数百名被关在寺庙地牢中的赤身裸体的妇女，完全被剥夺了名节，变成了赤裸裸的性资产。

当小说接近尾声时，三月初三这个日子被用来暗示理学所倡导的官僚制度和家国秩序的成功，因为殿试 —— 皇上亲临的最后一级考试 —— 就被安排在这一天。而每次考中者的名单一经公布，接踵而来的不是素臣或他的儿子们喜添丁口，就是其他的吉庆事（见第一百二十一、一百二十八、一百二十九、一百三十和一百三十九回）。由于清代殿试一般都在四月十六日举行，[44]因此，小说对三月初三日的选择可以被解读成对这一传统主题的故意改写。小说结尾时，由于素臣和水夫人的努力，儒家的秩序得以复兴，因此，三月初三就不再作为一种越轨的场（a site of transgression）而起作用，相反，它标志着人们成功地驾驭了阴所具有的动态的、再生的力量，并促成理想统治的新一轮循环。

无论是第三十三回还是第三十六回都没有包含重要的阴的主题，但是围绕六十六回所构成的情节，在对阴阳意象的使用上超过了我所知道的任何一个场景。在这段色情的插叙中 —— 文素臣被一大群淫荡的妇女诱引着 —— 文素臣是纯阳的化身。第六十五回中突然袭来的一场春寒为这一节铺垫了一种阴的背景：素臣刚到南京，这个城市的正常生活就被一场不期而遇的大雪给打断了。南京是李又全的家，李是一位有钱有势的乡宦，他娶了一大群妻妾，在她们身上行"道教"的采战之术，以期长生不老。李又全还骗诱阳道魁伟、精神壮旺的男子，给他们药吃；李让他的妻妾引逗得他们射精，然后自己去"吸精"，为的是吸取他们的阳精。[45]他以前的受害者都被他吸干了生命力。李又全开了一个饭店，专门刺探哪个男人的阳精特别有力。李又全的一个侍女在饭店楼上看到素臣正朝着堆满白雪的尿桶小解，他的尿量和尿水蒸腾出来的热气 —— "把一桶白雪消化净尽，气冲起来，如烟如雾"—— 立刻引起了她的注意（第六十五回）。于是李又全把素臣请到他的住处；素臣走进他的宅子，发现自己来到一个热气腾腾的楼内，里面站满了穿着轻罗薄绢的歌姬。

这一场景依据的是一种冷热的意象，张竹坡认为它是《金瓶梅》的美学核心。这群妻妾待在暖玉楼中，在那里，"热气"从一个大地炕上"蒸蒸而出"（第六十五回），尽管外面是冰天雪地。[46]这一段插曲中几乎所有的细节都取自阴阳图释。李又全赤面长髯，浓眉大鼻，这暗示着他的性欲化的身份。他的这群妻妾异常地性感和放荡：为了引发素臣的情兴，她们用一连串稀奇古怪的肢体动作和声音来打动他，其中包括以一种肚皮舞的复杂方式熟练地摆动腹部和阴部；把指头或舌头伸进自己的阴道；或者吹响阴唇，就像管乐一样，发出各种各样的声音：像蚕吃桑叶，像水滴，像摇篮曲。李又全认为素臣是"纯阳"（第六十五回），这一判定又进一步被素臣的年龄 27 岁 —— 一个阳数 —— 所印证。不仅如此，在妇女们试图吸取素臣精液的过程中，素臣的阴茎始终被称作"阳物"，作为与"鸡巴"的对照，后者更多被用在这群妇人所讲唱的许多猥亵的笑话和歌曲中。[47]最淫荡的女人原来是只狐狸精，她的真实身份只有在素臣识破她的本性并杀死她后才暴露出来。

219

第六十六回的核心内容纯粹是对复卦（☷☳）的一种演义。正如我们在前面章节中看到的，这一卦象标志着阴的支配地位的终结。在这一回中，这些妇人给素臣吃药，让他手足瘫软，全身上下惟有阴茎可以动弹。由于既无法闭目无视也无法拒斥这些妇人的蹂躏，文素臣只好暗暗地用《易经》给自己占卜，为的是将精力集中在脑中，这样就可以使自己变得"土木形骸"，对一切视而不见。他所占之卦就是"复"，"来复"，他不无欣慰地想到它的一句卦辞"七日来复"，他将它理解为七日之后他可从楼内脱身，而前来救他的将是一位"阴人"（第六十六回）。[48]复卦由一个稳定的阳爻（在下）和五个阴爻构成；小说是对这一卦象的形象说明：五个女人轮番施展本事，看谁能引动素臣的情兴（第六十六回）。那的确是一种邪恶的阴攻击正直的阳的场景。庆幸的是，由于素臣的内功修炼非常成功，使他的真阳改变了流向，他撒了一大泡于健康无损的尿，而不是精液。素臣的占卜果然灵验，这段插叙的结尾是，七天以后，素臣被一位女侠救出（第六十九回）。

正如《红楼梦》中有一系列阴的症候 —— 从第六十回柳家的开始，直至尤氏姐妹的出场 —— 一样，《野叟曝言》的第六十三回也含有一些阴的传统主题，它们为第六十六回的故事做了铺垫。在第六十三回中，素臣和他的仆从渡海至台湾寻找同盟者。尽管台湾作为忠诚于国姓爷（1624—1662？）的人抵抗满族的一个基地具有历史的重要性，但在夏敬渠笔下，它简直就是寓言中的蛮荒之地。素臣和他的仆从睡在丢满无数死人骨殖的山洞里；半夜，素臣被一位美貌女子弄醒了，她正"一手勾住素臣肩项，一手伸进素臣裤中搓挪那阳物"（第六十三回）。山魈（一

220

种女妖）—— 这是那美女的真相 —— 伸出又长又锋利的舌头刮削他的头面,这是对他的一种象征性的强奸;素臣猛力将其舌根扯出,将她杀死。这一插曲预示着后来李又全的妻妾们诱引素臣的场景中的一些主题,这些主题占了整整三回的篇幅,其中最重要的就是素臣成为一位女人的性牺牲品。在上述两种情况下,女性攻击者都悖谬于其自然性态,在此,借着山魈那致人死命的三尺长舌,一种古怪的阴茎状的物体移植到了女妖的身体上。山洞 —— 它让人想起《西游记》中许多像子宫一样的洞、葫芦、匣子,以及本书中的许多密室、地牢 —— 是一种建筑形式的提示物,提示人们阴所具有的诱陷和围裹的力量。[49]类似的洞穴也被用在第九十四至九十六回,素臣与六对属阴的巨蟒 —— 它们威胁着中国西南部的居民 —— 进行战斗的时候。游台湾一段情节的尾声是素臣将山魈所害之人的尸骸掩埋起来;这是对于儒家的礼的一种恢复,这也为后面素臣给李又全的妻妾讲述女子"三从四德"、控制性欲的道理做了铺垫(第六十八回)。

　　游台湾一节所设置的一些意象在小说后面的情节中也有重复。素臣的两个代理人经过危险的航行来到日本,那是个在性方面尚极其淫乱的地方。在第一百三十回中,素臣患失心症之后,文容统率的一支远征队被派去征讨日本。这一段叙述中,阴表现为日本拒绝承认中国在政治和文化领域的宗主国地位。当"奇淫极恶"的日本篡国者木秀听说文容 —— 他在杭州发洪水时被冲走了,后来又被落发假扮女尼 —— 像古代美女西施一样美(文容是西湖洪水之后被拐卖的漂亮男孩儿之一)时,木秀让他的奴仆在宴席上将其用药蒙翻并剥光全身。木秀宫中秩序的颠倒混乱表现为他既不能控制自己的性冲动,也不能控制他妻子的性欲。她允许她的丈夫接近文容,只要她能够占有副将奚勤就行。文容醒来后发现自己正被木秀抱在膝上,木秀正抚摸自己白皙的身体。与素臣那种尽管受到性侵犯,但仍决定活下去的做法不同,文容 —— 他的男子气从一开始就不那么明朗 —— 顺理成章地按照女子的方式,在刺杀日本国主未成的情况下，自尽身亡（一百五十四回本的第一百三十二回）。文容的死是小说中极少见的为贞洁而自杀的行为，它突出了日本宫廷中的性堕落。[50]当奚勤与"王后"勾抱着双双死去时，木秀非但没有感到羞愧，反而组织了一个"喇嘛教"欢喜道场，以向这个大欢喜佛真身表示敬意（一百五十四回本的第一百三十三回）。[51]作为这一节的余绪，小说又写了淫乱无度的扶桑国女王，她企图强迫一位俊俏的中国将军与她成婚（一百五十四回本的第一百三十四回）。与小说通篇所使用的异端图释相一致，日本人在节制性欲方面的无能起着一种意涵丰富的符号的作用，标志着他们在道德、文化和政治上对儒家规范的抵制。日本的无序与淫乱随着儒家礼仪的恢复而告结束，恢复儒家礼仪的突出的例子是：日本军队被打败后，来自中国的使者教会日本人行叩头礼、为奚勤举行体面的葬礼，并把日本的僧寺改建成儒家书院。[52]

选择日本和台湾作为寓言中抵制儒家价值观——在《野叟曝言》中它等同于性节制——的场所，其动机似乎出自这样的事实，即它们都是岛屿，只有渡水才能到达。在这部小说中，水作为阴的符号，其重要性不仅在第二回的洪水中、在这些象征阴的地理背景中得到强调，而且在素臣的"不识水性"中得到强调。"不识水性"这一表述暗示着在素臣那阳性本质的男性身份与"水性"的妇女之间有着根本的区别。[53]（关于水夫人这个非同寻常的名字的讨论，见下文）素臣被形容为具有"火性"（第二十一回），这也许可以解释他何以这么明显地容易受到水元素的伤害。尽管在其他方面特别能干，但当突然落水时，他却只能束手待毙（见第三回［一百五十四回本］、第六十一、八十一、一百九和一百二十七回）。的确，所有阴性的东西均对素臣构成最可怕的打击：受大雨浇灌几致病死（第十五回）；中蚌壳的阴气而致成病（第一百十三回）；险些命丧李又全的妻妾之手（第六十六回）；为阴蟒洞中阴气袭中而致"拘挛"（第九十五回；下文还有详论）；以及在皇宫中闻狮吼而不省人事（第一百二十九至一百三十回；狮吼是常见的对泼妇的破坏性能量的隐喻）。

222

台湾和日本的岛屿背景正适于被作者用做阴的场所,而且清楚地说明作者对象征性叙事的要求远远超过了对现实主义叙事的渴望。

在第八十五回,小说指责邪恶的阴的能量削弱了中国朝廷。文素臣对成化帝病症的诊断是:"近女太骤,阴胜阳衰"(第八十五回)。素臣给皇上开的疗救之方是,为了使阳气回升恢复健康,他必须"屏去宫女","但饮米炊",睡觉时则夹在两名壮旺男童之间,与其拥背抱贴而卧。不仅如此,在许多场景中素臣都承诺要使皇室一夫一妻的家族"阳刚化",这一次,他提议让他的两个男仆和他们的三位妻子来教习内监和宫女,使之俱谙武艺,以护卫皇上(第八十五回)。为了将皇上的阳的匮乏与素臣的阳的壮旺相对比,在这一回中,素臣的四位妻子在十日之内为他生育了四个儿子。

第八十五回中,阳的支配地位在朝廷中的恢复引导出对于阳的主题的探索,它们与第六十三至六十九回中阴的意象的扩展相平行。尽管阳的主题出现在第八十七至八十九回,而不是九十几回,但是小说这一部分中阳的图释的非同寻常的发展似乎是刻意安排的。它可能反映了这样的事实,即在小说美学中,有关阴的意象与符号比与之相对的阳的想象更发达、施用得也更为广泛。[54]在建议皇上多多补充阳气之后,素臣开始了对中国西南部的长时间游历。素臣在五月初五日到达广西苗人居住地,这一天是端阳佳节,也是龙舟节。尽管这一节日是按阴历而定的,但实际上,它吸收了与夏至有关的大量的象征主义,夏至是在阳开始放弃其对于阴的优势地位之前,阴阳达到暂时平衡的一个节气。[55]这个节日,正如在粗犷的、男子气十足的苗文化中所展示的那样,并没有集中在屈原的故事和龙船所具有的水的象征主义上,而是以一些阳的征候为特色,其中最显著的是红颜色、用来驱逐黑夜的篝火和火把,以及力量和军事技能的展示(第八十八回)。贯穿这一片段始终的是夏天的闷热(第八十八回);当素臣第一次抵达苗村时,多饮了些当地的土酒,一种"火酒"("酒"当然与阳数九双关),为的是"杀一杀水气"(第八十七回)。

223

端阳节的公众庆典在夜晚的石榴园里举行,火把和火焰将园子照耀得一片火红,十分明亮:

> 进得园中,满园纯是榴花,如入锦幄,一棵大的更是如火如荼,如霞如日,灿烂非常。近前看时,一树开有数百朵榴花,每朵具比江南牡丹、芍药更大一围。(第八十八回)[56]

小说这一部分中最精彩之处是对素臣精通医道的描写,医道也是《镜花缘》中所探讨的一个与阳有关的主题。[57]不过,与《红楼梦》和《镜花缘》中的医学话语不同 —— 二者均以更为复杂的五行象征主义来立论,《野叟曝言》中的许多讨论使用的是一种关于疾病的阴阳概念。[58]素臣最成功的行医之一是治好了石女,过重的阴气阻碍了她的性器官发育:她的身体异常冰冷和苍白,阴道不通(她的病即因此而得名),从没有来过月经,乳房甚至比素臣的还小(第九十四回)。但是,当两人被迫同床后,被素臣身体中的阳气一“蒸”,她那麻木的身子慢慢恢复了知觉。[59]素臣用手淫的办法完成了对她的治疗,她开始行经了(第九十五回)。回末总评和本文中都对这一场景所依据的阴阳原理做了清晰的阐说:石女是纯阴,而素臣则是纯阳(第九十四、九十五回)。石女后来生育了 28 个儿子,这展现出素臣具有一种神力,可以将被错置的、过重的阴转化成具有积极意义的旺盛的生育力。

这些章回中对阳的图释的最不同寻常的一次运用就是素臣与一妖道 —— 他用异样的阳的妖术来攻击素臣 —— 的斗法。这一场景的反常之处在于妖术产自一种失衡的阳气,而不是某种明显的阴。素臣借助于一颗神奇的宵光珠(阴性的)—— 它使他得以隐身于阴影中,挫败了妖道的头两次攻击。明珠的阴气早些时候曾被展示过,说它可以放出冷气(第八十九回)。在最后一次攻击中,妖道抛进来一个燃烧着的火球;素臣用小便浇灭了大火,这才发现火球是妖道的助手“红孩儿”—— 他

225 满身朱砂,画着火焰纹色的咒符 —— 幻化而成的(第八十九回)。妖道错误地使用阳的画符来攻击素臣,却被素臣的一泡尿 —— 一种纯阳之物 —— 给击败了。[60]素臣的小便所具有的起死回生的阳刚之力在小说的前面部分也有展示:素臣的一个妻子病危,喝下素臣的尿就得救了(第十八回);素臣还用往草席裹着的尸体上小便的办法使一个死人复生(第八十三回)。[61]

《野叟曝言》中阳刚的人物形象与正统之间有着正面的联系,这种联系在对苗民的描写中得到最明显的发展。苗民被表现为具有一种粗野然而却不失率真的性情,与总是想方设法颠覆朝廷的阴性民族的狡猾不同。苗民的文化落后表现为他们对儒家男女授受不亲的训谕一无所知,以及他们那种婚后仍与别的男人交欢的习俗。苗民并不让两性授受不亲:男女可以在大庭广众之下拉手、拥抱,年轻人可以自由择偶。正如小说所描述的,苗民实行 "不落夫家" 的婚姻制(delayed transfer marriage),其俗为:已经结婚的妇女只有在怀孕后才可进住丈夫的家;在此之前,她可随意与她所中意的 "野郎" 交欢(第八十八回)。然而,与日本人 —— 他们中意于繁复的宫廷仪式,彬彬有礼地走向堕落 —— 不同,苗民享有一种原始而非等级制的文化,这种文化与身体和性事具有一种更自然、更直接,乃至更天真的关系。男女苗人的相互接触被描写为不适宜的,但并非不道德的。[62]不过在与素臣接触后,苗民采纳了儒家的婚俗(比如,见第九十二回)并认可了汉人的政治统治。不仅如此,苗民还是唯一

226 被挑选出来参加水夫人百岁寿辰庆典的非汉族的中国人(一百名男女戏童即是来自苗村的对素臣感恩戴德的志愿者,他们在一部百出的戏中重演了整部小说的内容)。

考虑到明清统治者征服苗民的企图曾遇到一连串惨烈的、流血的武装抵抗和起义这一历史事实,这部小说中苗民的温顺便特别值得注意了。清代的画册和小说一样,都把大多数苗民部落描述成凶残和未开化的。[63]然而,在这部小说所使用的象征主义范围内,显然是由于他们在

文化上被界定为一种强健的、认同于阳刚之气的人民,苗民并不代表对中华帝国的严重威胁。[64]事实上,他们的文化地位类似于一个蛮横的、有些不守规矩但尚可教诲的孺子,有待于通过习得儒家的礼仪而变得文明高雅起来。当在苗寨长大的虎儿撞到素臣的药箱后,挥拳打向素臣的肋骨,还怨他挡了自己的路时,素臣和在场的其他人都很赞赏这孩子那无拘无束的闯劲儿。对苗民的这种赞赏与《水浒传》中对同样有男子气概的叛乱者的描写颇有差异,在《水浒传》中,反叛者更多地将其反社会的怨恨发泄在家庭和妇女身上。在《野叟曝言》中,苗民,作为阳文化的明确的代表,被正面地描写为具有一种自然和充满活力的正义感和荣誉感。与素臣一样,他们崇尚直截了当的、有效的行为,而不是僵死烦琐的礼仪表演。因此在镇压一场并非由苗人领导(尽管历史事实可能会引导人们做如是想象),而是由六对幻想中的、一直欺压苗民的白色巨蟒领导的起义时,苗民再恰当不过地变成了素臣最重要的同盟者。

毒蟒,作为中国西南部地区的主要威胁者,非常逼真地摹画出阴的那些负面属性。它们酷似人类,只是身体异样地长大、须发是白色的、身上裹着鳞甲,并且,像石女一样,它们的性器官也是冰冷而麻木的(第九十五回)。[65]毒蟒的能量如此之大,它们洞中散发出来的阴寒之气可以导致素臣双腿拘挛(第九十五回)。的确,毒蟒的阴力十分强大,它们建造了一个为阴气所统辖的微观世界,把"冷阴冷阳之气"浓缩在一起;苗民保护自己免受这种非自然的冷气之害的唯一办法就是喝火酒,服用壮阳丸("补天丸"),以维持住自己的阳气(第九十五回)。尽管毒蟒身上的保护鳞片使它们能够抵挡石头和金属兵器的伤害,但是它们却很容易为各种各样的阳性物质所击败,比如所有红色的东西、火、毛竹制的兵器,以及桐油(第九十九回)。

毒蟒的形象将阴的那些最具危害性的诸方面特征混合在一起。毒蟒的行为不禁让人想到游台湾一段中的那个山魈,它们住在一棵大树底下的地洞中,在它们举行宴饮的庭院周围胡乱丢着些受害人的尸骨(第

227

九十四回）。与对它们在中国西南部非法篡夺政治权力的叙事交织在一起的是对它们进行性榨取的细节描写：这六对毒蟒命令苗民按时选送男人和女人，供它们进行野蛮的强奸。（这些毒蟒被生动地称作"六对"而不是十二个）与日本的篡国者一样，毒蟒在公共和私下场合都不区分性别角色：丈夫和妻子都参加欢宴和军事行动。不过，它们那阴的叛乱最终还是被镇压了，在第一百一回中，素臣和忠诚的苗兵终于用烈火这种阳的武器摧毁了毒蟒。

被定位为阴的反叛者与素臣所统领的被定位于阳的勤王者之间的最后一场决战发生在皇宫里，而且不无深意地被安排在第一百四回和一百六回（一百六回是另一个阴的发生场）。谋反的景王用符咒将邪恶的性事与对中国朝廷的攻击联系起来。起初，攻击始于一系列阴的灾疫：皇室成员如害疟一般个个发抖，皇宫反常地变得又黑又冷，冰雹从天而降，众人都无法将炭火点燃，就是点燃了，那火也发不出热气（第一百四回）。随后，景王又用忽阳忽阴变幻不定的妖术对皇宫发起攻击：先是温度升高，火球满房滚跳，威胁着皇妃、太后；然后空中落下大量的蛆虫和粪便，散发出恶臭；再后来是尖刀从地底戳起；无数被肢解的鬼魂从各处钻入太后房中；更有千百条小龙试图钻入宫人的肛门和阴户（第一百六回）。对付景王妖法最有效的办法似乎就是素臣的出现：有一个场景是，太子和他的妃子们挤站在素臣的被单上，以防被从地板、床上戳出的尖刀刺伤（第一百五回）。景王的攻击直到他像《金瓶梅》中的西门庆一样服用了过量的壮阳药"走阳而死"才告结束（第一百六回）。

素臣对这场骚乱的解释是基于阴阳的明暗想象，他对这一隐喻做了详细的阐述；据他所言，太子和皇妃之所以容易为妖术所伤，是由于他们受了异端邪教的蛊惑。而素臣之所以能够不为景王的符咒所伤，是因为他坚信于儒教。"人心如日，疑如云雾；邪如阴翳之气，心如一毫无疑，既如赤日当空，无纤微云雾遮蔽，一切阴翳之气当之既灭"（一百五十四回本第一百八回）。正如素臣所言，笃信于儒学正统不啻一剂良药，它能够使一个人在精神和肉体上都强健起来。

与一百六回这种阳的秩序的复原相平行,一百三十六回充满了吉祥的场面,它们标志着一个转折点,从这时起,阳在小说中终于变成了主宰。一百三十六回中水夫人对《易经》的讲解不过是众多的标识器之一,它标示出一直威胁着社会政治秩序的阴的失衡时期正在结束。水夫人讲解了两个卦象"屯"(萌生之艰难)(䷂)与"蒙"(幼稚蒙昧)(䷃),在卦象顺序中,它们紧随于"乾"、"坤"两卦之后。对这些卦象的解说正反映了小说中素臣迄今为止的奋斗过程,正如水夫人所指出的,它们都是"险象",并警告人们保持"艰贞"之志是很困难的(一百五十四回本第一百三十八回)。不过她接着说,经过最初的一段斗争后,保持艰贞既可"致泰",也可"保泰"。

一百三十六回的主要事件是素臣的 50 大寿;正是他的寿辰,取代明显关乎政治生活的朝廷大事,为"万国"代表聚集在皇宫中领略孔教雄视天下的文化威仪提供了叙事的契机。阿拉伯的国王("天方国主")报告说,虽然他的人民从唐朝以来就信奉伊斯兰教,但自从他们开始尊奉"中国圣人之教"后,他们就摆脱了国中的邪恶势力,现在一些祥瑞的动植物常常出现在田野之中,保佑国人(一百五十四回本第一百三十八回)。正当外国使者在皇宫中受招待时,"忽有凤凰集于阶下",并有百兽起舞,而凤仪兽舞乃圣人之治的一种神秘的征候(一百五十四回本第一百三十八回)。这一回中,文家忙着为子女操办婚事,素臣的九个儿子考试得中,而这一切随着素臣第一百个儿子的降生而达致圆满境地。正如水夫人指出的,现在灭伦害理的佛老已被根除,素臣那强大的生育力呼应着天地的生机("感天地之生机";一百五十四本第一百三十八回)。条理井然的阳的秩序已经被恢复了。

《野叟曝言》中对阴阳象征主义的扩展使用 —— 特别是将本于《易经》的阴的情节恰好安排在第六十六回,而对阳的主题的说明则主要安排并贯穿于九十几回,并且把对阳的儒家秩序获胜的最后两次描述放在

第一百六回和第一百三十六回——强烈地暗示出一百五十二回本的小说原文在结构设计上是颇费了心思的。即便一百五十四回本去掉了这些八卦学意义上的对应,但是章回数目与阴阳象征主义之间联系的弱化并没有使阴阳意象之于这部小说的符号学的重要性有所减弱。尽管存在这样的事实,即夏敬渠加诸小说中阴阳图释之上的道德效能(moral valence)已变得毫无新意可言,但是他对于极其微妙的性别结构的使用却远远超越了一种简单的男-女二元对立。

《野叟曝言》与才子佳人类型作品的男性化

才子佳人爱情故事能够吸引读者的一点似乎在于它们能够描绘出一条通往自我确认的"本真"的路,它替代了正统从外部对自我施加的更其僵化的限定。这些爱情故事明显地挑战着正统叙事的规范,在后者那里,理想是被规定好了的,是通过自我牺牲和忠于职责而实现的。才子佳人故事,如同今天的哈利昆[66]浪漫故事一样,促成了一种幻想:通过背离社会规范,把自己投入到充满激情和生气的关系之中,读者能够最大限度地发现本真的自我。正如我们已经见到的那样,才子佳人类型的作品制造了一种高度发达的性别文学美学。女子气与抒情的价值观(lyric values)——这种价值观是与本真性相连的——之间的联系变得如此之普遍,以至于在许多才子佳人小说中,男女主人公在许多方面都没有什么区别了。情所蕴含的解放这一侧面的意象通常都在一种"女子气的"空间——一座花园,或闺房——登台亮相,而男性主人公则被注入了诸多的女性化特质,比如美貌、多愁善感、体弱多病,以及道德上的纯洁。《红楼梦》,同我们将要看到的《镜花缘》和《儿女英雄传》一样,形象地说明了"才子主题"朝着女性化的变异如何给读者提供了某种救赎,让他们能够从更传统的儒生角色所要求的精神、道德和身体上的承诺中逃离出来。

230

这些小说中所描述的情侣或冒险者们的那些虚构的事迹在某种程度上认可了自主性、选择权、肉体快乐，以及"本真"的性情表达（无论其描述是多么的陈旧），所有这些都大体上独立于国与家的控制。不妨把才子佳人故事的女性化规范解读成文人对于侠客小说的修辞学的一种补充，后者也同样沉迷于免除传统社会束缚的诸多幻想。两种类型的作品都把它们的主人公描写成或多或少地 —— 只要是暂时地 —— 摆脱了家庭的义务；这种套路使主人公得到一种虚幻的享受：他们可以自主地选择其主要的感情依恋者，要么是情人，要么是结义的兄弟。在这个意义上，侠客小说中的结"义"是对于结"情"的一种男权主义的补充。这两类作品中的主人公都拒不履行常规的正统职责，偏爱抒发性灵的更本真的形式。在《野叟曝言》中，夏敬渠把出自才子佳人和侠客故事之中的对于本真性的正面阐述混合在一起，同时回避了其中那些越轨的方面。他凭着把本真性的话语混合进一种有关正统的权力和魅力的叙述之中而做到了这一点。其结果就是塑造了文素臣这个大儒的形象：他既是个超级大侠又是妇女的知己。

《野叟曝言》中最引人注意的方面之一就是它以某种方式转换了才子佳人小说的叙事套路，结果是，人物形象塑造从女子气的转向了男子气的，为的是与它所要传达的正统训谕相一致。才子佳人套路的男性化最直接地表现在素臣与他那六位美丽的妻妾的关系上。在中国传统中最有名的爱侣都多才多艺，擅长于抒情诗、绘画，或音乐，而素臣的妻妾们则更多地在数学、医学、军事学和韵律学的学术研究上与他相匹配；[67]对于一位更世俗化些的男人来说，他可能用肉体的或审美的方式表达激情，但素臣的情况却不同，他让激情转入知识领域。正如上文所述，素臣与璇姑 —— 一位数学天才 —— 共度的第一夜是温情地相互在对方的身体上计算圆周和弧度。意味深长的是，素臣与他的妾湘灵 —— 一位诗歌专家 —— 之间也没有冗长的诗词唱和，因为，素臣对作诗法的兴趣似乎要大于对实际作诗的兴趣。在某一时刻，湘灵好像愿意享受一种诗意的

231

香消玉殒,但是在生命垂危之际,她又哀叹她的最大遗憾就是再也不能为父母亲尽孝了。于是她叹道:"死者不能复生",好像在反驳《牡丹亭》中给情所赋予的那种再生的力量(第三十九回),因此,她又接受了治疗。素娥的医术——下面会有更详细的讨论——与素臣的不相上下。第四位姜——红豆——在犯颜直谏上堪与素臣匹敌,这可见于她在宫中对皇上的勇敢劝诫。难儿——皇上的义妹,是素臣妻妾中被介绍得最少的,但是她似乎也是素臣的合适的配偶,因为她那皇室近亲的身份。

素臣那些美丽的妻妾们在田园诗般的庄园中的聚会是对于花园这一传统主题的明显的再加工。这一场景被安排在第五十五回到第六十一回,这一安排让人不禁要与《红楼梦》全书正中的花园庆典相比较,在那个时候,已然流于表面的等级秩序也都随着对进入大观园的新姐妹的介绍而土崩瓦解了。在《野叟曝言》中,文家,包括仆人和扈从,全部搬入了一座极其美丽的花园,那是一位刚刚考取了进士的朋友提供给他们的。这座花园是一处真正的乌托邦,里面"苔藓成茵","山上有物可采,河中有鲜可钓",还有四季常开的名花。但是,与大观园不同,这里不允许有人工的迹象或幻想的情趣,因为这个叙述坚决地主张山与水的真实性。"山是真山,水是真水"(第五十七回)。[68]

无论如何,这个山清水秀的花园是为展陈儒教的圣治提供的舞台,而不是通常那种激发诗才的聚会场所。贯穿小说全篇,针对佛教的最基本的批判之一就是它那种禁止婚姻和生育的邪说;文家刚搬进花园后不久,水夫人就为家中所有未婚者定了亲,其中包括仆人、素臣的诸多扈从,以及素臣的三个妾。[69]每一对男女都严格按其阶级地位和受教育程度来匹配,社会等级制也因此而得以维护。[70]作为用儒教齐家的一部分,水夫人调整了家中仆人的名字,把那些含有佛教意味的名字改成更适合于儒教的名字(第五十五回)。由于担心家中成员会因住在如此奢华的环境中而玩物丧志,水夫人还安排了详细的课程表,这样,每个人(他或她)的"日课"都被分成学习和家务劳作两部分(第五十八回)。对花园这一隐喻的最突出的改变就是以力量与军事技能的较量替代了以往更常见的诗赛(第五十八回)。一些新婚的男女家仆互相比武,妇女在舞剑、较力、较射和较枪刀上均胜过男人(第五十八回)。素臣的女扈从们忙着操练并掌握武艺,而不是忙着缝补刺绣或吟诗作画(第六十回)。在第五十九和六十回中,丫头和女扈从们进行了更传统的智力比赛(行酒令),不厌其烦地讨论谜语、隐语、数学难题和医道知识。但是,与素臣和他那些美丽的妻妾们的功利性关系一致,与《红楼梦》和《镜花缘》中所记述的那些幽默、机巧的应答相比,这种讨论更具学究气。不仅如此,在这些美人聚会的当口,素臣和他的母亲还向全家讲解了程朱理学的优越。女主子们偷听丫鬟们在葡萄架下争论理学与佛教的优劣(第六十回),而这不过是对《金瓶梅》第二十七回中葡萄架场景中的窥阴癖者行为的一种道德化的快乐的戏拟。[71]

一个可以进一步表明《野叟曝言》究竟在多大程度上偏离了才子佳人题材作品那多愁善感的女性化传统的迹象是它对女侠的处理。与《镜花缘》和《儿女英雄传》—— 在这里,妇女最终都被驯化并回到了闺房 —— 不同,《野叟曝言》中的女杂技演员和女侠甚至在婚后还保持着军事技能和公共角色。这些女侠同身体上与之般配的男人结成姻缘,在夫妻组成的队伍中与他们并肩战斗。[72]当这些女将抛头露面时,没有任何不得体的迹象,不过,与巨蟒和日本篡国者 —— 他们也是夫妻成双结对地打仗 —— 明显不同的是,这些中国女侠从不篡夺她们丈夫的领导权。大部分妇女都在单一性别的部队中战斗,尽管这种安排被不无幽默地表现为具有某种缺点:当她们的敌人 —— 巨蟒 —— 率领的苗兵,故意一丝不挂拿着武器冲杀过来时,一支由 200 名妇女组成的队伍顿时陷入了混乱(第九十九回)。[73]军事行动主义似乎是比一般性的幽居闺房更高的目标。

素臣,由于他那异常白皙的皮肤,似乎是模仿着才子佳人故事中的年轻漂亮的才子而塑造的,但是他却绝没有被女性化或性感化。与此相

233

对，更像一位女子的宝玉，则常常由于容貌秀美而受宠。[74]素臣的白皮肤使他与小说中面色黑粗的僧道们区别开来，似乎在显示他在道德上的纯洁，而不是一种感官的美。然而，他的美貌并没有被特别突显出来，因为，在小说的大部分篇幅中，素臣都把面部涂成不讨人喜欢的紫色，并以这副假面具游历四方。[75]读者只是偶然地了解到素臣的美貌，通过其他人物的评价，而不是通过叙述者的叙述。不仅如此，很少有读者会把素臣当作富贵人家的纨绔子弟，一副自信的外表和更富于男子气的"好汉"所特有的豪饮混合构成他的形象特征。[76]对素臣作为军事和民众领袖的描述，在对他的长子龙儿的描述中才完整起来：龙儿在 8 岁那年即令人难以置信地考中了进士，而令他考取的正是素臣当年应试时所写的一篇未被考官看中的文章，他把它当作了自己的文章再次交给考官。[77]这种早慧的有利条件使龙儿得以在 9 岁 —— 一个纯阳的岁数 —— 上就作了贤明的地方官（第一百二十六回）。甚至素臣失散多年的妹妹也是与男子气纠缠在一起的。当她出现在家中时，他犯的第一个错误就是疑惑她是个"美男子"，这个"美男子"被形容为与她的哥哥几乎一模一样（第一百十六回）。

　　与《红楼梦》一样，《野叟曝言》中的性别描写是沿着一个变换着偶对的连续统发生的，而不是阴阳二元的直接代表。这样，素臣的男子汉气质就与女子气的美貌的文容 —— 比之小说中的其他人物，他的形象特征最接近于情的美学渊源 —— 形成尖锐对照。文容的秀美不仅足以煽动起那些见到他的人的欲望，而且他自己也很容易在不利的情况下因激愤而殉道。[78]由于素臣的一位仆从 —— 他刚好捉到了女盗赛观音 —— 的恶作剧，文容立刻被赛观音的美貌所打动，并且在战场上请求留她一条性命，他好娶她为妻（第五十一、五十二回）。他们结婚了，但是赛观音还保留着武士身份。这对夫妻代表了一种性别倒置，而对它的一则变奏则是女侠飞娘与和她同等勇武的红须客的婚姻。

　　尽管这部小说的图释系列将正面的人物形象朝着男子气的方向移

动,但是许多儒教国家的敌人却也有着男子气的身体禀赋,比如僧道们的胡须、黑皮肤和敦实的身材。虽然他们有男子气的标志——它常常与粗暴相连,但是这些人物却起着一种易变的阴的代理人的作用。他们不仅操控这个国家,使它受到过分的阴的迹象(包括洪水、李又全的妻妾:其中最淫荡的是个狐狸精,以及六对白色巨蟒)的明显侵害,而且在他们向素臣和儒教国家发动的直接攻击中把阴的破坏性潜能具体化。那些成为素臣同盟者的妇女,甚至他的美丽的妻妾们,是与阳的拨乱反正的力量排列在一起的,正如她们的体力、旺盛的生育力、对儒学的向往——而其中最重要的是她们的武艺——所体现的那样。

水夫人在阴阳连续统中的位置似乎不太明确。尽管她的姓氏——"水"——暗示出应把她理解为阴的化身,其作用是与作为阳的化身的素臣互补,但是这种象征意义在小说的任何地方都没有展开。事实上,这种解读与阴同异端的诸多邪恶形式之间所构成的那种连绵不断的、明显的等式是相矛盾的。与这种解读相反,水夫人名字中的"水"似乎更是要唤起其他一些有关这个元素的哲学联想。《说文解字》中给水下的第一个定义是"准",一种木匠的水平仪,正如莎拉·艾伦(Sarah Allan)所表明的,它被引申来表达一种道德准则。[79]艾伦曾提示说,水,在经典儒家的修辞学中并非一种比喻或类比的源泉,而是被当作某种道德原理的物证。正如她所解释的,在孔子的《论语》中,水是知识的源泉("智者乐水"。见"雍也"第六);在《孟子》中,流水被誉为永不枯竭的泉源("告子上")[80],它就像"道"一样,不停地朝着预期的方向流淌。正如孟子所说:"民之归仁也,犹水之就下、兽之走圹也"(《孟子·离娄上》)。当水趋于静止时,它就形成一泓镜面(鉴,或许这个字的早期形态是没有金字旁的"监"),这是另一种基准,通过它来反映和评判道德行为,例如,司马光(1019—1086)著名的《资治通鉴》就采取了这一用法。[81]

236

与水夫人相连的正是(水的)这些滋养和提供基本道德规范的正面性质,而不是"水性杨花"的泼妇所象征的那种越礼违规的阴的凶兆。

其他一些被正面描写的父母,特别是父亲,也有以水为名的,比如,《红楼梦》中林黛玉的父亲名叫"林如海"。[82]《儿女英雄传》中安骥的父亲名"学海",表字"水心";而《镜花缘》中的唐敖则来自海丰郡河源县。这强烈地暗示着水夫人的名字派生于传统的把水与父母养育之恩相连的想象,而不是派生于《野叟曝言》中高度说教性的阴阳象征主义。

把水夫人置于小说中儒家世界的象征性中心的显要位置则是对于才子佳人套路的另一项重要的改变。正如上面所提到的,大多数爱情故事的情节都是在父母缺席的情况下展开的,这是一种策略:通过让主人公自由地择偶来化解孝道义务与爱情渴望之间的张力。素臣准备做一名尽孝的模范,甚至当他选择他的那些妾时也是这样。母亲或发妻与儿子/丈夫的性伙伴之间的张力几乎是中国小说的一个普遍的主题;然而在《野叟曝言》中它却惹人注目地缺失了。尽管素臣是在远离母亲时与他的五位妾相遇的,而且差点儿与其中的几位圆房,但是在答应任何一位配偶时,他都坚持要征得水夫人的同意。他的结发妻子田氏 —— 众妻妾中唯一一位不能与素臣一同研究知识的女性(但她是一位理想的妻子,体现为她能精心而公正地操持家务)—— 在理智而无私地关心素臣的生育力方面似乎是水夫人的一个影子。

237　　在文家,孝是第一位的,这表现在长期出门在外的素臣回家后先到母亲房中伴陪母亲 —— 尽管他还得去看望他那尚未见过面的长子 —— 的做法中。在陪母亲度过几夜后,只是由于母亲的命令,他才回到妻子田氏的房中。甚至在他的母亲为他选择了吉日与两个妾完婚之后,素臣一开始还是想睡在母亲房中。后来,他又试图拖延着不肯入洞房,理由是他必须遵守礼制,与正妻田氏度过第一夜,但是田氏生气地强迫他,把他送到新人的房中(第四十七回)。同样的场景 —— 素臣作为不情愿的新郎,更乐意尽孝道而不喜欢男女之欢情,被重复了两次(第五十五、五十六回)。[83]在这个理想的儒教家庭中,夫妻间的爱和性生活是公开安排的,不鼓励个体或私人的欲望。而且,尽管素臣服从于母亲和正妻为他精心安排的性生活这件事似乎有些滑稽，但是素臣的养生法，即"于妻妾间，按其经期每月止同房一次"（第八十六回），却使他的生育力达到了不可思议的水平。素臣是24个儿子的父亲，到小说结束时，他有了500多子孙。[84]

在小说结尾，整个帝国，甚至世界，都与素臣和皇家一起，把水夫人当作中心偶像，向其尽孝。在水夫人70岁和百岁寿辰时，外国使团前来向她致敬，并赞美中国文化的优势（第一百三十六和一百四十二回）。一些苗人居住的县，还为水夫人和素臣建造了生祠，以表敬意（第一百四十九回）。小说结束在一种胜利的梦幻之中：水夫人被吸收进圣母的系综，文素臣则成为儒家圣贤之一。这一梦境概括了这部小说所持的理学政治观点的正统倾向。当陆象山（1139—1193）—— 朱熹的同时代人，他反对程朱的二元论 —— 的母亲前来申冤，说她的儿子与程朱"同为圣门之徒"却没能获得与程朱同等的尊重，并指责素臣毁了他的著述时，圣母席间发生了一场论争。尧母驳回了她的抱怨，指出陆象山对悟的强调是异端邪说，并且命令这位丢尽了脸面的妇人向水夫人叩头，承认她自己和她儿子的罪过。

尽管水夫人被确定为小说之道德观的中心，但是她的叙事重要性来自夏敬渠对孝的建构 —— 他把孝当作对儒家正统的既定表达，而不是来自对她的行动的一种铺陈描述。水夫人作为国家崇尚孝道的象征性的门面装饰，她的作用在于为素臣本人那种夸张的孝行开启了可能性。直率地说就是，对纯洁的献身对象的创造 —— 在此指母亲，是对孝子的创造的必要支撑，这是处于这部小说的儒家英雄主义观中心的一个主题。正如艾伦·考勒（Alan Cole）在其最近有关中国佛教中的孝道研究中所指出的，母子之间有关孝顺的传统图释包含着一种尽孝道的装腔作势的豪言壮语，而这在有关父子之间的孝道关系的叙事中很少见。[85]从这个意义上说，水夫人决不会冲淡这部小说的男权主义倾向；事实上，她的出现，作为一种男性权威的养育之源，透露出对母亲的孝不过是一种

238

对于节妇的崇尚,而这种崇尚与高度男权主义的中世纪欧洲的骑士风度别无二致。

行权、情,以及性道德

　　尽管《野叟曝言》大体上符合清代的小说标准,但是它对于性材料的超常规处理还是造成了一个如何向读者进行解释的问题。当解释是小说中的什么让人感到不对劲儿时,《野叟曝言》的读者和批评者通常会以赤裸裸的性描写 —— 它常常借助于色情文学的语言和想象 —— 与保守的儒家道德说教之间的不般配为例。虽然中国传统小说中把道德与性行为描写连在一起的作品并不少见,但是这两种行为一般都以截然不同的人物为代表;而《野叟曝言》却打乱了这种安排,文素臣反复地在成问题的性行为与儒家价值观的表达之间移动,并且,更突出的是,小说中最淫秽的章回中都有他的参与,而不是由一个二流人物来替代他。在文学实践中,诋毁一个人就是给他或她加上性贪婪或缺乏自持的弱点,这种做法可以上溯到《左传》和《史记》。在这个意义上,虽然夏敬渠对于性事的淫秽描写可以将他与其他儒家正统的拥护者区别开来,但是他对性素材的这种不加处理的使用只是在程度上而不是观念上与其他作者有差别。尽管到了 18 世纪,构成晚明小说特点的粗野的,通常是暴力的性描写已经让位于对欲望的更含蓄、更情感化的处理,但是把违规的性行为与某些被儒家家法所非难的人群 —— 特别是僧、道、宦官,还有以媒婆、接生婆和尼姑等身份出现的"六婆"—— 相连的传统一直延续到晚清的言情小说之中。[86] 不过,在《野叟曝言》中,在更具言情意味的小说中大多为隐含着的性暴力变成了一种教条的规则。

　　《野叟曝言》中对非自然化的性行为的异乎寻常的强调在很大程度上扰乱了一些读者对什么是普通的得体行为的判断,所以他们并不是将其对小说的界定拓宽,使它能将《野叟曝言》容纳进来,而是把小说中不同寻常的性主题描写解释成夏敬渠心理怪癖的一种反映,从而将其合理化。在 1930 年代,学者悍膂第一个提出夏敬渠患有轻微的精神错乱;1970 年代,侯健又进了一步,把小说当作疯子之作而嗤之以鼻。正如侯健在"《野叟曝言》的变态心理"中所写的,素臣对母亲的过度崇敬,与对畸变的性行为和排泄细节的频繁描写结合在一起,暗示出作者心理上的不健全,以及他的俄狄浦斯情结。[87]更晚近些,黄卫总(Martin Huang)则解释说,对于素臣那神奇生涯的创造,对夏敬渠来说就像是一种"自我疗救",为的是补偿他自己在事业上的失败。[88]由于我们对 18 世纪汉族文人的精神常态类型缺乏理解,所以只能局限于根据心理学的标准来解释小说,我的做法与此不同,我相信,夏敬渠对性素材的使用可能意味深长:它不仅处在小说写作的传统语境中,而且也处在 18 世纪有关儒家行动主义的哲学论争的语境之中。

　　小说的从始至终,素臣都被别人的性进攻诱惑或威胁着。正如以上所述,用性遭遇来界定政治和道德边界的做法在中国文学中是常事。《楚辞》和叙述性的汉赋中那些远离政治中心的心醉神迷的游历,都设置了与一位女神的性结合,作为萨满或统治者道德价值的最高认定。在这一传统主题中,女神向一位中国男性的代表献身是对于他那神授的政治和道德合法性的神圣验证。儒家伦理教导说,统治者,或萨满,应通过拒绝女神来表明他的道德优越性。[89]正如我们已经见到的,素臣反复地出现在一些不适宜的性娱乐场合,并反复地通过拒绝来标榜他的德行。小说把素臣规范他自己 —— 以及帝国 —— 的性行为的能力当作儒家正统的决定性贡献之一。贯穿于小说始终,素臣都面临着两种性遭遇战:有一些威胁到他的身体健康并从而隐喻地威胁到帝国的完整,它们发生在关键的阴的章回;还有一些则显示出他把儒家的价值观排在优先于保持肉体纯洁的位置。

　　最近一些关于晚期帝国小说中所表现的儒家价值观的讨论集中地把"权" —— 或实用主义 —— 与"经"的理想表达进行了对比。[90]这种

240

对于"行权"的兴趣也许部分地反映出清代学者已公开承认:正统实践的完成并非总是一个笔直向前的过程。[91]传统哲学早就意识到,理想的礼的做法——同经典文本所规定的一模一样,与可能处于错综复杂的、无法控制的环境中的现实之间常常是不能协调的。经典儒家话语发展出"权"的概念来处理这些偶发事件;尽管"行权"会与理想发生冲突,但是结果却被认为可以证明手段的正当性。对于当下的分析十分重要的是,关于行权的讨论在最早的资料中是用性别化的方式框定的;对行权的论争中,常被引用的权威文献是孟子的一段话,孟子在这段话中论辩说,尽管礼法禁止没有婚姻关系的男女互相接触,但是却可以允许一个男人权宜性地向溺水的嫂嫂援之以手。[92]在程颐坚持礼的理想决不应妥协,宁可自杀也不可失节之后,关于行权的行为是否得当的论争在理学思想中变得特别激烈。

正如其他对《野叟曝言》的研究所指出的,文素臣所经历的众多考验表明在一个缺乏正统的世界里过一种儒家所倡导的生活有多么难。[93]引人注目的是这些道德考验中有许多都包含了性的成分。例如,小说开始,就像是对孟子关于行权的讨论的一个直接演示,素臣从西湖中救出了鸾吹——一位官员的女儿。随着夜幕的降临,叙述者提出了这个问题:"倘竟露宿在此,孤男寡女,天明了被人看见,更不方便。这却如何是好?"(一百五十四回本的第三回)素臣把鸾吹——她是缠足的——背进了一座庙,在那里把衣服烘干。鸾吹,既出于对素臣的感激,也是怕引起别人的非议,提出他们应结为夫妻,但是素臣成功地说服了她,使他们得以继续以兄妹相待。在一个类似的场景中,素臣救了一位妇女,她也要求嫁给他,他提到了孟子的那段话,解释说为什么婚姻对于他们来说是不合适的。素臣责备这个妇女,说她必须适应变化的环境:"处常处变,事各不同;守经行权,理无二致"(第七十五回)。当皇太子说服素臣直接在皇帝嫔妃的胸脯上写护身咒语以使她们免受魔法伤害时,他也提到了《孟子》中的同一段话,为行权辩解(一百五十四回本的第一百八回）。[94]晚明清初的才子佳人小说《好逑传》中的女主人公水冰心也以孟子对行权的辩解为依据，提出可以允许年轻的学子在她家中养病，尽管没有别的女伴在场。[95]不过，在《好逑传》和稍后的《儿女英雄传》中，年轻男女之间任何可能招致非议的亲密接触都是因当事人最终结为夫妻方能变得无可厚非。而《野叟曝言》对妇女的性纯洁则持更宽容的态度，这表现在如下的事实中：鸾吹最终嫁给了一位非常成功的才子，而他从未对她的性纯洁产生过疑问。对行权这一传统主题的更不寻常的处理是素臣与石女的关系，素臣治愈了石女，治疗过程包括刺激她的性欲，为的是激活她的阳气，并促使她行经（第九十五回）。这位妇女在嫁给一位合适的丈夫后所显现的巨大生育能力证明，素臣的"行权"方法是正当的：这位妇女令人不可思议地生了28个儿子，如小说中所言，这个数与二十八星宿正相合（第一百回）。[96]

对素臣"行权"的描述中最令人困惑不解的是他的三位姜首次进入故事的方式。由于这些情节使他的家庭中对女子贞洁的理解打了折扣，因此它们几乎是削弱了关于男女授受不亲的正统理想。我已经讨论了素臣与璇姑最初的关系：他们两人一同亲密地演算几何题。在造访一位官员的府邸时，素臣遇到了他的另一位姜：谢湘灵。他那时正在为湘灵的妹妹诊病，开药方时，突然冲向湘灵，并撕扯她胸前的衣服，小说文本不无窥阴癖之嫌地补充道："那女子精着半身，突着两只嫩乳"（第十七回）。这一出人意料的性感细节迫使读者首先对素臣行为的正当性提出 243

疑问，尽管文本后来费了很大力气来证实这行为是正当的。正如叙述者所解释的那样，素臣的医术如此高超，以至于他一眼就能从湘灵那会被别人误认作健康的脸色上看出病征；他撕扯她的衣服，强使她周身气血跳荡，从而排出致命的病症。与金圣叹和张竹坡的方式相似，这一段的行间夹评也把读者的注意力从骇人听闻的非礼行为转移到美学内容。首先，评点者不动声色地论道，"那间（原文如此）事奇极"，并连说了两遍。在原文描述那女子如何"突着两只嫩乳"之后，评点者急急忙忙地抢在素臣之前为他进行辩解说："不堪极矣,然究系人命为重"(第十七回)。素臣后来也使用了同样的人命为重的理由解释自己的行为。意料之中的是,下面的评点转向了美学问题,以及一些"妙"语;从此以后,大部分评点都转移了方向,忙着做一些无谓的看起来就像是每个人物对这一场景的反应的叙述记录。[97]

　　素臣与素娥最初的关系似乎也违背了礼的理想。素娥是素臣从洪水中救起的女子鸾吹的女仆。尽管他们的名字中都有一个"素"字——这似乎在暗示他们是天生的一对儿,但是她与素臣其他妻妾的身份差异却使这姻缘看上去不太合适。在他们公布婚约之前,素娥——她精于医道——一直护理着重病中的素臣,她把自己的肉体当成敷布,肉身贴肉身交替地给素臣偎冷偎热,使他减轻痛苦。在他清醒之后不久,她却误食了一把春药——春药的调制者就是那个强暴获取受孕妇女之胎儿的头陀,欲火烧身,无法遏制。用一种相当于性交的模拟动作,素臣稳定了她的情绪,他把自己的腿"横入素娥的股中",抚摩她的身体,用嘴哺住她的嘴(第十五回)。透过鸾吹的眼睛,这一场景被聚焦:当鸾吹第二天清晨悄悄走来查看他们的房间为何这么安静时,她立刻得出他们之间发生了非礼的性关系的结论(第十五回),鸾吹的怀疑强化了读者对这些非正统的治疗法是否得当的疑虑。素娥的红绸内衣就堆在他们脚后,这景象使鸾吹更加不安。尽管素臣行为的纯洁性后来在衙门里得到了辩白,但是,读者还是不能理解,为什么夏敬渠觉得有必要通过掺入这么多性挑逗的细节,把这一段落推到习俗所能容忍的行为的极限。奇怪的是,归根到底,夏敬渠似乎更关注消除素娥的下等社会身份这一污迹,而不那么在意捍卫她的道德名誉。他们刚刚订过婚,素娥就澄清了自己出身的疑团,她透露说她的父亲曾是一位有名的儒医,9岁时,父母双亡,她被叔叔卖为奴仆(第十九回)。

　　这些场景不仅表达了行权作为一种合法的、保存生命的行为形式所具有的重要性,而且反驳了理学的贞洁观。在素臣的价值体系——也许就是夏敬渠的——之中,恪守性贞节并不比履行其他的儒家职责更重要。这样,当素臣考虑受到李又全歌姬们的性侵害后是否要自杀的问题时,他说服自己,应该活下去,因为他是个无辜的受害者,他还要为国家效力,为母亲尽孝。"我岂可守沟渎之小节而忘忠孝之大经乎"(第六十五回)。在让湘灵暴露了身体之后,素臣反复申明他的行为的正当性,说:"正以人命为重"(第十七回)。显然,对于素臣来说,结果可以验证手段的合法性,无论他偏离正统多远。考虑到这个时期在小说、道德读本,以及地方志中所表彰的自杀殉节的女性的数量,在夏敬渠对儒家行动主义的探讨中,最引人注目的是小说中另一种妇女的数量,她们在性方面都有污点,但后来都过上了美满的婚姻生活。小说中确有一些人物选择了自杀以表明对不道德的环境的抗拒,但是绝大部分人都活了下来,通过依附于正统来补偿她们的过失。[98]

　　素臣把行权置于更窄、更严格的正统定义之上的选择正是他表达本真性的一种方式。在这部小说中,本真性仍以对情的亲和为基础。素臣是一个"多情人",正是这个情将他的热忱忠诚注入正统,使他能够赏识那些成为他的知识知己的妇女,使他有能力认识到那些不守常规的男人、女人,以及超自然的动物们——他们变成了他的结义同盟——身上的优点。正如吴清原曾指出的,素臣对生活的这种充满激情的投入并没获得他母亲的赞同。[99]以水夫人(以及评点者)的观点看,素臣过分的见义勇为、见难必救使他忽视了个人的安危,放弃了尽孝的义务,因为为了尽孝他必须爱护自己。在回答素臣的哥哥古心为素臣的辩解,即如果不行动就会像古代哲学家杨朱一样了时(杨朱提倡为我并将其提到极端的程度,宣称:拔一毛利天下而不为),水夫人把素臣比作了墨子,墨子是不承认孔子的等级制关系的(第五十四回)。她进一步责备素臣说他枉读了这么多诗书,因为他不懂得圣人之道在于能够斟酌轻重缓急,以为屈伸进退。最后,她吓唬素臣说,如果他不能"专力于圣人中正之道",那她就不认他作儿子了(第五十四回)。

245

评点者同意水夫人的意见,评注道,素臣早些时候的病就是他不计后果而行的结果,并说"异端只为作弄,精神不收敛,故不中不正耳"(第五十四回)。回末总评则高度赞扬水夫人的这段议论,说她指出了杨朱、墨子的哲学与素臣的莽撞逞能之间的相似性。并下结论说:"有母如此,子不圣贤者,吾未之前闻"(第五十四回,总评)。在这之前的一次说教中,素臣的两个妾问水夫人,在听到素臣被判处死罪的消息后,她为什么能处之若素,水夫人答道,唯对情有所裁制,才可以使情"中节"而发,"若徇私情,忘天理,则不中其节矣"(第三十八回)。由于这一次素臣是冒着生命危险来匡救时政(他犯颜直谏,批评皇上不该助长佛老之学说),死得其所,所以水夫人能够坦然面对丧子的现实而不会过分悲伤。

246 　　在自己的言行举止中,水夫人也小心地避免借助于行权的行为。只有一次,她被说服而做了"从权"的事,尽管她认为这种做法"殊非礼"。她默许家中妇女举行假婚礼,以防止那些未婚女子被皇宫选为秀女(第四十回)。不过,最终,她还是没有让这一决定损害了她的道德标准,对自己允许家人采用这种权宜之计表达了悔恨之意(第一百四十二回)。[100]果然,在后来的一个场景中,当面对当众赤足 —— 这是一种会危及她们所主张的绝对的性贞节的行为 —— 的侮辱性命令时,水夫人和家中所有妇女都决定自杀,而不是默默地服从这个命令(第九十八回)。

甚至当赞誉水夫人坚定地承担正统中节的最高标准时,这一叙述也含蓄地鼓励了素臣的那种热情的行动主义方式。例如,尽管素臣表示已将母亲关于不可恃匹夫之勇、轻蹈不测的教诲刻诸肺腑,但是他仍然多次去冒险。更突出的是,在行权与正统之间最尖锐的一次冲突中,行权显然取得了最后胜利。当水夫人病危之际,为了治好她的病,素臣的一个儿子割下自己的一块肉煮汤给她喝。正如文龙在为自己辩解时所说,尽管割股"非正礼",但危急时刻,是允许权宜行之的(第一百二十九回)。值得注意的是,水夫人说这个汤十分香美,身体也立刻神奇地好起来。听说水夫人爱喝这种汤后,素臣的妻妾和女仆也纷纷效法文龙,安排了一个为期十日的轮值表,轮流为水夫人割股煮汤。当水夫人发现了她们手臂缠上绷带的原因时,她责备她们的行为是"愚孝",为"君子不取"(第一百二十九回)。尽管水夫人严厉反对,但是这种异端疗法的奇效却证明,作为一种孝行,它是有价值的。最终证明文龙所选择的权宜之举具有正当性的是他的祈祷终止了一场长时间的干旱(水夫人生病时它已经在困扰着北京了),一场持续七天七夜的大雪就是对他的回报。[101]

与小说的男权主义倾向一致,虽然素臣的多情的英雄性格受到了表扬,但是更传统的情的表达却是被贬低的。感伤的爱情观被反复地贬斥为孩子气的和自私的。谈到婚约时的害羞和窘迫不安并不意味着清白或纯洁,而是被批评为"孩子气"(第四回)、"儿女私情"或"儿女态"(第十、十三、三十八、九十九回)。小说中很少描写两性之间的感情,在其中的一次描写中,即对文容与赛观音在战场上调情的滑稽描写,则流露出嘲讽的态度。正如《红楼梦》中薛宝钗所示范的,婚姻是履行家庭义务和责任,与个人的感情无关。

素臣与他母亲的形象塑造的差异指向小说中暗含着的正统的性别政治。素臣被获准以某种方式超越正统行为的束缚,而这是他的母亲所不能获得的。作为一名男性,他是阳的那种调节力量的具体体现,因此仅仅通过身体的在场就能够带来秩序。水夫人,像晚期帝国的许多贞节妇女一样,却援用一种绝无商量余地的、更强硬、更绝对的儒学正统。虽然水夫人将小说世界稳定在正统价值之内的作用很突出,但是若没有素臣那孝敬母亲的装腔作势的豪言壮语,水夫人就没有什么值得讲述的故事了。水夫人对道德准则的坚守保护了小说的儒学基调,使它免于被素臣那非正统的怪异行为不适当地损害了。

尽管许多读者都清楚地感到《野叟曝言》延展了对正统的界定,使其超过了一些颇有意义的界线,但是它对于儒学实践在整个已知世界的传播的强调却暗示出,夏敬渠在试着把非传统的、但具有补偿作用的情挪入一个以正统为主的叙述之中。《野叟曝言》中令人惊讶的性事描写不仅是被用以讨论行权的合法性的经典语汇的副产品,而且是对小说将孝道与性节制等同起来的一种回应。贯穿小说全篇,对儒学婚姻实践的采纳象征着外国人乐意接受中国的宗主地位:这些民族,比如想融入汉文化圈的苗人和欧洲人,急切地借助于安排婚姻和男女隔离来管理他们本地的性经济。这些民族的参与在水夫人百岁寿辰庆典的日子里显得很突出。不驯服的被确定为阴的人群,像和尚、道士和日本人,则通过放纵、危险的性行为来表明他们对中国宗主地位的抵抗。

对于性贞洁作为一种基本道德界定 —— 特别是对妇女而言 —— 的中心位置的解构很符合夏敬渠的观点:反对理学修身中智识的、寂静主义(quietist)的方面,赞成一种对于儒教的行动主义的界定。由于对欲望的质疑是理学有关修身的话语的重要组成部分,因此,毫不奇怪,它并没有作为一个主题性的关注点出现在《野叟曝言》中。像下一章中所要讨论的 19 世纪的小说一样,《野叟曝言》叙述了调整一个失衡的社会的过程 —— 通过重组家庭、治愈疾病、战胜腐败力量,以及治理洪水。这些作品,甚至那些直接受《红楼梦》影响的小说,都不再把注意力放在理学所倡言的修身上了。这些小说中,没有一部把欲当成一个有问题的对象。毫无疑问,夏敬渠提前表现了在后来的小说中占据了支配地位的主题,而这将他这部古怪的小说从完全的默默无闻中拯救出来。

第六章　《镜花缘》《儿女英雄传》中的
　　　　　强女人与弱男人

19世纪的两部小说《镜花缘》和《儿女英雄传》以描写充当了饱学之士、国家官员和侠客角色的精英妇女而著称。尽管《红楼梦》中的女子比男人强"十倍"，但是她们的抱负志向仍被限定在家庭领域。在这两部稍晚的小说——它们都受到了《红楼梦》的影响，并确曾暗示过它——中，妇女差不多完全把男人从传统上由其承当的行动中替换下来。在许多方面，这些活跃的女主人公形象源自一些美丽柔弱的女子——她们在晚明的想象中居主导位置，并在《红楼梦》中得以充分地表达自己；然而，她们并不作为自我表达或抒情的本真性——这是我们曾经见到过的对于正统社会结构具有潜在颠覆力量的价值——的偶像而起作用，《镜花缘》和《儿女英雄传》中的美丽女子唤回了儒家所预期的社会理想，其态度之热情和坦然，似乎是她们的男性伙伴所无法企及的。

与《红楼梦》不同，这些小说没有把具有象征意义的女子气置于一种抵抗制度化的正统的那些通常引起腐败的要求的位置；而是把这些富于同情心的女性人物当作成功者，她们拥有从事各种公共事业的特权。而且，在这两部小说中，妇女对传统男性事业的参与在某种程度上给建立功名的志向——它们已变成了一种政治和道德的腐败——恢复了名誉。男性人物，相对而言，则对他们自己作为文人所从事的研究和公共服务职业充满深深的矛盾。《镜花缘》和《儿女英雄传》用女子气所具有的验明正身的力量来为那些使男性获得身份的传统道路重建尊严和完美性;在这些虚构的世界中,问题不再出在个人没有能力遵循理学的行为理想上,而是出在一种官僚制度的基层组织上,它在道德上已名声扫地。两部小说,按照惯例,都以儒家贤能统治的恢复为结尾;不过,衰落的帝国制度只能靠着对女性纯洁的幻想才能得到挽救了。

《镜花缘》中的女人当政

对李汝珍(约 1763—1830)《镜花缘》的批评反应众说纷纭。尽管一些特殊片段曾特别引起批评的关注 —— 由于它们对妇女的描写、由于它们对明中叶文人价值观包括流行的道教的反映,或由于它们那高明的寓言和讽刺手法,但是在判定这部一百回本的小说的瑕疵在于结构松散、头绪过多这一点上,20 世纪的学术观点却是一致的。[1]的确,这部小说的结构完整性很差,以至于对它的学术研究都是针对孤立的片段或主题,而不是针对小说整体的。仅有的那些想从整体上判断这部小说的研究同样也得借助于把它分解成片段,同样不能阐明联系或统一这些片段的叙述逻辑是怎样的。这部小说被割裂成大略相等的两半:第一部分叙述科举不成功的秀才唐敖的海上旅行,他经过了许多神奇的岛屿,寻访被贬到凡尘中来的一百个花仙,并将其中最重要的一些人聚齐(第七回至第四十八回)。第二部分发生在中国,在那里,正好一百名女子参加了专为妇女而设的科举考试,然后,聚集在一个封闭的花园中从事各种高雅的事务,比如讲故事、行酒令、作诗、绘画和讨论数学问题(第五十八回至第九十三回)。然而,正如我们将要看到的,这部小说的松散结构是在一种更宽大的阴阳寓言式的框架中形成并统一起来的。

李汝珍对女子气的利用是《镜花缘》中美学模式的至关重要的一个方面。小说以武则天(624—705)篡夺唐代帝王世系,自立为女皇,建立武周(约 690—705)的 15 年为背景。妇女是小说的第一关注点,她们是女神、统治者、文化精英、冒险家,而男人则完全被从权力的中心替换下来。最主要的男主人公唐敖——他的名字暴露出他与唐朝之间的象征性关联——在参透机缘之后,没有返回中国。大部分有关小说中的妇女描写的研究,都遵循着胡适的思路,把它解读成持有某种女权主义的关怀,即使它仅仅提出女子在智力上与男人相等。[2]然而,正如我们已经看到的,在尚情的感召下,将美丽年轻的才女理想化已成为一种普通的隐喻,因此《镜花缘》中把妇女和女子气理想化并不是个特例。

　　假如我们把注意力从李汝珍的女权主义意向上转移,我们就会面对这样的问题,即如何解决与女子气相关的一些矛盾的意义,它们体现在对历史人物武则天的形象塑造、对她统治期内的内乱的描述和对一百名理想化的才女的形象塑造上。在《红楼梦》中,对女孩子们充满同情的描写与对有破坏性的泼妇的描写是截然分离的,这种分离直接指向了小说对于欲的那种自相矛盾观点的中心;在《镜花缘》中,李汝珍则利用同样的性别词汇探讨了文人参与晚清的权力和知识制度的问题。不过,花仙——尽管没有表现出与尚情相关的情欲——还是起到了女子气所具有的象征本真性的作用。如果说《红楼梦》是在赞赏与内在的抒情自我相连的价值观,那么,《镜花缘》就是试图找回晚期帝国权力与知识制度的非政治化的整合,这种整合曾由于其与科考体制的关联而遭到破坏。[3]虽然在两部小说中,女性人物形象都被当作了文人文化的偶像,但是女子气不再作为一个向男人敞开的乌托邦的象征性空间而起作用。妇女对传统男性领地的接管更多地并不是出于一种女权主义的诉求——要求扩大入口,好使妇女进入由男性独占的权力通道,而是反映了一种向往:要重新给那些精英男性的追求赋予名誉和道德纯洁性——而这是它们一度失去的。可悲的是,妇女的那种文人文化的欢乐庆典却将男人拒之门外了。

　　较之上面所讨论的小说,《镜花缘》更多地描述了士大夫在权力位置中的被贬。与其他清代著作——特别是《儒林外史》——一样,《镜花缘》

252

对升官 —— 这是才子生涯中一个光宗耀祖的成就 —— 的态度是既高兴,又恐惧。这种对儒家事业的缺乏热情,无疑是导致一些人将《镜花缘》解读成道家著作的因素之一。的确,对流行的道教的同情和对仙道的追求,正是这部小说幻想逃避现实的例子。然而,尽管唐敖名字中的"敖"字 —— 它暗示着"遨游",道家先圣所寻求的一种自由自在的游历 —— 似乎早已预示了他作为道教徒的命运,但是,就像他对自己的儒家抱负充满矛盾一样,他对自己的道教志趣也摇摆不定。只有当其他大门都向他关闭了的时候,他才认真地追随道教,脱离红尘,顿开名缰利索。虽然唐敖与忠于唐朝的人有联系 —— 这使他受到排斥,不能参与武则天非法的朝政,但他还是参加了由她主持的科举考试,并中了探花。只有在武则天发现他曾与孝忠于唐朝的人结盟并将他降为秀才之后,他才放弃了追求仕途。

正如夏志清和罗狄曾提出的,这部小说可以被更成功地解读为对于清代知识思想追求 —— 在这诸多追求中,流行的道教只是其中的一条脉络 —— 的一种赞美。然而,正如罗狄所进一步指出的,在这部小说中,文人文化已与它的道德目标相分离,并已被平凡化为一种才气横溢的、娱乐性的"形式游戏"。[4]小说的空间结构流露出这种过分依赖于美学而非道德规范的危险。中国政治核心人物在中国边界之外 —— 在那里,这些航海者领教到所有价值观都是相对的 —— 的飘零和散落似乎是文人恐惧的象征,他们害怕在 19 世纪早期那漫长的政治文化衰落期中被排斥、被边缘化。由于李汝珍的小说创作不过是 1839 年的鸦片战争爆发和 1851 年的太平天国起义之前数十年的事[5],因此,人们试图把他对于唐代朝臣散落于海外的描写当作对这些骚乱的一个预言,这些骚乱很快就暴露出中华帝国的权力与知识体系的局限。

性别、结构与阴阳模式

尽管现代的读者和批评者常常为这部小说的长度和松散结构感到

遗憾,但是在 19 世纪的读者中这部著作却享有巨大的成功。的确,质量参差不齐的多种版本的出版就是读者持续需求的结果。[6]《镜花缘》的流行也许部分地由于它的文本中交织着大量较早的古代经典和白话经典的因素,以及选自李汝珍本人的音韵学研究的渊博知识。[7]《镜花缘》中百科全书式地罗列着经典、白话小说、流行的道教典故,以及深奥的知识。这种做法虽然会使习惯于阅读有情节发展的叙事的现代读者望而生畏,但是却颇合传统读者的口味,他们在确定互文性的(intertextual)起承转合和结构模式方面训练有素,并乐此不疲。小说的主题性高潮是一百名被贬到凡间的花仙作为才女的长达三十回的聚会,这显然是试图胜过《红楼梦》中十二钗的诗会。[8]事实上,其中的一位才女已意识到这种百名女子的聚会是历史上独一无二的(第七十一回)。

254

虽然崇尚性情的《镜花缘》把女子气理想化了,但它也从激烈的且通常是憎恶女人的《水浒传》中借用了一些构思。在第四十八回,一座白玉碑上列着 100 名花仙的名字。同《水浒传》一样,碑文是用蝌蚪文写就的,只有众花仙的花魁唐闺臣(这个名字从字面上看,是"唐朝的女大臣"的意思)才能看懂这种文字。众才女在第六十九回才逐渐聚齐,而这不禁让人想到《水浒传》第七十回众好汉在梁山的聚齐。另一与《水浒传》的相似处是百名才女的排座次,它也为把每位姑娘的名字记录下来提供了机会。[9]通过把小说置于唐代背景之下,李汝珍可以保证,唐敖的航行 —— 他游历了神话般的《山海经》中所列数的诸多国家 —— 将使人回想起汉族的这部地理名著和小说《西游记》。[10]以一种类似于《西游记》的寓言结构的方式,唐敖的寻游给他所经过的国家带来了地缘政治学秩序(geopolitical order),并使他自己达致觉悟的最高境界。小说结尾,用"四座大关"来寓言"四贪"(第九十四回至第一百回),类似于董说的《西游补》,主人公们都被自己的物质欲望所诱陷。

李汝珍似乎是尽可能地在文中填充各种内容,结果造就了一个几乎让人没法连贯阅读的文本。不过还是有清晰的迹象表明李汝珍知道规范小说的一些结构特点，而且用它们来规整自己这部枝蔓丛生的文本——他为这部著作花费了十年心血。依照小说的惯例，《镜花缘》的开头也是一则超自然的幻想故事，它引发了主要的情节行动。虽然这部作品并没有以十回为一内容单元，但是它却按照百回本小说的正规结构模式，在正中间匀称地分成两个叙述部分，而且用一些在数字上彼此照应的章回来建构一系列结构框架。

一些主题模式被用来突出两个部分之间的对比。第一部分——主要发生在中国境外一些地理上分散的、被含糊地称为"海外"的空间，在结构布局上映照着第二部分——这一部分发生在中国，主要在一个花园的封闭的空间之中。两个部分的描写重点是由性别来区分的，第一部分写男性的冒险，第二部分写女性花仙。更有意思的是，开头的六回叙述武则天势力的增长，结尾的六回描写她在忠于唐王朝的人手下的失败。在小说的第七回至第八回中，唐敖准备离开中国，而在小说第二部分的第五十七回至第五十八回中，忠于唐朝的力量也正于此时开始聚集。在叙述的语调上，小说的两个部分也相互对照。前半部分对一切形式的虚伪所采取的那种尖刻的讽刺口吻在后半部分让位于花园中对各种文人技艺的热情赞美。

尽管小说明显地分作两个部分，但还有一些模棱两可之处，而对于这些地方，叙述环节就代表了中间点。在第四十九回和五十回——从数字上看正好是（小说的）中点，两位最重要的女子从小蓬莱岛——这是一个道家的乌托邦仙境，到处是神奇的植物、瀑布和神秘气氛——的山上下来，启航回中国。第五十回作为"居中的"章回的结构重要性由于航海者们再回两面国——在第二十五回他们曾首访这个国度——而被提高了。不过，第四十八回中的一个停顿也同样重要，在这一回中，唐闺臣从小蓬莱岛的一座白玉碑上了解到她们的真实身份是花仙，而且唐敖悟得仙道。唐敖的悟道在第九十五回中得到了响应：他那位百花仙子投胎的女儿看破红尘重返这个海岛。小说神话似的开篇中提到的许多地名在小蓬莱岛上重复出现,这也暗示着这一回在主题和结构上的重要性。而把第四十八回解读成结构上的重要章回的最后一个理由是:它可以被六整除。

　　阴数六反复地被利用来结构《镜花缘》。这部小说的非常之处正在这里,尽管它是一百回,但是它的结构模式是以数字六而不是以更常见的整数五或十为基础的。阴数六对于结构的重要性与小说对阴统治下的宇宙 —— 这里,无论在天界还是政界,男人均远不如妇女 —— 所进行的主题探讨相符合。在开头的六回中,百名花仙由于不合季节地让百花齐放而被谪入凡尘。在尘世,与这种天宫中的混乱失序相应的是:武则天篡夺了唐朝的皇位,自建武周王朝,唐朝的忠臣散落四方,以及武则天强令花园中的百花在冬天开放。在结尾的六回中,果报的轮回结束:唐敖的女儿重获其天仙的身份,武则天被唐朝的忠臣打败,男性的唐朝恢复了。

　　妇女和与女子气相关的话题在开头六回中被置于显著的位置。小说以对妇女得体行为,即班昭《女诫》所言女子之"四行"——妇德、妇言、妇容、妇功——的一个简短讨论为开头(第一回)。[11]这段对妇女的说教性警告之后的叙述显然在具体说明当妇女没有按其适当的社会角色行事时会发生什么。阴历三月初三这一天,所有的女仙都集聚于昆仑山为道教人物西王母祝寿。同《醒世姻缘传》《红楼梦》和《野叟曝言》一样,采用三月初三这一日期也是要引入一个混乱的时期,在本书中,直到结尾,当唐朝的忠臣选择在三月初三起兵推翻武则天时,这个混乱时期才告结束(第九十六回)。对双三这个数字的多次重复强调了与阴相连的意象:例如,女儿国的片段始于第三十三回,而第六十五回中,也许是预期着六十六这一阴的回数,众姐妹在随便议论这些数字巧合有何深意:她们正好是三十三人;杏花正好是三十三朵;她们抽得的签上则写着"前三三后三三"(第六十五回)。

　　小说开头部分的事发生在一个阴占统治地位的时期。众女仙为西

256

王母的圣诞而聚会,奇怪的是专司下界人文的魁星竟呈现女像。百草仙子解释说,女魁星和其他一些阴的征兆预示着将来妇女在文学领域的主导地位(第一回)。具有讽刺意味的是,班昭有关女子行为的诫言正好放在西王母寿诞之前,而这一寿宴的主题就是正常的政治和季节秩序的颠倒。嫦娥是这一场景里的中心人物。这一叙事并没有进一步发展嫦娥神话中更常见的让人同情的一面 —— 在那里,她被描绘成一位非凡而孤独的美人,而是抽取了神话中具有颠覆性的一面:一个欺骗丈夫、偷走长生不老药的妻子被放逐到月宫中的故事。

在西王母的寿宴上,嫦娥专横地企图强迫百花一齐开放,遭到百花仙子的拒绝。百花仙子解释说,所有花的开放都遵循着一定的时序,擅自改动这个时序将"颠倒阴阳"(第二回),她还说她宁愿坠落红尘也不愿意背这个恶名。嫦娥略施小计终于使百花齐放了,结果是一百名花仙被贬谪红尘。[12]百花仙子发下狠誓要维护自然秩序,而这种做法,正暴露出小说中有一种根本性的分裂:在其所赞同的女性人物(她们维护行为规则)和那些反叛的妇女(她们暗中颠倒了阴阳的"自然"秩序)之间的分裂。花仙们在凡尘中的聚会是嫦娥破坏自然秩序的结果,不是应当被效仿的事。这种阴阳秩序的颠倒让人想到《醒世姻缘传》中在毁灭性的洪水到来前夕明水镇所发生的事件。

政治上发生的类似于天界的这种混乱事件是心月狐投胎成为武则天,这一事件被形容为"错乱阴阳"(第三回)。心月狐这个名字源自一个普通的字谜:是将情这个字拆解而成的,并且它让人想到常与武则天连在一起的强烈的性欲。[13]当武则天重新践行了嫦娥那不合法度的倡议,在隆冬天气创造了一个人工的夏日时,出现了"枝多连理,花皆并蒂"的景象。正如一位目击者所解释的:"连理、并蒂为双,属阴;阴为女象"(第五回)。一部较早的小说 —— 1695 年的《隋唐演义》—— 也提到这个场景,不过百花齐放是在秋季,而不是隆冬季节。[14]《镜花缘》对季节的改变暗示出它在有意突显阴的象征主义。第二个改变是说武则天是在醉酒的情况下命令百花齐放的（这个"酒"字在第四回开篇的几行中被重复了七次），这巧妙地强化了人们关于武则天堕落的观念。阴的图释把开头六回与第七回唐敖的突然出场连接起来——他被描写为来自海丰郡的河源县。

与开头六回阴的象征符号相映照的是结尾六回中——在这几回中，男性的忠于唐朝的军队聚集起来推翻武则天——阳的词汇的使用。九月初九的重阳吉期标志着结尾几回的开始（第九十四回）。[15]如上所述，勤王者在三月三日开始起兵。这一部分中阳的力量的兴起进一步由一些唐朝忠臣在谈医论药时暗示出来，他们谈到一种能治疗"足厥阴经"之疾病的药（第九十五回）；而"厥阴"则可以被理解成"绝阴"的双关语。在这一回结尾，一组剑法歌诀中对"太阳"两个字的无谓重复也与第五回中的"太阴"相映照。[16]最后，小说以唐中宗复位、众花仙由于她们在中国所扮演的适当的家庭角色而得到回报而告结束。

阴的主题也主导着第三十三至三十七回，这是这部小说中关键性的阴的章回，而且也许是这部著作中被讨论得最多的章回。第三十六回，以女儿国为背景，探索妇女、洪水与越轨行为之间的象征性关联，而这些对于《醒世姻缘传》和《野叟曝言》的美学观来说是如此之重要。这一片段的直接的文学源头是《西游记》第五十四到五十五回中西梁女国的故事。这些原故事中的材料再一次被增补修改以突出这一理念，即过盛的阴会有力地颠覆阳的秩序。《西游记》中的西梁女国居民全部是妇女，而在《镜花缘》的版本中，则颠倒了男性与女性的性别角色，这样，女儿国俨然就是武则天统治下的中国的一个微观的翻版。在这个国度里，男人不仅受到妇女的政治统治，而且也被迫缠足，也隐居在深闺，做针线活儿、养儿育女；与此同时，妇女则享有通常由男人享有的自由。同《西游记》的西梁女国一样，淫荡的女"国王"也看上了林之洋，他是与唐敖一同航行的男人中最英俊的。宫娥们将林之洋诱骗入宫，将他幽禁起来，给他缠足、穿耳，准备做"王妃"，这不禁让人联想到素姐也曾以暴力将希

259

陈像女子一样囚禁起来。与宫中这种放纵的阴相并行的则是宫外威胁到女儿国居民生命的洪水。但是这个国王却痴迷于林之洋,对洪水不闻不问。林之洋的同伴们纠正了这种失衡:唐敖用随船带来的生铁打造工具疏通了河道,以此换得林之洋的获释。

对《西游记》中的故事内容所做的一些改动使这一片段中的阴阳象征主义突显出来。女儿国中的国舅姓坤,"世子"的名字是女子气的"阴若花"。虽然张心沧可能会纠正说第三十六回中的洪水反映了李汝珍对治洪的兴趣,但是洪水情节的安排、对阴的肆虐的象征性表达,都恰好出现在关键的阴的章回中,这暗示出李汝珍的写作是有一种结构设计的。[17]这一片段中的阴阳象征主义在唐敖成功地疏通河道这一事例中也得到表现:他通过使用金属完成了这个任务,而金属是一种阳性元素,在女儿国十分稀少,因此法令禁止用它来打造工具(第三十六回)。第三十六回中的八卦学双关语在第六十六回中 —— 当女儿国的人物再次意外地突然出现时 —— 得到了响应。

尽管《镜花缘》中阳的意象相比较而言展开得不是很充分,但是它们却为阴的图释提供了一种主题上的补充。最明显的就是第一百回中规范的政治秩序与男性统治和唐王朝之重建的关联。不仅如此,第九回和第二十七至三十回 —— 在《红楼梦》中,这些章回是阳的主题的发生场(比如:闹学堂和夏季的酷热)—— 意味深长地谈及了医道,在《野叟曝言》中这是一个明确地与阳的调控力量相连的主题。第九回,航海者们抵达"东荒第一大岭",这个岛上到处是仙花异草、奇禽怪兽,正是在此地唐敖迈出了成仙的第一步。作品讽刺了科举考试制度,为了准备考试,学生们不得不死记硬背地填入尽可能多的书本内容,唐敖吃了一棵"朱草",结果将所有他记得的无用的东西都排泄出来;一阵剧烈的胃胀气之后,他发现幼时习得的诗文中,仍能记起的只剩十分之一了(第九回)。医道在第二十七至三十回中也再次被置于突出位置,在此,唐敖和柁工多九公所开的药方被称作"济世"之道(见第二十七回,以及第二十九回回目)。意味深长的是,作品还为这一段设置了一个阳的背景:第二十七回中,航海者们经过了一座"火山"。书中仅有的另一处谈及医道的内容出现在结尾:唐朝忠臣讨论如何医治"足厥阴经"的病。[18]

多九公——他从前也曾考取秀才,后来放弃了书生生活——的满腹才学、精通医道也再次暗示了与阳相关联的主题。古道热肠、经验丰富的多九公是这部小说中最健康最自信的男性人物。《儿女英雄传》中也出现一个类似的阅历丰富的老人邓九公,他同多九公一样对文人文化的繁文缛节感到不耐烦,这使得我们不禁要把他们解读成阳的活力的正面的象征。在第二十九回中,多九公用童便——一种阳性物质——入药来给岐舌国的世子和王妃治病,以换取音韵表。这一段故事中值得注意的是,岐舌国国民那过分发达的智力与男子气的丧失之间暗含着一种联系。禁止向外国人传授他们那复杂的音韵学的法令非常严苛,违犯者将被处以终身不准娶妻或阉割的刑罚(第二十八回)。

261

不可否认,阳的主题在第二十七至三十回之间的聚积——尽管具有启发性——还不能成为结构模式的确凿证据。但是,正如我们在《野叟曝言》中所看到的,通过遏制错误的或过分的阴来恢复秩序的诸主题仍是阳的图释的基础,这种遏制经由一系列治政(打击篡国者)、治家(让女子回家)、治病和治水的行动得到实施。在《镜花缘》和《野叟曝言》中均成为强调重点的具体的治国术表明,在相当程度上,重视实用的行动主义已经变成了晚期帝国文人的一种理想。小说文本只描写了充斥于真正的治国策论中的论题的一小部分;这些小册子所论及的问题覆盖面非常广,包括人口过剩、课税法、军事防御、农业,以及金融和修建粮仓。与此相反,《镜花缘》和《野叟曝言》却正好把那些最深植于阴阳象征主义的治理国家的方式,即打败篡国者(他们被阴的词汇所界定)、治理洪水、让妇女找到门当户对的配偶并隐居于深闺,置于重要位置。[19]

在传统小说中,妇女的被诱拐或背井离乡通常都是社会和道德秩序崩溃的信号。[20]《镜花缘》中一百名花仙散落人间的情节是清代关于妇女地位和教育问题的较大规模争论的反映。曼素恩（Susan Mann）曾经提出,18世纪人们普遍地关注限制妇女生活的问题,这种现象可以被理解为对调整社会秩序的一种转喻。"靠着把妻子的位置限定在家庭之中,他们（即文人）寻求限制社会的变化流动,他们认为这种流动会侵蚀掉他们自身受尊重的地位边界。"[21]这种对正常社会秩序崩溃的焦虑在《镜花缘》的基本情节中明确显示出来。

在唐敖和行动主义的典范圣王大禹——他治理了洪水——之间也有许多相似之处。[22]对唐敖所游历的三十一国的描写除了两国外都取材于《山海经》,传统上认为这本书是禹和他的助手益在走遍天下疏导洪水时写就的。[23]唐敖为女儿国治理水患时,明确地遵循着禹的模式（第三十五回）;这个国家的百姓感念唐敖疏通河道的辛劳,为他建立了生祠（第三十六回）。晚期帝国的作者们借用禹——理想的儒家行动主义的圣人——的神话把治水描写成一种个人与混乱无序力量的斗争,那是这样的一场战争,它所依赖的是道德纯洁性和勇气,而不是官僚体制组织众多人力和资源的能力。

禹疏通了河道,治理了水患,与此同时,他又把中国的文明扩展到地球上更远的地方。唐敖在中国境外的游历,像《野叟曝言》中的文素臣一样,也模仿禹,以某种方式推广了社会和自然秩序的规定,并且重申了中国作为政治中心的地位:除了治水,唐敖还帮助一些流落海外的女子返回中国,重归与其相适宜的"内"的位置。他所遇到的第一个女子是因反对武则天而获罪的骆宾王的孝女（第十回）。这些航海人遇见她时,她正在打虎为母亲报仇。他们救下的第二个女子则正在潜海捕参以奉养寡母（第十三回）。这以后,他们又遇见了唐敖的老师,他因呈递奏章劝武后谨守妇道让男性国主还朝而流亡海外（第十五回）,以及唐朝四大忠臣的儿子们。像由于河床淤积而失去水道的洪水一样,这些忠孝人物也都失去了她或他在中国的适宜的位置,四海飘零。[24]儒家行动主义的治水、治家、治病、治政诸理想之间的相似性在于,每一种理想都是为一种业已偏斜的阴阳失衡重建秩序。大概就是出于这种象征性的理由,这些治国的方式在清代小说中被放到了显著位置。

《镜花缘》中的正统话语:秩序的性别化

在《镜花缘》中,女性统治的阴的世界与唐朝忠臣的阳的世界两相对立。叙述的进程从规范秩序随着武则天的篡位而被中断开始,经过一个被理想化的阴的统治时期,最后到阳的元秩序(meta-order)的恢复。在这一周期的阴的阶段中,中国的核心人物完全被"散落"于边缘。只有在稍后的阳的阶段,这些核心因素才回到"中心"——他们应处的位置上来:百名女子先是被圈在花园之中,后被安排与门当户对的唐朝勤王者婚配,就是这些男人重返帝国中心掌握了权力。正是这种中心化的过程仪式性地说明了中国的情形。[25]不管百名花仙的聚会多么理想化,它仍然代表着一种正当的礼和政治秩序的丧失。

《镜花缘》中阴的失序的重要代表是扰乱常规的嫦娥、心月狐武则天和淫荡的女儿国"国王"。这三个"淫妇"构成一个人物行动系列:嫦娥在西王母的寿诞上首先发难要改变宇宙时序,武则天推翻了正当的政治秩序,而女国王则滥用权力强求与林之洋发生性关系,却不履行她作为统治者的义务。虽然嫦娥和武则天的违规行动不如女儿国国王的多,但是这三个人可以被合成一个人物来解读:她受着无法控制的傲慢专横、权力欲和性欲的驱使,她出现在特定的结构性时刻,去破坏规范的秩序。与其他清代小说相比,《镜花缘》中对违规采取的是轻描淡写的办法,因此,读者可能会忽视这一"淫妇"的重要意义。但是,当与各种文本中的程式化的泼妇形象相对照来读时,就会发现用来塑造她们形象的许多轻描淡写的细节都含有严肃的意蕴。

《镜花缘》令人惊讶的特点之一就是它对武则天采取了一种低调的描写方式,而这与流行于其他虚构作品中的那种荒淫无道的武则天形象迥异。[26]《镜花缘》中没有用谋杀或赤裸裸的性事细节来渲染武则天统

264

治的朝廷。事实上,书中最接近于表现武则天道德堕落的地方是描写她的醉酒——正是在醉酒时,她狂妄地下令让百花在冬季齐放——和提及她的两个大臣:张易之和张昌宗,在其他作品中,这二人因做了武则天的情人而臭名昭著(第一百回)。第四十回中,她颁布了完全符合儒家思想的十二条诏令,将表彰和保护节妇孝女制度化,这一举措甚至使她成为一个正面形象。[27]尽管《镜花缘》中并没有贬低武则天,但是可以预料,读者对她的理解会受到关于她的流行观念的引导,在流行观念中,她是一个在政治和性事上违背礼教的象征。[28]大众心目中的武则天与违禁的性行为之间的关系如此密切,以至于她的镜子成为《红楼梦》描写秦可卿卧室时所提到的诸种色情物件中的第一种(《红楼梦》第五回)。

265 　　对武则天的最有名的描写之一也许要算 16 世纪声名狼藉的色情作品《如意君传》。[29]这部虚拟的传记以编年史的格式概述了武则天一生的主要时期,从 14 岁做唐太宗(在位期:626—649)的才人,与太宗的儿子后来的唐高宗乱伦通奸并被高宗(在位期:649—683)立为皇后,到僭立武周王朝。作品的大部分篇幅都在叙述她与各种大臣的淫靡通奸,其中一些人的名字出现在《镜花缘》中。传记的名字出自一则杜撰的故事,即在她恩宠情人薛敖曹——又称"如意君"——之后(《如意君传》),有 4 个月的时间(692 年的 4 月到 8 月),她曾改年号为"如意"。小说中的武则天已活过了两个皇帝的统治期,但由于从许多男性相好那里吸取了阳精,所以她依然像少女一样年轻。《如意君传》中,与她对男性的性征服描写交织在一起的,是关于她篡夺社稷江山、放逐既定王位继承人的政治叙事。

　　武则天也出现在许多讲述唐史的历史小说之中,其中最有名的是《隋唐演义》。[30]与《如意君传》相对,这些小说重在讲述武则天政治上的发迹。尽管《镜花缘》中的一些事件,比如百花齐放,比如李敬业与骆宾王在 684 年发动的失败的起义[31],很可能取自这一较早的资料,但是,李汝珍省略了武后暗害萧后或扼杀亲生女儿以嫁祸于她的对手王皇后的情节[32]，掩饰了她残杀成性的恶名。虽然武则天在《镜花缘》中并没有残忍地杀戮，但是唐朝忠臣们的险恶处境、林之洋的被女儿国国王绑架，以及嫦娥和武则天的篡权，都暗示着她在一个更广阔的文化想象中的定位：一个政治暴君，一个性的榨取者。她的坏名声（不管本书写不写她干的坏事，都不能改变她的恶名）无疑可以解释为什么《镜花缘》中没有为勤王者的起兵反对武则天提供真正的理由；尽管小说中将一些正面的成就归功于武则天的统治，但是读者仍能理解并能想象到将她从皇位上驱逐的道德责任。

与这种越轨的阴的篡权者相对的是男性的唐朝忠臣，他们转喻地（metonymically）与阳的元秩序相连。但是小说中的男人大多都有缺陷或没什么能耐。尽管唐敖的命运与唐朝亡臣的命运是交织在一起的，但是他却奇怪地对精忠报国的政治理想殊无兴趣。甚至在唐朝勤王者夺回了权力之后，他也没有去寻求一种有意义的投身于政治或社会的生活。他的舅兄——精于盘算还有点儿贪财的林之洋——则体现为一种有道德缺陷的典型，这种缺陷预兆了小说结尾部分中唐朝忠臣们无法控制自己的欲望和野心的情况。

小说用一种戏谑的口吻来叙述人欲这一《醒世姻缘传》中的重点话题，林之洋误落女儿国"国王"之手，当归咎于他自己缺乏自制力。林之洋的好色倾向首先由他的白皙和美貌暗示出来。[33]正如林之洋所承认的，多九公"设或女儿国将你留下"的一句玩笑竟成了他眼下不幸的预兆。当林之洋进入王宫兜售化妆品时，他靠近了女"国王"，从而破坏了男女授受不亲的重要规定，而这是儒家关于性别礼仪的基本戒律。他并不关注她作为一个统治者的职责（像唐敖那样），也不关注他所推销的化妆品的潜在消费者——这才是他进入王宫的理由，而是只注意到她的美色。正如他所看到的，那国王"虽有三旬以外，生的面白唇红，极其美貌"（第三十三回）。这一场景的叙述顺序——林之洋色眯眯地盯着女国王在前，女国王对他产生欲望在后——强烈暗示出：正是林之洋的欲

266

望才使他最终落入陷阱。

这并不是书中第一次表现林之洋的欲望——它很容易被唤起,带着可能是致命的后果。离开黑齿国——三位游历者曾在此备受羞辱(在唐敖和多九公,是由于那里的女子比他们更博学;在林之洋,则是因为黑女更重才学而不是他的化妆品)——之后,他们经过了一座桑树林,在那里看见一些以红丝绵缠身的美丽妇人,有的在吃桑叶,有的在吐丝。林之洋的反应是要带几个美妇回去做妾,因为,正如他解释的,她们"又会吐丝,又能生子"。多九公则创造了一则完美的隐喻,说明女性"性子发作"起来的危险,他向林之洋解释说,这些妇人会怎样用丝缠住男人的身体,把他们杀死(第二十回)。

虽然林之洋安然无恙地躲开了这些吐丝的妇人,但最终还是遭遇到了相似的命运:被女儿国国王的宫娥们绑架、剥光、缠足。"不由分说,七手八脚,把林之洋内外衣服脱的干干净净。这些宫娥都是力大无穷,就如鹰拿燕雀一般,那里由他做主"(三十三回)。然后,宫娥们给林之洋缠足、扎耳朵眼儿。到这段故事结尾,在一种与《醒世姻缘传》相似的领悟中,林之洋学会了控制自己那容易被挑起的欲望,并意识到这位国王的美貌的危险。在婚礼之夜,林之洋"看那国王虽是少年美貌,只觉从那美貌之中,透出一股杀气;虽不见他杀人,那种温柔体态,倒像比刀还觉利害"(第三十六回)。领悟到这些之后,林之洋就得救了,并且,在第三十七回带路搭救女儿国世子的行动当中,充当了更得体、更积极的男性角色。

林之洋在女儿国的被囚预示着小说结尾部分唐朝忠臣们在四个寓言式的迷阵中的失陷。"自诛阵"的名称来自表示四种传统恶习的字谜,它们分别是酒(酉水)、烟(无火)、色(巴刀)、财(才贝)。凡进入这些阵的兵将莫不立即被眼前虚幻的世界所迷惑,有的人则阵亡了。一位勤王者,章荭,志愿冲入才贝阵,他立刻就被一枚挡住道路的巨大铜钱搞得眼花缭乱,却没有注意到拥挤在那枚大钱下投机赌博、杀人放火、偷窃抢劫的人们,他爬上一个梯子,从钱眼中钻了进去。他进入了一个铺金盖银的洞天福地,只需想一想,一切奢华便都出现在身边。他马上就忘记了他的军事使命,在那里快快活活过了 60 年。直到 80 岁那年,他才醒悟到人生不过如此。他想寻找来时的旧路看看当年登梯之处,来到钱眼跟前,把头钻出朝外探,结果却被钱眼卡住颈项,死掉了(第九十九回)。这些寓言式的关口充当了道德的试剂,只有那些能够通过测试的唐朝勤王者才能重建唐王朝。这些男人的行动一再地向人们显示只有依靠那一百名女子 —— 她们现在以他们的姐妹和妻子的身份出现 —— 才能通过这个可怕测试。妇女们得到了护身符,把它吞入腹中的男性兵将方可平安地破阵;妇女们还成功地破了武六思的妖术。尽管有妇女的帮助,但是男人们道德上的操持不定还是几乎毁了他们的共同努力。一个例子是,直到那些男人明白在破阵之前的 24 小时中必须戒酒时,护身符才起了作用(第九十七回)。

《镜花缘》中关于秩序的失而复得的元叙事利用了一种阴阳的象征词汇,包括性别对立和有关阴数六的八卦学双关语。尽管这一高度传统的元叙事被更罕见的叙述内容 —— 这些内容使这部小说获得了声誉 —— 所遮蔽,但它还是提供了结构框架,围绕此框架这一叙述被组织起来。正如下面将要讨论的,这个结构 —— 它把阴的统治处理成正常秩序的崩溃 —— 暗示出李汝珍所处理的是关于女子气的多重的建构。

审美与矛盾心理

阅读《镜花缘》时,人们无法不注意到在男性人物对于权力和知识中心的暧昧立场与女性的花仙步入这些传统上由男人占据的领域时的坚定和从容之间形成的鲜明对照。从某一层面上说,勤王者和花仙之间的对立互补反映出小说是把性别当作其正式结构模式的一部分来利用的。然而,在男人对自己参与科举考试制度的犬儒主义态度与妇女对它的毫不掩饰的热情之间所形成的鲜明对比暗示出,作者对科举考试制度所代表的诸事物带有一种无法化解的矛盾心理。花仙们的成功——
一百名花仙一律通过了考试——使儒家的官僚政治理想作为一种赏识
并奖掖才能的制度复兴了,这是所有男性人物都否认的可能性。好像李
汝珍对于这种理想的追怀只有在这理想通过一种性别的透镜——它在
某种程度上将这个过程美化并情感化——折射出来时才能维持。

正如在清代小说中广泛反映的那样,许多文人都倾向于对艰辛的科
举取士采取一种嘲讽的态度,不把它当成知识和道德训练的有意义的形
式,而是把它当成追求它本身所质疑的官僚政治生涯的一块敲门砖。[34]
朴学的知识纯洁性——起初它是对立于儒学制度化的一种抉择,到了
18 世纪晚期,当它也被收入考试课程中时,遭到了破坏。[35]《镜花缘》
流露出一种焦虑:这种通过与考试制度和庇护者网络的联系,不仅朝向
官僚政治生涯而且也朝向知识——特别是朴学知识——的追求,已经
与成就功名的野心不可分割地交织在一起,以至于学问在道德上被玷污
了。[36]这部小说通过让年轻女子——她们在文化上保持着纯洁性,尚
没有为权力或功名利禄的野心所玷污——扮演才子的角色,使得这一
幻想成为可能,即把自己投入这些既定的事业道路可以是一种有意义的
自我表达形式,而不是一种自私的追名逐利的野心。更让人对此有信心
的是,没有一个女子被要求放弃她的道德或知识信仰,没有一个女子被
贬谪、被放逐,或被处死。这一幻想,即百名花仙毫无问题地实现了任何
一位晚期帝国的学子都有的知识和事业抱负,显然是由关于女子气与本
真性相关的联想所决定的。与汤显祖和曹雪芹一样,李汝珍也把花园的
女性化空间描述为一个文化救赎场。但是,与《牡丹亭》和《红楼梦》中
的男性人物不同,《镜花缘》中的男性人物被从这个理想空间排除了。也
许,文人返回一个社会——在这个社会中,他们辛苦得来的知识技能可
以带给他们名誉而又不会让他们放弃道德——的可能性只是一种不可
企及的幻想,犹如"水中月"或"镜中花"。

小说第二部分中知识游戏所表现的才智掩盖了被置于学问之上的

价值的变化。正如斯蒂芬·罗狄深刻指出的那样,传统的知识等级 ——它的前提是某种形式的学问具有一种伦理功能 —— 已经被取消了,这种取消导致了《镜花缘》中知识的平庸化。他评述道,这部小说中的正统学问"被嵌于游戏的语境之中,结果使得经典的博学与琐事、猥亵笑话、双关语、谜语及其他娱乐之间没有了分别"。[37]在本真性的话语中,正如我们在《牡丹亭》和《红楼梦》里已经看到的,抒发性情的语言是作为正统学问的道德等价物出现的。在《镜花缘》中,如罗狄所言,形式取代了道德内容。[38]这些女子对各种知识 —— 其形式为大量的智力游戏 —— 的一视同仁,类似于小说前半部分里中国文化的去中心化。这些航海者三番五次地被那些出乎他们的常规预料之外的社会所困扰。黑齿国的黑女在道德和智识上都优于白民国那些品貌绝美,但却无知傲慢的人们(第二十一至二十二回),淑士国咬文嚼字的腐儒那种自以为是的假斯文(第二十二至二十四回)只是略输于两面国的国民而已(第二十五回)。

在这幅文化相对主义的多彩画面中,中国的出现不过是另一支主题变奏曲,而不是其他有关游历的叙事 —— 如《西游记》《野叟曝言》——所表现的那样是道德、知识和政治中心。一种强有力地被界定的道德观的崩溃 —— 这崩溃成全了审美模式,也许可以进一步解释,与那个时期的其他小说相比,作者对勤王者们推翻篡国者武则天的斗争所具有的道德面向为什么缄默不语。假如斯蒂芬·罗狄的看法是正确的,即李汝珍的《镜花缘》模仿了《绿牡丹》(现存最早版本刊印于 1800 年)—— 对武则天的反抗是这部小说情节的核心,在小说中一支由青年女子组成的队伍与男性勤王者共同战斗。那么,《镜花缘》中政治孝忠主题的最小化则是一种意味深长的美学选择。[39]

学问与其伦理根基的脱钩可能也可以为文人文化(文)与男性主人公之间错综复杂的关系提供一种解释。[40]关于唐敖胃胀气并将所有没用的诗文都排放出来的不无讽刺的想象,形象地描绘出科举考试的课程

270

271

可以被搞得多么的琐屑。排泄后留下来的是唐敖那些有关医术、治水的实践知识,以及朴学方面的知识。尽管李汝珍自己对语音学和朴学充满兴趣,但是在小说中他对它们的处理却不无矛盾。唐敖的朴学素养在黑齿国女子的诘问下显出了匮乏,而多九公则对把它当作一种纯粹的智力练习感到不耐烦。对于多九公而言,朴学只有在作为一种增进与他人的交流能力的实践工具时才有意思。岐舌国为了防范音韵表的外传而制定的奇怪的阉割刑罚暗示出一种危险,即:过分发达的智力活动会造成男子气的丧失。正如我们将会看到的,过分精致的文化对于正统的男子气是有害的这样一种观念在《儿女英雄传》中得到更有力的申说。不仅如此,最自信、最实际的男性人物多九公在摒弃制度化的知识,偏爱更实用但却不太精雅的技能上走得最远。这就指向了智力上耀眼炫目但道德上贫乏的花园世界的局限性。文人文化(文)—— 特别是语言游戏 —— 的延展,在由百名美丽女子在一个远离政治的乌托邦中加以表现时,是很有吸引力的。但是,在与儒家有关"正名"和把语言当作一种伦理标准的诚谕相对照时,则带有了某种被审美化了的颓废的味道。

《镜花缘》中,尽管投射到女子气上的价值观是非常含糊的,但是毫无疑问,相当数量的 19 世纪和 20 世纪的读者都把目光集中于这一点,即,这部小说把妇女当成对传统中国禁止女人进入男人领域的一种抵抗形式来加以正面和有力的描写。但是,决不能让这些女权主义的解读影响到我们对李汝珍的女权主义究竟是何含义进行思考。至少,就写作来看,这部百回本小说所写的更多的是一种高度模式化的幻想 —— 在这幻想中,性别互补是建立在与象征性的女子气相关联的相互矛盾的诸意义上的,而不是真实的妇女和女孩子们的生活,或为她们所提供的可能性。与小说中对美丽聪慧的百名花仙的赞赏性描写形成对比的是一种焦虑:对于文人从中获取其身份的权力和知识制度的解体的焦虑。假如说这部小说对于武则天篡国和男性主人公的成就功名怀有矛盾心理的话,那么,我们将很难不对《镜花缘》作为一则向妇女授权的"宣言"的地位提出质疑。

《儿女英雄传》:性别 / 类型游戏

在其他方面颇为传统的《儿女英雄传》以诙谐的笔调将性别加以倒置,这使这部很少被研究的晚清传奇小说成为上文有关《红楼梦》《野叟曝言》《镜花缘》的性别分析的一个很恰当的补充。[41]《儿女英雄传》为精英社会的衰落幻想了一个男权主义的解决方式,它倡导儒家的家庭价值,即使在它颠倒了才子与佳人的性别角色时也是如此。这部四十回本小说的前半部让佳人何玉凤扮演了侠客角色;与此相对,才子安骥,满族旗人的独生子,却被反复地用女性化的词汇来描述。小说的前半部分 —— 它以侠客传奇故事的男性化规范为基础 —— 把玉凤称作十三妹。她是一位读过诗书的年轻女子,为了给父亲复仇而与江湖上的绿林好汉生活在一起。她的父亲是出生于正黄旗的一位高官,由于拒绝把女儿嫁给顶头上司的不成器的儿子而被上司陷害致死。尽管十三妹长得花容月貌,但是却十分强健、武艺高强,以至于其他的江湖豪士 —— 均为男性 —— 都尊敬并惧怕她。在小说开头,她打算劫掠懦弱的、正带着大批银两去赎救父亲的安骥,但是在得知了他的孝行之后,她变成了他的保护者。小说结尾与传统才子佳人故事一样:安骥娶了双凤 —— 何玉凤(玉凤凰)和与她一样美丽的张金凤(金凤凰),通过了最高一级的科举考试,得了官职,两个女子都生了儿子。十三妹的形象远远盖过安骥,成为这一叙事引人入胜的源泉,最流行、最生动的改编本都集中拮取小说中她作为一个仗义的江湖豪侠的故事,对她婚后的事件则略去不写。[42]这种把江湖义士与贞洁的佳人合为一体的女主人公的出现标志着,在文学上,把女子建构成儒家文化担当者和保存者 —— 使她们的行为冲破了为礼所限定的传统的妇女社会角色 —— 的趋势、把男性主人公描写成或有某种缺陷或被剥夺了权利的趋势,已经达到一个新的高度。

273

《儿女英雄传》的基本情节似乎借自于广泛流行的、道学气十足的17世纪才子佳人小说《好逑传》。在《好逑传》中,才子和佳人都致力于整顿倾颓的朝纲,为他们的父亲申冤。《好逑传》中,佳人水冰心非常冷峻地恪守着儒家的道德规范(特别表现在第八回和第十六回)。才子铁中玉——他"既美且才,美而又侠",不同凡响,堪与同类的其他才子相比——将水冰心从她那奸邪粗鄙的叔父——他设圈套逼她嫁给一位高官的恶少——手中救出。在赶赴科举考试之前,铁中玉住到了水冰心家中,水冰心的叔父于是散布谣言,致使水冰心的名节成了问题。在铁中玉考中进士被选为翰林后,他和水冰心结婚了,但因为先奸后娶的谣言尚未破,所以她拒绝与他同房。这部十八回的故事的结局是:皇上命皇后检验冰心的身体,证明了她的清白。于是皇上惩治奸邪,褒扬忠臣,中玉和冰心终于奉旨圆房。

在《儿女英雄传》中,虽然女主人公一直是传统儒家价值观的传道者,特别是关系到科举考试和加官晋爵的问题时,但是这里需要救助的却是才子。一伙恶僧诱骗了安骥,将他捆绑在柱子上,扯开他的衣衿,露出"白嫩嫩的胸脯儿",准备开膛破腹(第五回),这个场景让人想起《水浒传》中与一些人物形象——如阎婆惜、潘金莲和潘巧云——相连的捆绑、剥衣、开膛破腹的场景。[43]在《儿女英雄传》中,十三妹奇迹般地从天而降,搭救了这个无辜的、备受惊吓的受害人。

我们对作者文康知之甚少,这将无助于我们理解小说中性别倒置的背景是什么。文康似乎坚信儒家的社会政治价值观是整顿政治失序的一剂良方,考虑到文康生活在一个动荡的时代,因此,他的这种坚信就尤其令人困惑不解。根据马从善的序(写于1879年),文康活跃于道光统治时期(1821—1850)。[44]文康出身于一个显赫的满族家庭,属于镶红旗。家庭成员中最有名的有温福(1717—1797)——乾隆时做过将军和大学士[45]、勒保(1740—1819)——文康的祖父,也曾做过将军和大学士。[46]文康这一辈中的叔伯兄弟文庆(1796—1856,1822年的进士)

曾三次主持乡试,最终官至大学士。尽管进入 19 世纪后,这个家族还在继续培养文庆这样的高级国家官员,但是并不是所有的房系都同样成功了。文康本人似乎在官方的科举考试中从未及过第。1824—1825 年,他在京做理藩院员外郎,1842 年起任了两年"天津河间兵备道"。1851—1854 年任安徽凤阳通判。很可能在这个时期之后他开始撰写小说。根据马从善的序,文康曾被任命为驻藏大臣,但因病没有成行。这一细节不见于任何方志或官方文献,但是马从善却把它当作一个证据,来说明这部小说在某种程度上是作者的家世。[47]

现存最早的《儿女英雄传》版本为 1879 年的申报馆本。根据小说原文中一些内在的线索和有关文康生平的有限资料,学者们一致认为这部小说成书于 1851—1879 年之间。[48]这就把小说的写作时间放到了中国遭受鸦片战争(1839—1842)失败的耻辱之后,在太平天国的战乱(1850—1864)期间或之后。[49]这是中国历史上的黑暗时期,那些敢于透过帝国依旧繁华的表面向下看的人,都不能不对中国军队软弱、吏制腐败的现实大吃一惊。文康的家族及其与官僚体制的联系使他不可能对周围出现的政治衰败迹象熟视无睹。然而这种混乱的现实在这部以清朝为背景的小说中很少得到反映;似乎文康的初衷是重写和戏拟小说的传统,而不是反映 19 世纪中叶的政治或社会环境。[50]文康忠于"我大清"的姿态出现在"说书人"不无讽刺地将清朝的强盗与《三国演义》、《水浒传》中反抗官府的义军相对比之时,他宣称,"我朝"的这些小强盗只在饥寒交迫时才偷窃,只贪图金银,绝不伤人性命,而且绝不掳掠妇女(第二十一回)。在第二十一回,强盗团伙被十三妹的孝心深深打动,他们决定金盆洗手,跳出绿林,体体面面地奉养老母。

尽管小说的研究者曾试图把《儿女英雄传》归结为一个落魄文人为补偿自己的失败而撰写的自传体小说,但是沿着这一思路,他们搜集的有意义的信息并不多。[51]小说中至少有一个人物似乎是以历史人物为蓝本的,即,纪献唐,一位要为十三妹父亲的死负责的、受诅咒的官员,他

275

276

已被确定为就是年羹尧。[52]胡适称,有证据表明安骥的收房丫头长姐儿这个人物也以真人为蓝本,但由于她是一个平常的小人物,因此,这则信息对于我们理解文本没有什么裨益。[53]

一个与自传连在一起的无法回避的问题关系到文康对作为一个满族人的自我身份认同程度和他被汉化的程度,以及在创作十三妹的形象时,这些因素如何影响了他对妇女和性别角色的态度。[54]事实上,小说中着意描写了安家作为满族旗人的身份;在一些场合中,安骥和他的父277亲安水心是唯一能够听懂朝廷命官所讲的满语的人。[55]历史地看,满族,和其他草原游牧居民一样,比汉族更能接受身强力壮的妇女。在极大程度上,在旗的满族人不许妇女缠足,尽管他们改变了传统的叔娶寡嫂的婚俗,接受了儒家寡妇守节的理想。[56]尽管文康周围的女子可能已被完全汉化了,但也不是没有这种可能,即来自草原的善骑射的妇女形象部分地构成了他对自己的满族身份的自觉 —— 也许是自豪。[57]不过,三令五申反对满族妇女缠足的禁令暗示出,至少有些满族人接受了这一习俗。在《儿女英雄传》中,虽然安太太是天足,但她打消了安骥的第二个妻子金凤的疑虑,告诉她不必放脚,使金凤和安骥尤其感到安心的是,正如这位母亲所说,这个家族已经接受了汉族的缠足习惯(第十二回)。小说中的所有妇女似乎都缠足;十三妹的两只"三寸金莲"可能反映的是关于女性美的普遍的文化想象,并不表示一种特定的种族身份认同。[58]

完全可以相信,十三妹的人物形象塑造直接源自中国小说中具有悠久传统的女侠形象,并没有特别受到满族文化的影响。[59]唐代以来,女性的侠客和武士的形象特写经常出现在小说和戏剧中;[60]百回本的清278代小说《女仙外史》就是最早集中描写女侠的标准长度的小说之一。[61]奇怪的是,晚明时,许多不合规矩的妓女也被贴上了"女侠"的标签,以赞赏她们的独立精神。不过,这些历史上的妇女的英雄主义似乎更多地同她们有能力为自己的生活和性关系负责有关,而不是与她们敢于以身涉险、行侠仗义有关。[62]清代以前的文学为十三妹的形象塑造提供的丰富文学资源使得人们没有必要再为她寻找确切的满族文化渊源。正如我们将会看到的,文康在小说写作的各个方面都熟练地运用着文学传统;十三妹那流动的性别只是他为增加小说的审美和娱乐价值而利用的诸叙事因素之一。

作为文学戏拟的《儿女英雄传》

　　直到最近,《儿女英雄传》仍很少受到西方学术界的评论和关注。[63]鲁迅和胡适率先考查了《儿女英雄传》的文本历史,也许是由于他们对作者“迂陋的”封建思想的针砭,从那以后,很少有人认真地留意过这部小说。[64]鲁迅和胡适都认为小说对十三妹作为草莽英雄与作为贤妻良母的角色的描写很不协调,并因此而不屑于它。不仅如此,由于《儿女英雄传》终归是认同于传统儒家价值观的,而且没有任何渴望政治或社会改革的迹象,尽管它的写作是很晚近的事;因此,许多别的批评者也把它当作一部陈腐、浅薄和无聊的作品而加以贬斥。文学史家们 —— 他们通读清中和清末的小说集,寻找心理现实主义或改良主义的政治讽刺意味,期待着那些在“五四”时期的美学中占主导地位的价值观 —— 肯定会对这部小说感到失望。不过,《儿女英雄传》确实展示出被精心结构的文人小说的许多性质:这部四十回的小说被严谨、自觉、匀称地结构起来,而且,这也是暗指着一个广泛的“小说”文本 —— 包括小说评点 —— 而言的。[65]无论是什么构成了这部小说文学上的优点,它的文化价值都是确定无疑的 —— 由于人们对女性侠客形象的持久的、普遍的喜爱。

　　小说分别以八、十、十二回为基础分成一些单元。[66]《儿女英雄传》分成五个叙事部分,每一部分都以人物的团聚和一个明确的命名“团圆”(戏剧术语,形容舞台人物的重聚并用来标志一出戏的高潮)以及一个略加变化的句式“正是儿女英雄传的第 X 番结束”为结尾(见第十二、二十、二十八、三十六和四十回)。小说的最后结尾是下面一段话,以说书人的口吻评论小说化的作者 —— 燕北闲人 —— 所付出的辛劳:

279

这燕北闲人守着一盏残灯,拈了一枝秃笔,不知为这部书出了几身臭汗,好不冤枉！列公,说书的话交代到这里,算通前澈后交代过了,作个收场,岂不妙哉！（第四十回）

"收场"是借自戏剧的另一个术语,指舞台上所有人物最终的团圆。

每一部分都有一不同的主题性焦点。十三妹的行侠仗义是前十二回的主旋律。第二部分（第十三至十九回）是试图揭开十三妹的身世之谜,设置了一些传统公案小说的悬念,直到第十九回何玉凤说出真名实姓、安骥的父亲揭开安何两家是世交的真相时,这个谜才算破解。在第二十回,小说的正中间,所有的重要人物都聚集在一起,张罗安骥和玉凤的婚事。第二十回标志着小说在题材类型上来了个急转弯:从讲"武"的侠客历险传奇转向说"文"的才子佳人故事。两家的传家宝 —— 安骥的砚台和玉凤的弹弓儿（在第十回中第一次被他们二人相互交换了）—— 被用作文武结合的象征把小说的前后两个部分连接起来。"从这二十一回起,就要作一篇雕弓宝砚已分重合的文章,成一段双凤齐鸣的佳话"（第二十一回）。

正如下面将详细讨论的,尽管情是第二十一至二十八回的重要主题,但它是被包容在更大的公共礼仪之中,并通过后者而被神圣化了的。在故事的第三部分,安骥和张金凤与玉凤一起为玉凤死去的母亲服丧,而安家则把十三妹认作他们的恩人,因为她救了安骥和张金凤的命。第三部分的结尾是被期待已久的安骥与玉凤成亲。第二十九回以宣布进入安骥的"正传"为开篇,而第三十六回则以庆祝安骥通过会试、被点了个"一甲三名探花"为结尾。小说最后四回描写道德和社会秩序的恢复:安骥的父亲安水心,一位普通的满族旗人,重演孔子《论语》中的场景;安骥 20 岁上就成了进士,并被授予山东 —— 尊孔的中心 —— 学政和整风观俗使的显赫官职;安骥的两个妻子在他们婚后第一年就各生一子。安家的时来运转也反映在一些陈腐的表示圣人之治的征兆上：祥云、灵芝和麒麟都出现了，黄河也变清了。在儒家帝国的微观和宏观两个层面上都重现了一种理想的和谐一致。 281

这部将儿女与英雄糅合的文本是由所戏拟的诸文学类型和风格编织在一起的。它把传奇剧中夸张的女性化人物形象塑造和京剧中粗犷的花脸（净）带上同一舞台；它把小说和小说评点交织在一起；它游戏式地让燕北闲人这一作书人角色与无名的但喋喋不休、频频插入的说书人的口述方式相对。[67]在鲁迅和胡适把《儿女英雄传》当作平庸迂腐之作而置于一边时，却忽略了这部小说在使用不同的口吻说话、塑造人物形象，以及自我评点文本诸方面所体现出的运思之机巧。而我们正是要从这种自觉的文学语境中，试着搞清，它如此明显地利用性别，其意义何在。

较之上述的其他文本，《儿女英雄传》更多地把性别模式当作一种美学设计而不是一种意识形态工具。尽管叙述中也利用了一些以阴阳图释为基础的细节，但是并没有可明确识别的阴在威胁宇宙或社会秩序。故事开头一连串的洪水只是暗示性地强调官僚体制的腐败（第一至二回）。当安水心——他刚考中进士做了官——了解到是官吏多年来的侵吞公款、无所作为导致了洪水暴发时，他就成了那些权势者的一个威胁。他们不仅阻碍他凭良心为抵抗洪灾而做努力，而且诬告他，使他身陷囹圄。洪水引出了故事主线，但是它很快就从故事中心消失了。十三妹出生在三月初三——一个在其他书中标志着阴阳的季节性平衡的临界点并预兆着阴上升的日子，但是又一次，这一敏感的细节并没有被用于任何叙事意图。十三妹的阴的出生日期被这一事实抵消了：她生在吉利的龙年（从八字上看是至阳）辰时（与龙相关）。这种与阳的征候的接合似乎是要把她摆在阴阳相平衡的位置上，这也许预示了她后来的女侠角色。某些段落中的八卦学设置强烈暗示出阴阳结构模式的暗中操控作用：安骥正好在第五回和第六回遭遇到最大的危险，在第九回由于他正全神贯注于救出父亲，无暇顾及婚姻大事，因此他以尽孝道来拒 282

绝了儿女之情;第二十七回,何玉凤突然领悟到"出嫁"比"出家"更合于孝道,而最明显的是,豪爽的老英雄邓九公的90岁生日正好安排在第三十九回。正如我们在下面将要看到的,文康绝对熟悉小说的传统套路,他对这些阴阳细节的偶尔使用可以表明,某些传统主题曾被人们多么驾轻就熟地沿用。

文康对小说和小说评点知识如此之驾轻就熟,以至于他采取了对叙事套路进行夹评的方法来推进情节。在下面一段话中,十三妹向张金凤和安骥解释她为什么突然改变主意,并决定离开他们。

> 一则,看看你二人的心思;二则,试试你二人的胆量;三则,我们今日这桩公案情节过繁,话白过多,万一日后有人编起书来,这回书找不着个结扣,回头儿太长。因此我方才说完了话,便站起来要走,作个收场,好让那作书的借此歇歇笔墨,说书的借此润润喉咙。你们听听,有理无理? (第九回)[68]

在下面的引文中,好打岔的、饶舌的说书人为燕北闲人用第十二回来概括以前的事件却没有继续推进情节的做法进行辩解。

> 列公听这回书,不觉得象是把上几回的事又写了一番,有些烦絮拖沓么? 却是不然。在我说书的,不过是照本演说,在作书的,却别有一段苦心孤诣。这野史稗官虽不可与正史同日而语,其中伏应虚实的结构也不可少。不然都照宋子京修史[69]一般,大书一句了事,虽正史也成了笑柄了。至于听书的又那能逐位都从开宗明义[70]听起? 非这番找足前文,不成文章片段。并不是他消磨工夫,浪费笔墨。也因这第十二回是个小团圆,正是《儿女英雄传》的第一番结束也。(第十二回)[71]

283

在另一段中,这个匿名的说书人对他不得不迁就的小说结构法进行了更细致的评论。

> 列公,且耐性安心,少烦勿躁。这也不是我说书的定要如此,这稗官野史虽说是个顽意儿,其为法则,则与文章家一也:必先分出个正传、附传,主位、宾位,伏笔、应笔,虚写、实写,然后才得有个间架结构。即如这段书,是十三妹的正传,十三妹为主位,安老爷为宾位,如邓、褚诸人,并宾位也占不着,只算个"愿为小相焉"。(第十六回)

显然,这是一位喜欢拿小说惯例开玩笑的小说家。文康也借用说书人的口吻来说些花哨的闲话,在极富悬念的紧要关头拖延行动。例如,第五回就结束在这样的描写上:恶僧手握尖刀对准安骥赤裸的胸脯,一位侍僧正跪在地上手拿着一个盛血和内脏的盆。突然间一声叫喊,随后是有人倒地的声音。说书人一点不害臊地插进来,打断了人物行动,足足说了一页:在离开主题议论说书技巧之前,他首先请"听到这里"的人放心,倒下的人不可能是安骥,因为他正被绑在厅柱上。然后他用了一大堆额外的细枝末节来圆饰他的叙事法,最后才让不耐烦的读者回到谋杀现场。[72]

在某一场景中,文康还利用互文性来突出讽刺效果:他让粗豪实在的邓九公走进一个耽于感官享受的堕落世界。邓九公逛了北京城南的一个戏园子之后,充满厌恶地向安老爷讲述他无意中听到的旦角与爱慕他们的贵公子之间的调笑。为邓九公指名道姓的几个旦角的名字出自陈森(活跃期,1823—1849)那部十分精雅的小说《品花宝鉴》—— 一部美化北京梨园文化中的同性相恋之情的著作 —— 这一事实,只是增加了这一场景的幽默味道。除了把不可能混在一起的类型混在一起 —— 这使我们看到《品花定鉴》中风神俊雅的美男子在一位刚直纯真的好汉人物眼中是个什么样子 —— 之外,文康还让邓九公无意中就那些(《品

284

花宝鉴》中的)人名说了些不太雅致的双关语。肥胖的徐度香变成了"肚香",袁宝珠变成了"元宝猪"。邓九公对于旦角与官员厮混相狎的堕落场景的义愤被安水心化解了,安水心 —— 他就是京城中人士 —— 说邓九公"嫉恶太严",事情并不至于"如此"(第三十二回)。十三妹强硬而有条有理的说话方式与安骥懦弱而不谙世事之间的戏谑性对比,当然也反映着类似的类型扭曲所内含的机趣。

英雄的儒教:行动主义和家礼

《儿女英雄传》吊诡地在把一位女侠推向前台的同时又宣扬了保守的儒家价值观。一位出身于贵族家庭却生长于社会边缘的年轻女子如何才能被诠释成儒家价值观的救星呢?《镜花缘》中的百名花仙表明,在某种程度上,对妇女的不合常规的描写,到了晚清,已经失去了反霸权的锋芒,似乎确实已变成小说美学的一种常规特征。十三妹那又是强盗又是合乎礼教的贤妻的分裂的人格直接指向文康的审美和道德观的核心。正像汤显祖在《牡丹亭》中用杜丽娘来表现感官性的情欲与妻德这两种相互矛盾的价值观一样(不可否认,这也并不是很成功的例子),十三妹这个人物的文、武两个方面也与《儿女英雄传》中所使用的"情"字所包含的儒学化定义相合。

最初,美丽的十三妹似乎更与《水浒传》中本真的、男子气的好汉模型相合,而不是更与传统的女英雄形象相合。她是一位主动去威胁安骥的行踪诡秘、边缘化的绿林强盗。她接近他为的是劫走他的钱财赡养母亲。与别的佳人不同,十三妹并不为精雅娇弱的幻象所累:她一口气能吃下七个馒头,外加四碗半米饭(第九回),她力大无穷,而且言辞犀利富于攻击性。即使没有受到人身威胁她也乐意去杀人(第七回)。大多数女侠,像蒲松龄《聊斋志异》和李汝珍《镜花缘》里的那些人,似乎从没失去女性的柔媚,而十三妹却有足够的好勇斗狠的泼辣劲儿使她与男性的绿林强盗为伍。

　　奇怪的是,她在各方面所体现的性别倒置既没有被说成颠覆性的也没有被说成是违背了社会规范的。尽管十三妹向男子气角色的转移打破了许多对女性行为的禁忌:她在大庭广众之下抛头露面,她独自一人与男人混在一起。但是所有这些,按照本书的叙事逻辑,都是可原谅的,因为这些行为的出发点是她的孝心。《镜花缘》中小女侠的行动也是被孝心所驱使的,这就暗示出,对于未婚女子来说,正如《新唐书》中木兰或谢小娥的事迹所显示的,孝的权宜之计是比在主内的女性与主外的男性领域之间保持清晰界线的戒律更高的道德要求。在涉及男女有别问题时,十三妹确实在某些方面也维护了儒家礼仪。比如,她坚持不与男性的绿林好汉同席,不仅因为她是女人,而且因为她正孝服在身(第十六回)。无论如何,她作为江湖侠士生活在男人中间的权宜性抉择似乎从未玷污过她的贞洁的名誉或名门闺秀的社会身份。在《镜花缘》中,作为比较,妇女们,除了篡国的武则天以外,都小心地维护着男女之大防——投身于她们那清一色的女兵营队。

286

　　文康在《儿女英雄传》中利用性别倒置来描绘"儿女"之间的充分互补。他越出了才子佳人故事的窠臼——在那里男女主人公是雌雄同体可以互换的,设计了两个被颠倒了性别角色的主人公。与才子佳人故事的惯例一样,何玉凤和安骥都是文人家庭唯一钟爱的孩子。不过,玉凤是被当作男孩子养的,既被传授以经典诗文又被传授以武功,而安骥则具备了通常被赋予美丽女子的所有娇弱文雅的女子气特征。他是一个美貌而纤弱的男孩子,从小到大一直被关在家里。作为一个孩子,他能接触到的只有他的父母、他的奶妈和伺候他的丫头们。安骥特别的天真和纯洁。他常常听不懂不是他家中的人说的话,当他遇见一位没见过面的女孩子时,他会脸红,甚至比女孩子还不知所措。[73]他还很爱哭。

　　十三妹与安骥正相反,她独自一人在江湖强盗和客栈老板的男性世界里四处闯荡。她只有一个心思,那就是为父报仇。小说的前二十回把故事发生的背景放在路边的小客栈、偏僻的寺庙,以及藏在深山老林的

233

村落,这些背景更适合于《水浒传》而不适合于一部才子佳人小说。说书人善意地把十三妹与《西游记》中的罗刹女和《水浒传》中的顾大嫂相比(第十回)。与安骥相对,她极其能干,而且是独往独来。在前十回中,十三妹杀了五个嗜杀成性的恶僧和他们的一个女同伙,救出了安骥和张金凤一家三口。她还被赋予了超人的力气,她把一块巨大的石头碌碡搬到安骥的门边,脸不红气不喘,而目睹这一切的安骥却被吓坏了。

在小说的头半部分中,安骥和十三妹在能力上的悬殊和不相称被突显出来,使得安骥成为对百无一用的书生的一种戏拟。这对曾被指腹为婚的"儿女"头一次相见时,安骥正在运送 2500 两银子去赎他身陷囹圄的父亲。伴陪他的老管家突然得了奇怪的"勾脚痧",他用这样几句话来忠告安骥:"逢人只说三分话,未可全抛一片心。"(第三回)安骥雇了两个不可靠的本地人 —— "白脸儿狼"和"傻狗"—— 当骡夫。当两人发现安骥好欺负时,他们就骗安骥进山,准备干掉他,抢走他的钱财,但没得手。安骥来到一个小客栈,但是当跑堂的试图向他推荐一位妓女时,他却听不懂:"一套话,公子一字儿也不懂,听去大约不是甚么正经话。"(第四回)他无意中听到跑堂的和一位妇女讲话,但还是一句听不懂。十三妹走进安骥的房间,用两个壮汉也挪不动的巨大的石头碌碡挡住他的门。然后她坐在他的房里,颠倒了他们之间的角色,反客为主,邀请安骥 —— 客 —— 屋里坐。当她询问安骥的姓名,问他"从何处来""往哪方去"的时候,他陷入了十分尴尬的境地,不知道这"三分真话"到底该怎么分。"想了想:'我这"安"字说三分,可怎么样的分法儿呢?难道我说我姓"宝头儿",还是说我姓"女"不成'?"(第五回)[74]当他自以为话说得挺周全时,十三妹已看穿了他这种天真的把戏,她嘲讽道:"你这人,怎生的这等枉读诗书,不明世事?"他们之间最突出的性别角色颠倒发生在第五回,她从谋杀安骥的恶僧手中救出安骥。安骥则毫无用处,只能仰仗于她。

虽然性别的倒置给原本司空见惯的情节增添了叙述的情趣,但是它们也充当了本真性的一种标记。反常规的行动使每个人物的个性丰满起来,而且,如同李渔对反讽的曲折离奇情节的使用一样,为因循陈旧的正统结论输入了一些若非如此便会缺失的新鲜东西。正像叙事中所宣称的,行动当"发乎情,止乎礼"(第九回和第三十四回)。反常规的性别是传达本真的"情"的信号。十三妹的热情和非同寻常的孝心是通过她那男子气的角色被描绘出来的,而安骥的女子气则意味着他的纯洁和自我牺牲的奉献精神。更重要的是,安骥的女性特质从没有浸濡成为感官享乐。他的女孩子气具有一种符号功能,标志着他那孩子般的道德纯洁性,标志着他缺少那种腐恶不洁的功名心。由于生活在家庭庄园的围墙之中,这使安骥与任何可能会污染或损害他的道德完满性的东西隔离了开来。

　　神采照人的、神秘的十三妹,这个敢作敢为的江湖侠客,与何玉凤 —— 在她答应嫁给安骥之后她重新使用了这个名字 —— 的形象形成鲜明对比。在小说的后半部分,玉凤缩回到闺房之中,她以前仗义行侠的义士身份也为妻子的角色所取代。她平静地生活着,学习刺绣,督促丈夫考取功名。她开始体验到一种"儿女柔肠"(第二十回),而她的"侠气全消"(第二十七回)。尽管批评者和后来的校订者都对这种人为地硬性改变人物性格的写法感到恼火,但是,在玉凤所充当的这两种角色中有一个共同的基本特征,那就是她的孝道。她乐意帮助安骥而不是抢劫他,是由于她佩服他的孝心(第八回)。而她决定做绿林强盗也是出于权宜之计,因为除此没有别的办法为她的父亲报仇。

　　即使在做有孝心的强盗时,她也让个人的孝服从于一个更高的善。她克制自己,没有去杀死迫害她父亲的官员,因为"他是朝廷重臣,国家正在用他建功立业的时候,不可因我一人私仇坏国家的大事"(第八回)。在得知这个官员已经被朝廷正法之后,十三妹打算自杀,因为她活着的使命已经完成了(第十八回)。只有在安水心说服她,应该活下来安葬父母,继续家族的香火,以光耀门庭之后,她才答应不死。对于读者

288

来说,幸运的是,她的英雄主义在她被变成理想的贤妻之后仍未完全泯灭——即使她丢掉了她作为一个伶牙俐齿的、实干的、能够抛弃妇女之四德的女剑客所具有的真实的反传统的特质:新婚之夜,玉凤发现有四个盗贼跳进院中,在男人们接手之前,她智擒了其中一人(第三十一回)。

把"情"与孝道和婚姻相提并论,为文康在小说正中间的突然转折提供了理由。这种叙述的断裂标志着在"情"的两种表达之间的转换。*289* 以侠义小说的风格写就的头二十回与依照才子佳人小说的套路写就的后二十回,都让女主人公——通过她作为十三妹和何玉凤的角色互补——体现了"情"的这两个侧面。小说前半部分中两个"儿女"的性别角色倒置突出了他们道德品质的独一无二性:她的热情和他的纯洁,而不是要质疑正统的意识形态。因此,《儿女英雄传》的第二部分从道德读物和家训一类的书中再造出许多通俗的说教的段落似乎也并非不协调的。正如安水心教育他的儿媳时所说的,婚姻是宇宙和社会秩序的基础:"乾道成男,坤道成女。乾坤定而后地平天成。"(第二十五回)万一他们,或是读者,没注意到这一点,安骥的母亲又提醒两个新娘,她们最重要的任务就是劝她们的丈夫读书上进和养育儿女(第二十八回)。这一点被一再强调:安水心两次引用《礼记·内则》,教导新媳妇,妻子的责任就是侍奉丈夫和公婆(第二十八回)[75],妻子不应该有个人的东西("私货"),或有什么个人的关系("私与")(第三十三回)。[76]他后来还引用《中庸》的话说,"君子之道造端乎夫妇"(第三十七回)。小说的下半部演示了两个夫人是如何吓唬安骥如果不勤奋读书就会遭到冷落,从而把他改变成一个用功的学子的(第三十回),还演示了她们是如何变成尽心尽职的家庭财政的管理者的(第三十三回),读起来就像是一部教导妻子如何行为的蒙童读本。[77]

290 作者也提到女性妒忌的危险——一个为小说所偏爱的传统主题,但同时又消除了读者在这方面的顾虑。玉凤和安骥成亲之前,燕北闲人专就妒忌问题讲了一大套陈词滥调。他把妒忌的妻子分成两类:那些"会

吃醋的"和那些"不会吃醋的"。最高级的一类是能够把家里的方方面面调理妥帖的圣贤之妻,当她知道自己不能生育后,就会给丈夫置几房姬妾,而且无论哪房生个孩子,她都比他的生母还知痛痒,还能教训。她所妒忌的是那些女人的生育能力,而不是她们的仪容。最差的一种妻子又笨又丑。她不在乎有没有儿子,只是决不允许丈夫纳妾,即使那个妾比她还丑还笨。她的妒忌心和占有欲如此之强,以至于她宁可让丈夫杀了她也不能让他提"纳妾"这两个字(第二十七回)。玉凤和金凤自然相处得很好,没有一点妒忌和摩擦的迹象,她们甚至都同意让安骥再将一个丫头收房做妾,好陪伴他去上任,因为她们二人都有孕在身,不宜远行。[78]

　　这部糅合了"英雄"与"儿女"的传奇故事在尾声中上演了《论语》中的一幕,安水心,这位满族旗人则在其中扮演了孔子的角色。[79]水心游历到山东 —— 孔子的出生地,在那里遇见了孔子的四位弟子 —— 子路、曾皙、冉有和公西华 —— 的后代,他们正在继续着其先祖的讨论:如果有机会为国家效力的话,他们将如何实现各自的志向。[80]从传统上看,评论者们对于如何解释孔子对弟子们的高深莫测的回应始终没有达成一致意见;多数人都同意,孔子赞成正在鼓瑟的谦逊的曾皙 —— 他声称他的志向是依照古人的样子,行观春分的礼仪。当鲁莽的子路回答说他可以在三年之间将一个饱受战乱的国家治理好时,孔子对他报以"哂"笑。这一哂笑,在历史上一直被解释为是孔夫子对子路的轻率表示不满的一个标记。

　　然而,文康却以19世纪的实用主义观点重写了这一场景:水心解释说,孔子在冉有、公西华和曾皙各言其志之后的沉默表明他们的回答都是他所期待的。子路发言后孔子的哂笑并不是一种讽刺,而是因为"其言不让",抢在年长者之前回答问题。尽管孔子更多地夸奖了曾皙 —— 为了他的谦逊,但是安水心还是解释说,实际上,孔子更看重救世的行动主义,而不是纯粹的礼仪。安水心于是批评这四位年轻人过于受形而上的"朱注"的影响,丢掉了孔子的真意。经他讲解之后,这四个先前还因

291

他是满人而小觑于他的孔门徒孙都五体投地拜他为师了（第三十九回）。在最后一回中，邓九公还要带安水心去拜泰山——孔子登过的山，还要带他去见孔子的嫡孙孔继遥。文康对《论语》的这种更偏重于行动和实用主义的诠释再现了清代知识分子对于重形而上、重内省的程朱的不耐烦——这已成为一个主流，倾心于一种充满活力的对社会政治的参与。

　　不过，十三妹才是小说中行动主义儒教的最成功、最不含糊的典型，在这点上，豪侠之士邓九公是比不上她的，像《镜花缘》中特立独行的多九公一样，邓九公已远离官僚政治体制的朽腐势力，为的是不放弃自己的理想。邓九公身上具体体现着一些阳的品质：他长着副红脸膛；容易动怒（发怒是一种热烈的情感）；爱喝酒——除了是一种阳性物质之外，酒也与他名字中的"九"字谐音。而且，尽管年过八旬，但看起来就像是60岁的人。邓九公天性豪放无拘无束：第一次见安水心时，他对有人敢擅入他家大发雷霆，虽然安老爷是个官儿，但他却嚷道，"我才是主儿"（第十五回）。正如上文提到过的，在第三十九回，邓九公大张旗鼓地庆贺他的90寿辰和他的第一个儿子的出生不可思议地巧合在一起。像多九公一样，邓九公久经世故，擅长于行动，对书本知识和世间的繁文缛节却颇不耐烦。多九公在科考失败后转而去航海，他精于实践的知识，对唐敖的考据学问不屑一顾。而邓九公呢，尽管他在考武举时武艺样样超群，但是在默写兵书时却少写了两个字，他不肯贿赂考官，从而放弃了做武将的机会。

　　这两位充满自信、我行我素的男人代表了一种独立自主的并且是"本真"的大丈夫气概，这种大丈夫气尚没有受到考试和官僚制度那通常是污浊的、有损身份的要求的污染。他们那种自发的、生机勃勃的倾心于儒学的本能是对制度化的理学的那种寂静主义实践（quietism practices）的直接批评。与期待着通过考试或获得官职的人不同——那些人仰仗着上司的垂青来获得成功，邓九公和多九公都没有被抛进一种阴的从属位置。而且，与那些文人不同，没有人强行将他们柔弱化、女性化,借助于女性纯洁的隐喻来表达他们对国家的忠心。在第三十九回中,安水心写了一篇传记赞扬邓九公是他于文史记载之外所亲眼得见的第一义士。邓九公——他住在山东,那里是尊孔的中心——为安水心引见了四位孔门弟子后裔,并且首次把武与文的传统、把满族人与儒学结合起来。这位行侠好义的男子汉完全符合杜赞奇所描述的情形,即他是清代国家倡导男性化儒教的结果。[81]然而,尽管邓九公是一种行动主义的严谨的儒教的具体体现,但直到最后,他仍是被国家体制边缘化的。只有女子气的安骥,在娶了玉凤,并心甘情愿地被劝诱着坐下来为参加官方的科举考试而读书之后,得到了仕途功名的报偿,这种功名仕途是将安水心、邓九公和玉凤的父亲排斥在外的。正如在《镜花缘》中一样,似乎真正的男人已不再能为自己在帝国的官僚体制里找到一个位置;似乎制度救赎和复兴的希望只能寄托在女性纯洁的幻想之上。

"修"《红楼梦》与"正"情

293

如果我们把《儿女英雄传》中的性别描写置于《红楼梦》《镜花缘》及其他将女性理想化的清代小说语境中,我们就会对它有更多的理解。事实上,《儿女英雄传》总是要人把它解读成对《红楼梦》的一种回应。文康匿名写就的"观鉴我斋"序文——假托写于1734年——引用孔子《论语》中的一句话,把《儿女英雄传》所达致的道德水准与那些经典小说——《西游记》《水浒传》《镜花缘》和《红楼梦》相比较,[82]认为,虽然这些较早时期的作品有着布道说教的良好意图,但是由于其所赖以说理的方式不适宜,因此它们都是不完美的。

> ……继复熟思之:数书者,虽立旨在诚正修齐治平,实托词于怪力乱神。《西游记》,其神也怪也;《水浒传》,其力也;《金瓶梅》,其乱也;《红楼梦》,其显托言情,隐欲弥盖,其怪力乱神者也。(序文)[83]

观鉴我斋的序文选择了《红楼梦》作攻击的靶心,理由是它"托假言以谈真事",而且"谈空谈色,半是宣淫"(序文)。[84]第二篇注明写于1794年,署名吾了翁的简短弁言为这部手稿编造了一个文本史,好像要给小说创造一个现成的历史谱系。吾了翁声称曾发现过一部名为《正法眼藏五十三参》的书稿。据弁言称,吾了翁最初以为它是一部谈佛的书,但是他很快就明白了小说的真正价值,并将其补缀编辑成书,名为《儿女英雄传评话》。[85]

说书人两次直接把《儿女英雄传》与《红楼梦》相对比。[86]在第二十六回,说书人列数了与每位人物相关的象征物件,并评论说,与《红楼梦》中的爱情信物不同(有些是他编造的,或是对那个故事的戏剧性的改编),《儿女英雄传》中的物件是家庭的传家宝。他从《红楼梦》中选取的物事包括:薛宝钗"心里的通灵宝玉",史湘云的金麒麟,丫头小红手中贾云丢给她的相思帕,袭人的茜香罗,尤二姐的九龙佩,司棋的绣春囊,"并那椿龄笔下的'蔷'字",和"茗烟(宝玉身边的男仆)身边的'万儿'"。这些物件,说书人说,与《儿女英雄传》中的传家宝"迥乎是两桩事"。

说书人还声称,本书对人伦的处理——小说的中心主题——也超过其他小说,有很大改进。

> 况且诸家小说大半是费笔墨谈淫欲,这《儿女英雄传》评话却是借题目写性情。从通部以至一回乃至一句一字,都是从龙门笔法来的,安得有此败笔?(第二十六回)

在第十回中,当安骥和十三妹交换弹弓儿和砚台时,他们用公共的、政治的符号取代了与金玉缘——在《红楼梦》中它标志着淫欲——相连的那种私人的、飘忽不定的意义。[87]这里没有"欲"与"玉"的双关语,取而代之的是玉凤名字中的"玉"字被拆解为"十三",变成"十三妹"这个名字。对十三妹周岁生日时抓周的叙述——她抓了些刀、枪之类的兵器,好像她就是个"花木兰"(第十九回),必须与对宝玉抓周 —— 他抓的是胭脂和其他一些女孩儿喜爱的东西 —— 的描写相比照来读(*HLM*,第二回)。

第三十四回的这种对比更尖锐,说书人列数了贾府中众多人物的缺点。他第一个数落宝玉,虽然他比安骥拥有更优越的家庭背景,但他对于参加乡试却不能忍受,对通过科举考试制度为自己博取功名毫无兴趣。在说书人看来,这两个年轻人只有一个基本的不同:"何况安公子比起那个贾公子来,本就独得性情之正。"(第三十四回)贾政则是个伪善者,他"正而不正",和一班攀炎附势、善于骗人的人混在一起,根本没办法得当地教训儿子。[88] 至于王夫人,她在家中植党营私,偏向自己的甥女宝钗,却不顾贾政的甥女黛玉的死活。黛玉和宝钗与宝玉的这种象征性的一夫二妻关系,由于这两个女子的嫉妒 —— 这种嫉妒终于导致黛玉的死亡 —— 而被毁坏了。说书人不无得意地指出,《儿女英雄传》中,何玉凤和张金凤不仅和黛玉、宝钗一样艳丽聪明,而且,她们能合心合意地"爱惜"、"媚兹"安骥一个人。说书人甚至比较了袭人和长姐两个丫头:"也一样的从幼服侍公子,一样的比公子大得两岁,却不曾听得他照那袭而取之的花袭人一般,同安龙媒初试过甚么云雨情。"(第三十四回)

这一节中最后比较了曹雪芹和燕北闲人。尽管人们公认《红楼梦》在风格上更胜一筹,但是说书人却斥责曹雪芹写了这么一部颓唐的书。

> ……只是世人略常而务怪,厌故而喜新,未免觉得与其看燕北闲人这部腐烂喷饭的《儿女英雄传》小说,何如看曹雪芹那部香艳谈情的《红楼梦》大文?那可就为曹雪芹所欺了!曹雪芹作那部书,不知合假托的那贾府有甚的牢不可解的怨毒,所以才把他家不曾留得一个完人,道着一句好话;燕北闲人作这部书,心里是空洞无物,却教他从那里讲出那些忍心害理的话来?(第三十四回)

296

与《红楼梦》不同——它以贾家的败落,每个人都无法逃脱冷酷空寂的命运为结束,《儿女英雄传》有着一个皆大欢喜的结局:行动主义的儒家价值观恢复了,官僚政治体制得到了救赎,男性生育力获得了神佑。

文康也回应了曹雪芹在《红楼梦》中所利用的佛教主题。在《红楼梦》中,宝玉脱离感官世界遁入空门的决定是以他对似是而非的色的幻象突然有所领悟为契机的,"色即是空,空即是色"。在《红楼梦》的最后一回中,我们相信,宝玉已终于觉悟到他所痴迷的幻象不过是一场空虚。《儿女英雄传》中有一段可以被解读为对这一主题的注释,十三妹看到一副对联,其下联是"空由色幻色非空"(第二十七回)。在仔细体味了这副对子后,十三妹决定不做尼姑了。宝玉世界的悲剧之一就是所有的姑娘最终都得离开贾府,要么"出嫁",要么"出家"。十三妹在这两条"出家"的路之间徘徊踟蹰。她起初发誓绝不出嫁,为的是终生为她的父母守坟尽孝,但是她慢慢意识到"出家"的两个意思(嫁人与遁入空门)是同义的,出嫁还可使她更好地尽孝道(第二十七回)。婚姻对于她来说并不是一种出于激情的行动,而是一种恪尽孝道的表示。

文康的《红楼梦》批评的核心就是,他深信,宝玉的痴迷于情导致他放弃了齐家和治国的双重责任。尽管文康在《儿女英雄传》中已将情的那些有违礼法的方面消除殆尽,但是它仍然是这样一个有力的词,他不得不从根本上限定它的那些暧昧的含义。他的策略是,通过让情狭义地等同于孝敬之情而把情与他对英雄主义的界定混合在一起。在这部小说中,情不再被牵制在破坏性的欲和社会救赎性的同情这两极之间,它成了被客观地界定的"人情天理"的同义语。《儿女英雄传》的缘起首回模仿晚明和清代许多伟大然而有争议的小说杰作,对多义性的情加以赞美。不过,正如读者很快就发现的那样,这是一则误导的广告,因为这个词在小说的其他部分中很少见,而且是作为合成词出现的,这种合成词将"情"字中所具有的自我或性的蕴意全部遮蔽,例如"天理人情"和"性情"。《儿女英雄传》中为情所激励的个性类型大体上等同于其他作品中为孝、义所激励的侠。

这种对于情的狭窄定义成为文康对传统儒者角色的一种性情化的、本真的表达的基础。缘起首回的开头写道：

> 儿女无非天性，
>
> 英雄不外人情，
>
> 最怜儿女又英雄，
>
> 才是人中龙凤。

298

然后缘起首回继续利用含混模糊的"儿女"一词的语义游移性，提到作为儿子、女儿和情侣的儿、女。

> 这"儿女英雄"四个字，如今世上人大半把他看成两种人、两桩事：误把些使气角力、好勇斗狠的认作英雄，又把些调脂弄粉、断袖余桃的认作儿女。所以一开口便道是"某某英雄志短，儿女情长"，"某某儿女情薄，英雄气壮"。殊不知有了英雄至性，才成就得儿女心肠；有了儿女真情，才作得出英雄事业。譬如世上的人，立志要作个忠臣，这就是个英雄心，忠臣断无不爱君的，爱君这便是个儿女心；立志要作个孝子，这就是个英雄心，孝子断无不爱亲的，爱亲这便是个儿女心。至于"节义"两个字，从君亲推到兄弟、夫妇、朋友的相处，同此一心，理无二致。必是先有了这个心，才有古往今来那无数忠臣烈士的文死谏、武死战 ……（缘起首回）

这一段中，"儿女"一词让人想起晚明时的"童心"概念，"童心"指理想化的内在"良知"，那些判断力尚未被遮蔽、破坏的人才有"良知"。这段话揭示出文康是如何像夏敬渠在《野叟曝言》中所做的一样，为儿女这一概念去性欲化的。通过用同一个词 —— "儿女"来既指孝子又指爱侣的方式,他将各种爱——男／女孩子对父母的爱、官员对君主的爱,以及一个情人对其所爱的他／她的激情——之间的差异给抹掉了。结果,在下一段落中,最具有"儿女心"的两个例子是大公无私的补天女娲和释迦牟尼佛对婆罗门外道的普化(缘起首回)。没有出现有污点的或世俗的"儿女"。这种把情与英雄主义相连的做法可追溯到晚明人物周铨,他的文章《英雄气短说》谈的正是这个问题,即所谓"古未有不深于情,能大其英雄之气者"。[89]

通过删削"情"的定义,将它排除在最常与它关联在一起的欲之外,文康能够宣称:情对于人性如此之重要,以至于它们可以被用来作为对抗虚伪的标准。

> ……打起交道来,那怕忠孝节义都有假的。独有自己合自己打起交道来,这"喜怒哀乐"四个字,是个货真价实的生意,断假不来。这四个字含而未发,便是天性;发皆中节,便是人情。(第十七回)

文康这种被性情化了的儒教理想不再仅仅符合礼的实践,它还保证礼是与本真的情浸润在一起的。不仅如此,情对于人性来说是如此强烈的和本质的东西,因此它们是不能被压制的,即使是圣人也不能压制它们。正如张金凤在考虑与安骥的婚事时所想的:

> 纵然遇见潘安、子建一流人物,也只好"发乎情,止乎礼"。但是"止乎礼"是人人有法儿的;要说不准他"发乎情",虽圣贤仙佛,也没法儿。(第九回)[90]

正如在冯梦龙的《情史类略》中那样,情,而不是道德律令,被断言为道德行动的根基。事实上,小说中还挑出了一个不懂得情先乎礼、不懂得"王道本乎人情"(第三十五回)的次要人物来加以责备。当安水心教育两个儿媳说一个人的基本性情是人伦的基础时（第三十七回），这一点又得到了强调。在文康的道德词汇中，"情"字置换了礼和理；它如此干净地摆脱了所有潜在的破坏或危险的面向，从而没有任何迹象表明，它与其他小说中所考查的那种使自我迷失和自我实现同时发生的情欲有关系。

《镜花缘》与《儿女英雄传》都借助于《红楼梦》中所见的本真性的美学和意识形态词汇。然而，这两部19世纪的著作却把性别用于极不相同的目标，尽管它们表面上模仿《红楼梦》，在某种程度上把年轻女子写得优于与她们相匹配的男性。在结构层面上，每一部小说都以一个周而复始的循环为基础，在这一循环中，阴的支配性（无论是肯定性的还是否定性的）让位于一种规范的被确定为阳的秩序的回归。《红楼梦》把宝玉那具有抒情本真性的阴的世界表现成一种承担着齐家治国责任的正统生活的有力的替代物。在《镜花缘》中，高雅的、与政治无关的、知性主义的女性化世界比其他的选项更具吸引力，但是最终，还是暴露出它不过是对光复固有的男性统治这一根本事业的一种表面的偏离。在这三部小说中，《儿女英雄传》在将行动主义的儒家价值观浪漫化方面走得最远，但也仅仅是与美貌贞德的十三妹相关。使它较之《野叟曝言》与《红楼梦》联系得更紧的——尽管它明确反对《红楼梦》中那种淫情——是，《儿女英雄传》继续把女子气当作一种毋庸置疑的本真性的场，甚至在它把情重新定义为孝和忠的同义语时也是如此。

三部小说中对于女子气的十分突出的正面描写也许更多地反映了男性作者对于他们自己的社会地位的感受，而不是真实的妇女的生活或想成为妇女的渴望。《红楼梦》《镜花缘》和《儿女英雄传》的共通处是，对于帝国官僚体制的实际运作，都采取一种深深的犬儒主义的态度。甚至于《红楼梦》中的贾政——尽管他对这个制度深信不疑——在卷入这个制度之中时，也几乎被它毁掉。宝玉、唐敖、多九公和邓九公都脱离

301

了这个官僚体制,好像它会降低他们的身份,使他们变得渺小。宝玉先是靠进入女性的情的世界的方式,后是靠遁入佛门的方式来寻找本真性。唐敖则退隐于道家成仙得道的个人世界。邓九公和多九公找到了替代仕途的路,这条路决不会强迫他们扭曲他们那出自本能的行动主义理想。《儿女英雄传》有一个皆大欢喜的结局。安骥第一次考试就中了进士。考官们纠正了考试制度中的不公正,因安骥的书法很好,把他从第八名提至第三名(这一场景指涉邓九公因少写两个字而没考中武举这件事所体现的不公正)。但是,尽管安骥轻轻松松地通过了考试,他在进入官场时也十分的小心谨慎。当他听说他被派往外蒙古时,小说形容,他感觉就像在悦来店第一次遇见十三妹、在能仁寺被恶僧绑架时那么束手无策(第四十回)。

也许,在《镜花缘》和《儿女英雄传》中,是一种对于官僚政治制度的生命力和吸引力的潜在矛盾心理使得妇女理所当然地取代男人成为履行儒家学说的代表。不同于其他作品中那些女性或被女性化的人物——他/她们代表了反正统霸权的另一种选择,这两部小说中的女英雄构建了一种被性情化了的正统。这些女才子、女侠客生活在一个儒家的幻想世界中,这个世界既没有受到犬儒主义的困扰,也没有在道德上妥协的顾虑。与那些男才子、男侠客不同,她们的抱负是通过她们的公共角色而实现的。与此相对,男人则面对着一种持久的受阉割的威胁,这种威胁既是实实在在的,又是象征性的。好像文人制度对于像多九公、邓九公和安水心这样的成熟男人来说已变成一种束缚,只有妇女和未成年的年轻人才能在这些制度所提供的职位中开花结果。事实上,林之洋在《镜花缘》中已提到了这一点:他把缠足的痛苦与参加科举考试所受的拘束相提并论(《镜花缘》,第三十三回)。[91]也许,这就是天真的、女子气的安骥成为儒家官僚政治中获得真正成功的唯一一位男性人物的原因。

《镜花缘》和《儿女英雄传》的这种被性情化了的正统造成一种幻想,

即文人不再是非得折损了他们的理想才能参与到儒家的官僚政治中去。通过将这种只属于男性的制度女性化,两部小说都能够赋予官场仕途以一种正面的情的联想:充满热情的善和本真地独抒性情的道德性,以及与之同等重要的新奇(甚至可能是过分的)和美的审美性。这些男性角色的女性行动者有足够的魅力,使作者和读者都能克服对其公共身份的制度化所可能感到的犬儒主义和萎靡不振,从而再赋予这些文人身份以传统的荣誉之光。

302

结　语　从象征的到政治的

　　在解读晚期帝国小说的过程中,我最初的兴趣是要搞清楚那无所不在的性别流动 —— 与儒家经典比照而读时,它显然是不合于规范的。然而,我发现我将这些性别的表达置于反抗的理论模式中的努力很快就失败了,不仅是由于这一时期投射到性上面的意义太宽泛并常常相互矛盾,而且也由于儒教能够如此迅速和轻易地把相互竞争的价值体系混合到它自身中去。而且,我很快就清楚了,那些作者们正在使用着不止一种性别建构。在试图理解这些有关性别的不同语境的意义和系谱时,我发现有必要将各种各样的修辞学策略分离开来。不过,任何已经读到这里的读者都会像我一样明白,我对"本真性"和"正统性"这两种话语的鉴定是一种有助于探索的策略,而我对这两个词的使用只有在这样的范围内 —— 它描述了某种叙事特征,而不是将内容分类 —— 理解才有意义。《醒世姻缘传》—— 从修辞学方面看它是我所讨论的最正统的文本 —— 被填充了这么多奇异的想象,它的内容绝不能说是正统的;然而,它的说教框架和对阴阳象征主义的使用又明明白白地解说着理学家关于修身与齐家的必要性的训诫,这一训诫是在《大学》中得到详细阐述的。这种对于自我和社会失控的焦虑被投射到泼妇这种阴的形象上,而秩序则与阳的治理的力量相连。其他被讨论的小说,那些利用"情"的修辞学的小说,则把女子气建构成一种对于占支配地位的意识形态文化的多愁善感的、被认可的替代者。

这部明清小说研究所探索的性别意义的深层,是两种潜在地对立着的意识形态立场之间所形成的张力:一方面是对于社会稳定的一种极端保守的愿望,我把它与文化的正统性相连;另一方面是对于自由抒发个体性情的同样热切的愿望,这里我把它等同于本真性。意识形态的这两极之间的相互作用长期以来浸濡并激励着中国文化在政治和美学方面的发展:历史地看,通过对于自我的儒家共产主义(Confucian communitarian)的界定与道家 —— 或佛家 —— 个人主义的界定之间的对立,这两极被特征鲜明地表达出来。在极大程度上,这两种主体立场被当作是互补的和相互支撑的,正如那些官员所示范的:在充当公共角色时,他们完成他们的官僚政治使命和尽到孝子的义务,然后他们退缩到一种局限在书房或花园之中的私人的道家的微观世界之中。

晚明的尚情,如同长达 6 个世纪(220—589)的新道教运动,代表了哲学向着个人主义价值观的倾斜;两个时期的作品都充满了对于儒家核心价值观和实践的雄辩的攻击。[1]由于道家历史上就是与儒家抗衡的重要哲学学派之一,因此毫不奇怪,晚明的尚情会从它那里借来有关崇尚自然、反等级制的多元论和拒绝因循蹈袭的反儒语汇,以及与我的研究关系最密切的,对女子气的借用和与此相关联的一系列被当作在某种程度上优越于掌控支配霸权的儒家价值观的价值观。由探讨道德本真性的哲学所激发的美学运动甚至走得更远,它通过用短暂性、感情性、过渡性和不完美性取代儒家仪礼主义那实用主义的、固定不变的和标准的礼节来颠覆正统价值观。

正统价值观与对本真性主体的追求之间尖锐对立的时期并不太长,但是,在清代唯物主义哲学和尚情美学 —— 它很快就使自己被确认为小说话语的主导方式 —— 的主流中仍可以听到它的回声。这些晚明人物所表达的失落感是对于正统国家制度的空前扩张 —— 从乡村一级对《御制大诰》的背诵到科举考试科目、对于官僚政治越来越无法兑现的赏罚公平,所发出的正当的呐喊。这种由国家倡导的激烈而僵化的理学思

304

想,作为正统价值观的精华,扭转不了政府的腐败和颓势,在漫长的嘉靖和万历年间,这一颓败之势尤其严重。这种反讽对各层次的文人——从泰州学派到东林党人的支持者——都产生了影响。但它却不能被过于强烈地陈述,因此在晚明的这些批评中,即使是最疏离于体制的,与它们的新道家祖先不同,也从未否定儒家礼的力量,或经世济民的必要性。在很大程度上,他们所反叛的是他们所认为的对于儒家范仪的误导性操纵,或最坏的情况:虚伪的利用,这种操纵和利用,既不可能走向道德重建,也不可能走向制度的强盛。

小说的作者们很快就把"情"的独抒性情的修辞吸收进传统的、说教的正统叙事之中,从而模糊了两者之间的界线,但这一事实不应妨碍我们去看清这两种话语——正统的和本真的——最初是相互对立的。杜丽娘的感情世界与她父亲关于职责和理性的表达在《牡丹亭》最后一出中的勉强和解,并不能减弱整个戏剧所表演出来的两种价值体系的对立关系。尽管这两者之间存在固有的对立关系,但是冯梦龙的《情史类略》却更具有典型性,他把情的话语融入宣扬忠、孝、节、义的传统价值观的叙事,在某种程度上,使它们进入新一层次的本真性。虽然情的美学所具有的反抗锋芒很快就被磨钝了,但是它却继续作为某种更真实、更有激情的表达方式流传着。

通过把这种反抗的美学融入陈腐说教的框架,小说作者们创作了动态的、不同面向的文本,它们同时表达着两种渴望:摒弃腐朽污浊形态的儒教,回到一种被修复了的儒学的状态。像许多批评家所做的那样,否认《红楼梦》《镜花缘》这类小说的正统框架,认为它对于作者要表达的信息来说是一层多余的包装,就会无视正统修辞通过吸收与其竞争着的价值体系来激活自身的能力。虽然我对"正统"这个词的使用存在着将这个术语扩展到超出于晚期帝国语境中所有可被理解的意义之外的危险,但是英语中把 Orthodox(大写的"正统")断定为一成不变、铁板一块的倾向也是对这个词的曲解。任何意识形态或美学的体系,为了保

持活力,必须能够对变化着的文化和政治语境作出反应。我对英文中
"orthodoxy"(小写的"正统")一词的使用,就是试图反映出汉语中这个
"正"字作为动词的意义——一个持续的整顿和再集中的过程。正如文
康在《儿女英雄传》中所解释的,正统性类似于"发乎情,止乎礼"的能力
(EN,第九、三十四回)。与其把本书所讨论的小说解释成对儒家规范的
反抗——特别是就它们那种表面上触犯了正统规范的性别建构而言,
不如把它们解释成一种变通的、扩展了的儒教的产物。

　　投射在性别和性上面的象征意味在晚期帝国的文化论战时期不仅
戏剧性地扩展了,而且也被大大地强化了(这可以从与 6 世纪作品的简
单比较中看出来;尽管这些较早的文本处理了许多同样根本的文化张力
问题,但是它们并没有把性别置于显要位置)。正如我曾论述过的,在晚
期帝国小说中性别的那种逐渐被增强的意识形态重要性,或多或少地,
都衍生于否定欲望和情感的偏见在理学二元论的形而上学中所处的中
心地位。由于"欲望"在历史上一直被鉴定为阴,因此,女子气就充当了
反抗被认为过分了的理学教育与实践的象征性的核心。阴阳象征主义
对于儒家的宇宙论思想所具有的根本的重要性使得性别描述成为美学
模式的丰富而含义多样的源泉。而且,由于二元论的中国阴阳象征主义
所具有的联想性,因此任何词语都可能被含蓄地性别化。由于这些原因,
即使当阴阳形而上学的哲学重要性降低时,小说创作和评点中对性别的
阴阳象征主义的处理仍变得越来越复杂。性别曾是,而且仍然是,一个
关节点,在这一点上,一些意识形态和美学的思虑相互交织,并暴露出尚
未得到解决的阐释学的张力。

　　明清小说中有关性别的讨论可能,而且经常,被简化成对女子气的
讨论。对清代小说的女性主义解读倾向于把这些文本中对妇女们的称
赞看作是妇女地位的改变。尽管,毫无疑问,像《红楼梦》《镜花缘》这样
的小说的确扩大了妇女生活的可能性,但是,特别在"五四"时期,这些
政治性的解读并没有恰当地解释迷恋于女子气的现象。不论是被指派

为危险的"他者"角色 —— 它可以摧毁规范的家长制,还是被指派为理想化的自我的角色,我们所考查的这些小说中的女性人物都反映着男性文人所思虑的关乎个人和社会权力问题的内容范围。通过把这些虚构的妇女解读成男性意愿的产物 —— 一些以使男人气显得苍白和刻板的方式将读者的目光从男人气的行动者引开的投影,我们能够掉过头来,把目光聚焦于男性文人本身,我相信他们才是这些小说的真正主体。

在白话小说的发展过程中,附着于性别的意识形态意义很快就被审美遮蔽了。性别的阴阳配对变成明清小说美学的一个重要特征。传统小说中人物塑造的百科全书模式预留了比简单的男—女二元对立更为多样化的性别主体身份:具有社会破坏性的阴"六"人物和正面的阳"九公"人物之间的连续统容纳着一系列流动着的性别身份,其中包括被女性化了的美男子、行动主义的女性绿林强盗、理想化的被鉴定为阳的女家长,以及淫荡的阴的叛乱者和泼妇。所有这些人物,当被安排进不同的配对中时,都呈现出不同的意义。与五行的象征主义一样,这些展开的性别模式是传统小说的动态结构的基本要素。尽管对于是否 —— 及以什么方式 —— 所有刻意为之的性别描写都挑战了正统规范还存在着不同意见,但是,很显然,当作者们开始采用情的修辞学和图释法作为手段,把本真和情感的意味再投注于更传统的价值观时,性别倒置所具有的触犯规范的锋芒被相当程度地削弱了。出于同样的原因,随之而来的传统儒家价值观的表述似乎也不再那么强硬或僵化了。

随着传统儒家社会的解体和帝国进入共和时的危机,再把性别处理成一种美学的修饰已不可能了。设计新的性别角色 —— 一种适合于共和制的公民的角色 —— 的需要,把象征性的转换成为政治性的,并且固化了生物学的性、社会权力和社会性别之间的联系。由于男子气变得更明显、更积极地与权力和控制相连,而女子气则与被动、受控和牺牲相连,因此,不再认可男性知识分子借用一种女子气的主体身份,并从这个位置上向占据支配地位的政治结构表示反抗、提出批评。在很大程度上,在回应西方帝国主义的性别符码的过程中,男子气在中国变成了现代化的象征性载体。每一种现代化的政治统治,国民党的、毛主义的和目前后社会主义的,都把社会肌体的康复等同于社会的男性化。甚至毛主义 —— 它在倡导妇女权利和男女平等上比任何其他意识形态都走得远 —— 也是沿着男权主义的路线行进的。[2](人们只要回想一下文化大革命中强壮的铁姑娘战斗队的形象就可以明白,毛主义的女性建构与晚期帝国时期的理想差别有多么大)这种向着男子气的兴趣转移并没有削弱 20 世纪文学和电影中女子气所承担的象征意味,它只是强调了男子气作为意识形态主张的一种载体的日益增强的重要性。[3]

　　也许,对于男子气、权力和社会救治的现代主义联想 —— 它强似对国际文化加以支配的幻想,在 19 世纪末,激起人们对《野叟曝言》突然产生兴趣。正如在第五章中所讨论的,尽管《野叟曝言》写于 17 世纪,但直到 1880 年代一时间出现了数种版本之时,它才受到注意。那家在1879 年刊印了现存最早的男权主义的《儿女英雄传》的上海申报馆,在三年后的 1882 年,也印行了《野叟曝言》的一个版本。尽管这部小说的文学影响并不大,但却至少促生了一部续本 —— 陆士谔的出版于 1909年的《新野叟曝言》[4],还有一部通俗的百回删节本和名为《文素臣》的戏剧及电视脚本。[5]百回删节本中删去了所有发生在中国境外的故事情节,这暗示出对于共和时期的读者来说,这部小说的男权主义观念甚至可能比它传达出的帝国主义的讯息更有力。该书 1933 年版本 ——《原著古本〈野叟曝言〉》—— 的出版说明宣称,它是初版于 1929 年的一个本子的第六次重印。[6]

　　这部粗制滥造但明显受欢迎的版本的出版似乎主要是出于商业目的,但是叙述的变化却揭示出一种编辑兴趣,即重新调整有关性和性别规范的文本结构,使之更符合当代欧洲人的欣赏习惯。修订过的文本让人感兴趣的地方之一就是它对男性同性恋的妖魔化,这是一个在其母本中完全缺失的主题。尽管修订本中的僧人仍然诱拐和强奸成百上千的妇女,但他们对男童的残害受到了特别的谴责。结果就是男性同性恋取代了对妇女的性虐待,在《原著古本〈野叟曝言〉》中成为道德败坏的最终标志。[7]日本篡国者的入侵威胁(第六十七回)——删节本中唯一提及外国人的地方——立刻就被新插入的一段冗长的关于闽人如何嗜"钱眼"仅次于其嗜"屁眼"的议论给遮蔽了(第六十四、六十五回)。一个男人如此之愤怒——堕落的地方习俗竟强迫他为他拒绝一个小厮与他同床而付钱,以至于他打算将这个省中的所有人全部斩首,以根除同性恋恶习(第六十四回)。这种男性同性恋的病态化在较早的文本中完全不存在,并且强烈暗示着于1910年代输入日本和中国的欧洲性科学和性别范畴的影响。[8]

文素臣——在删节本中他被称为朱明——这个人物形象的塑造强调了男性主人公的领导地位和自主权。[9]正如我所论述的,水夫人是夏敬渠小说的道德观念的核心——无论在国家层面还是在家庭层面。而在修订本中朱明的母亲基本缺席,大概由于她的在场只会减弱儿子的能动性和权威性。朱明是一名力拔山气盖世的军事英雄,而不是一位以孝顺母亲为标志的儒家英雄。[10]与尽可能地避免与人正面冲突的文素臣相对,朱明却宁可大打出手(第二、十四、二十三回)。删节本剪裁了大部分的家庭场景——这些场景突出了水夫人的家长地位,把焦点集中在朱明的军事业绩上。

删节本中最令人惊讶的改变是它的结尾。它删掉了那个让水夫人和文素臣被封为儒圣的梦境,取而代之的是朱明由于在中国西南部打败了有毒的巨蟒而受到朝廷的赏识。然而,小说的最后一段却给朱明的历险增加了一个令人惊奇的性的维度。这一窜改的段落窥阴癖似的把我们带入朱明与一个妾成亲之夜的床笫间,为的是记下他们欢乐的谈话和喃喃私语。只有朱明这个名字的沿用还能让我们把这个短短的、出人意料的段落与此前的叙事相连。把这一场景当作小说的收尾暗示出,这种受到鼓励的性征服是最高的奖赏,而且,也许甚至是朱明的英雄主义的

310

证明。

　　在传统小说中,对已婚配偶间的性亲昵行为的描写是色情文学的佐料;抒写性情的文本会提及新婚之夜的漫长等待的快乐,但是接下来就会一本正经一声不吭地略过那个场景,以不破坏那位妻子有关名节的表白。在母本《野叟曝言》中,素臣和他的姜之间的肉体接触在他们正式订婚之前都是公开描写的,但即便是这位有窥阴癖好的叙述者也没有亵渎婚礼洞房的圣洁。或许,从 18 世纪的文本中那种宣扬儒家性克制的价值观转向这一删节本最后一幕中对性快乐的描写可以与早期现代主义者改革中国对待性别角色和性欲的态度的尝试相连系。[11]1920 年代正好是性的行为被重新评价为现代(男子气的)身份所享有的一种特权的时期,它取代了强调性克制是衡量修身的一个指数的传统,以及否定性地把性欲与女性化的阴的象征符号矩阵相关联的传统。[12]这部改写本对于再造母本对中国的国际统治者地位的幻想殊无兴趣,这就突出表明,现代主义者对于男子气身份的重新组装一定是迎合了上海的普通市民读者的。《野叟曝言》及其续篇的出版,也许可以为这些全新的现代男子气概的建构提供一些传统中国的根基。

311

　　投射到性上面的意义的明晰化和日益增强的政治化也许是现代身份认同的一个明确特征,但是把性当作一个象征的舞台 —— 通过这个舞台来演示人类的身份认同和经验 —— 绝不是现代时期所独有的。性,这个包括并混合了性欲、生物学意义的性别和社会性别的范畴,对于晚期帝国的作者来说,就像它在整个 20 世纪那样,也是意识形态和美学含义的一个引人注目的源泉。我希望我已经表明,近来的学术研究已开始从传统小说中"发现"的性别意义不仅仅是我们在自己的解读过程中带入的当代女性主义者的情感和政见的产物,而是对于这些文本的写作和传统接受状况的中肯批评。我的希望是,传统小说的现代读者将变得更能体味晚期帝国虚构作品中性别描写所包含的象征和美学意蕴。虽然我已有意识地把我对小说中的性别的解读限制在特定的话语性层面,以便打破依据我们自己的性政治来解读性别表现（representations）的现代倾向，但是，对我来说，真正的问题是，明清性别诗学所具有的文本魅力是如何反映并影响着社会各阶层的真实男女和生活的。对于小说究竟包含多么深刻地受到诸话语传统的影响理解的越充分，我们就越迫切地感到要返回到这样一个根本问题：表现与真实的关系问题。

注　释

鸣　谢

[1] Gender，指社会性别，为了译文的顺畅，除了特别强调处之外，一律将其译为"性别"，而 sex 则译为"性"、"生物学意义的性别"等，以与 gender 相区别。——译注

导　言

[1] 见，比如，浦安迪（Andrew H. Plaks），《〈红楼梦〉的原型与寓言》（*Archetype and Allegory in the Dream of the Red Chamber*）（以下简作《原型与寓言》），《明朝四大奇书》（*Four Masterworks of the Ming Novel*）（以下简作《四大奇书》）；芮效卫（David T. Roy）:《金瓶梅》"译注"及"导言"，pp. xxxⅱ-xivⅲ；卡里兹（Carlitz）: *The Rhetoric of "Chin P'ing Mei"*（《〈金瓶梅〉的修辞学》）；马丁森（Martinson）:"果报、秩序与救赎：以《金瓶梅》研究为基点观察中国的宗教与社会"（Pao, Order, and Redemption : *Perspectives on Chinese Religion and Society Based on a Study of the Chin P'ing Mei*）；以及余国藩（A. Yu）:《西游记》"导言"，Ⅰ: 36—62。

[2] 关于儒家的资料，见福斯（Charlotte Furth），"家长的遗产：家训和正统价值观的传递"（The Patriarch's Legacy : Household Instructions and the Transmission of Orthodox Values）（以下简作"家长的遗产"）；科勒何（Kelleher），"回到基础：朱熹的《小学》"，（Back to Basics : Chu Hsi's *Elementary Learning* [*Hsiao-hsüeh*]）；（以下简作："回到基础"）；吴百益（Pei-yi Wu），"宋代的儿童教育"（Education of Children in Sung）（以下简作："儿童教育"）；柏清韵（Birge），"朱熹与女子教育"（Chu Hsi and Women's Education）；以及曼素恩（Mann），"养女待嫁：清中叶的新娘和妻子"（Grooming a Daughter for Marriage : Brides and Wives in the Mid-Ch'ing Period）（以下简作："养女待嫁"）。关于通俗的佛教材料，见奥弗弥尔（Overmyer），"中国佛教

文学中的价值观：明、清的《宝卷》"（Values in Chinese Sectarian Literature：Ming and Ch'ing *Pao-chuan*）（以下简作"中国佛教文学中的价值观"）；并见他的《宝卷：16 至 17 世纪中国佛教经文导读》（*Precious Volumes：An Introduction to Chinese Sectarian Scriptures from the Sixteenth and Seventeenth Centuries*）（以下简作《宝卷》）。见黛思匹克（Despeux），《中国古代的仙人：道教与女性内丹》（*Immortelles de la Chine ancienne：Taoisme et alchimie féminine*），其中关于儒家价值观被道家对道姑的规训所采纳，以教育她们孝顺、恭敬、服从、通情达理、不忌妒的讨论。

[3] 有关晚期中华帝国精英妇女生活的研究，参见高彦颐：《闺塾师：明代的才女文化》（*Teachers of the Inner Chambers：Women and Culture in Seventeenth*）（以下简作《闺塾师》）；以及曼素恩（Mann）：《缀珍录：漫长 18 世纪的中国妇女》（*Precious Records：Women in China's Long Eighteenth Century*）（以下简作《缀珍录》）。

[4]《红楼梦》和《镜花缘》都曾被从这个角度解读过。见，比如，蔡元培（1868—1940）《〈石头记〉索引》；以及尤信雄"《镜花缘》的主旨及其成就"。

[5] Association，在本文中有普遍联系的意义，但这种联系，按作者的观点，是建立在想象的基础上的，比如，把火、男性等与"阳"相连系。因此，我将视上下文将其译为"联想""相互联系""相连"等。—— 译注

[6] 关于自我修养作为 16 世纪晚期和 17 世纪通俗小说的中心话题，参看浦安迪：《明朝四大奇书》（*Four Masterworks of the Ming Novel*）（以下简作《四大奇书》）；以及麦克马汉（Keith McMahon）：《17 世纪中国小说中的因果关系与自我克制》（*Causality and Containment in Seventeenth-Century Chinese Fiction*）（以下简作《因果关系与自我克制》）。

[7] Iconography，在本书中指由某个概念所衍生的或对这一概念有着象征意味的形象系列。如作者认为有些小说中对女子气、妇女、花园等的形象描述就构成情的形象系列。按上下文，这个词分别译作"图释""图释法""图释系列""图解"等。—— 译注

[8] 关于张新之的这一用语，请见他在《〈红楼梦〉三家评本》中的序言"太平闲人《石头记》读法"（以下简作"《石头记》读法"），《〈红楼梦〉三家评本》（*SJPB*），第 2 页。

第一章　正统性的叙事结构

[1] 见齐托（Zito），《关于身体与毛笔：18 世纪中国作为文本／表演的大祀》（*Of Body and Brush：Grand Sacrifice as Text/Performance in Eighteenth-Century*

China）（以下简称《关于身体与毛笔》），第 52 页。

[2] 关于各种传统上被贴上小说标签的文本的讨论见鲁晓鹏（Lu, Sheldon Hsiao-peng）《从历史性到虚构性：中国叙事诗学》（*From Historicity to Fictionality：The Chinese Poetics of Narrative*）（以下简作《从历史性到虚构性》），第 39—47 页。

[3] 见 *Orthodoxy*（*Orthodoxy in Late Imperial China*《晚期中华帝国的正统》）；以及彼得森（Peterson）的评论，在评论中他告诫说，不要希望给"正统"一词找出一个普遍适用的定义。

[4] 狄百瑞（Wm. Theodore de Bary）在他与布卢姆（Bloom）合编的《义理与实用：理学与实学随笔》（*Principle and Practicality：Essays in Neo-Confucianism and Practical Learning*）的"导言"中，把这种理学的思想文化传统描述为在一种更保守的哲学正统性之间所产生的分裂，一方面，以明初的吴舆弼（1392—1469）和晚明的东林党为代表；另一方面，是开明的、行动主义的一派，这一派不那么教条主义，但是对理学的维护和传播却是同样认可的。后者的代表人物是王阳明（1472—1529）、刘宗周（1578—1645）和黄宗羲。

[5] 本杰明·A. 艾尔曼（Benjamin A. Elman）比较了考据学兴起后乡试和会试考题的变化，指出，会试的考题更趋于保守（"明清儒家科举考试的变化"，[Changes in Confucian Civil Service Examinations from the Ming to the Ching Dynasty]，[以下简称"变化"]，第 141 页）。18 世纪末五位一流的考据学者在 1754 年靠着论述朱子学说的文章而成为进士，而这学说正是他们后来所批判的。布劳考（Cynthia J. Brokaw）形容戴震（1722—1780）—— 他指导了对宋学的严厉攻击 —— 是朱熹正统学说的继承人，热衷于道德的自我修养（"戴震与儒家传统的学习"[Dai Chen and Learning in the Confucian Tradition][以下简作"戴震"]，第 258、275 页）。

[6] 见法默（Farmer），"明代开国皇帝的社会控制条令：正统性的权威功能"（Social Regulations of the First Ming Emperor：Orthodoxy as a Function of Authority）（以下简作"社会控制条令"），第 121—122 页；以及同一作者的《朱元璋与明初立法：追随元朝统治重整中国社会》（*Zhu Yuanzhang and Early Ming Legislation：The Reordering of Chinese Society Following the Era of Mongol Rule*）（以下简作《朱元璋》），第 4 页。

[7]《剑桥中国史》第 7 卷，明代史，第 165 页。（中国社会科学出版社中译本，第 181 页。—— 译注）

[8] 见艾尔曼（Elman），"变化"，第 111 页。

[9] 费舍尔（Fisher），《被选择的：明世宗的继位与过继》（*The chosen One：Succession and Adoption in the court of Ming Shizong*）（以下简作《被选择的》）；并参见朱鸿林的书评。

[10] 一个来自父系的关键的因素本当取消嘉靖的皇上资格，他的父亲不是皇后所生而是贵妃所生（《剑桥中国史》第7卷，第442页）。（也可见中国社会科学出版社中译本，第482页。——译注）

[11] 费舍尔，《被选择的》，第56页。

[12] 同上书，第58、148、150页，并散见于书中各处。

[13] 有关晚明和清代在仪礼实践中情感日见重要的论述可见库舍（Kutcher）《晚期中华帝国的服丧：孝行与国家》（*Mourning in Late Imperial China：Filial Piety and the State*）（以下简作《晚期中华帝国的服丧》），第47—52、92—96、153—156页。

[14] 见伊沛霞（Ebrey），《中华帝国的儒教与家礼：礼仪写作的社会史》（*Confucianism and Family Rituals in Imperial China：A Social History of Writing About Rites*）（以下简作《儒教与家礼》）第157、163页；朱鸿林（Chu Hung-lam）："15世纪的思想文化倾向"．（Intellectual Trends in the Fifteenth Century）（以下简作"思想文化倾向"）；布鲁克斯（Brooks）："晚期中华帝国的葬仪和门第的建立"（Funerary Ritual and the Building of Lineages in Late Imperial China）（以下简作"葬仪"），第477—480页。

[15] 方志中贞德妇女的传记在明清时期猛增，见伊懋可（Mark Elvin），"女德与中国的国家"（Female Virtue and the State of China），（以下简作"女德"）；田汝康（Tien Ju-K'ang），《男性的焦虑与女性的贞洁：明清时期中国伦理价值观的比较研究》（*Male Anxiety and Femal Chastity：A Comparative Study of Chinese Ethical Values in Ming-Ch'ing Times*）（以下简作《男性的焦虑》）。

[16] E. F. 索利尔（E. F. Soulliere）在"明代的宫女"（Palace Women in the Ming Dynasty）（以下简称"宫女"）中描绘了，在皇帝那里，让妇女阅读的御制道德读本的增多与篡位的永乐皇帝（在位期，1403—1424）使其统治合法化的企图是有关联的。

[17] 周启荣，《晚期中华帝国儒家仪式主义的兴起：礼教、经典和世系话语》（*The Rise of Confucian Ritualism in Late Imperial China：Ethics, Classics, and Lineage Discourse*）（以下简作《儒家仪式主义的兴起》），第33—43页，并散见于全书。

[18] 例如，有关晚期帝国妇女生活的学术研究揭示出，正统理想与家庭生活实践会有相当的差距；见高彦颐（Ko）《闺塾师》；曼素恩（Susan Mann）："章学诚

（1738—1801）的 '妇学'：中国第一部妇女文化史"（"Fuxue" [Women's Learning] by Zhang Xuecheng[1738—1801]：China's First History of Women's Culture）（以下简作 "妇学"）；魏艾莲（Widmer）："17 世纪中国才女的尺牍世界"（The Epistolary World of Female Talent in Seventeenth-Century China）（以下简作 "尺牍世界"）。

[19] 正如詹姆斯·华生（James Watson）（"中国的葬仪结构：基本形式、礼仪顺序、表演规则" [The Structure of Chinese Funerary Rites：Elementary Forms, Ritual Sequence, and the Primacy of Performance][以下简作 "葬仪结构"] 第 3 页）所说，"在统一的中国文化的创造和保存过程中，礼仪起着中心的作用。"

[20] 安吉洛·齐托（Angela Zito），"丝绸与皮肤：重要的分界"（Silk and Skin：Significant Boundaries）（以下简作 "丝绸与皮肤"），第 105 页。

[21] 齐托（Zito），"仪式化的礼：关于权力与性别研究的一些推断"（Ritualizing Li：Implications for Studying power and Gender）（以下简称 "仪式化的礼"），第 322 页；又见齐托《关于身体与毛笔》第 16 页。对于儒家礼仪的研究可大致分为两派，一派认为，它是一种理性－人道主义的产物（牟复礼 [Frederick W. Mote] 在其《中国思想文化的根基》[Intellectual foundations of China] 中概述了此观点），一派将其看得更为神秘，就像是一种表演的魔术（performative magic）（见芬格莱特 [Herbert Fingarette]《孔子：即凡而圣》[Confucius—The Secular as Sacred][以下简作《孔子》；伊诺 [Robert Eno]《儒家对天的创造》[Confucian Creation of Heaven] 和齐托 "仪式化的礼"）。由于小说叙事采用了礼仪的因果逻辑，所以本研究对礼仪的讨论仅在其第二个定义上展开。

[22]《论语·述而》。

[23] 周启荣，《儒家形式主义的兴起》，第 9—10 页。

[24]《论语·颜渊》。

[25] 见罗威廉（William T. Rowe），"明清社会思想中的妇女与家庭：以陈洪谟为例"（Women and the Family in Mid-Qing Social Thought：The Case of Chen Hongmou）（以后简作 "妇女"），第 4—5 页。

[26] 崔维泽（Denis C. Twitchett），"中国的传记作品"（Chinese Biographical Writings），第 110 页。

[27] 吴百益（Wu, Pei-yi），《儒学的进步：传统中国的自传作品》（The Confucian's Progress：Autobiographical Writings in Traditional China）（以后简称《儒学的进步》），第Ⅻ页。

[28] 这种分析始于贝尔（Catherine Bell）在《礼仪理论，礼仪实践》（*Ritual Theory, Ritual Practice*）（以下简作《礼仪理论》）中有关作为一种权力谈判手段的礼的论述，齐托、巴洛（Tani E. Barlow）（特别见 "理论化的妇女：妇女、国家、家庭" [Theorizing Woman：Funü, Guojia, Jiating]，以下简作 "理论化的妇女"）和何伟亚（James L. Hevia）（《怀柔远人》*Cherishing Men From Afar*）都强调礼仪所规定的身份的暂时性和流动性。

[29] 齐托（Zito），"丝绸与皮肤"，特别见第 106 页。

[30] 齐托（Zito），"丝绸与皮肤"，第 103 页。

[31] 正统文本的传统（Orthodox textual tradition），这里指恪守经典原文的教条主义传统。参见本章开头第二自然段所说的 "文本的正统性"（textual orthodoxy）。—— 译注

[32]《礼记·曲礼上》。

[33] Discursive，意为推论出的，并非实有的。本书中按照正统和本页两种话语推论出来的，故根据上下文将其译作 "话语（性）的"，"推论（性）的"。—— 译注

[34] 内外界限对描述性别尤其重要；见伊沛霞（Ebrey），《内闺：宋代的婚姻和妇女生活》（*The Inner Quarters：Marriage and the Lives of Chinese Women in the Sung Period*）（以下简作《内闺》），第 23—25 页；以及高彦颐《闺塾师》，第 12—14 页；艾梅兰（Maram Epstein）："刻画本质：明清小说中的文化与身体"（Inscribing the Essentials：Culture and Body in Ming-Qing Fiction）（以下简称 "刻画本质"）。

[35] 见朱子《家礼》卷一。

[36] 关于边界地带的重要性，见麦克马汉（Keith McMahon），《因果关系与自我克制》，特别是第 25—28 页。

[37]《礼记·内则》；朱熹则进一步扩大了《礼记》的这种规定，他还开列出一个与年龄和性别相宜的书目（朱子《家礼》卷一）。

[38] 孟旦（Donald Munro）形容，孔子所想象的人是被诸种社会关系所 "横向地限定的"，这与朱子相反，他更倾向于找到内在的自我。（《人性的想象：一幅宋代的图画》[*Images of Human Nature：A Sung Portrait*][以下简作《人性的想象》]，第 105—196 页）

[39] 引自理学初级读本《近思录》的一段话，可以很好地说明这个概念："……如明鉴在此，万物毕照，是鉴之常，难为使之不照；人心不能不交感万物，难为使之不思虑；若欲免此，惟是心有主，如何为主，敬而已矣。有主则虚，虚谓邪不能入……"

（《近思录》卷四，"存养"）

[40] 儒家的实践和价值观在贵族之外的扩展是理学的伟大成功之一；正如伊沛霞（Ebrey）所说，平民阶级也许会选择儒家的礼仪实践来使他们的政治地位合法化（《儒教与家礼》第37—40页）。

[41] 见陈荣捷（Wing-tsit Chan），"理学概念'理'的演变"（The Evolution of the Neo-Confucian Concept Li as Principle）（以下简作"演变"）。

[42] 加德纳（David K. Gardner），《学做圣人：朱子语类选》（*Learning to Be a Sage*：*Selections from the Conversations of Master Chu*，*Arranged Topically*）（以下简作《学作圣人》），第49页。

[43] 加德纳（Gardner）把"气"译作"psychophysical stuff"（心理物理学原料），这个译法捕捉到了它在情感形成上的作用（见加德纳《学做圣人》第90页）。

[44] 见成中英（C. Y. Cheng），"17世纪新儒家哲学中的理气和理欲关系"（Li-ch'i and Li-yu Relationships in Seventeenth Century Neo-Confucian Philosophy）（以下简作"理气"），第505页。

[45] 张载，《张载集》，第265页。（亦可见《张子全书》卷五，"气质"。——译注）

[46]《近思录》卷一。张载以更清楚的话表达了同样的意思："盖礼者理也。"（《张载集》第326页）

[47]《近思录》卷六。orthodoxy是指意识和信仰的纯正；orthopraxy则指实践的纯正（见华生《中国的葬仪结构》第10页）。正如已被广泛讨论的那样，程颐的这种说法是在为寡妇殉节奠定教义上的正当性。

[48] "嫂溺不援，是豺狼也。男女授受不亲，礼也；嫂溺，援之以手者，权也。"（《孟子·离娄》）这段肯定权宜行事的话被一些清代小说明确地提到了；见本书第五章关于《野叟曝言》的讨论。

[49] 我使用"他"来指个体是因为，尽管妇女也遵守严格的道德规则，但最终"齐家"的责任是落在男性儒者身上的。正如我们将看到的，在小说中，家庭的破败都是由于男人没有能够恪守道德。

[50]《大学》，见《四书集注》第4页，岳麓书社，1985。——译注

[51] 浦安迪（Plaks），《四大奇书》第156—167页及全书各处。

[52] 见麦克马汉（McMahon），《因果关系与自我克制》，第25—28页。

[53] 见陆大伟（David Rolston），《中国传统小说和小说评点：在字里行间读和写》（*Traditional Chinese Fiction and Fiction Commentary*：*Reading and Writing Between the*

Lines）（以下简作《中国传统小说》）第 89—90、301—302 页。

[54] 陆大伟（Rolston），《中国传统小说》，第 281 页。

[55] 从历史上看，西欧曾偏执地对待生物学意义上的流动性和模糊性，而且曾创作小说，绝对排斥生物学所决定的两性之外的东西。当代美国也热衷于规定两性的差别，这可以从给介于两性间的新生儿做手术以使他们的性别固定 —— 要么是男要么是女 —— 的医学实践中看出来（见福斯托 - 斯特林 [Anne Fausto-Sterling] 的"五种性别"[The Five Sexes]；关于西方对生物学意义的性别的科学信念的历史考察，见拉奎尔 [Thomas Laqueur]，《制造性别》[Making Sex]）。

[56] 福斯（Furth），"雌雄同体的男性和有缺陷的女性：16、17 世纪中国的生物学和性别边界"（Androgynous Males and Deficient Females：Biology and Gender Boundaries in Sixteenth and Seventeenth-Century China）（以下简作"雌雄同体的男性"）。

[57] 比如，李公佐（活跃期，810 前后）的谢小娥故事，谢扮装成男仆，到谋害了她丈夫的两兄弟家去干活，直到她杀死那两个男人，为夫报了仇。谢作为烈女被收入《新唐书》（鲁晓鹏《从历史性到虚构性》第 101—104 页）。

[58] 约瑟夫 · R. 阿伦（Joseph R. Allen）认为，在 16、17 世纪，木兰的故事所强调的不是她的反常行为，而是她的重新融入社会（"戎装与便装的中国女将"[Dressing and Underessing the Chinese Woman Warrior][以下简作"戎装与便装"]，第 347 页）。

[59] 见伊沛霞（Ebrey），《朱熹的家礼》（Chu His's Family Rituals）。

[60] 见《礼记 · 内则》。

[61] 指所谓的 "世子"、"适子"、"庶子" 等。—— 译注

[62] 伊沛霞（Ebrey）指出，《家礼》版本的增多反映出人们在广泛实践着这种为所有的新生儿制定的仪式惯例（《朱熹的家礼》第 19 页）。

[63]《礼记 · 内则》。

[64] 朱熹《家礼》卷二。

[65] 齐托（Zito），"关于丝绸和皮肤"，第 106 页。尽管近来有关中国性别的表演性的讨论，比如齐托和巴洛（Barlow），多受朱迪思 · 巴特勒（Judith Butler）《性别困扰：女性主义与身份的颠覆》（Gende Trouble：Feminism and the Subversion of Identity）（以下简作《性别困扰》）和《要紧的身体：关于 "性" 的话语性限定》（Bodies That Matter：On the Discursive Limits of "Sex"）（以下简作《要紧的身体》）的影响；芬格莱特（Fingarette）（《孔子：即凡而圣》[Confucius—The Secular as Sacred][以下

简作《孔子》]）关于儒家的礼是表演性的描述是她进入中国研究领域的第一步。

[66] 林理彰（Richard John Lynn），《〈易经〉王弼注新译》（*The Classic of Changes : A New Translation of the "I Ching" as Interpreted by Wang Bi*）（以下简作《易经新译》），第 130 页。（译者按，《易经》原文为："乾元者，始而亨者也。利贞者，性情也。乾始能以美利利天下，不言所利。大矣哉！大哉乾乎！刚健中正，纯粹精也。"王注：不为乾元，何能通物之始。不性其情，何能久行其正。是故，始而亨者，必乾元也；利而正者，必性情也。孔疏：性者，天生之质，正而不邪。情者，性之欲也。言若不能以性制情，使其情如性，则不能久行其正。《十三经注疏》第 16 页）

[67] 林理彰（Lynn），《易经新译》第 143 页。（译者按，《易经》原文为："至哉坤元，万物资生。乃顺承天，坤厚载物 …… 柔顺利贞。君子攸行，先迷失道，后顺得常。"《十三经注疏》第 18 页）

[68] 在世俗的生命轮回仪式的象征主义中可以发现阴的多重性质，在这些仪式中，阴吊诡地既与生命也与死亡相关联。正如詹姆斯·华生（James Watson）在形容广东人的葬礼时所描述的，妇女们在葬礼中扮演了重要的角色：她们吸取并利用与死亡相关的污秽之气；他暗示，这种死亡污物的消极方面是与妇女的生育能力相关联的，因为在葬仪中用过的硬币和布料常常被缝在妇女们背小孩的背袋上。生育，尽管是幸福的事，但也被看成是非常污秽的（华生，"肉与骨：广东人对死亡污物的处置" [Of Flesh and Bones : The Management of Death Pollution in Cantonese Society][以下简作 "肉与骨"]）。坐月子就是把分娩当作异常不稳定时期，在此期间需要特别当心某些与阴相关的细节：胎盘必须处置得当，产妇要在屋里待上一个月，并且不能洗头发（艾赫 [Emily Martin Ahern]，"中国妇女的权力与污秽" [The Power and Pollution of Chinese Women][以下简作 "权力与污秽"] 第 171—173 页）。正如华生所解释的，头发是与阴相连的（华生，"肉与骨"，第 162 页）。传统上，在坐月子期间，产妇要靠多吃富含 "阳" 成分的鸡和米酒煮的肉汤来 "补阳"。阴所固有的不稳定性被压缩在这类生死转换事件的象征主义之中：死亡，是消极的，却与生育连在一起；生育，是积极的事件，却充满着污秽。生与死的仪式都具有这样的功能：容纳 "阴" 的那种易变的、污浊的甚至解构的潜能，并把它导入安全的正轨，让它滋养生命。

[69] 人类学家斯蒂芬·桑格瑞（Steven Sangren）曾指出，那不变的元秩序 —— 它被假设为阳 —— 按着等级秩序包含着形形色色的阴阳互动的表现形式（《一个中国村社的历史与魔力》[History and Magical Power in a Chinese Community][以下简作《历史与魔力》] 第 134 页）。齐托（Zito）对于帝国礼仪 —— 它给予阳以特权，使

它能够含括整体 —— 的分析进一步确证了阳与元秩序的这种关联（《关于身体与毛笔》第 149—151 页）。

[70] 见李约瑟（Joseph Needham），《中国的科学与文明》（*Science and Civilisation in China*）（以下简作《科学与文明》）第 2 卷，第 262—263 页。

[71] 董仲舒，《春秋繁露》，卷十一"王道通三"。关于阴阳的道德评价，见鲍家麟"阴阳学说与妇女地位"（以下简作"阴阳学说"）。

[72]《春秋繁露》卷十六，"循天之道"。

[73]《春秋繁露》卷十，"深察名号"。

[74]《春秋繁露》卷十一，"王道通三"。

[75] 刘基，《诚意伯文集》，引文出自台北《国学基本丛书》[1967] 第 175 页；转引并译自戴狄思（Dardess）的《儒教与专制：明代建立过程中的知识精英》（*Confucianism and Autocracy：Professional Elites in the Founding of the Ming Dynasty*）第 134—135 页。（译者按：此处英译文可能是个意译，《诚意伯文集》卷八"天说"中的相似说法原文为："好善而恶恶，天之心也，福善而祸恶，天之道也 …… 天以气为质，气失其平则变，是故风雨雷电晦明寒暑者，天之喘汗呼嘘动息启闭收发也。气行而通，则阴阳和、律吕正，万物并育、五位时，若天之得其常也。气行而壅，壅则激，激则变，变而后病生焉。故吼而为暴风，郁而为虹蜺，不平之气见也。抑拗愤结，廻薄切错，暴怒溢发，冬雷夏霜，骤雨疾风，折木漂山，三光荡摩，五精乱行，昼昏夜明，瘴疫流行，水旱愆殃，天之病也。雾浊星妖，晕背祲氛，病将至而色先知也。天病矣，物受天之气以生者也，能无病乎？是故瘥疠夭札，人之病也；狂乱反常，颠蹶披揭，中天之病气而不知其所为也。"）

[76]《礼记·昏义》；关于婚姻关系是道德秩序之基础的议论还可见《毛诗序》。

[77]《礼记·昏义》；这种对于婚礼的宇宙哲学方面的阐述不见于朱熹的《家礼》。

[78]《礼记·经解第二十六》。

[79]《女孝经》被认为是中唐一名姓郑的妇女所作，尽管直到 1126 年才有人首次提到这个文本（默里 [Julia K. Murray]，"对妇女的说教艺术：《女孝经》" [Didactic Art for Women：The *Ladies' Classic of Filial-Piety*][以下简作 "说教艺术"] 第 29 页）

[80]《女孝经》"广守信章第十三；也见表"。

[81]《女孝经》表。

[82] 吕坤《闺范图说》卷一，类似的议论还见于李贽的"夫妇论"，李贽，《焚书》第 107 页；《烈女演义》序。俞正燮在《癸巳类稿·节妇说》中则用类似的笔法批评

了男子的再娶（《癸巳类稿》卷十三）。

[83] 冯梦龙，《醒世恒言·苏小妹三难新郎》。麦克马汉（McMahon）在《因果关系与自我克制》第 52 页中也引用了此文。另一小说中的例子见李汝珍《镜花缘》。

[84] 见余国藩（A. C. Yu）《重读〈石头记〉:〈红楼梦〉中的欲望与虚构》（ *Rereading the Stone : Desire and the Making of Fiction in Dream of the Red Chamber* ）（以下简作《重读〈石头记〉》）对荀子关于礼与欲的纠缠在一起的话语的讨论。

[85] 齐托（Zito），《关于身体与毛笔》第 70—71 页。

[86] 见彼得森（Willard J. Peterson）对这句话的翻译，见彼得森 "建立联系:《易经·系辞传》注"（ Making Connections : Commentary on the Attached Verbalizations of the *Book of Changes* ）（以下简作 "建立联系"）第 81 页。

[87] 王安石，《临川文集》卷七十七 "上人书"。

[88] 齐托，《关于身体和毛笔》第 217 页。

[89] 刘勰，《文心雕龙·原道》。

[90] 施友忠（Shih, Vintent Yu-chung）译《文心雕龙》，第 14—15 及 25 页。

[91] 按宇文所安的话说:"一个人若立志于文，他就将汇入这个词所包含的语义之流:通过教育而变得多才多艺;在文职岗位上服务于政府;任职能力由于*他的*文章通过了公开考试而被确认。他发现自己自然而然地被文学 —— *在此，宇宙的 '美学模式'（文）得以显现* —— 吸引过去了"（斜体为原文所加）（宇文所安《中国传统诗歌与诗学:警世》[*Traditional Chinese Poetry and Poetics : Omen of the World*][以下简作《中国传统诗歌》] 第 18 页）。这段话中最引人注意的一个词是 "自然而然"，它反映的是中国的传统观念，即把艺术品位看成是自然天成的，而不是由文化所培养的。

[92] 包华石（Martin J. Powers），《中国古代的艺术与政治表达》（ *Art and Political Expression in Early China* ）（以下简作《艺术与政治表达》）第 71 页。

[93] 关于《新唐书》把韩愈与孟子相并列的赞词，见冯友兰《中国哲学史》2，第 409 页。

[94] 王安石，《临川文集》卷七十七 "上人书"。

[95] 传统上把 "前后七子" 归入拟古派。但是拟古与革新者之间的政治和美学界线却是模糊的，倡导革新的王世贞（1526—1590）又是后七子中的杰出成员。有关王世贞的诗歌观念与公安派的相似的讨论，请看周质平《袁宏道与公安派》（以下简作《袁宏道》）第 11—14 页;有关王世贞诗论的更细致的讨论，见林理彰（Richard

John Lynn）"正统与启蒙：王世贞的诗论及其师承"（Orthodoxy and Enlightenment：Wang Shih-chen's Theory of Poetry and Its Antecedents）（以下简作"正统与启蒙"），第241—257页。

[96] 林理彰（Lynn），"正统与启蒙"，第218—219页。

[97] 李恩仪（Li, wai-yee），《迷与觉：中国文学中的爱情与幻影》（Enchantment and Disenchantment：Love and Illusion in Chinese Literature）（以下简作《迷与觉》）第47页。

[98] Doubling，这指小说中有意塑造两个同形同貌的人物——如《红楼梦》中的贾宝玉与甄宝玉、《金瓶梅》中的潘金莲与宋蕙莲，使之相互映衬、比照的修辞手段。根据上下文，将其译成"成双"、"酷似"和"翻版"。——译注

[99] 1917年以来有关中国古文的社会作用的讨论见韩南（Patrick Hanan），《中国白话小说史》（The Chinese Vernacular Story），第3—5页。

[100] 对八股文的结构分析和翻译，请看涂经诒（Tu Ching-i）"中国的应试文章：若干文学因素"（The Chinese Examination Essay：Some Literary Considerations）（以下简作"中国的应试文章"）。

[101] 要想了解应试的文章内容是如何与公认的学问相适应的，请看艾尔曼（Elman），"变化"第135—143页；以及周启荣，"话语、考试与地方精英：清代中国桐城派的创作"（Discourse, Examination, and Local Elite：The Invention of the T'ung-ch'eng School in Ch'ing China）（以下简作"话语"）第185—186、198—199页。

[102] 科举考试的低录取率无疑阻止了应试者在智力和文风上的冒险。拿清代来说，艾尔曼的统计结果是，参加考试的全部人数是200万，1.5%的人获得了生员身份，只有0.01%的人通过了最高级的考试——会试（"变化"第117页）。至于明代的数字，请看何炳棣（Ho Ping-ti）《中华帝国的成功之阶：社会流动状况》（The ladder of Success in Imperial China：Aspects of Social Mobility）（以下简作《成功之阶》）第186—190页。

[103] 罗狄（Stephen J. Roddy）《晚期中华帝国的文人身份及其在小说中的表现》（Literati Identity and Its Fictional Representation in Late Imperial China）（以下简作《文人身份》）第51—58页；至于八股文对小说创作的影响，可看浦安迪《四大奇书》第31、33—34页；也可看陆大伟（Rolston）编《中国小说读法》（How to Read the Chinese Novel）（以下简作《读法》）第17—29页。

[104] 李贽，"童心说"，见《焚书》第98页；袁宏道，"与友人论时文"和《袁中郎

全集》第 14 页"尺牍",以及"郝公琰诗叙"和上书第 11—12 页"文钞";有关讨论见周质平《袁宏道》第 42—44 页。

[105] 艾尔曼(Elman)在其"变化"(第 119—120 页)一文中描述了汉人对于 1663 年改革考试形式尝试的负面反应。

[106] 引自陆大伟(Rolston),《读法》第 21 页。

[107] 至于更细致的界定,以及小说分类史的研究,请看鲁晓鹏《从历史性到虚构性》,第 37—52 页。

[108] 胡应麟,《少室山房笔丛》第 374 页,转引自鲁晓鹏《从历史性到虚构性》第 50 页。

[109] 齐托(Zito),《关于身体与毛笔》,第 70 页;林理彰(Lynn),"正统与启蒙",第 219 页。

[110] 关于文章鉴赏家实践的类似讨论见克兰纳斯(Craig Clunas)《剩余物:早期现代中国的物质文化与社会身份》(*Superfluous Things*:*Material Culture and Social Status in Early Modern China*)(以下简作《剩余物》)。

[111] 比如,可见沈复的《浮生六记·闺房记乐》第 25 页,书中充满赞美之情地描写了其妻芸对破书残画的珍惜,和搜集断简残编的努力。

[112] 由于篇幅所限,我无法在这里评说晚明时期,从把小说当成不完善的历史写作到承认它的文体价值的改变。这一重要的论题在鲁晓鹏《从历史性到虚构性》(第 93—150 页)中有更透彻的讨论;陆大伟《中国传统小说》(第 105—190 页)中也有讨论。

[113] 林理彰(Lynn),"正统与启蒙",第 222、235、242 页。

[114] 陆大伟(Rolston),《读法》,第 12—13、15 — 17 页;以及他的《中国传统小说》第 160—163 页。

[115]《水浒传·序三》,这两点在陆大伟的《中国传统小说》(第 2、134 页)中都有讨论。

[116]《〈三国演义〉会评本》"读法",第 9 页。

[117]《〈三国演义〉会评本》"读法",第 18 页。

[118] 比如,见谢肇淛《五杂俎》第 1287 页;冯梦龙《警世通言》序;金圣叹《水浒传》序三。这一观点在鲁晓鹏《从历史性到虚构性》(第 134—140 页)、陆大伟《中国传统小说》(第 131—139 页)中也有讨论。

[119] 刘廷玑,《女仙外史》序。

[120] 陆大伟（Rolston）在《中国传统小说》中讨论过那些作者的产生过程，见该书第 114—122 页。

[121] 陆大伟（Rolston），《中国传统小说》，第 8 页。

[122] 张竹坡为这部小说作辩护的基础 —— 小说的主题是孝，让我想到齐托（《身体与毛笔》，第 9 页）对文本的"文"和孝顺的"文"的产物所做的类比，后者（孝），是礼的具体表演，是通过儿子们的举止行为和对文化的适应而做出的具体表演。

[123] 见陆大伟（Rolston）《中国传统小说》，第 180—182 页。关于孔子春秋笔法 —— 也叫"史笔" —— 在阅读和撰写小说中的发展，见卢庆滨（Lo, Andrew Hing-bun）"历史写作语境中的《三国演义》和《水浒传》：一种解释性研究"（*San-kuo yen-I* and the *Shui-hu Chuan* in the Context of Historiography：An Interpretive Study）（以下简作"三国"）；浦安迪《四大奇书》第 124、403—404 页；鲁晓鹏《从历史性到虚构性》第 74—92 页；以及丁乃非"含酸抱怨之泪，张竹坡的《金瓶梅》"（Tears of Ressentiment，Zhang Zhupo's *Jin Ping Mei*）（以下简作"含酸抱怨之泪"），第 663—694 页。

[124] 与此类似的对杂剧评点中的圣化过程的讨论，见希尔伯（Patricia Sieber）"身体与守经：早期现代杂剧中的阅读技法研究"（Corporeality and Canonicity：A Study of Technologies of Reading in Early Modern *Zaju* Drama）（以下简作"身体与守经"）。

[125] 这包括 1594 年余象斗的《京本增补校正全像〈水浒传〉评林》（二十五卷，一百二十四回）；《新刊京本全象插增田虎王庆忠义〈水浒传〉》（二十四卷，一百二十回）；《忠义水浒传》（一百一十五回）；或《水浒全传》（一百二十四回）。

[126] 尽管陈士斌（序文的日期是 1696 年；现存最早的版本是 1780 年的）和 1810 年刘一明的《西游记》版本分别是八卷和二十卷，但他们都保持了"规范的"一百回的格局。浦安迪曾指出，小说长度一百回的定标是在 1592 年确立的（《四大奇书》第 202—203 页）。若想迅速比较一下这些版本和其他版本的存目，请看浦书第 525—534 页；以及陆大伟《读法》第 404、403 和 451—456 页。

[127]《水浒传》，"楔子"，第 50、70、1273 页；《〈三国演义〉会评本》第 94、1145 页；金圣叹曾说《三国》中的历史细节太多，制约了作者（"《三国》人物事体说话太多了，笔下拖不动，趄不转"）（《水浒传》第 16 页"读第五才子书法"）。陆大伟在《中国传统小说》（第 264—266 页）中指出，完整叙事的产生是一种美学理想的产物。

[128] 浦安迪《四大奇书》第 76 页。关于对文人小说的美学特点的概要，请见

他的"沉沦之后:《醒世姻缘传》与 17 世纪中国小说"（After the Fall : *Hsing-shih yin-yuan chuan* and the Seventeenth-Century Chinese Novel）（以下简作"沉沦之后"），第 545—549 页。

[129] 关于传统和当代的《金瓶梅》读者如何用美学问题来使自己获得对小说淫秽内容的免疫力的历史，可见丁乃非《妖淫物事，〈金瓶梅〉的性政治》（*Obscene Objects* , *Sexual Politics in "Jin Ping Mei"*）（以下简作《妖淫物事》）。

[130] 陆大伟（Rolston）发现了很有趣的一点:金圣叹也曾将"忠"这个词审美化，说它意味着"某种达致本真的东西"，而这个词其实特指政治上的忠诚。见《中国传统小说》第 26 页。

[131] 金圣叹总体上对李逵持肯定与同情的态度，这与他对宋江的轻蔑形成对比。比如，在评到两只小虎舐食李母腿肉的情节时，金圣叹以一种冷静的审美态度把它与此前的"铁牛吃鬼腿"情景相比较，接下来，并不责备李逵的过失，而是转而攻击宋江的不孝。在后一场景（朱全丢子）中，很奇怪，金圣叹并没有例数"抱"这个字在描述朱公是怎么带着孩子到处溜达时的使用次数。也许他怕如果把读者的注意力集中在朱全父子的感情上，会引起读者对李逵的愤怒。

[132] 金圣叹称司马迁的旨趣在于"文"，而不在于"事"（《〈水浒传〉会评本》二十八回，第 539 页）。正如我们将要看到的，《野叟曝言》的评点者也用点批文法问题来转移读者的注意力，使其不再注意主人公的逾礼行为。

[133] 张竹坡的兄弟曾提到，张曾特意说明金圣叹对自己的影响，见陆大伟（Rolston）《读法》，第 198 页。

[134] 王汝梅等，《张竹坡批评〈金瓶梅〉》"批评第一奇书《金瓶梅》读法"（以下简作"读法"），第 42 页。

[135]《张竹坡批评〈金瓶梅〉》"读法"第 42 页。（张云:"作《金瓶》者，乃善才化身，故能百千解脱，色色皆到，不然，正难梦见。"——译注）

[136]《张竹坡批评〈金瓶梅〉》"读法"第 44—45 页。

[137]《张竹坡批评〈金瓶梅〉》"读法"，注释引自芮效卫《金瓶梅》读法";"求三年之艾"引自《孟子》卷之四"离娄上"。（原文为"今欲王者，犹七年之病求三年之艾也，苟为不畜，终身不得。"——译注）

[138] 见汉德森（John B. Henderson），《中国宇宙哲学的发展与衰落》（*Development and Decline of Chinese Cosmo logy*）（以下简作《发展与衰落》）第 149—160 页;艾尔曼，《从理学到朴学:中华帝国晚期思想与社会变化面面观》（*From*

Philosophy to Philology：*Intellectual and Social Aspects of Change in Late Imperial China*）（以下简作《从理学到朴学》）第 13—36 页。

[139] 第 61 回出现了卦名"既济"☲☵和"未济"☵☲，它们是由"坎"☵"离"☲二卦组成的。

[140] 关于刘一明的《西游记》"读法"翻译，见余国藩"读法"。

[141] 张新之"读法"的翻译，见浦安迪"读法"第 324—340 页；中文本可见《〈红楼梦〉三家评本》，"读法"第 2—7 页。关于张与其之前的《西游记》评点的联系，见陆大伟（Rolston）编《读法》，第 327 页注释。

[142] 这部小说已被林顺夫（Lin Shuen-fu）和舒兹（Larry Schulz）译成英文，书名为《万镜楼》（*A Tower of Myriad Mirrors*）。

[143] 关于小说中对情的几段描写，见安德鲁斯（Mark F. Andres）"《西游补》中的禅的象征主义：孙悟空的彻悟"（Ch'an Symbolism in *Hsi-yu Pu*：The Enlightenment of Monkey）（以下简作"禅的象征主义"）。

[144] 林理彰（Lynn），《易经》，第 145 页。

[145] 董说《西游补》，第十一、十三回。

[146] 陆大伟（Rolston）《中国传统小说》（第 254 页注释）对此有描述。

[147] 威尔海姆（Richard W. Wilhelm），《变易：〈易经〉八讲》（*Change：Eight Lectures on the "I Ching."*）（以下简作《变易》），第 41 页，变的不同状态被分派了不同的数值，因此，阴的不变爻和阳的不变爻又分别是八和七。

[148] 浦安迪，《四大奇书》，第 232—234 页。

[149] 安德森，《发展与衰落》，第 125 页。

[150]指"自明道元年，至皇祐三年"（《〈水浒传〉会评本》第 41 页）。——译注

[151]指"自皇祐四年，至嘉祐二年"（《〈水浒传〉会评本》第 41 页）。——译注

[152] 黛博拉·波特（Deborah Porter）观察到，仁宗在位时的三"登"，实际是 36 年而不是 27 年（见"定调：《水浒传》'楔子'中语言学模式的美学意味"[Setting the Tone：Aesthetic Implications of Linguistic Patterns in the Opening Section of the *Shui-hu chuan*][以下简作"定调"]，第 64 页），这一观察强化了金圣叹关于"阳"已走到极致的批注的意义。

[153] 浦安迪，《四大奇书》。

[154] 尽管由于篇幅所限，不允许我评说中国传统小说中那棘手的现实主义问题，但注意到下面这一点是重要的，即虽然内容逼真被认为很有价值，但现实主

义并不是一个普遍的要求,正如事实所显示的,小说作者可以自由地把幻想与寓言的细节交织进本应是现实主义的叙述中。尽管现实主义的概念仍被当作欧洲古典小说的显著特点之一,但是现在人们已逐渐接受了这样的观点,即它只指一种特殊的美学规则。在中国传统中,对一篇生动的散文的最高评价是说它像一幅画,这更多地是指它的生动传神而言,而不是指它的现实主义细节而言。刘若愚在《中国文学理论》(第49—73页)中讨论过这种模仿理论的缺席问题;另外也可参见安敏成(Marston Anderson)《现实主义的限制:革命时期的中国小说》(*The Limits of Realism*: *Chinese Fiction in the Revolutionary Period*)(以下简作《现实主义的限制》),第1—26页。《红楼梦》——它长期以来一直被认为是清代文学中最直接的自传体作品——中的现实主义细节是建立在一种丰厚的叙事传统的基础上的。

第二章　晚明对人性和欲之生成的再解释

[1] 吴百益,《儒学的进步》,第116、143、163页;浦安迪,《四大奇书》,第19—20页;狄百瑞(de Bary, Wm. Theodore)为《理学的展开》(*The Unfolding of Neo-Confucianism*)一书所做的"导言",第18页;及狄氏为《自我与社会》所作的"导言"和"晚明思想中的个人主义与人道主义"(Individualism and Humanitarianism in Late Ming Thought)(以下简作"个人主义与人道主义")一文,第12—14、145—148页,及文章的各处。

[2] 葛瑞汉(A. C. Graham),"孟子人性论的背景"(The Background to the Mencian Theory of Human Nature)(以下简作"背景"),第259—260页。

[3] 王叔岷,《庄子校诠》,第261—262页。

[4]《毛诗正义》卷一。

[5] 许慎,《说文解字》卷十下;清代的《佩文韵府》也采用了这个定义。

[6] 汤萃越(Tain Tzuey-yueh)在"董仲舒的思想体系:其源流及对汉代学术的影响"(Tung Chung-shu's System of Thought: Its Sources and Influences on Han Scholars)(第226页)一文中曾揣测说,董的这种划分,即使不是第一个,也是最早的之一。

[7]《春秋繁露》卷十:"深察名号"。《说文解字》也把阴的情与阳的人性相比较。

[8]《春秋繁露》卷十,谓"天两有阴阳之施,身亦两有贪仁之性",这一说法也见于汉代的其他文献,比如《白虎通义》(传统上认为是班固所作)。

[9] 并不是所有的人都同意把性划归阳,把情划归阴的分类,比如,王充(27—

大约 100）就曾赞许地引证刘向的说法，认为情是人性的积极表达，它们应被划归于阳；见杨家骆编《论衡集解》"本性篇"，第 65—66 页。

[10] 黄兆杰（Wong Siu-kit），"中国文学批评中的'情'（*Ch'ing in Chinese Literary Criticism*）第 328—333 页。他的 13 个定义是（1）是"志"的同义词（志，见于《毛诗大序》《中庸》、刘勰《文心雕龙》，以及明代的批评文字）；（2）与理性相区别的普遍的人类感情（见于六朝的批评家、唐代的编选者，及明代把它与"理"相对立的批评家）；（3）令人不快的自私的感情，比如激情（见于《毛诗大序》、唐人的文章和邵雍的文章 —— 他把这种情与人性相对立）；（4）感情，主要指色情（见于六朝的作者和清代对词的批评）；（5）天性、无知和普遍的感情（见于白居易、王夫之、沈德潜和袁枚）；（6）道德约束的感情（见于《毛诗大序》《易经》，以及钱谦益、王夫之、叶燮和沈德潜）；（7）现实、真理和内在精神，与虚伪相对立（见于《毛诗大序》《文心雕龙》、白居易、王夫之和袁枚）；（8）想象的真实，与纯粹的事实相对立（见于陆时雍、叶燮和袁枚）；（9）诗的内容而不是诗的形式（见于《毛诗大序》《易经》《孟子》和六朝作者，及谢榛）；（10）诗的个性特征（identity），常与性情或情性交换使用（见于六朝作者、《文心雕龙》、唐代作家，及袁枚）；（11）作为风景之外的诗的要素（见于《中庸》、谢榛、王夫之、袁枚，及清代的词的批评）；（12）艺术感受力，通常称为情性（见于严羽、王渔阳和袁枚）；（13）与知识趣味甚或激情相类，比如情趣中的情（见于袁宏道和公安派作家，以及袁枚）。从这多种用法中可以发现，个人化的文本和作家最大限度地开掘了这个词的多义性。

[11] 见李恩仪，《迷与觉》，第 207 页。

[12] 关于宋代理学家是如何将这种二元分法上溯到人心道心 —— 语出《书经·大禹谟》（"大禹谟"后被认为是一篇伪托之作）—— 以支持他们的解说的，请看艾尔曼"义理与考证：人心道心之争"（Philosophy [*I-li*] Versus Philology [*K'ao-cheng*] : The *Jen-hsin Tao-hsin* Debate）（以下简作"义理与考证"），第 176—182 页。

[13] 见陈荣捷（Wing-tsit Chan），《朱熹的生活与思想》（*Chu His : Life and Thought*）（以下简作《朱熹》），第 30、61、68—69、142—143 页；及陈的"王阳明究竟在多大程度上信佛"（How Buddhistic Is Wang Yang-ming）、"理学：旧术语新观念"（Neo-Confucianism : New Ideas in Old Terminology）；又见成中英（C. Y. Cheng），"17 世纪理学中的理、物质和人欲"（Reason, Substance, and Human Desires in Seventeenth-Century Neo-Confucianism）（以下简作"理、物质和人欲"），重点看第 469—473 页。除了借用一些佛家概念，诸如顿悟和静坐之类，理学家们还吸收了佛

家的教育技术,比如道德忏悔和有一套明确规定的书院的概念。

[14] 引自朱熹《近思录》卷二"为学"。

[15] 邵雍,《皇极经世书》卷十四。

[16] 艾尔曼,"义理与考据",第 178 页。

[17] 见《朱子语类》卷第五"性理二"。

[18]《近思录》卷一"道体"。

[19] 成中英(C. Y. Cheng),"理、物质与人欲",第 485 页。

[20]《近思录》卷二"为学"。

[21]《近思录》卷十二"警戒"。

[22] 见于朱熹《近思录》卷二"为学"。又见于程颢《明道文集》。

[23] 见《近思录》卷四"存养"。

[24] 姚名达,《程伊川年谱》。第 163—164 页。其文为:"明堂降赦,臣寮称贺讫,两省官欲往奠司马光。先生曰:'子于是日哭,则不歌。'岂可贺赦才了,却往吊丧?坐中有人反驳曰:'子于是日哭,则不歌。'即不言'歌则不哭。'今已贺赦了,却往吊丧,于礼无害。"

[25] 袁枚,《小仓山房尺牍》卷四"答某学士":"吕希哲讲主静之学,至于肩舆过溪,舆夫坠水死而安然不问。"

[26] 见浦安迪,《四大奇书》第 3—52 页;及何谷理(Robert E. Hegel),《17 世纪中国的小说》(*The Novel in Seventeenth Century China*)(以下简作《小说》),第 1—32 页。

[27] 王艮(1483—1541)就试图让科举取士重新体现出一种道德面向,他建议考试要考查伦理学知识,也要考查个人的行为,见《明代名人传》(*Dictionary of Ming Biography*,以下简作:*DMB*),第 1384 页。

[28] 见汉德林(Joanna F. Handlin),《晚明思想中的行动:对吕坤及其他明代学官的再定位》(*Action in Late Ming Thought*:*The Reorientation of Lü K'un and Other Ming Dynasty Scholar Officials*)(以下简作《晚明思想中的行动》)。

[29] 关于三教合一思想的一个简短的讨论,见余英时"焦竑所重访的思想文化世界"(The Intellectual World of Chiao Hung Revisited),第 32—39 页。

[30] 关于三教合一思想对王阳明知识思想发展的重要作用,见杜维明(Tu Weiming),《行动中的理学思想:王阳明的年轻时代(1471—1509)》(*Neo-Confucian Thought in Action*:*Wang Yang-ming's Youth*[*1471—1509*])(以下简作《理学思想》);

钱新祖（Edward Ch'ien），《焦竑与理学在晚明的重构》（*Chiao Hung and the Restructuring of Neo-Confucianism in the Late Ming*）；以及狄百瑞《明代思想中的自我与社会》（*Self and Society in Ming Thoght*，by W. T. de Bary，the Conference on Ming Thought，1970）。

[31] 见吴百益（Wu Pei-yi），《儒学的进步》，第142页及书中的其他地方。晚明通常与一种更宽松的个人主义的转向相连。然而，"个人主义"这个词在用于传统中国时仍是有问题的，因为它含有中产阶级和资本主义对于封建社会进行重组的意味。尽管晚明对自我的再定义的确含有一些与欧洲的个人主义相同的愿望，比如强调个人自主、摆脱家族控制，与传统相比，给予个人的判断以更多的信任，但是两者毕竟不是一回事。晚明对程朱理学进行修正的动机是企图在精神上激活传统 —— 当传统面临他们所认为的过分僵化的问题时，而不是拒绝传统；即使像王艮、何心隐和李贽这样最极端的"个人主义者"也不反对中国社会以家族制为基础的结构。关于把术语"个人主义"用于前现代中国的问题讨论，请见狄百瑞（de Bary）"个人主义与人道主义"第144—148页。

[32] 传记请看 *DMB* 第1408—1416页；以及杜维明《理学思想》。

[33] 朱鸿林（Chu Hung-1am），"关于王阳明的论争"（The Debate Over Recognition of Wan Yang-ming）（以下简作"论争"），第47页。

[34] 杜维明，《理学思想》，第49—50页。

[35] 见杜维明，《理学思想》，第165—167页；以及陈荣捷（Wing-tsit Chan）《中国哲学资料手册》（*A Source Book in Chinese Philosophy*）（以下简作 Source Book），第655—656页。

[36] 王阳明的同代人罗钦顺（1465—1547）在王畿之前曾讨论过一元论的问题，但是直到泰州学派采纳这一观念时，才产生了影响；见布卢姆（Irene Bloom），《罗钦顺的"困知记"》（*Knowledge Painfully Acquired, The "K'un-chih chi", by Lo Ch'in-shun*）（以下简作《困知记》）第34—36页。

[37] 在与钱德洪的一次著名的争论中（指"天泉证道"——译注），王畿似乎曲解了王阳明的"四句教法"，他说，恶是外在于人性的（见黄宗羲《明儒学案》卷十二，"郎中王龙谿先生畿"）；成中英《〈明儒学案〉中'四句教法'的性质与意义》（The Constancy and Meaning of the Four-Sentence Teaching in the *Ming Ju Hsuch-an*）（以下简作"性质与意义"）讨论过这次争论。

[38] 例如，当韩真听到人们"引章摘句"时，他很生气，说他们"舍却当下不理

会,搬弄陈言"(《明儒学案》卷三十二,"处士王东崖先生襞")。

[39] 尽管他们对正统理学提出批评,但许多有与泰州学派有关的有影响的思想家还是很严格地进行自修,而且在鼓吹顿悟时,也不像王畿那样极端。例如,袁黄(1533—1606)——他的父亲是王畿和王良的好朋友——就编印了儒家的"善书"和"功过格",而罗汝芳——对于他来说,情是最中心的哲学问题——则声称需要付出努力才可产生顿悟。有趣的是,王畿在反对刻苦修身时表现出的好斗姿态也与他的真实实践有所不同。当他儿媳房里的大火蔓延出去,烧毁了王阳明的许多财物时,王畿责备自己在道德上怠懈了。"广庭大众之中,辑柔寡怨似矣,果能严于屋漏,无愧于鬼神乎?"(引自吴百益《儒学的进步》第218页)(此段出自王畿"自讼长语示儿辈")

[40]《明儒学案》卷三十二,"处士王东崖先生襞"。

[41] 关于何心隐的传记,见 *DMB*,第513—515页;以及狄姆伯格(Ronald G. Dimberg)《社会贤达:何心隐的生活与思想》(*The Sage in Society: The Life and Thought of Ho Hsin-yin*)(以下简作《贤达》);罗汝芳的传记可见上书第975—978页。

[42]《明儒学案》卷三十二,"泰州学案"。

[43] 汉德森(Henderson),《发展与衰落》,第137—147页。

[44] 值得注意的是,尽管周敦颐和邵雍著作中的太极图是以《易经》为基础的,但是他们的关注点在于揭示变化背后终极的和恒定不变的道,而不是它所呈现的丰富的多样性。

[45] 见 *DMB*,第807—818;陈学霖(Chan Hok-lam)《当代中国史学中的李贽,1527—1602》(*Li Chih, 1527—1602, in Contemporary Chinese Historiography*)(以下简作《李贽》);狄百瑞(de Bary)"个人主义与人道主义",第188—225页。

[46] 这里有必要重审,李贽和其他与泰州学派相关的人物在晚明的知识思想景观中是颇为个色的。尽管许多文人都想改革程朱正统理学的某些方面,但理学的理性主义仍是主导的知识学派。大多数学者对这一体系的信心并不因此而减弱,因为理学仍然是国家主持的科举考试的核心内容。东林派和其他保守的学术团体凭借其严守正统之礼的声誉,试图使腐败的朝廷振作起来。在明代衰亡清代建立时期,理学的严格教义除了竭尽道德劝说的魅力以外别无良策。至于更广大的知识思想语境,请见克里福德(Robert Cra wford)"张居正的儒法思想"(Chang Chü-cheng's Confucian Legalism)(以下简作"张居正");汉德林(Hendlin),《晚明思想中的行动》;布斯奇(Heinrich Busch),"东林书院及其政治哲学意义"(The Tung-lin shu-yuan and

Its Political and Philosophical Significance)（以下简作"东林书院"）；胡克（Charles O. Hucker），"晚明的东林运动"（The Tung-lin Movement of the Late Ming Period）（以下简作"东林运动"）；以及黄仁宇，《万历十五年》（*1587: A Year of No Significance*）。

[47] 李贽如此令黄宗羲不快，以至于他甚至没有在《明儒学案》中给李贽立传。顾炎武挑选了李贽，说他是那些要为公众的道德沦丧及由此而导致的明朝灭亡负责的人之一；王夫之则攻击他丧尽天良。然而李贽并不像清代资料所描绘的那样，是个道德颓废者，他知道泰州学派那种过分的相对主义的危险性。尽管他很善辩，但他的价值观却是传统的；他在为官的 30 年期间，一直供养着他的家庭，他也曾用有限的资金体面地安葬他的父母和祖父母（见 *DMB*，第 816 页）。何心隐也重视宗族事务（《明儒学案》卷三十二）。

[48] 李贽《续焚书》，"王文成"，第 439—440 页；《续藏书》（第 275—279 页）中也对此有重复；江应成（音 Cheang Eng-chew）"作为批评家的李贽"（Li Chih as a Critic）（第 49—51 页）中对此有讨论。

[49] 李贽《焚书》，"因记往事"，第 189—190 页。

[50]《焚书》，"论政篇"第 103 页（文中说："夫人之与己不相若也……而欲为一切有无之法以整齐之，惑也。"——译注）。

[51] 见浦安迪，《四大奇书》，第 513—517 页；陆大伟（Rolston）《读法》，第 356—363 页。

[52] 见夏志清（Hsia C. T.），"汤显祖戏剧中的时间与人类处境"（Time and the Human Condition in the Plays of T'ang Hsien-tsu）（以下简作"时间与人类处境"）；郑培凯（P. K. Cheng），"真实与想象：李贽与汤显祖对真实性的追求"（Reality and Imagination: Li Chih and T'ang Hsien-tsu in Search of Authenticity）（以下简作"真实与想象"）；周质平，《袁宏道》；瓦莱特 - 海明里（Vallette-Hémery M.），《袁宏道：理论与文学实践》（*Yuan Hongtao: Théorie et practique littéraires*）（以下简作《理论与实践》）；洪铭水，"袁宏道与晚明文学思想文化和运动"（Yüan Hung-tao and the Late Ming Literary and Intellectual Movement）（以下简作"袁宏道"）。

[53] 李贽，《焚书》"四勿说"，第 120—121 页。

[54] 李贽，《焚书》"因记往事"，第 190 页。

[55] 李贽，《焚书》"复焦弱侯"，第 51—52 页。

[56] 李贽，《焚书》"童心说"，第 118 页。

[57]"为礼不敬，临丧不哀，吾何以观之哉？"（《论语·八佾》）

[58] 李贽,《藏书》,"德业儒臣后论",第 544 页。

[59] 李贽,《焚书》卷一,"答邓明府",第 4 页;李贽在另一篇文章中讲到"明于庶物"才可"察于人伦",强调物质对于自我的重要性,见李贽的《焚书》,"答邓石阳",第 5 页。

[60] 见余英时,"对于清代儒学唯理智论的初步考察"(Some Preliminary Observations on the Rise of Ch'ing Confucian Intellectualism)(以下简作"初步考察"),以及他的"从宋明儒理学发展论清代思想史"(以下简作"从宋明儒理学")。有关明清换代的一般性讨论,请看艾迪施德(S. A. M. Adshead),"17 世纪中国的普遍危机"(The Seventeenth-Century General Crisis in China)(以下简作"17 世纪");彼得森(W. J. Peterson),《瓟瓜:方以智与学术变迁的冲击》(Bitter Gourd: Fang I-chih and the Impetus for Intellectual Change);斯潘思和威尔斯(J. D. Spence and J. E. Wills)编《从明到清:17 世纪中国的征服、区域性和连续性》;(From Ming to Ch'ing: Conquest, Region, and Continuity in Seventeenth-Century China)(以下简作《从明到清》);斯塔夫(Lynn Struve)《明代政治巨变的声音:虎口中的中国》(Voices from the Ming Cataclysm: China in Tiger's Jaws)(以下简作《明代的声音》);以及周启荣《儒家形式主义的兴起》,特别是其中的第一章。

[61] 见艾尔曼,《从理学到朴学》;以及伍安祖(Ng On-cho),"清初程朱理学中作为实用性的本体论基础的性:李光地(1642—1718)的哲学"(Hsing [Nature] as the Ontological bases of Practicality in Early Ch'ing Ch'eng-Chu Confucianism: Li Kuang-ti's [1642—1718] Philosophy")(以下简作"作为本体论基础的性")。

[62] 周启荣,《儒家形式主义的兴起》,第 7 页。

[63] 伍安祖,"作为本体论基础的性",第 83—96 页。

[64] 见《清代名流》(Eminent Chinese of the Ch'ing Period,以下简作 ECCP)第 913—915 页;杜维明,"颜元:从内心体验到生命之实存"(Yen Yuan: From Inner Experience to Lived Concreteness)(以下简作"颜元");周康燮,《颜李学派研究丛编》(以下简作《颜李学派》)。

[65] 见杜维明"颜元"特别是第 517—518 页;以及酒井忠夫(Tadao Sakai)"儒教与通俗教育读本"(Confucianism and Popular Educational Works)(以下简作"儒教")第 342—345 页;至于这种广泛进行的实践的更多的例子,可见布劳考(Cynthia J. Brokaw)《功过格:晚期中华帝国的社会变迁与道德秩序》(The Ledgers of Merit and Demerit: Social Change and Moral Order in Late Imperial China)(以下简作《功

过格》)。

[66] 关于颜元对丧礼的修正,请看库舍(Kutcher)《晚期中华帝国的服丧》,第114—119页。

[67] 颜元,《颜元集》"存学编",第78—79页。

[68] 关于王夫之哲学的研究,见麦克莫伦(Ian Mcmorran),"王夫之与理学传统"(Wang Fu-chih and the Neo-Confucian Tradition)(以下简作"王夫之")。

[69] 王夫之,《尚书引义》,第22页,中华书局,1962。—— 译注

[70] 王夫之,《读四书大全说》卷八。

[71] 王夫之《读四书大全说》卷八。

[72] 麦克莫伦(McMorran),"王夫之",第445页。

[73] 王夫之,《读四书大全说》卷四。

[74] 王夫之,《读四书大全说》卷八。

[75] 王夫之,《船山遗书》"读通鉴论"卷末曰:"以古之制治古之天下,而未可概之今日者,君子不以立事;以今之宜治今之天下,而非可必之后日者,君子不以垂法。"

[76] 王夫之,《船山遗书》,"周易外传"卷五。

[77] 王夫之,《读四书大全说》卷八。

[78] 朱熹、吕祖谦,《〈近思录〉集注》卷二。朱熹对这段话的评述是有关阴的负面价值的一个经典论述:"如上所说,'性固然是善的,但是不能说恶就不是性'。二者皆禀于天。阳善而强,阴恶而弱。与阳相伴,事物会变得明澄。与阴相伴,事物会变得晦浊。"(《近思录》查不到这段话。存疑。—— 译注)

[79] 戴震,"与某书",转引于胡适《戴东原的哲学》,第58页。

[80] 戴震,《〈孟子〉字义疏证》,转自胡适《戴东原的哲学》附录,第40—41页。(按:"戴震云:理者,察之而几微必区以别之名也。是故谓之'分理'。在物之质曰肌理,曰腠理,曰文理。得其分,则有条而不紊,谓之条理。"[又见于《胡适文存》三集,第71页,黄山书社]—— 译注)

[81] 戴震,《〈孟子〉字义疏证》卷上,转自胡适《戴东原的哲学》。

[82] 戴震,《〈孟子〉字义疏证》,转自胡适《戴东原的哲学》,第105页。

[83] 戴震,"原善",转自胡适《戴东原的哲学》。

[84] 戴震,《〈孟子〉字义疏证》,见胡适《戴东原的哲学》。在一封至友人段玉裁的信中,他更明确地表示了这种区分(见余英时《论戴震与章学诚 —— 清代中期学

术思想史研究》,以下简作《论戴震》,第 291—293 页)。

[85] "人之生也,莫病无以遂其生"(戴震,"《孟子》字义疏证",见胡适《戴东原的哲学》)。

[86] 布劳考(Brokaw),"戴震",第 266、278 页。

[87] 布劳考(brokaw),"戴震",第 260 页。

[88] 库舍(Kutcher)(《晚期中华帝国的服丧》)也持此论。

[89] 见高彦颐(Ko)《闺塾师》;和曼素恩(Mann)《缀珍录》。

[90] 关于儒家的这种政治寓言形式的讨论,可见余宝琳(Yu Pauline),《解读中国诗歌传统中的意象》(The Reading of Imagery in the Chinese Poetic Tradition)(以下简作《解读意象》),第 50—53、67、124—127 页;以及罗伯森(Maureen Robertson),"女性的声音:中世纪和晚期中华帝国的妇女抒情诗中性别主题的结构"(Voicing the Feminine : Constructions of the Gendered Subject in Lyric Poetry by Women of Medieval and Late Imperial China)(以下简作"女性的声音")。

[91] 李恩仪(W. Y. Li),《迷与觉》,第 60—62 页。

[92] 关于万历时的官员吕坤如何在道德衰败时期认同于妇女的讨论,可见汉德林(Handlin),"吕坤的新听众:妇女识字对 16 世纪思想的影响"(Lü K'un's New Audience : The Influence of Women's Literacy on Sixteenth-Century Thought)(以 下简作"吕坤的新听众"),第 30—31 页。

[93] 关于晚明时对娟妓描写的变化的讨论,可见孙康宜(K. Y. S. Chang),《晚明诗人陈子龙:爱与忠的危机》(The late-Ming Poet Ch'en Tzu-lung : Crises of Love and Loyalism)(以下简作《晚明诗人》);以及李恩仪"晚明娟妓:文化理想的创造"(The Late Ming Courtesan : Invention of a Cultural Ideal)(以下简作"晚明娟妓")。

[94] 见曼素恩(Mann),"章学诚的'妇学':中国第一部妇女文化史"("Fuxue" [Women'learning] by Zhang Xuecheng[1738—1801] : China's First History of Women's Culture)(以下简作"章学诚的'妇学'"),第 42 页。

[95] 见田汝康(T'ien Ju-K'ang),《男性的焦虑与女性的贞洁:明清时期中国伦理价值的比较研究》(Male Anxiety and Female Chastity : A Comparative Study of Chinese Ethical Values in Ming-Ch'ing Times)(以下简作《男性的焦虑》)。

[96] 比如,17 世纪的才子佳人小说《好逑传》的高潮性结尾,就以证明女主人公的贞操而圆满作结。

[97] 魏艾莲(Widmer),"小青的文学遗产与晚期中华帝国女性作家的地位"

（Xiaoqing's Literary Legacy and the Place of the Woman Writer in Late Imperial China）（以下简作"小青的文学遗产"）。然而，正如近年来的学术研究所提出的，既要保护一位才女的道德名声，与此同时，还要让其他的人来看或听她讲的话，这真让人举棋不定。解决这个难题的一种可行的办法显然是等到这位有争议的妇女过世，这样，她的文学声誉就不会玷污她的那种谦虚的道德名声了。

[98] 李贽与何心隐都曾称赞友谊是所有关系中最真诚的，见狄百瑞（de Bary），"个人主义与人道主义"，第 185 页。

[99] 孙康宜（《晚明诗人》第 3—18 页）表明，通俗的才子佳人爱情故事是如何受到了能诗会画的高级妓女与晚明重要的文人之间的关系 —— 比如柳是（字如是）与陈子龙（1608—1647）、李香君与侯方域（1618—1655）—— 影响的，在这些关系中，情与忠诚是缠绕在一起的。

[100] 见孙康宜，《晚明诗人》，第 12 页。

[101] 这一点在黄卫总（M. Huang）对《红楼梦》的讨论中有所论及，见黄《文人与自我再／表现：18 世纪小说的自传性》（*Literati and Self Re/Presentation：Autobiographical Sensibility in the Eighteenth-Century Novel*）（以下简作《文人与自我再／表现》），第 81—97 页；余珍珠（A. Yee），"《红楼梦》中的自我、性事与写作"（Self, Sexuality, and Writing in *Honglou meng*）（以下简作"自我、性事与写作"），特别是第 388 页；并见苏源熙（H. Saussy），"《红楼梦》中的读书与荒唐事"（Reading and Folly in *Dream of the Red Chamber*）（以下简作"读书与荒唐事"），第 31 页。

[102] 魏艾莲（Ellen Widmer）也有类似的结论，认为男性作者对小青的兴趣在于她是他们自我升华的一个"工具"（"小青的文学遗产"，第 128 页）。

[103] 使他有资格获得丽娘爱情的一个值得注意的特点也许是他的姓：柳，这个姓可能是阴数六的双关语；这是他唯一的禀赋，可以解释他何以对情有特殊的亲和力。

[104] 从柳梦梅的裤裆上剪块碎布加到酒里，作为丽娘的还魂汤药，这是对用其情人的血或精液使多情的女鬼还魂的常见之主题的拙劣模仿。按阴阳论的说法，这个主题提示了阳具有拯救极端的情的力量。

[105] 学者陈继儒（1558—1639）在其 1623 年给《牡丹亭》所做的序中也表示过相似的意思，关于此，可见李恩仪《迷与觉》，第 60—61 页。

[106] 夏志清（C. T. Hsia）"时间与人类处境"，特别是 249—251 页；徐朔方《论汤显祖及其他》（以下简作《论汤显祖》），特别是第 1—4、21—23 页；郑培凯（P.K.

Cheng）"真实与想象"。

[107] 见《明儒学案》卷三十四。

[108] 见艾梅兰（Epstein），"刻画本质：明清小说中的文化与身体"（Inscribing the Essentials : Culture and the Body in Ming-Qing Fiction）（以下简作"刻画本质"）。这一出中暗示着性越轨的另一个细节是，丽娘进入后花园的时间不是二月末就是三月初；这就有可能是在三月三日（三月三与妇女性越轨的关系详见下一章）。第九出题为"肃苑"，暗指清明节 —— 一个传统的为祖先扫墓的日子；在晚期帝国时期，三月三和清明的象征主义已经合并在一起了。

[109] 浦安迪，《原型与寓言》，第 150 页。

[110] 浦安迪，《原型与寓言》，第 43—53 页。

[111] 浦安迪，《原型与寓言》，第 151 页。

[112] 晚明时期，品位和鉴赏力作为使社会地位合法化的一种策略十分重要，关于这个问题的讨论，见克兰纳斯（Clunas）《剩余物》。

[113] 通常的叙事中，画中女神总是以有血有肉的人间女子形象出现在才子面前，此处则是对这种叙事的玩笑式地反向模仿，柳梦梅错把人间女子丽娘的自画像当成了女神观音或嫦娥的像（《牡丹亭》第二十六出）。

[114] 遗失、魂不守舍和病态作为与情相连的主题，在浦安迪《原型与寓言》（第62—63、75 页）、李恩仪《迷与觉》（第 171—175 页）中有讨论；也见于齐特林（Zeitlin），"共同的梦：吴吴山三妇合评《牡丹亭》的故事"（Shared Dreams : The Story of the Three Wives Commentary on The Peony Pavilion）（以下简作"共同的梦"）。

[115] 按照高友工（Kao Yu-kung）（"中国叙事传统中的抒情想象：读《红楼梦》和《儒林外史》"[The Lyric Vision in Chinese Narrative Tradition : A Reading of Hung-lou meng and Ju-lin wei-shih][以下简作"抒情想象"] 第 227—230 页）和李恩仪（《迷与觉》特别是第 222—225 页）的术语学，花园是主人公"抒情意识"的空间化表现，他们把这种抒情意识描述为一种高度情感化的自我意识状态，在这种状态里，时间暂停了，个体在努力地越过自我与他人之间的边界，以便包容作为整体的存在。

[116] 见齐特林（Zeitlin），"共同的梦"，第 132—136 页；以及高彦颐（Ko），《闺塾师》，第 69—71 页。

[117] 关于这部戏能在多愁善感的读者（特别是妇女）中引出致命的后果，见齐特林（Zeitlin），"共同的梦"，第 130—131 页。

[118] 齐特林，"共同的梦"，第 129 页。

[119] 魏艾莲（Widmer），"小青的文学遗产"，第131页。

[120] 李恩仪，《迷与觉》，第47—50页。

[121] 以《红楼梦》为例，宝玉拒不承认画中或故事中的美丽女子与那女子本身有差别。见第十九回，宝玉认为画中人是有生命的，他还相信刘姥姥所讲的美人塑像复活的故事，用他的话说就是"这样人是虽死不死的"（《红楼梦》[HLM] 第三十九回）。

[122] 齐特林（Zeitlin），"共同的梦"，第134页。

[123] 李恩仪，《迷与觉》，第160—162页。

[124] 用麦克马汉（Keith McMahon）的话说（《因果关系与自我克制》第3页）："小说告诉我们正统的方式远不如偏离于正统的方式那么有趣，故事之所以有趣是由于它显示了如何游离于正统。但当我们这么说时，还有必要强调，小说不是纯粹的非正统，但也未必是狭义的正统。"

[125] 引自李恩仪，《迷与觉》，第87—88页；同时见她所参考的脱士（Tuo Shi）的文章，他欣赏剧作家徐渭"颠倒名实"的话。

[126] 麦克马汉（McMahon），"古典才子佳人故事与女子的优势"（The Classic' Beauty-Scholar'Romance and the Superiority of Women）（以下简作"古典才子佳人故事"）；孙康宜（K. I. S. Chang），《晚明诗人》，第15页；以及黄卫总（M. Huang），《文人与自我再／表现》，第82—83页。

[127] 关于此剧中双重身份和同性恋的讨论，见沃尔普（S. Volpp）"男王后：男演员与文人的放荡不羁"（The Male Queen：Boy Actors and Literati Libertines）（以下简作"男王后"），第63—65页。

[128] 尽管王骥德在其关于戏剧写作的专论《曲律》中，更多地处理的是音律而不是结构的问题（而且也因此没有对结构或主题的倒置做评论），但是在这部专论中，他的确在各种互补的对偶词汇（它们作为美学设计的一部分而被交错使用）之间画上了一条连线，比如阴与阳的音调，或开与闭的发音，他把它们隐喻性地与性别相连。比如，他写道："字之有开闭口也，尤阳之有阴，男之有女"（《曲律·论闭口字》，第98页）。这部专论的每一部分都形象地说明了王骥德是如何从最大限度地增加美学互补性的角度来概括音律特点的。王频繁地插入一些"男""女"相对偶的例子，作为阴阳互补的具体表达，使得这种美学更"自然化"、更有说服力。

[129] 见韩南（P. Hanan），《李渔的创造》（The Invention of Li Yu），特别是第76—110页；以及沃尔普（Volpp）"关于男性婚姻的话语：李渔的'男孟母'"（The

Discourse on Male Marriage：Li Yu's "A Male Mencius Mother"）（以下简作"关于男性婚姻的话语"）。

[130] 比如，见《女陈平计生七出》《男孟母教合三迁》《变女为儿菩萨巧》（均为武生戏 [哑剧]）;《十二楼》中的"萃雅楼";以及关于女性同性恋关系的戏曲:《怜香伴》。

[131] 关于李渔把四篇故事改为戏曲的事，见韩南（Hanan），《李渔的创造》，第17—18、138—142 页。

[132] 陆大伟（Rolston），《中国传统小说》，第 43、59 页。

[133] 陆大伟（Rolston），《中国传统小说》，第 59 页。

[134] 麦克马汉（McMahon）（《因果关系与自我克制》，第 52—59 页）曾指出17 世纪时，强壮粗鲁的好汉形象被柔弱的风流才子所取代:与原先的粗鲁汉子不同，这个皮肤细腻、手无缚鸡之力的美男子十分敏感，并时刻准备对微妙的事物和良机做出反应。

[135] 见赫斯尼（R. Hessney），"美丽、才情与勇敢: 17 世纪中国才子佳人小说"（Beautiful, Talented and Brave：Seventeenth-Century Chinese Scholar-Beauty Romances）（以下简作"美丽、才情与勇敢"），第 5 页;麦克马汉（McMahon）在"古典才子佳人故事"（第 234 页）中也讨论了佳人与才子的对称;《野叟曝言》中有一对情人，他们身体上的古怪斑记使他们在肉体上也完全一致（第八十三回）;《儒林外史》（第三十回）中关于美男子的幽默议论，使我们看到，形容美丽的词汇也是与女性紧密相连的，似乎从没有与之相区别的形容男性美的词汇。至于那些试图区分男子美与女子美的文本，可见李渔的《男孟母教合三迁》故事，也可见晚清陈森的同性恋小说《品花宝鉴》，特别是第一回。

[136] DMB"袁宏道"一条中有三人的传记，第 1635—1638 页;也可见周质平《公安派的文学批评及其发展》;林理彰（Lynn），"传统与个人:明清对于袁氏诗作的看法"（Tradition and the Individual：Ming and Ch'ing Views of Yüan Poetry）（以下简作"传统与个人"）;萨瓦斯（J. Chaves）《云的朝圣者 —— 袁宏道兄弟的诗与文》（Pilgrim of the Clouds-Poems and Essays by Yüan Hungtao and His Brothers）（以下简作《云的朝圣者》）;瓦莱特 - 海明里（Vallette-Hémery）《理论与实践》（Théorie et practique）包括了对袁氏兄弟的一些重要文章和序文的翻译和研究。中文文献可见袁宏道《袁中郎全集》。

[137] 关于三袁参与《金瓶梅》早期手稿的流传的讨论，见浦安迪《四大奇书》，

第 67 页；列维（A. Lèvy），"关于第一版《金瓶梅》的刊印日期"（About the Date of the First Printed Edition of the *Chin P'ing Mei*）（以下简作"关于日期"）；韩南（Hanan），《金瓶梅》的文本"（The Text of the *Chin P'ing Mei*）（以下简作"文本"），第 39 页。

[138] 关于袁宗道的"论文"见袁宏道《袁中郎全集》，"叙小修诗"，"文钞"第 6 页。这篇文章明显地与李贽关于历史判断的相对主义的议论相似，见李贽"藏书世纪列传总目后论"（《藏书》第 61 页）。对于文风的本真性的倾慕，也可在一个世纪之前的李梦阳（1472—1529）作品中找到，李梦阳也在歌和诗中寻求本真性（见列维"文献"[Un document] 第 253）。

[139] 周质平，《袁宏道》，第 17—21 页。

[140] 袁宏道，"叙小修诗"，见《袁中郎全集》，第 5 页。

[141] 袁宏道，"陶孝若枕中呓引"，见《袁中郎全集》，"文钞"第 14 页。中道也曾形容他哥哥的"病"曾激发了他的"续小修诗"中的性灵，见上书第 6 页。

[142] 见福斯（Furth），"血、身体与性别：中国对于妇科病的医学想象，1680—1850"（Blood，Body and Gender：Medical Images of the Female Condition in China，1680—1850）（以下简作"血、身体与性别"），第 50—51 页，其中提到一篇医学论文，该文认为女性的多情是妇女更容易得重病的原因之一。

[143] 卡希尔（J. Cahill），《中国画中的怪异》（*Fantastics and Eccentrics in Chinese Painting*）（以下简作《怪异》）。

[144] 较早将情与个人主义相连的文章，可见余英时"个人主义与新道教运动"，特别是第 137—140 页；还可见张岱《陶庵梦忆》"金山夜战"中对殊无意味的深夜表演的描写，见李恩仪《迷与觉》，第 47—48 页。

[145] 袁宏道，"醉叟传"，见《袁中郎全集》，"文钞"第 2—3 页。

[146] 周质平，《袁宏道》，第 99—100 页。

[147] 一些有影响的晚明和清代的美学家招收了女学生。非常有个性的画家陈洪绶（1598—1652）有一幅画，画的就是一位学者和两个女学生在一起（见卡希尔《怪异》，第 36—37 页）；李贽和袁枚曾因与女子的公开的师生和朋友关系而受到攻击。在文学中，这种偏激的行为也被贾宝玉所仿效；《儒林外史》中的杜少卿与妻子手拉手出现在公众场合；沈复的第一人称的笔记小说《浮生六记》中的叙述者，也引出他妻子的话题，并将其当作他所欣赏的一系列对象中居于首位的和最重要的一个。

[148] 关于对女子的鉴赏力，见卡里兹（Datherine Carlitz）"欲望、危险与身体：晚明中国的妇德故事"（Desire，Danger，and the Body：Stories of Women's Virtue in Late Ming

China）（以下简作“欲望、危险与身体”），第 122—124 页。

[149] 袁宏道，“叙陈正甫会心集”，见《袁中郎全集》，“文钞”第 5 页。

[150] Motif 指一种重复出现的局部特征 —— 如意象或象征等，有人译为“艺术主题”，为了与“主旨”意义上的“主题”区别，这里按上下文将其译为“意象”。——译者

[151] 见齐特林（Zeitlin），《志异者：蒲松龄和中国古典故事》（*Historian of Strange: Pu Songling and the Chinese Classical Tale*）（以下简作《志异者》），第 61—74 页。

[152] 关于本真性所具有的表演（performative）面向，见李恩仪，“晚明娼妓”，第 53—60 页。

[153] 关于经济对于晚明社会价值观发生变化的作用，请见陆侃，“试论明代文艺理论中的‘主情’说”（以下简作“试论明代”）；也见余英时，《士与中国文化》，第 524—540 页。

[154] 何炳棣（Ho），“扬州盐商：18 世纪中国商业资本主义的研究”（The Salt Merchants of Yang-chou: A Study of Commercial Capitalism in Eighteenth-Century China）（以下简作“扬州盐商”），第 155—156 页。

[155] 见何谷理（Hegel），《解读晚期中华帝国时期的绣像小说》（*Reading Illustrated Fiction in Late Imperial China*）（以下简作《解读绣像小说》），第 13—17 页。

[156] 卡里兹（Carlitz），“欲望、危险与身体”，第 122 页。

[157] 卡里兹（Carlitz），“晚明《列女传》中妇德的社会效用”（The Social Uses of Female Virtue in Late Ming Editions of *Lienü zhuan*）（以下简作“妇德的社会效用”）。

[158]《情史类略》很有可能刊印于 1640—1650 年代之间，在它被编集了数十年之后。之所以搞不清刊印年代是因为既没有现存的明代版本，也没有标示着日期的序文；出现于这部集子中的最后的年代是 1617 年。韩南认为结集的日期是 1631 年以前（《中国白话小说史》第 95 页注）。李华元（Hua-yuan Li Mowry）认为结集的日期不早于 1626 年（“《情史》与冯梦龙”[*Ch'ing-shih* and Feng Meng-lung]）。关于冯梦龙对情的概念的使用，见徐碧卿（Hsu Pi-ching）“赞美有情人：冯梦龙与晚明的伦理学和美学”（Celebrating the Emotional Self: Feng Meng-lung and Late Ming Ethics and Aesthetics）（以下简作“赞美有情人”），第 77—78 页。

[159] 见韩南（Hanan），《中国白话小说史》，第 77—78 页。

[160] 其他一些批评曾提出这种意识形态上的折中体现了冯梦龙那种分裂的个

性；见韩南《中国白话小说史》第80—81页；卡里兹则称他为"文学变色龙"，因为他在同一时间既重新修订《牡丹亭》，又从事于更鄙俗的故事的编纂（"欲望、危险与身体"第122页）。为促销《水浒传》的商业兴趣所驱使，冯梦龙也有可能把一些评点归在李贽名下（浦安迪，《四大奇书》，第516页）。

[161] 冯梦龙，《情史类略》序，第8—9页。

[162] 这二十四回详目请见默里（Mowry），"《情史》与冯梦龙"，第40—42页。

[163] 有关讨论见默里，"《情史》与冯梦龙"，第108页，以及李恩仪，《迷与觉》，第90—91页。

[164] 例如，李贽的老师王艮 —— 一位出身于农家的平民，他没有获得任何功名，却建立了泰州学派 —— 在1523年的饥荒中组织当地的富户分粮赈灾；见 DMB，第1383页。又见韩南，《中国白话小说史》，第78—79页，关于冯梦龙普及王阳明传记的讨论。

[165] 在这些言情小说中，我认为《好逑传》《儒林外史》《镜花缘》《野叟曝言》和《儿女英雄传》颇重要。

第三章 《醒世姻缘传》：正统与泼妇的塑造

[1] 程颢的话见《近思录》卷四"存养"；程颐的话见《近思录》卷十二"警戒"。

[2] 吕坤，《闺范图说》卷一。吴燕娜（Wu Yenna）的"《醒世姻缘传》研究"（ Marriage Destinies to Awaken the World : A Literary Study of *Xingshi yinyuan zhuan*）（第118—120页）注意到晚明其他人对此问题的解释：冯梦龙把泼妇的出现归咎于男人的软弱；谢肇淛（活跃于1592—1607）把嫉妒归于因果报应；而沈德符（1578—1642）则认为，男人之惧内是要把权力交给他们的妻子，免得她们损毁自己的名誉（盖典出于沈氏，《敝帚斋余谈节录·惧内》："士大夫自中古以后，多惧内者，盖名宦已成，虑中冓有违言，损其誉望也。"—— 译注）。

[3] 见麦克马汉（McMahon），《吝啬鬼、泼妇和一夫多妻：18世纪中国小说中的性事和男女关系》（ *Misers , Shrews , and Polygamists : Sexuality and Male-Female Relations in Eighteenth-Century Chinese Fiction*）（以下简作《吝啬鬼》），第55页；关于泼妇的嫉妒性格的详细探讨，见吴燕娜（Wu Yenna），《中国泼妇：一个文学主题》（ *The Chinese Virago : A Literary Theme*）（以下简作《中国泼妇》）。

[4] 浦安迪，"沉沦之后：《醒世姻缘传》与17世纪中国小说"（ After the Fall : *Hsing-shih yin-yuan Chuan* and the Seventeenth-Century Chinese Novel）（以下简作

"沉沦之后"），第 566 页。

[5] 胡适，"《醒世姻缘传》考证"。当然，关于蒲松龄的作者身份，是依据小说初版的年代推断的。根据"内证"，孙楷第和胡适推断，第一版当刊印于康熙年间（1662—1723）；胡适指出，书中所写水灾是以 1703 年发生于山东的水灾、水灾引起的饥荒和人食人的史实为基础的。关于蒲松龄是作者的推测，在 1880 年代就有了；著名的刊印者鲍廷博（1728—1814）曾把《醒世姻缘传》归于蒲松龄所著（见邓之诚《骨董琐记》第七卷，第 235 页）。柳存仁（Liu Ts'un-yan）也同意胡适、孙楷第的意见，认为这部小说为蒲松龄所著（导言："凡人"视角，第 6—11 页）。

[6] 王守义，"《醒世姻缘传》的成书年代"；关于作者的争论详见吴燕娜（Y. Wu），"《醒世姻缘传》研究"，第 1 章；陈炳藻，"蒲松龄也是西周生吗"；以及浦安迪，"沉沦之后"。

[7] 张清吉，《〈醒世姻缘传〉新考》；徐夏岭（《〈醒世姻缘传〉作者和语言考论》）承认丁耀亢可能参与了小说的刊印，但小说的作者是贾凫西。

[8] 大庭脩编，《舶载书目》30/31.28b—29a。

[9] 浦安迪，"沉沦之后"，第 557 页。

[10] 有迹象表明《醒世姻缘传》的作者借用了《金瓶梅》的一些标题。《醒世姻缘传》第七十九回回目的下半句为"寄姐大闹葡萄架"；《金瓶梅》第二十七回回目的下半句是"潘金莲醉闹葡萄架"。《醒世姻缘传》九十七回中荡秋千的场景所暗示的不检点性行为，与《金瓶梅》第二十五回中那著名的场景相似。不仅如此，浦安迪（"沉沦之后"，第 566 页）还提出，《醒世》第三十九回，性堕落的汪为露之死正是模仿了《金》七十九回中西门庆之死。

[11] 浦安迪，"沉沦之后"，第 558—562 页。

[12] 关于理学家对《金瓶梅》的解释，见浦安迪，《四大奇书》，特别是第 156—180 页；与此相对，芮效卫（David Roy）在《金瓶梅》"导言"（第 xxxiv-xxxii 页）中把这部小说与哲学家荀子对于人性的悲观看法联系起来。

[13] 袁枚，"大毛人攫女"《子不语》，第 123 页；见艾梅兰（Epstein），"刻画本质"。

[14] 这个僧人"色若紫肝"，"穿一领肉红直裰，颏下髭须乱拃，头上有一溜光檐"，"鼻孔中流下玉箸来"。西门庆第一次遇见这个僧人时，他正垂着头，把脖子缩到腔子里，可一被叫醒后，就把身子打了个挺，伸了伸腰，一只凹进去的眼睛也睁开了。崇祯本注意到这个举止"与阳物原差不远"（《新镌绣像批评〈金瓶梅〉》，第四十九回）。

[15] 除了这个素姐给猴子穿戴希陈衣服的场景外，希陈的行为也被形容为像猴儿一样（第三十七、五十回）。他的第一次私通是同一个姓孙（这是猴子的双关语，因《西游记》中的孙悟空而闻名）的女子。还有一处直接借用孙悟空的故事，一位女戏子，生出一个状如鹅蛋的瘿，里面跳出一只猴（第二十七回）。

[16] 关于白猿掳女为妻的传说的讨论见杜布里志（Dudbridge）《西游记：16世纪小说的成因研究》（The "Hsi-yu chi": A Study of Antecedents to the Sixteenth-Century Novel）（以下简作《"西游记"》）第 114—128 页；又见浦安迪，《四大奇书》，第 236 页；麦克马汉（McMahon）（《因果关系与自我克制》第 138—140 页）形容故事"走安南玉马换猩绒"是一件讽刺作品，它写了一个像洞里的猴子一样难对付的男孩，在见到一位漂亮妇人后躁动起来。

[17] 张竹坡（JPM 第二十五回）评此场景说："无伦无次，无礼无义"。

[18] 这也暗示着吴推事的两个妾像猴子一样（"猢狲相似"）爬在他身上的事。

[19] 见 DMB，第 416—420 页；以及牟复礼（Mote）"土木之变"（The Tumu Incident），第 243—272 页；又见浦安迪，"沉沦之后"，第 571—574 页。

[20] 王振出现于《醒世姻缘传》的第五、七、八、十二和十五回。

[21] 其他一些对政治层面产生影响的家庭纠纷还包括：寄姐毁坏了希陈打算送给成都上司的礼物（第八十七回）；素姐诬告丈夫造反（第八十九回）；素姐捶打希陈，使他不能上衙理事（第九十五回）。《金瓶梅》中的类似事例见浦安迪，《四大奇书》，第 158—167 页。

[22] 有一次希陈还不无反讽地声称，没有素姐他就没有了"主儿"（第七十四回）。

[23]《孟子》卷之四。

[24] 调羹这个奇怪的名字反映了她的厨师角色；它也许还突出了她的多产 —— 这使她可包容某些东西 —— 与素姐的不孕之间的对比。

[25] 潘金莲也曾怀疑官哥的父亲到底是谁（JPM 第四十一回，四十八回）。

[26] 谋害对手的孩子是潘金莲拿手的泼妇技俩，她训练她的猫去攻击官哥（JPM，第五十五回）；王熙凤则利用第二号泼妇 —— 秋桐 —— 促成她的对手尤二姐怀的男胎流产（HLM，第六十九回）。

[27] 关于这一段中对反讽的运用，见杜布里志（Dudbridge），"17 世纪小说中的一次朝圣描写：泰山与《醒世姻缘传》"（A'Pilgrimage in Seventeenth-Century Fiction : T'ai-shan and the Hsing-shin yin-yuan Chuan）（以下简作"一次朝圣"），第

234—243 页。

[28] 出现在六十几回中的一些更成熟的有关阴的意象的例子，将在对《红楼梦》《镜花缘》和《野叟曝言》的分析中进行考查。

[29] 类似的褒贬，还可见《醒世姻缘传》第一、三回。

[30] 杜布里志（Dudbridge）评论说，"作者让我们分享了高雅的男士对这些本应得体地隐匿于家中的女人的隐私展露在公众面前的厌恶之情"（"一次朝圣"，第245 页）。关于从理学家的男性视角看女人朝圣所具有之破坏性的更多的讨论，见波姆兰兹（Pomeranz），"权力、性别和泰山女神崇拜的多重性"（Power, Gender, and Pluralism in the Cult of the Goddess of Taishan）（以下简作"权力、性别"）。

[31] 杜布里志（Dudbridge），"一次朝圣"，第 246 页。

[32] 庙名"玉皇"是暗示着"欲"的双关语。王国维（《〈红楼梦〉评论》第 250 页）指出，《红楼梦》中宝玉的名字中的"玉"也是类似的双关语。

[33] 见 S. 卡西尔（S. Cahill），"表演者与女道仙：中世纪中国的妇女守护神西王母"（Performers and Female Taoist Adepts : Hsi Wang Mu as the Patron Deity of Women in Medieval China）（以下简作"表演者与女道仙"）。

[34] 关于这个日子与妇女相关的另一个可能的解释是，它与寒食节和清明节是混在一起的。最初，清明节是根据阳历来确定的，因此在通用的阴历中它的日子是不固定的。不过，元代的《三国志平话》记载说清明是被固定在三月三日的（第 1页）。清明取代了曾在三月三日庆祝的禊（也称"被除"）。虽然后一个节日的来源和意义还不清楚，但它确是与一些阴事相关的，其中包括春天的繁殖力、性仪式、被除，以及为死者扫墓（见包德 [Bodde]，《古代中国的节日》[Festivals in Classical China]，第 273—288 页）。包德还形容了汉代在夏至期间的重新点火（见上书，第 299—301页）。用阳的造火者来重新点火的习俗也表示了对在历法临界线上确定阳的力量的支配地位的关注。关于三月三日与萨满教被除仪式的关系，可见严（Alsace Yen）"上巳节及其在中国和日本的神话"（Shang-ssu Festival and Its Myths in China and Japan）（以下简作"上巳节"），特别是第 56—61 页。

[35] 关于三月三的更多说法可见有关《红楼梦》和《镜花缘》的讨论。如上所述，《水浒传》中提到的第一个确切的日期是嘉祐三年三月三日（《〈水浒传〉会评本》第41 页）。除了引起混乱无序的意义以外，三月三还与不正当的性行为有着最紧密的关联。比如，《金瓶梅》第二十五回中众所周知的荡秋千场景也发生在这一天。杜甫的《丽人行》（一首暴露杨贵妃与其堂兄杨国忠权倾朝野的诗）也是首先提到三月三。

董说关于欲的危险性的寓言《西游补》也发生在三月初（见第一回和第二回），《牡丹亭》中两位恋人的梦中相会也是在三月初（《牡丹亭》，第十二出"寻梦"和第十四出"写真"）。

[36] 关于针对妇女（那些被正统叙述抓住把柄的妇女）的惩罚性主题的讨论，见艾梅兰（Epstein），"刻画本质"。

[37] 素姐和其他泼妇在整部小说中都大喊大叫。尽管起初（第四十八、五十九回）希陈挨打时还喊救命，但最后他连喊救命的能力都丧失了（第六十、六十三回）。他的失语在素姐抵达成都那天达到了极限：一听到素姐来了，他便昏死过去。

[38] 田汝康（T'ien），《男性的焦虑》，第152—161页。这种孝行也出现在《野叟曝言》中。

[39] 这种图景也出现在《金瓶梅》中，西门庆睡觉时，潘金莲赤身裸体在蚊帐中追打蚊子（第十八回）。

[40] 与素姐相对，这位理想的儿媳是如此之安静顺从，以至于小说中很少提到她的存在。

[41] 见曼施恩（Monschein），《狐仙的幻术：中国文学中美人意象的形成与演变》（ *Der Zauber der Fuchsfee : Entstehung und Wandel eines "Femmefatale"-Motivs in der chinesischen Literatur* ），以下简作《狐仙》，第302页。

[42] 关于素女在道教教义中的重要性的讨论，见高罗佩（Robert Gulik H.van），《中国古代的性生活》（ *Sexual Life in Ancient China* ）（以下简作《性生活》），第74、270—277页。

按：此书中译本名为《中国古代房内考》。施蛰存认为高氏并没有将中国古代房中术做一完全的考查，明清的资料基本阙如，所以译为"房内考"是不合适的。故此依施氏说将其译为"中国古代的性生活"。见施蛰存作品集《七十年文选·房内》——译注。

[43] 关于这两部书和其他一些书，请看麦克马汉（Mcmahon），《因果关系与自我控制》，第78—84页；以及高罗佩（Gulik），《性生活》，第156、304、313—316页和全书各处。

[44] 见高罗佩（Gulik），《性生活》，第157—159、278—279页及全书各处。《西游记》有关于妖怪要获取三藏精液的描写，就被自然化为邪淫的阴与持正的阳之间的斗争：

女怪只因求配偶，男僧怎肯泄元精；阴阳不对相持斗，各逞雄才恨苦争。阴静养

荣恩动动,阳收息卫爱清清。(《西游记》第五十五回)

[45] 见列维(J. lévy),"中国文学中的狐狸、死亡与娼妓"("Le renarde, la morte et la courtisane dans la China classique");玛修(Mathieu),"中国狐狸精的起源"(Aux origins de la femme-renarde en Chine");和曼施恩(Monschein),《狐仙》。

[46] 14 世纪早期的"武王伐纣平话"把历史上的美人妲己写成了狐狸精。参照素姐的"换心"(我在下文要说到此事)情节,尤其值得注意的是,狐狸精附在了妲己身上(这一细节在《封神演义》和《列国志》中都重复出现了)。纣王的自我放纵和道德堕落被指责为是受到了狐狸精的超自然力的干扰,而不是他本人的软弱。

[47]《张竹坡批评〈金瓶梅〉》"读法"。

[48] 猫和动物的想象出现在《金瓶梅》的第七、十二、十三、三十九、五十七、六十、六十二、六十八、七十五和八十六回中;也可见浦安迪,《四大奇书》,第 99—101 页。关于《金瓶梅》中猫、狗与杀害之间的关联的讨论,见丁乃非,《妖淫物事》。值得注意的是当素姐想吓死调羹的孩子时,她采用了在那孩子的窗外放炮仗、"打狗拿鸡"的办法(《醒世姻缘传》第七十六回)。狗猫与性暴力相关还可以解释《红楼梦》中的奇怪场景:中了邪祟的王熙凤拿着把刀子绕着花园跑,她的狂怒被形容为"见鸡杀鸡,见狗杀狗,见人就要杀人"(HLM,第二十五回)。

[49] 在佛教的图释象征系列中,箭有时被用来代表欲望:一旦被箭击中,除了把它拔出,我们什么也不会想。

[50] 前此的类似的文学想象可见注 47。

[51] 四十四、六十一回中也提到素姐吃鸡子的好胃口。薛蟠的泼妇妻子夏金桂也喜欢啃鸡骨头(HLM,第八十回)。

[52] 蛮横的妇女在《醒世姻缘传》中被形容为狼或狗,见第七十六、八十九回和九十一回。

[53] 这一俚语表达也见于《金瓶梅》。

[54] 小说以一种比较轻松的口吻描写了希陈的妻妾之间的争斗,争斗的焦点是谁来控制他的性器官(性占有作为泼妇的鲜明特性在吴燕娜《〈醒世姻缘传〉研究"[第 133—140 页]中有讨论)。关于《醒世姻缘传》中妒忌性的占有的例子,见第一、五十九、六十二、六十六、七十九和八十七回。在第一次争斗中,寄姐给了素姐一个"大度"的条件:同意素姐叫她"妹妹",并把衣服分给素姐穿,但是她只允许寄姐一个月中与希陈睡两三晚(第九十五回)。在前面的章回中,寄姐每天早晨还用墨在希陈的阳物上做标记,以便知道他是否忠诚。

[55]《金瓶梅》第十三回中,当西门庆与李瓶儿约会回来后,潘金莲吓唬西门庆说,要剥他的裤子露出他的阳物。

[56] 见玛修(Mathieu),"中国狐狸精的起源",第 94 页。

[57] 关于"水性"这个词,请见麦克马汉(McMahon),《因果关系与自我控制》,第 65—66 页。

[58] 例如:在评点《春秋》时,董仲舒和刘向都把鲁庄公(前 670 年)二十四年的"大水"归咎为庄公的妻子哀姜的"淫乱不妇"行为,尽管那时她还没有卷入让她的相好取代她丈夫的密谋之中(《汉书》卷二十七上,第 1344 页)。

[59]《荀子·君道》。

[60] 见芮效卫(Roy),《金瓶梅》,第 435 页。

[61] 见芮效卫(Roy),《金瓶梅》,第 435 页。

[62] 这一回中提及的唯一的一个日期是九月九日重阳节(第二十三回)。小说后面的章回中,也是在这一天,一道霹雳 —— 被当作阳的象征 —— 击杀了"欺主凌人"的尤聪(第五十四回)。

[63] 关于赋的那种铺陈描述如何形成了充实和完满感的讨论,可见浦安迪《原型与寓言》,第 163—164 页。

[64] 神与鬼也出现在第三、六、十四、十七、二十七、二十八回。

[65] 正如麦克马汉(Deith McMahon)(《吝啬鬼》第 5—6、86—89 页)所写的,腹泻和便秘的想象总是与抠门儿和"惜粪如金"的吝啬鬼相连。

[66] 除了下面要讨论的《红楼梦》《野叟曝言》《镜花缘》和《儿女英雄传》中的事例外,还可见《西游记》中的女儿国一节,以及《警世通言》中冯梦龙的《白娘子永镇雷峰塔》。洪水作为政治失序的比喻继续保留在近现代刘鹗的(1857—1909)《老残游记》和张贤亮的《男人的一半是女人》之中。

[67] 正如从管子到卡尔·魏特夫(Karl Wittfogel)和皮埃尔-埃梯恩·威尔(Pierre-Etienne Will)这样的政治学家所论说的,治水是传统中国一个至关重要的问题;见李克(Allyn W. Rickett),《管子》"立政",第 102、107 页;魏特夫(Karl Wittfogel),《东方专制主义》(Oriental Despotism);以及威尔(Will),"中国的治水周期:16—19 世纪的湖北省"(Un cycle hydraulique en Chine : la province du Hubei du 16ième au 19ième eiècles)。尽管政府官僚机构究竟花了多大力气治理水患仍是有争议的问题,但政府显然把治水当作它的首要职责之一。控制或预防洪水的失败象征着道德的失败。这一点在今天也没有改变。

[68] 波狄（Perdue），《耗尽地力：1500—1850 年湖南的政府与农民》（*Exhausting the Earth: State and Peasant in Hunan*, 1500—1850）（以下简作《耗尽地力》），第 170 页。

[69] 也许由于多数文人都来自南方的洪水多发区，因此必然会以洪灾，而不是以灾难性的严寒、瘟疫、地震或干旱，作为自然灾害的事例。可以说明我的这一观点的是何炳棣（Ping-ti Ho）的《中国人口研究，1368—1953》（*Studies in the Population of China* 1368—1953）（以下简作《中国人口研究》），据该书统计，死于旱灾的人数实际上要多于死于洪灾的人数（见该书第 233—236 页）。

[70] 见亨瑞·马斯波罗（Henri Maspero），"周代典籍的神话传说"（Legendes mythologiques dans le Chou King）；以及顾颉刚，《古史论文集》2, 143—152 页。

[71] 王夫之，《船山遗书》"搔首问"，64. 1b—2a. 麦克莫伦（McMorran）（"王夫之"，第 428 页）指出，黄宗羲曾使用同样的隐喻来形容东林党人的立场。

[72] 李渔："妒妻守有夫之寡，懦夫还不死之魂"，见《李渔全集》八"连城璧"。这个故事开头写的是："醋大王"强迫她的丈夫喝下一大杯凉水以证明他的忠诚，而这又一次显示了横暴的阴的意象。丈夫（他一直在撒谎为的是保护一个丫头的性命）喝下水后，就害了一种"阴症"，三天之内就死了。

[73] 艾梅兰（Epstein），"刻画本质"。

[74] 见艾赫（Ahern），"权力与污秽"；以及西蒙（Gary Seaman），"因果报应的性政治"（The Sexual Politics of Karmic Retribution）（以下简作"性政治"）。

[75] 韩书瑞（Susan Naquin），《山东叛乱：1774 年的王伦起义》（*Shantung Rebellion: Wang Lun Uprising of* 1774）（以下简作《山东叛乱》），第 101 页。

[76] 浦安迪《原型与寓言》（第 63—64 页）中对此有讨论。

[77]《珍珠衫》中的媒人也姓薛。

第四章　《红楼梦》对欲的思考

[1] 尽管我主要分析的是八十回本《石头记》原稿，但是在提到小说题目时，为方便起见，我还是采用为清代读者所熟悉的书名《红楼梦》。虽然有对风格和措辞加以比较的细致讨论，但是关于高鹗所续的一百二十回的、以《红楼梦》为题的本子，究竟在多大程度上融入并反映了曹雪芹原著的观点，仍然莫衷一是。本文和注释中所标识的页码均引自《〈红楼梦〉八十回校本》（*HLM*），虽然我也会提及《〈红楼梦〉三家评本》（*SJPB*）。除了特意注明之处，所有译文都是我自己的。

[2] 余英时，《〈红楼梦〉的两个世界》。

[3] 见爱德华兹（Edwards），"《红楼梦》中的性别规则：宝玉的双性恋"（Gender Imperatives in *Honglou meng*：Baoyu's Bisexuality）（以下简作"《红楼梦》中的性别规则"）和"《红楼梦》中的女子：清代中国女性纯洁的规约"（Women in *Honglou meng*：Prescriptions of Purity in the Femininity of Qing Dynasty China）；余珍珠（Yee），"《红楼梦》中的平衡力"（Counterpoise in *Honglou meng*）（以下简作"平衡力"）。

[4] 特别见第十三至十五回，在那里，这两个人在秦氏死亡和出殡的事件中屡屡地被并置，在第二十五回，这两个人都是一场诅咒的受害者，并同时发疯。更详尽的关于将他们二人相连的复杂的互补性的讨论，见余珍珠（Yee），"平衡力"。

[5] 见余珍珠（Yee），"平衡力"，第 621 页。

[6] 张新之（《〈红楼梦〉三家评本》[SJPB] 第二回）尖锐地评注说，贾珍的"珍"就是"蒸"，这词见于《左传》，指等分低的男性与等分高的女性之间乱伦的性关系。

[7] 关于文人借女性口吻说话的讨论，见罗伯森（Robertson），"女性的声音"，第 69—72 页。

[8] 不同寻常的是宝玉常常被误认作女孩子（第三十、五十回），这种混淆也延及宝玉的居处（第四十一、五十一回）。贾母还曾错把史湘云当作了宝玉（第三十一回）。

[9] 在见到美丽的表妹林黛玉后，宝玉摔掉自己的宝玉（这是他身份的象征），这一有名的场景进一步暗示着他渴望毁掉自己的男性特权身份，好与他的林妹妹更为相像（*HLM*，第三回）。余珍珠（Yee）把宝玉的佩玉作为其男性性器官的标记，见余珍珠（Yee），"自我、性事与写作"，第 391—394 页。

[10] 合山究（Goyama Kiwamu）（"《红楼梦》的女性崇拜思想及其源流"）把"天地秀灵之气不钟于男而钟于妇女"这句话追溯到宋代的谢希孟（1184 年中进士）。通过小说和戏曲中的大量例证，他展示出这句话和其他表示相同意思的话在晚明和清代是如何逐渐为公众认可的。

[11] 这种表述在《红楼梦》中反复出现，见第二、二十和一百十一回。

[12] 关于宝玉的双性恋，见爱德华兹（Edwards），"性别规则"；白先勇，"贾宝玉的俗缘：蒋玉函与花袭人 —— 兼论《红楼梦》的结局意义"（以下简作"贾宝玉的俗缘"）；陈炳良（P. L. Chan），"《红楼梦》中的神与灵"（Myth and Psyche in *Hung-lou meng*）（以下简作"神与灵"），第 169 页；关于宝玉的同性恋行为，见韩慧强，"《红楼梦》中的性观念及文化意义"（以下简作"《红楼梦》中的性观念"）。

[13] 关于大观园是太虚幻境的再造的讨论，见余英时，《〈红楼梦〉的两个世界》，第 43—45 页。

[14] 同上书,第 54—56 页。

[15] 何心隐和李贽就以强调非等级制的关系而著名;见狄百瑞(de Bary),"个人主义与人道主义"第 180—181、185—187、197—198 页。

[16] 比如,洪秋藩的《读〈红楼梦〉随笔》,他在第五章的结尾把宝钗比作"小人",并且说,黛玉不喜欢与"小人"为伍。

[17] 浦安迪在《原型与寓言》第 66—69 页中对此有讨论。

[18] 浦安迪,《原型与寓言》,第 61—70 页。

[19] 当宝玉的父亲夸赞说,大观园中李纨所住的稻香园有天然之美时,宝玉却不以为然,认为它甚至比其他那些刻意雕琢的建筑还扭捏做作,因为它以模仿自然来掩饰它的做作(第十七、十八回)。

[20] 例如,黛玉先教宝玉琴理,然后又在第八十六和八十七回演奏它。

[21] 对于这一观点的总论,可见刘勰《文心雕龙·情采》。

[22] 二知道人《〈红楼梦〉说梦》,(一粟《〈红楼梦〉卷》[HLMJ],第 83 页)。

[23] 周汝昌("《红楼梦》与情文化")最近仍在为《红楼梦》中的"情"的意义进行辩护,认为它是"文"的表现。

[24] 高友工(Y.K.Kao)"抒情想象";李恩仪(W. Y. Lee)《迷与觉》,第 22—24 页及全书各处。

[25] 由仙子们表演的组诗中的最后一句诗"好一似食尽鸟投林"(第五回)预言了当女孩儿们都离开时,园子里的萧条景象。

[26] 袭人形容他们是"两个雀儿打架"(第三十二回)。

[27] 更多以鸟儿象征女孩们被"关"在大观园中的例子,可见《红楼梦》,第三十、三十五、五十二和五十八回。

[28] 王熙凤(她像小说中的其他女子一样美貌)自幼曾被当成男儿教养,她有时被描写成男人:她与一个男人同名(第五十四回);对数字极有天赋,很少或根本没有文学修养;展示出熟练操纵权力和关系的庞大网络的非凡才能,而这些都外在于女子的世界。

[29] 也见余珍珠(Yee):"自我、性事与写作",第 395 页。

[30] 浦安迪《原型与寓言》(第 55—56 页)对此有讨论。

[31] 关于冷热在张竹坡的《金瓶梅》诗学中的重要性,见浦安迪"术语学与核心概念"(Terminology and Central Concepts)(以下简作"术语学"),第 120 页;芮效卫(Roy)"《金瓶梅》读法"(How to Read Chin P'ing Mei)第 204—205、216—217、

239、240 页；关于曹雪芹在哪些场景中模仿了《金瓶梅》对冷热的用法的讨论，见斯考特（Scott）"青出于蓝：《红楼梦》受惠于《金瓶梅》处"（Azure from Indigo : *Hong Lou Meng's* Debt to *Jin Ping Mei*）（以下简作"青出于蓝"），第 96—101 页。还可以考虑冷与热在人物形象上的应用，如薛宝钗的冷与林黛玉的热。关于《金瓶梅》对《红楼梦》的主题和结构的影响，见徐朔方"《红楼梦》和《金瓶梅》"，以及王汝梅"张评本对曹雪芹创作的影响"（以下简作"张评本"），第 83—85 页。

[32] 见《新编〈石头记〉脂砚斋评语辑校增订本》（ZYZ）中的脂评，第 207 页；以及《〈红楼梦〉三家评本》（第 152 页）中护花主人在第九回末尾的评语。

[33] 王熙凤的丈夫贾琏（宝玉的堂兄）和宝玉都被称作二爷，这暗示着在宝玉和熙凤之间有一种相似的象征性联系。宝玉和贾琏都不安分守己，这突出表现在：第二十一回，宝玉与袭人怄气斗嘴，随后贾琏就因为丫头平儿而受到熙凤不无凶狠的威胁；第四十四回，贾琏的相好鲍二家的上吊自尽，这一天也正是王夫人的丫头金钏的生日，宝玉挑逗金钏时，恰好被他母亲看见，金钏含辱投井自尽；第六十六回，宝玉和贾琏都劝说柳湘莲娶尤三姐。

[34] 正如下面将要讨论的，脂砚曾与曹雪芹过从甚密，因此熟悉小说的早期手稿。脂砚的评点暗示出一部早期手稿曾描写秦氏是因羞愧而自缢身亡（《新编〈石头记〉脂砚斋评语辑校增订本》[ZYZ]，第 240、253 页）。还不清楚宝玉 —— 一位自称热爱无瑕之纯洁的人 —— 是否知道可卿名誉上的污点；当贾府的仆人焦大说"爬灰" —— 指可卿与贾珍的关系 —— 时，他似乎还不懂得这一俗语是什么意思（第七回），但是在凤姐拒绝向他解释后，他很可能又去问过别人。

[35] 护花主人的评点直率地指责秦钟，说他引发了宝玉对男色的兴趣（《〈红楼梦〉三家评本》[SJPB] 第九回）。

[36] 余国藩（A. Yu），《重读石头记：〈红楼梦〉中的情欲与虚构》（*Rereading the Stone : Desire and the Making of Fiction in Dream of the Red Chamber*）（以下简作《重读〈石头记〉》），第 137—171 页。

[37] 王国维，《红楼梦评论》，第 250 页。

[38] 余国藩（A.Yu），《重读〈石头记〉》，第 117 页。

[39]《论语·子罕》，引自余国藩（A. Yu）《重读〈石头记〉》，第 159—160 页。（按：《论语·子罕》："子贡曰：有美玉于斯，韫椟而藏诸？求善而沽诸？子曰：沽之哉，沽之哉！我待贾者也。" —— 译注）

[40]《论语·学而》，引自余国藩（A.Yu）《重读〈石头记〉》，第 160—161 页。

[41] 具有类似功能的一个双关语是明代故事"珍珠衫",在这则故事中,"珠"与"主"总是被悲惨地错置。

[42] 戴震,"孟子字义疏证",见胡适《戴东原的哲学》,第 21、387—388 页。

[43] 贾政在母亲面前毫无个人意志可言(第三十三回),在第九十九回中,他为官不顺利,不是由于贪污,而是由于他的"古执"和呆气。

[44] 薛宝钗比她那略识几字的放荡哥哥薛蟠"高过十倍",这是大家都公认的。

[45] 史湘云和她的丫头也有过类似的关于阴阳互补的讨论。湘云对丫头解释说:"天地间都赋阴阳二气所生,或正或邪,或奇或怪,千变万化,都是阴阳顺逆。"(第三十三回)

[46] 尽管大部分阴的衰败征候出现在八十回以后,但是这一过程在七十一回就开始了;见第七十一、八十八、九十七、九十八、一百八回。

[47] 脂砚评此说:"奇名新名,必有所出。"(ZYZ,第 88 页)

[48] 李恩仪(Wai-yee li),把对于技巧和幻觉的痴迷看作情的美学的核心(《迷与觉》,特别是第 47—50 页)。

[49] 具有讽刺意味的是,成立诗社的动议出自探春,她总是因为严肃和某种正统的做派而有别于其他的姐妹,她没有爱诗的名声。而且,平淡而勤勉的寡妇李纨——她似乎是一种确信美德与诗才互不相容的古板人物——很快就承担了组织诗社的义务,而熙凤也被拉进来作为主要的资助人。探春很得体地说她起诗社的灵感来自古人,他们以作诗来排解官场生活的压力(第三十七回)。

[50] 五十回——小说中故意设置的中点——之后,疾病、丢失和死亡出现的频率越来越高,这暗示着曹雪芹在模仿《金瓶梅》的结构模式。大观园中一系列的丢失标志着转入了下五十回所描述的十年:晴雯的要命的病是在第五十一回患的;家族收入的严重不足出现在第五十三回;五十四回中的元宵节庆典令人不安地空洞无味;王熙凤所怀男胎的流产发生在第五十五回。

[51] 但是,《红楼梦》中这一回是这么说的:云南私带神枪一案"本上奏明是原任太师贾化的家人"干的;皇上问"前兵部,后降府尹的,不是也叫贾化么"? 贾政回道,"原任太师贾化是云南人,现任府尹贾某是浙江人"(贾雨村是浙江胡州人)。从而开脱了雨村。雨村后来的获罪是因"犯了婪索的案件"(第一百一十七、百二十回,人民文学出版社,1987)。——译注

[52] 浦安迪,《原型与寓言》,第 48—49 页。

[53] 两位宝玉之间的模糊性贯穿于八十回本的《石头记》原稿的始终;第

九十三回甄宝玉就道德文章的一席话与初稿中两个人物之间那种小心翼翼的摇摆是矛盾的。

[54] 类似的联结网也见于"宝"字 —— 它出现在宝玉、宝钗、宝琴的名字中 —— 和含有"芹"和"情"这一音素的名字中,如秦可卿、秦钟、宝琴,以及刘姥姥的孙女青儿。

[55] 见余国藩(A. Yu),《重读〈石头记〉》,第144页。

[56] 甄宝玉的梦是仆人包勇提到的(第九十三回)。

[57] 小说以一种更戏谑性的口吻,描写诗魔香菱在梦中写出了她最好的一首诗(第四十八回)。

[58] 脂砚斋谓:"按警幻情讲(榜),宝玉系'情不情'"(《新编〈石头记〉脂砚斋评语辑校增订本》第192页,中国友谊出版公司1987年版)。—— 译注

[59] 李恩仪,《迷与觉》第205、207、226页。

[60] 见浦安迪"《金瓶梅》和《红楼梦》中的乱伦问题"(The Problem of Incest in *Jin Ping Mei* and *Honglou Meng*)(以下简作"乱伦问题")。余珍珠(Yee)("自我、性事与写作",第40页)把这一彼此相连却又空具其名的人物身份的庞大链条看作是对语言的空洞无物的反映。

[61] 李恩仪(《迷与觉》,第233页注释)把写风月宝鉴的章回归于通俗闹剧一类。认为它"在灵感的获得、单纯性和充满活力等方面更接近于'大众'的口语化叙事"。

[62] 俞平伯,"影印脂砚斋重评《石头记》十六回后记"(以下简作"影印脂砚斋")。

[63] 吴世昌讨论过两个作者理论,他本人相信小说第一回中列出的五个书名代表了创作它的五个阶段,见他所写的"曹雪芹与《红楼梦》的创作"和"论《石头记》的旧稿问题"(均收在《〈红楼梦〉探源外编》一书中)。英文文献对这一版本问题的评论,见赫克斯(David Hawkes)"译者、镜子和梦 —— 对于一种新理论的考察"(The Translator, the Mirror and the Dream —— Some Observations on a New Theory)(以下简作"译者")。

[64] 见脂砚斋对1754年甲戌本第一回的眉批(*ZYZ*)。

[65] 裕瑞《枣窗闲笔》中的相关段落可见于一粟编《〈红楼梦〉卷》(*HLMJ*)第112—113页。

[66] 戴不凡,"揭开《红楼梦》作者之谜",见戴不凡《〈红楼梦〉著作权论争集》。

[67] 见赫克斯（Hawkes），"译者"；余珍珠（Yee），"平衡力"，第624—625页。

[68] 俞平伯，《〈红楼梦〉研究》，第194页。

[69] 第六回中，刘姥姥进大观园，并成了叙述的主线；柳家媳妇在第六十至六十二回中气指颐使；柳湘莲则是第六十六回的中心人物。传统评点家张新之（活跃期，1828—1850，我在下文还要论及此人）认为大量的双关语都指向数字六和阴阳象征主义；见他的"《石头记》读法"（《〈红楼梦〉三家评本》[SJPB]，第6页）。

[70] 宝玉对于欲的痴迷直到他再度做梦（在第一百十五回和一百十六回中，以一种典范的交错法）才得以解脱，这可以让我们看出作者对后四十回结构的精心安排。

[71] 可以参看李恩仪的《迷与觉》第225—228、235—237页。

[72] 贾琏最信任的一位名叫鲍二的仆人贯穿于这则事件始终，这恐怕不是偶然的。

[73] 把宝剑形容为"两痕秋水"也暗示着《庄子》的"秋水"篇，宝玉在顿悟之前读的就是这一篇（第一百十八回）。

[74]《红楼梦》六十六回中，宝玉说的是"我在那里和他们混了一个月"。见《红楼梦》第944页，人民文学出版社，1987年版。这一版以庚辰本为底本，依其他脂本或程本补齐而成。——译注

[75] 这使我们想到这块宝玉上的题字（第八回）。

[76] 张新之（SJPB，第三十六回）写道："此回适当三十六回，天数也，又为六六阴极之数也，为是书一大眼目。"

[77] 张新之的评点强调这一回中的一些伤风败俗的细节：从这时起，女孩儿们也不可能是"清净洁白"的了，王夫人秘密决定把袭人升作妾是一种计策（"阴行"），宝钗在宝玉熟睡时进入宝玉卧房则是"阴极"。

[78] 俞平伯，《〈红楼梦〉研究》，第2页。吴世昌（《论〈红楼梦〉》第159、198页）注意到三十五回和三十六回之间的空隙，七十和七十一回之间的空隙。赫克斯（Hawkes）在"译者"（第12页）中也讨论了在贾瑞与尤氏姐妹材料间的笨拙的嫁接。

[79]《礼记·月令》（见《十三经注疏》第1370页——译注）。包德（Bodde）引用里雅各（Legge）的评论说，在夏至期间，"腐烂也开始了，但是生长和活力还在寻求把一切控制在自己手中"（《古代中国的节日》）。

[80] 正如张新之（SJPB，三十回）注意到的，伏中和端阳绝对不可能重叠；不过，他继续说，因为伏中是由元素金控制的，因为它使得宝钗的权力得以上升。

[81] 脂砚斋(ZYZ,第 200 页)是第一位指出这种水流 —— 它穿过整座园子,然后在怡红院前聚成塘,再从园中流走 —— 的重要性的:"写出水源,要紧之极……此园大概一描,处处未尝离水,盖又未写明水之从来,今终补出,精细之至"。也见余英时,《〈红楼梦〉的两个世界》,第 42 页。

[82] 这一传统意象(topos)又进一步地重复出现了,小说中写,三月末,出现了一场海啸引起的可怕洪水,致使贾政推迟了回家的日期(第七十回)。对于阴的主题发展来说意味深长的是:这一回的前头还提到宝玉又小犯了一阵呆气,那时正值三月初二或初三。

[83] 尽管脂砚斋的评点是许多人对小说的反映的汇集,并且是随着《石头记》文稿的扩展而逐渐形成的,但它是具有权威性的。有关脂砚斋评点的细致研究和脂砚斋身份的讨论请看陆大伟(Rolston)《中国传统小说》,第 331—335 页;陈庆浩《新编〈石头记〉脂砚斋评语辑校增订本》前言中的材料,第 1—84 页;吴世昌《论〈红楼梦〉》;王靖宇(J. C. Y. Wang)"脂评与《红楼梦》:文学研究"(The Chih-yen-chai Commentary and the *Dream of the Red Chamber*: A Literary Study)(以下简作"脂评")。

[84] 关于脂砚斋对写作技巧的讨论,可见王靖宇,"脂评",第 208—217 页。

[85] *ZYZ*,第 15、23、24 页。

[86] *ZYZ*,第 25 页。

[87] 比如,见 *ZYZ*,第 12、633 页。

[88]《三家评本》最早出版时名为《增评补像全图金玉缘》(上海:同文书局,1884),其中包括序文、行间夹批和回末总评,批评者是太平闲人(张新之,序言的日期是 1850 年)、大某山民(姚燮,1805—1864)和护花主人(王希廉,序的年代为 1832)。1988 年,上海古籍出版社重新出版了这个版本。

[89] 关于张新之的更详细的生平介绍,以及他所写的"《石头记》读法"的译文,请见陆大伟(Rolston)《读法》,第 316—340 页。《三家评本》没有收"读法"的最后三条,可在《〈红楼梦〉卷》(*HLMJ*)第 153—159 页找到。

[90] 浦安迪,《四大奇书》,第 95—96 页。

[91] 姚燮断然地给年代上很混乱的有关尤二姐的叙事(第六十四至第六十九回)确定了一个确切日期。

[92] 张在他的"《石头记》读法"中曾提到过《左传》的这句话。浦安迪在"读法"(第 326 页)中对此语有过讨论。

[93] 脂砚斋对第九回也一反常态采取了生硬的道德评点方式;这也许部分地因

为目前留存下来的对这一回的评语只见于百二十回的蒙古王府本《红楼梦》,这个本子增补了脂砚斋的评语。关于蒙古王府本 —— 它是1961年才发现的,可见陈庆浩对整理脂砚斋评语的介绍文章(ZYZ,第13—17页)。

[94] 对《红楼梦》的解读历来受着这种倾向的支配:试图把贾宝玉的生活与真人对应起来,有把他当成曹雪芹的、有当成清朝第一个皇帝的,还有人要破解小说所隐含的反清复明的寓意。脂砚斋是第一个指出小说中一些人物和事件的历史根据的;袁枚,另一位热衷此道者,走得更远,甚至要确定大观园的地址;周汝昌的《〈红楼梦〉新证》是以小说为据建构作者(关于作者我们知之甚少)传记的最彻底的努力。最近,黄卫总(Martin W. Huang)在他的《文人与自我再/表现》中还把小说解读成心理学自传。《〈红楼梦〉索引》(1916年出版)把小说当作顺治皇帝与他的妃子董小宛的爱情悲剧的复述进行了详细的解读(关于小说中的反满情绪,见余英时"曹雪芹的汉族认同感补论")。

[95] 见"《石头记》读法"第2、37、17和26条;SJPB,第2—7页。在回应丫头翠缕所说"开天辟地都是些阴阳"时,张新之急切地写了三个字:"是,是,是!"接下来又说:"书中隐义,无非易理。"SJPB,第三十一回,第496—497页。

[96] 特别是紫琅山人的序言,其开篇即云:"阴阳消长之义,皆以男女言,示人以易知也。"(HLMJ,第37页)

[97] SJPB,第6页。《留余庆》是第五回宝玉听的曲文,指巧姐的被救。

[98] 作者的意思当是指"刘"与数字"六"谐音。不过,张新之是把"刘"释为"留",取世代经久之意,见SJPB第6—7页。—— 译注

[99] 比如,见SJPB,第4页;浦安迪,"读法",第332页;也可见夹批"又鸳鸯在四十回以后为刘姥姥之替身,借演易道之人"(SJPB,第三十一回,第496页),和:"书中隐义,无非易理,在刘姥姥用暗演,在史湘云用明演"(SJPB,第三十一回,第497页,也见第一百二十回,第1972页)。

[100] 见SJPB,第六十一回,第992页。

[101] SJPB,第7页。

[102] SJPB,第6页。

[103] 对第二和第三支的形成则缺乏逻辑上的限定:第二支自四十回至六十九回;第三支自七十一回至一百一十三回;见SJPB,第5页。

[104] SJPB,第6页。

[105] SJPB,第一百十九回,第1952、1953、1955、1956页。张新之还特意把贾

兰 —— 贾家复官再"延世泽"的希望 —— 确定为"复"卦的体现。

[106] 这里的评点用"孝廉"替换了小说原文中的"举人"二字。评点者声称小说以孝廉作结为的是抵抗"淫"与"贪"的主题(*SJPB*,一百十九回,1958 页)。

[107] *SJPB*,第 5 页。

[108] 张新之对占卜的回应,请见 *SJPB*,第一百一回,1673—1674 页,和一百二回,1681 页。特别是他对第一百十九回和第一百二十回的评点,他在做最后的、最大的努力,以期说服读者承认他的宇宙论的解释学逻辑。

[109] *SJPB*,第 4 页;也见 *SJPB*,第二回,第 22 页,第九十九回,1643—1644 页,第一百四回,第 1717 页。

[110] 我所发现的一条有关宝玉的女子气的评语是紧随着尤三姐对宝玉有女儿气的议论而来的。张新之温和地评道:"三姐有男子气,宝玉有女儿气,正一阴一阳之为道"(*SJPB*,第六十六回,第 1089 页)。

[111] 张新之把这两个女孩子与阴阳价值观相匹配,声称薛宝钗的姓应被解读为"雪",因此,属"阴";而林黛玉的姓则是木,"林生于海,海处东南,阳也"(*SJPB*,第 4 页)。

[112] 把宝钗与夏至的"热毒"相连的否定性评语也出现在第三十和三十一回;这一例子中值得注意的是,过度的阴要为阳的失衡(这种失衡具有负面作用)承担罪责。同样的逻辑也见于《野叟曝言》。

[113] 余国藩形容宝钗为儒家正统的代言人(《重读〈石头记〉》,第 173—178 页)。

[114] 张新之这种乐观的解释似乎特别勉强,如果把晴雯的撕扇与潘金莲的行为对照起来读的话(王汝梅等,《张竹坡批评〈金瓶梅〉》[*JPM*]),第八回,138 页)。

[115] 张新之对黛玉和宝玉的肯定,部分地缘于他从未把他们与情相提并论。他对小说申情和色的主题明显地保持沉默,主要是因为在这一方面并不缺少诋毁者,他们谴责小说具有动摇道德并诱使读者走入歧途的作用。尽管张新之对《金瓶梅》取批评态度,而且告诫说要警惕耽于物欲和色欲,但是他并没有攻击与情相连的感官和审美的愉悦那诱人的危险;相应地,他也没有就小说中独创性的或感情的表达进行批评。

第五章 扩展正统性:《野叟曝言》的叙述 过度与行权所体现的真

[1] 民国时期的读者仍然对这部小说感兴趣。一部一百回的版本,名为《原著古

本〈野叟曝言〉》，保存在高罗佩的收藏品中，1933 年由上海好青年书店出版。该版本是个质量不高的删节本，也没有什么文学趣味。尽管封底的版权页表明这一版是 1929 年 9 月上海出版的一个最初版本的第六次印刷，但是这一声明有点儿可疑。最后一页出现了一个表格，把原版《野叟曝言》中所用的姓名与一部名为《剑骨琴心》的小说中的姓名加以对比。这部"原著古本野叟曝言"最初曾以《剑骨琴心》为名出版，证据是，这部 20 世纪初的删节本中许多人物的名字都与《剑骨琴心》中所列的名字相对应，而且，在第一百回最后，所用的程式化的结束语是："我这部《剑骨琴心》一书，也就从此告一结束。"晚清时坊间常相互买卖印刷刻板，并用另一个名字重印该书，因此，这个改写本的出现可能远远早于 1929 年。

[2] 这一木版版本曾于 1985 年被台北天一出版社重印，上海古籍出版社也曾重印（年代不详）。我所参考的，除另外注明的，均为一百五十二回的"毗陵汇珍楼"本。至于那些为一百五十二回本所遗漏的章回，我的参考资料取自 1993 年由北京人民中国出版社重印的一百五十四回的上海申报馆版，这个版本有完整的章回评点，但没有行间的评点。

[3] 欧阳健（"《野叟曝言》版本辨析"）论证说一百五十四回本所加的内容与夏敬渠原著——两个版本均由此而出——的精神相契合。然而，吴清原（音 Joanna Kuriyama Ching-yuan Wu）（"小说中的儒教：夏敬渠《野叟曝言》研究"，第 211—212 页）（Confucianism in Fiction：A Study of Hsia Ching-chu's *Yeh-sou P'u-yen*）却注意到这两个本子把握一百三十二回至一百三十六回的材料的方式有很大差异。一百五十二回本没有提及素臣主动地卷入狂乱的性行为，他被描写成性攻击行为的受害者。一百五十四回本中多出的材料却把素臣描写成主动地参与了放荡的性行为——在因面对一只咆哮的狮子而患上失心症的七年间。如果说整部小说的余下部分都是在强调素臣的纯正，那么他的陷于极度的道德堕落就太不合情理了。

[4] 王琼玲，《清代四大才学小说》，第 101 页。

[5] 王琼玲，《清代四大才学小说》，第 81—115 页。

[6] 这部手稿本被收藏在北京的社会科学研究院的珍本书库中。关于这部手抄稿的更多信息，请见王琼玲《清代四大才学小说》（第 85—86 页）中的详细讨论。

[7] 根据与其相似的章回划分和章回题目，王琼玲归结说，两种 1882 年的版本都以 1881 年的木活字版为本，但收入了缺失的材料。申报馆本含有对第二、第三至四、第六十五至六十八、第一百三十一至一百三十五、第一百三十八至一百三十九，以及一百四十八至一百五十一回的总评，而所有这些均为木活字版所缺。

[8] 王琼玲,《清代四大才学小说》,第 103—104 页。

[9] 王琼玲,《清代四大才学小说》,第 101—102 页。

[10] 附于四十五回之后关于素臣"易容"的评点提到后来的第"五十三回",在这一回中,素臣的仆人和妾都认不出他来了。附于四十七回之后的一则评点特意提及"五十七回"中文素臣的"辟老子";四十七回末的另一评语则特意提及由"四十六回"引出的梦的主题。一百十五回出现了两个证据:第一个,提到"四十八回之照妖镜"——四十八回(在一百五十四回本中是第五十回)中惟有回目中出现过这个词;第二个,提到"八十一回"中两个小人物"奢麼他和精夫之献伎"。这一事件在两个版本中均不是出现于第八十一回;两个女子献伎在一百五十二回本是出现在八十回中,在一百五十四回本则是出现在八十二回中。由此可见,总评中提及的文中的一些事件回数均本于一百五十二回本。

[11] 这一回回末总评中有"并六回之送被、八回之赠帕"之语,这里的回数均是就一百五十四回而言的。所以作者说它们是"为那两个额外的章回提供依据的"。——译者

[12] 见黄卫总,《文人与自我再／表现》,第 15—16 页。

[13] 孔飞力,《叫魂:1768 年中国妖术大恐慌》。

[14] 本书中除特别注明外,作者所引《野叟曝言》之章回数均依一百五十二回本。一百五十二回本的第三回相当于一百五十四回本的第五回,第四回相当于第六回,以下均以此类推。——译注

[15] 比如,见第四十四、五十回;以及一百五十四回本中的第五、一百三十四和一百三十七回。

[16] 关于夏敬渠的传记研究,参见孙楷第,"夏二铭与《野叟曝言》";赵景深,"《野叟曝言》与夏氏宗谱";吴清原(音 Kuriyama),"小说中的儒教",第 23—45 页;以及罗狄(Roddy),《文人身份》,第 74—77 页。

[17] 吴清原(音 Kuriyama),"小说中的儒教",第 23—24 页。

[18] 罗狄(Roddy),《文人身份》,第 75—77 页。

[19] 赵景深,"《野叟曝言》与夏氏宗谱",第 444 页。

[20] 吴清原(音 Kuriyama),"小说中的儒教",第 24—25 页。

[21] 比如,见第五、六回(论几何学和箭术),第八、三十六回(论诗),和第十九、七十五、九十二回(论医)。正如伊维德(Wilt Idema)所指出的,素臣所列举的十数种有关圣灵感孕的解释(《野叟曝言》第七十五回,一百五十四回本的七十七回)

也许是基督教在中国之传播的一种回应（"大炮、时钟与聪明的猴子：18 世纪一些中国小说中的欧罗巴、欧罗巴人和欧洲" [Cannon, Clocks and Clever Monkeys: Europeana, Europeans and Europe in Some Eighteenth Century Chinese Novels][以下简作 "大炮、时钟"]，第 71 页)。

[22] 这是一百五十四回本的七十八回。—— 译注

[23] 关于夏敬渠对陈寿的历史评价，见吴清原（音 Kuriyama ），"小说中的儒教"，第 42—43 页。

[24] 见陆大伟（ Rolston ），《中国传统小说》，第 56—57 页。

[25]《列子·杨朱第七》："昔者宋国有田夫，常衣缊黂，仅以过冬。暨春东作，自曝于日，不知天下之有广厦隩室、緜纩狐貉。顾谓其妻曰：'负日之暄，人莫知者，以献吾君，将有重赏。'里之富室告之曰：'昔人有美戎菽之甘枲茎芹萍子者，对乡豪称之，乡豪取而尝之，蜇于口，惨于腹。众哂而怨之，其人大惭。子其类也。'"（《诸子集成》3,《列子》,89 页）—— 译注

[26] 关于这部小说的名字，请见麦克马汉（ McMahon ），《吝啬鬼》，第 153—154 页；黄卫总（ M. Huang ），《文人与自我再 / 表现》，第 109—111 页。

[27] 比如，第三十五回末尾说了一句着火引起的惊慌，第三十六回一开头只说了句它是吉兆，就不再理会了；第八十二回最后一段写素臣已做好被淹死的准备，第八十三回一开头他就获救了；第一百二回末尾写素臣听说太子被逼自缢后，"大叫一声，撞下马来，死在地下"；第一百三回一开头他就醒转过来，知道那只不过是个谣言。

[28] 若以小说的篇幅之长和其中所提及的戏曲数目（见第七十二、七十三、七十七和八十二回）之多来看，则小说中提到的其他的小说就未免太少了，这颇使人感到费解。第一百十八回文家搬入新宅，宅中有一座田园诗般的大花园，这一情节提示着它受到了《金瓶梅》或 —— 可能性较少地 ——《红楼梦》的影响，这两部小说均是在第十八回建成了花园世界，《野叟曝言》中花园世界的完成比它们整整晚了一百回。一则行间注特别提到了《金瓶梅》（第六十回）中的葡萄架场景，而第六十五和六十七回（一百五十四回本的六十七、六十九回）的总评则把这些章回中的淫亵描写与《金瓶梅》做了比较。

[29] 罗狄（ Roddy ），《文人身份》，第 149 页。

[30] 吴清原（音 Kuriyama ），"小说中的儒教"，第 69 页。

[31] 吴清原（音 Kuriyama ），"小说中的儒教"，第 67—68 页。

[32] 1878 年手抄稿中卷的分法与诸印刷版本不同;见王琼玲,《清代四大才学小说》,第 83—84 页。

[33] 这一回中其他的吉兆是素臣的孙子考取了状元和凤凰 —— 它是只出现于太平盛世的"四灵"(书中指:龙、龟、麒麟、凤 —— 译者)中的最后来到的一种 —— 的到来。

[34] 关于水夫人的重要地位的讨论,见罗狄(Roddy),《文人身份》,第 153—155 页。

[35] 奇怪的是,在声明六十七回(后文要讨论)中所写的专业化的性表演太淫秽,以至于无法重复的同时,文本中却把该章回的内容又提了一遍。"金枝、晚香见戏目有看花名目,把老脸晕得通红,及看出中注明'扎缚衣裤,不露肌肤',又无翻牝做肚、击牝作声等事,心中一块石头方落下地。"(第一百四十四回)

[36] 提到这些规范小说的有,第三、四十一回(人民文学 1997 版的这一回评点中没有提及其他小说,作者所用版本中或有。 —— 译注)、第四十三、四十四、六十以及一百五十四回本的六十七、六十九回的回末总评。评点者还以金圣叹所说的"草蛇灰线法"来指对一种意象的重复(见第七、一百三十七回)。

[37] 鲁迅,《中国小说史略》,第 303 页。

[38] 关于以《红楼梦》为参照解读《野叟曝言》的论述,可见麦克马汉(McMahon)《吝啬鬼》第 170—174 页,及书中各处;以及黄卫总(M. Huang),《自我再／表现》,第 119、123 页,及书中各处。麦克马汉(McMahon)把这两部小说形容为相互竞争的声音,其争执的焦点在于,在一个一夫多妻的家庭中如何妥善地处理性事与感情的关系。

[39] "云雨"是对性交的常见的委婉说法;巫山是楚襄王与女神梦中交媾的地方。

[40] 素臣反复地讲所谓"阳儒阴释",使之几乎成了一种陈词滥调。素臣的一位结拜兄弟夸奖说,素臣所系之绣有"春风晓日"图样的汗巾正与他的志向相称,"正如日出扶桑,阴邪悉灭,阳光遍照"(第七回)。行间夹批则形容这部小说是由这一图案生发而成的。

[41] 素臣还用《易经》算卦,见第四十一、六十七和七十九回。

[42] 一百五十二回本中第十一回的第一页缺佚。

[43] 素臣的四个妾都曾被洪水冲走。小说中一个附带情节就是素臣试图寻找所有被洪水冲跑,流离失所的人,不是使他们重返家园,就是将他们收编,并给予

恰当的儒家社会身份。

[44] 见宫崎市定（Ichisada Miyazaki），《中国科举考试黑幕：中华帝国的科举考试》（*China's Examination Hell : The Civil Service Examinations of Imperial China*）（以下简作《中国科举考试黑幕》），第 71 页。

[45] 男人的阳精被认为是贮藏在骨髓之中，并从他的精液中施放出来的。

[46] 热显然是素臣的阳力的标志。而且，在明清文学中，男人的尿常暗喻他的精液；见艾梅兰（Epstein），"刻画本质"。

[47] 第六十六回的下半部分——在这部分中，那些妇人试图用淫秽的笑话和歌子胜过对方——是对一种文人聚会的拙劣模仿。泛指的"鸡巴"在她们的玩笑中被用了十八次，而素臣的阴茎则特意被称作阳物，共有八次。关于此一对照，可见第六十六回。

[48] 值得注意的是，第六十五回中对季节的细节描写也与复卦的爻辞一致。"冬至是阴道开始回复（开始变得虚静）的日子（林理彰 [Lynn]《〈易经〉新译》，第285—292 页）（译者注：疑此句林氏文有误，复卦当为"阳"道开始恢复之卦，而阳初复，当静以待长，并非"阴"道初复）。张竹坡也把复卦与阴的主宰地位的终止相连。他对《金瓶梅》第三十三回的评点是："六著，阴数也。潘六儿与王六儿合成阴之数，阳已全尽，安得不死？坤尽为复，复之一阳，必须静以保之方可"（*JPM*，第三十三回）。张竹坡在同一回的回首评语中也提到了复卦。

[49] 关于《西游记》中各种各样用来诱陷取经者的容器，可见浦安迪《四大奇书》，第 252 页注释。

[50] 确实有一些人物选择了自杀，为的是表明她们对道德损害的拒绝（第五十一、一百二十六回），但是大多数妇女都继续活了下来，通过皈依正统来恢复自己的名誉。

[51] 可参见出现于中国朝廷中的类似的喇嘛教的欢喜佛塑像，见高罗佩（Gulik），《性生活》，第 259—261 页。

[52] 见第一百五十四回本的一百三十五、一百三十四和一百三十七回。

[53] 关于妇女的"水性"，见麦克马汉（McMahon），《因果关系与自我控制》，第65—66 页。

[54] 比如，尽管《西游记》中有丰富的阴阳象征主义，但是第九十九回——一个有力地证明着数字九的重要性并成为八十一难和最后的考验场的章回——却以由水造成的另一个考验为特色，而不是一种直接的阳的考验。

[55] 正如前面已经讨论的那样,在《红楼梦》第三十回所描写的暑热中,端阳节也被当作一个重要日子。

[56] 葵花峒——素臣探访的第二个苗人社区——也混合着许多同样的阳的细节(第九十回)。

[57] 见 *YSPY*,第八十九至九十二回及九十四回。

[58] 虽然素臣治愈的许多病症并不包含明显的阴阳术语,但是,与素臣或皇上相关的大多数疾病都显然诱发于阴。最突出的例子是前面讨论过的素臣对皇上的诊断,认为皇上的虚弱是由阳衰引起的(第八十五回)。除了为皇上开壮阳药方外,素臣后来还组织了一个仪式来清除皇宫中的阴气(第一百十五回)(人民文学出版社 1997 年版相应章回中没有这个情节。作者所用版本或有。——译者)。

[59] 素臣阳气的壮旺在另一场景中也有表现:一个女吊死鬼解释说她之所以附魂于一位乳母之身来诉冤,是因为那乳母阴气重,而且还混杂着性欲邪念,这可以使她抵挡住素臣身上释放出的阳气(第七十五回)。

[60] 行间注对此的解说是,素臣"以正水灭邪火"(第八十九回)。类似的例子在《西游记》中也有:火焰山上那些好似具有阳的性质的妖魔(特别是红孩儿)对于取经者的正统的阳来说终究还是异端的阴(《西游记》,第四十至四十三回)。也可参见凯波尼(Robert F. Campany),"妖怪、神仙和取经者:《西游记》鬼神研究"(Demons,Gods,and Pilgrims:The Demonology of the *His-yu ji*),第 111 页。

[61]《镜花缘》中男童的尿也被用作药物(第二十九回);这让人想起《牡丹亭》中用柳梦梅裤子上的一块布入药,使杜丽娘起死回生的情节。

[62] 有两次,苗民对身体的态度都使素臣大吃一惊。素臣医好了一个女子,她那满怀感激的父亲在暑热中,三番五次地请素臣一层层脱去衣服,凉快凉快(第九十一回);素臣对苗民见客时所行之拥抱接吻之礼也感到很不舒服(第九十回)。

[63] 见代尔蒙德(Diamond),"对苗族的界定:明、清与当代的观点"(Defining the Miao:Ming,Qing and Contemporary Views)。《儒林外史》(第四十三回)中出现过一次凶暴的苗民起义;《醒世姻缘传》第九十九回中一个重要的事件即是四川的地方部落——很可能是苗民——之间爆发了战争。

[64] 甚至于野蛮的傜人——他们被描写成一种凶残的、高度军事化的南方少数民族,尚未从动物中分化出来——也没有真正威胁到素臣或任何其他汉文化的代表(第一百二回)。

[65] 第一百回的回目将蟒的那种负面的、不能生育的阴的性质与被治愈的石女

那旺盛的生育力进行了突出的对比。

[66] 哈利昆（Harlequin）：意大利一种滑稽剧或哑剧中的丑角，其形象是光头、戴面具、穿杂色衣服。哈利昆浪漫故事（Harlequin romance）的内容类似于中国的"鸳鸯蝴蝶派小说"。——译注

[67]《野叟曝言》中这些配偶的非同寻常的特性在与别的作品的对比中可以突现出来，比如《儒林外史》（第十一回）写了蘧公孙——一位只喜欢作诗的青年男子——与鄙视作诗，偏爱八股文的鲁小姐的婚姻。如果把这一对夫妻的兴趣调换一下，那么这一不相称的婚姻所含的幽默就不复存在了，因为它的可笑正有赖于读者的这样一种预期，即认为妇女不会热衷于严肃的知识。

[68] 与《红楼梦》相似的另一点是，花园的每一处楼阁的名称都与其居住者的名字相对应，虽然作者并没打算把一些建筑上的细节与居住者的个性相匹配。

[69] 素臣坚持让他的所有扈从都结婚生子，为的是尽孝道。将这一点阐述得最清楚的一次是，他劝导一位刚把他从李又全手中救出来的女侠说，孝道——在此是生儿育女的同义词——比侠义更重要（第六十九回）。

[70] 有这样一件事，水夫人把曾误落强盗之手的好人家的女儿许配给一位家奴；当这位家奴抱怨说她是个"二婚货"时，水夫人责备他并提醒他不要忘记自己的身份。

[71] 一则行间评语特意提到了《金瓶梅》（第六十回）。

[72] 比如，见第八十五回和第一百十八回。

[73] 女武士也出现在第八十五、一百九、一百十七和一百二十四回中。

[74] 宝玉与形容秀美的北静王一见面即很投缘，这部分地是由于北静王喜欢宝玉的容貌（见《红楼梦》，第十四至十五回，第一百四十一至一百四十三回，以及第八十五回）。

[75] 当素臣化着妆试图赎回他的两位未过门的妾时，一位对此有所怀疑的男人对其中一位妾的父亲说："你却不该择这等丑婿。你夸你女婿才高学广，我看这相貌也不像个有才学的"（第五十四回）。关于相貌美所具有的将勇敢的爱情主人公与他们那些更粗鲁的好汉兄弟们区分开来的作用，请见麦克马汉（McMahon）《因果关系与自我克制》，第54—55页。

[76] 关于素臣的傲慢不羁的例子，可见第十六回和第三十二回；关于他的好酒量，可见第十三回和第八十七回。然而，与《水浒传》中的好汉不同，当素臣在感情上失控时，是为了坚持要绝对忠诚于儒家价值观，而绝不是出于对个人或微不足道的

观念的忠诚。

[77] 正如黄卫总（Martin Huang）（《文人与自我再／表现》）所注意到的，素臣那些超级成功的儿孙应被理解为对他的形象的扩展。素臣的头五个儿子，个个都精通一门学问：老大是武艺、老二是文章、老三是天文、老四是地理、老五是诗赋（见《野叟曝言》第一百二十一回）。

[78] 除了由于美貌而被拐骗和假扮尼姑以外，文容还在两次不同的场合几乎被强奸（第四十九回和第一百三十二回 [此系一百五十四回本 —— 译注]）。

[79] 艾伦（Allan）《水的流向与道德萌芽》（*The Way of Water and Sprouts of Virtue*）（以下简作《水的流向》），第 34 页。

[80] 作者此处所引为艾伦在 "比较《论语》及《孟子》中关于水的几段话后" 的 "总结"："Water with a source is something that continually replaces itself, an unending stream, like a reputation that may be passed down over the generations ..."（Allan，上书，第 36 页）《告子上》有关水的一段话如下："孟子曰：水信无分于东西，无分于上下乎？人性之善也，犹水之就下也。人无有不善，水无有不下。今夫水，搏而跃之，可使过颡；激而行之，可使在山。是岂水之性哉？其势则然也。"—— 译注

[81] 艾伦（Allan），《水的流向》，第 51 页。

[82] 参看张新之的评点，"林生于海，海处东南，阳也。"（*SJPB*，第 4 页）。

[83] 在《醒世姻缘传》第三回中有一个类似的描写，一位孝子宁可陪着母亲而不与妻子同房（第四十九回）。

[84] 第一百四十一回中有素臣儿孙的完整系谱。

[85] 考勒（Cole），《中国佛教中的母与子》（*Mothers and Sons in Chinese Buddhism*）（以下简作《母与子》），特别是第 57—64 页。

[86] 《禅真逸史》就是清初小说的一个例子，在这部小说中，不正当的性行为就与一个僧侣的形象连在了一起，小说对之进行了长段的几乎是爱情的细节描写；见麦克马汉（McMahon），"晚明的两部白话小说：《禅真逸史》与《禅真后史》"（Two Late Ming Vernacular Novels：*Chan zhen yishi and Chan zhen houshi*）（以下简作 "晚明的两部白话小说"）。人们会说，违规的性行为是小说中一个可以接受的，甚至是意料中的主题，只要它已被那些传统上被归于反社会的人物所间隔开来。

[87] 捍臂，"谈《野叟曝言》"；侯健，"《野叟曝言》的变态心理"。王琼玲（"《野叟曝言》研究"，第 17 页）评论说，对性遭遇的描写大约占了小说 5% 的篇幅。

[88] 黄卫总（M. Huang），《文人与自我再／表现》，第 112—113 页。与以作家

为中心的中国文学研究相一致,孙楷第("夏二铭与《野叟曝言》")和赵景深("《野叟曝言》与夏氏宗谱")曾辨析了小说中的自传内容,通过把夏敬渠与文素臣的生活相对照 —— 两人都早年丧父,由母亲养大,都有一位长兄和一个妹妹。而且夏敬渠的许多诗作和史论的片段都被加入小说之中。

[89] 见李恩仪(W. Y. Li)《迷与觉》,第4—33页。

[90] 麦克马汉(McMahon),《吝啬鬼》,第165—167页;黄卫总(M. Huang)《文人与自我再／表现》,第120—122页;以及吴清原(音 Kuriyama),"小说中的儒教",第44、109—132页。

[91] 一个例子是清代关于是否及怎样恢复已经衰亡的世袭制度的争论(讨论见周启荣《儒家形式主义的兴起》第115—128页)。

[92]《孟子》卷之四"离娄上",这一节在麦克马汉(McMahon)的《吝啬鬼》(第166页)中也有讨论。

[93] 麦克马汉(McMahon),《吝啬鬼》第166页;吴清原(音 Kuriyama),"小说中的儒教",第109—132页。

[94] 小说中其他有关行权与正统的讨论,见于第四十回和第一百四十二回。

[95]《好逑传》,第六回。麦克马汉(McMahon)讨论了《禅真后史》第五十四回中的一个类似场景,见《因果关系与自我克制》,第118页。

[96] 这一回末的总评把素臣摩擦她的牝户进一步经作"凿开混沌",而分娩二十八个儿子则无异于"混沌变为文明"(一百五十四回本的一百二回)。

[97] 在对巨蟒狂乱情节的批语中,评点者也是这样把读者的注意力导向文体问题(第九十五回)。

[98] 关于守节自杀的例子,可见第五十一、一百二十六以及第一百五十四回本的第一百三十二回。

[99] 吴清原(音 Kuriyama)"小说中的儒教",第103—108页。

[100] 见吴清原(Kuriyama)"小说中的儒教",第115页。

[101] 有趣的是,评点也拿不准这种孝行是否得当(第一百二十九回)。

第六章　《镜花缘》、《儿女英雄传》中的强女人与弱男人

[1] 关于《镜花缘》作为女权主义的文本的观点,见胡适:"中国的女权宣言(李汝珍的《镜花缘》)"(A Chinese Declaration of the Rights of Women [The *Ching-hua yüan* of Li Ju-chen])(以下简作"中国的女权宣言");伊文斯(Nancy Evans),"清代

的社会批判:小说《镜花缘》"(Social Criticism in the Ch'ing : The Novel *Ching-hua yüan*)(以下简作"社会批判");布兰迪(Brandauer),"《镜花缘》中的妇女:向着一种儒家理想的解放"(Women in the *Ching-hua yüan* : Emancipation Toward a Confucian Ideal)(以下简作"《镜花缘》中的妇女");鲍家鳞,"李汝珍的男女平等思想";以及吴青云(音 Qingyun Wu),《中英文学乌托邦中的女性统治》(*Female Rule in Chinese and English Literary Utopias*)(以下简作《女性统治》),第 82—87、90—97 页,以及书中各处。关于对文人文化的赞美见夏志清(Hsia),"才学小说家与中国文化:重评《镜花缘》"(The Scholar-Novelist and Chinese Culture : A Reappraisal of *Ching-hua yüan*)(以下简作"才学小说家");罗狄(Roddy)《文人身份》,第 200—206 页。关于寓言的处理,见张心沧(H. C. Chang),《斯宾塞式的寓言与礼貌:一种中国视界》(*Allegory and Courtesy in Spenser : A Chinese View*)(以下简作《寓言》);以及高张信生(Hsinsheng C. Kao),《李汝珍》。关于道教的内容评论,见王季文"《镜花缘》神话国度研究"(以下简作"《镜花缘》");乐蘅军"蓬莱诡戏 —— 论《镜花缘》的世界观"(以下简作"蓬莱诡戏");以及陈德鸿(Leo Tak-Hung Chan),"《镜花缘》中的宗教与结构"(Religion and Structure in the *Ching-hua yüan*)(以下简作"宗教与结构")。关于把小说解读成一则反满的政治寓言,见尤信雄"《镜花缘》的主旨及其成就"(以下简作"《镜花缘》的主旨")。对小说的翻译曾要么集中在航海一节,要么集中在结尾部分,见林太乙(Tai-yi Lin)节译的《镜花缘》;以及张心沧(H. C. Chang)翻译的该书第三十二至三十七回,第九十六至一百回,分别见于他的《中国文学:通俗小说和戏曲》(*Chinese Literature : Popular Fiction and Drama*)(以下简作《中国文学》),第 405—460 页,和《寓言》,第 39—71 页。

[2] 见小野和子(Ono),"『镜花缘』の世界:清朝考證学のユートビア象"。

[3] 正如罗狄(Stephen Roddy)(《文人身份》,第 201—202 页)最近提出的,《镜花缘》中对纯粹的智力活动所表现出的冷嘲热讽的暧昧态度也许是对晚清制度化的考据学研究的一种批评。

[4] 罗狄(Roddy),《文人身份》,第 200—206 页。

[5] 李汝珍用了十数年的时间写这部小说,似乎在 1817 年已经完成,而小说的第一次刊印是在 1818 年。从 1818 年最初版本出现到 1828 年芥子园本的问世之间,他又几次继续修订这部书,大多数的改动都比较琐碎,包括语言的替换,或用把其他人物的讲话分派给重要人物的办法加强对重要的女性人物形象 —— 唐闺臣 —— 的塑造;见孙佳讯《〈镜花缘〉公案辨疑》,第 37—48 页。与孙楷第(《中国通俗小说》,第 178 页)—— 他确定最早出现的版本是 1828 年的芥子园本 —— 相对,孙佳讯(第

48—49、133页）假设性地把这一文本的出现日期前推到1818年，并认为出版地是苏州。我所参照的是1888年有插图的上海点石斋本《绘图〈镜花缘〉》的重印本（北京：中华书局，1985）。

[6] 北京图书馆独家收藏了10种版本，分别是1830、1842、1858、1877、1888、光绪（1875—1908）、1890（2）、1895以及1897年版。

[7] 李汝珍编了一部音韵学著作，名为《音鉴》，《镜花缘》的第十七回含有讨论音韵的历史变化的内容，第三十一回则用一字母表来记录当时的音韵。

[8]《镜花缘》中的聚会是高度发达的清代文学文化的一个内容丰富的庆典。这些女子们在打牌、论弈、投壶、荡秋千（第七十四回），以及行酒令（第七十八回）。八十二至八十七回全部是行酒令，那些绝妙的句子全由双声叠韵构成，显示着一种音韵学绝技。

[9] 女猎手骆红渠的故事可能也与《水浒传》的典故有关，骆是十二位最重要的花仙之一，她在第十回中披着虎皮出场。与李逵 —— 他打虎为母亲报仇 —— 一样，骆红渠打虎也是为了替母亲复仇。

[10] 除了从《山海经》中选取的一些细节以外，李汝珍还从《博物志》《淮南子》和《神异记》中借用了一些材料；见王季文"《镜花缘》神话国度研究"，第7—11页。

[11] 小说开头便以这种对古典妇女观的首肯为圆饰，这也许是一种自卫的招数，用来减轻因在满族统治下写了一部篡位的小说而带来的政治风险。吴青云（音Wu Qingyun）（《女性统治》，第95—97页）指出，引用班昭的《女诫》是对于女德的一种讽刺性颠覆。

[12] 这一点也许大有深意：嫦娥的诡计是在浓重的阴云的配合下实施的，也是由于阴云四合才导致百花仙子没有回到她的洞府（第二回）。

[13]《西游补》中，小月王这个名字也是情字的拆字谜。

[14]《隋唐演义》，第七十三回。

[15] 关于九九重阳与属阴的三月三的对等性讨论可见艾吉马（Aijmer），"重阳与中国中部地区的农历"（Chong-Yang and the Ceremonial Calendar in Central China）（以下简作"重阳与农历"），第180页。

[16] 第二首剑诀中提到最基本的乾坤二卦，这也暗示着与宇宙秩序的直接联系。

[17] 张心沧（H. C. Chang）（《中国文学》，第411—413页）将李汝珍对治河的兴趣追溯到他于1801年曾在河南某县做过县丞，正赶上黄河决口，以及他父亲李阶

亭所写的一篇有关治水的策论。李汝珍的治河经历在孙佳讯"《镜花缘》公案辨疑"（第 7—11 页）中也有讨论。

[18] 医道的讨论见于二十六、二十七、二十九、三十以及九十五回。

[19] 这一模式也适用于《老残游记》，在那本书中，儒家主人公搭救被拐骗的女子、有令人惊叹的医术，并且与政治和社会的腐败作斗争。

[20] 见麦克马汉（McMahon），《因果关系与自我克制》，第 25—28 页。

[21] 曼（Mann），《养女待嫁》，第 176—179 页。

[22] 关于禹的研究，见亨瑞·马斯波罗（Henri Maspero）《周代典籍的神话传说》；以及顾颉刚《古史论文集》2，143—152 页。

[23] 李汝珍独创的两国是两面国和智佳国。

[24] 关于把停滞和壅塞当作帝国官僚制崩溃和受挫的隐喻的引申分析，见罗狄（Roddy），《文人身份》，第 176—179 页。

[25] 我这里借用齐托（Zito）（"丝绸与皮肤"，第 105 页）的定义，将"中"界定为动词"使居中"，这是通过区分"上下""内外"来完成的一个仪式化的自我创造过程。

[26] 武则天是最爱被人们使用的表示性和政治违禁的象征符号。她出现在《僧尼孽海》《隋唐演义》《禅真后史》，以及 18 世纪末的《薛刚反唐》《武则天四大奇案》和《绿牡丹》等作品中。

[27] 这些诏令规定：要旌表节孝和克尽悌道的妇女；宫内宫外年满 20 的侍婢都要让其婚嫁；为家道贫寒的妇女提供嫁妆、医药和养老费，按月给寡妇支薪以使她们能坚持守节；还规定赤贫之家，妇女殁后，要为其置备棺材，以免让她暴尸于道途。

[28]《镜花缘》中之所以缺少直接的性内容，也许是由于它与抒写性灵的才子佳人题材的小说同属一个系谱；这部小说可能也是写给并卖给好人家的女子看的，这可以从如下事实看出：它以班昭的《女诫》做开头，而且至少有一部善本 ——《绘图〈镜花缘〉》—— 收入了一些女读者所写的序词。

[29] 尽管这部难得的文本的现存最早版本的日期是 1763 年，但是它至少在 1540 年，在黄训（1491—1540）的《读书一得》（刊印于 1562 年）首次注意到它的时候，就已经畅销于世了。我所依据的是收藏于日本东京东洋文化研究所，由华阳散人作序，甲戌年（无法确定是 1634 年还是 1754 年）版本的重印本；见太田辰夫和饭田吉郎《中國秘書叢刊》，第 14 页。

[30] 关于这部百回本小说的资料，见何谷理（Hegel），"《隋唐演义》与 17 世纪

苏州名士的审美观"（*Sui T'ang yen-i* and the Aesthetics of the Seventeenth-Century Suchou Elite）（以下简作《隋唐演义》），第 126—131 页。

[31]《隋唐演义》和《镜花缘》都错误地把历史人物李敬业称作了徐敬业（按：敬业是唐初功臣徐绩之孙。徐绩被赐姓李，称李绩。敬业起兵时，复本姓徐，为徐敬业。故称李敬业、徐敬业均不为错 —— 译注）。

[32] 两件事在《隋唐演义》第七十回和第七十一回中有记载。

[33] 我不禁要把林之洋名字中的 "之洋" 两字解读成一种有意识的双关语，它暗指 "至阳"。

[34] 见罗普（Ropp），《早期现代中国的不同声音：〈儒林外史〉与清代的社会 批评》（*Dissent in Early Modern China*：*"Ju-lin wai-shih" and Ch'ing Social Criticism*）（以下简作《不同声音》）第 91—101 页。

[35] 艾尔曼（Elman），"变化"，第 135—140、142 页。

[36] 见罗狄（Stephen Roddy）（《文人身份》第 197—199 页）的论述，他认为，勤王者对朴学（名物训诂之学）的研究被压倒、被归入对 "名" 的欲望之下。

[37] 罗狄（Roddy），《文人身份》，第 174 页。

[38] 罗狄（Roddy），《文人身份》，第 204 页。

[39] 关于《绿牡丹》对《镜花缘》可能产生的影响，见罗狄《文人身份》第 282 页注 6。《武则天四大奇案》是另一部 18 世纪晚期的小说，在这部小说中，推翻武则天是主要的叙事主题；见伊维德（Idema），"节本狄公案之谜：无名氏的《武则天四大奇案》及其节译本"（The Mystery of the Halved Judge Dee Novel：The *Anonymous Wu-tse-t'ien ssu-ta ch'i-an* and Its Partial Translation By R. H. van Gulik）（以下简作："谜"）。

[40] 关于这个问题的一个长篇讨论，见罗狄（Roddy），《文人身份》，第 184—185 页。

[41] 这部小说常常被英译为 "*The Gallant Maid*"（侠女），其所依据的是 1906 年上海一部石印本的《侠女奇缘》（1980 年，广西人民出版社出版的一部两卷本的版本，也采用了这个名字）。

我参考了台北中央研究院的还读我书室老人评点的版本。正如扉页上所标示的，这个版本叫作《绘图评点〈儿女英雄传〉》；它有四十回，还有一个缘起首回，被分成六卷，1888 年上海蜚英馆刊印出版。"还读我书室老人" 是董恂（1807—1892）的笔名，董是一名高官，曾位至户部尚书，而且曾因供职于外交事务而受到官方赏识（见 *ECCP*，第 789—791 页）。这个版本曾以《还读我书室主人评〈儿女英雄传〉》为名再版（济南：齐鲁书社,1989）。本书全以这个版本为参考,我还考查了藏于台湾师范大学的印制粗劣的1879 年申报馆《儿女英雄传》版本。

[42]《京剧剧目词典》中收录的由此小说派生的十六种戏剧中,只有三种以写她们的婚后事件为主。其中的一种改变了情节:婚后的十三妹领导了一场为父报仇的战斗。张恨水以十三妹为原型,在 1930 年创作的《啼笑姻缘》中,把她塑造成一位无产阶级的女侠。小说的名字也被借用于一部 1949 年由孔厥和袁静创作的革命小说《新儿女英雄传》（见何谷理 [Hegel]“小说戏剧的古为今用:从延安文艺座谈会到文化大革命”[Making the Past Serve the Present in Fiction and Drama : From the Yen'an Forum to the Cultrual Revolution] [以下简作“古为今用”] 第 210—214 页）。在台湾,一出名为《十三妹》的京剧长演不衰,并被拍成了电视。

[43] 见《水浒传》,第二十一、二十五、四十五回。

[44] 关于马从善的序,见鲁迅《中国小说史略》。

[45] 见 ECCP 中 A-Kuei 的条目,第 6—8 页。

[46] 见 ECCP, A-Kuei 的条目,第 444—446 页。

[47] 在小说快结束的时候,安骥听说他被外放为蒙古乌里雅苏台的参赞后曾十分惊恐（第四十回）。使他和他的家人大松一口气的是,这个任命又被取消了,安骥获得了在山东的一个舒适得多的官位,于是小说在皆大欢喜的气氛中结束。

[48] 小说的内在线索在下文将有详细讨论,讨论将以写于咸丰时期（1851—1862）的《品花宝鉴》为参照,这些证据把这部小说可能的最早写作年份定在 1851 年;见胡适“儿女英雄传序”。彭彩珠（“文康与儿女英雄传”,第 53—56 页）提出,文康是在 1853 年去职后才开始写小说的。

[49] 我注意到,唯一一提及欧洲人的地方是安水心对羡慕西洋人天文历算准确的说法表示不以为然。他说,中国古代也有这样的技术（第三十四回）。

[50] 评点者董恂的官位很高,而且与外国使团有外交接触,虽然如此,但他也首先感兴趣于小说的文学性,而不是它的内容。他的评点反复提到文学技巧和互文性的典故。它使用了这样的评语,如:“史法”（第八回）、“白云点之妙”（第十九回）、“笔意亦如行云流水,雨过天空”（第三十一回）,以及“烘托绚染”（第三十三回）。评语中也明确提到曹雪芹和施耐庵（第六、三十一回）。豪饮的侠士邓九公,按照金圣叹为梁山好汉排座次的方式,被形容成“上上人物”（第十五回）。

[51] 见 ECCP 第 852—853 页“文庆”一条。关于文康生平和背景的其他材料人们知之甚少。胡适和鲁迅都认为这部小说有某种自传的性质。胡适（“儿女英雄

传序”)提出安骥的官职是文康家族中不同成员曾任过的官职的混合。鲁迅(《中国小说史略》)形容安骥是对作者或他的某个儿子的理想化(按:鲁迅原文为:"安骥殆以自寓,或者有慨于子而反写之。"—— 译注)。马从善的序也把小说当成了家世自传。

[52] 见缪天华"《儿女英雄传》考证",第 2 页。年羹尧曾任川陕总督,滥用权力,1725 年皇上下令让其自杀。

[53] 胡适,"儿女英雄传序",第 498 页。

[54] 周作人("儿女英雄传",《周作人文选》第 478—480 页)提出,文康的旗人身份是他创作十三妹的一个重要因素。

[55] 第四十回提到了满语。在这最后的一回中,1888 年的蜚英馆本交错着一些用汉字音译的满语,它们的旁边是作为行间注的汉文意译。

[56] 克劳斯雷(Crossley),《被遗弃的尚武精神:三代满族人和大清世界的终结》(Orphan Warriors: Three Manchu Generations and the End of the Qing World)(以下简作《被遗弃的尚武精神》),第 80—81 页。

[57] 比如,就有关于满族妇女协助抵抗太平军保卫杭州的记述;见《被遗弃的尚武精神》,第 129 页。

[58] 十三妹是 7 岁那年缠的足(第十四回)。

[59] 关于文学中的女侠形象描写,见陈李凡平(F. P. Chen),"中国传统小说中的女武士、巫术与超自然力"(Female Warriors, Magic and the Supernatural in Traditional Chinese Novels)(以下简作"女武士"),和爱德华兹(Edwards),"清中叶《镜花缘》和《红楼梦》文本中的女战士和强壮的女人"(Woman Warriors and Amazons of the Mid Qing Texts Jinghua yuan and Honglou meng)(以下简作"女战士")。明代也存在女军事领袖的传统:见 DMB 第 1251—1252 页唐赛儿(活跃期,1420 年)传,以及 ECCP 第 168—169 页的秦良玉(死于 1648 年)、沈云英(1624—1661)传。在这一点上我要感谢魏艾莲(Ellen Widmer)。在《女仙外史》中,唐赛儿的军事业绩是不朽的。

[60] 唐代的例子有《上海传》《谢小娥传》《聂隐娘》《红线传》《车中女子》《潘将军》和《贾人妻》。还有一些例子,包括:《张训妻》《侠妇人》《京十三娘》和《错斩崔宁》。明代的例子是《侠女散财殉节》《侯官县列女歼仇》《程元玉店肆代偿钱》和《十一娘云岗纵谭侠》。

[61] 作者吕熊(约 1640—1722)是明代忠臣,他写小说是为了批评永乐帝的篡

位。现存最早版本刊印于 1711 年，但小说很可能在 1702 年就写成了；见 *DMB*，第 1251—1252 页。

[62] 见李恩仪（W. Y. Li）"晚明娼妓"，第 60—63 页。

[63] 关于小说对一夫多妻的描写的评论，见麦克马汉（McMahon），《吝啬鬼》，第 265—282 页。关于小说中叙述声音的混用见陆大伟（Rolston）《中国传统小说》，第 304—311 页。关于英雄主义与爱情的讨论见王德威（Wang, David Derwei）《华丽的世纪末：晚清小说中被压抑的现代性（1849—1911）》（*Fin-de-siècle Splendor : Repressed Modernities of Late Qing Fiction*, 1849—1911），第 156—164 页。

[64] 反对把《儿女英雄传》视为浅陋、迂腐的辩驳之文，有周作人"儿女英雄传"，见周作人《周作人文选》第 479—480 页；以及侯健"儿女英雄传试评"。

[65] 正如陆大伟（David Rolston）（《中国传统小说》，第 311 页）曾评说的那样，《儿女英雄传》"在作者决定在自己的小说原文中把叙事和评点融在一起这一方面，是一个最完美的例子"。小说化的作者和说书人都常常提到小说的结构，而且逐一点明这些叙事单元所在的章回（见，比如，第二十五、二十八、二十九和三十七回）。小说中提到名字的作品包括《红楼梦》（第三十四回）、《西游记》（第十回）、《平妖传》和《锁云囊》（第八回）、《三国演义》和《水浒传》（第二十一回），以及《封神演义》（第三十八回）。好汉邓九公的桌上放着《三国演义》《水浒传》《绿牡丹》、新出的《施公案》和《于公案》（第三十九回；第三十二回中也提到了《施公案》）。十三妹给她的新公婆磕头时，她想到了蒲松龄讲的《青梅传》故事（第二十八回）。最后，安骥的父亲在看一出关于西楚霸王的无名戏（第三十九回）。

[66] 以十回和十二回为基础的结构单元在《儿女英雄传》中似乎同等重要，并且很可能是想模仿《红楼梦》的多层结构模式。采用八回作为叙事单元可能使小说在第十二回和全书中点的第二十回有一个转折。

[67] 王海林（《中国武侠小说史略》）追随鲁迅，认为，纯熟地采用说书人的口吻，是在模仿京城中满族旗人所讲述的《子弟书》的口头说书形式。对《儿女英雄传》中交叠使用作者和说书人口气的细致讨论，见陆大伟（Rolston），《中国传统小说》，第 304—311 页。

[68] 关于书中人物如何从作品结构或章法方面来为其行动作辩解的其他例子可见第十六回、第三十七回。

[69] 宋祁（998—1061）是参与修撰《新唐书》的历史学家，以文笔简洁闻世。（他的）编年史只是按年代排列着一些大事记，没有任何将它们联系在一起的叙事。

[70] 这个词来自《孝经》开篇的标题。

[71] 说书人对燕北闲人写作技巧的其他评说见第二十五、二十八、二十九回和第三十七回。

[72] 董恂的评语把连接第五和第六回的叙事与施耐庵和曹雪芹所采用的方法作了比较（第六回）。关于说书人在扣人心弦的时刻尝试性地打断叙事的其他例子可见第三、第四、第五回和第十六回。

[73] 关于安骥听不懂外人讲话的情节，可见第一、第四和第五回。

[74] 这种把字拆成几个构成要素的字谜形式被称为"拆字"。

[75] 十三妹早些时候曾对公婆与儿媳之间的紧张关系表示不理解：她说她不懂为什么多数女孩子都羞见公婆，公婆就像自己的爹妈一样，也应该像爱爹妈一样爱公婆（第十四回）。

[76] 还有一段关于妇德的旁白（第二十七回）。

[77] 小说通篇都在重复一个观点，即来自父母的劝诫，是没法同来自妻子的压力相比的（"功名出于闺阁"）（见第十二、二十八、三十回）。这似乎是在其他才子佳人故事中不断复制的一个常见的说教性主题：《好逑传》中的水冰心劝说丈夫埋头念书；《红楼梦》中，黛玉、宝钗和袭人也半心半意地劝宝玉念书。

[78] 尽管安水心一再讲，这个家的规矩是男人到 50 岁尚无子息时才可纳妾（第二十三、四十回），但是小说最终还是赞美一夫多妻制的，这表现在他对安骥三次婚事的铺张和理想化的描写上。

[79] 由于这一场景，侯健（"《儿女英雄传》试评"，第 67 页）指出安水心才是小说的焦点人物，安骥和玉凤的"正传"则是次要的；并不是孩子们的勇气拯救了父亲的政治生涯，安骥的成功应该被解读成是对安水心德行的善报。尽管安水心从情节上看是个次要人物，但是说书人表明了他的象征性中心地位，他把水心形容成"日之精、月之魄、木之本、水之源"（第二十九回）。

[80]《论语·先进》。

[81] 杜赞奇（Duara），"层累的符号：有关中国战神关帝的神话"（Superscribing Symbols：The Myth of Guandi, Chinese God of War）（以下简作"层累的符号"），第 784 页。

[82] 鲁迅（《中国小说史略》）和胡适（"《儿女英雄传》序"）认为 1734 年和 1794 年的序文都是假托的，实为文康自己所为。不仅序文的风格与小说相似，在神话色彩的缘起首回中也提到两篇序文中的内容。不仅如此，序文所署的日期也不可信：虽然它们的

出现要早于《红楼梦》的流传,但它们还是既提及它又批评它。

[83] 这段话引申自孔子《论语》中常被引用的一句话:"子不语乱、力、乱、神。"（《论语·述而》）

[84] 小说正文中对《红楼梦》的批评,见诸第二十六、三十四回。

[85] 就我所见,还没有论文对此书名提出疑问,大多数学者都按这一弁言所说的,认为在吾子翁拿到此书时,书稿的后十三回是缺失的。只要设想一下吾子翁并不是文康,他做了所有必需的补缀编辑工作,使得四十回的结构像现在这样完整连贯,那你就一定会感到奇怪,他为什么没有提到他为补缀这部手稿付出的全部时间和努力。在手稿抄本中有一条注,解释说,加上开篇的一回,这部号称"五十三参"的小说要有五十四个章回回目题诗,总共是一百零八句（文康《还读我书室评〈儿女英雄传〉》,以下简作 EN）。正如陆大伟（David Rolston）（《中国传统小说》第 304 页注）所评论的,这是"以一种化简的方式来模仿金圣叹,金圣叹把《水浒传》的章回回目都列在他为这部书新写的楔子的末尾"。一百零八这个数显然是指《水浒传》中的一百单八将,而《正法眼藏五十三参》这个书名暗示着《儿女英雄传》,像《红楼梦》一样,也是在鼓吹佛家的出世思想。正如我们将会看到的,这部小说把《红楼梦》中的许多佛家训谕都转化成对积极入世的鼓吹了。不过,这部四十回的小说结构如此严谨和匀称,文本中也有与回目相互参照的章回数目,因此其最初的手稿也不大可能比四十回更长。

小说正文中提及的此书另外的名字有《金玉缘》（缘起首回和第四十回）,这个书名也被用于《红楼梦》和《日下新书》（缘起首回和第三十七回）。在小说正文中提供不同书名的技巧好像也是受了《红楼梦》的启发。

[86] 更多的与《红楼梦》暗合之处有:说书人解释说,《儿女英雄传》说的是清代的事,不是远古的事（第一回）,并描述安家的庄园,说那里的建筑是用来念书、静养、习武和举行家祀的。在一处明显是与大观园相同的段落中,说书人评道:"不到得像小说部中说的那样画落天宫,神仙洞府的梦境梦话。"（第二十四回）

[87] 第三种物件是一个玛瑙杯——是这个家庭分配给张金凤的信物,它也被赋予一种公共的而非私密的意义。玛瑙这两个字与"马闹"——顾名思义就是"马闹事"——双关,并且开玩笑地暗指安骥的家庭与安骥——他们的"野马"（安骥的"骥"字意为牡马）所遇到的问题。

[88] 说书人提到单聘仁和程日兴的名字。这两个次要人物作为贾政的亲信和浪荡公子薛蟠的朋友出现过好几次。

[89] 周铨的文章可见于卫泳的晚明散文集《冰雪携》（上海，1935）二，第 144—145 页。较早的关于情与勇之间的对立，可在如下一篇写于 6 世纪的描写张华（232—300）的文章中见到，见钟嵘，（活跃期，502—519）《诗品》："犹恨其儿女情多，风云气少"。

[90] 第三十四回又重申了发乎情止乎礼的重要性。

[91] 详细讨论见罗狄（Roddy），《文人身份》，第 176—177 页。

结语：从象征的到政治的

[1] 这尤其适用于后汉的新道教；见余英时，"魏晋时期中国的个人主义与新道教运动"（Individualism and the Neo-Taoist Movement in Wei-Chin China）（以下简作"个人主义与新道教运动"），以及《世说新语》。

[2] 甚至于像丁玲（1904—1986）和张爱玲（1921—1995）这样的女性主义作家 —— 她们主张在现代化的解放事业中女子与男人是一样的主动者 —— 也摒弃传统的男性才子形象，认为他们太驯顺。

[3] 关于太平天国之后试图男性化中国文化的历史，见莫里斯（Morris），"强健民族体魄：中华民国的体育文化史"（Cultivating the National Body：A History of Physical Culture in Republican China）（以下简作"强健民族体魄"）。

[4] 陆士谔还为曾朴的《孽海花》写过续篇，名为《新孽海花》，1910 年出版。

[5] 见王琼玲，《清代四大才学小说》，第 91 页。

[6] 关于这一版本的更多信息，见本书第五章的注释 2。

[7] 见《原著古本〈野叟曝言〉》第十一、六十二、六十四、六十五、七十八和七十九回。

[8] 克拉夫特 — 艾宾（Krafft-Ebbing）出版于 1886 年的《性欲性精神变态的性行为》（*Psychopathia Sexualis*）在 1912 年首次被译为日文；见桑梓兰（Sang Tzelan, Deborah）"公开现身的同性恋女性：现代中国文学和文化中女性的同性渴望"（The Emerging Lesbian：Female Same-Sex Desi re in Modern Chinese Literature and Culture）（以下简作"公开现身的同性恋女性"），第 91 页注。

[9] 在这部重写的删节本中，所有主要人物的名字都改掉了。文素臣的名字显然具有崇汉反满的意思。朱明有时也用全士英这个名字，这显然是"全世英"（全世界的英雄）的双关语。

[10] 朱明有两次表达了他对母亲的孝心：第一次，当他快要淹死时，他为不能活

下去侍候母亲而感到难过(第七十六回);第二次,他因腿脚麻木不能在母亲做寿时向母亲磕头而心情烦乱(第九十回)。

[11] 出版了《原著古本〈野叟曝言〉》的好青年书店可能与好青年图书馆有关,后者在 1921 年出版了中国性学专家张竞生的文选,名为《爱情定则讨论集》,张竞生以"性博士"而闻名。我还没有找到这家出版社出版的其他文本。

[12] 见冯客(Dikötter),《中国的性、文化与现代性:共和制早期的医学科学和性身份的建构》(*Sex, Culture and Modernity in China: Medical Science and the Construction of Sexual Identities in the Early Republican Period*)(以下简作《性、文化与现代性》),第 1—3、62—69 页。

参考文献

文 献 缩 写

期刊

CLEAR   *Chinese Literature : Essays , Articles , Reviews*《中国文学：
                 随笔、论文、评论》

HJAS   *Harvard Journal of Asiatic Studies*《哈佛亚洲研究》

HLMXK   *Honglou meng xuekan*《红楼梦学刊》

JAOS   *Journal of the American Oriental Society*《美国东方社会》

JAS   *Journal of Asian Studies*《亚洲研究》

LIC   *Late Imperial China*《晚期中华帝国》

MS   *Ming Studies*《明代研究》

PEW   *Philosophy East and West*《东西方哲学》

TP   *T'oung Pao*《通报》

论文集、系列丛书和文选

Body , Subject and Power   *Body , Subject and Power in China*《中国的身体、主体
                 与权力》(简作《身体、主体与权力》), ed. Angela Zito
                 and Tani Barlow. Chicago : University of Chicago Press,
                 1994.

Cao Xueqin   *Cao Xueqin yu Honglou meng*《曹雪芹与〈红楼梦〉》(简
                 作《曹雪芹》),余英时、周策纵编,台北：里仁书局,1985。

Chinese Approaches   *Chinese Approaches to Literature*《中国的文学方式》(简
                 作《中国方式》), ed. Adele Rickett. Princeton : Princeton
                 University Press, 1978.

Chinese Narrative   *Chinese Narrative* : *Critical and Theoretical Essays*《中国叙事：批评与理论》(简作《中国叙事》), ed. Andrew H. Plaks. Princeton : Princeton University Press, 1977.

Education   *Education and Society in Late Imperial China*, *1600—1900*《晚期中华帝国的教育与社会, 1600 — 1900》(简作《教 育》), ed. Benjamin A. Elman and Alexander Woodside. Berkeley : University of California Press, 1994.

HLMJ   *Yisu* 一粟, ed. *"Honglou meng" juan*《〈红楼梦〉卷》, 上海：中华书局, 1963。

How to Read   *How to Read the Chinese Novel*《中国小说读法》(简作《读 法》), ed. David L. Rolston. Princeton : Princeton Universtity Press, 1990.

Neo-Confucian Education   *Neo-Confucian Education* : *The Formative Stage*《形 成时期的新儒学教育》(简作《新儒学教育》), ed. Wm. Theodore de Bary and John W. Chaffee. Berkeley : University Of California Press, 1989.

Orthodoxy   *Orthodoxy in Late Imperial China*《晚期中华帝国的正统》(简作《正统》), ed. Kwang-ching Liu 刘广京. Berkeley : University of California Press, 1990.

Self and Society   *Self and Society in Ming Thought*《明代思想中的自我与社会》(简作《自我与社会》), ed. Wm. Theodore de Bary. New York : Columbia University Press, 1970.

Unfolding   *The Unfolding of Neo-Confucianism*《理学的展开》(简作《展开》), ed. Wm. Theodore de Bary. New York : Columbia University Press, 1975.

Women   *Women in Chinese Society*《中国社会中的妇女》(简作《妇女》), ed. Margery Wolf and Roxane Witke. Stanford : Stanford University Press, 1975.

参 考 资 料

Adshead, S. A. M.（艾迪施德）"The Seventeenth-Century General Crisis in China. "（"17世纪中国的普遍危机"）*Asian Profile* 1（1973）: 271-80.

Ahern, Emily Martin（艾赫）. "The Power and Pollution of Chinese Women. "（"中国妇女的权力与污秽"）In *Women*, pp. 193-214.

Ahern, Emily Martin and Hill Gates, eds.（艾赫和西尔编）*The Anthropology of Taiwanese Society*（《台湾社会的人类学》）. Stanford: Stanford University Press, 1981.

Aijmer, Gōran（艾吉马）. "Chong-Yang and the Ceremonial Calendar in Central China. "（"重阳与中国中部地区的农历"）*In An Old State in New Settings: Studies in the Social Anthropology of China in Memory of Maurice Freedman*, ed. Hugh Baker and Stephan Feuchtwang, pp. 178-96. Oxford: JASO, 1991.

Allan, Sarah（艾伦）. *The Way of Water and Sprouts of Virtue.*（《水的流向与道德萌芽》）Albany: SUNY Press, 1997.

Allen, Joseph, R.（阿　伦）"Dressing and Undressing the Chinese Woman Warrior."（"戎装与便装的中国女将"）*Positions* 4, no. 2（1996）: 343-79.

Anderson, Marston（安　敏　成）. *The Limits of Realism: Chinese Fiction in the Revolutionary Period.*（《现实主义的限制: 革命时期的中国小说》）Berkeley: University of California Press, 1990.

Andres, Mark F.（安德鲁斯）"Ch'an Symbolism in *Hsi-yu Pu*: The Enlightenment of Monkey. "（"《西游补》中的禅的象征主义: 孙悟空的彻悟"）*Tamkang Review* 20, no. 1（1989）: 24-44.

Arkush, David（阿库什）. "Orthodoxy and Heterodoxy in Twentieth-Century Chinese Peasant Proverbs."（"20世纪中国农民格言中的正统与异端"）In *Orthodoxy*, pp. 311-31.

Atwell, William, S.（埃特维尔）"From Education to Politics: The Fu-she."（"从教育到政治: 复社"）In *Unfolding*, pp. 39-66.

白先勇，"贾宝玉的俗缘: 蒋玉函与花袭人 —— 兼论《红楼梦》的结局意义"，《联合文学月刊》5（1986）: 25-30。

鲍家鳞，"李汝珍的男女平等思想"，载鲍家鳞编《中国妇女史论集》，pp. 221-38。

——，"阴阳学说与妇女地位"，载《汉学研究》5, no. 2(Dec. 1987): 501-12。鲍家鳞编，

《中国妇女史论集》，台北：稻香出版社，1988。

Barlow, Tani E.（巴洛）"Theorizing Woman : *Funü, Guojia, Jiating.*"（"理论化的妇女：妇女、国家、家庭"）In *Body, Subject and Power*, pp. 253-89.

Bell, Catherine（贝尔）. *Ritual Theory, Ritual Practice.*（《礼仪理论，礼仪实践》）New York : Oxford University Press, 1992.

Birge, Bettina（柏清韵）. "Chu Hsi and Women's Education. "（"朱熹与女子教育"）In *Neo-Confucian Education*, pp. 325-67.

Black, Alison H.（布莱克）"Gender and Cosmology in Chinese Correlative Thinking. "（"中国联系性思维中的性别与宇宙论"）In *Gender and Religion : On the Complexity of Symbols*, ed. Caroline Walker Bynum et al., pp. 166-95. Boston : Beacon, 1984.

——. *Man and Nature in the Phil osophical Thought of Wang Fu-chih.*（《王夫之哲学思想中的男人与自然》）Seattle : University of Washington Press, 1989.

Bloom, Irene（布卢姆）. *Knowledge Painfully Acquired, The "K'un-chih chi," by Lo Ch'in-shun.*（《罗钦顺的"困知记"》）New York : Columbia University Press, 1987.

Bodde, Derk（包德）. *Festivals in Classical, China.*（《古代中国的节日》）Princeton : Princeton University Press, 1975.

Borthwick, Sally（伯思维克）. "Translator's Preface to *Fate in Tears and Laughter.* "（"《啼笑姻缘》译序"）*Renditions* 17-18（1982）: 255-61.

Brandauer, Frederick P.（布兰迪）"Women in the *Ching-hua yüan* : Emancipation Toward a Confucian ldeal. "（"《镜花缘》中的妇女：向着一种儒家理想的解放"）*JAS* 36, no. 4（1977）: 647-60.

Bray, Francesca（白馥兰）. *Technology and Gender : Fabrics of Power in Late Imperial China.*（《技术与性别：晚期帝制中国的权力结构》）Berkeley : University of California Press, 1997.

Brokaw, Cynthia J.（布劳考）*The Ledgers of Merit and Demerit : Social Change and Moral Order in Late Imperial China.*（《功过格：晚期中华帝国的社会变迁与道德秩序》）Princeton : Princeton University Press, 1991.

——. "Tai Chen and Learning in the Confucian Tradition."（"戴震与儒家传统的学习"）In *Education*, pp. 257-91.

Brooks, Timothy（布鲁克斯）. "Funerary Ritual and the Building of Lineages in Late Imperial China. "（"晚期中华帝国的葬仪和门第的建立"）*HJAS* 49, no. 2（1989）:

465-99.

Busch, Heinrich（布斯奇）. "The Tung-lin shu-yuan and Its Political and Philosophical Significance. "（"东林书院及其政治哲学意义"）*Monumenta Serica* 14（1949-55）: 1-163.

Butler, Judith（巴特勒）. *Bodies That Matter : On the Discursive Limits of "Sex."*（《要紧的身体：关于"性"的话语性限定》）New York : Routledge, 1993.

——. *Gender Trouble : Feminism and the Subversion of Identity.*（《性别困扰：女性主义与身份的颠覆》）New York : Routledge, 1990.

Cahill, James（卡希尔）. *The Compelling Image : Nature and Style in Seventeenth-Century Chinese Painting.*（《引人入胜的想象：17 世纪中国画中的类型与风格》）Cambridge : Harvard University Press, 1982.

——. *Fantastics and Eccentrics in Chinese Painting.*（《中国画中的怪异》）New York : Asia Society, 1967.

Cahill, Suzanne（卡西尔）. "Performers and Female Taoist Adepts : Hsi Wang Mu as the Patron Deity of Women in Medieval China. "（"表演者与女道仙：中世纪中国的妇女守护神西王母"）*JAOS* 106, no.1（1986）: 155-68.

Campany, Robert F.（凯波尼）"Demons, Gods, and Pilgrims : The Demonology of the Hsi-yu ji. "（"妖怪、神仙和取经者:《西游记》鬼神研究"）*CLEAR* 7, no.1/2（1985）: 95-115.

曹雪芹、高鹗,《〈红楼梦〉八十回校本》,香港:中华书局,1985。

Carlitz, Katherine（卡里兹）. "Desire, Danger, and the Body : Stories of Women's Virtue in Late Ming China. "（"欲望、危险与身体：晚明中国的妇德故事"）In *Engendering China : Women, Culture, and the State*, ed. Christina K. Gilmartin et. al. , pp. 101-24. Cambridge, Mass. : Harvard University Press, 1994.

——. *The Rhetoric of "Chin P'ing Mei. "*（《〈金瓶梅〉的修辞学》）Bloomington : University of Indiana Press, 1986.

——. "The Role of Drama in the *Chin P'ing Mei*. "（"《金瓶梅》中的戏剧角色"）Ph. D. diss. , University of Chicago, 1978.

——. "The Social Uses of Female Virtue in Late Ming Editions of *Lienü zhuan*. "（"晚明《列女传》中妇德的社会效用"）*LIC* 12, no. 2（1991）: 117-52.

Chan Hok-lam（陈学霖）. *Li Chih, 1527-1602, in Contemporary Chinese Historiography.*

(《当代中国史学中的李贽, 1527-1602》) New York : M. E. Sharpe, 1980.

Chan, Leo Tak-hung (陈德鸿). "Religion and Structure in the *Ching-hua yüan*." ("《镜花缘》中的宗教与结构") *Tamkang Review* 20, no. 1 (Autumn. 1989): 46-66.

Chan Ping-leung (陈炳良). "Myth and Psyche in *Hung-lou meng*." ("《红楼梦》中的神与灵") In *Critical Essays on Chinese Fiction*, ed. Winston L. Y. Yang and Curtis P. Adkins, pp. 165-79. 香港:香港中文大学出版社, 1980.

Chan, Wing-tsit (陈荣捷). *Chu, Hsi : Life and Thought* (《朱熹的生活与思想》). 香港:香港中文大学出版社; New York : St. Martin's Press, 1987.

——. "How Buddhistic Is Wang Yang-ming?" ("王阳明究竟在多大程度上信佛") *PEW* 7 (1962): 203-16.

——. "The Evolution of the Neo-Confucian Concept *Li* as Principle." ("理学概念 '理'的演变") *Tsinghua Journal of Chinese Studies* 4, no.2 (1964): 123-49.

——. "Neo-Confucianism : New Ideas in Old Terminology." ("理学:旧术语新观念") *PEW* 17 (1967): 15-30.

Chan, Wing-tsit. comp. and trans. (陈荣捷编译) *A Source Book in Chinese Philosophy*. (《中国哲学资料手册》) Princeton : Princeton University Press, 1973.

Chan, Wing-tsit. trans. (陈荣捷译) *Reflections on Things at Hand*, by Chu Hsi and Lü Tsu-ch'ien. (朱熹、吕祖谦《近思录》) New York : Columbia University Press, 1967.

Chang, H. C. (张心沧) *Allegory and Courtesy in Spenser : A Chinese View*. (《斯宾塞式的寓言与礼貌:一种中国视界》) Edinburgh : Edinburgh University Press, 1955.

——. *Chinese Literature : Popular Fiction and Drama*. (《中国文学:通俗小说和戏曲》) Edinburgh : Edinburgh University Press 1973.

Chang, K'ang-i Sun (孙康宜). *The Late-Ming Poet Ch'en Tzu-lung : Crises of Love and Loyalism*. (《晚明诗人陈子龙:爱与忠的危机》) New Haven : Yale University Press, 1991.

Chaves, Jonathan (萨瓦斯). *Pilgrim of the Clouds—Poems and Essays by Yüan Hung-tao and His Brothers*. (《云的朝圣者——袁宏道兄弟的诗与文》) New York : Weatherhill, 1978.

Cheang, Eng-chew (音:江应成). "Li Chih as a Critic : A Chapter of the Ming Intellectual History." ("作为批评家的李贽:明代知识思想史的一章") Ph. D. diss. , University of Washington, 1973.

陈炳藻,"蒲松龄也是西周生吗?"载《中报月刊》,no. 69（1985）: 64-70 ; no.70（1985）: 45-48。

陈东原,《中国妇女生活史》,台北:商务印书馆重印,1967。

Chen Fan Pen（陈李凡平）. "Female Warriors, Magic and the Supernatural in Traditional Chinese Novels."（"中国传统小说中的女武士、巫术与超自然力"）In *The Annual Review of Women in World Religions*, vo1. 2, *Heroic Women*, ed. Arvind Sharma and Katherine K. Young, pp. 91-109. Albany : SUNY Press, 1992.

陈庆浩编,《新编〈石头记〉脂砚斋评语辑校本》,台北:联经出版社,1986。

陈森,《品花宝鉴》,北京:人民出版社,1993.

Chen Shih-hsiang and Harold Acton. trans.（陈世骧、哈洛尔德译）, *The Peach Blossom Fan.*（《桃花扇》）Berkeley : University of California Press, 1976.

陈万益,"说贾宝玉的'意淫'和'情不情' —— 脂评探微之一",载《曹雪芹》, pp. 205-48。

陈曦锺、侯忠义、鲁玉川编,《〈水浒传〉会评本》,北京:北京大学出版社,1981。

陈曦锺、宋瑞祥、鲁玉川编,《〈三国演义〉会评本》,北京:北京大学出版社,1986。

Cheng Chung-ying（成中英）. "The Constancy and Meaning of the Four-Sentence Teaching in the *Ming Ju Hsueh-an*."（"《明儒学案》中'四句教法'的性质与意义"）In idem. *New Dimensions* (q. v.), pp. 481-503.

——. "*Li-ch'i* and *Li-yü* Relationships in Seventeenth Century Neo-Confucian Philosophy."（"17 世纪新儒家哲学中的理气和理欲关系"）In idem, *New Dimensions*, pp. 504-36.

——. *New Dimensions of Confucian and Neo-Confucian Philosophy.*（《儒学与理学的新维度》）Albany : SUNY Press, 1991.

——. "Reason, Substance, and Human Desires in Seventeenth-Century Neo-Confucianism."（17 世纪理学中的理、物质和人欲）In *Unfolding*, pp.469-509.

Cheng Chung-ying. trans.（成中英译）*Tai Chen's Inquiry into Goodness : A Translation of the "Yuan shan," with an Introductory Essay.*（《戴震的〈原善〉及导读》）Honolulu : East and West Press, 1971.

程颢,《明道文集》,见《二程全书》,宝诰堂刻本,出版期不详.

Cheng Peikai（郑培凯）. "Reality and Imagination : Li Chih and T'ang Hsien-tsu in Search of Authenticity."（"真实与想象:李贽与汤显祖对真实性的追求"）Ph. D.

diss. , Yale, 1980.

Ch'ien, Edward（钱新祖）. *Chiao Hung and the Restructuring of Neo-Confucianism in the Late Ming.*（《焦竑与理学在晚明的重构》）New York : Columbia University Press, 1986.

Ching, Julia. trans.（秦家懿译）*The Records of Ming Scholars.*（《明儒学案》）Honolulu : University of Hawaii Press, 1987.

周质平,《公安派的文学批评及其发展》,台北:商务印书馆,1986。

——, "评公安派之诗论", 载《中外文学》12, no. 10（1984）: 70-94。

——, *Yüan Hung-tao and the Kung-an School.*（《袁宏道与公安派》）New York : Cambridge University Press, 1988.

Chow Kai-wing（周启荣）. "Discourse, Examination, and Local Elite: The Invention of the T'ung-ch'eng School in Ch'ing China. "（"话语、考试与地方精英:清代中国桐城派的创作"）In *Education*, pp. 183-219.

——. *The Rise of Confucian Ritualism in Late Imperial China : Ethics , Classics , and Lineage Discourse.*（《晚期中华帝国儒家仪式主义的兴起:礼教、经典和世系话语》）Stanford : Stanford University Press, 1994.

Chu Hung-lam（朱鸿林）. "The Debate Over Recognition of Wang Yang-ming. "（"关于王阳明的论争"）*HJAS* 48, no. 1（1988）: 47-70。

——. "Intellectual Trends. in the Fifteenth Century. "（"15 世纪的思想文化倾向"）*MS* 27（Spring 1989）: 1-33.

——. Review of Carney T. Fisher, *The Chosen One : Succession and Adoption in the Court of Ming Shizong*（Sydney : Allen and Unwin, 1990）.（评 C. T. 费舍尔《被选择的:明世宗的继位与过继》）*HJAS* 54, no.1（1994）: 266-277.

Clunas, Craig（克兰纳斯）. *Fruitful Sites : Garden Culture in Ming Dynasty China.*（《丰饶的场地:明代中国的花园文化》）Durham, N. C. : Duke Univer-sity Press, 1996.

——. *Superfluous Things : Material Culture and Social Status in Early Modern China.*（《剩余物:早期现代中国的物质文化与社会身份》）Urbana : University of Illinois Press, 1991.

Cole, Alan（考勒）. *Mothers and Sons in Chinese Buddhism.*（《中国佛教中的母与子》）Stanford : Stanford University Press, 1998.

Crawford, Robert（克里福德）. "Chang Chü-cheng's Confucian Legalism. "（"张居正

的儒法思想")In *Self and Society*, pp. 367-413.

Crossley, Pamela Kyle（克劳斯雷）. *Orphan Warriors : Three Manchu Generations and the End of the Qing World.*（《被遗弃的尚武精神：三代满族人和大清世界的终结》）Princeton : Princeton University Press, 1990.

戴不凡,《〈红楼梦〉著作权论争集》,太原:山西人民出版社,1985。

Dardess, John W.（戴狄思）*Confucianism and Autocracy : Professional Elites in the Founding of the Ming Dynasty.*（《儒教与专制：明代建立过程中的知识精英》）Berkeley : University of California Press, 1983.

de Bary, Wm. Theodore（狄百瑞）. "Individualism and Humanitarianism in Late Ming Thought."（"晚明思想中的个人主义与人道主义")In *Self and Society*, pp. 145-247.

de Bary, Wm. Theodore and Irene Bloom, eds.（狄百瑞、布卢姆编）*Principle and Practicality : Essays in Neo-Confucianism and Practical Learning.*（《义理与实用：理学与实学随笔》）New York : Columbia University Press, 1979.

de Groot, J. J. M.（格鲁特）*Les fètes annuellement célébrées à Emoui.*（《厦门华人的年节与风俗》）2 vols. Trans. C. G. Chavannes. Paris : Leroux, 1886.

邓之诚,《骨董琐记全编》,北京:三联书店,1955。

Despeux, Catherine（黛思匹克）. *Immortelles de la Chine ancienne : Taoisme et alchimie féminine.*（《中国古代的仙人：道教与女性内丹》）Puiseax : Paides, 1990.

Diamond, Norma（代尔蒙德）. "Defining the Miao : Ming, Qing and Contempora-ry Views."（"对苗族的界定：明、清与当代的观点")In *Cultural Encounters on China's Ethnic Frontiers*, ed. Stevan Harrell, pp. 92-116. Seattle : University of Washington Press, 1995.

Dikötter, Frank（狄考特）. *Sex, Culture and Modernity in China : Medical Science and the Construction of Sexual Identities in the Early Republican Period.*（《中国的性、文化与现代性：共和制早期的医学科学和性身份的建构》）Honolulu : University of Hawaii Press, 1995.

Dimberg, Ronald G.（狄姆伯格）*The Sage in Society : The Life and Thought of Ho Hsin-yin.*（《社会贤达：何心隐的生活与思想》）Honolulu : University of Hawaii Press, 1974.

Ding Naifei（丁乃非）. *Obscene Things, Intimate Politics in "Jin Ping Mei."*（《妖

淫物事,〈金瓶梅〉的性政治》）Durham. N. C. : Duke University Press, 2002.

———. "Tears of *Ressentiment*, Zhang Zhupo's *Jin Ping Mei.* "（"含酸抱怨之泪,张竹坡的《金瓶梅》"）*Positions* 3 : 3, Winter, 1995 : 663-94.

董说,《西游补》,1641 年版重印,台北:世界书局,1962。

董仲舒,《春秋繁露逐字索引》,ed. D. C. Lau. 香港:商务印书馆,1994。

段玉裁,《说文解字注》,长沙:商务印书馆,1936。

Duara, Prasenjit（杜赞奇）. "Superscribing Symbols : The Myth of Guandi, Chinese God of War. "（"层累的符号:有关中国战神关帝的神话"）*JAS* 47（1988）: 778-95.

Dudbridge, Glen（杜布里志）. The *"Hsi-yu chi"*: A Study of Antecedents to the Sixteenth-Century Novel.（《〈西游记〉: 16 世纪小说的成因研究》）Cambridge, Eng. : Cambridge University Press, 1970.

———. "A Pilgrimage in Seventeench-Century Fiction : T'ai-shan and the *Hsingshih yin-yüan chuan.* "（"17 世纪小说中的一次朝圣描写:泰山与《醒世姻缘传》"）*TP* 77, no. 4/5（1991）: 226-52.

Eberhard, Wolfram（艾伯哈德）. "Ideas About Social Reform in the Novel *Chianghua yüan.* "（"小说《镜花缘》中的社会改造思想"）In idem, ed. , *Moral and Social Values of the Chinese*, pp. 413-21. 台北:成文出版版社,1971.

Ebrey, Patricia Buckley（伊沛霞）. *Chu Hsi's Family Rituals.*（《朱熹的家礼》）Princeton : Princeton University Press, 1991.

———. *Confucianism and Family Rituals in Imperial China* : *A Social History of Writing About Rites.*（《中华帝国的儒教与家礼:礼仪写作的社会史》）Princeton : Princeton University Press, 1991.

———. *The Inner Quarters* : *Marriage and the Lives of Chinese women in the Sung Period.*（《内闱:宋代的婚姻和妇女生活》）Berkeley : University of California Press, 1993.

Edwards, Louise（爱德华兹）. "Gender Imperatives in *Honglou meng* : Baoyu's Bisexuality. "（"《红楼梦》中的性别规则:宝玉的双性恋"）*CLEAR* 12（1991）: 69-81.

———. "Women in *Honglou meng* : Prescriptions of Purity in the Femininity of Qing Dynasty China. "（"《红楼梦》中的女子:清代中国女性纯洁的规约"）*Modern China* 16, no. 4（1990）: 407-29.

——. "Woman Warriors and Amazons of the Mid Qing Texts *Jinghua yuan* and *Honglou meng*. "（"清中叶《镜花缘》和《红楼梦》文本中的女战士和强壮的女人"）*Modern Asian Studies* 29, no.2（1995）: 225-55.

Elman, Benjamin A.（艾尔曼）. "Changes in Confucian Civil Service Examinations from the Ming to the Ching Dynasty. "（"明清儒家科举考试的变化"）In *Education*, pp. 111-49.

——. *From Philosophy to Philology : Intellectual and Social Aspects of Change in Late Imperial China*.（《从理学到朴学：中华帝国晚期思想与社会变化面面观》）Cambridge, Mass. : Harvard University Press, 1984.

——. "Philosophy（*I-li*）Versus Philology（*K'ao-cheng*）: The *Jen-hsin·Taohsin Debate*. "（"义理与考证：人心道心之争"）*TP* 64（1983）: 175-222.

Elvin, Mark（伊懋可）. "Female Virtue and the State of China. "（"女德与中国的国家"）*Past and Present*, no. 104（Aug. 1984）: 111-52.

Eno, Robert（伊诺）. *The Confucian Creation of Heaven*.（《儒家对天的创造》）Albany : SUNY Press, 1990.

Epstein, Maram（艾梅兰）. "Confucian Imperialism and Masculine Chinese Identity in the Novel *Yesou puyan*."（小说《野叟曝言》中的儒家帝国和对男性化的中国的认同）Unpublished paper.

——. "Inscribing the Essentials : Culture and the Body in Ming-Qing Fiction. "（"刻画本质：明清小说中的文化与身体"）*MS* 41（1999）: 6-36.

Evans, Nancy（伊文斯）. "Social Criticism in the Ch'ing : The Novel *Chinghua yüan*"（"清代的社会批判：小说《镜花缘》"）*Harvard Papers on China* 23（1970）: 52-66.

Farmer, Edward L.（法默）"Social Regulations of the First Ming Emperor : Orthodoxy as a Function of Authority. "（"明代开国皇帝的社会控制条令：正统性的权威功能"）In *Orthodoxy*, pp. 103-25.

——. *Zhu Yuanzhang and Early Ming Legislation : The Reardering of Chinese Society Following the Era of Mongol Rule*.（《朱元璋与明初立法：追随元朝统治重整中国社会》）Leiden : E. J. Brill, 1995.

Fausto-Sterling, Anne（福斯托-斯特林）. "The Five Sexes. "（"五种性别"）*The Sciences*（1993）: 20-25.

冯梦龙,《情史》,见《冯梦龙全集》,第 20 卷,上海：上海古籍出版社,1993。

——,《醒世恒言》,北京:人民文学出版社,1986。

Feuerwerker, Albert(费维凯). *Rebellion in Nineteenth-Century China.*(《19世纪中国的叛乱》)Ann Arbor: Michigan Papers in Chinese Studies, 1975.

——. *State and Society in Eighteenth-Century China: The Ch'ing in Its Glory.*(18世纪中国的国家与社会:清朝盛期)Michigan Papers in Chinese Studies. Ann Arbor: University of Michigan, Center for Chinese Studies, 1976.

Fingarette, Herbert(芬格莱特). *Confucius-The Secular as Sacred.*(《孔子:即凡而圣》)New York: Harper and Row, 1972.

Fisher, Carney T.(费舍尔) *The Chosen One: Succession and Adoption in the Court of Ming Shizong.*(《被选择的:明世宗的继位与过继》)Sydney: Allen and Unwin, 1990.

Fung Yu-lan(冯友兰). *A History of Chinese Philosophy.*(《中国哲学史》)2 vols. Trans. Derk Bodde. Princeton: Princeton University Press, 1983.

Furth, Charlotte(福斯). "Androgynous Males and Deficient Females: Biology and Gender Boundaries in Sixteenth and Seventeenth-Century China."("雌雄同体的男性和有缺陷的女性:16、17世纪中国的生物学和性别边界")*LIC* 9, no. 2(Dec. 1988): 1-31.

——. "Blood, Body, and Gender: Medical Images of the Female Condition in China, 1680-1850."("血、身体与性别:中国对于妇科病的医学想象,1680-1850")*Chinese Science* 7(1986): 53-65.

—— "The Patriarch's Legacy: Household Instructions and the Transmission of Orthodox Values."("家长的遗产:家训和正统价值观的传递")In *Orthodoxy*, pp. 187-211.

Gardner, David K.(加德纳) *Learning to Be a Sage: Selections from the Conver-sations of Master Chu, Arranged Topically*:(《学做圣人:朱子语类选》)Berkeley: University of California Press, 1990.

Gilmartin, Christine K.; Gail Hershatter; Lisa Rofel; and Tyrenne White, eds.(吉尔马丁等编)*Engendering China: Women, Culture, and the State.*(《造就中国:妇女、文化与国家》)Cambridge, Mass.: Harvard University Press, 1994.

Goodrich, L. Carrington.(富路德)*The Literary Inquisition of Ch'ien-lung.*(《乾隆的文字狱》)Rev. ed. Reprinted, New York: Paragon, 1966.

Goodrich, L. Carrington, and Chao-ying Fang, eds.(富路德和房兆楹编)*Dictionary of Ming Biography.*(《明代名人传》)2 vols. New York: Columbia University Press,

1976.

Goyama Kiwamu（合山究）. "《红楼梦》的女性崇拜思想及其源流", Trans. Fujishige Noriko（藤重典子译）, *HLMXK* 1987, no. 2: 103-23.

Graham, A. C.（格雷厄姆）"The Background to the Mencian Theory of Human Nature."（"孟子人性论的背景"）*Tsing Hua Journal of Chinese Studies*, n. s. 6（Dec. 1967）: 215-71.

顾颉刚，《古史论文集》，北京：中华书局，1988。

Guisso, R. W. L.（吉 叟）"Thunder on the Lake: The Classics and the Perception of Woman in Early China."（"湖上雷鸣：经典与古代中国的妇女意识"）In *Women in China: Current Directions in Historical S cholarship*, ed. idem and S. Johannesen, pp. 47-61. Youngstown, N. Y. : Philo Press, 1981.

——. *Wu Tse-t'ien and the Politics of Legitimation in T'ang China.*（《武则天与唐代中国的合法政治》）Program in E. A. S. , vol. 11. Bellingham: Western Washington University, 1978.

Gulik, Robert H. van（高罗佩）. *Sexual Life in Ancient China.*（《中国古代的性生活》）Leiden: Brill, 1974.

郭昌鹤，"佳人才子小说研究", 2 pts.《文学季刊》1, no.1（Jan. 1934）: 194-215；1, no. 2（Apr. 1934）: 303-23.

韩慧强，"《红楼梦》中的性观念及文化意义"，《北京大学研究生学刊》1（1988）: 77-82。

悍膂，"谈《野叟曝言》"，《太白月刊》1, no. 12（1935）: 594-99。

Hanan, Patrick（韩南）. *The Chinese Short Story.*（《中国短篇小说研究》）Cambridge, Mass. : Harvard University Press, 1973.

——. *The Chinese Vernacular Story.*（《中国白话小说史》）Cambridge, Mass. : Harvard University Press, 1981.

——. *The Invention of Li Yü.*（《李渔的创造》）Cambridge, Mass. : Harvard University Press, 1988.

——. "Sources of the *Chin P'ing Mei.* "（"《金瓶梅》的素材"）*Asia Major*, n. s. 10, no. 2（1963）: 23-67.

——. "The Text of the *Chin P'ing Mei.* "（"《金瓶梅》的文本"）*Asia Major*, n. s. 9, no. 1（1962）: 1-57.

Handlin, Joanna F.（汉德林）*Action in Late Ming Thought: The Reorientation of Lü K'un and Other Ming Dynasty Scholar Officials.*（《晚明思想中的行动：对吕坤及其他明代学官的再定位》）Berkeley: University of California Press, 1983.

———. "Lü K'un's New Audience: The Influence of Women's Literacy on Sixteenth-Century Thought."（"吕坤的新听众：妇女识字对 16 世纪思想的影响"）In *Women*, pp. 13-38.

《汉书》，北京：中华书局，1962。

《好逑传》，台北：双笛国际出版部，1995。

Hawkes, David（赫克斯）. "The Translator, the Mirror and the Dream——Some Observations on a New Theory."（"译者、镜子和梦 —— 对于一种新理论的考察"）*Renditions* 13（1980）: 5-20.

Hawkes, David, and John Minford, trans.（赫克斯、约翰译）*The Story of the Stone.*（《石头记》）5 vols. Harmondsworth, Eng.: Penguin, 1973-86.

Hegel, Robert E.（何谷理）. "Making the Past Serve the Present in Fiction and Drama: From the Yen'an Forum to the Cultural Revolution."（"小说戏剧的古为今用：从延安文艺座谈会到文化大革命"）In *Popular Chinese Literature and Performing Arts in the People's Republic of China 1949-1979*, ed. Bonnie S. McDougall, pp. 197-223. Berkeley: University of California Press, 1984.

———. *The Novel in Seventeenth Century China.*（《17 世纪中国的小说》）New York: Columbia University Press, 1981.

———. *Reading Illustrated Fiction in Late Imperial China.*（《解读晚期中华帝国时期的绣像小说》）Stanford: Stanford University Press, 1998.

——— "*Sui T'ang yen-i* and the Aesthetics of the Seventeenth-Century Suchou Elite."（"《隋唐演义》与 17 世纪苏州名士的审美观"）In *Chinese Narrative*, pp. 124-59.

Hegel, Robert E., and Richard Hessney, eds.（何谷理、里查德编）*Expressions of Self in Chinese Literature.*（《中国文学中的自我表现》）New York: Columbia University Press, 1985.

Henderson, John B.（汉德森）*The Development and Decline of Chinese Cosmology.*（《中国宇宙哲学的发展与衰落》）New York: Columbia University Press, 1984.

Hessney, Richard（赫斯尼）. "Beautiful, Talented and Brave: Seventeenth-Century Chinese Scholar-Beauty Romances."（"美丽、才情与勇敢：17 世纪中国才子佳人小

说”）Ph.D.diss., Columbia University, 1979.

Hevia, James L.（何伟亚）. *Cherishing Men From A far : Qing Guest Rituals and the Macartney Embassy of 1793.*（《怀柔远人：马嘎尔尼使华的中英礼仪冲突》）Durham, N.C, : Duke University Press, 1995.

Ho Ping-ti（何炳棣）. *The Ladder of Success in Imperial China, Aspects of Social Mobility, 1368-1911.*（《中华帝国的成功之阶：社会流动状况》）New York : Columbia University Press, 1980.

——. "The Salt Merchants of Yang-chou : A Study of Commercial Capitalism in Eighteenth-Century China."（"扬州盐商：18世纪中国商业资本主义的研究"）*HJAS* 14（1954）: 130-68.

——. *Studies in the Population of China, 1368-1953.*（《中国人口研究, 1368-1953》）Cambridge, Mass. : Harvard University Press, 1959.

Holmgren, Jennifer（赫尔姆格林）. "The Economic Foundations of Virtue : Widow-Remarriage in Early and Modern China."（"守节的经济基础：古代与现代中国的寡妇再婚"）*Australian Journal of Chinese Affairs* 13（Jan.1985）: 1-28.

Holzman, Donald（赫尔兹曼）. *Poetry and Politics : The Life and Works of Juan Chi.*（《诗与政治：阮籍的生活与创作》）Cambridge, Eng. : Cambridge University Press, 1976.

洪秋藩,《读〈红楼梦〉随笔》, 成都：巴蜀书社, 1984。

《〈红楼梦〉三家评本》, 上海古籍出版社, 1988。

侯健, "儿女英雄传试评", 见作者的《中国小说比较研究》, pp. 55-75, 台北：东大图书公司, 1983。

——,《野叟曝言》的变态心理", 载《中国古典文学论丛》, 王梦鸥编, 3 : 97-112。台北：中外文学, 1975。

Hsia, C. T.（夏志清）*The Classic Chinese Novel.*（《中国古典小说》）New York : Columbia University Press, 1968.

——. "The Military Romance : A Genre of Chinese Fiction."（"武侠：中国小说的一个类别"）In *Studies in Chinese Literary Genres*, ed. Cyril Birch, pp. 339-90. Berkeley : University of California Press, 1974.

——. "The Scholar-Novelist and Chinese Culture : A Reappraisal of *Ching-hua yuan.*"（"才学小说家与中国文化：重评《镜花缘》"）In *Chinese Narrative*, pp. 249-90.

——. "Time and the Human Condition in the Plays of T'ang Hsién-tsu." （"汤显祖戏剧中的时间与人类处境"）In *Self and Society*, pp. 249-90.

Hsu Pi-ching（徐碧卿）. "Celebrating the Emotional Self: Feng Meng-lung and Late Ming Ethics and Aesthetics."（"赞美有情人:冯梦龙与晚明的伦理学和美学"）Ph. D. diss., University of Minnesota, 1994.

胡 适, "A Chinese Declaration of the Rights of Women（The *Ching-hua yuan* of Li Ju-chen）." ["中国的女权宣言（李汝珍的《镜花缘》）"]*Chinese Social and Political Science Review* 8, no. 2（1924）: 100-109.

——,《戴东原的哲学》,上海:商务印书馆,1932。

——, "儿女英雄传序",见《胡适文存》3：497-513。

——,《胡适文存》,台北:远东图书公司,1969。

——, "《镜花缘》的引论",见《胡适文存》2：400-433。

——, "颜李学派的程廷祚",见《胡适选集》, vol. 107,《人物》, pp. 111-58,台北:文星出版社,1966。

——, "《醒世姻缘传》考证",见《胡适文存》4：329-84。

胡应麟,《少室山房笔丛》,北京:中华书局,1959。

Huang, Martin W.（黄卫总）. *Literati and Self-Re/Presentation: Autobiographical Sensibility in the Eighteenth-Century Novel.*（《文人与自我再／表现：18世纪小说的自传性》）Stanford: Stanford University Press, 1995.

黄启方, "水浒传的重要女性",载《中国古典文学研究丛刊》,柯庆明、林明德编, pp. 49-87,台北:巨流出版社,1977。

Huang, Ray（黄仁宇）. *1587: A Year of No Significance*（《万历十五年》）. New Haven: Yale University Press, 1981.

黄宗羲,《明儒学案》,台北:世界书局,1961。

Hucker, Charles O.（胡克）"The Tung-lin Movement of the Late Ming Period."（"晚明的东林运动"）In *Chinese Thought and Institutions*, ed. John K. Fairbank, pp. 132-62. Chicago: University of Chicago Press, 1957.

Hummel, Arthur W., ed.（胡迈尔）*Eminent Chinese of the Ch'ing Period.*（《清代名流》）2 vols. Washington, D.C.: U.S.Government Printing Agency, 1943.

Hung Ming-shui（洪铭水）. "Yüan Hung-tao and the Late Ming Literary and Intellectual Movement. "（"袁宏道与晚明文学和思想文化运动"）Ph. D. diss., University of

Wisconsin, 1974.

Idema, Wilt L. (伊维德) "Cannon, Clocks and Clever Monkeys : Europeana, Europeans and Europe in Some Eighteenth Century Chinese Novels ." ("大炮、时钟与聪明的猴子：18 世纪一些中国小说中的欧罗巴、欧罗巴人和欧洲") In *White and Black : Imagination and Cultural Confrontations*, ed. M. Schipper, W. L. Idema, and H. M. Leyton, pp. 55-81.Amsterdam : Royal Tropical Institute, 1990.

——. "The Mystery of the Halved Judge Dee Novel : The Anonymous *Wu-tset'ien ssu-ta ch'i-an* and Its Partial Translation by R. H. van Gulik." ("节本狄公案之谜：无名氏的《武则天四大奇案》及其节译本") *Tamkang Review* 8 (1977) : 155-70.

《京剧剧目词典》, 北京：中国戏剧出版社, 1989。

《金瓶梅词话》, 香港：文海出版社, 1963。

Kao, Hsin-sheng C. (高张信生) *Li ju-chen.*《李汝珍》, Boston : Twayne Publish-ers, 1981.

Kao, Karl S. Y., ed. (高辛勇 编) *Classical Chinese Tales of the Supernatural and the Fantastic.*(《中国古代志怪故事》) Bloomington : Indiana University Press, 1985.

Kao Yu-kung (高友工). "The Lyric Vision in Chinese Narrative Tradition : A Reading of *Hung-lou meng and Ju-lin wai-shih.*" ("中国叙事传统中的抒情想象：读《红楼梦》和《儒林外史》") In *Chinese Narrative*, pp. 227-65.

Kelleher, Theresa M. (科勒何) "Back to Basics : Chu Hsi's *Elementary Lwarning (Hsiao-hsüeh).*" ("回到基础：朱熹的《小学》") In *Neo-Confucian Education*, pp. 219-51.

Ko, Dorothy (高彦颐). *Teachers of the Inner Chambers : Women and Culture in Seventeenth-Century China.*(《闺塾师：明代的才女文化》) Stanford : Stanford University Press, 1994.

Kuhn, Philip A. (孔飞力). *Soulstealers : The Chinese Sorcery Scare of 1768.* (《叫魂：1768 年中国妖术大恐慌》). Cambridge, Mass. : Harvard University Press, 1990.

Kuriyama, Joanna Ching-yuan wu. (音：吴清原) "Confucianism in Fiction : A Study of Hsia Ching-chü's *Yeh-sou p'u-yen.*" ("小说中的儒教：夏敬渠《野叟曝言》研究") Ph. D. diss., Harvard University, 1993.

Kutcher, Norman A. (库舍) *Mourning in Late Imperial China : Filial Piety and the State.* (《晚期中华帝国的服丧：孝行与国家》) Cambridge, Eng. : Cambridge University Press, 1999.

Laqueur, Thomas（拉奎尔）. *Making. Sex.*（《制造性别》）Cambridge, Mass.: Harvard University Press, 1990.

Lau, D.C. trans.（刘殿爵译）*The Analects.*（《论语》）Harmondsworth, Eng.: Penguin, 1979.

——. *Mencius.*（《孟子》）Harmondsworth, Eng.: Penguin, 1970.

Lau Wing-Chung, Clara（刘咏聪）. "A Study of the Concepts of Women's 'Talent' and 'Virtue' During the Early and High Ch'ing Periods."（"清代前期女性'才''德'观研究"）M. A. Phil. thesis, Hong Kong University, 1987.

Legge, James, trans.（理雅各译）*The Chinese Classics.*（《中国经典》）, 5 vols. Oxford University Press, 1865-95. Reprinted—Hong Kong: Hong Kong University Press, 1961.

——. *Li Chi, Book of Rites.*（《礼记》）, 2 vols. Sacred Books of the East. Oxford: Oxford University Press, 1885. Reprinted—New York: University Books, 1967.

Lévy, André（列维）. "About the Date of the First Printed Edition of the *Chin P'ing Mei.*"（"关于《金瓶梅》的初版日期"）*CLEAR* 1, no.1（1979）: 43-47.

——. *Le conte en langue vulgaire du XVIIe siecle.*（《17世纪的通俗小说》）Paris: Biblioteque de l'Institut des hautes études chinoises, vol. 25, 1981.

—— "Un document sur la querelle des anciens et des modernes *more sinico*."（"一份中国式的'古今之辩'文档"）*TP* 54（1969）: 251-74.

—— "Pour une clarification de quelques aspects de la problematique du *Jin Ping Mei.*"（"为了澄清《金瓶梅》的几个问题"）*TP* 66, no. 4/5（1980）: 183-98.

Lévy, Jean（列维）. "Le renarde, la morte et la courtisane dans la Chine Classique."（"中国文学中的狐狸、死亡与娼妓"）*Etudes mongoles* 15（1984）: 111-39.

《礼记》，见《十三经》，上海：开明书店，1935。

李汝珍，《绘图〈镜花缘〉》，据1888年上海点石斋插图本影印，北京：中华书局，1985。

Li, Wai-yee（李恩仪）. *Enchantment and Disenchantment: Love and Illusion in Chinese Literature.*（《迷与觉：中国文学中的爱情与幻影》）Princeton: Princeton University Press, 1993.

——. "The Lare Ming Courtesan: Invention of a Cultural Ideal."（"晚明娼妓：文化理想的创造"）In *Writing Women in Late Imperial China*, ed, Ellen Widmet and Kang-i Sun Chang, pp.46-73. Stanford: Stanford University Press, 1997.

李渔,《李渔全集》,杭州:浙江古籍出版社,1991。

——. *Silent Operas.* (《无声戏》) Ed. Patrick Hanan. Hong Kong : Renditions, 1990.

——. *Wusheng xi* (《无声戏》). Ed. Helmut Martin. Reprint of edition held in the Sonkeikaku Library. 台北:正文出版社,1970.

李贽,《藏书》,北京:中华书局,1974。

——.《李氏焚书续焚书》,京都:中文出版社,1971。

——.《续藏书》,北京:中华书局,1962。

《列女演义》, Microfilm of late Ming edition in the Rare Books Room of the Taipei Central Library. (台北中央图书馆晚明珍本微缩胶片)

Lin Shuen-fu (林顺夫). "Ritual and Narrative Structure in *Ju-lin wai-shih*." (《儒林外史》中的礼与叙事结构") In *Chinese Narrative*, pp. 244-65.

Lin Shuen-fu and Larry Schulz, trans. (林顺夫和舒兹译), *The Tower of Myriad Mirrors.* (《万镜楼》) Berkeley : Asian Humanities Press, 1978.

Lin Tai-yi, trans. (林太乙译) *Flowers in the Mirror.* (《镜花缘》) Berkeley : University of California Press, 1965.

Liu, James J. Y. (刘若愚) *The Chinese Knight-Errant.* (《中国游侠》) London : Routledge and Kegan Paul, 1967.

——. *Chinese Theories of Literature.* (《中国文学理论》) Chicago : University of Chicago Press, 1975.

Liu Ts'un-yan (柳存仁). *Buddhist and Taoist Influences on Chinese Novels*, (《佛、道对中国小说的影响》) Wiesbaden : Otto Harrassowitz, 1962.

——. *Chinese Popular Fiction in Two London Libraries.* (《伦敦所见中国小说书目提要》) 香港:龙门书局,1967.

——. "Introduction : 'Middlebrow' in Perspective." ("导言:'凡人'视角") *Renditions* 17-18 (1982): 1-40.

刘勰,《文心雕龙注》,范文澜注,香港:商务印书馆,1960。

Lo, Andrew Hing-bun (卢庆滨). "*San-kuo yen-i* and the *Shui-hu Chuan* in the Context of Historiography : An Interpretive Study." ("历史写作语境中的《三国演义》和《水浒传》:一种解释性研究") Ph. D. diss., Princeton University, 1981.

路侃,"试论明代文艺理论中的'主情'说",载《文学论集》7 (1984) 165-180。Lu, Sheldon Hsiao-peng (鲁晓鹏). *From Historicity to Fictionality : The Chinese Poetics of Narrative.*（《从历史性到虚构性：中国叙事诗学》）.Stanford：Stanford University Press，1994.

鲁迅，《中国小说史略》，杨宪益、戴乃迭译，北京：外文出版社，1959。

吕坤，《闺范图说》，康熙年间版，约 1613。

——，《呻吟语》，Ed. Kōda Rentarō（公田连太郎编），东京：1956。

《论语引得》，Harvard-Yenching Institute Sinological Index Series.（哈佛燕京学社引得）台北，1966 年重印。

Lynn，Richard John（林理彰）. *The Classic of Changes：A New Translation of the "I Ching"as Interpreted by Wang Bi.*（《〈易经〉王弼注新译》）New York：Columbia University Press，1994.

——. "Orthodoxy and Enlightenment：Wang Shih-chen's Theory of Poetry and Its Antecedents."（"正统与启蒙：王世贞的诗论及其师承"）*In Unfolding*, pp. 217-69.

——. "Tradition and the Individual：Ming and Ch'ing Views of Yüan Poetry."（"传统与个人：明清对于袁氏诗作的看法"）*journal of Oriental Studies* 15，no. 1（1977）：1-19.

Mann，Susan（曼素恩）. " 'Fuxue'（Women's Learning）by Zhang Xuecheng（1738-1801）：China's First History of Women's Culture."［"章学诚（1738-1801）的'妇学'：中国第一部妇女文化史"］*LIC* 13，no. 1（1992）：40-62.

——. "Grooming a Daughter for Marriage：Brides and Wives in the Mid-Ch'ing Period."（"养女待嫁：清中叶的新娘和妻子"）In *Marriage and Inequality in Chinese Society*，ed. Ruby Watson and Patricia Ebrey，pp，204-30. Berkeley：University of California Press，1991.

——. *Precious Records：Women in China's Long Eighteenth Century.*（《缀珍录：漫长18 世纪的中国妇女》）Stanford：Stanford University Press，1997.

Martinson，Paul（马丁森）. "Pao，Order，and Redemption：Perspectives on Chinese Religion and Society Based on a Study of the *Chin P'ing Mei.*"（"果报、秩序与救赎：以《金瓶梅》研究为基点观察中国的宗教与社会"）Ph. D. diss.，University of Chicago，1973.

Maspero，Henri（马斯波罗）. "Legendes mythologiques dans le *Chou King.*"（"周代典籍的神话传说"）*Journal asiatique* 204（1924）：11-100.

Mather，Richard B.，trans.（马瑞志译）*Shih-shuo hsin-yü：A New Account of Tales of* the World.(《世说新语》)Minneapolis：University of Minnesota Press,1976.

Mathieu, Rémi（玛修）. "Aux origines de la femme-renarde en Chine."（"中国狐狸精的起源"）Etudes mongoles 15（1984）：83-109.

——. Etude sur la mythologie et l'ethnologie de la Chine ancienne.（《关于中国古代的神话学和民族学研究》）2 vols. Mémoires de l'Institut des hautes études chinoises, vol. 22. Paris：Collège de France：Institut des hautes études chinoises,1983.

McMahon, R. Keith（麦克马汉）. "A Case for Confucian Sexuality：The Eighteenth-Century Novel Yesou Puyan."（"体现儒家性观念的一个案例：18 世纪小说《野叟曝言》"）LIC 9, no. 2（1988）：32-55.

——. Causality and Containment in Seventeenth-Century Chinese Fiction.（《17 世纪中国小说中的因果关系与自我克制》）Leiden. E. J. Brill,1988.

——. "The Classic 'Beauty-Scholar' Romance and the Superiority of Women."（"古典才子佳人故事与女子的优势"）In Body, Subject and Power, pp. 227-52.

——. "Eroticism in Late Ming, Early Qing Fiction：The Beauteous Realm and the Sexual Battlefield."（"晚明清初小说中的色情主题：温柔之乡与两性之战场"）TP 73（1987）：217-64.

——. Misers, Shrews, and Polygamists：Sexuality and Male-Female Relations in Eighteenth-Century Chinese Fiction.（《吝啬鬼、泼妇和一夫多妻：18 世纪中国小说中的性事和男女关系》）Durham, N.C.：Duke University Press,1995.

——. "Two Late Ming Vernacular Novels：Chan zhen yishi and Chan zhen houshi."（"晚明的两部白话小说：《禅真逸史》与《禅真后史》"）MS 23（1987）：21-47.

McMorran, Ian（麦克莫伦）. "Wang Fu-chih and the Neo-Confucian Tradition."（"王夫之与理学传统"）In Unfolding, pp. 413-67.

《孟子引得》,哈佛燕京学社引得,台北,1966 年重印。

缪天华,"《儿女英雄传》考证",见文康《儿女英雄传》, pp. 1-3,台北：三民书局,1976。

Miyazaki, Ichisada（宫崎市定）. China's Examination Hell：the Civil Service Examinations of Imperial China.（《中国科举考试黑幕：中华帝国的科举考试》）Trans. Conrad Schirokauer. New York：Weatherhill,1976.

Monschein, Ylva（曼施恩）. Der Zauber der Fuchsfee：Entstehung und Wandel eines "Femmefatale" — Motivs in der chinesischen Literatur.（《狐仙的幻术：中国文学中美人意象的形成与演变》）Frankfurt. Haag und Herchen,1988.

Morris, Andrew David（莫里斯）. "Cultivating the National Body : A History of Physical Culture in Republican China."（"强健民族体魄：中华民国的体育文化史"）Ph. D. diss., University of California, San Diego, 1998.

Mote, Frederick W.（牟复礼）"The Intellectual Climate in Eighteenth-Century China."（"18世纪中国的思想文化气候"）*Chinese Painting Under the Qianlong Emperor. The Symposium Papers*, vol. 1, pp. 17-55. Tempe : Arizona State University, College of Fine Arts, School of Art, 1988.

——. *Intellectual Foundations of China.*（《中国思想文化的根基》）New York : Knopf, 1971.

——. "The T'u-mu Incident."（"土木之变"）In *Chinese Ways of Warfare*, ed. Frank A. Kierman, Jr., pp. 243-72. Cambridge, Mass. : Harvard University Press, 1974.

Mote, Frederick W., and Denis Twitchett, eds.（牟复礼、崔瑞德编）*The Cambridge History of China*, vol. 7, pt. 1. *The Ming Dynasty, 1368-1644.*（《剑桥中国明代史》）Cambridge, Eng. : Cambridge University Press, 1988.

Mowry, Hua-yuan Li（李华元）. *Chinese Love Stories from Ch'ing-shih.*（《从〈情史〉看中国爱情故事》）Hamden, Conn. : Anchor Books, 1983.

——. "*Ch'ing-shih* and Feng Meng-lung."（"《情史》与冯梦龙"）Ph. D. diss., University of California, Berkeley, 1976.

Munro, Donald（孟旦）. *Images of Human Nature : A Sung Portrait.*（《人性的想象：一幅宋代的图画》）Princeton : Princeton University Press, 1988.

Murray, Julia K.（默里）"Didactic Art for Women : The *Ladies' Classic of Filial Piety*."（"对妇女的说教艺术：《女孝经》"）In *Flowering in the Shadows : Women in the History of Chinese and Japanese Painting*, ed. Marsha Weidner, pp. 27-53. Honolulu : University of Hawaii Press, 1990.

Naquin, Susan（韩书瑞）. *Shantung Rebellion : The WangLun Uprising of 1774.*（《山东叛乱：1774年的王伦起义》）New Haven : Yale University Press, 1981.

Naquin, Susan and Evelyn S. Rawski, eds.（韩书瑞、罗友枝编）*Chinese Society in the Eighteenth Century.*（《18世纪的中国社会》）New Haven : Yale University Press, 1987.

Needham, Joseph（李约瑟）. *Science and Civilisation in China*, vol. 2, *History of Scientific Thought.*（《中国的科学与文明》卷2《科学思想史》）Cambridge, Eng. : Cambridge

University Press, 1956.

Ng, On-cho（伍安祖）, "*Hsing*（Nature）as the Ontological Basis of Practicality in Early Ch'ing Ch'eng-Chu Confucianism : Li Kuang-ti's（1642-1718）Philosophy."（"清初程朱理学中作为实用性的本体论基础的性：李光地 [1642-1718] 的哲学"）*PEW* 44, no. 1（1994）: 79-109.

Nivison, David（倪德威）. *The Life and Thought of Chang Hsüch-ch'eng.*（《章学诚的生活与思想》）Stanford : Stanford University Press, 1966.

《女孝经》, 百部丛书集成, 未注明出版日期。

Ō ba Osamu, ed.（大庭脩编）*Hakusai shomoku*（《舶载书目》）. Fukita-shi : Kansai daigaku Tozai gakujutsu kenkyūjo（吹田市：关西大学东西学术研究所）, 1972.

Ono Kazuko（小野和子）. "*Kyōka en no sekai* : Shinchō kōshōgakusha no yutopia zō"（"『镜花缘』の世界：清朝考证学のユートピア象"）. *Shisō* 721（《思想》）（1984 : 7）pp. 40-55.

Ō ta Tatsuo and Iida Yoshirō（太田辰夫和饭田吉郎）. *Chūgoku hiseki sōkan*（《中国秘书丛刊》）. Tokyo : Kyūko shōin（东京：汲古书院）, 1987.

欧阳健, "《野叟曝言》版本辨析", 《明清小说研究》1（1988）: 181-95。

Overmyer, Daniel L.（奥弗弥尔）*Precious Volumes* : *An Introduction to Chinese Sectarian Scriptures from the Sixteenth and Seventeenth Centuries.*（《宝卷：16 至 17 世纪中国佛教经文导读》）Cambridge, Mass. : Harvard University Asia Center, 1999.

——. "Values in Chinese Sectarian Literature : Ming and Ch'ing *Pao-chuan*. "（"中国佛教文学中的价值观：明、清的《宝卷》"）In *Popular Culture in Late Imperial China*, ed. David Johnson, Andrew J. Nathan, and Evelyn S. Rawski, pp. 219-54. Berkely : University of California Press, 1985.

Owen, Stephen（宇文所安）. *Traditional Chinese Poetry and Poetics* : *Omen of the World.*（《中国传统诗歌与诗学：警世》）Madison : University of Wisconsin Press, 1989.

彭彩珠, "文康与《儿女英雄传》", 硕士论文, 台湾文化大学, 1986。

Perdue, Peter C.（波狄）*Exhausting the Earth* : *State and Peasant in Hunan, 1500-1850.*（《耗尽地力：1500-1850 年湖南的政府与农民》）Cambridge, Mass. : Harvard University, Council on East Asian Studies, 1987.

Peterson, Willard J.（彼得森）*Bitter Gourd* : *Fang I-chih and the Impetus for Intellectual*

Change《匏瓜：方以智与学术变迁的冲击》. New Haven：Yale University Press，1979.

———. "Making Connections：Commentary on the Attached Verbalizations of the *Book of Changes.* "（"建立联系：《易经·系辞传》注"）*HJAS* 42（1982）：67-116.

———. Review of Kwang-ching Liu, ed., *Orthodoxy in Late Imperial China.*（评刘广京《晚期中华帝国的正统》）*HJAS* 53, no.1（1994）：249-68.

Plaks，Andrew. H.（浦安迪）"After the Fall：*Hsing-shih yin-yuan chuan* and the Seventeenth Century Chinese Novel."（"沉沦之后：《醒世姻缘传》与17世纪中国小说"）*HJAS* 45（1985）：543-80.

———. *Archetype and Allegory in the Dream of the Red Chamber.*（《〈红楼梦〉的原型与寓言》）Princeton；Princeton University Press，1976.

———. *The Four Masterworks of the Ming Novel.*（《明朝四大奇书》）Princeton：Princeton University Press，1987.

———. "Full-length *Hsiao-shuo* and the Western Novel：A Generic Reappraisal."（"足本小说与西方长篇小说：体裁重估"）*New Asia Academic Bulletin* 1（1978）；163-76.

———. "The Problem of Incest in *Jin Ping Mei and Honglou meng.* "（"《金瓶梅》和《红楼梦》中的乱伦问题"）In *Paradoxes of Traditional Chinese Literature*，ed. Eva Hung，pp. 123-46. Hong Kong：Chinese University Press，1994.

———. "Terminology and Central Concepts."（"术语学与核心概念"）In *How to Read*，pp. 75-123.

Plaks，Andew H.，trans.（浦安迪译）"[Zhang Xinzhi on] How To Read the *Dream of the Red Chamber.* "（"[张新之]《红楼梦》读法"）In *How to Read*，pp. 323-40.

Pomeranz，Kenneth（波姆兰兹）. "Power，Gender，and Pluralism in the Cult of the Goddess of Taishan. "（"权力、性别和泰山女神崇拜的多重性"）In *Culture and State in Chinese History：Conventions，Accommodations，and Critiques*，ed. Theodore Huters，R. Bin Wong，and Pauline Yu，pp. 182-204. Stanford：Stanford University Press，1997.

Porter，Deborah（波特）. "Setting the Tone：Aesthetic Implications of Linguistic Patterns in the Opening Section of the *Shui hu chuan.* "（"定调：《水浒传》楔子中语言学模

式的美学意味")*CLEAR* 14（1992）: 51-76.

Powers, Martin J.（包华石）*Art and Political Expression in Early China.*（《中国古代的艺术与政治表达》）New Haven : Yale University Press, 1991.

Pratt, Leonard, and Su-hui Chiang, trans.（蒲莱特、姜素惠译）*Six Records of a Floating Life.*（《浮生六记》）London : Penguin Books, 1983.

蒲松龄，《聊斋志异》，张友鹤编，上海：上海古籍出版社，1978。

Rawski, Evelyn S.（罗友枝）*Education and Popular Literacy in Ch'ing China.*（《清代中国的教育与俗文化》）Ann Arbor : University of Michigan Press, 1979.

Rickett, Allyn W.（李克）.*Guanzi.*（《管子》）Princeton : Princeton University Press, 1985.

Robertson, Maureen（罗伯森）. "Voicing the Feminine : Constructions of the Gendered Subject in Lyric Poetry by Women of Medieval and Late Imperial China. "（"女性的声音：中世纪和晚期中华帝国的妇女抒情诗中性别主题的结构"）*LIC* 13, no. 1（1992）: 63-110.

Roddy, Stephen J.（罗狄）*Literati Identity and Its Fictionai Representations in Late Imperial China.*（《晚期中华帝国的文人身份及其在小说中的表现》）Stanford : Stanford University Press, 1998.

Rolston, David（陆大伟）. *Traditional Chinese Fiction and Fiction Commentary : Reading and Writing Between the Lines.*（《中国传统小说和小说评点：在字里行间读和写》）Stanford : Stanford University Press, 1997.

Rolston, David, ed.（陆大伟编）*How To Read the Chinese Novel.*（《中国小说读法》）Princeton : Princeton University Press, 1990.

Ropp, Paul S.（罗普）*Dissent in Early Modern China : "Ju-lin wai-shih" and Ch'ing Social Criticism.*（《早期现代中国的不同声音：〈儒林外史〉与清代的社会批评》）Ann Arbor : University of Michigan Press, 1981.

———. "The Seeds of Change : Reflections on the Condition of Women in the Early and Mid-Ch'ing. "（"变化的种子：清初和清中叶妇女社会地位反思"）*Signs* 2（1976）: 5-23.

《肉蒲团》，香港：联合出版集团，未注明出版期。

Rowe, William T.（罗威廉）"Women and the Family in Mid-Qing Social Thought : The Case of Chen Hongmou."（"明清社会思想中的妇女与家庭：以陈洪谟为例"）*LIC*

13, no. 2（1992）: 1-41.

Roy, David, T.（芮效卫）. "Chang Chu-p'o's Commentary on the *Chin P'ing Mei.* "（"张竹坡评《金瓶梅》"）In *Chinese Narrative*, pp. 115-23.

——. "Translator's Commentary. "（"译注"）*Renditions* 24（1985）: 18-24. Roy, David T., trans.（芮效卫译）"[Zhang Zhupo on] How to Read the *Chin P'ing Mei.* "（"[张竹坡]《金瓶梅》读法"）, In *How to Read*, pp. 202-43.

——. "[Mao Zonggang on] How to Read *The Romance of the Three Kingdoms*."（"[毛宗纲]《三国演义》读法"）, In *How to Read*, pp. 152-95.

——. *The Plum in the Golden Vase, or Chin P'ing Mei*,（《金瓶梅》）vol.1. Princeton : Princeton University Press, 1993.

《如意君传》, 据日本东京东洋文化研究所所藏版本重印, 未注明出版期。Sakai, Tadao（酒井忠夫）. "Confucianism and Popular Educational Works. "（"儒教与通俗教育读本"）In *Self and Society*, pp. 331-66.

Sang Tze-lan, Deborah（桑梓兰）. "The Emerging Lesbian : Female Same-Sex Desire in Modern Chinese Literature and Culture. "（"公开现身的同性恋女性: 现代中国文学和文化中女性的同性渴望"）Ph. D. diss., University of California, Berkeley, 1996.

Sangren, Steven P.（桑格瑞）*History and Magical Power in a Chinese Community.* (《一个中国村社的历史与魔力》) Stanford : Stanford University Press, 1987.

——. "Orthodoxy, Heterodoxy, and the Structure of Value in Chinese Rituals. "（"中国礼仪中的正统、异端与价值结构"）*Modern China* 13, no.1（1987）: 63-89.

Saussy, Haun（苏源熙）. "Reading and Folly in *Dream of the Red Chamber*. "（"《红楼梦》中的读书与荒唐事"）*CLEAR* 9, no. 1/2（1987）: 23-47.

Schutskii, Iulian K.（休茨基）*Researches on the I Ching.*(《〈易经〉研究》)Trans. William L. MacDonald. Princeton : Princeton University Press, 1979.

Scott, Mary E.（斯考特）"Azure from Indigo : *Hong Lou Meng's* Debt to *Jin Ping Mei*."（"青出于蓝:《红楼梦》受惠于《金瓶梅》处"）Ph. D. diss., Princeton University, 1989.

Seaman, Gary（西蒙）. "The Sexual Politics of Karmic Retribution. "（"因果报应的性政治"）In *The Anthropology of Taiwanese Society*, ed. E. M. Ahern and Hill Gates, pp.383-96. Stanford : Stanford University Press, 1974.

沈复,《浮生六记》,台北:金风出版社,1986。

Shih, Vincent Yu-chung. trans.(施友忠译)*The Literary Mind and the Carving of Dragons*.(《文心雕龙》)台北:中华书局,1960.

《十三经》,上海:开明书店,1935。

Sieber, Patricia(希尔伯)."Corporeality and Canonicity : A Study of Technologies of Reading in Early Modern *Zaju* Drama. "("身体与守经:早期现代杂剧中的阅读技法研究")*Graven Images* 2(1995): 171-82.

《四书集注》,台北:世界书局,1968。

Soulliere, E. F.(索利尔)"Palace Women in the Ming Dynasty. "("明代的宫女")Ph. D. diss., Princeton University, 1987.

Spence, Jonathan D. , and John E. Wills, eds.(斯潘思和威尔斯编)*From Ming to Ch'ing*: *Conquest, Region, and Continuity in Seventeenth-Century China.*(《从明到清: 17 世纪中国的征服、区域性和连续性》)New Haven : Yale University Press' 1979.

Struve, Lynn(斯塔夫). *Voices from the Ming Cataclysm : China in Tiger's Jaws.*(《明代政治巨变的声音:虎口中的中国》)New Haven : Yale University Press, 1993.

苏淑芳,"镜花缘研究",硕士论文,台湾:东吴大学,1978。

《隋唐演义》,台北:世界书局,1962。

孙佳讯,《〈镜花缘〉公案辨疑》,济南:齐鲁书社,1984。

孙楷第,"夏二铭与野叟曝言",载孙楷第《沧州后集》,北京:中华书局,1985。

——,《中国通俗小说书目》,Taipei : Fenghuang chuban she(台北:凤凰出版社 [音]),1974。

Tain Tzuey-yueh(汤萃越). "Tung Chung-shu's System of Thought : Its Sources and Influences on Han Scholars."("董仲舒的思想体系:其源流及对汉代学术的影响")Ph. D. diss., UCLA, 1974.

汤显祖,《牡丹亭》,徐朔方、杨笑梅编,台北:里仁书局,1986。

T'ien Ju-k'ang(田汝康). *Male Anxiety and Female Chastity : A Comparative Study of Chinese Ethical Values in Ming-Ch'ing Times.*(《男性的焦虑与女性的贞洁:明清时期中国伦理价值观的比较研究》)T'oung Pao, monograph no. 14. Leiden : E. J. Brill, 1988.

Tu Ching-I(涂经诒). "The Chinese Examination Essay : Some Literary Considerations. "

（"中国的应试文章：若干文学因素"）*Monumentica Serica* 31（1977）；393-406.

Tu Wei-ming（杜维明）. *Neo-Confucian Thought in Action：Wang Yangming's Youth（1471-1509）*. [《行动中的理学思想：王阳明的年轻时代（1471-1509）》] Berkeley：University of California Press, 1976.

——. "Yen Yuan：From Inner Experience to Lived Concreteness. "（"颜元：从内心体验到生命之实存"）In *Unfolding*, pp.511-44.

Twitchett Denis C.（崔维泽）"Chinese Biographical Writing. "（"中国的传记作品"）In *Historians of Japan and China*, ed. E. G. Pulleyblank and W. G. Beasely, pp. 95-114. London：SOAS, 1961.

——. "Problems of Chinese Biography. "（"中国传记的问题"）In *Confucian Personalities*, ed. Arthur Wright, pp. 24-39. Stanford：Stanford University Press, 1962.

Vallette-Hémery, Martine（瓦莱特 - 海明里）. *Yuan Hongtao：théorie et practique littéraires.* （《袁宏道：理论与文学实践》）Paris：Presses Universitaires, 1982.

Vinograd, Richard（维诺古利德）. *Boundaries of the Self：Chinese Portraits, 1600-1900.* [《自我的边界：中国人物画（1600-1900）》] New York：Cambridge University Press, 1992.

Volpp, Sophie（沃尔普）. "The Discourse on Male Marriage：Li Yu's 'A Male Mencius' Mother.'"（"关于男性婚姻的话语：李渔的'男孟母'"）*Positions* I, no. 1 （1994）：113-32.

——. "The Male Queen：Boy Actors and Literati Libertines. "（"男王后：男演员与文人的放荡不羁"）Ph. D. diss., Harvard University, 1995.

Wakeman, Frederic, Jr.（魏斐德）. *The Great Enterprise：The Manchu Reconstruction of Imperial Order in Seventeenth-Century China.*（《洪业：清朝开国史》）Berkeley：University of California Press, 1985.

王安石，《王临川全集》，台北：世界书局，1961。

Wang Chi-chen, trans.（王际真 [音] 译）"*Marriage as Retribution.*"（《醒世姻缘传》节译）Trans. of selections from *Xingshi yinyuan zhuan. Renditions* 17-18（1982）：41-94.

王充（27- 约 100），《论衡集解》，杨家骆编，台北：世界书局，1962。

Wang, David Der-wei（王德威）.*Fin-de-siècle Splendor：Repressed Modernities of Late Qing Fiction*, *1849-1911.* [《华丽的世纪末：晚清小说中被压抑的现代性（1849-1911）》] Stanford：Stanford University Press，1997.

王夫之（1619-1692），《船山遗书》，（上海太平洋书店）太平洋本。

王国维，"《红楼梦》评论"，In *HLMJ*, pp. 244-625。

王海林，《中国武侠小说史略》，太原：北岳出版社，1988。

王骥德，《曲律》，湖南：湖南人民出版社，1983。

王季文，"《镜花缘》神话国度研究"，硕士论文，台湾辅仁大学，1979。

Wang，John C. Y.（王靖宇）. "The Chih-yen-chai Commentary and the *Dream of the Red Chamber*：A Literary Study."（"脂评与《红楼梦》：文学研究"）In *Chinese Approaches*, pp. 189-220.

Wang，John C. Y. trans.（王靖宇译）"[Jin Shengtan on]How to Read the *Fifth Book of Genius*."（"[金圣叹]《五才子书》读法"），In *How to Read*, pp. 131-45.

王利器，《元明清三代禁毁小说戏剧史料》，上海：上海古籍出版社，1981。

王琼玲，《清代四大才学小说》，台北：商务印书馆，1997。

—— "《野叟曝言》研究"，硕士论文，台湾东吴大学，1986。

王汝梅，"张评本对曹雪芹创作的影响"，载王汝梅《〈金瓶梅〉探索》，pp. 83-85，长春：吉林大学出版社，1990。

王汝梅、李昭恂、于凤树编，《张竹坡批评〈金瓶梅〉》，济南：齐鲁书社，1991。

王守义，"《醒世姻缘传》的成书年代"，《光明日报》，1961 年 5 月 28 日。

王叔岷，《庄子校诠》，台北：中央研究院历史研究所，1988。

Watson，James L.（华生）"Of Flesh and Bones：The Management of Death Pollution in Cantonese Society."（"肉与骨：广东人对死亡污物的处置"）In *Death and the Regeneration of Life*, ed. Maurice Bloch and Jonathan Parry, pp.155-86. Cambridge，Eng.：Cambridge University Press，1982.

——. "The Structure of Chinese Funerary Rites：Elementary Forms. Ritual Sequence，and the Primacy of Performance."（"中国的葬仪结构：基本形式、礼仪顺序、表演规则"）In *Death Ritual in Late Imperial and Modern China*, ed. idem and Evelyn Rawski, pp. 3-19. Berkeley：University of California Press. 1990.

Watson，Rubie, and Patricia Ebrey, eds.（华特生、伊沛霞编）*Marriage and Inequality in Chinese Society*.（《中国社会中的婚姻与不平等》）Berkeley：University of California Press，1991.

文康,《还读我书室主人评〈儿女英雄传〉》,尔弓编,济南:齐鲁书社,1989。

Widmer, Ellen（魏艾莲）. "The Epistolary World of Female Talent in Seventeenth-Century China."（"17 世纪中国才女的尺牍世界"）*LIC* 10, no. 2（1989）: 1-43.

——. *The Margins of Utopia : "Shui-hu hou-chuan" and the Literature of Ming Loyalists.*（《乌托邦的边界:〈水浒后传〉与明代忠义文学》）Cambridge, Mass. : Harvard University, Council on East Asian Studies, 1987.

——. "Xiaoqing's Literary Legacy and the Place of the Woman Writer in Late Imperial China."（"小青的文学遗产与晚期中华帝国女性作家的地位"）*LIC* 13, no. 1（1992）: 111-55.

Widmer, Ellen, and K'ang-i Sun Chang, eds.（魏艾莲、孙康宜编）*Writing Women in Late Imperial China.*（《晚期中华帝国的才女》）Stanford : Stanford University Press, 1997.

Wilhelm, Richard W.（威尔海姆）*Change : Eight Lectures on the "I Ching."*（《变易:〈易经〉八讲》）Trans. Cary F. Baynes. Princeton : Princeton University Press, 1973.

Will, Pierre-Etienne（威尔）. "Un cycle hydraulique en Chine : la province du Hubei du i6ième au i9ième siècles."（"中国的治水周期:16-19 世纪的湖北省"）*Bulletin de l'Ecole française d'Extrême Orient* 68（1980）: 261-87.

Wittfogel, Karl（魏特夫）. *Oriental Despotism.*（《东方专制主义》）New Haven : Yale University Press, 1957.

Wong Siu-kit（黄兆杰）. "*Ch'ing* in Chinese Literature."（"中国文学作品中的'情'"）Ph. D. diss., Oxford University, 1967.

——. "*Ch'ing and Ching* in the Critical Writings of Wang Fu-chih."（"王夫之批评文字中的'情'与'景'"）In *Chinese Approaches*, pp. 121-50.

Wong, Timothy（黄宗泰）. *Wu Ching-tzu.*（《吴敬梓》）Boston : Twayne Publishers, 1978.

吴敬梓,《儒林外史》,台北,河洛图书出版社,1981。

Wu, Pei-yi（吴百益）. *The Confucian's Progress : Autobiographical Writings in Traditional China.*（《儒学的进步:传统中国的自传作品》）Princeton : Princeton University Press, 1990.

——. "Education of Children in the Sung."（"宋代的儿童教育"）In *Neo-Confucian Education*, pp. 307-24.

——. "The White Snake : The Evolution of a Myth in China. "（"白蛇：一则中国神话的演变"）Ph. D. diss. , Columbia University, 1969.

Wu Qingyun（吴青云 [音]）. *Female Rule in Chinese and English Literary Utopias*.（《中英文学乌托邦中的女性统治》）Syracuse : Syracuse University Press. 1995.

吴世昌,《〈红楼梦〉探源外编》,上海：上海古籍出版社,1980。

——. *On the Red Chamber Dream*.（《论红楼梦》）Oxford : Clarendon Press, 1961.

Wu, Yenna（吴燕娜）. *The Chinese Virago : A Literary Theme*.（《中国泼妇：一个文学主题》）Cambridge, Mass. : Harvard University, Council on East Asian Studies, 1995.

——. "The Inversion of Marital Hierarchy : Shrewish Wives and Henpecked Husbands in Seventeenth-Cencury Chinese Literature. "（"婚姻等级的颠倒：17 世纪中国文学中的泼妇妻子与惧内的丈夫"）*HJAS* 48, no. 2（1988）: 363-82.

——. "Marriage Destinies to Awaken the World : A Literary Study of *Xingshi yinyuan zhuan*. "（"《醒世姻缘传》研究"）Ph. D.diss. , Harvard University, 1986.

夏敬渠,《野叟曝言》,据 1881 年毗陵汇珍楼一百五十二回本（木版）影印,台北：天一出版社,1985。

——,《野叟曝言》一百五十四回本,北京：人民中国出版社,1993。

谢肇淛,《五杂俎》（约 1600）,台北：新兴书局重印,1971。

《醒世姻缘传》,台北：天一出版社影印清代版本,1985。

《醒世姻缘传》,北京：人民中国出版社,1993。

《新刻绣像批评〈金瓶梅〉》,香港：三联书店,1990。

徐朔方,"《红楼梦》和《金瓶梅》",载《〈红楼梦〉研究集刊》,第 7 辑（1981）: 143-62.

——,《论汤显祖及其他》,上海：上海古籍出版社,1983。

徐夏岭,《〈醒世姻缘传〉作者和语言考论》,济南：齐鲁书社,1993。

《荀子引得》,台北：汉学研究资料及服务中心（Chinese Materials and Research Aids Service Center）,1966。

颜元,《颜元集》,北京：中华书局,1987。

杨家骆编,《〈论衡〉集解》,台北：世界书局,1962。

姚名达,《程伊川年谱》,上海：商务印书馆,1937。

Yee, Angelina（余珍珠）. "Counterpoise in *Honglou meng*. "（"《红楼梦》中的平衡力"）*HJAS* 50（1990）: 613-50.

——. "Self, Sexuality, and Writing in *Hongmou meng*."（"《红楼梦》中的自我、性事与写作"）*HJAS* 55（1995）：373-407.

Yen, Alsace（严）. "*Shang-ssu* Festival and Its Myths in China and Japan."（"上巳节及其在中国和日本的神话"）*Asian folklore Studies* 34, no.2（1975）：45-86.

应必城,"《红楼梦》与《儿女英雄传》",见《曹雪芹》, pp. 100-121.

一粟编,《〈红楼梦〉卷》,上海：中华书局,1963。

——.《〈红楼梦〉书录》,上海：上海古籍出版社,1981。

尤信雄,"《镜花缘》的主旨及其成就",见《李汝珍研究资料》,朱传誉编, pp. 31-33. 台北：天一出版社,1981。

Yu, Anthony, C.（余国藩）*Rereading the Stone : Desire and the Making of Fiction in Dream of the Red Chamber.*（《重读石头记：〈红楼梦〉中的情欲与虚构》）Princetofi : Princeton University Press, 1997.

Yu, Anthony, C. trans.（余国藩译）"[Liu. Yiming on]How to Read *The Original Intent of the Journey to the West.*"（"[刘一明]《西游原旨》读法"）In *How to Read*, pp. 299-315.

——. *The Journey to the West.*（《西游记》）4 vols. Chicago : University of Chicago Press, 1977-1983.

Yu, Pauline（余宝琳）. *The Reading of Imagery in the Chinese Poetic Tradition.*（《解读中国诗歌传统中的意象》）Princeton : Princeton University Press, 1987.

俞平伯,《〈红楼梦〉研究》,香港：棠棣出版社,1953。

——. "影印脂砚斋重评《石头记》十六回后记",《中华文史论丛》（1962）：314-317.

余英时,"曹雪芹的汉族认同感补论",见余英时《〈红楼梦〉的两个世界》, pp. 197-210.

——. "从宋明儒理学的发展论清代思想史",载《中国学人》（1970）：19-41.

——.《〈红楼梦〉的两个世界》,台北：联经出版社,1978。

——. "Individualism and the Neo-Taoist Movement in Wei-Chin China."（"魏晋时期中国的个人主义与新道教运动"）In *Individualism and Holism : Studies in Confucian and Daoist Values*, ed. Donald J. Munro, pp. 121-55. Ann Arbor : University Of Michigan, Center for Chinese Studies, 1985.

——. "The Intellectual World of Chiao Hung Revisited."（"焦竑所重访的思想文化

世界")*MS* 25（Spring 1988）：24-66.

——.《论戴震与章学诚 —— 清代中期学术思想史研究》,香港：龙门书店,1976。

——.《士与中国文化》,上海：上海人民出版社,1987。

——. "Some Preliminary Observations on the Rise of Ch'ing Confucian Intellectualism."（"对于清代儒学唯理智论的初步考察"）*Tsing-hua Journal of Chinese Studies*, n. s. 11, no. 2（1975）：105-46.

俞正燮（1775-1840）,《癸巳类稿》,台北：世界书局,1960。

袁宏道,《袁中郎全集》,台北：世界书局,1964。

袁枚,《小仓山房尺牍》,香港：百新图书文具公司（音）,1959。

——.《小仓山房文集》,1850。

——.《子不语全集》,河北：河北人民出版社,1987。

Yuan Tsing 袁清（音）. "Urban Riots and Disturbances."（"城市骚乱与失序"）In *From Ming to Ch'ing : Conquest, Region, and Continuity in Seventeenth-Century China*, ed. Jonathan D. Spence and John E. Wills, pp. 279-320. New Haven : Yale University Press, 1993.

《原著古本〈野叟曝言〉》,上海：好青年书店,1933。

乐蘅军, "蓬莱诡戏 —— 论镜花缘的世界观", 见乐蘅军《古典小说散论》, 台北：纯文学出版社, 1976, pp. 167-86。

Zeitlin, Judith T.（齐特林）*Historian of the Strange : Pu Songling and the Chinese Classical Tale.*（《志异者：蒲松龄和中国古典故事》）Stanford : Stanford University Press, 1993.

——. "Shared Dreams : The Story of the Three Wives Commentary on *The Peony Pavilion*."（"共同的梦：吴吴山三妇合评《牡丹亭》的故事"）*HJAS* 54（1994）：127-79.

张清吉,《〈醒世姻缘传〉新考》,郑州：古籍出版社,1991。

张载,《张载集》,北京：中华书局,1978。

赵景深, "《野叟曝言》与夏氏宗谱", 载于赵景深《中国小说丛考》, pp. 433-47, 济南：齐鲁书社,1980。

周康燮,《颜李学派研究丛编》,香港：大东书局,1978。

周汝昌,《〈红楼梦〉新证》,北京：人民文学出版社,1976。

——. "《红楼梦》与情文化", *HLMXK* 1993, no. 1 : 67-78。

——.《〈红楼梦〉与中华文化》,台北:东大图书公司,1989。

——."《红楼梦》原本是多少回?"载《〈红楼梦〉资料集》2:168-73。香港:中国学术资料,1983。

周作人,《周作人文选》,台北洪范书店有限公司,1983。

朱熹,《朱子语类》,黎靖德编,北京:中华书局,1986。

朱熹、吕祖谦,《〈近思录〉集注》,四库善本丛书。

朱燕静,"《醒世姻缘传》研究",硕士论文,台北:台湾师范大学,1978。

Zito, Angela（齐 托）. *Of Body and Brush：Grand Sacrifice as Text/Performance in Eighteenth-Century China.*（《关于身体与毛笔：18世纪中国作为文本/表演的大祀》）Chicago：University of Chicago Press,1997.

——. "Ritualizing *Li*：Implications for Studying Power and Gender."（"仪式化的礼：关于权力与性别研究的一些推断"）*Positions* 1, no.2（1993）: 321-48.

——. "Silk and Skin：Significant Boundaries."（"丝绸与皮肤：重要的分界"）In *Body, Subject and Power*, pp. 103-30.

索 引

Nüzhuangyuan,《女状元》,105,109

oppositional rhetoric: in Dong Zhong-shu, 相对立的修辞：在董仲舒那里, 34-35; in Li Zhi, 在李贽那里,78-79; in fiction, 在小说中,92,103,108, 304-306

orthodox rhetoric, 正统修辞,3,6-7,9, 13-60 各处,120-121,132,173-174, 196-197,303-306

orthodoxy (*zheng*), 正统（正）6,13-14, 22-23,305-306; and gender, 与性别, 230,232,247; and sexual restraint, 与性压抑,37-38,220-221; and social legitimation, 与社会（地位）的合法化,18-19. *See also rectification of names*,参见正名

Ouyang Jian,欧阳健,202n

Owen, Stephen,宇文所安,40

Pan Jinlian,潘金莲,4,52,123,127,129, 134 136,140n

paradox as style, 吊诡作为风格,104-107

performativity, 表演性,42,104-105, 110-111,119,159-161,197

Pingyao zhuan,《平妖传》,279n

Pinhua baojian,《品花宝鉴》,107n, 275n,284

Pipa ji,《琵琶记》,76

Plaks, Andrew,浦安迪,28,50n,51,58,

97,123,187

pofu (scattering woman), 泼妇,121, 146-48,236

pollution, female,女性的污秽,33,121, 130-131,146-147,173

portraits,画像,102,172

practical learning (*shixue*), 实学,75, 80,271

Precious Mirror of Love, see Fengyue baojian 风月宝鉴, 见 *Fengyue baojian*

principle (*Li*): Neo-Confucian views of, 理：理学家的观点,26,66-67; Dai Zhen on, 戴震的论述,83-85; displaced by *qing*, 被情所取代,115, 300; synonymous with ritual, 礼的同义词,27; Wang Fuzhi on, 王夫之的论述,81-82

print : commercialization of,商业化的印刷,54,112-113,200,308; spread of,（印刷术的）普及,18-19,117

Pu Songling,蒲松龄,111,122,279n

qi (matter),气,26,66,82,154,167

Qian Dehong,钱德洪,72-73

Qian Qianyi,钱谦益,64n

Qilu deng,《歧路灯》,28

Qin Keqing, 秦可卿,151n,152,162-164,174-177 各处

Qin Zhong,秦钟,155,162-164,174

qing : defined, 情：界定,62-65; associated with *yin*, 与阴相关联, 63-64, 103; as basis for morality, 作为道德的基础, 17-18, 60-62, 86-87, 114, 287-300; Dai Zhen on, 戴震的观点, 74, 84; as essence of literature, 文的根本, 109, 159; as integral to human nature, 人性的一部分, 5, 73, 297; Luo Rufang on, 罗汝芳的观点, 96; metaphysical, 形而上的, 96, 118; Neo-Confucian views of, 理学对情的认识, 18, 66-68; Wang Fuzhi on, 王夫之的观点, 74, 81

qing, aesthetics of, 情的美学, 4, 7, 42, 52, 101-103, 157-158, 197, 304-305; associated with feminine, 与女子气相关联, 102, 116-119 各处, 152; dissolution of boundaries, 边界的解除, 65, 100-104, 117, 151, 161, 169-172 各处; and ephemerality, 与薄命, 99-103, 165; in *Ernü*, 在《儿女英雄传》中, 280, 285, 288-289, 297-300; and feminization 与女性化, 107, 152-155 各处, 162, 197, 230; in *Honglou meng*, 在《红楼梦》中, 150-73 各处, 197; and illusion, 与梦幻, 42, 103; in *Jinghua yuan*, 在《镜花缘》中, 257; in *Mudan ting*, 在《牡丹亭》中, 93; in *Qingshi*, 在《情史》中, 113-117; as redemptive, 作为救赎, 87, 95, 118-119, 302; and surface aesthetics, 与美的形式, 42, 103-107, 161, 170; and

unconventional 与非正统, 110-111, 117-119; in *Yesou puyan*, 在《野叟曝言》中, 213, 244-247 各处; and *zhiji*, 与知己, 91-92

qing, cult of, 尚情 22, 62, 89, 98-99, 117-118, 168, 304; influence on literature, 对文学的影响, 87, 92-93; and vernacular literature, 与白话文学, 113

Qinghe, 清河, 142-143

qingming, 清明, 96n, 131n. *See also* 3/3, 参见三月三

Qingshi, 《情史》, 89, 12-17, 300, 305

Qingwen, 晴雯, 159-160, 170, 195

Qi jia, 齐家, see regulation of the family, 参见 regulation of the family 齐家

Qiu Changchun, 邱长春, 48

Qiutong, 秋桐, 129n, 183

Qulü, 《曲律》, 105n

realism, 现实主义, 2, 59-60n

rectification of names (*zhengming*), 正名, 13, 21, 168-170, 271

Red Inkstone, 脂砚斋, see Zhiyan Zhai, 参见 Zhiyan Zhai

regulation of the family (*qi jia*), 齐家, 123, 128-129, 165-168 各处, 194, 261-263

relativism, 相对主义, 48-49, 69, 82, 108, 113, 252, 270

resurrection, 复活, 起死回生, 94-95,

Shao Yong,邵雍,57-58,64n,67,74n

Shen Deqian,沈德潜,64n

Shi, as surname, 史,作为姓氏,165

Shi Nai'an,施耐庵,48

Shi Xiangyun, 史 湘 云,154,159,161-162,167n,179,182

Shi gong'an,《施公案》,279n

Shiji,《史记》,238; as model for fiction,作为小说的范本,47-49

Shijing,《诗经》,94; Mao preface to,毛序,35n,37,63-64n

Shisan mei/He Yufeng,十三妹/何玉凤,272-273,277-281,285-290 各 处,295,297

Shishuo xinyu,《世说新语》,91

shrews, 泼 妇,2,9,31,38,105,121-124 各 处,129-159 各 处,155,182-183,263-264,303

Shuihu zhuan,《水浒传》,44,47-48,51-52,57,76,132n,254,274-276,286,293,294n

Shui shi (Lady Shui),水氏(水夫人),204-205,211,215-216,228,232,235-238,245-246,309-310

shuixing (watery natured), 水 性,142,222,236

Shuowen jiezi,《说文解字》,63,235

Sima Xiangru,司马相如,91

spontaneity, 自 发 性,76-78,93,108-109,157-158

statecraft,经世治用,71,118,263

Stone Maiden,石女,224,242

Su'e,素娥,216,243-44

Sui Tang yanyi,《隋唐演义》,258,264n,265

Sunü miaolun,《素女妙论》,135

Suoyun nang,《锁云囊》,279n

sudden enlightenment,顿悟,72-73

swinging,(宋代理学的)转向,25-27

Taizhou school,泰州学派,5-6,62,69,72-74,79,305

Tang Ao, 唐 敖,236,250-252,255,259-263 各处,271,301

Tang Guichen,唐闺臣,253n,254-256

Tang Xianzu,汤显祖,73,76,89,113

Tao Yuanming,陶渊明,97

3/3 date, 三 月 三,96n,131-132,158n,182n,216-217,256,281

Tiaogeng,调羹,129

tongxin (childlike heart),童心,77,298

transubstantiation,变形,93,102-103

Tumu incident,土木之变,128

urination: female,小便:女性的,96,146-147; male,男性的,218,224-245,260

Wanli reign period,万历年间,70,117

Wang, as surname,王,作 为 姓 氏,59,147-148,165

Wang Anshi,王安石,39,41

Wang Chong,王充,64n

译后附记

译稿终于付梓了，这首先要感谢刘东先生，没有他的敦促和信任，我怕没有勇气接下这个活儿；而他的勤奋和执着则像是面镜子，常常使我羞于惰怠，不敢不打起精神。还要感谢作者艾梅兰女士和她的研究生何建军先生，为我解答了一些概念，还帮我解决了不少参考文献中的作者姓名还原问题；特别值得提到的是，我们曾一起就原书中的一些文字和中文典籍解读问题进行商讨，并重新订正了原文包括原书印制中出现的一些讹误。希望我们的这种努力会使译本更加完美，也希望细心的读者们在核查原文时，考虑到作者和译者的这种反复回馈。查阅、核对引文，并将引文以及有关的汉语传统习用语进行还原，这样的工作是十分辛苦而繁琐的，但是却很值得也必须去做，除了让我懂得严谨和敬畏之外，这种还原还有助于更贴切地用中文母语来说话，从而或多或少地缓解一些由对外国文字的再转述而造成的生涩和笨拙。在翻译过程中，我还得到了诸多友人的帮助，江湄、郭于华、贺照田帮我查找引文、提供专业知识和文献；孙歌、田立年、渠敬东则帮我解决了原文中的非英文文字。这都使我心存感激。

当我惴惴不安地把译稿交出时，我才真切体会到，翻译不仅是件艰苦的事，令人愉快的事，也是一件会留下遗憾的事——即使千百倍地小心，一些硬伤和理解方面的错误，我想，也还是会有的。在此，谨希望读者予以宽容的谅解并惠赐严肃的指正。

罗　琳

2004 年 9 月于北京

"海外中国研究丛书"书目

1. 中国的现代化 [美]吉尔伯特·罗兹曼 主编 国家社会科学基金"比较现代化"课题组 译 沈宗美 校

2. 寻求富强:严复与西方 [美]本杰明·史华兹 著 叶凤美 译

3. 中国现代思想中的唯科学主义(1900—1950) [美]郭颖颐 著 雷颐 译

4. 台湾:走向工业化社会 [美]吴元黎 著

5. 中国思想传统的现代诠释 余英时 著

6. 胡适与中国的文艺复兴:中国革命中的自由主义,1917—1937 [美]格里德 著 鲁奇 译

7. 德国思想家论中国 [德]夏瑞春 编 陈爱政 等译

8. 摆脱困境:新儒学与中国政治文化的演进 [美]墨子刻 著 颜世安 高华 黄东兰 译

9. 儒家思想新论:创造性转换的自我 [美]杜维明 著 曹幼华 单丁 译 周文彰 等校

10. 洪业:清朝开国史 [美]魏斐德 著 陈苏镇 薄小莹 包伟民 陈晓燕 牛朴 谭天星 译 阎步克 等校

11. 走向21世纪:中国经济的现状、问题和前景 [美]D. H. 帕金斯 著 陈志标 编译

12. 中国:传统与变革 [美]费正清 赖肖尔 主编 陈仲丹 潘兴明 庞朝阳 译 吴世民 张子清 洪邮生 校

13. 中华帝国的法律 [美]D. 布朗 C. 莫里斯 著 朱勇 译 梁治平 校

14. 梁启超与中国思想的过渡(1890—1907) [美]张灏 著 崔志海 葛夫平 译

15. 儒教与道教 [德]马克斯·韦伯 著 洪天富 译

16. 中国政治 [美]詹姆斯·R. 汤森 布兰特利·沃马克 著 顾速 董方 译

17. 文化、权力与国家:1900—1942年的华北农村 [美]杜赞奇 著 王福明 译

18. 义和团运动的起源 [美]周锡瑞 著 张俊义 王栋 译

19. 在传统与现代性之间:王韬与晚清革命 [美]柯文 著 雷颐 罗检秋 译

20. 最后的儒家:梁漱溟与中国现代化的两难 [美]艾恺 著 王宗昱 冀建中 译

21. 蒙元入侵前夜的中国日常生活 [法]谢和耐 著 刘东 译

22. 东亚之锋 [美]小R. 霍夫亨兹 K. E. 柯德尔 著 黎鸣 译

23. 中国社会史 [法]谢和耐 著 黄建华 黄迅余 译

24. 从理学到朴学:中华帝国晚期思想与社会变化面面观 [美]艾尔曼 著 赵刚 译

25. 孔子哲学思微 [美]郝大维 安乐哲 著 蒋弋为 李志林 译

26. 北美中国古典文学研究名家十年文选 乐黛云 陈珏 编选

27. 东亚文明:五个阶段的对话 [美]狄百瑞 著 何兆武 何冰 译

28. 五四运动:现代中国的思想革命 [美]周策纵 著 周子平 等译

29. 近代中国与新世界:康有为变法与大同思想研究 [美]萧公权 著 汪荣祖 译

30. 功利主义儒家:陈亮对朱熹的挑战 [美]田浩 著 姜长苏 译

31. 莱布尼兹和儒学 [美]孟德卫 著 张学智 译

32. 佛教征服中国:佛教在中国中古早期的传播与适应 [荷兰]许理和 著 李四龙 裴勇 等译

33. 新政革命与日本:中国,1898—1912 [美]任达 著 李仲贤 译

34. 经学、政治和宗族:中华帝国晚期常州今文学派研究 [美]艾尔曼 著 赵刚 译

35. 中国制度史研究 [美]杨联陞 著 彭刚 程钢 译